डूब

'प्रेमचन्द महेश सम्मान' और मध्य प्रदेश साहित्य परिषद् के
'अखिल भारतीय वीरसिंह देव पुरस्कार' से पुरस्कृत उपन्यास

डूब

'डूब' में लोकमानस की समझ बहुत अच्छे ढंग से व्यक्त हुई है। • **प्रो. श्यामाचरण दुबे**

मैंने वीरेन्द्र जैन का उपन्यास 'डूब' पढ़ा। ग्राम जीवन की समझ, उसका चित्रण, भाषा किसी कदर प्रेमचंद से कम नहीं है। फणीश्वरनाथ रेणु से तो अच्छी है। • **हरिशंकर परसाई**

इसे (डूब को) आगामी शताब्दी की नींव का पत्थर माना जाएगा। इसमें जितना कुछ आया है, बहुत महत्वपूर्ण है। • **शिवप्रसाद सिंह**

यह उपन्यास उन व्यक्तियों का है जो या तो प्रवृत्तियों के प्रतीक हैं या संघर्ष के आइने हैं। यह दो संस्कृतियों के बीच के अंतराल को भी रेखांकित करता है। • **गिरिराज किशोर**

'डूब' उपन्यास को बहुत अंतरंगता से अपनी संस्कृति से गहराइयों में डूबे हुए व्यक्ति ने अनुभूति और संवेदना के साथ लिखा है। ऐसे उदाहरण कम हैं। • **राजेंद्र यादव**

'डूब' बहुत प्रभावशाली उपन्यास है। आंचलिक पृष्ठभूमि पर इतनी सशक्त रचनाएँ कम ही लिखी गई हैं। • **अटलबिहारी वाजपेयी**

'डूब' एशियाई कृषक समाज की गतिहीनता, शक्तिहीनता, आत्मग्रस्तता, बहुआयामी उत्पीड़न सहित विभिन्न प्रकार की पेचीदगियों का प्रतिनिधित्व करता है। • **रामशरण जोशी**

'डूब' उस भारतीय किसान की विश्व दृष्टि का संकेत करता है जो एक नैतिक, प्रेमपूर्ण, मर्यादा संपन्न सभ्यता का आधार हो सकती है। • **पंकज**

राजनीति, प्रशासन, अर्थतंत्र और धर्म-व्यवस्था सभी मिलकर किस तरह गाँव का जीवन-रस सोख रहे हैं, इसकी कहानी है—डूब। • **रामदरश मिश्र**

'डूब' विकास की अब तक चली आती अवधारणा और उपलब्धियों पर ही प्रश्न चिह्न लगाता है। यह कई स्तर पर हिंदी लेखन में उपद्रव मचाता है। • **सुधीश पचौरी**

गाँव के जैसे बोलते हुए चित्र 'डूब' में हैं वे भुलाए नहीं जा सकते। प्रेमचंद के बाद के गाँव का चेहरा 'डूब' में देखा जा सकता है। • **प्रकाश मनु**

कोई लेखक जन्मभूमि का ऋण अगर उतार पाता है तो उसी तरह जैसे वीरेन्द्र जैन ने 'डूब' लिखकर उतारा है। • **बलराम**

यह उन हजारहा गाँवों की गाथा है जो डूब चुके और आगे जो डूबेंगे। • **नईम**

डूब

वीरेन्द्र जैन

वाणी
प्रकाशन

प्रकाशन के उत्कृष्टतम 62 वर्ष

vaniprakashan.com

सजिल्द पहला संस्करण : 1991
सजिल्द दूसरा संस्करण : 1993
सजिल्द तीसरा संस्करण : 1998
सजिल्द चौथा संस्करण : 2010
सजिल्द पाँचवाँ संस्करण : 2014
सजिल्द छठा संस्करण : 2021
सजिल्द सातवाँ संस्करण : 2025

वाणी प्रकाशन

4695, 21-ए, दरियागंज, नयी दिल्ली-110 002

फ़ोन : + 91 11 23273167, 23275710

शाखाएँ

अशोक राजपथ, पटना-800 004, बिहार

कॉफ़ी हाउस कैम्पस, महात्मा गांधी मार्ग, प्रयागराज-211 001, उत्तर प्रदेश

महात्मा गांधी अन्तरराष्ट्रीय हिन्दी विश्वविद्यालय, वर्धा-442 001, महाराष्ट्र

sales@vaniprakashan.in

vaniprakashan@gmail.com

Doob
by Virendra Jain

ISBN : 978-81-7055-219-2

Novel

मूल्य : ₹ 595

जी.एस. ऑफ़सेट, दिल्ली-110 095 में मुद्रित

वाणी प्रकाशन का लोगो मक़बूल फ़िदा हुसैन की कूची से

अट्टू के प्रति

दादा के त्याग, बाई के बलिदान, माते की प्रतीक्षा, भौजी के समर्पण,
रामदुलारे के निश्चय, शेष के स्नेह को

और

देश की प्रगति के लिए दुर्गति को अभिशप्त पीढ़ियों की इस व्यथा-कथा को 'डूब'
शीर्षक सुझाने के लिए अग्रज कथाकार श्री शानी को

आभार सहित

पहली डुबकी

एक

उपरली दाढ़ के पासवाले दो दाँतों के बीच आज एक सुपारी की टुकड़ी आ फँसी। माते पिछले तीन घंटे से उसे चुबलाने के सभी प्रयास कर चुके थे पर वह निकलने का नाम नहीं ले रही थी।

बत्तीस के बत्तीस दूध के दाँतों को उगते, गिरते, फिर नए दाँतों को उगते और असमय गिरते हुए देखनेवाली जीभ ने, जो ता-उम्र इनकी हिफाजत में जुटी रही है, आज भी जब से सुपारी फँसी, कई बार उस तरफ जा-जाकर सुपारी को टटोला है और अपने दमपर बाहर खींच निकालने के लिए खुद को लहू-लुहान कर लिया।

मगर इन अहसान-फरामोश दाँतों ने उसके सद्प्रयासों के चलते जब ज़रा तकलीफ महसूस की, उसे अपने बीच चबा जाने की कुचेष्टा ही की है।

अब इतनी देर से माते बार-बार उस हिस्से पर अँगुली ले जा रहे हैं पर सुपारी पकड़ में नहीं आ रही।

बुरा हो साव के लड़के का जो उसने आज सवेरे ही 'नेलकटर' दिखाने के चाव में उनके नाखून भी काट दिए।

नाखून न होने से अँगुलियों का भेद खुल गया। वे स्वभाव से मुलायम हैं; नाखूनों के रहने पर ही सख्त हो पाती हैं।

क्या करें? माते यही नहीं सोच पा रहे हैं।

हार कर वे निढाल हो आए। मुँह से निकला—

'सब करमन कौ फेर है, करम बड़े बलवान मोरे भाई, करम बड़े बलवान।'

पिछले दो-एक साल से कई बातों पर माते यही बोल आमतौर पर कहने लगे हैं। यही बोल वह अकेले में भी घोकते रहते हैं। कई बार लगता है, हालात के आगे पलायन कर गए माते के मुँह से अपनी लाचारी फूट रही है और कई बार लगता है, वे यों ही आदतन कह दिए गए हैं।

इस समय कहे गए बोल आदतन हैं या हालातजन्य, कह पाना कठिन है। यह सुपारी जो दाँतों के बीच आ फँसी है, यह इस बात को नहीं मानने देती कि माते हालात के आगे लाचार हो चुके हैं।

सुबह-सवेरे ही घूमा ने उनकी बाखर में आकर सूचना दी थी, "माते, आपको मालूम है क्या? रघु साव गाँव से डेरा उठा रहे हैं!"

सुनकर माते भीतर तक हिल गए थे, “नहीं रे, जौ कैसें हो सकत है! अब अपना राज आया तो जे भग चले!”

यह भी उन्होंने घूमा से नहीं कहा था। वे तो खुद से ही बातें कर रहे थे। फिर घूमा की तरफ देखने लगे, जैसे घूमा अभी आकर खड़ा ही हुआ हो और कुछ कहना चाहता हो।

घूमा बोला, “माते, हम झूठ थोड़ेई बोल रहे हैं। हम अपनी आँखों से देखकर आए हैं, साव घर का सब सामान पुटइयों में बँधवा रहे थे।”

“हम ऐसा नहीं होने देंगे। चल रे तू मोरे साथ, चल। मैं साव को मना करता हूँ, समझाता हूँ चल के...”

और बिना घूमा की कोई बात सुनने का अवसर लिए माते ओसारे में चले गए। खाट पर से अपनी कट्टी उठाकर कंधे पर डाली और तेजी से बाहर चल दिए। उनके चलते ही घूमा भी पीछे-पीछे चलने लगा।

बाखर के बाहर पहुँचकर माते ने मुड़कर देखा। घूमा को अपने पीछे आता हुआ देखकर बोले, “जा रे, तू जाकर बड़े साव, सरपंच, मुखिया, मास्साब, बड़े ठाकुर और बामन महाराज को खबर कर दे।”

घूमा तेजी से मुड़ा। जैसे फौज का जवान फौरन हुक्म बजाने को तैयार रहता है। दो-चार तेज कदम चलने पर उसके चेहरे पर असंतोष झलक आया। माते से कुछ दूर पहुँचकर घूमा को लगा, पैरों में चमड़े की जूतियों के रहते वह दौड़ नहीं पाएगा। उसने जूतियाँ हाथ में लीं और फिर से धूल उड़ाता हुआ घटिया उतरने लगा।

घूमा ने आज कट्टी भी पहनी हुई थी। सिर्फ अंगोछे में होता तो शायद और तेज दौड़ लेता। अब रह-रहकर उसे कट्टी के मैले हो जाने का खयाल आ रहा था।

कल रात को रघु साव ने घूमा से कहा था कि वे कहीं बाहर जा रहे हैं इसलिए उसे बैलगाड़ी लेकर राजघाट तक चलना होगा। वहाँ से मोटर में बैठकर साव लतपुर और वहाँ से कहीं भी चले जाते।

सो घूमा ने यह सोचकर कट्टी और पनैयाँ (जूतियाँ) पहन ली थीं कि वापसी में चंदेई तक होता आऊँगा। हो सकता है, वहाँ कोई साव मिल जाएँ। तब उन्हें या उनके सामान को गाँव तक पहुँचाने के बदले में दो पैसे मिल जाएँगे।

पर सुबह जो रघु साव के घर पहुँचने पर यह देखा कि वे तो मय पूरे कुनबे के जाने की तैयारी में जुटे हैं, सो वह दौड़ा-दौड़ा यह खबर लेकर जा पहुँचा था माते के पास।

मुखिया और बड़े साव की बाखर आमने-सामने है। बीच रास्ते पर रुककर घूमा ने आवाज दी, “मुखिया, ओ मुखिया! साव, ओ बड़े साव! तुम्हें रघु साव के चौंतरा पर माते ने बुलाया है।”

अपना समाचार देकर, बिना उत्तर की प्रतीक्षा किए, धूल में सना घूमा तेजी से आगे दौड़ गया।

सरपंच के घर, ठाकुर जी की हवेली पर, बामन महाराज के घर और मास्साब के घर, सभी के घरों के बाहर वही वाक्य दोहराकर घूमा क्षण-भर को सुस्ताने के लिए थमा।

फिर दूने उतावलेपन के साथ उलटी दौड़ लगाई, रघु साव के चौंतरा पर जा पहुँचने के लिए।

तीन तरफ से पहाड़ों से घिरे और एक तरफ से नदी से छिके इस लड़ैई गाँव के अभी भी बहुत कम लोगों को मालूम है कि वे राजमाता से नहीं, अंग्रेजों से स्वतंत्र हुए हैं।

बहुत-से लोग बस यहाँ तक जानते हैं कि सन् 1857 में उनके पूर्वजों ने झाँसी में रानी की भरपूर मदद की थी। जब रानी युद्ध में वीरगति को प्राप्त हुईं, उसके बाद पूरी रियासत में लूटपाट मची थी—रानी के जितने भी हितू थे, उन्हें इस गुस्ताखी का सबक सिखाने के लिए। सो इनके पूर्वज उस रियासत से भाग खड़े हुए थे और जंगल-जंगल भटकते हुए चँदेई महाराज की सीमा में आ बसे थे।

फिर कुछ ही समय बाद चँदेई पर भी लश्कर के राजा का शासन हो गया था। तब से वे उसी राजा के अधीन थे। और अब वे आजाद हो गए हैं।

आजादी की खुशी सबको हुई थी।

क्यों?—यह कोई नहीं बता सकता।

इस गाँव में दो-तीन मुसलमान भी घटिया-ऊपर रहते थे। उन्हीं के बीचों-बीच रघु साव का मकान है।

आजादी की लहर में जब यह सुना कि मुसलमानों के रहते आजादी का कोई अर्थ नहीं, तब उन्हें भी मार डाला गया।

मरते-मरते मुसलमान भी अपने निकटतम पड़ोसी रघु साव का बंटाढार कर गए।

गाँव में मारे गए सभी मुसलमानों के शव पूरे धार्मिक अनुष्ठान और रीति-नीति के साथ दूर जंगल में गड्ढे खोदकर गाड़ दिए गए और उन पर बड़े-बड़े पत्थर रख दिए गए, जो आज 'मुसलमानी पथरा' के नाम से जाने जाते हैं।

इस तरह पूरी आजादी मिल जाने का बिगुल बजा दिया गया।

पर माते को सब मालूम हो गया है कि आजादी क्या आई है और किससे आई है।

पिछले साल बड़े साव के लड़के के साथ माते जिला शहर गए थे। वहाँ उन्हें मालूम हो गया था कि अब अंग्रेज यहाँ नहीं रहे। महाराज के दरबारियों के साथ जो मेमें नंगी टाँगें लटकाए, घोड़ों पर सवार, कभी-कभी गाँव आती थीं, वे अब नहीं आएंगी।

—कि गाँधी नाम का एक बड़ा महात्मा देश को आजाद करवाकर स्वर्ग सिधार गया है।

—कि अब पंडत जवाहरलाल नेहरू हमारे बिना राजावाले देश के महामंत्री हैं। अलबत्ता यह बात उन्हें जँची नहीं कि जब राजा ही नहीं है तो महामंत्री काहे का! फिर भी उन्होंने मान लिया कि जब सब कहते हैं तो जरूर वे महामंत्री होंगे।

और जब कुछ समय बाद महारानी के दरबार से उनके लिए जीप आई, उन्हें ससम्मान बिठाकर राजमहल ले गई, वहाँ जाकर राजमाता के दर्शन किए, तब तो उन्हें और भी बहुत-सी बातें मालूम हुईं।

—कि पिछले दो सौ बरस से हम पर सफेद मुँहवाले वे आदमी हुकूमत चला रहे थे जिन्हें अंग्रेज कहते हैं। जिनकी मेमें घोड़ों पर आती थीं। जिनकी गिटर-पिटरवाली बोली कभी किसी की समझ में नहीं आती थी।

मेमों का ख्याल आते ही माते को बेइंतहा गुस्सा आ गया था।

आना ही था।

एक बार जब एक मेम उनके गाँव की सैर करके लौटी, तभी माते ने देखा कि उनकी पत्नी अपनी धोती घुटने तक ऊपर सरकाकर बड़े ध्यान से अपनी सुडौल पिंडली और टाँगें निहार रही थी।

माते ने तड़ाक से उसकी पीठ पर एक धौल जमाकर कहा था, 'देखो तो इस कुलच्छिनी को, यह तो बहुत ही बेशरम हुई जा रही है!'

माते ने उस घटना के याद आते ही भरे दरबार में थूककर अपने गुस्से का शमन करना चाहा था, मगर चारों तरफ बिछे कालीन और गलीचे देखकर अपना थूक गटक गए थे।

उसी दिन उन्हें यह जानकारी मिली थी कि अब उनके गाँव में पंचायती राज होगा। गाँव के लोगों में से ही सरपंच और पंचों का चुनाव होगा। यानी जो सरपंच चुना जाएगा, उसी का राज। और चुनाव होगा वोटों के आधार पर।

पहले-पहल यह सुनकर माते को अपना ही खयाल आया था। पर यह जान लेने के बाद कि चुनाव क्या होता है, पार्टी क्या होती है, कितना रुपया-पैसा खर्च होता है—माते को अपना नाम पूछे जाने पर भी याद नहीं आया। अलबत्ता वे मोती साव का नाम राजमाता की पार्टी में सरपंची के लिए जरूर दर्ज करवा आए थे।

यह जान लेने के बाद कि राजमाता उन पर राज नहीं करती थीं, माते ने उनके प्रति अपने विचार भी बदल लिए थे।

गाँव में आकर माते ने मोती साव को भी सब नफा-नुकसान समझा दिया। चुनाव न होने के बावजूद वे उन्हें 'सरपंच' कहने लगे और हर काम में अगुआ भी बनाने लगे थे।

पर राजकाज के काम एक अकेले माते के भरोसे तो चलने नहीं थे। कुछ ही दिनों बाद गाँव के ठाकुर देवीसिंह को राजमाता का फरमान मिला।

वे भी दरबार में हाजिर हुए। पर उन्हें दो-एक बातें बहुत नागवार जान पड़ीं। एक तो यह कि जहाँ माते को लेने जीप आई थी, वहीं उन्हें कहने केवल एक पैदल सवार। दूसरे, वहाँ पहुँचने पर उनकी आवभगत मनमाफिक नहीं हुई।

इसलिए सब-कुछ मालूम हो जाने के बाद भी उनके बुंदेला खून ने राजमाता की सरपरस्ती कुबूल नहीं की।

अलबत्ता उन्हें दूसरी पार्टी ने हाथों-हाथ लिया, और कुछ ही दिनों बाद यह अफवाह फैल गई।

—कि उन्होंने आजादी दिलानेवाली पार्टी के कर्मठ कार्यकर्ता हैं। —कि उन्होंने आजादी की लड़ाई में बढ़-चढ़कर हिस्सा लेकर देश की बहुत सेवा की है।

बात माते तक भी पहुँची। उन्हें अपने कानों से, वह भी तीसरे के मुँह से सुनकर, यकीन नहीं हुआ।

वे ठाकुर से मिले। उन्हें समझाया कि जिन्होंने तुम्हें ज्ञान दिया, तुम्हारा मान बढ़ाना चाहा, उनकी बजाय तुम दूसरे लोगों से मेलजोल मत बढ़ाओ। तुम्हें राजमाता को अपना सरपरस्त और गुरु मान लेना चाहिए।

पर ठाकुर ने उनकी बात पर कान देना गैरजरूरी समझा।

माते ने सब तरह का वास्ता दिया, मगर ठाकुर तब भी टस से मस होते न दीखे, तो चलते-चलते उन्हें अपना गुरु मानकर इतना-भर पूछा, "ठाकुर, जा तो बताओ, तुम सब-कुछ जान लेने के बाद भी बच कैसे पाए 'हाँ' भरने से?"

ठाकुर को माते की बुद्धि पर तरस आ गया। उन्होंने बुंदेलखंडी कहावत का सहारा लेकर एक ही वाक्य में माते को वह सब समझा देना चाहा जो ठाकुर के मुताबिक मंदबुद्धि माते को लाख कोशिशों के बाद भी किसी तरह नहीं समझाया जा सकता था।

ठाकुर बोले, "माते, तुमने वो कहावत तो जरूर सुनी होगी और उसका मतलब भी जानते होओगे कि बिलैया (बिल्ली) ने जनाउर (शेर) को सब-कछू सिखा दओ तो, अकेलें (लेकिन) रूख (पेड़) पर चढ़वो नहीं सिखाओ तो।"

माते उनके यहाँ से चले आए। पर वे बिना सिखाए रूख पर चढ़ना सीखकर आए थे। उन्होंने यह बात गाँठ बाँध ली कि अकेले मोती साव के भरोसे नहीं बैठना है। जब तक चुनाव न हो जाएँ, ठाकुर को भी 'जैरामजी' की करते रहना होगा। इसीलिए वे तभी से ठाकुर को भी हर काम में, हर मौके पर, टेर लगवाने लगे थे।

जिला शहर के दस-बारह चक्कर वे बिना बड़े साव के लड़के को साथ लिए भी लगा आए थे। कारज ही कुछ ऐसे थे। अब माते को गाँव के सभी घरों का ब्यौरा जुबान पर रटा हुआ था–

बीस घर बानियों (साव) के, पचपन घर अहीरों के, तीन घर काछियों के, पाँच घर ठाकुरों के, दो घर गड़रियों के, बारह घर चमारों के, एक घर बसोर का, एक घर ढीमर का, चार घर बामनों के, तीन घर लुहारों के, एक सुनार का, एक चौकीदार का, दो घर सलैयों के, एक धोबी का, तीन घर खवासों के, एक घर बढ़ई का–कुल 115 घर। वोट देने के हकदार सात सौ तीन आदमी।

उन पत्थरों के पास से गुजरते हुए माते को बहुत अफसोस होता था। अब वे सोचते थे कि–

काश ये 'मुसलमानी पथरा' न गड़े होते तो गाँव में तेरह वोट और थे।

आसपास के पाँच गाँवों पर एक पंचायत बननी थी। बाकी गाँव छोटे-छोटे हैं और उन सभी में राउत (भील) बसते हैं। वे सब ठाकुर के दबदबे में हैं, इसलिए माते उनकी गिनती कभी नहीं करते।

आज घूमा की बात सुनकर माते को यही खयाल पहले-पहल आया कि गाँव से तीन वोट उठकर चले जा रहे हैं। रघु साव और उनके दोनों लड़कों के वोट माते को ही मिलते।

इसीलिए उन्हें चिंतित होना पड़ा। आजादी के वलवले में इस घर के जो तीन वोट, रघु और उनके दोनों बेटों की पत्नियों के रूप में स्वाहा हो गए, माते तो अभी तक उन्हीं पर अफसोस करते रहे हैं और इधर हाथ से तीन वोट और निकले चले जा रहे हैं!

भला माते ऐसा अंधेर कैसे होने दे सकते हैं!

वे तुरंत इस अनहोनी को रोकना चाहते हैं...

घूमा के पहुँचने तक बड़े साव, मुखिया, सरपंच और बामन महाराज आ पहुँचे थे। माते और वे सब मिलकर रघु साव को समझा रहे थे। पर न रघु, न उनके लड़के, कोई भी गाँव में बने रहने पर राजी नहीं हो रहा था।

वे गाँव में रहकर करते भी क्या। उनके पास गाँव में जमीन-जायदाद तो थी नहीं। जो कुछ गुजर-बसर का टीमटाम परचून की दुकान थी, उसे मुसलमान उजाड़कर, आग लगाकर राख कर गए थे। तीनों को रंडुआ बना गए थे। दो छोटे-छोटे बच्चों को भी जान से मार गए थे।

ये तीनों तब गाँव में नहीं थे सो बच गए, या कहिए, सो तबाह हो गए।

अब इनका इस गाँव में मन लगे तो लगे कैसे।

ठाकुर देवीसिंह जब वहाँ पहुँचे तो उन्हें हालात अच्छे नजर आए।

ठाकुर को रघु साव से कोई उम्मीद नहीं थी। इसीलिए सबके समझाने पर भी जब उनके दोनों बेटे पवन और चिप्पू नहीं माने तो ठाकुर ने हिकारत के साथ कहा, "तो जाओ न फिर, जहाँ सींग समाएँ वहीं जा रहो। यहाँ काहे को ठसक दिखा रहे हो?"

ठाकुर ने और भी कई व्यंग्यबाण छोड़े। ठाकुर की लताड़ ने अपना असर दिखाया। अब तक थोड़े-बहुत असमंजस में खड़ा पवन यकायक आवेश में आ गया और दोनों हाथों से सामान उठाकर बैलगाड़ी में रखने लगा।

ठाकुर को धारा प्रवाह बोलता देखकर माते चुप लगा गए थे। उन्होंने ठाकुर को ज्यादा-से-ज्यादा बोलने का मौका देना चाहा, ताकि इनके गाँव छोड़कर जाने का सारा दोष ठाकुर के सिर मढ़ सकें।

इसीलिए माते ने इत्मीनान से चौंतरा पर बैठकर कट्टी के खलीते में से तंबाकू-सुपारी की थैली निकाली। सरौते से सुपारी के कई टुकड़े किए। तंबाकू हाथ पर रगड़ी। उसमें सुपारी मिलाई। पूरी क्रिया उन्होंने गर्दन झुकाए-झुकाए आत्मलीन होकर निबटाई।

वे ठाकुर की तरफ देखना तक नहीं चाहते थे। कहीं ऐसा न हो कि ठाकुर से उनकी आँखें मिलते ही ठाकुर चुप लगा जाएँ।

अचानक खटर-पटर की आवाज सुनकर माते ने गर्दन उठाई। पवन दोनों हाथों से कनस्तर उठाकर बैलगाड़ी की तरफ जा रहा था।

माते ने एक मुट्ठी में सुपारी-तंबाकू चाँपी और चौंतरा से उठकर पवन को डपटते हुए बोले, "क्यों बेटा, सुनते नहीं हो क्या? इतने बड़े-बड़े लोग-बाग लगे हैं तोहे समझाने!"

अपनी बात पूरी करने के साथ ही माते ने पवन को कनस्तर जमीन पर रखने का संकेत दिया। पवन क्षण-भर को फिर असमंजस में पड़ गया। क्या करे, क्या न करे!

पवन को थिर होता देख माते आश्वस्त हो गए। चेहरे पर यकायक हल्की-सी विजयी मुस्कान तैर आने को हुई। माते ने ठाकुर की तरफ देखा और मुट्ठी में बंद सुपारी-तंबाकू का फाका बनाकर मुँह में घप्प से फेंका।

तभी अचानक पवन ने धप्प से जमीन पर कनस्तर पटके और अपने दोनों हाथ आकाश की ओर उठाए। बेध्यानी में उसका एक हाथ सीधा माते की ठोड़ी पर लगा।

पवन तो तुरंत सँभल गया, मगर इस जरा-सी गफलत में सुपारी का एक टुकड़ा माते के बचे-खुचे दाँतों में से दो दाँतों के बीच की दरार में फँस गया।

माते दाँत कुरेदते जा रहे थे और आज का घटनाचक्र उन्हें बहुत-कुछ सोचने पर विवश कर रहा था।

माते अपनी सब कोशिशों के बाद भी रघु साव को गाँव में रोके रखने में समर्थ नहीं हो पाए थे। पर उन्हें इस बात का संतोष अवश्य था कि चार लोगों को उन्होंने यह बात उजागर दिखा दी है कि ठाकुर की नजर में गाँव की कोई कद्र नहीं। कोई गाँव छोड़कर जाए या मरे, उन्हें अपनी ठकरास दिखानी ही दिखानी है।

ठाकुर के वहाँ से टल जाने के बाद जब बड़े साव, बामन महाराज, मुखिया, मास्साब और ढेर सारे किसान बचे रह गए, तब माते ने चाहा था कि वे एक बार यही बात अपने मुँह से भी कह दें कि अगर ठाकुर को बीच-बचौवल के लिए न बुलाया गया होता तो रघु साव शर्तिया गाँव छोड़कर नहीं जाते।

पर माते ऐसा नहीं कह सके। इसी घटना के दौरान एक और ब्रह्म सत्य का भी आभास जो हुआ था माते को। वह यह कि मोती साव सरपंची के योग्य नहीं हैं।

माते के इतना उकसाने पर भी मोती साव की जुबान से रघु के सामने दो बोल नहीं फूटे। न तसल्ली के, न झिड़क के। सो माते अपना मन मारकर रह गए थे।

अब पिछले तीन घंटे से वे यही सोच रहे थे कि मोती को सरपंची के लिए नामजद करवाकर उन्होंने कोई भूल तो नहीं की न!

माते अपने भाग्य को फिर कोसने लगे–

'सब करमन कौ फेर है, करम बड़े बलवान मोरे भाई, करम बड़े बलवान!'

पर करमों को कोसने का समय भी तो नहीं है माते के पास। दिन ही कितने रह गए हैं लोकसभा, विधानसभा, पंचायतसभा के चुनाव को।

माते कुछ सजग हो आए। तीन घंटे से जिस आसन में बैठकर दाँतों की थाह लेने की दुश्चेष्टा कर रहे थे, उसे वहीं तिलांजलि दी और कट्टी कंधे पर डालकर उठ खड़े हुए।

फिर स्वतः ही बोले, 'दाँतन में जा सुपारी तो मोती साव की नाईं मो सें चैंट गई है।'

दो

मोती साव दुविधा में हैं। ज्यों-ज्यों दुविधा का निदान सोचते हैं, दुविधा बढ़ती ही जाती है। समझ नहीं पा रहे हैं कि क्या करें, क्या न करें। माते ने उनके हाथ में लड़ुवा रख छोड़ा है।

उनका मन तो है उसे खाने का, मगर इस लड्डू को खाने में एक खतरा भी है। वे उस खतरे से डर भी रहे हैं और लड़ुवा खाने का मोह भी नहीं तज पा रहे। दरअसल यह लड्डू जरूरत से जरा ज्यादा सख्त है।

खतरा यह है कि दाँतों से तोड़ा तो दाँतों से हाथ भी धोना पड़ सकता है। तोड़ा तो उसे पत्थर से भी जा सकता है, मगर मोती साव ठहरे बानिया (साहूकार)। पत्थर चलाने का अभ्यास और साहस दोनों ही नहीं हैं।

यों मोती साव ने घर में, जीवन में, कई बार कनक के, मैदा के, मक्का के, तिली के और न जाने किस-किसके लड़ुवा बनते देखे हैं। मक्का, ज्वार और कनक के लड्डू बनने के थोड़े ही दिनों बाद सख्त भी होते रहे हैं। मोती साव ने उन्हें हमेशा दाँतों से तोड़कर खाया है या फिर चटनी पीसनेवाली लुड़िया से।

मगर यह लड्डू पहाड़ से छोटी चोट से तो शायद ही टूटे···

मोती साव दुविधा में हैं।

माते ने जब मोती साव को पहली-पहली बार यह सुसमाचार दिया था कि वे उनका नाम सरपंची के लिए नामजद करवा आए हैं, तब सुनकर कैसा तो खिल उठा था मोती साव का तन-मन। लगा था, जैसे वर्षों पुरानी साध पूरी होने का क्षण आ गया हो।

लेकिन ऐसा हुआ था क्षण-भर को। उसके बाद से तो मोती साव को लगातार याद आ रहे हैं अपने स्वर्गवासी दद्दा। साथ ही याद आ रही है उनकी सीख।

तब मोती साव अभी किशोर ही थे। उनके दद्दा ने उन्हें अच्छी तालीम दिलाने के लिए कटनी महाविद्यालय में दाखिला दिलवाया था। शिक्षा और व्यापार में अग्रणी इस क्षेत्र में आते ही मोती साव वे मोती साव नहीं रह गए थे, जो अपने दद्दा के खँखारते ही चड्डी सँभालते उनके सामने जा खड़े होते थे।

महाविद्यालय रातो-दिन आजादी के तरानों से गूँजता रहता था। वहाँ पढ़ रहे तमाम विद्यार्थी हरदम गाँधी, नेहरू, आजाद, भगतसिंह की बातें किया करते थे।

मोती साव का बारह-पंद्रह बरस का किशोर मन भी इन नामों को सुन-सुनकर कभी बल्लियों उछलता, कभी नाउम्मीदी में डूबता-अतराता।

ठीक उन्हीं दिनों मोती साव के मन की उलझन उनके दद्दा को मालूम हुई। वे तुरंत कटनी पहुँचे और मोती साव को विद्यालय से मुक्त करवाकर वापस गाँव ले आए।

घर आकर दद्दा ने समझाया कि बेटा, हमारे दद्दा बताते थे, कभी झाँसी में अपने पुरखे पूरे ठाठ-बाट से रहते थे। रानी जी की सोहबत में उठते-बैठते राज-काज के झंझट में फँसे और नतीजा यह रहा कि हम खानदानी लोग खानाबदोशी की हालत में आ गए। वह तो गनीमत थी कि उनके साथ बहुतों को भागना पड़ा और उन जैसों ने यहाँ बसेरा डाला। पहले यहाँ घना जंगल था। लड़ाई से बेहाल हुए हम लोगों ने यहाँ डेरा डाला, इसीलिए यह गाँव लड़ैई (लड़ाईवालों का गढ़) नाम से बजने लगा। और अपने परिवार के लोगों की चतुराई ही कहो जो उन्होंने फिर से इस जंगल में भी मंगल ला हाजिर किया।

अब तुम क्या चाहते हो कि हम फिर दर-दर भटकें? 'कोऊ नृप होहि हमें का हानि!' तुम तो अपना धंधा सँभालो और हो सके तो अपने बाप को मरने से पहले वे ही ठाट-बाट जुटाकर दिखा दो जो हमारे बाप के देखते-देखते समय ने उनसे छीन लिए थे।

दद्दा की एक ही डपट ने मोती साव का सारा देश-प्रेम कपूर-सा उड़ा दिया। वे तन-मन-धन से दद्दा की अंतिम इच्छा पूरी करने में जुट गए। न फिर उन्हें दया ने रोका, न धर्म ने, न उन्होंने लोक की चिंता की, न लाज की।

बस— रात-दिन कर्जा देना, कर्जा वसूलना। यही उनकी दिनचर्या थी, यही रात्रिचर्या।

घोड़े पर किसानों की, राउतों की जरूरत का सामान बाँधकर, उसी पर एक कनस्तर में ढेर सारे पकवान बाँधकर, मोती साव जब गाँव से निकलते, तो फिर जाने कहाँ-कहाँ तक के गाँवों, जंगलों की खाक छानकर पंद्रह दिन बाद ही वापस लौटते।

पूरे पंद्रह दिनों तक मोती साव का घोड़ा चदैई की तलहटी से लेकर अंधियारे पहाड़ों के पीछे तक बसे गाँवों में टट्टू की चाल से चलता ही रहता था।

घोड़े पर लदा नून, तेल, छींट के कपड़े—किसानों के घर पहुँचते रहे और बदले में घी, चिरौंजी, रेहन के परनोट घोड़े पर कसे थैलों में।

और जब शुक्ल पक्ष के शुरू में गाँव से गए मोती साव कृष्ण पक्ष के शुरू में घर लौटते तो काली स्याही के टीके से दीखते अँगूठों के निशान की शक्ल में उनके बही-खातों में ढेरों नए असामी दफन हो चुके होते थे।

गाँव के बाकी तमाम सावों की अटारी से फिर भले ही शुक्ल पक्ष का चाँद एक कली, दो कली, तीन कली, चौदह कली, पूर्णचंद्र के रूप में नजर आता था, मगर

मोती साव के तहखाने में बने कोठा में रखे बही-खातों की बदौलत कृष्ण पक्ष हो या शुक्ल पक्ष, पूरे चाँद का प्रकाश बना रहता था।

मोती साव सचमुच सपूत सिद्ध हुए। इनके दद्दा पूरी संतुष्टि के साथ मरे। मन में कोई शल्य लेकर नहीं गए वे इस दुनिया से। वह सब भी नहीं ले जा सके, जिसे जुटाने के लिए न केवल खुद को बल्कि बेटे को भी कुर्बान कर दिया था उन्होंने।

गाँव में आज भी यह माना जाता है कि मरे हुए व्यक्तियों में वे पहले ऐसे व्यक्ति थे जिनका भूत कभी किसी को कहीं दिखाई नहीं दिया। मरते दम उनकी कोई इच्छा जो शेष नहीं थी, फिर भूत-योनी में क्यों जाते वे?

मगर आज उनके अभूतपूर्व सपूत मोती साव दुविधा में हैं।

मोती साव को निंदिया रानी की गोद में जाने में डर लग रहा है। अपनी और अपने असामी की हालत में कोई खास अंतर नहीं दीख रहा आज। सिवा इसके कि अपने असामी के सपनों में मोती साव स्वयं हाजिरी देते हैं, मगर उन्हें डर है कहीं उनके सपनों में दद्दा न आ हाजिर हों।

जीते-जागते डेढ़ पसली के दद्दा से हमेशा डरते रहे मोती साव को डर इस बात का भी है कि भूतों की भारी-भरकम काया वाले दद्दा की तो आवाज ही उनका हाजमा खराब कर देगी।

कहीं आते ही दद्दा ने पूछा कि 'क्यों रे मोतिया, मेरे इतने समझाने पर भी तू उस छिनाल के कोठे पर जाने की बात सोच रहा है!'

तब?

तब क्या जवाब देंगे मोती साव!

दद्दा को सद्‌गति मिले, उन्हें भूत-योनि में भटकना न पड़े, इसीलिए तो मोती साव ने यह सारा उद्यम किया और अब फिर वही राज-काज के झमेले में पाँव फँसाने की तैयारी!

मगर मोती साव क्या करें! ढेरों सपने हैं उनके जो सरपंची मिलने पर ही हल होंगे।

वे जिला शहर गए थे कुछ रोज पहले। वहाँ अपने सहपाठियों की जो दशा, जो ठाट-बाट देखे मोती साव ने, उससे तो उनकी आँखें ही चौंधिया गईं! एक टोपी, एक ओहदे का परताप देखकर बौरा गए थे मोती साव! न कोई काम, न कोई धाम —एक डंडा, एक झंडा, एक टोपी, एक ठीया और जलवे राजाओं से!

और एक मोती साव हैं! बजते भले ही धन्ना सेठ हों, मगर किस कीमत पर! पंद्रह-पंद्रह दिन बीहड़ों की खाक छानने पर न! डाकुओं और जंगली जानवरों की गिरफ्त में हरदम अपनी जिंदगानी रेहन रखने के एवज में न!

माते ने जब पहली-पहली बार उन्हें सरपंची का उम्मीदवार घोषित किया था तब भले ही उन्होंने इसे इतनी तवज्जो नहीं दी थी, मगर सहपाठियों का हाल-हवाल

देखने के बाद से उसे अनदेखा नहीं कर पा रहे हैं मोती साव!

मोती साव ने गणित फैलाया। कितना क्या छोड़ना होगा? कम-से-कम कितना और किसका छोड़ने से वोट बटोरे जा सकते हैं? अहीरों में तो खैर माते हैं ही, और सबसे ज्यादा वोट अहीरों के ही हैं।

ठीक यहीं आकर मोती साव का गणित लड़खड़ा रहा है। अकेले माते जितना मुँह बा रहे हैं, उतने से कम में तो सारे अहीर अपने हाथ में आ सकते हैं।

फिर?

फिर क्या! अभी माते को हाँ-हूँ करके टरकाओ। ऐन मौके पर कुतका (अँगूठा) दिखा देंगे। और रहे तेली, खवास, बढ़ई, धोबी, बसोर, चमार, बरेदी, ढीमर, सो वे तो क्या खाकर मोती साव के कहे में चलने से इनकार कर पाएंगे!

और बानिया? उनका क्या सोच-विचार करना! भला बिरादरी बाहर के आदमी को सरपंच बनते देखकर उनकी अपनी भी नाक नहीं कटेगी क्या? मोती साव उनके लिए मोती साव ही थोड़ेई हैं, वे तो बिरादरी की नाक हैं। बानियों की तो समझो नाक खड़ी है चुनाव में। बचानी हो तो बचाओ, नहीं तो 'कट गई' जैसे शर्मनाक बोल सुनने की कूबत पैदा करो।

फिर भी, दो-चार असामी तो छोड़ने ही पड़ेंगे। तुलसी कक्का का असामी वह गढ़ैया, जो उन्हीं की गफलत के चलते मोती साव की गिरफ्त में आ गया था, उसका कागद तो तुलसी कक्का लिए बिना मानेंगे नहीं।

चलो, दे देंगे। तुलसी कक्का भी खुश और वह असामी भी। उस नासमझ को भी तो केवल उन्हीं का लेंन-देन सुहाता है।

अब उस मूरख को कोई कैसे समझाए कि अँगूठा चाहे मोती साव की बही पर चस्पाँ हो, चाहे तुलसी कक्का की बही पर, फसल तो तेरे खलिहान से, तेरी बैलगाड़ी पर, तेरे टपरे तक जाने से रही।

सो मोती साव को बानिया बिरादरी से कोई अंदेशा नहीं।

अंदेशा तो मोती साव को यों किसी से भी नहीं है; और सबसे है। मगर मोती साव अगर पूरे गाँव में किसी से नहीं डरते तो वह भलामानुस है ठाकुर देवीसिंह, जिससे सिवा मोती साव के पूरा गाँव डरता है।

मोती साव क्यों नहीं डरते, यह या तो स्वयं मोती साव जानते हैं, या ठाकुर देवीसिंह, या फिर माते। और इनके सिवा जो दो जन जानते हैं, वे अज्ञात हैं—उनमें से एक हैं मोती साव के स्वर्गवासी दद्दा और दूसरे हैं मोती साव के भी, उनके बाप के भी, बेटों के भी—अंतर्यामी भगवान।

ठाकुर देवीसिंह यों काफी समृद्ध हैं। हवेली, मवेशी, खेत-खलिहान, लठैत, सब-कुछ हैं उनके पास। बाप-दादों के जमाने से यहाँ की लंबरदारी भी चली आ रही

है उनके पास। और उसी जमाने से चली आ रही है यह आदत भी कि आमदनी से ज्यादा खर्च करो। इसी में ठकरास का गौरव है।

सो किसी आड़े बखत में माते के मार्फत एक परनोट मोती साव की बही में दर्ज करवा चुके हैं।

मोती साव ने उसी दिन से ठाकुर देवीसिंह से भय खाना छोड़ दिया था। यह तो धंधे की नैतिकता का तकाजा उन्हें रोके हुए है वरना अब तक तो मोती साव जिला-भर में ढिंढोरा पिटवा चुके होते।

लंबरदार का कागज रखना तो वैसा ही हुआ जैसे बड़े भैया (बड़े साव) के घर में खनियाधाना के राजा का सतलड़ा हार बिकने आना।

मोती साव को डर लगता है तो केवल अपनी जुबान से। कहीं ससुरी फिसल न जाए कभी!

जुबान पर काबू रखने की और मोर्चा लेने की तैयारी पूरी मुस्तैदी से कर रहे हैं मोती साव।

एक बार सरपंची मिल-भर जाए, फिर तो एम.एल.ए., फिर एम.पी, फिर… हाँ, बड़े साव की तो वो दुर्गत बनाने का इरादा है मोती साव का कि सतलड़ा लिए द्वार पर ठाँड़े मिलेंगे एक दिन!

जाने कब आएगा वह दिन!

आज के दिन तो दुविधा में हैं मोती साव!

सरपंची के चुनाव में खड़े होने का मन बनाने के दिन से आज तक काफी-कुछ गँवा बैठे हैं मोती साव। पूरे इलाके में मोती साव 'महासभाई साव' नाम से बजने लगे हैं। वोट पक्के करने के फेर में खर्च हुई पूँजी का अफसोस तो बहुत होता है मोती साव को, मगर यह सच्चे बानिया सपूत होने की वजह ही कहिए कि मोती साव हर बार यह कहकर मन को तसल्ली दे लेते हैं—'थैली फेंकने पर ही थैला मिलता है मोती!'

यह कहावत मोती साव को तसल्ली दे भी नहीं पाती कि दूसरी कहावत उनकी स्मृति के दरवाजे खड़खड़ाने को तैयार कि 'बानिया सब कुछ आसानी से छोड़ सकता है, पैसे के सिवा।' वह भी सूद का पैसा! और इधर मोती साव के हाथ से वही छूटता जा रहा है लगातार।

जिंदगी में इससे पहले कभी मोती साव अपने पेशे को लेकर इतनी गफलत में नहीं पड़े। मगर इन दो अलग-अलग अर्थ देनेवाली कहावतों ने उन्हें उलझन में डाल दिया है।

ठीक जब पहली कहावत पर अमल करने जा रहे होते हैं, तभी याद आती है यह दूसरी कहावत। और ज्यों ही दूसरी को तरजीह देने का मन बनाते हैं, पहली

कभी डराकर, कभी धमकाकर, कभी प्रलोभन देकर, तो कभी बहलाकर अपने पक्ष में कर लेती है।

दो कहावतों के अर्थानर्थ में फँसे मोती साव आज दुविधा में हैं।

जिला शहर के चक्कर बढ़ गए हैं उनके। हर तीसरे-छठे दिन जाते हैं। शुक्ल पक्ष हो या कृष्ण पक्ष, उनका घोड़ा अब हर पक्ष में, सभी पक्षों से बेखबर, घर के बाहर कसा हुआ खड़ा देखा जा सकता है।

सामान जरूर नहीं होता इन दिनों उसकी पीठ पर। होते हैं एड़ी से चोटी तक लकदक करते मोती साव। अंधा भी उन्हें सूँघकर बता सकता है कि वे जिला शहर ही जा रहे हैं।

जब उगाही पर, साहूकारी पर जाते हैं, तब ऐसे लकदक नहीं दीखते मोती साव। तब तो मैली-फटी अधन्ना धोती, उससे भी ज्यादा चीथड़ा हुई कट्टी और रूखे-सूखे से बाल होते हैं मोती साव के।

जाने कहाँ भंड़या (डाकू गिरोह) मिल जाएँ! बिठा लें वहीं! और गाँव में पहुँचे मोती साव की जगह फिरौती का फरमान!

इस लिबास में बच निकलने की गुंजाइश बनी रहती है। अगर गिरोह में कोई जान-चिह्नार का नहीं हुआ तो कह देते हैं, 'हुजूर ठाकुरजू, मैं तो मुलाजिम हूँ। साव ने हाट करने भेजा है मोय तो। साव तो घर-गाँव में विराजते हैं इस बखत!'

लग गया तो तीर, नहीं तो तुक्का। फिर भरो बानिया गोत्र में देह धरे का दंड।

गाँव का कोई भी अंडी-बच्चा किसी भी साव का लिबास देखकर जान जाता है कि साव इस समय कहाँ की तैयारी में हैं—

लूटने की, लुटने की या तफरीह करने की।

सीधा-सादा तो हिसाब है। अगर साव एड़ी तक धोती और बनियान पहने दीखे तो समझ लो फुरसत में है। लकदक दीखे तो समझ लो शहर जा रहा है। और चीथड़ों में दीखे तो समझो साहूकारी को, बंजी को जा रहा है।

यह लिबास का फर्क है बहुत काम का। इसके चलते जाते हुए साव का कोई पीछे से टोककर अपशगुन नहीं करता। पीछे से गर कोई आवाज देगा तो केवल उसी सूरत में जब आगे जाता साव पहली अवस्था में हो।

मोती साव अब दूसरी अवस्था में ही ज्यादा दीखते हैं गाँववालों को। पिछली बार जब मोती साव गाँव लौटे तो एक नया गुल खिलाया। पूरे गाँवों के लिए अजूबा ही तो था वह।

जाने कहाँ से साँझ होते ही, बानियों के लड़का-वारों की एक टोली प्रगट हुई

और 'मोती साव को वोट दो' 'हिंदू महासभा को वोट दो' कहती हुई पूरे गाँव का फेरा लगा आई।

पूरे गाँव ने खूब लुत्फ उठाया। लोगों ने उम्मीद बाँधी कि चुनाव न होते दिन जब यह तमाशा देखने को मिला तो चुनाव अगर सचमुच होने हुए तब तो जाने क्या गुल खिलाएँ मोती साव!

इस बार जब मोती साव शहर पहुँचे तो उन्हें खबर मिली कि बस, अब बहुत जल्द चुनाव होंगे। वे ठीक समय पर आ जाएँ अपना नामांकन पत्र भरने।

मोती साव की प्रसन्नता की सीमा नहीं रही। वे तो कब से चाहते थे कि यह दिन जल्दी आए। समय और धन दोनों बहुत जो खर्च हो चुका है मोती साव का। अब यह घड़ी करीब है तब खर्च से क्या कतराना!

सो इस बार जब मोती साव गाँव लौटे तब उनके साथ थी एक नौटंकी मंडली।

पूरे तीन दिन गाँव में एक भी अंडी-बच्चा तक नहीं सोया। हाँ, अपने सपूतों को जरूर डपट दिया था पहले ही दिन मोती साव ने—खबरदार जो किसी ने मदरसे की तरफ सिर करके नींद भी ली तो!

तीन दिन खूब चर्चा होती रही मोती साव की। जाने कहाँ-कहाँ के तो मानुस आए थे नौटंकी देखने! इतनी दूर-दूर तक चर्चा हुई मोती साव की कि मोती साव संजीदा होकर यह सोचने बैठ गए कि क्यों न पहली ही बार में सीधे एम.एल.ए. के चुनाव में खड़ा हो लिया जाए। सरपंची उन्हें छोटी लगने लगी अपने आकार से। ऐसे में पहुँच से दूर तो अब क्या खाकर लगती सरपंची।

मोती साव को लगा कि अब तो माते को बेझिझक कुतका दिखाया जा सकता है। माते की अब उन्हें क्या दरकार! अकल और पैसे के सम्मिश्रण का नाम है मोती। अब तो वे चुनाव जरूर जीतेंगे। तब देखेंगे बड़े साव को भी। वे, जो बार-बार ठाकुर की टक्कर में उन्हें कमजोर बताते फिरते हैं...

लेकिन यह क्या...? मोती साव की दुविधा तो बजाय घटने के बढ़ती ही जा रही है।

लाख कर्जदार हों ठाकुर देवीसिंह मोती साव के, मगर इतना-भर हो जाने से क्या वे ठाकुर नहीं रह जाते! वे पहले ठाकुर हैं, बाद में ठाकुर हैं, और हर हाल में, हर काल में ठाकुर हैं। यह क्यों याद नहीं रहा मोती साव को?

मोती साव दुविधा में हैं...

ठाकुर देवीसिंह का संदेशा मिला है कि अगर चौदस तक चुनाव में उम्मीदवार बनने का इरादा नहीं तजेंगे, तो फिर ठाकुर को नागवार गुजरेगा।

आज अष्टमी है और दुविधा में हैं मोती साव! छः दिन हैं अभी चौदस आने में। क्या करें मोती साव? अगर चौदस को वही निर्णय करना है तो फिर आज ही

क्यों नहीं? नाहक ही छः दिन की नींद क्यों हराम रखी जाए? अगर आज नहीं लेना है तो फिर चौदस को भी नहीं लेना होगा।

इस तरफ तो उनका ध्यान ही नहीं गया था। जाता भी कैसे? ससुरा चुनाव-उनाव लड़ने की कभी ठानी होती तब न जाता!

किससे मशवरा करें मोती साव? कौन है यहाँ अपना? पहले तो माते थे, मगर इधर जब हर आदमी की जुबान पर अपना नाम चस्पाँ देखा तो खुद मोती साव ने ही माते से कन्नी काटना शुरू कर दिया था। जैसे ही माते को यह यकीन हुआ कि साव के लक्षण ठीक नहीं हैं, वे भी किनारा कर गए।

बाकी बची अपनी बिरादरी।

उससे भी कोई उम्मीद की जा सकती है भला! बानिया तो यों भी झगड़े की नौबत आने पर, खुद पर आ बने तब भी, गड़ा पत्थर उखाड़ने का ढोंग करता है। ऐसे में अगर ठाकुर के लठैत दरवज्जे पर आ गए तो वे या तो अपनी-अपनी बाखर में दुबक जाएंगे, या फिर दूर से ही 'अरे नहीं भैया, अरे नहीं भैया' चिल्लाते रहेंगे। चाहे इस बीच मोती साव ढेर ही क्यों न हो जाएँ।

फिर मूल बात यह कि इतना भी होता तो तब न, जब बिरादरीवाले मोती साव के साथ होते। इधर जब से मोती साव ने सरपंची के लिए मन बनाया है, सबसे ज्यादा मनोबल तो गिराया है इन बिरादरीवालों ने ही। ठाकुर ने तो अब खबर पहुँचाई, बिरादरीवाले तो जाने कब से ऐसा सलूक कर रहे हैं जैसे यह खबर सदियों पहले से आई हुई हो!

मोती साव जैसा चौकस चौपड़बाज आज पसोपेश में है, सोच में है।

दुविधा में हैं मोती साव!

तीन

वर्षों बीत गए उन बातों को हुए, मगर बड़े साव को वे बातें इस तरह याद हैं जैसे कल ही की बात हो। जब से मोती चुनाव में उतरा है, बड़े साव को वे बातें कुछ ज्यादा ही याद आने लगी हैं। यों उन्हें भूले तो वे कभी नहीं थे, फिर भी पहले इस तेजी से, इस शिद्दत से उनके दिमाग में हरदम चक्कर नहीं लगाती थीं वे।

यही मोती जब कटनी से लौटा था तो दिन-दिन भर उनकी पौर में बैठकी जमाया करता था। 'बड़े भैया, बड़े भैया' कह-कहकर हलकान किया करता था। तब इसके मुँह से गाँधी, नेहरू, सुभाष, आजाद और भगतसिंह जैसे नाम फूटते थे।

साहूकारी को निकृष्ट धंधा बताता था यह मोती।

'यह भी कोई धंधा है। दूसरे के हाड़ पर हमेशा गिद्ध-दृष्टि रखना।'

गाँव में मदरसा खुलवाने के, मोटर चलवाने के सपने देखा करता था मोती।

अपने सगे दद्दा को उठते-बैठते, सोते-जागते, हर हाल में कोसा करता था। उनका चाल-चलन, रहन-सहन, बात-व्यवहार, व्यापार-व्यवसाय, धर्म-पाखंड, कुछ भी तो फूटी आँख नहीं सुहाता था मोती को।

पर ये सब कित्ते-से दिनों की बातें थीं। अंततः तो वही हुआ जो बड़े साव पहले ही दिन से जानते थे। धीरे-धीरे जाने कहाँ बिला गईं वे बातें! वे सपने!

देखते-ही-देखते मोती, मोती साव में बदल गया। वे ही बही-खाते मोती की पूँजी हो गए, जान से भी ज्यादा अजीज हो गए, जिन्हें कभी कब्रिस्तान कहता था मोती। उनमें लिखी इबारतें रटना मोती का धर्म हो गया।

किसी और को मोती के कायाकल्प पर आश्चर्य हुआ हो तो हुआ हो, मगर बड़े साव को रत्ती भर भी नहीं हुआ। वे जानते जो थे मोती की अंतिम परिणति।

पर ऐसा भी नहीं हुआ कि मोती ने उन्हें आश्चर्य में डाला ही न हो! मोती ने तो वह कर दिखाया जो बड़े साव की पिछली सात पीढ़ियों ने भी करने की हिम्मत नहीं की होगी। जिसे करने की जुर्रत अपने वंश में तो क्या, पूरी बानिया बिरादरी में कभी किसी ने नहीं की होगी।

मोती की उस 'न भूतो न भविष्यति' करतूत पर तो पूरी बानिया बिरादरी ने दाँतों तले अँगुली दबा ली थी।

साहूकार बिरादरी के अलिखित संविधान के मुताबिक हर असामी से दी गई रकम या वस्तु पर रुपया सैकड़ा तिमाही सूद लिया जाता है।

किसी भी साहूकार से कर्जा लो, ब्याज-दर एक ही रहेगी। अलबत्ता यह साहूकार के मिजाज और साहूकार-असामी के संबंधों पर निर्भर करता है कि रकम के बदले साहूकार गहने-गुरिया, बासन-भांडे, चीज-बसत गिरवी रखता है या नहीं।

अपनी पहुँच और जरूरत की भरपाई करने में समर्थ कोई भी कर्जा चाहनेवाला कभी भी साहूकार तक बेधड़क पहुँचे और इन पत्थर की लकीर की तरह कायम शर्तों पर अपनी जरूरत का सामान जुटा ले। इससे किसी साहूकार को कोई एतराज नहीं होगा।

हाँ, अपने असामी को कोई दूसरा साहूकार कर्ज देता दीखे तो एतराज दर्ज होगा।

मोती साव ने सबसे पहले इस विधान को तोड़ा। डंके की चोट तोड़ा। यह कहकर तोड़ा कि यह कोई विधि का विधान तो है नहीं, जो मेटा न जा सके। हमारे दद्दा के अड़ियलपन के चलते हमारी साहूकारी न के बराबर रह गई है, सो हम तो आसन शर्तों पर अपनी साहूकारी जरूर बढ़ाएंगे।

वही कहावत कि थैली फेंकेंगे, तभी तो थैला मिलेगा!

एक रुपया सैकड़ा तिमाही की जगह पंद्रह आना चौमासा सैकड़ा सूद और खलिहान के बजाय घर से नाज नपवाने का मोती साव का नया विधान रंग लाया।

किसान के लिए इससे ज्यादा खुशी की बात क्या हो सकती थी कि खलिहान से वह अपनी पूरी फसल अपने घर तक ला सके! यह तो सदियों से किसी ने सपने में भी नहीं सोचा था।

उनका तो फसल को लेकर सीधा-सा एक ही गणित था।

साहूकार से बीज उधार लेकर बोना, उस पर हाड़-तोड़ मेहनत करना, फिर भाग्य और भगवान के भरोसे वर्षा रानी का इंतजार, या फिर सूखा न पड़े इसके लिए नदी और बामन महाराज को चढ़ावा चढ़ाना।

फिर यदि बाढ़ या सूखे से फसल बच गई तो पक जाने पर उसे काटकर, सुखाकर, फटककर लेनदारों का इंतजार करना।

बामन, नाई, धोबी, लुहार, बढ़ई, बसोर, मंदिर—इन सबका हिस्सा देने के बाद लंबरदार को तौजी और साहूकार को सूद के बदले फसल नपवाना।

तब भी अगर शेष बच जाए कुछ, तो उसे घर में लाकर उसी से अगले चौमासे की रोटी-रोजी चलाना और उसी को परचूनिए की दुकान तक पहुँचा-पहुँचाकर नून, तेल, तंबाकू, कपड़ा-लत्ता या गाय-भैंस की खरीद-फरोख्त करना।

दूर-दराज तक के गाँवों में जिसने सुना उसी ने मोती साव को सराहा। बुजुर्गों ने अशीषा, जवानों ने नए सपने बुने। देखते-देखते मोती साव की साहूकारी बरसाती

नाले की तरह चहुँ ओर फैल गई।

बाकी साहूकार यह तय नहीं कर पा रहे थे कि वे मोती साववाला रास्ता अपनाएँ या नहीं।

काफी सोच-विचार के बाद उन्हें लगा था कि जब अंततः मोती को ही उनके रास्ते पर आना है तब नाहक ही हम क्यों झुकें?

हालांकि इस बीच कई साहूकारों के पुराने असामी टूट गए थे। मोती ने नए कर्जदार तो पैदा किए सो ठीक किया, मगर कई पुराने कर्ज में डूबे किसानों को इतनी रकम उधार दी जिससे वे अपने पुराने साहूकार का हिसाब साफ कर सकें।

किसान को इस व्यवस्था से भला क्यों गुरेज होता! जब कर्जदार ही रहना नियति है तो कम सूदवाले का सही।

बड़े साव मोती की चालाकी को बहुत पहले भाँप चुके थे। उसे प्रकट करने का रास्ता होता कोई तो कर भी देते, मगर मोती की कलई खोलने के लिए जितना झुकना पड़ता, उसमें अपनी नंगई उघड़ जाने का खतरा था।

पूरे गाँव-सिवान के लोग भले ही मानते हों कि मोती साव से कर्ज लेना नफे का सौदा है, मगर बड़े साव इसे नहीं मान पाते।

ठीक है कि मोती पंद्रह आने चौमासा सैकड़ा सूद लेता है, मगर बीज का अनाज जिस दाम लगाता है वह तो औरों से तिगुना होता है। जहाँ सभी साहूकार बीस रुपया पसेरी बीज देते हैं, मोती पचास रुपया पसेरी देता है।

मोती का दावा है कि वह साफ-सुथरा, हीरे के दानों जैसा बीज देता है।

हुँह! इसमें मोती का क्या करिश्मा! करिश्मा तो मोती की चतुराई का है।

बाकी साहूकार खलिहान से अनाज उठाते हैं। उसी में से कुछ हिस्सा बीज के लिए रोककर बाकी सारा अनाज हाट में बेच आते हैं, या फिर खेत-मजदूरों को कुसमय में बेच देते हैं।

मगर मोती खलिहान से अनाज नहीं उठाता, घर से उठवाता है।

ज्योंही किसान के घर में अनाज पहुँचता है, उसकी घरवाली उसे अच्छी तरह धो-बीन-फटककर सहेजती है। पसीना सींचकर पैदा किए अनाज के दानों के साथ दुराव करने की तो वह कल्पना तक नहीं करना चाहती। सो यह जानते हुए भी कि इसमें से ज्यादातर अनाज साहूकार ले जाएगा, वह पूरे अनाज को साफ करने का पुण्य कमाने से अपने को वंचित कैसे रखे!

इसीलिए मोती के हिस्से आता है साफ-सुथरा, मोती के-से दानों जैसा अनाज।

उधर बारामासी तंगहाली के चलते किसान को यह याद ही नहीं रहता कि सोने के सिक्के जैसा यह दाना, जिसे मोती साव के हाथ में देखकर उसके मुँह में पानी आ रहा है, जिसके वह मुँहमांगे दाम देने जा रहा है, वह दरअसल उसी का करिश्मा है।

जिसमें मोती साव की भूमिका महज इतनी है कि वे उस पर कुंडली मारकर बैठे हुए हैं।

उस बीज को बोने के बाद अच्छी फसल हुई तो मोती साव के जस में दो चाँद और टँक जाते हैं, और अगर फसल पहले जैसी या उससे भी कम हो तो अपने भाग्य को कोसता हुआ किसान जा पहुँचता है वामन महाराज के चरणों में ग्रहदशा सुधरवाने।

अब यह सारा खेल बड़े साव समझाएँ तो किसे समझाएँ! खुद भी तो खपरैल वाले मकान में ही रहते हैं न!

मोती साव ने जो किया, उसे कोई और भी कर सकता था। बड़े साव भी कर सकते थे। मगर उन्होंने कभी ऐसा सोचा तक नहीं था। भला बिरादरी से अलग-थलग अपना नियम-कायदा चलाने की बात सोचना वाजिब है क्या?

फिर किसान को ऐसी सहूलियत देने में एक आशंका भी तो थी।

सभी साहूकारों का अनुभव इस बात का गवाह है कि यदि किसान के घर तक अनाज पहुँच गया तो फिर उससे निकलवाना टेढ़ी खीर है। फिर तो वह बादशाह हो जाता है।

मोती ने अलग रीति चलाई। ब्याज-दर, ब्याज-अवधि ज्यादा इसीलिए रखी कि अगर किसान बादशाह बनने की सोचे तो उससे पहले यह भी सोच ले कि इतना सस्ता साहूकार फिर ढूँढ़े भी नहीं मिलेगा।

तब भी कितने दिन चला पाया मोती अपनी रीति? अगर वह बानिया है तो वे भी किसान हैं!

आखिर लौटना पड़ा न पुरानी रीति पर!

अब साहूकारी जरूर इस बीच बढ़ गई। सो टंटे भी तो बढ़े। कौन नया जरूरतमंद जाता है अब उसके दरवज्जे!

बेसब्र साहूकार तो खप जाए एक बार को, अपनी जुबान पर न टिके रहनेवाले बेजुबान की कोई गुजर नहीं यहाँ।

पूरी बिरादरी की छाती पर आएदिन मूँग दलने को उतारू मोती से बड़े साव निजात चाहते हैं। ऐसा सबक सिखाना चाहते हैं कि मोती की आनेवाली सात पीढ़ियाँ भी याद रखें।

यह तो गनीमत है कि मोती उनका चचेरा भाई है। और सगा भी होता! तो क्या! बिरादरी की खातिर तो वे उसे भी त्यागने से नहीं चूकते।

मोती से नाराजी की वजह कोई निजी तो है नहीं। आपसी कलह होती तो साव जज्ब कर जाते, मगर यहाँ तो मामला पूरी बिरादरी का है।

अब बताओ, पहले तो पूरी बिरादरी से अलग रीति-नीति चलाई। राम-राम करते वह टंटा दूर हुआ तो जीवन का सबसे अहम मगर सबसे ज्यादा बचकाना काम करने

पर आमादा है। ठाकुर देवीसिंह के खिलाफ चुनाव लड़ेगा। बाप-दादे राज के काज में टाँग अड़ाने की हिमाकत के चलते घर से बेघर हुए थे। वही फिर!

भाई, बानिया हो तो बानियों जैसे काम करो। उसी में जस कमाओ चाहे अपजस! जिस राजनीति के मायामृग ने बड़े-बड़े सूरमा, तोपची, राजे-रजवाड़े चित-पट कर दिए, उसमें एक बानिया क्या खाकर ताल ठोंकेगा! यह तो डंडे के जोर की कसरत ठहरी।

बड़े साव को पूरा यकीन है कि मोती के चलते पूरी बिरादरी ठाकुर की कोपभाजन बनेगी एक दिन। फिर, ठाकुर भी कोई ऐरे-गैरे नहीं, स्वयं लंबरदार!

बड़े साव ने मोती को पहले-पहल बड़े भैया की हैसियत से समझाना चाहा था। मगर मोती तो इन दिनों हवा के घोड़े पर सवार है। उसे कहाँ दीख रहे हैं बिरादरीवालों के आशंकित चेहरे?

वह तो उल्टा उन्हीं को समझाने लगा—"बड़े भैया, तुमसे तो हमें यह उम्मीद नहीं थी। तुम्हें तो हमारा हौसला बढ़ानेवाली बातें ही शोभा देंगी। हम तो अब तक इसी से किसी बिरादरीवाले कक्का, नन्ना से नहीं मिले कि जब हम तुम्हारे छोटे भाई हैं तो बिरादरी तो हमारे साथ है ही। और फिर बड़े भैया, हम क्या ये सब अपने लिए कर रहे हैं? हम तो यह चाहते हैं कि बिरादरी की नाक ऊँची हो जाए। कोई ससुरा जात-कुजात का, हम बानियों के आगे सीना तान के न चलने पाए। और आप हमें पीछे धकेलने की फिराक में हैं! पर बड़े भैया, हम भी जिद्दी हैं जनम के। जो ठान लिया, सो ठान लिया। अब पीछे तो हट नहीं सकते, व्यापारी जो ठहरे। फिर चाहे कितना भी घाटा हो, उससे क्या डरना!"

मोती का यह दृढ़ निश्चय जान लेने के बाद से बड़े साव लगातार यह तय करने की कोशिश में हैं कि उन्हें कौन प्यारा है—मोती या बिरादरी? फैसला जल्दी ही करना होगा। जाने कब ठाकुर अपनी-सी पर आ जाएँ! जल में रहकर मगर से बैर⋯भला किया है कभी किसी ने किसी काल में? भला सधा है कभी किसी से, किसी काल में?

जल⋯

हाँ, जल⋯

तीन तरफ से पहाड़ों से घिरे और एक तरफ बेतवा नदी से छिके इस लड़ैई गाँव से जिला शहर जाना हो तो दो रास्ते हैं। एक तो नदीवाला रास्ता जिसमें नदी पार करके जाना होता है। तब पहुँचते हैं राजघाट। वहाँ से मोटर लेकर पहुँचे चंदेई या लतपुर, फिर वहाँ से जिला शहर।

दूसरा थोड़ा छोटा, मगर ज्यादा असुरक्षित है जंगल-जंगल, पहाड़ के किनारे से निकलकर, चंदेई की तीन सीधी घाटियाँ चढ़कर चंदेई पहुँचे और वहाँ से मोटर में बैठकर जिला शहर जा पहुँचे।

कहते हैं, आवश्यकता आविष्कार की जननी है। इस दूसरे रास्ते की खोज पर यही बात लागू होती है।

जाने कब-किसने यह महसूस किया कि बड़े पहाड़ और छोटे पहाड़ के जहाँ किनारे मिलते हैं, वहाँ बीच में से अगर एक पगडंडी निकाली जाए तो नदी नाकने से मुक्ति मिल सकती है।

काम काफी परिश्रम का था, मगर उस जबरदस्त इच्छा-शक्ति के धनी को असंभव नहीं जान पड़ा।

दिनों तक लोगों के बीच उस संभावित रास्ते के बारे में विचार-विनिमय होता रहा। कई-कई लोगों ने पहाड़ चढ़कर, पहाड़ उतरकर, इस पार, उस पार का मुआयना किया।

हाँ, रास्ता बन तो सकता है। मगर इतने पत्थर हटाएगा कौन? और पत्थर भी तो कहने-भर को पत्थर हैं। हैं तो पूरी शिलाएँ की शिलाएँ।

अगर हटा भी लीं तो रखेंगे कहाँ? और हटाएंगे कब तक?

इतना तय था कि अगर पत्थर हट सकें तो न केवल एक कम दूरीवाला रास्ता मिल जाएगा, बल्कि न जाने कितने और देहातों से संपर्क बढ़ जाएगा। चरागाह बढ़ेगी, जलावन ज्यादा मिलेगा सो अलग।

लोग-बाग सोचते, फिर कुछ आजमाइश करके देखते। कुछ आजमाइश होती, फिर कुछ दिनों सोचते रहते, कि जाने कब किसकी बुद्धि में एक विचार कौंधा।

एक रोज गाँववालों ने देखा कि पहाड़ से थोड़ा हटकर जो बरगद का पुराना पेड़ है, उसके नीचे एक पत्थर काला नहीं, गेरुआ-सा है। उसके पास ही अगरबत्ती जल रही है।

फिर जाने किसने, किसे, कब, जागते में या कि सपने में बताया कि वह पत्थर नहीं, साक्षात् पथरा बब्बा हैं। वहाँ से आने-जानेवाले हर राहगीर की रक्षा करने का वचन दिया है उन्होंने।

बदले में वे बब्बा इतना-भर चाहते हैं कि हर आने-जानेवाला उनके थान (स्थान) पर नारियल की जगह एक पथरा चढ़ा दिया करे।

जो ऐसा नहीं करेगा, उस पर कोई भी दैवी संकट आ सकता है—यह चेतावनी देना भी नहीं भूले पथरा बब्बा के सेवक देव, उस स्वप्न या प्रत्यक्षदर्शी को।

जाने कितने बरस बीत गए उस बात को! आज तो उस रास्ते का रूप ही कुछ और है। कोई बिना यह सब जाने, उसे देखे तो कह तक नहीं सकता कि कभी यहाँ दोनों पहाड़ एक-दूसरे से गलबहियाँ किए रहते थे—कि यहाँ से चींटी भी बिना सौ फीट की चढ़ान-उतरान किए इस पार से उस पार नहीं जा सकती थी।

आज तो दो-दो बैलगाड़ियाँ एक-साथ दौड़ाकर लड़ैई से सिद्धनपुर तक ले जाई

जा सकती हैं। अलबत्ता उस रास्ते से सौ कदम पहले बड़े पहाड़ के किनारे पर पत्थरों का अंबार देखकर जरूर चौंक सकता है नया राहगीर। डर भी सकता है। कहीं जनाउर (शेर) की माँद तो नहीं यह?

डरे या न डरे, पर पत्थर तो उसे भी चढ़ाना होगा वहाँ।

आसपास नहीं दीखता तो इसमें किसी और का क्या दोष? दोष तो खुद उसी राहगीर का है। उसे खुद फर्लांग पहले चेत जाना चाहिए था। ध्यान रखना चाहिए था कि आगे पथरा बब्बा का थान आनेवाला है, वहाँ चढ़ाने के लिए पत्थर अभी से हाथ में रख लूँ।

कहते हैं, पहले-पहल जो लोग इस रास्ते से आते-जाते थे, उनकी काँखरी में या कंधे पर एक हथौड़ा भी रहता था। यहाँ पहुँचने पर उन्हें पहले किसी भी बड़े पत्थर को तोड़कर उसके कई टुकड़े करने होते थे। फिर उन टुकड़ों में से एक टुकड़ा वे पथरा बब्बा को चढ़ाते थे, सिर नवाते थे और अपना हथौड़ा पथरा बब्बा के संरक्षण में छोड़कर आगे चले जाते थे।

वापसी में अगर कोई टुकड़ा नहीं दीखा तो पथरा बब्बा से, वही हथौड़ा जो बब्बा ने पूरी हिफाजत से रखा होता था, माँगकर, फिर किसी पत्थर को तोड़कर एक टुकड़ा पथरा बब्बा को अर्पण कर घर आते थे।

इस पगडंडी से और तो सबको सुविधा हो गई, मगर बानियों को नहीं हुई। यहाँ के सभी बानिया जैन-धर्मावलंबी हैं, उसमें भी दिगंबर जैन। 'पथरा बब्बा' उनके देवताओं की गणना में कहीं नहीं आते। सो वे देव होंगे औरों के लिए, उनके लिए तो हुए कुदेव।

अब कुदेव की पूजा करके अपना परलोक कौन बिगाड़े? यों अगर वे उन्हें पत्थर चढ़ाए बिना निकल भी जाएँ तो कोई उनका पाँव पकड़कर तो रोकने से रहा। मगर लाख अलग धर्म माननेवाले हों, कुदेवों के कोप से बेखबर तो नहीं हैं न! परलोक तो दूर, कहीं इहलोक पथरा बब्बा से निजात पाने में ही व्यतीत हो गया, तो!

इसीलिए बानिया लोग आज भी चँदेई जाने के लिए तीन कोस ज्यादा पैदल चलकर, राजघाट पर बैठे रहकर मोटर का इतनी-इतनी देर तक इंतजार करते हैं, जितनी देर में अन्य लोग प्रायः चँदेई से लौटावाद कर आते हैं।

मगर उस दिन मोती साव से चूक हो गई।

हर तीसरे दिन जिला शहर में यह पता करने को कि कब भरना होगा उन्हें नामांकन-पत्र, जाते रहे मोती साव। मोती साव को इन दिनों अगर किसी चीज का अभाव नजर आता है तो वह है समय का अभाव।

इसी अभाव की पूर्ति के फेर में उस रोज मोती साव नदीवाले रास्ते से राजघाट

पहुँचने के बजाय पथरा बब्बा के सामने से चंदेरी जाने को निकल पड़े। फिर उस रोज तो वे कुछ और ही तय करके चले थे घर से।

घर से चलते समय मोती साव ने पूरी सावधानी से काम लिया। अलस-सुबह निकल पड़े थे। पथरा बब्बा को पत्थर चढ़ाने के पहले चारों तरफ देखभाल भी लिया था। दूर-दूर तक जब कोई नहीं दीखा तभी घोड़े की पीठ पर बंधे थैले में से पत्थर हाथ में उठाया था।

जैसे ही उन्होंने पत्थर चढ़ाया, अचानक आकाशवाणी हुई,

"जै राम जी की साव!"

मोती साव के हाथ जहाँ-के-तहाँ ठिठक गए। कुछ पल उसी मुद्रा में थिर रहे आने के बाद इस संशय के साथ उन्होंने गर्दन ऊपर उठाई कि कहीं यह आवाज उनके मन का भ्रम ही तो नहीं है?

तभी आकाशमार्ग से घूमा ठीक उनकी आँखों के आगे आ उपस्थित हुआ।

अपने से कुल दस कदम पर छः फुटे घूमा को साक्षात् पाकर साव सनाका खा गए। वे तो गिर ही पड़ते अगर छुआछूत की शाश्वत दुविधा ने घूमा को आ घेरा होता।

"तू यहाँ क्या कर रहा था?" घूमा की गिरफ्त में से अपने-आपको मुक्त करके पूछा मोती साव ने। उन्हें अभी भी यकीन नहीं हो पाया था कि वह घूमा ही है।

भला घूमा इतनी सुबह जंगल में क्यों आने लगा?

जरूर यह घूमा के रूप में पथरा बब्बा की चाल···

और यह सोचते ही वे फिर कंपकंपाने लगे।

"हम तो कैंत तोड़ने आए थे साव!" घूमा ने बताया।

अब मोती साव के सामने इस बात पर विश्वास करने के सिवा कोई चारा नहीं था कि कोई भूत-व्यंतर नहीं, यह घूमा ही है। उन्हें यह यकीन हो चला कि जरूर यह पथरा बब्बा कुदेव है। जभी उसने आज उनकी मति भ्रष्ट कर दी। अभी सुबेरा भी हुआ नहीं पूरी तरह और दो-दो पाप लग चुके हैं उनके सिर।

पहला तो कुदेव की पूजा और दूसरा बसोर को छुआना-छूना।

घूमा, घूमा ही है, भूत-व्यंतर नहीं, इस जानकारी ने जहाँ मोती साव को भयमुक्त किया, वहीं उतना ही नए भय के फेंटे में भी डाल दिया।

अब क्या करें? क्या करना चाहिए?

घूमा को बहलाएँ-फुसलाएँ ताकि वह गाँव में किसी को बताए नहीं, मोती साव की कुमति के बारे में? मगर उसमें तो समय लगेगा।

इस बीच अगर कोई आ गया तो?

नहीं-नहीं, अभी तो यहाँ से झटपट गदबद देनी चाहिए।

मोती साव तो अभी कुछ तय कर भी न कर पाए थे कि घूमा ने इस काम में

पहल कर दिखाई। उसने झटपट गदबद दे ली गाँव की ओर!

मोती साव चँदेई की तरफ बढ़ते जा रहे थे और आज सुबह-सवेरे जीवन में पहली बार हुई गफलत पर मन-ही-मन पछताते भी जा रहे थे।

मोती साव गाँव में हों तो उनकी दिनचर्या कुछ इस तरह शुरू होती है—भोर में उठना, उठकर जंगल जाना। आकर दातुन-कुल्ला करना। फिर रस्सी-बाल्टी लेकर कुँए पर जाना। वहाँ स्नान करना। फिर मंदिर जाना।

वहाँ से मंदिर की रस्सी-बाल्टी, छन्ना और कलश लेकर कुँए पर पहुँचना। पानी खींचकर, छानकर कलश भरना। उसे मंदिर में लाना।

मंदिर की पूजावाली धोती पहनकर पूजा की सामग्री धोना। फिर सिल-बट्टे पर चंदन घिसकर एक छोटी कटोरी में चंदन रखना। पूजा की सामग्री एक थाली में सजाना। फिर एक छोटी कलशी में पानी भरकर भगवान पार्श्वनाथ की प्रतिमा को स्नान (पृछाल) करवाना। फिर पूजन करना।

अगर बहुत समय हुआ तो थोड़ी देर शास्त्र-पाठ करने के बाद जाप करना। फिर सभी भगवानों की प्रतिमाओं को नमस्कार कर, माथे पर चंदन का टीका लगा, आँखों में पृछाल का गंद्योदक (जल) लगाकर मंदिर से निकलना।

घर जाकर डटकर कलेवा करना। फिर जनेऊ में बंधी ताँबे की दंतकील से दाँतों में फँसे रोटी-सब्जी के टुकड़ों को कुरेदते हुए, अगर फुरसत में हुए तो गाँव में गपियाने या उगाही पर निकलना या फिर घोड़ा कसकर दूसरे गाँव में बंजी को, उगाही को निकलना।

मोती साव को पूरा यकीन होता जा रहा था कि आज जो उनकी मति भ्रष्ट हुई, उसमें जरूर पथरा बब्बा और भगवान पारसनाथ के रक्षक देव-देवी धरणेंद्र-पद्मावती का हाथ है। एक ने अपना माहात्म्य दिखाने को मुझे पथभ्रष्ट किया और दूसरी जुगल-जोड़ी ने मुझे पथभ्रष्ट होने की सजा दी।

जीवन-भर मोती साव भगवान को अपने पक्ष में किए रहे। उनकी पूजा-आराधना में कभी कोताही नहीं की। तभी तो हर संकट में उन्होंने मोती साव का साथ दिया। कितनी बार कितने बीहड़ रास्तों से वे निकले, मगर मजाल है जो आज तक बाल भी बाँका हुआ हो!

मोती साव को रह-रहकर पछतावा हो रहा है कि देखो तो कैसी मति फेरी इस पथरा बब्बा ने मेरी, जो जीते-जागते कठपुतली-से बिरादरीवाले इंसानों की तो परवाह की मैंने, इसीलिए मुँह-अंधेरे उन्हें सोया हुआ छोड़कर घर से निकला, मगर उस अंतर्यामी को बिसरा दिया जो रातो-दिन जागता रहता है, सब-कुछ देखता है।

अब तो एक ही रास्ता है मोती साव के सामने। जिला शहर से लौटते ही मंदिर में सिद्धचक्र शांति विधान करवाएंगे। कुमार्ग पर चलने का जो प्रमाद हुआ

है उसका प्रायश्चित तो करना ही होगा, वरना मरने के बाद जाने कौन-सी योनि में जन्म धारण करना पड़े।

मोती साव को जिला शहर से लौटने में दो दिन लग गए। दोनों दिन वे पथरा बब्बा और धरणेंद्र-पद्मावती के आतंक से मुक्त नहीं हो पाए।

तीसरे दिन गाँव में पहुँचते ही वे अलस-सुबह नहा-धोकर मंदिर में पहुँचे तो देखते क्या हैं कि पूरी बिरादरी पहले से मंदिर में मौजूद है।

मोती साव ने याद करने की कोशिश की—क्या आज कोई पर्व है?

नहीं तो! आज तो सीधी-सादी एकादशी है।

उन्होंने एक-साथ सबको 'जय जिनेंद्र देव की' कहा। मगर किसी ने कोई उत्तर नहीं दिया। बस, सब-के-सब एकटक उनकी तरफ देखते रहे, जैसे उनकी हर गतिविधि पर नजर रखने के लिए ही वे वहाँ इकट्ठे हुए हों।

मोती साव ने उनकी भाव-भंगिमा पर कोई ध्यान नहीं दिया। वे बाल्टी उठाकर कुँए की ओर चलते बने। कुँए से हमेशा की तरह पानी भरा और वापस मंदिर में।

मोती साव अभी मंदिर की सीढ़ियों तक पहुँचे ही थे कि मंदिर के भीतर से आ रही खुसुर-फुसुर ने उनका ध्यान बँटाया।

जिस विनय-पाठ को घोकते हुए वे चले आ रहे थे, वह जाने कहाँ विस्मृत हो गया। मोती साव के पूरे मुखमंडल पर अविनय आ विराजी।

तो क्या इन लोगों को¨?

इससे आगे कुछ नहीं सोच पाए मोती साव। कुछ पल इसी मुद्रा में खड़े रहने के बाद मन-ही-मन कुछ तय करके मंदिर के भीतर पाँव बढ़ाया।

उनका पहला कदम मंदिर की देहरी के भीतर पहुँचा कि यकायक खुसुर-फुसुर बंद हो गई। सब-के-सब पहले की तरह फिर से मोती साव को दत्तचित होकर देखने लगे।

मोती साव ने बाल्टी जमीन पर रखने के साथ ही सूचना दी, "भाइयो, हमसे एक भूल हो गई है, सो इसी चौदस को हम उसके प्रायश्चितस्वरूप शांति विधान करवाने जा रहे हैं। हम चदेंईवाले शास्त्री जी से कह आए हैं। वे त्योरस की संझा तक यहाँ पहुँच जाएंगे।"

अपनी ओर से सुसमाचार सुनाकर मोती साव ने एक बार सशंक भाव से सबकी ओर देखा।

उनके देखने का अनुकूल प्रभाव पड़ा। बिरादरी के लोग विचलित हो आए। यह देखकर मोती साव का साहस बढ़ा। वे बाल्टी का पानी कलश में छानने लगे।

इस बीच बिरादरीवालों ने एक-दूसरे की तरफ रहस्यमय ढंग से देखा और आँखों-ही-आँखों में कुछ तय भी किया।

मोती साव भी असावधान नहीं थे। पानी छानने के साथ-साथ उनकी नजर बिरादरीवालों पर भी थी। आँखों की भाषा पूरी तो नहीं पढ़ पाए, मगर किसी षड्यंत्र की-सी गंध सूँघते ही उन्होंने 'मेरी भावना' का सस्वर पाठ करना प्रारंभ कर दिया। उनके हाथ अपना काम करते जा रहे थे और मुँह से तेज, और तेज आवाज में बोल फूट रहे थे—

जिसने राग-द्वेष कामादिक जीते सब जग जान लिया।
सब जीवों को मोक्षमार्ग का निःस्पृह को उपदेश दिया।
बुद्ध वीर जिन हरिहर ब्रह्मा या उसको स्वाधीन कहो।
भक्ति भाव से प्रेरित हो यह चित्त उसी में लीन रखो।
विषयों की आशा नहीं जिनके साम्य भाव धन रखते हैं।
निज पर के हित साधन में जो निशि दिन तत्पर रहते हैं।

'मेरी भावना' के सस्वर पाठ के साथ-साथ मोती साव ने पानी छानने के बाद पूजा-सामग्री धोई। उसे थाली में सजाया। फिर चंदन पीसने के लिए सिल-बट्टे की तरफ बढ़े।

"मोती! सिल को हाथ न लगाना!" अचानक बड़े साव दहाड़े।

बड़े साव इतनी जोर से बोलने के आदी नहीं हैं, मगर आज उन्हें बोलना पड़ा ताकि बिरादरी का असमंजस दूर जाए, जो दो दिन पहले लिए गए फैसले से इसलिए विचलित हुई जा रही थी क्योंकि मोती प्रायश्चितस्वरूप शांति विधान का संकल्प ले चुके थे। और इधर यह मोती 'मेरी भावना' का पाठ करके अपने भीतर साहस बटोरने का प्रयास करता जान पड़ रहा था।

बड़े साव ने जोर से बोलकर दोनों पक्षों को तो अपनी-अपनी स्थिति में थिर किया ही, अपने-आपको भी संशय-मुक्त किया। उन्हें खुद भी तो ऐसा लग रहा था कि यदि मोती ने पहली बार में उनकी आवाज पर कान नहीं दिए तो दोबारा शायद ही कह पाएँ।

मोती साव के हाथ जहाँ के तहाँ थिर हो गए।

"क्यों?" मोती साव ने अनजान बनते हुए पूछा।

"इसलिए, क्योंकि बिरादरी ने यह तय किया है कि तुम्हें बिरादरी से अलग कर दिया जाए!"

"क्यों?"

"इसलिए, क्योंकि तुमने कुदेव की पूजा की है।"

"की है कि नहीं?" इससे पहले कि मोती साव बड़े साव द्वारा सुनाए गए आरोप के जवाब में कुछ कहें, बिरादरी के बुजुर्ग तुलसी कक्का ने सवाल किया।

"यह तो हम पहले ही कह चुके हैं कि हमसे एक भूल हो गई है, यही तो है वह भूल। इसीलिए तो हम शांति विधान करवाने जा रहे हैं।"

"लेकिन हमें इससे कोई सरोकार नहीं मोती। हमने तो यह तय किया है कि अब हम तुम्हें दिगंबर जैन नहीं मानेंगे। तुम दिगंबर आम्नाय की विधि-विधान से देवाराधना नहीं कर सकते। हमने तुम्हारे लिए दूसरे दालान में एक वेदी रख दी है, सो तुम उसमें वस्त्र पहनाकर प्रतिमा की प्रतिष्ठा कर लो और जैसे चाहो उसकी पूजा-अर्चना करो।"

"हाँ, और यह कान खोलकर सुन लो," तुलसी कक्का को बोलते-बोलते थकान-सी चढ़ आई है, ऐसा आभास होते ही बड़े साव ने हिदायतनामे की डोर अपने हाथ में सँभालते हुए कहा, "तुम नग्न प्रतिमा की और दिगंबर आम्नाय के विधि-विधान से पूजा करने के अधिकारी नहीं रहे आज से।"

"इसका मतलब तो यह हुआ बड़े भैया कि आप लोगों ने हमें श्वेतांबर बनाने का फैसला ले लिया है?"

"हाँ। और सुनो मोती, आज पूरी बिरादरी के सामने हम एक और बात उजागर कर दें। सात पीढ़ी पहले अपने खानदान में नमक बँटा था, यह तो तुम्हें पता ही होगा। आज हम सब पंचों के सामने यह दरख्वास्त कर रहे हैं कि हम तुम्हारे साथ नमक बाँटना चाहते हैं। ऐसा करके हम कोई नया चलन नहीं चला रहे। अपने समाज में सात पीढ़ी बाद नमक बाँटकर सगे रिश्ते को समाजी रिश्ते में, भाईचारे में बदलने की परिपाटी ऋषभदेव के जमाने से चली आ रही है। इसके बाद तुम हमारे बिरादरी भाई तो कहलाओगे, मगर सगे नहीं। फिर हम तुम्हारी रिश्तेदारी में और तुम हमारी रिश्तेदारी में नए सिरे से नाता-रिश्ता जोड़ सकेंगे।"

मोती साव को काटो तो खून नहीं! उन्होंने एक बार पूरी बिरादरी की तरफ सहायता की उम्मीद में देखा, मगर उनकी निगाह में आए कुल जमा बीस झुके नए नरमुंड।

यह क्या से क्या हो गया? कहाँ तो मोती साव यह सोच रहे थे कि पूजा-पाठ के बाद पूरे समाज से अपनी चूक के लिए घर-घर जाकर क्षमा माँगेंगे और साथ ही साथ यह सूचना देंगे कि उनके चुनाव में खड़े होने से पूरी बिरादरी पर जो संकट के बादल छा गए थे, उन्हें हमने दूर भगा दिया है। हम जिला शहर में जाकर पार्टी कार्यालय को बता आए हैं कि हमारे भरोसे मत रहना। हम चुनाव-उनाव में खड़े रहने वाले नहीं हैं। मगर यहाँ जो गाज उन पर गिरी उसने तो उन्हें दूसरी ही दिशा में सोचने पर विवश कर दिया कि नाहक ही वे ऐसा कर आए। जिस बिरादरी को भय-मुक्त करने गए थे, वह बिरादरी तो अब अपनी रही ही कहाँ?

मोती साव अब इतना-भर कर सकते थे कि अपने पीछे हटने की बात खुद अपनी जुबान से न कहें इन गैरों के सामने। सो उन्होंने वही किया।

बिरादरी के तमाम लोग सोच-मगन मोती साव को एकटक निहारे जा रहे थे। सभी को उम्मीद थी कि अब, नहीं तो अब, जरूर मोती रोएंगे, गिड़गिड़ाएंगे।

ऐसा कुछ नहीं होता देख वे सब मायूस-से हो आए।

"अगर पूरी बिरादरी की यही मंशा है तो यही सही।" बिरादरीवालों की उम्मीद से एकदम उलट स्वर में बोले मोती साव, "बड़ै भैया की दोनों बातें हमें मंजूर हैं। पर हम यह बात पूरे दावे के साथ कह सकते हैं कि एक दिन आप लोगों को अपने फैसले पर पछतावा होगा। हम इतने नासमझ तो हैं नहीं। हम जानते हैं कि अगर हम ठाकुर के खिलाफ चुनाव लड़ने की नहीं ठानते तो आप सब हमसे अपना नाता तोड़ने की इतनी जल्दबाजी नहीं दिखाते। अब अगर आप लोगों को इसी में अपनी सुरक्षा दीखती है तो यही सही। हमें अलग से प्रतिमा जी की पूजा-आरती करने से कोई गुरेज नहीं है, पर हम सोचते हैं कि जब दूसरे गाँव, शहर के बिरादरीवालों को पता लगेगा कि आप लोगों ने ठाकुर के डर से हमारे साथ ऐसा सलूक किया, तो हो सकता है, वे आप लोगों के बारे में कोई गलत राय कायम कर लें। हम यहाँ रहकर अलग पूजा-पाठ करेंगे तो एक-न-एक दिन यह भेद खुलेगा जरूर। सो केवल इतनी-सी विनती है कि यह बात किसी बिरादरीवाले से न कहें कि हमें बिरादरी बाहर कर दिया गया है। आप लोग तो हमें शुद्धि का मौका नहीं देंगे, पर हम यहाँ से जाने के बाद जहाँ बसेंगे वहीं सिद्धचक्र शांति विधान करवाकर अपनी शुद्धि करवा लेंगे। तब तक के लिए हम अपनी तरफ से आप सबको वचन देते हैं कि हम दिगंबर विधि से पूजा-आराधना नहीं करेंगे।"

मोती साव का इतना करुण स्वर लड़ैई के किसी भी जन को सुनने का आज पहली बार मौका मिला था। इसीलिए संभवतः किसी ने उन्हें बोलने से रोका नहीं। हालांकि वे क्या कहना चाह रहे हैं, यह सभी जान रहे थे।

मोती साव ने अपनी बात की शुरुआत तो धीर-गंभीर आवाज में की थी, मगर धीरे-धीरे उनका स्वर लरजने लगा था और अंत तक आते-आते तो वे रुआँसे-से हो आए।

मोती साव ने एक बार दूर ही से भगवान की प्रतिमा को नमस्कार किया और धीमे कदमों से चलते हुए मंदिर से बाहर चले आए।

आज जीवन में पहली बार मोती साव ऐसी मुसीबत में फँसे थे जिसके निदान में उन्हें किसी का सहयोग नहीं मिल सकता था।

भला धर्म के मामले में मध्यस्थ का क्या काम? इसमें तो न कभी राजे-महाराजे बिचौलिए बने, न काजी-हुक्मरान, न कंपनी सरकार, न अंग्रेज कलट्टर।

यह तो मोती साव और उनके धरम-भाइयों के बीच का मामला है। पति-पत्नी के नाजुक मामले से भी ज्यादा नाजुक और तिस पर कहीं अधिक पवित्र भी।

मोती साव को अब रह-रहकर अपनी अंतिम विनती पर पछतावा हो रहा था। वह विनती क्यों की उन्होंने? क्या वे जानते नहीं कि भगवान से डरनेवाले उसके ये भक्त, भगवान के मंदिर में बैठकर, भगवान को साक्षी जानकर किसी से भी मोती साव के अधोपतन की बात न कहने की जो प्रतिज्ञा कर रहे हैं, उसे निभाएंगे नहीं!

अभी एक पहर दिन ढलने तक पूरे गाँव के अंडी-बच्चे तक को यह खबर हो चुकी होगी कि मोती साव को बिरादरी से बाहर कर दिया गया है।

मोती साव के जाने के बाद पूरी बिरादरी ने चैन की साँस ली।

जैसे धर्म पर आया कोई घोर संकट उनके सद्प्रयासों के चलते टल गया हो।

जैसे मूर्तिभंजन के लिए कुख्यात औरंगजेब को उसके पूरे दल-बल सहित इन्होंने अभी-अभी खदेड़ा हो!

इस प्रकरण के बाद मंदिर में पूजा-अर्चना का जो समा बँधा, उसने तो पूरे लड़ैई गाँव को चौंका दिया।

'संगठन में ही शक्ति है' का सूचक वह उद्घोष सुनकर गाँव की औरतें, मर्द, बच्चे ही नहीं, पेड़ और पशु तक बारहों महीनों में आनेवाले बानियों के तमाम पर्व और त्योहारों को मन-ही-मन कई बार घोक-घोककर यह याद करने की कोशिश में जुट गए कि आज कौन-सा महापर्व है?

चार

लड़ैई गाँव में संझा मैया दो बार आती हैं। पहली बार उनका आगमन होता है सूरज डूबने के तुरंत बाद जब बानियों के मंदिर से आरती और घंटा बजने की आवाज आती है। इस समय तक जैन-धर्मावलंबी सभी साव-परिवार शाम का भोजन (अंथऊ) करके मंदिर में इकट्ठे होते हैं, आरती करने के लिए, शास्त्र-पाठ (वचनिका) के लिए। ठीक इसी समय खेत-खलिहान में काम कर रहे किसान अपना काम बंद करते हैं। बरेदी ढोरों को वापस लाता है।

दूसरी बार संझा मैया का आगमन होता है इस प्रक्रिया के ठीक एक-डेढ़ घंटे बाद। यानी लगभग एक पहर रात बीत जाने पर। इस बार संझा मैया के आगमन की सूचना देती है वैष्णव मंदिर में भगवान को भोग लगाने से पहले पुजारी द्वारा बजाई जा रही घंटी की टन-टन, टन-टन, टन-टन की आवाज।

यह आवाज संझा मैया के साथ-साथ इस बात की सूचना का भी काम करती है कि ठाकुरजू (भगवान) को भोग लगाया जा रहा है। जिसे भोग लगाना हो, परसाद पाना हो, आरती में शामिल होना हो, वह मंदिर जी में पहुँच जाए।

टन-टन की हर आवाज के साथ अहीरों के घरों से, ठाकुरों के घरों से, बामनों के, गड़रियों के घरों से कटोरी में दूध या घी लिए पुरुष, स्त्री, बच्चे निकलते हैं और मंदिर जी की तरफ तेज-तेज कदम बढ़ाते सरपट चलते चले जाते हैं।

ठीक इसी समय बानिया लोग 'जय संझा मैया की' कहते हुए अपने मंदिर की ओर हाथ जोड़कर नमस्कार कर सोने का उपक्रम करते हैं।

मंदिर से लौटकर घर-घर ब्यारू का दौर चलता है। उसके बाद फसल के दिन हुए तो सोने की तैयारी, मचान पर, खलिहान पर जाने की तैयारी होने लगती है। अगर खाली दिन हुए तो चौपालों में गप्प-गपाड़े के लिए जमावड़ा जुटने लगता है। या फिर होती हैं इस समय गुप्त मंत्रणाएँ। उनके लिए इससे ज्यादा सुरक्षित समय और हो ही क्या सकता है।

ठाकुर देवीसिंह को ब्यारू किए दो घंटे से अधिक समय होने को हुआ, मगर उन्होंने अभी तक सोने का कोई इरादा नहीं बनाया था। घर के बाकी सब लोग

निंदिया रानी की गोद में जा चुके थे। उन्हें ठाकुर के न सोने से चिंतित होने की जरूरत ही महसूस नहीं हुई।

जब से ठाकुर देवीसिंह ने सरपंची के चुनाव में खड़े होने का मन बनाया, तभी से आधी-आधी रात तक जागकर वे किसी का इंतजार करते हैं, यह मालूम है घर के बाकी सदस्यों को।

मगर किसका? यह न किसी को मालूम है और न किसी ने जानना जरूरी ही समझा है कभी।

ठाकुर देवीसिंह के पड़दादा को जब झाँसी रियासत से भागना पड़ा, तब वे कई जगह भटके। खानाबदोशों की-सी उस हालत में वे अपने कई नाते-रिश्तेदारों के दरवाजे पर भी गए, मगर हर जगह से मायूसी ही हाथ आई। अंततः उन्होंने तमाम परिचितों से दूर कहीं बीहड़ में जाने का इरादा बना लिया।

बैलगाड़ियों पर पूरा कुनबा लादकर वे गाँव से गाँव पहुँचते रहे, गाँव के गाँव छोड़ते रहे। जहाँ साँझ हुई, वहीं डेरा डाला। अगली सुबह फिर रवाना। प्रायः गाँववालों को तो मालूम ही नहीं हो पाता था कि बड़े ठाकुर उनके गाँव से यूँ ही गुजर रहे हैं या रात बिता भी चुके हैं।

इस मंजिलहीन यात्रा के दौरान वे एक शाम इस लड़ैई गाँव के मुहाने पर भी पहुँचे। गाँव के बाहर एक बट वृक्ष के नीचे डेरा डाला। पास ही में एक मीठे पानी की बावड़ी और हनुमान जी का देहरा देख चित्त प्रसन्न हो गया। परिवार के लोग खाना बनाने-खाने की तैयारी में जुट गए।

तभी बानियों के मंदिर में बज रहे घंटे की आवाज सुनाई दी। उस आवाज को सुनकर बड़े ठाकुर को जाने क्यों राहत-सी महसूस हुई। वे परिवारवालों को चौकन्ना रहने की हिदायत देकर आवाज की दिशा में चल दिए।

गाँव में पहुँचने पर उन्हें कई जाने-पहचाने चेहरे नजर आए। सबने उनका स्वागत-सत्कार किया। महीनों-वर्षों बाद वही मान-सम्मान पाकर बड़े ठाकुर का रोम-रोम पुलकित हो आया।

देखते-ही-देखते बड़े माते का चौंतरा लोगों से भर गया।

बड़े माते ने इधर बड़े ठाकुर की खातिरदारी का इंतजाम बिठाया, उधर कुछ जवान गाँव की सरहद पर दौड़ाए ताकि ठाकुर-परिवार को ससम्मान गाँव तक लाया जा सके।

सुबह-सवेरे बड़े ठाकुर ने विदा लेनी चाही, मगर लोगों ने उन्हें रोक लिया।

बड़े माते बोले, "यह क्या गजब करते हैं ठाकुर! जब अपनों के बीच आ गए फिर बेगानों में जाने की क्या दरकार! ये सब भी तो आप ही की तरह दर-दर भटकते यहाँ तक पहुँचे हैं। कम-से-कम भाग्य से आपकी सोहबत में, आपकी छत्रछाया

में रहने का जो मौका ऊपरवाला अंतर्यामी हमें देना चाहता है, उसे तो न मेटिए। आपको हम पूरा विश्वास दिलाते हैं कि आपकी शान में यहाँ कभी किसी से कोई गुस्ताखी नहीं होने की।"

माते की यह अदा बड़े ठाकुर को भा गई। यही तो वे चाहते थे। धन-दौलत गई तो क्या आन-बान भी तज दें?

और इस तरह बड़े ठाकुर लड़ैई गाँव में बस गए थे।

बड़े ठाकुर हालात के शिकार थे, गए-गुजरे नहीं थे। राजे-रजवाड़ों से रिश्ते-नाते थे उनके। इतना तो जरूर हुआ था कि गदर के बाद कई नातेदारों का भी वही हाल हुआ जो ठाकुर का अपना हुआ, मगर सभी का तो यह आलम नहीं था। सो धीरे-धीरे बड़े ठाकुर ने बहुत-कुछ जुटा लिया।

गाँव की सबसे ऊँची जगह पर अपनी हवेली बनाई, लंबरदारी पाई और फिर उसी आन और शान के साथ जीवन जीने लगे जिसके वे आदी थे।

हाँ, इतना सब होने के बाद भी यह था आटे में नमक जितना ही। झाँसी में जिन्हें ठाकुर की हवेली देखने का मौका मिला होगा, वे तो क्या खाकर ठाकुर को फिर उसी हाल में मान पाते!

ठाकुर देवीसिंह के हाथ में परिवार की बागडोर आते-आते तो स्थिति यह आ गई थी कि खलिहानों का एक बड़ा हिस्सा मोती साव के परनोट में दर्ज हो चुका था··· परिवार एक घर से छः घरों में बँट चुका था।

ठाकुर देवीसिंह अपने पिता की इकलौती संतान हैं। ठाकुर देवीसिंह की तीन ठकुराइनें भीतर हवेली में तीन अलग-अलग कोठों में रहती हैं। तीनों को आश है कि उनकी कोख से जरूर एक दिन ठाकुर को वंश चलानेवाला मिलेगा।

तीनों का विश्वास है कि अगर ठाकुर अपने चचेरे भाइयों के साथ दगा न करते, उन्हें खेती, मास्टरी और दो को तो गाँव छोड़ने को मजबूर न करते, लंबरदारी का सही-सही बँटवारा होने देते तो आज जरूर उनकी गोद हरी होती। आज जरूर इस आँगन में अखाड़े से लौटा राजकुँवर मट्ठा और दूध का घैला मुँह से जुठारता घूमता होता। आज जरूर ठाकुर बाहर चौपाल में बैठकर उसके ऊधमों के चलते आई शिकायतों का निबटारा करते होते। आज जरूर कंधे पर बंदूक टाँगे ठाकुर की जगह वह शिकार खेलने के लिए डाँग-डाँग दौड़ता होता।

ठाकुर देवीसिंह की तीनों सुहागिनें आज भी उस दिन के इंतजार में हैं। इधर जब से ठाकुर ने सरपंची के लिए मन बनाया है, उन्हें फिर-फिर जवान नजर आने लगा है अपना शौहर। ठाकुर की रंगत में आया फर्क वे भी महसूस रही हैं। ठाकुर की चाल-ढाल में आया बदलाव उनकी नजर से छिपा नहीं है। ठाकुर की व्यस्तता उन्हें भली लगने लगी है।

वर्षों से हवेली में दुबके पड़े रहने के आदी हो चुके ठाकुर अब हर दूसरे-चौथे दिन जिला शहर की तरफ गदबद देते दीखते हैं।

हर बार लौटने पर उनका चेहरा और भी दिप-दिप करता दीखता है।

दीखे क्यों नहीं भला? जिस ठाकुर देवीसिंह को राजमाता ने पहली-पहली बार जिला शहर बुलवाया था, वह देवीसिंह तो वहीं राजमहल में कहीं बिला गया था। उसकी जगह गाँव में लौटा था एक स्वतंत्रता-सेनानी, कांग्रेसी, ठाकुर देवीसिंह।

जिला शहर के हर फेरे के साथ देवीसिंह को अपनी कुछ पुरानी मगर सोई हुई क्षमताओं का भान होता जा रहा था।

अब उन्हें मालूम था कि वे ऐसी पार्टी के उम्मीदवार होने जा रहे हैं जिसे सदियों तक इस देश पर शासन करना है।

उन्हें मालूम है कि वोट उसी को मिलेगा जिसकी लाठी में जोर होगा।

उन्हें मालूम है कि पुलिस, दारोगा उसी को सलाम बजाएंगे, उसी की हिफाजत करेंगे, जिसके हाथ में ताकत होगी।

उन्हें मालूम है कि जब तक अपने लठैत, अपना दारोगा, अपने वोटर और अपना सुरक्षित क्षेत्र न हो, तब तक इस देश में राजनीति में लंबे समय तक बने रह पाने का स्वप्न नहीं देखना चाहिए।

ठाकुर देवीसिंह चुनाव-मैदान में पहले तो केवल इसलिए कूद रहे थे कि गाँव में उनके रहते कोई और सरपंच हो; उन्हें किसी और के हुजूर में खड़ा होना पड़े; वे यह कल्पना तक नहीं करना चाहते थे। मगर चुनावों से पहले ही चुनाव-प्रपंच को ज्यों-ज्यों वे जानते गए, त्यों-त्यों उनकी महत्त्वाकांक्षाएँ बढ़ती जा रही थीं...

सरपंच... विधायक... सांसद... लड़ैई से देश की राजधानी तक के सफर का पूरा भौगोलिक मानचित्र अब उनकी आँखों में हरदम तैरता रहता था।

इस यात्रा की सफलता के लिए अब निहायत जरूरी हो गया था कि वे सरपंच का चुनाव लड़ें, और जीतें भी। ठाकुर के लिए देवलोक तक जानेवाले इस स्वर्णिम मार्ग की पहली सीढ़ी थी अब सरपंची।

इसीलिए आज ठाकुर देवीसिंह को माते का इंतजार है। चुनाव के मैदान में जिस दिन ठाकुर देवीसिंह ने उतरना मंजूर किया, ठीक उसी दिन उनके भीतर यह इच्छा बल पकड़ने लगी थी कि माते को तो उनकी तरफ होना चाहिए था। और माते ने मोती साव का नाम सरपंची के लिए नामजद करवाने के बाद भी जब ठाकुर से जैरामजी की बनाए रखी, तब तो इस इच्छा ने और भी जोर मारा।

ठाकुर को मोती साव से उतना खतरा नहीं था। उन्हें एक किनारे करना तो

उनके बाएँ हाथ का खेल था। इस काम को अंजाम देने के लिए तो उन्हें कोई खास मेहनत भी नहीं करनी थी, उनके लठैत ही काफी थे।

मगर गाँव के किसानों को न तो लठैतों से अपने पक्ष में लाया जा सकता था, न मोती को दरकिनार करके। उन्हें ठाकुर के पक्ष में ला सकते थे केवल माते।

ठाकुर यह अच्छी तरह जानते थे कि किसानों के सामने जब मोती साव और माते में से किसी एक को चुनने का मौका आएगा तो वे माते को ही चुनेंगे, फिर चाहे मोती साव उनके कर्ज का कागज ही क्यों न सामने फाड़कर दिखाएँ। आखिर अपनी बिरादरी में देवता माने जाते हैं माते।

बैरी का बैरी गुइयाँ।

ठाकुर को यह कहावत कई बार याद आई। मगर समस्या यह थी कि माते को अपनी तरफ लाएँ कैसे? माते और मोती में अनबन करवाएँ कैसे?

ठाकुर माते की एक आदत से तो वाकिफ हैं कि वे अव्वल दर्जे के भावुक हैं। उन्हें अगर भावनाओं में बहा दिया जाए तो··· उसका एक परिणाम तो खुद ठाकुर ने भी अपनी आँखों से देखा है।

इस लड़ैई गाँव में भला कौन जानता था कि आजादी क्या है! संग्राम कहाँ छिड़ा है! पाकिस्तान का बँटवारा कब और कैसे हुआ है! कहाँ हिंदू मर रहे हैं, कहाँ मुसलमान! वह तो बड़े साव के बड़े लड़के ने आकर माते को जाने क्या समझाया कि माते का खून खौल उठा।

फिर तो महीनों तक वे हिंदुओं की रक्षा, विधर्मियों के नाश का अलख जगाते रहे। और अपना जनम तभी सकारथ हुआ माना जब गाँव में बसे तमाम मुसलमानों को 'मुसलमानी पथरा' के तरें दबवा लिया।

ठाकुर ने भी उस धर्मयुद्ध में बढ़-चढ़कर हिस्सा लिया था। हालांकि औरों की तरह उनकी भी समझ में नहीं आया था कि भाई-बंदों की तरह अपने बीच रह रहे ये गरीब यकायक दुश्मन कैसे हो गए!

लेकिन धर्म की रक्षा का सवाल ठहरा। धर्म में तर्क का क्या काम! पुण्य कमाने के हर युग के अपने अवसर होते हैं। महाभारतकाल में भगवान श्रीकृष्ण ने तो यहाँ तक कहा था कि धर्म की खातिर सगे भाई को मारना भी पाप नहीं है। फिर इस कलयुग में विधर्मी को मारना अवश्य पुण्य कमाना ही कहलाएगा।···

फिर यह भी तो सुना था कि चदेई से मुसलमानों की सेना आ रही है मार-काट करने। इससे पहले कि वे पहुँचे···

फिर भले ही आई एक चिड़िया तक न हो उस चदेई से इस लड़ैई तक।

ठाकुर देवीसिंह उस दिन जिला शहर से लौट रहे थे कि रास्ते में उन्हें माते टकरा

गए। ठाकुर ने जैरामजी की करने के तुरंत बाद, हारे हुए खिलाड़ी का-सा स्वाँग भरते हुए माते को सूचना दी कि अब वे गाँव से डेरा उठा रहे हैं।

माते भौचक!

"अब यह तो तुम्हें बताने की जरूरत है नइयाँ माते!" ठाकुर ने माते को और भी उलझन में डालते हुए कहा, "कि हमारे पड़दादा को तुम्हारे पड़दादा ने इस गाँव में बसने की सलाह दी थी। अपनी वफादारी का भरोसा दिलाया था। अब जब तुम्हीं हमें अपनी खातिर वफादार नहीं समझते तो हम अकेले किसके दम पर इस गाँव में रह पाएंगे?"

माते सिवा शर्मिंदा होने के और कर भी क्या सकते थे! सो हुए, होते रहे।

"लेकिन एक बात का पछतावा हमें जरूर रहेगा माते! हमारे बाप-दादों को जरा भी यह गुमान होता कि तुम्हारे साथ कोई झगड़ा-झंझट, लाग-लपेट, बेईमानी- बदसलूकी बिना किए भी तुम उनके वंशजों को यों बिसूर दोगे, तो वे कतई यहाँ नहीं टिकते।"

माते की वही-की-वही दशा। मन-ही-मन गदगद भी हो रहे थे और शर्म में डूबे भी जा रहे थे। समझ नहीं पा रहे थे कि ठाकुर उन्हें कंधे पर बिठा रहे हैं या पटकनी देने की फिराक में हैं।

"अच्छा माते, तुम यह बताओ कि हमने कभी तुम्हारी कोई बात काटी?"

"नहीं तो!"

"किसी काम में बाधा डाली?"

"नहीं।"

"चार लोगों के बीच में कभी तुमसे बहस की?"

"याद नहीं।"

"जब तुमने कहा, जहाँ कहा, वहाँ सबसे आगे खड़े हुए।"

"हाँ, ऐसा ही हुआ है।"

"कभी तुमसे अपने घर तक की बात छिपाई?"

हठात् माते को मोती साव और ठाकुर के बीच लेन-देन में अपनी बिचौलिए की भूमिका याद हो आई।

उनकी भाव-भंगिमा को देखकर ठाकुर को समझते देर नहीं लगी कि तीर निशाने पर लगा है। यही तो है राजनीति। राजनीति ससुरी चीज ही ऐसी है। चतुराई सिखा देती है। चतुर बना देती है।

"फिर?" ठाकुर ने इस बार माते को स्वीकारने या अस्वीकारने का अवसर दिए बिना पूछा। वे जानते थे, माते इसका जवाब नहीं ही देंगे, और न 'फिर' का ही।

इसीलिए उन्होंने अपना उलाहना जारी रखते हुए कहा, "और एक बात तुम्हें सच्ची-सच्ची बता दें माते! मोती की जगह अगर तुम खुद सरपंची के लिए 'हाँ' भर

आए होते राजमाता के यहाँ, तो का कांगरेस और का फांगरेस, किस की मजाल थी जो हमें हाँ भरने पर राजी कर लेता?

तुम आजमाना चाहो तो अब भी आजमा लो। अभी कौन-से चुनाव हो गए हैं। अभी तो ससुर हल्ला-ही-हल्ला है।

वो तो मोती साव का नाम सुनकर हमने यह सोचा कि जब इस गाँव में इतने यदुवंशी अहीर मौजूद हैं, हम रघुवंशी ठाकुर मौजूद हैं, फिर एक बानिया की यह मजाल! और इस बानिया की करतूत तुम खुद भी तो देख रहे हो। उसे न तुम पर भरोसा है, न किसी और पर। उसे भरोसा है केवल अपने कलदार पर।

अब तुम देख नहीं रहे क्या कि तुमने उस कुपात्र को आगे किया और वह अब अपने को इतना आगे बढ़ा हुआ समझ रहा है कि तुम्हीं को कुतका दिखाने की जुर्रत करता है। माते, वह कोई अहीर या ठाकुर थोड़े ही है जो अपने वचन पर टिका रहेगा। वो तो थूककर चाट लेते हैं जो, उनमें से एक है।"

ठाकुर देवीसिंह माते को जितना भावुक और बुद्धू समझ रहे थे, दरअसल वे उतने हैं नहीं। अलबत्ता उन्हें सपने में भी कभी यह खयाल जरूर नहीं आया कि ठाकुर के खिलाफ जाकर वे एक तरह से अपने बाप-दादों के वचन को तोड़ रहे हैं। सो इस बात का अफसोस उन्हें इस समय तहेदिल से महसूस हो रहा था।

उन्होंने तो एक खास लोभ से मोती साव को अपना मोहरा बनाया था। और जब से यह लगने लगा था कि उनका मोहरा उन्हीं पर सवारी गाँठने की तैयारी में है, तभी से उसे उसके हाल पर छोड़कर अपने हाथ पीछे खींच लिए थे। न केवल खींचे थे बल्कि ठाकुर की तरफ बढ़ाए भी थे कि अगर वे चाहें तो लपक लें।

अब पुरखों के नाम पर बट्टा भी न लगे और मनोरथ भी पूरा हो जाए; पिछली पीढ़ियों की बात कायम रहे और अगली पीढ़ियों का सुभीता हो जाए, तो इससे ज्यादा सुखद फैसला और क्या हो सकता है!

अब तो सचमुच माते बनाम मोती साव वाली स्थिति है। ठाकुर तो कहीं बीच में आते ही नहीं।

हाँ, यह जरूर है कि माते की जीत से सबसे ज्यादा फायदे में जो आदमी रहेगा उसका नाम है ठाकुर देवीसिंह।

लेकिन सीधे-सीधे, भले-भले बने रहकर ठाकुर की गोद में बैठ जाना ठीक नहीं होगा। बाद में ठाकुर भी कुतका दिखाने लगे, तो?

कई बरस पहले माते ने दूसरा ब्याह किया था। पिछले कुछ वर्षों तक तो सब-कुछ ठीक-ठाक चलता रहा, मगर इधर जब से दोनों पत्नियों के बच्चों के बच्चे जवान हुए हैं, लाख कोशिशों के बावजूद बाखर में नहीं अटते।

माते अब अपना सारा ध्यान पूजा-पाठ में लगाना चाहते हैं, मगर घर की काँय-काँय उन्हें मुक्त ही नहीं होने देती।

माते चाहते हैं कि किसी तरह यह बाखर बड़ी हो जाए। इसी बाखर में एक ठाकुरजी का देहरा भी विराज जाए जैसा ठाकुर देवीसिंह की हवेली में है।

यह सब संभव भी है, अगर मुसलमानों की बाखरें और रघु साव की बाखर उनकी बाखर में मिल जाएँ, तो। यों तो केवल मुसलमानों की बाखरें काफी हैं, मगर उनकी बरती जमीन पर ठाकुरजी कैसे विराजेंगे?

हाँ, रघु साव वाली बाखर में ठाकुरजी को कोई एतराज नहीं होगा। बानिया लोग बताते तो हैं कि उनके एक भगवान अपने श्रीकिशन भगवान के नातेदार थे।

इस पूरी योजना में एक ही अड़चन है कि यह सुझाव रखे कौन! माते अपने मुँह से तो कहने से रहे। फिर पता नहीं पंच लोग क्या दाम लगाएँ!

अब अगर भावी सरपंच अपनी तरफ से यह प्रस्ताव रखें, उन्हें ये बाखरें उपहार में दिलवा दें या खरीदने लायक कलदार का जुगाड़ बिठवा दें, तो माते गंगाजली उठाकर यह कौल करने को तैयार हैं कि वे फिर कभी किसी प्रपंच में नहीं पड़ेंगे। फिर तो बस वे होंगे और होंगे उनके देहरे में विराजमान रामचंद्र जी, श्रीकिशन जी, सीता मैया, राधा जी और बजरंगबली। बस!

इन आसान शर्तों पर माते से समझौता करने में ठाकुर ने जरा भी आना-कानी नहीं की। बात नाक और साख की भी तो थी। भला कभी इतिहास में, पुराण में, कहीं भी, किसी ने देखा-सुना है कि ठाकुर अपनी नाक बचाने से किसी भी कीमत पर बिदके हों!

उस दिन के बाद से ठाकुर को माते का इंतजार रहने लगा था। माते ही तो खबर ले गए थे अतरसों मोती साव तक कि ठाकुर नहीं चाहते, मोती चुनाव में खड़े हों। सो चौदस तक अपनी मंशा साफ कर लें।

कल माते ने खबर भी दी थी कि मोती साव जिला शहर गए हैं, और वह भी पथरा बब्बा वाले रास्ते से। इस अनहोनी के चश्मदीद गवाह घूमा का नाम भी तुरंत बताया था माते ने, ताकि ठाकुर को विश्वास करने में सुभीता रहे।

कल रात मोती साव गाँव लौटे थे और आज सुबह बानियों के मंदिर से पूरे जोर-शोर से पूजा-पाठ की आवाजें आ रही थीं। आवाजें इतनी बुलंद थीं कि ठाकुर को अपनी हवेली में बैठे-बैठे सुनाई दे रही थीं।

आवाजें बता रही थीं कि वे जिन कंठों से निकल रही हैं उनके इरादे कितने बुलंद हैं! उनकी खुशी का कोई पार नहीं है। उनके सामने शेष सब आवाजें गूंगे की घों-घों हैं।

उन आवाजों ने ठाकुर को चिंता में डाल दिया था। तो क्या मोती ने बिरादरी को बता दिया है! तो क्या पूरी बानिया बिरादरी मोती के पीछे आ खड़ी हुई है! तो क्या मोती और वे सब ठाकुर को ललकारना चाहते हैं!

तो क्या अब सचमुच बानिया के आगे सिर नवाना होगा! तो क्या बानियों पर मेरा खौफ नहीं रहा! मेरी बंदूक! मेरे लठैत! मेरी पार्टी! मेरा वंश! मेरा मिजाज...

ठाकुर को ज्यों-ज्यों अपने अस्त्र-शस्त्र याद आ रहे थे, कानों तक पहुँच रहे स्वर उसी अनुपात में तेज से और तेज होते जा रहे थे।

आज का पूरा दिन ठाकुर ने हवेली में दुबकककर बिताया। उन्हें मालूम ही नहीं हुआ कि गाँव में दरअसल हो क्या रहा है। संझा मैया के आने के बाद से वे बेसब्री से माते का इंतजार कर रहे हैं।

माते जाने क्यों आज आने में इतनी देर कर रहे हैं। आज तो उन्हें जल्दी आना चाहिए था। नई रणनीति भी तो गुननी होगी आज।

'कहीं माते फिर से मोती...' इससे आगे ठाकुर नहीं सोचना चाहते।

उनकी नजर तुरंत सामने टँगी बंदूक पर चली गई...

'फिर चाहे फाँसी ही क्यों न हो जाए।'

अचानक दरवाजा खुलने पर ठाकुर चौंके। देखा तो सामने प्रसन्नवदन माते खड़े थे। ठाकुर के तन-बदन में आग लग गई। एक बार फिर उनकी आँखें स्वतः बंदूक की तरफ उठ गईं।

ठाकुर को बंदूक की तरफ निहारते देख माते ने हँसकर कहा, "इसकी जरूरत नहीं रह गई अब ठाकुर!"

माते की बात सुनकर ठाकुर संकोच में पड़ गए—'यह तो सचमुच महात्मा है ससुरा! मन की बात पढ़ लेता है।' ठाकुर ने कुबूल किया मन-ही-मन।

मगर ठाकुर की मनोदशा से अनभिज्ञ माते, ठाकुर के एकदम करीब बैठते हुए बोले, "आज हम ऐसी खबर लाए हैं कि सुनकर उछल ही पड़ोगे ठाकुर!"

"जले पर नमक छिड़कने आए हो माते? वह खबर तो हम तक तुम्हारे आए बिना ही पहुँच गई।" ठाकुर कुढ़कर बोले।

"कैसे?" माते ने हैरानी से पूछा।

"हम कानों में फाहा डालकर थोड़े ही बैठे थे! बानियों के मंदिर से जो आकाश फाड़ती आवाजें उठ रही थीं, वो तो दूसरे गाँव में बैठकर भी सुनी जा सकती थीं, फिर हम तो इसी गाँव में बैठे थे।"

ठाकुर की मायूसी का थोड़ा-सा आनंद लेने का लोभ माते चाहकर भी छोड़ नहीं पाए। मगर चेते भी तुरंत ही। चेतना ही था। उस खबर ने माते को तो कहीं

का नहीं छोड़ा था। अब अगर ठाकुर मुकर जाएँ तो माते क्या कर पाएँगे?

उन्हें तो उम्मीद थी कि ठाकुर आज जरूर द्वार से ही लौटा देंगे—

कि जाओ भैए, अपनी ताकत अपने पास रखो।

वह तो जब यहाँ आकर देखा कि ठाकुर तो कोरे के कोरे हैं, बल्कि उल्टा ही अंदाजा लगाकर और भी डर गए हैं, तब कहीं माते को तसल्ली हुई।

अब जितना माते चाहते हैं उतना तो ठाकुर केवल खुशखबरी सुनाने का इनाम समझकर ही दे देंगे।

"ठाकुर, अब तो बंदूक की तरफ हेरना छोड़ो। हम तो तुम्हें यह बताने आए हैं कि तुम अब बिना चुनाव लड़े ही जीत गए समझो।"

"क्या?" यकायक सचमुच उछल पड़े ठाकुर, "तो क्या मोती की समझ में···"

"हाँ, हाँ, मोती की समझ में आ गई बात ठाकुर। इसीलिए तो उसने अपनी और तुम्हारी—दोनों की पत रख ली।"

"फिर यह बानियों के मंदिर में इतनी जोर-जोर से पूजा···?"

"वह तो इसलिए कि बानियों ने आज सवेरे-सवेरे मोती साव को अपनी बिरादरी से बाहर कर दिया है न!"

"क्या?···क्यों भला?"

"कहा तो यह है कि तुमने पथरा बब्बा की पूजा की है, यानी कुदेव की पूजा की है, सो बिरादरी में नहीं रह सकते। पर यह तो तुम भी जानते हो और हम भी समझते हैं कि उन्होंने तुम्हें यह बताने के लिए मोती को बिरादरी से बाहर किया है कि वे सब मोती के साथ नहीं हैं। सो तुम अगर खफा होओ, कोई सबक सिखाना चाहो, तुम्हारे कोप की गाज अगर गिरना लाजिमी ही हो, तो मोती पर गिरे, उन पर नहीं।"

"पर माते, जब मोती ने चुनाव लड़ने का इरादा ही तज दिया तो हमारी नाराजगी तो अपने-आप ही दूर हो गई। फिर यह···"

'नहीं-नहीं, ये तो ठीक लक्षण नहीं हैं। यह क्या सुन रहा हूँ मैं? ठाकुर ने मोती को क्षमा कर दिया? ये तो शुभ लक्षण नहीं हैं। बैरी का बैरी गुइयाँ!' माते चेते।

"यह तो आपका बड़प्पन ठहरा ठाकुर।" ठाकुर अपनी बात पूरी कर पाएँ कि इससे पहले बोले माते, "पर बानिया तो यह नहीं सोच सकते न! वे तो जानते हैं कि ठाकुर की आँख में कोई एक बार गड़ गया, किसी ने उनकी शान में गुस्ताखी कर दी, तो फिर वह चाहे सात समुंदर पार, चाहे आकाश में, चाहे पाताल में जा दुबके, उसे उसकी करनी का फल तो ठाकुर के हाथों मिलेगा ही मिलेगा।"

"यही तो ठकरास है माते!" माते द्वारा गाड़े गए बाँस पर चढ़कर बोले ठाकुर, "पर माते, यह खबर बिल्कुल साँची है न कि मोती ने···"

"बिल्कुल साँची ठाकुर! हमें खुद मोती ने अपनी जबान से बताई है। वे तो

यहाँ तक कह रहे थे कि अब वे इस गाँव में नहीं रहेंगे। अपनी साहूकारी बेच-बाचकर कहीं और जा बसेंगे।"

"सच?"

"साँचऊँ। अब अगर तुम्हें मोती के कहे पर यकीन न हो तो जिला शहर जाकर पता लगा लो कि वे अपनी पार्टी दफ्तर में मना कर आए हैं या नहीं।"

ठाकुर ने माते की तजवीज को न स्वीकारा, न नकारा। वे पूर्ववत् सोच में डूबे रहे। माते को लगा, ठाकुर सचमुच अभी विश्वास करने की स्थिति में नहीं हैं। चलो, कोई बात नहीं, जब दो रोज बाद शहर से लौटेंगे तब तो करना ही पड़ेगा।

"तो अब हम चलें ठाकुर! पर हमारी खबर साँची है, यह तय जान लो। अब हम परसों आएंगे ठकुराइन से लड़ुवा खाने।" कहते हुए माते जैरामजी की करके चलते बने।

माते तो अपना कर्त्तव्य पूरा करके, अपना इनाम पक्का करके चले गए, मगर ठाकुर को दुविधा में डाल गए। ठाकुर तय नहीं कर पा रहे थे कि विरोधी के मैदान छोड़ भागने की खबर पर खुश होएँ या रोएँ?

माते तो मूरख है। काहे का महात्मा! निरा किसान है। दूर की क्या सोचेगा। उसे तो बस वे बाखरें चाहिए।

उसे क्या खबर कि बाखरें दिलानेवाले को वह ऐसी खबर सुनाकर जा रहा है जिसे सुनकर खुद दिलानेवाले को अपनी हालत बिना बाखरवालों जैसी होती नजर आने लगी है।

ठीक है कि अब ठाकुर निर्विरोध सरपंच चुन लिए जाएँगे; मगर तब तक क्या सरपंची के काबिल भी रह पाएँगे ठाकुर देवीसिंह? मोती अगर अपनी साहूकारी बेच रहा है तो उनका परनोट भी जरूर बेचेगा। उसके दाम लगेंगे··· जिसमें खरीदने की कूवत होगी, वह तो खरीदेगा ही; जिनके पास इतने कलदार नहीं होंगे, वे टटपूँजिए भी जान जाएँगे ठाकुर की माली हालत!

फिर किसके आगे सीना तानकर चल पाएँगे ठाकुर? इस बीच घर की इज्जत सरे-बाजार नीलामी को खड़ी जो हो चुकेगी। पूरे गाँव को मालूम हो जाएगा कि ठाकुर के खलिहान मोती साव के पास रेहन रखे थे।

साहूकारों की निगाह में जो मोती आज तक ठाकुर से उन्नीस है, इक्कीस सिद्ध होगा तब। और ठाकुर देवीसिंह सरपंची पाकर भी खाली हाथ रह जाएँगे।

मोती के जाने से पहले तो तब उन्हें मुँह छिपाकर भागना पड़ेगा यहाँ से···

यह तो विकट संकट ने आन घेरा ठाकुर देवीसिंह को!

मगर क्या इतिहास में कोई भी ऐसा उदाहरण है कि अपनी आन-बान-शान की

रक्षा में किसी ठाकुर ने आगा-पीछा सोचा हो!

फिर ठाकुर देवीसिंह ही क्यों सोचें? भले ही वह करना पड़े जो आज तक करना तो दूर, जिसका खयाल तक मन में न लाया हो!

दो दिन छोड़, तीसरे दिन मोती साव अपने परिवार-सहित सुबह-सवेरे गाँव को अंतिम नमस्कार कर शहर गए और साँझ होते न होते उसी दिन ठाकुर जिला शहर से लौटे।

ठाकुर जान-बूझकर धीरे-धीरे, पूरे गाँव का चक्कर-सा लगाते हुए चल रहे थे। हर दरवाजे पर ठाकुर को बधाइयाँ मिल रही थीं। मन प्रसन्न हो आया। साँप भी मर गया··· लाठी भी सही-सलामत है और किसी को कानों-कान खबर नहीं हुई।

अब तो चुनाव के समय सरपंची का नहीं, एम.एल.ए. का पर्चा भरेंगे।

क्या स्वागत हुआ था जिला शहर के पार्टी कार्यालय में! कैसी धाक जमी थी कार्यकर्ताओं पर, नेताओं पर! चुनाव से पहले ही महारानी का उम्मीदवार मैदान छोड़ भागा।

तभी तो किसी ने सुझाव दिया था कि जब ठाकुर देवीसिंह का इतना ही दबदबा है तो क्यों न इन्हें एम.एल.ए. की उम्मीदवारी देने की सिफारिश की जाए!

जीत के उन्माद में रचे-बसे ठाकुर देवीसिंह ने हवेली में पहला कदम रखा ही था कि पीछे से माते आ पहुँचे। उनकी रुँआसी सूरत देखकर ठाकुर के तन-बदन में आग लग गई।

यह समझता क्या है अपने-आपको? अरे हम रघुवंशी ठाकुर हैं। जो ठान ली सो ठान ली। जो कौल कर लिया सो कर लिया। एक तो हमारे वचन पर अविश्वास, तिस पर हमारी खुशी का भी लिहाज नहीं। समय-असमय का खयाल रखे बिना चला आया रोनी-सी सूरत बनाए, जैसे अभी मरघटे से मुर्दा फूँककर आया हो।

माते पर बेहद रिसा आए ठाकुर। कोई बातचीत ही नहीं की, न जैरामजी का उत्तर ही दिया। दोनों आमने-सामने एक-दूसरे से रूसे-से बैठे रहे देर तक।

माते समझ तो गए कि ठाकुर का मिजाज ठीक नहीं है जा बखत, और ठीक हो भी क्योंकर? काँटा निकल गया है न!

पर माते करें तो क्या करें? वे भी तो लाचार हैं। खबर ही ऐसी लिए घूम रहे हैं पहलू-पहलू कि बिना कहे गुजर नहीं।

"ठाकुर, तुम्हारे पीछे एक गजब हो गया। मोती साव के घर में भँड़या घुस गए परसों! उन्होंने न तो मोती साव को मारा-पीटा, न गहना-गुरिया छुए, न बैयरबानी से कोई ऊँच-नीच की।

बस, वे तो घर में घुसे, सबको इकट्ठा करके एक कोठा में बंद किया और थोड़ी देर तक घर की तलाशी लेने के बाद चले गए।

जाते-जाते उस कोठा की साँकल भी खोलते गए जिसमें मोती वगैरह को बंद किया था।

मोती ने बिना शोर-शराबा किए खुद ही अपने घर की एक-एक चीज सहेजकर देखी। सब-कुछ जस का तस रखा पाया। पर तहखानेवाले कोठा में रखे सारे-के-सारे बहीखाते, साहूकारी के कागजाद जरूर नदारद पाए। मोती साव को इस बात का बहुत गम बैठा, सो वे गाँव छोड़कर चलते बने।"

माते ज्यों-ज्यों किस्सा बढ़ा रहे थे, ठाकुर का चेहरा खिलता जा रहा था।

माते ने एक बार निगाह उठाकर ठाकुर को गौर से देखा।

ठाकुर को खुशियों के समंदर में डुबकी लगाते देख जाने क्यों माते का मन खट्टा हो आया। अपने-आप पर बेइंतहा शर्म हो आई माते को। आज पहली बार उन्हें अपनी भूमिका अपराधी की-सी महसूस हुई।

इतना, इतना नीचे गिरना पड़ता है धन-संपत्ति की झूठी आन-बान कायम रखने के लिए?

ठाकुर का मगन मन तो खुद ही चुगली खा रहा है कि माते जो सुना रहे हैं वह सब व्यर्थ है। इसमें कुछ भी तो नया नहीं।

तो क्यों न कुछ नया सुनाकर ठाकुर की रंगत बदली जाए!

"जाने से पहले हमें बुलाया था मोती साव ने ठाकुर! हमसे बोले कि देखो माते, हमने गाँव में किसी को नहीं बताया है कि कल रात हमारे घर भँड़या आए थे। बताने से लाभ भी क्या था! सब-के-सब हमारी हालत पर खुश ही होते न! हमारी जिंदगी-भर की कमाई तो भँड़या ले ही गए, अब रही-रही साख हम अपने मुँह से ही क्यों कहें, कि वह भी गई समझो।

अब हमारे पास केवल ठाकुरवाला परनोट बचा है। वह भी इसलिए बच गया क्योंकि हमने वह शहर में अपने एक रिश्तेदार के घर रख छोड़ा है।

अब यहाँ तो जब-तब डाके पड़ते ही रहते हैं। कभी किसी दफा वह परनोट भँड़या ले जाते तब हजारों लोगों के बीच ठाकुर की नाहक ही कलई खुलने की नौबत आती।...

मोती कह रहे थे कि अब हम तो गाँव को अंतिम परणाम करके जा रहे हैं। अब हमारे पास रकम भी नहीं है। सो ठाकुर से कहना कि अपना परनोट फड़वाने की जुगत कर लें। और अगर ठाकुर हमारा एक काम करवा दें तो हम परनोट वैसे ही दे देंगे?"

"क्या काम?" किस्सा सुनाने में तल्लीन माते को झकझोरा ठाकुर ने।

"मोती साव कह रहे थे कि ठाकुर की तो कई भँड़यन से जान-चिनार हैं। भँड़यन के तो किसी काम के हैं नहीं वे कागद। सो अगर आप पता लगाकर वे

कागद वापस दिलवा दें तो बदले में साव वह परनोट बिना कलदार लिए सेंतमेंत में लौटा देंगे। वरना तो लाचारी में उन्हें अपनी रकम वसूलने के लिए तुम्हारे खिलाफ तहसील से कुर्की का हुक्मनामा हासिल करना होगा।...

सो ठाकुर, अब तुम सोच लो कि तुम कौन-सा काम आसानी से कर पाओगे? परनोट छुड़ाने का कि मोती के बही-खाते ढुँढ़वाने का? जो भी कर सको, उसकी इत्तला जल्द-से-जल्द मोती साव तक पहुँचा देना। वे तहसीलवाले शहर मुँगावली में ही बसने गए हैं यहाँ से।"

ठाकुर गुम! ठाकुर सुम!

"और एक विनती हमरी भी है ठाकुर, कि यह खबर लेकर कम-से-कम हम तो नहीं ही जाएँगे मोती साव के पास। हमें इस बार क्षिमा करना!"

पाँच

मास्साब तय नहीं कर पा रहे हैं कि वे आज प्रसन्न हैं या अप्रसन्न! युगों पुरानी बातें भी आज ऐसे याद आ रही हैं जैसे कल ही की बातें हों वे।

मास्साब जब छोटे थे तो बानियों के लड़कों, विशेषकर बड़े साव के लड़कों के प्रति मन-ही-मन बहुत ईर्ष्या रखते थे। बड़े साव के तीनों लड़के शहर में पढ़ने जो चले गए थे।

मास्साब का बहुत मन था पढ़ने का, मगर यह संभव कैसे हो! गाँव के लोग तो दबी जुबान बड़े साव की भी आलोचना करने से नहीं चूकते कि देखो, तनक-तनक-से मौड़न को अपनी आँखों से ओझल हो जाने दिया। बड़े साव के मन में मोह-ममता है ही नहीं।

ऐसे में मास्साब के दद्दू की क्या मजाल जो वे ऐसा कदम उठाते!

और उठाते किसके लिए? उन्हें तो सपने में भी यह खबर नहीं मिली थी कि उनका बेटा जनकसिंह मदरसे की पढ़ाई का चाव रखता है।

जनकसिंह के गुइयाँ थे बड़े साव के मझले और हलके बेटा। वे जब भी कटनी से गाँव आते तो जनकसिंह को ऐसी-ऐसी बातें सुनाते थे कि उनका मन शहर जाने को मचल-मचल उठता।

जनकसिंह को रह-रहकर वे कहानियाँ याद आतीं जिनमें किसी भी दुखी बालक का दुख दूर करने के लिए देवलोक से परियाँ आती हैं। वे बालक को दुलारती हैं, चुप कराती हैं, अच्छे-अच्छे, पके-पके, मीठे-मीठे फल देती हैं खाने को। फिर बड़े प्यार से, रूसे बालक की समस्या सुनती हैं। फिर उसकी नन्ही-सी समस्या सुनकर धीरे से मुस्कराती हैं और तब बालक को अपने पंखों पर बिठाकर दूर देश ले जाती हैं…

जनकसिंह दिन में, रात में, खाते में, सोते में, हरदम उन परियों को याद करते। उन्हें देखने के लिए रात-रात-भर अपनी आँखें खुली रखते, मगर वे नहीं आईं। तब थक-हारकर जनकसिंह ने स्वयं ही अपने दद्दू के सामने अपनी इच्छा प्रकट की।

जनकसिंह की बात सुनकर दद्दू ने वह लताड़ लगाई कि उनके होश गुम! दद्दू के गुस्से से अच्छी तरह वाकिफ थे जनकसिंह! पर करते क्या! गुस्से की परवाह करते तो शहर की पढ़ाई…

आखिर जनकसिंह ने जिद ठान ली। अनशन किया। अबोला रखा।

तब दैया ने दद्दू को समझाया, “बड़ा बेटा, फिर कोई बुरा काम करने की तो जिद कर नहीं रहा है। जब साव के बच्चों के पढ़ने से अनीति नहीं हुई तो हमारे बेटे के पढ़ने से कैसे हो जाएगी? फिर पाँच-पाँच सपूत घर में रहकर करेंगे भी क्या? जमाना कैसा तो बदल रहा है। जेठ जी के तो एक है। सो कल को जब बराबर-बराबर बँटवारा होने पर आधे में से पाँच हिस्से होंगे तब किसके हिस्से में कितना रह जाएगा, यह भी तो सोचो! और मान लो, कल को जनकू कुछ बन-बना गया तो ये गाँववाले ही इसे मुड़ी पर उठाए-उठाए फिरेंगे कि नहीं?”

दद्दू हैरान! कह नहीं सके कि यह माँ की ममता बोल रही है। ममता तो आँखों से ओझल करने की बात सोच भी नहीं सकती। यह तो माँ की चिंता बोल रही है अपने पूरे सिर्रीपने के साथ। अभी बालक घर में है और मताई ने उसके लाट साहब हो जाने का सपना भी संजो लिया।

हो भी तो सकता है। लाट साब कोई आसमान से तो टपकते नहीं हैं। आखिर रघुवंशी है। पढ़-लिख गया तो कोई बड़ा ही ओहदा पाएगा। यह तो शान की बात होगी। और वे हैं कि इसमें अड़ंगा लगा रहे हैं। नहीं-नहीं, जनकू की तमन्ना जरूर पूरी होनी चाहिए। बस, जरा एक बार दाऊजू (बड़े भैया) से पूछ लें। उन्हें एतराज नहीं हुआ तो फिर जनकू को जरूर शहर भेजेंगे।

दद्दू ने दाऊजू को कितना समझाया, मगर उन्होंने हाँ नहीं भरी सो नहीं ही भरी। अलबत्ता इतना जरूर कह दिया, “अपने बाल-बच्चन का बुरा-भला तुम खुद समझो। पर हमारी समझ में तो यह बात आती नहीं कि जब हमारे बेटा देवीसिंह को पढ़ाने की बात हमारे मन में नहीं आई, तब तुम्हें कैसे और क्यों सूझी यह बात? जब तुमने अपने बच्चे के लिए अलग रास्ता तजबीज कर लिया है तो फैसला भी तुम्हीं कर लो।”

जनकसिंह को कटनी जाना तो नसीब नहीं हुआ। वहाँ जाते तो बड़े साव के लड़कों की संगत गें मजे ही मजे रहते। उन्हें मालूम हुआ कि वहाँ तो केवल बानियों के बच्चे ही पढ़ सकते हैं। खैर, जनकसिंह को चँदेई के मदरसा में भर्ती करवा दिया गया। वहीं एक दूर के नातेदार के यहाँ रहने-सहने की व्यवस्था हो गई।

हर पंद्रह-बीस दिन पीछे किसी शनिवार को जनकसिंह घर आ जाते थे और सोमवार की सुबह या इतवार की दोपहर वापस चँदेई। इस आवाजाही में व्यवधान आता था केवल चौमासे में, जब नदी और तमाम नाले भी पानी से लबालब भरे होते थे।

शुरू-शुरू में जनकसिंह को घर की बेहद याद आती थी। दो-चार बार वे नदी पार करके गाँव आए भी, मगर जब एक बार इसी प्रयास में बहते-बहते बचे, तब से कान पकड़ लिए।

जनकसिंह को चँदेई में पढ़ते तीन बरस होने को आए थे जब दद्दू ने उनकी प्रगति देखकर उनसे छोटे भैया रघुनंदन को भी उनके साथ भेज दिया। छोटे भाई

के आने के बाद जनकसिंह केवल पढ़ाकू लड़का नहीं, अभिभावक भी हो गए थे।

इस अभिभावकत्व ने फिर आज तक उनका पीछा नहीं छोड़ा। कुछ समय बाद तीसरे भाई प्रीतम को भी वे चँदेई ले आए। जनकसिंह का इरादा तो चौथे भाई अनिरुद्ध को भी लाने का था, मगर इस बीच सबसे छोटा भाई बीमार होकर स्वर्ग सिधार गया था सो दद्दू और दैया ने किसी भी कीमत पर अनिरुद्ध को अपनी आँखों से ओझल नहीं होने दिया।

देखते-देखते जनकसिंह ने मिडिल पास कर लिया। मिडिल-पास जनकसिंह का गाँव में वह शानदार स्वागत हुआ कि आज भी वह दृश्य स्वयं मास्साब भुलाए नहीं भूलते।

जनकसिंह मिडिल पास करके गाँव लौटे तो फिर गाँव के होकर रह गए। दद्दू उन्हें देखते और मायूस होकर रह जाते। जनकसिंह की कल्पना तो उन्होंने लाट साहब के रूप में की थी जबकि हकीकतन जनकसिंह मिडिल पास करके भी घर बैठे थे।

जनकसिंह के सामने एक ही रास्ता खुला था—फौज में, सेना में जाने वाला रास्ता। ठाकुर होने के नाते वहाँ जरूर उनका स्वागत होता। मगर उन्हें वह पेशा कमी आकर्षित ही नहीं कर पाया।

कुछ दिनों तक को जनकसिंह बहुत ही उद्विग्न रहे। क्या करें, क्या न करें! खेती-किसानी दद्दू करने नहीं देते। आठ जमात पास लड़का और खेती करे? है कौन और इस गाँव में इतना पढ़ा-लिखा! बड़े साव के बड़े लड़का जरूर गल्लन पढ़ गए, पर वे अब गाँव में रहते कहाँ हैं! वे तो सुना है किसी धर्म की पाठशाला में पढ़ाते है मुरैना में, कि लश्कर में। मझले लड़का सात जमात पास करके घर बैठ गए हैं। हलके अभी छठी जमात में पढ़ते हैं, और उनके कक्का मोती भी तो कुल सात जमात तक पढ़े हैं। उसकी भी परीक्षा कहाँ दी थी उन्होंने! वे भी छः जमात पास ही कहलाएँगे कायदे से तो।

शिक्षा का इतना असम्मान भला कौन सह पाएगा! लोग टोकेंगे नहीं कि ठाकुर, यह क्या अनर्थ करते हो? आठ जमात तक पढ़े-गुने लड़का से खेती-किसानी करवाते हो? हलवाहे निकाल दिए हैं क्या? इतनी गरीबी आ गई है क्या? बटाईदार रख लेते। इससे तो वही ज्यादा न्यायसंगत होता।

खेतों की देखरेख भी जनकू क्यों करे? फिर हम उसके दद्दू क्या करेंगे? काश, ऐसा हो, जनकू को सद्बुद्धि आ जाए, वह फौज में जाने का मन बना ले।

दद्दू रातो-दिन बस यही मनौती मनाते रहे महीनों, वर्षों तक।

जनकसिंह सेना में तो भर्ती नहीं हुए, अलबत्ता दूसरी बड़ी लड़ाई के फौरन बाद लड़ैई गाँव में प्राइमरी मदरसा खोलने का फैसला बरतानी सरकार ने जरूर ले

लिया। और तब लड़ैई गाँव के इकलौते मिडिल पास ठाकुर जनकसिंह उस मदरसा में मास्साब नियुक्त हो गए।

'मास्साब' होते ही ठाकुर कुँवर जनकसिंह युवावस्था में ही बुढ़ा गए। अभिभावकत्व का एक ऐसा स्थायी भाव उनकी पूरी काया में समाया कि इतनी बड़ी उपलब्धि के बावजूद उनके हिस्से में अकड़ नहीं, विनम्रता आई। ज्ञानी का इतना बड़ा आसन, मगर गुरु का धीर-गंभीर पदभार उन्हें सदा के लिए नतमस्तक बना गया।

ठाकुर जनकसिंह गाँव के सर्वाधिक सम्मानित व्यक्ति हो गए। बानियों के बाद वे इकलौते ऐसे व्यक्ति थे इस गाँव के जिसके पास हमेशा नगद कलदार रहते थे। पूरे पाँच कलदार था उनका वजीफा।

मास्साब के दद्दू ने जब आँखें मूँदीं, वे अपने दायित्वों से बहुत-कुछ मुक्त हो चुके थे। उनकी आँखों के सामने बड़के (जनकसिंह) गाँव के सबसे ज्यादा सम्मानित व्यक्ति हो चुके थे। इतना बड़ा आसन, इतना अधिक सम्मान तो जीवन में न कभी उन्हें मिला, न दाऊजू को, जबकि वे यहाँ के लंबरदार थे। मझले (रघुनंदन) पुलिस में मुलाजिम हो गए थे। सँझले (प्रीतम) दर्जा सात में पढ़ रहा था, सो वह भी किसी राह लग जाएगा समय आने पर। हलकाँई (अनिरुद्ध) नहीं पढ़-लिख पाया, सो भी कोई चिंता की बात नहीं है। तीनों भाई मिलकर उसका बेड़ा पार लगा ही देंगे।

कुछ और भले ही न करें, तीनों अपने-अपने काम में सट जाने पर अपनी खेती-बाड़ी भी अगर हलकाँई को सौंप देंगे तो इतने-भर से उसकी नैया तर जाएगी।

अब कोई बटाई पर तो खेत दिए नहीं जाते। जब अपने ही हाथों सब बोना-काटना है तो हलकाँई यही कर लेगा।

मृत्यु को अपने निकट जान लेने के बाद से दद्दू यह भूल जाना चाहते थे कि बड़े दाऊजू ने, बड़के, मझले और सँझले को उनकी मर्जी न होने के बावजूद मदरसा भेजने का जो अपराध इनसे हुआ था, उसे क्षमा नहीं किया था। इसीलिए तो आँखें मूँदने से पहले वे पूरी जायदाद का बँटवारा इस तरह कर गए थे कि ज्यादातर खेती वाली जमीन, फल देनेवाले पेड़, पानी देनेवाले कुँए उनके अपने बेटे देवीसिंह के हिस्से आए और अपेक्षाकृत कम उपजाऊ, दूरदराज की, ऊसर जमीन, बूढ़े पेड़, सूखे कुँए इनके बेटों के।

काश, आज दाऊजू जिंदा होते और खुद अपनी आँखों से देखते कि मेरे बेटों ने रघुवंशी ठाकुरों की इज्जत में बट्टा नहीं, चार चाँद लगाए हैं।

एक तरह से अच्छा ही है कि आज वे जिंदा नहीं हैं। हो सकता है आज उन्हें यह गम बैठ जाता कि जिनका भाग्य मैंने चौपट कर दिया था, विधि के विधान में उनको ये सुख भोगना बदा था!

न सही दाऊजू, अपने भतीजे देवीसिंह की आँखों में तैरता भाव क्या उनसे छिपा रह पाता है?

मास्साब का मदरसा शुरू-शुरू में उखड़ा-उखड़ा-सा ही रहा। गाँव में पढ़ाने-लिखाने का न चलन था न चाव। किसान के बेटे के पास इतना समय कहाँ कि वह मदरसा में बैठ पाए! घर से फालतू तो बानियों के बच्चे होते हैं। सो पहले-पहल बानियों के बच्चे ही पहुँचे मदरसा में। ये बच्चे भी कुछ कम तो नहीं थे। पूरे पच्चीस थे।

एक साल पूरा होते-होते कुछ हवा बँधी और नए सत्र में आसपास के गाँवों के बानियों के, बामनों के बच्चे भी आ पहुँचे। और फिर तो ऐसा समा बँधा कि गाँव-सिवान में जिसे भी अपना लड़का ऊधम मचाता, इधर से उधर गदबद देता दीखता, वही उसका कान उमेठता मदरसा के दरवाजे पर हाजिर।

शुरू में वैष्णव मंदिर का एक कोठा मदरसा बना था। आजादी के बाद मदरसे के लिए मंदिर के ठीक सामनेवाले मैदान में तीन कोठा सरकार ने बनवा दिए थे। इन्हीं तीन कोठों में से एक में पंचायत का कब्जा होना तय हो गया था। बदले में पंचायत इन कोठों के पीछे मदरसा को एक दालान बनवाकर देगी।

इन्हीं कोठों में रामलीला के दिनों में सजनई होने लगी थी। नौटंकीवाले इन्हीं कोठों में ठहरते थे। पहली लोकसभा – विधानसभा के चुनावों में वोट इन्हीं कोठों में डाले गए थे। तहसील से आनेवाला पटवारी हर साल-दो-साल पीछे इन्हीं कोठों में से किसी एक में बैठकर जमीन-जायदाद के दाखिल-खारिज की मिसलें बनाता था।

इन्हीं कोठों में टाट-पट्टी पर बिठाकर, मुर्गा बनाकर, मास्साब ने गाँव की एक पूरी पीढ़ी को साक्षर बनाया था, और इन्हीं कोठों में अब वे अपने शुरुआती वर्षों के विद्यार्थियों के बच्चों को यानी दूसरी पीढ़ी को साक्षर बनाने के दिन के इंतज़ार में हरदम पलक-पाँवड़े बिछाए रहते थे।

गाँव की और-और बिरादरियों के बच्चे तो दर्जा पाँच पास करने के बाद घर-द्वार के काम में जुट जाते थे, पर बानियों के बच्चे पाँच जमात पास करने के बाद दूसरे शहरों में पढ़ने जाते रहे थे। कोई चँदेई, कोई पछार, कोई बीना, कोई मुरैना, कोई भोपाल।

वे तमाम बच्चे जब गर्मियों में गाँव आते तो गाँव की आबोहवा ही बदल जाती थी। मदरसे के बड़े कोठा में उनका वालीबॉल, जाल और बल्लियाँ रखी रहती थीं। उनके आने से पहले मास्साब पूरा मैदान साफ करवा देते थे। कई दिनों तक बच्चों से पूरे मैदान में पानी का छिड़काव करवाते थे। नदी से ताजा बजरी मँगवाकर बिछवाते थे। उन्हें बच्चों का, उनकी तरक्की की सूचनाओं का इंतजार रहा करता था। घर-घर जाकर हर चौथे-छठे दिन खबर-दबर लेते थे।

गाँव का कोई भी बच्चा जब शहर से लौटता था तो आने के दो घंटे के भीतर-भीतर मास्साब के चरण-स्पर्श करने जरूर पहुँच चुका होता था। उस समय मास्साब का कद कितना बड़ा हो जाता था, वह नापने की सीमाओं में नहीं आता। गाँव से जाते समय भी मास्साब से आशीर्वाद लेना कोई नहीं भूलता था।

गाँव के लोग कोई झूठ थोड़े ही कहते हैं कि ठाकुर जनकसिंह मास्टर होते ही ठाकुर से बामन हो गए हैं। मास्साब भरे गले से, दिल की अतल गहराइयों से, अशीषते हैं हर बच्चे को।

भला किसी ने कभी सुना था, सोचा था, कि एक जमाना ऐसा भी आएगा जब क्षत्रिय रक्षा नहीं शिक्षा का भार उठाएगा! जमाना देखो, कहाँ से कहाँ पहुँच गया।

जमाने की खबर भी तो मास्साब ही देते हैं गाँववालों को। बानियों के लड़के तो साल-दो-साल पीछे आते हैं, मगर मास्साब तो हर आठवें-दसवें दिन चँदेई जाते हैं। वहाँ से नई-नई खबरें लाते हैं। झाँसी प्रेम के चलते झाँसी से निकलनेवाला गजट लाते हैं। खबरें बाँचकर सबको सुनाते हैं। चँदेई के डाकघर से बानियन के लड़कों की चिट्ठियाँ लाते हैं। घर-घर पहुँचाते हैं। कहीं पढ़कर सुनाते हैं, तो कहीं सुनकर सब समाचार जान लेते हैं।

बड़े साव के बड़े लड़का से पहले मास्साब ने ही तो बताया था गाँववालों को कि अब हम आजाद हो गए हैं।—कि अब हर गाँव की तरक्की होगी। पक्की गढ़मात (सड़क) बनेगी, मोटर चलेगी। फर्र से बैठो, फुर्र से चँदेई, मुँगावली पहुँचो। न उसमें बैलों की जरूरत, न चारे की दरकार।

कितना-कुछ बदल गया मास्साब के देखते-देखते। आजादी आई। बड़े साव के बड़े लड़के के चलते बलबला आया...मास्साब आज तक उस शर्मनाक हादसे को भुला नहीं पाए हैं। आज भी जब कभी 'मुसलमानी पथरा' याद आते हैं, तो जाने क्यों अपने-आप पर शर्म आने लगती है। फिर उस रोज मास्साब से कुछ भी खाते नहीं बनता।

नियम-धरम के पाबंद हैं मास्साब। न तीन में, न तेरह में। माते, मोती साव और बड़े दाऊजी (ठाकुर देवीसिंह) में से किसी की तरफ नहीं गए मास्साब। उन्हें तो रंज था इस बात का कि यह हो क्या रहा है! वे तो गाँव को बता चुके थे कि आजादी आई है तो तरक्की भी आती होगी। भाईचारा बढ़ेगा। हमारी समझ, हमारा दायरा बढ़ेगा। और आया क्या—बरबादी! बढ़ा क्या—वैमनस्य!

कितनी दुख-भरी कहानी है आगे की। मोती साव गाँव से भागे, रघु साव को गाँव छोड़ना पड़ा। जिस गाँव में आपस में कोई दुराव-छिपाव नहीं था, उसमें अब सीधे-सीधे दो पुरा हो गए—ठाकुरपुरा और बानियापुरा। दाऊजू सरपंची के फेर में जिला शहर क्या हो आए, और भी शैतान हो गए। पहले तो लठैत ही रखते थे, अब

तो सुनते हैं किसी डाकू गिरोह से भी उनकी साझी-पत्ती है। भँड़यन को आश्रय देते हैं। दुनाली तक दे देते हैं उन्हें।

और सरपंची? वह तो ससुरी आकाश-कुसुम हो गई। चुनाव हुए ही कहाँ? पहले तो अब-अब-अब का हल्ला रहा आया, फिर सुना—प्रदेशों का बँटवारा हो रहा है नए सिरे से। मध्य प्रांत-संयुक्त प्रांत का बँटवारा क्या हुआ, हम संयुक्त प्रांत के वासी रातों-रात मध्यप्रदेशी हो गए। जिला शहर लश्कर से उठकर गुना हो गया। राजधानी हो गई भोपाल। दाऊजू रिसियाने-से रहते हैं सो अलग।

सब-कुछ बदल गया इस बीच। मगर मास्साब कैसे भूलें कि अगर कोई नहीं बदला तो वह है बड़े साव का बड़ा लड़का। अब भी कहाँ चूकता है वह एक-दूसरे को लड़ाने से? जब भी आता है, एक नया बखेड़ा छोड़ जाता है अपने पीछे।

पिछली बार आया था अपने बाप के मरने पर। बाखर में पाँव पीछे रखा था, पहले तीनों भाइयों में बँटवारा करवा लिया था। अपने हिस्से में रखा था सतलड़ा हार, एक राजा की इज्जत। और कुछ नहीं।

और उसका किया क्या? दूसरे दिन शहर में बेच-बूच आया। गाँव में आकर उस पैसे से धर्मशाला बनवाई। धर्म की शिक्षा देनेवाली पाठशाला खोली। श्रीमहावीरजी के एक विद्यालय से एक विधवा मास्टरनी को ला बिठाया कि ये धर्म-शिक्षा देंगी बच्चों को। बदले में समाजवाले इनका पालन-पोषण करें।

काम तो कुछ अच्छा ही किया, ऐसा स्वीकारते तो हैं मास्साब, मगर उनका एतराज तो यह है कि किया किस तरह, वह भी तो देखो। किसी बड़े घर की आबरू को सरे-बाजार बेचकर ना!

अपने बाप का नाम अमर करने की इतनी ही तमन्ना थी तो छोटे भइयन से वैसी बात करता। वे क्या न कर देते! अब खुद तो चलता बना, इधर दोनों में फूट डाल गया। बँटवारा ही असल में फूट की जड़ है। अब दोनों भाई एक-दूसरे के कट्टर प्रतिद्वंद्वी हो गए हैं।

मास्साब के पास समय नहीं है इस मसले पर सोचने के लिए। उन्हें तो एक नई चिंता ने आ घेरा है। दूसरे आम चुनाव होने जा रहे हैं। उसी के साथ होंगे अब पंचायत के भी चुनाव। आज के गजट की मुख्य खबर है यह।

तो क्या फिर वही¨?

मास्साब इससे आगे नहीं सोचना चाहते। सोचने से लाभ भी क्या? इस खबर को फिलहाल पचा जाने में जरूर लाभ है। कम-से-कम कुछ दिन तो और शांति बनी रहेगी गाँव में। देखें, अगले गजट में और क्या-क्या अशुभ समाचार मिलते हैं पढ़ने को।

कल आएगा न अगला गजट।

गजट! मास्साब झाँसी प्रेम के चलते जब पहली-पहली बार चँदेई से लाए थे तो सोचा था इसके जरिए तरक्की की खबरें मिलेंगी। मिलती तो हैं, मगर ज्यादातर बेसिर-पैर की ही खबरें देता है गजट। पहले मास्साब खुद चँदेई जाकर लाते थे गजट। मगर इधर एक साल से मोटर आने लगी है गाँव तक। हर शुक्रवार और शनिवार को चँदेई, मुँगावली से मोटर आती है। शनिवार को चँदेई में हाट लगती है बड़ी भारी। शुक्र की शाम को गाँव पहुँची मोटर आगे बारी गाँव तक जाकर रात वहीं रुकती है, फिर शनिवार की सुबह वहाँ से चलती है। दसियों गाँवों के बानिया या और लोग हाट करने, सौदा-सुलफ खरीदने-बेचने चँदेई जाते हैं मोटर में बैठकर और शाम को लौट आते हैं।

शनीचर को हनीफ भाई (ड्राइवर) का मन हुआ तो रात को मोटर बारी में खड़ी रखते हैं, वरना तभी लौटावाद चँदेई। हनीफ भाई अपनी मोटर में रखकर ले आते हैं मास्साब का गजट और गाँव की चिट्ठियाँ। मास्साब को जब कभी सरकारी काम-काज होता है तभी जाते हैं वे चँदेई। चौमासे में जरूर न मास्साब जा पाते हैं चँदेई और न मोटर ही आ पाती है लड़ैई।

मास्साब को याद आया, जब पहले-पहल इस गाँव तक मोटर आई थी तब कैसा तो रेला मच गया था। आज भी जब मोटर की सीटी या खड़खड़ की आवाज सुनाई देती है तब ढोर-बछेरू तो बिदककर सड़क से कोसों दूर भाग खड़े होते हैं और गाँव के बुड्ढे, जवान, बच्चे कोसों दूर से भागकर सड़क के किनारे आ जुटते हैं। जबकि मोटर ससुरी ऐसी है जिसका हार्न छोड़ सब-कुछ बजता है। मगर गाँव के लोगों की निगाह में इंद्र के रथ से कहीं कमतर नहीं है वह मोटर।

मोटर जब मदरसा के पास आकर खड़ी होती है या जब बारी, चँदेई की तरफ चल पड़ती है, तब जो धूल मोटर के साथ उड़ती है, उसमें नहाने का सौभाग्य जिसे मिल जाए वह धन्य! वह भाग्यवान!

मगर सबको ऐसा अवसर कहाँ मिलता है! कहीं धूल के फेर में मोटर बिदक गई तो! सो दूर से देखना ही भला।

मोटर से उतरनेवाली सवारियों के चेहरे पर जो विश्वविजेता की-सी मुस्कान तैरती-अतराती रहती है, वह क्या भुलाने की चीज है! बच्चे, बूढ़े, जवान सभी तो हसरत के साथ देखते हैं उन्हें। जो जहाँ से, जिस मुद्रा में देखता है, अपलक देखता ही रहता है।

जब तक मोटर, सवारी आँखों से ओझल न हो जाए, सारे कार्य-व्यापार ठप्प। और आँखों से भले ही ओझल हो जाए मोटर, स्मृति की कुठरिया से बाहर खींच निकालने की शक्ति है किसी के पास?

मोटर भले ही चल गई, पर कलदार कितनों के पास हैं जो उस पर सवारी

गाँठें? बच्चे जरूर पीछे से सामान रखने-उतारने के लिए बनी सीढ़ी पर टँगकर थोड़ी दूर तक हवाखोरी कर लेते हैं गाहे-बगाहे। पर बड़े-बूढ़े क्या ऐसा कर सकते हैं?

उन्हें तो यह भी शोभा नहीं देता कि वे मोटर देखने के लिए मदरसा के सामने आ विराजें। इसीलिए तो वे मोटर के आने से बहुत-बहुत पहले किसी-न-किसी जरूरी काम से मदरसा के दालान में या बामन महाराज के पास मंदिर के चौंतरा पर आ बैठते हैं।

फिर गप्पें शुरू होती हैं, मगर जमती नहीं। सबका ध्यान तो मोटर की आवाज को सुनने में लगा होता है। कहीं ऐसा न हो कि वे गप्पों में मस्त हो जाएँ और मोटर इस बीच ठीक उनके सिर पर आ ठाँड़ी हो। फिर उसे दूर से सरपट दौड़ती देखने का आनंद कैसे उठा पाएँगे?

अगर मोटर के आने में देर हो जाए तो सब चिंतित हो उठते हैं। कोई-कोई बेशर्म तो कह भी देता है, "आज क्या बात हो गई? आज शुक्रवार ही तो है न! फिर मोटर क्यों नहीं आई अभी तक? कहीं बिगड़-मिगड़ तो नहीं गई राह में?"

चिंता प्रकट करनेवाला अभी चुप भी नहीं हो पाया होता कि तभी कोई पूछता है, "तुम्हें क्यों चिंता हो रही है? क्या पैपावने (मेहमान) आनेवाले हैं मोटर में?"

अब टोकनेवाले का दायित्व है यह कि जब मोटर की बात शुरू करनेवाले को उसने चुप करवा दिया है, तो मोटर-प्रसंग को वह खुद आगे बढ़ाए।

वह सर्वज्ञ का-सा भाव प्रदर्शित करते हुए बताने लगता है, "अरे फिक्र मत करो। फिक्र की तो कोई बात ही नहीं है। मोटर को कछु नईं हो सकत। डिरेवर साहब हैं न, हनीफ भाई, वे मोटर की नस-नस जानत हैं।...एक दफा की बात है, मोटर बिगड़ गई नाले के उस तरफ..." इतनी बात सुनाकर सर्वज्ञ यह देखने के लिए चुप लगाता है कि वहाँ मौजूद लोग उसकी बात पर ध्यान भी दे रहे हैं या वह यूँ ही इतने महत्त्वपूर्ण रहस्य बखाने जा रहा है।

हाँ, यह हुई न बात! किसी के कान अब मोटर की आवाज सुनने को आतुर नहीं दीखते।

"बस, फिर क्या था; हनीफ भाई डिरेवर की गद्दी से उठे। मोटर के तरें गए और इससे पहले कि कोई पूछ भी पाए कि क्या हुआ हनीफ भाई, झट से वापस अपनी गद्दी पर जा विराजे। सामने बने ढेर सारे बटनन में से एक बटन पर उंगइया रखी और ये लो, मोटर फिर घुड़वा की नाईं हिनहिनान लगी—घर्र-घर्र-घर्र-घर्र।"

सर्वज्ञ ने दूर तक देखा। मोटर का कोई नामोनिशान कहीं नजर न आया। औरों ने भी देखा। क्या हो गया आखिर आज? तो क्या आज शुक्रवार है ही नहीं?

"भैया, यह तो बताओ, एक बटन के दबाने से दो हाथियों जितनी जबर मोटर चलने कैसे लगती है?" किसी एक श्रोता ने समय काटने को एक सवाल जड़ दिया।

सर्वज्ञ परेशान। अरे इस सवाल का जवाब तो वह खुद भी जानना चाहता है। पर नहीं, यहाँ 'नहीं जानता' कहने से बात बिगड़ जाएगी।

"भैये, हाथी के महावत के हाथ में मूसर देखा है क्या कभी तुमने? बित्ते-भर का अंकुश ही तो होता है न!" सर्वज्ञ ने डपटा।

बात पते की थी, सबकी समझ में आ गई। एक हाथी के लिए बित्ते-भर का अंकुश और दो हाथी यानी ज्यादा जबर, सो और छोटा अंकुश यानी छिंगुरी-भर का बटन।

पूरे समूह ने सवाल करनेवाले को घूरा, यानी तुझे शर्म आनी चाहिए थी इतना आसान सवाल पूछने से पहले। सर्वज्ञ की परीक्षा ही लेनी है तो कोई ऐसा सवाल सोच जिसकी काट न मिले।

"तो हनीफ भाई ने मोटर चालू की⋯।" सर्वज्ञ सोचने का मौका नहीं देना चाहता था। समय भी नहीं गँवाना चाहता। कहीं मोटर आ गई तो मोटर के संदर्भ में औरों से अधिक जानकारी का भेद कब खुल पाएगा!

"जब तक वे मोटर को लेकर नाले तक आए तब तक अंधियारा हो चला था। हनीफ भाई ने मोटर के आगे चमकनेवाले वे दोनों बड़े-बड़े काँच के लट्टू बार दिए। लट्टुओं का बरना था कि हनीफ भाई देखते क्या हैं कि मोटर के ऐन सामने नरवा के ऊतरफ एक जनाउर ठाँड़े है। हनीफ भाई तनिक देर को डर गए। सोचने लगे कि क्या करें? इतनी ही देर में जनाउर भी पानी पीकर फारिग हो लिया और मोटर के लट्टुअन जैसेई अपने दोई गटा फाड़ के मुकाबले को तैयार। हनीफ भाई ने सवारियन से सबरी खिड़कियाँ बंद करने को कहा और सूँ-ऊँ-ऊँ-ऊँ-ऊँ-ऊँ-ऊँ-ऊँ करके दनदना दी मोटर। अब जनाउर महाराज कभी इस तरफ बमकें, कभी उस तरफ। और जब किसी भी तरफ से दाँव नहीं बैठा सो दे ली गदबद डाँग की ओर।"

इसके बाद देर तक वहाँ सन्नाटा छाया रहा। सुननेवाले ही नहीं, सुनानेवाला भी चेतनाशून्य-सा जो हो गया था।

इन तमाम बतकहीबाजों को चेतना में लाने का काम किया मोटर की उसी चिर-परिचित घर्र-घर्र-घर्र की आवाज ने। उस आवाज को सुनते ही वे तमाम लोग यकायक सचेत हो आए।

मोटर अभी काफी दूर थी, सो कोई एक पूरी बातचीत का सार बयान करने की तर्ज पर बोला, "कुछ भी कहो, ये मुसलमान होते बहादुर हैं। अब अपने हनीफ भाई को ही देख लो। हैं तो सुना है गरीब, मगर दिल कितना बड़ा है, जिगरा कितना कठोर है।"

सारांश बयान करनेवाले ने जो सबका चेहरा मायूस होता देखा सो चुप लगा गया वह भी। एक अपराध-बोध ने यकायक दबोच लिया उसे अपने शिकंजे में।

उससे सचमुच भूल हो गई है। वर्जित विषय पर टिप्पणी करनी नहीं चाहिए थी उसे।

क्षण-भर में वहाँ पूरे वातावरण पर ऐसा मातम छाया कि ठीक छाती पर आकर रुकी मोटर का आना और निकल जाना वे महसूस ही नहीं कर पाए।

जिस मोटर में कई बार एक भी सवारी नहीं होती थी, आज उसमें से उतरे ढेर सारे लोग। मगर सब-के-सब अपरिचित। जान-चिनार की केवल एक चीज थी—झाँसी वाला मास्साब का गजट, जिसे लड़कों ने मास्साब तक पहुँचाने के लिए तुरंत झपट लिया हनीफ भाई के हाथों में से।

आजादी के फौरन बाद मास्साब ने गाँववालों को जो आश्वासन दिया था कि अब देश में तरक्की होगी—उसके बहुत थोड़े-से प्रमाणों में से एक—और शेष प्रमाणों का साक्षी था यह गजट। मोटर, सड़क, मदरसा, गजट—यही तो प्रमाण थे मास्साब के पास। अगर ये न होते तो मास्साब पूरे गाँव के सामने झूठे पड़ जाते।

तब आजादी का अर्थ होता—मारे गए मुसलमान, मोती साव का गाँव से भागना, रघु साव की गाँव में गुजर न होना और माते का, ठाकुर का, मोती साव का जिला शहर जाकर कायाकल्प होना।

मोटर में से उतरी सवारियों ने लोगों से जानना चाहा कि क्या यहाँ कोई धर्मशाला है?

"कौन जात हो?" सर्वज्ञ ने पूछा।

"सभी जातियों के हैं हममें। पर हाँ, हम सब कांगरेसी हैं।"

"कांगरेसी हो! तो कोई धर्मशाला नहीं है। पर हाँ, ठाकुर देवीसिंह की हवेली में चले जाओ। वे ही हैं यहाँ कांगरेसी।"

"हाँ-हाँ, ठाकुर देवीसिंह तो हमारे अच्छे कार्यकर्ता हैं। हमारी पार्टी के टिकट पर वे ही तो सरपंची का चुनाव लड़ेंगे। कहाँ है उनकी हवेली?"

"अभी खबर भिजवाए देते हैं ठाकुरजू तक। आप लोग यहीं विराजो।"

सर्वज्ञ ने सुझाया उन्हें। साथ ही किसी एक बालक को तुरंत ठाकुरपुरा की तरफ दौड़ा भी दिया।

जब तक ठाकुर देवीसिंह आए, लोग-बाग उन शहरातियों के बारे में बहुत-कुछ जान चुके थे। सबसे प्रमुख बात यह थी कि कल इस गाँव में स्वयं महारानी साहिबा पधार रही हैं।

पर कैसे आएँगी वे?

क्यों, मोटर तो कल भी आनी है न।

इस खड़खड़िया में आएँगी वे?

नहीं भई, इसमें क्यों आने लगीं! वे तो चीलगाड़ी में बैठकर आएँगी।

साँचऊँ! धन भाग! इन आँखों को आकाश में उड़ती चीलगाड़ी साक्षात् देखना भी बदा था।

इसे कहते हैं जमाने का फेर। मास्साब सच कहते थे कि अब दिन पलट गए हैं। जमाना बदल गया है। कलयुग में सब कारज उलटे होना लिखा नहीं है क्या शास्त्रों में? पहले परजा राजा के दरबार में जाती थी गुहार लेकर, अब राजा परजा के दरवज्जे पर पनइयाँ चटकाउत, हाथ जोड़ें, ठाँड़े रत।

सब करमन कौ फेर है, करम बड़े बलवान मोरे भाई, करम बड़े बलवान।

पर रानी साहिबा यहाँ आ क्यों रही हैं? और यह शहरातियों की भीड़ भी काहे को पठैई? अरे इतने वचन के कच्चे नहीं हैं हम बुंदेलखंडी। जब हमारे माते कौल भर आए थे पिछली दफे कि हमरे यहाँ के सब वोट उन्हीं को जाएंगे तो फिर यहाँ आने की क्या जरूरत आन पड़ी? वे चुनाव में ठाँड़ी तो होतीं, तब देखतीं कि माते ने सच कहा था या नहीं।

अब यह तो कोई भलमनसाहत कही नहीं जाएगी कि बेचारी महारानी साहिबा को मौका पड़ने पर यहाँ देहात का चक्कर कटवाया जाए। क्या सोचती होंगी वे हम लड़ैई वारों के बारे में?

पर वह चीलगाड़ी! आसमान में देखने पर तो परेवा जितनी, चिरैया जितनी दीखती है। फिर उसमें छः फुटा आदमी कैसे समाता होगा? और फिर अकेला एक आदमी तो क्या बैठता होगा। कोई रानी साहिबा खुद थोड़ेई चलाती होंगी। मतलब ये कि दो तो जरूर बैठते होंगे।

पर कैसे? कहाँ? दद्दा रे दद्दा! राजन-महाराजन की सवारी ठहरी। रामचंदर जी के पास भी नहीं थी। हाँ, रावण के पास जरूर थी। उसी में तो बिठा के ले उड़ा था वो सीता मैया को।

हाँ, क्या नाम था उसका—पुष्पक विमान। बाद में विभीषण ने भगवान को अर्पण कर दिया था वही। उसी में बैठकर तो वे अजुध्या पहुँचे थे। वह न होता तो भरतजी ने देह न त्याग दी होती। उसी के चलते तो समय पर पहुँच पाए थे भगवान।

वही चीलगाड़ी इन राजमाता के भाग्य से अब हमें भी देखने को मिलेगी। धन भाग्य, धन भाग! जुग-जुग जिओ महारानी! खूब जस कमाओ महारानी!

अभी रानी साहिबा पहुँची भी नहीं थीं कि पिछली रात मोटर से आए शहराती हरकत में आ गए। सुबह-सवेरे घूमा बसोर के ढपले की आवाज ने लोगों को चौंकाया। तमाम लोग फटाफट मदरसा के सामने जा पहुँचे, जहाँ घूमा बीच मैदान में ढपला बजा रहा था।

यकायक ठाकुर देवीसिंह ने घूमा को ढपला बजाने से रोका।

तो क्या रानी साहिबा आनेवाली हैं?

पर इन्हें कैसे पता चला कि वे आनेवाली हैं?

अच्छा-अच्छा! पहले से बखत तय किया हुआ होगा।

यकायक ठाकुर ने मैदान के बीचोंबीच आकर कहा, "भाइयो, शहर से आए हमारी पार्टी के ये कार्यकर्ता आप लोगों को बताना चाहते हैं कि हमारे नेता पंडित जवाहरलाल नेहरू ने अपने पाँच बरस के शासनकाल में आप लोगों के लिए क्या-क्या किया है। सो आप लोगों को चाहिए कि इनकी बातें ध्यान से सुनो।"

अपना वक्तव्य पूरा करके ठाकुर देवीसिंह भीड़ को चीरते हुए-से बाहर निकले। सड़क पर अभी-अभी बारी से लौटी मोटर आकर खड़ी हुई थी।

ठाकुर ने हनीफ भाई को हिदायत दी कि मोटर को अभी यहीं खड़ी रखे। उनकी पार्टी के कार्यकर्ता अपना काम पूरा करके इसी मोटर से शहर लौटेंगे।

उन्हें हिदायत है कि रानी साहिबा के सामने भीड़ न बनें।

आगे की कार्यवाही इसके बाद शुरू हुई। कांगरेसी कार्यकर्ताओं ने पहले नेहरू जी की खूब तारीफ की, फिर अपनी, फिर पार्टी की, फिर रानी साहिबा की, फिर ठाकुर देवीसिंह की और इसके बाद बचे समय में खूब झूठी-सच्ची हाँकते रहे।

जैसे ही चीलगाड़ी की आवाज सुनी, वे सब सभा विसर्जित कर मोटर में जा बैठे, और बोले हनीफ भाई से कि फौरन मोटर हाँको।

पर वाह रे हनीफ भाई! वाह री हनीफ भाई की मोटर! जब तक दोनों ने रानी साहिबा के दीदार नहीं कर लिए, न तो हनीफ भाई का हाथ ठीक खराबी वाली जगह को ढूँढ पाया, न मोटर ने ही ठीक होने के लक्षण दिखाए। दोनों-के-दोनों चीलगाड़ी के ऊपर लगे पनचक्की के-से पंखों के थमने की राह जोहते रहे।

इधर रानी साहिबा चीलगाड़ी में से उतरकर, मंदिर में गईं, उधर हनीफ भाई मय मोटर के फर्रर...।

मोटर में बैठी सवारियों को मोटर के चालू होने की वह कानफोड़ू आवाज सुनाई दी हो तो दी हो, गाँव के लोगों को तो 'महारानी साहिबा की जय', और बोलो 'रानी मैया की जय' जैसे नारों के सिवा कुछ भी सुनाई नहीं दिया।

रानी साहिबा मंदिर से निकलकर सीधी माते के घर जाना चाहती थीं, मगर माते तब तक स्वयं वहाँ आ पहुँचे थे।

माते रानी साहिबा से इस कदर प्रभावित हुए कि जो बात वे सहज ढंग से और नपे-तुले शब्दों में कहना चाहते थे, वही बात ठीक विपरीत दशा में बयान करने लगे। माते को वह सब कहते समय इतनी भी सुध नहीं रही कि भला महारानी साहिबा बुंदेलखंडी समझेंगी कैसे?

तब? पूरी बात कहना ही निरर्थक नहीं हो जाएगा क्या?

मगर नहीं, माते ने अपनी भाषा में ही सब कहा और रानी साहिबा ने वह भाषा न जानते हुए भी वह सब समझा।

आखिर आत्मा की तो एक ही आवाज होती है न सब कहीं।

माते ने विनीत भाव से कहा था—"रानी साहिबा, यह शोभा नहीं देता कि आप हमरे दरवाजे पर अपने स्वारथ की खातिर पधारें। वैसे आपको अपने दरवाजे पाकर कौन किरतार्थ नहीं होगा। पर एक तो हम सबरे गाँववारे ऐई से शरम के मारे धरती में गड़े जा रए हैं कि आपका सत्कार करें कैसे, कौन विधि से करें, फिर जा शरम हमें पिछयाएँ फिर रई है कि आप हम लोगन पे यकीन नईं राखत, ऐई सें आप इते तक भगत आईं। हमने पैलाँ भी जो वचन दओ तो, और फिर पूरे गाँव के छितां कौल कर रए हैं कि वोट की खातिर आपको इहाँ आवे की कौनऊँ जरूरत नइयाँ। जब तक हम जिएँ, जब तक आप, कि आपको कौनऊँ बाल-बच्चा चुनाव में ठाँड़ो हुइए, इते के सबरे अंडी-बच्चन तक के वोट आपई को मिलें।"

सचमुच अपने माते महात्मा हैं। देखो बिना किसी के बताए सबके मन की बात जान गए। और वाह री महारानी-साहिबा! तुम तो साक्षात् देवी हो। माते विनीत भाव से सामने खड़े हुए तो क्या हुआ! मजाल है जो माते के आगे सिर ऊपर उठाया हो। जेठ जैसी उमर के माते परजा हैं तो क्या रानी साहिबा जमाने की रीति-नीति का विचार छोड़ देतीं! कभी नहीं। यहीं तो पहचाना जाता है बड़प्पन।

रानी साहिबा ने लोक-व्यवहार निभाकर गाँववालों का दिल जीत लिया। उनके मन-मंदिर में बस गईं रानी साहिबा।

मगर जाते-जाते वे उन लोगों को उलझन में भी डाल गईं। जाने से पहले उन्होंने एक भाषण दिया था। वह न सबकी समझ में आना था, न आया। लेकिन उनके भाषण के कुछ शब्द लोगों के कानों में भाँय-भाँय करते रहे।

नेहरू जी, कांगरेसी, मध्यप्रदेश, बाँध, राजघाट, बेतवा नदी, आप लोग, बुंदेलखंड, जिला गुना, भाखड़ा, नांगला और भी न जाने क्या-क्या शब्द जो जीवन में आज पहली बार सुने थे इन लोगों ने।

पहले से सुनी-सुनाई बातों में से रानी साहिबा ने केवल एक बात कही कि इस बार बाकी चुनावों के साथ पंचायत के चुनाव भी होंगे।

रानी साहिबा के जाने के बाद यह भार मास्साब पर आया कि वे गाँववालों को बताएँ सीधी-सरल भाषा में वह सब, जो रानी साहिबा अपनी गिटर-पिटर वाली बोली में बताना चाहती थीं।

मास्साब के चेहरे की रंगत से इतना तो सबको मालूम हो चुका था कि वे बातें उनके फायदे की रही होंगी, मगर थीं क्या, यह भी तो पता होना चाहिए कि नहीं।

मास्साब ने संक्षेप में उन बातों का सार बताया कि रानी साहिबा को आप लोगों

से मिलकर बड़ी खुशी हुई है।—कि अपने देश के प्रधानमंत्री पंडित जवाहरलाल नेहरू देश को एक नई शक्ल-सूरत देना चाहते हैं। हमारी पार्टी चाहती है कि पूरे देश में नए-नए उद्योग-धंधे लगें। नई किस्म की तालीम दी जाए। अच्छे से अच्छे अस्पताल हों। अच्छे से अच्छा रहन-सहन हो सबका। अच्छी आमदनी हो।

और मैं जो हूँ, भले ही पिछली बार चुनाव में नहीं खड़ी हुई, पर मैं अपने को केवल तुम्हारा प्रतिनिधि मानती हूँ। इसीलिए देश से भी ज्यादा मैं केवल तुम्हारे विषय में सोचती हूँ। इसलिए जब देश में भाखड़ा-नांगल जैसा बड़ा बाँध बनाने की योजना बनी, जिससे बिजली बन सके, कारखाने चल सकें, शहर रोशन हो सकें, तभी से मेरे मन में यह इच्छा पल रही है कि आप लोगों के विकास के लिए भी ऐसी ही योजना मंजूर करवाई जाए।

मैं चाहती हूँ कि इस बेतवा नदी पर, अपने इस लड़ैई गाँव से दस कोस आगे राजघाट पर, जहाँ नदी के बीचोंबीच उत्तरप्रदेश और मध्यप्रदेश की सीमाएँ मिलती हैं, जहाँ से पहले चंदेई और लतपुर जाने के लिए मोटर मिलती थी, वहाँ पर एक बड़ा-सा मिट्टी-गारे का बाँध बनवाया जाए। जब वह बाँध बनकर तैयार हो जाएगा तो उससे हमारे इलाके को भरपूर बिजली मिलेगी। नए ढंग से खेती हो सकेगी, जैसी विलायत में होती है।

यहाँ के चंदेरी, मुँगावली, गुना और उत्तर प्रदेश के ललितपुर कस्बे में नए-नए कारखाने खुलेंगे। अच्छे मदरसे खुलेंगे। ऊँची तालीम मिलेगी। और इस तालीम को हासिल करके हमारे-तुम्हारे बच्चे यहीं नौकरी-रोजगार पा जाएँगे।

और सबसे जरूरी बात यह, सबके फायदे की बात यह कि अगर हम आगे भी उन्हें वोट देकर जिताएँगे तो वे हमारे लिए और भी सहूलतें मुहैया कराएँगी।

"जरूर देंगे, जरूर देंगे! क्यों नहीं देंगे भला! हम तो वचनबद्ध हैं।"

"बोलो महारानी साहिबा की जय! जय...! जय...!"

काफी देर तक लड़ैई नारों की ध्वनि-प्रतिध्वनि से गूँजता रहा। और फिर शुरू हुई आलोचना-प्रत्यालोचना—कि देखो, रानी को देखो—उनका भी जश गाया, अपना भी बताया। इसी को कहते हैं ऊँचे मिजाज का, सभ्य समाज का तौर-तरीका।

देवी हैं देवी रानी तो। देवी भी कोई ऐरी-गैरी नहीं, साक्षात् कुंती देवी हैं। हम जैसे अपने अभागे बेटों का हक दिलवाने को लड़ने की ठान बैठी हैं दिल्ली-दरबार में बैठे कौरवों से।

हाँ नहीं तो। उन्हें क्या कमी है! इतना तो महल में भरा-धरा होगा कि सात पीढ़ी पलका पर बैठकर खाएँ तो भी ना छूयोंटे।

और नहीं तो क्या! पर बस वही बात कि माता कुंती समान महारानी को परमारथ का रोग लग गया है।

साँची कही तूने। जभी तो जैसी वो महारानी परमार्थी, वैसेई उसके ये भगत अपने महात्मा सरीखे बड़े माते।

लेकिन यह बाँध क्या होता है?

कैसा होता है बाँध?

बाँध कि बंदा?

अरे कुछ भी कह दो, इससे क्या फरक पड़ता है। जो कहने में सुभीता लगे वही कहो। नाम बदल देने से प्रयोजन थोड़े ही बदल जाएगा।

पर बाँध कहो या बंदा, होता क्या है वह?

अब कौन जाने? मास्साब जानते हों तो भले ही जानते हों। अरे भाई कलजुग है यह कलयुग। इसकी तो लीला ही न्यारी, इसके खेल न्यारे। कहती तो थीं महारानी कि बहुत बड़ा होगा वह।

अब बड़ा तो खैर क्या होगा। बामन महाराज बता तो रहे थे उस दिन कि इस युग में आदमी तो छोटा होता ही जाएगा, उसके काम भी छोटे होंगे। और कुछ आदमियों के काम तो केवल छोटे ही नहीं, ओछे भी होंगे, खोटे भी होंगे।

हाँ, यह तो साँची कही महाराज ने।

पर मास्साब साँची-साँची कैसे कह दें?

कैसे कुबूल लें कि उन्हें भी नहीं पता क्या होता है बंदा!

नहीं-नहीं, अभी यहाँ से टरक जाने में ही गनीमत है। जरा चंदेई, नहीं तो गुना जाकर पता लगाएँगे। तब तक लोगों को लगाने दो अटकलें।

मास्साब का उस दिन से एक काम और बढ़ गया। हर शुक्रवार और शनिवार को गजट को पूरे एकाग्रभाव से पढ़ना लाजिमी हो गया।

मोटर के आते ही माते स्वयं हनीफ भाई से गजट लेकर सीधे मास्साब के घर आ पहुँचते। आते ही गजट मास्साब को थमाते और खुद चौकड़ी मारकर बैठ जाते।

जब मास्साब जागरण, झाँसी, दिनांक, अंक संख्या, वर्ष से लेकर दैनिक जागरण प्रेस के लिए फलाँ द्वारा मुद्रित, फलाँ जगह मुद्रित, रजिस्टर्ड नंबर फलाँ और संपादक-प्रकाशक फलाँ तक बाँच चुकते, तब माते धीरे से पूछते, "मास्साब, बंदा बनावे की कौनऊँ खबर नइयाँ?"

मास्साब का एक ही जबाव होता हर बार—"आँ हाँ।"

"तो का सरकार ने बिसूर दी वह बात?"

"का पतो माते!" दोगुनी मायूसी के साथ हर बार अपनी अनभिज्ञता प्रकट करते मास्साब।

छः

घूमा को मझले साव के बड़े लड़का याद आ रहे हैं आज बेइंतहा। वे मिलें तो घूमा टेंटुआ दबा दे उनका। तभी तसल्ली होगी घूमा को। तभी मर सकेगा वह चैन से। उन्हीं का किया-धरा है यह, और भोग रहा है घूमा।

गाँव के बानियों के यों तो बहुतेरे लड़के शहरों में पढ़ते हैं, लेकिन घूमा ही क्या, गाँव के ज्यादातर लोगों को उनमें सबसे अच्छे लगते हैं मझले साव के बड़े लड़का—अट्टू साव।

भोपाल में पढ़ते हैं अट्टू साव। डॉक्टरी की भारी-भरकम पढ़ाई करेंगे अट्टू साव।

अट्टू साव जब गाँव आते हैं तो पूरा का पूरा गाँव ही उमड़ पड़ता है उनके इर्द-गिर्द। सभी के पास अपने-अपने ढेरों कुतूहल हैं। सब-के-सब शांत करना चाहते हैं अपने-अपने कुतूहलों को।

शहर से लौटे और-और लड़के तो डरा देते हैं इन्हें, दुत्कार देते हैं, मगर अट्टू साव! उनके पास बैठने की हर एक को इजाजत है। हर एक के कुतूहल का जवाब है उनके पास—ठीक उसी की भाषा में। गजब हैं अट्टू साव।

अट्टू साव को गाँव पहुँचने के बाद फुरसत कहाँ?

और जब फुरसत हो तब कहाँ होते हैं अट्टू साव?

घूमा जानता है कि तब कहाँ मिलते हैं अट्टू साव।

लुहार-बहू गोराबाई के यहाँ। गोराबाई का पति अट्टू साव के साथ गाँव के मदरसा में पढ़ा था न। दोनों में दाँतकाटी दोस्ती जो थी। आज भी निभाते हैं अट्टू साव उस दोस्ती को।

उसकी बाखर में बैठकर जब वे आल्हा बाँचते हैं तो गाँव के लोग तो दूर, गोराबाई तक उनके करीब आ बैठती है।

जब से गौना होकर आई गोराबाई, अट्टू साव को मन-ही-मन दिल दे बैठी।

यह बात सिवा अट्टू साव के कौन नहीं जानता?

मगर घूमा को इन बातों से लेना-देना क्या, जब खुद अट्टू साव को ही इनसे सरोकार नहीं! घूमा को तो जानना था केवल अपने बारे में।

घूमा कैसे भूल सकता है वह बात! आज भी याद है उसे। अट्टू साव ने ही तो बताया था न कि ठाकुर देवीसिंह से खौफ खाने की अब कोई जरूरत नहीं।

ठाकुर अब लंबरदार नहीं हैं। सरकार ने लंबरदारी, जमींदारी सब समाप्त कर दी है। सरकार ने फैसला किया है कि जो जिस जमीन को बोता है, उसका मालिक भी वही।

कितनी खुशी की बात है यह! काश, जल्दी आए वह दिन।

इस बार जब अट्टू साव आएँगे तो घूमा जरूर पूछेगा कि साव, वह कानून कब से लागू हो रहा है?

और जब अभी तक लागू नहीं हुआ तो यह तहसील से आकर पटवारी काहे के दाखिल-खारिज करता रहता है?

कहीं ऐसा तो नहीं कि हमें कानोंकान खबर भी न लगे और कानून आकर चला भी जाए!

पर नहीं, अब काहे को पूछेगा घूमा यह सब? अब उसे इस सबसे क्या लेना-देना?

इस बार तो घूमा अट्टू साव से कुछ और ही पूछना चाहता है।

पिछली बार जब अट्टू साव आए थे तो बता गए थे कि अब इस देश में न कोई ऊँची जाति का है, न नीची जाति का। बिरादरियाँ समाप्त। सब एक बराबर हैं अब। सबको पढ़ने का हक, सबको वोट देने का हक। सबको एक ही अस्पताल से दवा-दारू पाने का हक। सबको मंदिर जाने का हक। सबको एक ही कुँए से पानी लेने का हक।

अट्टू साव तो यहाँ तक कह रहे थे कि तुम यहाँ के मूल निवासी हो। और सब तो यहाँ बाहर से आए हैं। यहाँ की जमीन, यहाँ के आसमान पर पहला हक तुम्हारा है...

और आज सचाई यह है कि हमरा ही कुछ नहीं।

अट्टू साव की बातें सुनकर सबकी आँखें फटी की फटी रह गई थीं। दाँतों-तले अँगुली दबा ली थी लोगों ने।

यह क्या कह रहे हैं साव? यह भी हो सकता है भला? साव हो के ऐसी बात?

अरे ना रे भाई ना! यह तो केवल किस्से-कहानियों में ही मुमकिन है कि जनाउर और बकरिया एक घाट पानी पिएँ।

राजा रामचंदर जी के जमाने में हुआ होगा ऐसा।

हुँह!—सबने मुँह बिचकाया था।

सब फिजूल बातें हैं। चुनाव के बखत वे जो शहराती आए थे, वे भी ऐसी ही बातें बखान रहे थे। रानी भी कुछ ऐसा ही कह रही थी। पर कहने और करने में फर्क होता है। हम तो तब मानते साँची जब रानी हमरी बिरादरी वालों के गले लगती, हमरे टोले तक आती।

कहने में क्या जाता है किसी का—उठाई जीभ और तलुवे से मार दी।

औरों की तरह घूमा नहीं कह पाया—हुँह! कहता कैसे?

उसने अपनी आँखों देखा, अपने कानों सुना था, जब इसी बात को लेकर मझले साव अट्टू साव को डपट रहे थे—

"तू ये बातें गाँववालों को क्यों बताता है? शहर में छोड़ कर आया कर ये नए जमाने की नई-नई बातें। तेरी बातों पर यकीन करके कल को किसी चमार या बसोर की मताई तेरी मताई की बगल में खड़ी होकर कुँए से पानी भरेगी तब क्या अच्छा लगेगा? तेरी मताई फिर क्या कभी भी उस कुँए का पानी पी सकेगी? तब जानता है क्या होगा? दिवाले (मंदिर) के कुँए से पानी भरेंगे ये ओछी जातिवाले और तेरी मताई, काकी, आजी मील भर दूर जाएँगी पानी लेने। फिर कल को ये जमीन पर नहीं, हमारी बगल में चौंतरा पर बैठकर बातें करना चाहेंगे।"

"मैं तो खुद यही चाहता हूँ दादा। उसी दिन···"

ताड़, ताड़, तड़ा-तड़, तड़ा-तड़···

अभी अट्टू साव अपनी बात पूरी भी नहीं कर पाए थे कि मझले साव के दोनों हाथ हरकत में आ गए। वे अट्टू साव को मारते जा रहे थे और न जाने कैसी-कैसी आशंकाएँ व्यक्त करते जा रहे थे।

घूमा उन बातों का मतलब भले ही नहीं समझा हो, मगर इतना तो समझ में आ ही गया था कि अट्टू साव की बातों में सचाई है जरूर। तभी तो मझले साव बौखलाए। अपने इतने अजीज बेटे पर हाथ उठाया।

मगर वाह रे अट्टू साव! सच कहने से फिर भी नहीं चूके।

साव ने इतना पीटने के बाद भी जब पूछा कि अब तो नहीं करेगा ऐसा?

झट बोला, "जरूर करूँगा।"

फिर हिम्मत नहीं हुई मझले साव की अट्टू साव पर हाथ उठाने की।

सच्चे को, सचाई के रास्ते से हटाना सरल है क्या?

यही जीवट तो चाहते हैं अट्टू साव हम में। ठीक ही तो कहते हैं कि जब तुम सचाई पर कायम हो तब डरना कैसा? ठाकुर देवीसिंह या किसी भी बानिया से डरने का कोई कारण ही नहीं है।

तुम कोई किसी का दिया खाते हो, जो डरते हो? हाड़-तोड़ मेहनत करते हो तब कहीं मुँह जुठारने लायक अन्न मिलता है। भूखे पेट रहने से जब डर नहीं लगता तो बेगार करने को मना करने से क्यों डरते हो भला?

उनका काम होना जरूरी है तो क्या तुम्हारा पेट भरना उससे ज्यादा जरूरी नहीं है? किसी से मत डरो! अपना हक माँगो, और जो न दे उससे लड़कर लो!

कानून के आगे गुहार लगाओ! वहाँ आततायी को सजा और सताए गए को न्याय मिलता है।

वहाँ सब बराबर हैं। न कोई छोटा, न कोई बड़ा। न कोई ठाकुर, न कोई चमार। न कोई अमीर, न कोई गरीब। न कोई विद्वान, न कोई गँवार।

शुरू-शुरू में घूमा को भी यह सोचकर अजीब-सा लगा था कि ऐसा कैसे हो सकता है भला? हम किसी काम को करने से मना कर दें और सामनेवाला मान जाए? या चिरौरी करे? या मेहनताना देने को तैयार हो जाए?

नहीं-नहीं, साव तो सपने की-सी बातें करते हैं। यहाँ तो होगा यह कि इधर मुँह से 'न' बाद में निकलेगी, सामनेवाला जूता पहले निकालकर हाथ में रख लेगा।

फिर भी, केवल अट्टू साव को दिए वचन को निभाने की खातिर घूमा और अन्य लोगों ने 'न' करने की कोशिश करने का मन बनाया, चाहे परिणाम जो हो।

गाँव के प्रायः सभी किसानों, ठाकुरों और बानियों के खेत दो-दो जगह हैं। एक तो हैं बसावटवाले क्षेत्र के आसपास जहाँ कुँए भी खेतों की बीचोंबीच हैं, और दूसरे हैं नदी के किनारे-किनारे।

नदी के किनारेवाले खेतों में कुँए नहीं हैं। बसकारेवाली फसल के दिनों में नदी में खूब पानी रहता है, सो नदी किनारेवाले खेतों में ज्वार या तिली बोई जाती है, मगर दूसरी फसल के दिनों नदी में पानी रहे, रहे, न रहे, न रहे, इसलिए कोई फसल नहीं बोई जाती।

तब खेतों में उग आती है खूब ऊँची-घनी घास। चूँकि चैत्र के शुरू से लेकर आषाढ़ के अंत तक प्रायः यहाँ हरियाली का नामोनिशान नहीं रहता, इसलिए इस घास को पक जाने पर काटकर घर में रख लिया जाता है ताकि सूखे महीनों में मवेशियों के चारे के काम आ सके।

चारा काटने का काम छोटे किसान, जिनके पास थोड़े-से खेत हैं, वे खुद ही कर लेते हैं, मगर बानियों का, बामनों का और ठाकुरों का चारा काटने का काम करते हैं घरू हलवाहे और छोटी जाति के वे लोग जिनके खेत-खलिहान नहीं हैं और जिनसे खेती-किसानी का शुरुआती काम तो लिया जाता है मगर फसल नहीं कटवाई जाती।

बानियों का चारा काटने की जो मजूरी मिलती है, वह ठाकुरों से नहीं मिलती। खासकर ठाकुर देवीसिंह तो मजूरी देते ही नहीं।

इलाके-भर में चारा काटनेवालों का मेहनताना है—रोज के रोज नगद कलदार या फिर एक सेर अनाज और चारा काटने के बाद साँझ को घर जाता मजूर जितना चारा सिर पर ढोकर ले जा सके उतना चारा ले जाने की छूट।

कहने को तो सब कहीं यही मजूरी है पर मजूर को अनाज के नाम पर मिलता है कूड़ा-करकट। वह भी तौल में सेर की जगह आधा सेर, तीन पाव और चारे का गट्ठर बाँधते समय मालिक की ना-नुकर के चलते सिर पर ढोने लायक गट्ठर की जगह

पाता है वह काँख में दबाने लायक चारा।

किसी भी साव या ठाकुर के घर में तो मजूर घुस नहीं सकता, सो देहरी के बाहर अपना कपड़ा बिछा देता है। देहरी के दूसरी तरफ से साव या साउन, ठाकुर या ठकुराइन, महाराज या महाराजिन सेर का बर्तन भर-भर के अनाज फेंकते रहते हैं।

इस फेंका-फेंकी में जितना देहरी के जिस तरफ गिर जाए वह उसी का। बहुत-से चतुर-सयाने तो नापने में इतने माहिर हैं कि उनके द्वारा फेंका गया अनाज ज्यादा-से-ज्यादा उन्हीं के पाले में गिरता रहता है।

इस काम में बेईमानी नहीं होती तो बस मझले साव के घर। साव नापें या साउन या शहर से लौटे अट्टू साव। सेर भर-भर के देते हैं, पूरी सावधानी से ठीक कपड़े के ऊपर बिखेरते हैं। पूरा नप जाने पर आधाक सेर बाड़ू डाल देते हैं, और साथ में कोई पुराना कपड़ा-लत्ता, बनियान या पोलका भी दे दें, यह भी संभव है।

इसीलिए गाँव के मजूर बोहनी के नाम पर सबसे पहले उन्हीं का चारा काटना पसंद करते हैं।

जिन दिनों मझले साव का चारा कट रहा था, घूमा को रोज-के-रोज मजूरी लेने उनकी बाखर तक जाना पड़ता था।

एक रोज साउन ने खबर दी कि अट्टू साव गाँव आ रहे हैं। सुनकर घूमा को खुशी हुई कि अब तो एकाध उन्ना लड़के-बच्चों के लिए जरूर मिलेगा। और खुद को मिलेंगी ढेर सारी नई-नई जानकारियाँ।

मगर यह खुशी ज्यादा देर तक उसके संग-साथ नहीं चल पाई। बहुत जल्द घूमा को इस दुश्चिंता ने घेर लिया कि साव आते ही यह भी तो पूछेंगे कि क्या तुम लोगों ने मेरी सलाह पर अमल किया?

तब...?

अगले कई दिनों तक घूमा को यह शल्य परेशान किए रही। घूमा से उसकी चिंता जानने के बाद घूमा की चिंता पूरी बिरादरी की चिंता बन गई।

हाँ, सच ही तो। साव पूरे गाँव की थू-थू सहकर भी उनका दुख-दर्द पूछने आते हैं तो क्या इसलिए कि वे जो रास्ता सुझाएँ उसे हम एक कान से सुनकर दूसरे से निकाल दें? फिर दुख-दर्द सुनाने का लाभ?

अब साव तो रास्ता बता सकते हैं, हाथ पकड़कर चलाने से तो रहे! चलना तो हमीं को पड़ेगा न! रास्ता काँटेदार है या फूलों से बिछा, यह तो चलकर ही पता चलेगा न?

तब ठीक है, साव के आने से पहले ऐसा कुछ किया जाए कि उन्हें लगे उनकी मेहनत सकारथ रही!

चमरौटे की इस सामूहिक प्रतिज्ञा की पहली गाज गिरी ठाकुर देवीसिंह पर!

एक रोज ठाकुर ने घूमा और बाकी सब लोगों को बुलाकर कहा, "देखो, हम तो आजकल चुनाव के चक्कर में बीदे हैं। तुम लोग कल से हमारा चारा काटना शुरू कर दो। बाद में, फुरसत में तुम्हारा हिसाब-किताब कर दिया जाएगा।"

"इस बार हम मजूरी नगद कलदार में लेंगे ठाकुरजू!" घूमा ने स्पष्ट किया।

"क्या कहा?" ठाकुर को अपने कानों पर यकीन ही नहीं हुआ। वे तो अपनी ओर से हिदायत देकर, यह मानकर उठ चले थे कि बात खत्म! मगर मुड़ते-मुड़ते घूमा का जो स्वर उनके कानों ने पकड़ा, वह घूमा ने ही बोला है, यकायक कैसे विश्वास कर लें वे?

"हमें मजूरी नगद कलदार में और रोज की रोज चाहिए।" घूमा ने पुनः स्पष्ट किया।

"अच्छा! क्या पूरे गाँव से तुझे कलदार मिलते हैं मजूरी में?" ठाकुर रिसियाए।

"नहीं।"

"फिर हमीं से यह शर्त क्यों?"

"आपका चारा और अनाज तो जाने कब मिलेगा। कलदार होंगे हाथ में तो हम बानिया से नाज तो खरीद पाएंगे न!" घूमा ने संक्षेप में अपनी बात स्पष्ट की।

इससे आगे वह कुछ नहीं कह पाया। उसे लगा—झूठा बहाना बनाने के फेर में कहीं मुँह से वही न निकल जाए जो वह सोच तो रहा है मगर कहना नहीं चाहता।

घूमा इतने-भर से खुश था। उसकी खुशी दुगुनी कर दी थी पूरी बिरादरी ने एका दिखाकर। वरना घूमा को तो यह भी संदेह बना हुआ था कि ऐसा न हो, वह तो ठाकुर से मना करता रहे और इसी बीच कोई एक या अनेक उठें और ठाकुर के कदमों में लोटकर घूमा के किए की क्षिमा चाहने लगें।

ठाकुर देवीसिंह की हालत देखते ही बनती थी। मारे गुस्से के उनका चेहरा लाल हो आया था। थर-थर काँप रहे थे उनके पाँव पूरे चमरौटे को लतियाने के लिए। उन्होंने तो सपने में भी नहीं सोचा था कि कभी ऐसा भी दिन देखना होगा।

आज ये मजूरी के लिए मुँह खोल रहे हैं, कल को वोट की कीमत माँगेंगे। परसों कोई इन्हीं में से एक हमारे मुकाबले में खड़ा होना चाहेगा।

नहीं-नहीं, यह नहीं होने का! काश, आज मेरे लठैत गाँव में होते! पार्टीवाले जाने कब तक, कहाँ-कहाँ आजमाएँगे उन्हें। अब हमें उनकी जरूरत है और वे...

नहीं-नहीं, उनका इंतजार करना बेकार है।

और यह इंतजारी भी फिजूल है कि अभी इन चमारों में से कोई एक उठकर पाँवों से पाँच कदम दूर जमीन पर लोटकर यह कहेगा कि घूमा नादान है, बालक है, इसे कोई ऊपरी हवा लग गई है, सो इसकी बात का बुरा न मानने की कृपा

करना। हम तो आज भी आपकी प्रजा हैं, आप ही हमारे राजा हैं। जो हुकुम होगा बजा लाएँगे, जो इनायत होगी झोली पसारकर कुबूलेंगे। भूखे रहेंगे तो भी आपके गुण गाएँगे, भूखे मरेंगे तो भी आपका जश बढ़ाएँगे।

नहीं कहेगा कोई, नहीं कहेगा। कोई ससुरा, कमीन, आँख तक तो ऊपर उठा नहीं रहा कि आँखों की भाषा से ही उसे समझाऊँ। सब-के-सब पथरा बन गए हैं जैसे। गड़ गए हैं जमीन में।

पथरा...गड़े पथरा...मुसलमानी पथरा...पथरा...

"ठीक है। तुम अपने-अपने घर जाओ। जब तुम्हारी ऐसी मर्जी है तो यही सही। जब हमारा मन होगा, हमारे पास कलदार होंगे, तब बुलवा लेंगे हम। अब दफा हो जाओ यहाँ से!" ठाकुर दहाड़े और तुरंत हवेली में जा समाए।

पूरी बिरादरी अवाक्। पहली ही लड़ाई में दुश्मन इस बुरी तरह मैदान छोड़ भागा कि खुशी मनाने को भी मन नहीं हुलसता।

इतना सरल है अपने हक के लिए लड़ना! ठीक कहते थे अट्टू साव। साँच को आँच नहीं! बिना माँगे तो मताई भी दूध नहीं देती। अब साव आएँगे तो कितने खुश होंगे यह सुनकर।

वाह भाई वाह, जिसे नीचट-जबर चट्टान समझे थे, वह तो राई की डली निकली!

आज ठाकुर जितने बेहाल हैं, जिंदगी में इससे पहले कभी नहीं हुए। आज न लठैत हैं गाँव में, न बंदूक। और ये चमार, ये बसोर! नहीं-नहीं, इन्हें माफ करने का तो सवाल ही नहीं। सबक सिखाने में भी देर नहीं करना चाहते ठाकुर।

क्या करें, कैसे करें, बस यही गुनना, मनन करना बाकी है। ठाकुर के मुँह लगने का फल तो मिलेगा ही मिलेगा।

शाम को जब ठाकुर अपनी हवेली से निकले तो उनकी कमर में तलवार बँधी हुई थी और हाथ में थी लुहाँगी-मढ़ी लाठी।

अपनी हवेली से निकलकर लगभग मील-भर चले होंगे ठाकुर, तब कहीं आया पहले चमार का टपरा।

ठाकुर टपरा में घुसे और सकुशल निकल भी आए। इस बीच टपरा के बाहर तक आईं मांसहीन हाड़ों पर तड़ातड़ बजती ठाकुर की लाठी की आवाजें और टपरा में मौजूद कृशकाया के चीखने-चिल्लाने, रोने-गिड़गिड़ाने की आवाजें, जिन्हें सुननेवाला वहाँ एकमात्र व्यक्ति था खुद ठाकुर देवीसिंह या फिर थे पेड़ों पर बैठे चील-परेवा।

इसी तरह ठाकुर देवीसिंह एक-एक करके तमाम टपरों में घुसते रहे, लाठी और चीख की मिली-जुली आवाजें टपरा के बाहर आती रहीं, आवाजों के जोर पकड़ने या मद्धम पड़ने तक ठाकुर टपरा के बाहर निकलते रहे।

अपना काम पूरा करके, अपनी बहादुरी पर गर्वित होते ठाकुर, गुस्से की जगह चेहरे पर प्रसन्नता लिए ठाकुर, वापस अपनी हवेली की तरफ आ ही रहे थे कि उन्हें दूर से एक आदमी आता दिखाई दिया।

ठाकुर के कदम जहाँ के तहाँ थम गए। भय से नहीं, कुतूहल से। कहीं यह घूमा तो नहीं? घूमा और उसका भाई ठाकुर के हाथ नहीं आए थे अभी तक।

ठाकुर की नीयत से अनजान घूमा का भाई बसोरे अपनी स्वाभाविक चाल से चला आ रहा था। जैसे ही वह ठाकुर के करीब पहुँचा, अगले ही पल वह ठाकुर के कदमों में था और ठाकुर की लाठी उसके शरीर का जोड़-जोड़ तोड़ने पर उतारू...

"ठाकुर!" अचानक तभी ललकारा किसी ने ठाकुर को।

यह घूमा था जो अपने भाई की दुर्दशा देखकर बौखलाया, हाथ में लुहाँसी लिए मुकाबले के लिए आ पहुँचा था।

घूमा, दिन-भर का थका-हारा घूमा, पूरी दोपहर जंगल में बबूल काटकर लौटा घूमा, उसी लुहाँसी से ठाकुर के टुकड़े-टुकड़े करने का प्रण कर चुका घूमा, अभी ठाकुर के करीब पहुँच भी न पाया था कि ठाकुर ने यकायक तलवार खींची और बसोरे के माथे पर 'खचाक्! खचाक्!' दो-तीन वार कर डाले।

जैसे ही 'ठाकुर-ठाकुर' चीखता घूमा उनके करीब पहुँचा, ठाकुर ने अगला वार घूमा पर किया। घूमा के तुरंत लुहाँसी पर उस वार को झेला।

ठाकुर ने फिर वार किया। इस बार घूमा ने पूरी ताकत लगाकर सीधी लुहाँसी तलवार की धार के सामने की। ठाकुर की तलवार लुहाँसी का पैनापन सह नहीं पाई और उसके दो टुकड़े हो गए।

ठाकुर ने तुरंत लाठी सँभाली। मगर लाठी का भी वही हाल हुआ।

अब ठाकुर निहत्थे हो चुके थे। इससे पहले कि घूमा उन पर वार करे, ठाकुर मैदान छोड़कर यह जा...और वह जा...

घूमा ने अपने भाई को दोनों हाथों में उठाया और चल दिया अपनी बस्ती में।

यह क्या? बस्ती में तो जैसे भूतों का डेरा हो। हर तरफ केवल चीखने-चिल्लाने की आवाजें! तो क्या ठाकुर ने...

घूमा ने अपने बेसुध, मरणासन्न भाई को फिर से दोनों हाथों में उठाया और लाकर सीधे मझले साव के चौंतरा पर ला पटका।

घूमा के पहुँचते ही बामन महाराज, माते, मुखिया के अलावा और भी ढेरों आदमी वहाँ आ जुटे।

माते के चरणों में लोटते हुए घूमा ने गुहार लगाई, "माते, हमें न्याय दिलवाओ। ठाकुर ने हमरे भाई की यह दुर्दशा बनाई है। हमरी पूरी बिरादरी को इसी हाल में पहुँचा दिया ठाकुर ने।"

घूमा की व्यथा-कथा सुनकर पूरा गाँव तु-तु-तु-तु करने लगा। माते पसोपेश में। बिल्ली के गले में घंटी कौन बाँधे? अन्याय हुआ है, सरासर हुआ है, पर…

माते हाथों में सिर दिए बैठे रहे। घूमा अपनी विनती दोहराता रहा…तिहराता रहा।

इसी बीच जाने कब अट्टू साव बाखर से बाहर आए।

आज ही की मोटर से पहुँचे थे अट्टू साव।

बाहर की हालत देखकर तुरंत बाखर में लौटे। फिर बाहर आए तो उनके एक हाथ में थी खाट और दूसरे में एक डिब्बा।

अट्टू को खाट लाते देखकर लोगों ने बीचोंबीच जगह बना दी। अट्टू साव ने खाट बिछाकर उस पर बेहोश बसोरे को लिटाया और अपना डिब्बा खोलकर दवाई लगाने की तैयारी में जुट गए।

डॉक्टरी की पढ़ाई कर रहे हैं न अट्टू साव। गाँववालों को दिखाने के लिए लाए थे यह डिब्बा। तब क्या पता था कि यह डिब्बा ही नहीं, इसका करिश्मा भी दिखाने का मौका मिलेगा।

बसोरे के सिर से बेइंतहा खून रिस रहा था। उतनी-सी पट्टियों से उसका उपचार तो क्या होता, मगर कुछ तो राहत मिलती उसे।

अभी अट्टू साव एक घाव पर दवाई लगाकर पट्टी बाँधने की तैयारी कर ही रहे थे कि अचानक मझले साव ने उनके पास से डिब्बा झपटा और कुँए में फेंक दिया। फिर घूमा को डपटकर कहा, "उठा अपने भाई को! तेरी इतनी हिम्मत कि हमारी खाट पर…चल उठा और ले जा अपने टपरे में!"

घूमा ने साव की तनी हुई भृकुटियाँ देखीं और तुरंत अपने भाई को फिर अपने हाथों में उठा लिया। अट्टू इस बीच उजबक् की तरह अपने दादा को देखते रहे।

मझले साव ने माचिस की एक तीली जलाई। उससे एक कपड़े के टुकड़े को जलाया और जलता हुआ वह कपड़ा खाट पर फेंक दिया।

देखते-ही-देखते खाट धू-धू करके जलने लगी।

मझले साव ने बाखर में पहुँचकर अट्टू साव की ढूँढ मचाई। जैसे ही वे अपने दादा के सामने पहुँचे, साव ने रस्सी-बाल्टी हाथ में थमाते हुए हिदायत दी कि कुँए पर जाकर नहा आओ। तुमने बसोर को छुआ है।

अट्टू रस्सी-बाल्टी हाथ में लिए बाखर से बाहर आ गए। बाहर अभी भी खाट धू-धू जल रही थी। खाट के साथ-साथ अट्टू के मस्तिष्क में भी बहुत कुछ धू-धू जल रहा था।

क्या दादा इतने दकियानूस हैं? ऐसा क्या बुरा करने जा रहा था मैं? जब इतने ही पोंगापंथी हैं तो फिर हमें दूसरे शहर में क्यों पढ़ा रहे हैं? वहाँ क्या हम केवल

बानिया सपूतों से गलबहियाँ करते हैं? क्या इतना भी नहीं जानते होंगे दादा? ऐसा क्या अनर्थ करने जा रहा था मैं?

अनर्थ तो ठाकुर ने किया। अनर्थ तो दादा ने किया। अनर्थ तो गाँववाले कर रहे हैं।

नहीं! अब और अनर्थ नहीं होने दूँगा मैं! अट्टू साव ने मन-ही-मन तय किया और रस्सी-बाल्टी कुँए पर पटक दौड़े चमरौटे की तरफ।

चमरौटे में घर-घर का एक ही हाल था। अट्टू साव वहाँ ज्यादा देर नहीं रुके। घूमा से कुछ देर बातचीत की और दौड़ गए बारी गाँव की तरफ।

बारी में ही तो रुकती है रात-भर मोटर।

हनीफ भाई इतनी रात गए अट्टू साव को अपने पास आया हुआ देखकर चौंके। क्या कोई खास चीज रह गई थी मोटर में जो सुबह का भी इंतजार नहीं किया?

जब अट्टू साव ने उन्हें पूरा किस्सा सुनाया तो हनीफ भाई देर तक देखते रहे अट्टू साव की ओर। लड़ैई में अगली पीढ़ी इतनी उदार, इतनी सहिष्णु होगी क्या? काश, उनके भाईबंदों के जीते-जी एकाध ऐसा सपूत जन्मा होता किसी माँ की कोख से!

हनीफ भाई ने लड़ैई के प्रति वर्षों से मन में बसाया बैर तज दिया क्षण-भर में।

चमरौटे में पहुँचकर हनीफ भाई, अट्टू साव और घूमा ने एक-एक करके तमाम घायलों को मोटर में बिठाया-लिटाया।

इसके बाद हनीफ भाई की खड़खड़िया ने वह रफ्तार पकड़ी कि जब तक लड़ैई वाले सोते से चौंककर जागे होंगे तब तक तो मोटर नाले के उस पार...

फिर तो मुँगावली अस्पताल के बाहर पहुँचकर ही हनीफ भाई और उनकी मोटर ने भरपूर साँस ली।

मोती साव की ससुराल है मुँगावली। गुना जिले की तहसील है मुँगावली। गाँव छोड़ने के बाद से मोती साव की शरणस्थली है मुँगावली।

इसी मुँगावली से कांगरेस के टिकट पर विधानसभा का चुनाव लड़ने की तैयारी में हैं मोती साव।

इसी मुँगावली में सुबह होते-न-होते जंगल में लगी आग की तरह यह खबर फैल गई कि लड़ैई गाँव का पूरा चमरौटा घायल होकर अस्पताल में पहुँचा है। वहाँ के भूतपूर्व लंबरदार ठाकुर देवीसिंह ने कुटम्मस की है उनकी।

खबर मिलते ही मोती साव अस्पताल भागे। गाँव छोड़ने के बाद से ठाकुर को सबक सिखाने, ठाकुर से बदला लेने का मोती साव ने कई बार मन बनाया, मगर मौका ही हाथ नहीं लगा। चुनाव भी वे इसीलिए लड़ना चाहते थे कि तब हाथ में कुछ तो ताकत होगी। तब मौका लगा तो...

फिर यह हाथ आया मौका वे कैसे छोड़ दें!

मोती साव को देखते ही घूमा उनके पैरों में लोट-पोट गया। साव ने उसे उठाकर गले से लगाया। घूमा बड़े काम की चीज है मोती साव के लिए। इसके साथ की गई भलमनसाहत ब्याज-सहित वापस आएगी जल्द ही।

साव ने घूमा को ढाढ़स बँधाया। उसे अपने साथ लेकर थाने पहुँचे। वहाँ थानेदार और साव ने घूमा से उसकी पूरी व्यथा-कथा सुनी।

फिर थानेदार और मोती साव में सलाह-मशविरा हुआ। फिर घूमा को आश्वासन दिया गया कि चिंता की कोई बात ही नहीं है। हम ऐसा मामला बनाएँगे कि ठाकुर का नामोनिशान नहीं बचेगा। अब वे दिन नहीं रहे कि कोई गरीब-गुरबों पर, कमजोरों पर, नीची जातियों पर हाथ भी उठा सके। अब राज हम सबका है। जितना ठाकुर का है उतना बसोर का भी है। बल्कि तुम्हारा ज्यादा। और भी न जाने ऐसी कितनी ही बातें कीं, जिन्हें ध्यान से सुनना घूमा को जरूरी नहीं जान पड़ा। यह सब तो अट्टू साव के मुँह से वह अनंत बार सुन चुका है। मगर सच्चाई...

नहीं-नहीं, इतना दिल छोटा करने की जरूरत नहीं है। न्याय होगा जरूर। आततायी को सजा भी मिलेगी जरूर।

आठवें दिन जब घूमा अपने भाई बसोरे का क्रियाकर्म मुँगावली में करके और शेष घायलों की मरहमपट्टी करवाकर, थाने में लिखी गई रपट पर अपना अँगूठा निशानी टेककर, मोटर में बैठकर गाँव के लिए चला तब मोती साव ने उसे आश्वस्त किया कि वह निश्चिंत होकर जाए। यहाँ वे सब देख लेंगे। वे हरदम उसका साथ देंगे। घूमा और उसकी बिरादरी की पूरी-पूरी फिकर है उन्हें। इसीलिए तो मोटर की व्यवस्था करवाई है, वरना आज मोटर का लड़ैई जाने का क्या प्रयोजन! आज तो रविवार है।

मोती साव ने यह भी बताया कि आज ही थाने से एक जीप जा रही है ठाकुर को गिरफ्तार करने। फिर ठाकुर पर मुकदमा चलेगा। दफा तीन सौ दो का मामला है, सो ठाकुर को जरूर फाँसी पर लटकाया जाएगा। पर यह सब होगा तभी जब घूमा वही करे जो मोती साव कहें। तभी दूध-का-दूध और पानी-का-पानी हो पाएगा—हाँ।

घूमा अपनी बिरादरी के लोगों के साथ जब तक गाँव पहुँचा, तब तक तो बेतवा में जाने कितना पानी चढ़ और उतर चुका था। गाँव में इस बीच पुलिस आई थी ठाकुर को गिरफ्तार करने। मगर ठाकुर मिले ही नहीं पुलिस को। वे तो उसी रात फरार हो गए थे शायद। पुलिसवाले कह गए हैं कि अगर किसी ने ठाकुर को छिपा रखा हो तो अभी बता दे, वरना अंजाम बुरा होगा। या ठाकुर

यहाँ आएँ तो उन्हें बता दिया जाए कि वे सीधे से थाने में पहुँचकर अपने-आपको पुलिस के हवाले कर दें।

यदि महीने-भर के भीतर-भीतर ठाकुर थाने में नहीं पहुँचे तो पुलिस उन्हें बागी घोषित कर देगी और तब कोई भी, कभी भी ठाकुर को जान से मार देने पर भी हत्या का दोषी नहीं माना जाएगा, बल्कि ऐसे बहादुर को सरकार इनाम देगी।

पुलिस को मास्साब भी नहीं मिले। हालांकि वे कल संझा को ही, अपने छोटे भाई के घर से लौटे थे। पर यहाँ सारा किस्सा मालूम होते ही आज सुबह की मोटर से वापस शहर चले गए। कहाँ गए, कोई नहीं जानता।

घूमा को अपने भाई की मौत का बेहद रंज था, मगर उसके बलिदान से बिरादरी का कुछ तो उद्धार हो रहा है, यही सोचकर वह अब तक अपने-आपको तसल्ली देता रहा था।

लेकिन अब?

अब क्या सोचकर ढाढ़स बँधाए? यह तो और भी खतरनाक स्थिति बन गई। अगर सचमुच ठाकुर बागी बन गए तो? या गाँव ही लौट आए तो? है किसी में हिम्मत जो उनकी तरफ आँख भी उठा पाए? भले ही सरकार ने इनाम...

फिर अब तो ठाकुर के लठैत भी गाँव में मौजूद हैं। अब तो समझो पूरी बिरादरी की खैर नहीं। अब तो इस गाँव से भाग जाने में ही जान की खैर है।

अब हम कहाँ जाएँ? किससे पूछे घूमा? कौन बताएगा उसे? झूठ या सच जो भी बताता था, अट्टू साव ही बताता था। पर सुना है, मझले साव ने उस दिन अट्टू साव की जमकर धुनाई की और हाथ पकड़कर घर से निकाल दिया कि खबरदार जो कभी अपना मुँह दिखाया तो।

कुछ दिनों उद्विग्न-सा, विक्षिप्त-सा रहा घूमा। हरदम डरा-डरा, हरदम सहमा-सहमा। न काम पर जाता, न किसी से बोलता-बतियाता।

तभी एक दिन खबर मिली कि ठाकुर देवीसिंह ने अपने-आपको कानून के हवाले कर दिया है।

फिर सुना कि अब जल्दी ही मुकदमा शुरू होगा।

घूमा की तो जैसे जान में जान आ गई।

मगर हुआ कैसे यह? क्या ठाकुर पुलिस की पकड़ाई में आ गए या भगवान ने उन्हें सद्‍बुद्धि दे दी?

जिस दिन यह खबर गाँव पहुँची, उसी दिन पहुँचे गाँव में मोती साव और मास्साब। मोती साव गाँव छोड़ने के बाद पहली बार गाँव आए थे। उन्होंने बताया कि ठाकुर यहाँ से भागकर सीधे अपनी किसी ससुराल में पहुँचे थे। इधर मास्साब

पहुँचे अपने भाइयों के पास। फिर तीनों भाई मुँगावली आए थे। वहाँ से सब जान-सुनकर ठाकुर को ढूँढने निकले।

तीनों ससुरालों में गए। तीसरी जगह पर ठाकुर मिले। उन्हें समझाया-बुझाया कि इस तरह दुबके रहने से बात बिगड़ेगी। अगर कल को पुलिस ने बागी करार दिया तो फिर तुम चिंता क्यों करते हो? हम तो हैं तुम्हारे साथ। फिर हमारे महकमे के हाथ में तो सारा मामला है। बड़ी मुश्किलों में ठाकुर माने।

चारों जन मुँगावली पहुँचे। ठाकुर को पुलिस ने तुरंत हिरासत में ले लिया। इधर मास्साब के भाइयों ने झगड़े की, मारपीट की रिपोर्ट दर्ज करवाई। अब वे मामले को यह रूप दे रहे हैं कि दरअसल आपसी झगड़े में यह सारा कांड हो गया। ठाकुर ने आत्मरक्षा में प्रहार किए थे लोगों पर।

वे तो यह भी सिद्ध करना चाहते हैं कि मरनेवाला किसी रोग की वजह से मरा है, ठाकुर द्वारा तलवार से घायल करने से नहीं।

पूरा किस्सा सुनाकर मोती साव ने घूमा को ढाढ़स बँधाते हुए कहा, "पर तू फिकर मत करना। हम अपना सब कुछ लगा देंगे लेकिन इस ठाकुर को फाँसी पर चढ़वाकर मानेंगे। बस, एक बार मुकदमा शुरू-भर होने दे। तू तो जब अदालत बुलाए, पहुँच जाया कर।"

घूमा की समझ में एक बात अब तक नहीं आई थी कि वे सब बातें साव को पता कैसे चलीं! क्या साव मास्साब को पिछयाउत फिरे सब जगह?

नहीं! ऐसा कुछ नहीं किया था साव ने। वह तो स्वयं मास्साब ने बताया था साव को। मास्साब ने कहा था साव से कि मरनेवाला तो मर गया, अब एक और आदमी की जान लेने से क्या हासिल होगा?

मास्साब ने ही बताया था साव को कि दरअसल चारा काटने की मजूरी पर नाराज होना एक बहाना-भर था दाऊजू का। असल में तो वे चुनाव से पहले गाँव के लोगों पर अपना आतंक कायम करना चाहते थे ताकि किसी और को वोट देने की कोई जुर्रत न कर सके।

मास्साब ने यह रहस्य खोलने के साथ ही यह विश्वास भी दिलाया था साव को कि आगे से ऐसी घटना न घटे, इसका भी इंतजाम कर लिया है उन्होंने। ठाकुर देवीसिंह अब गाँव में रहेंगे ही नहीं। या तो हमारे दोनों छोटे भाइयों में से किसी एक के पास रहेंगे या फिर अपनी किसी ससुराल में चले जाएँगे।

बस, किसी तरह यह मामला रफा-दफा करवा दो।

अकेलें, हमने मास्साब से कह दिया है कि मास्साब, अब्बल तो हम ऐसा करने वाले हैं कौन। यह मामला हमारा और ठाकुरजू का तो है नहीं। अपने मामले में तो सबको पता है कि हमने बिना ठाकुर को सताए-तरसाए-बेइज्जत किए, उनका

परनोट उन्हें लौटा दिया था, कि तुमसे जनम-जिंदगी में कभी हो सके तो हमारी रकम चुका देना, नहीं तो हम समझ लेंगे कि उतनी रकम हमारे खलीता में से कुँआ में गिर गई थी, या कि हमारे घर डाका पड़ गया था।

यह मामला तो एक अमीर, ताकतवर और कुछ गरीब बेसहारा लोगों के बीच का है। इसमें अगर हम ठाकुर की तरफ से बोले तो हमें गरीब की 'आह' लगेगी। हमारी आत्मा हमें धिक्कारेगी ही धिक्कारेगी कि मोती, तू भी उसी कहावत में यकीन रखता है कि—'समरथ को नहिं दोष गोसाईं।'

मोती साव घूमा को खुशखबरी देकर, ढाढ़स बँधाकर, समझाकर, उसके कंधे पर अपनी बंदूक रखकर चलते बने...

इधर घूमा की बुद्धि ने फिर काम करना बंद कर दिया। तो क्या अन्याय भी हो सकता है इस राज में? अपने राज में?

यह तो नहीं बताया था कभी अट्टू साव ने।

घूमा को अट्टू साव याद आ रहे हैं बेइंतहा। शायद वे हितू हों अभी भी उसके। बाकी तो सब...

अट्टू साव सचमुच अपने बाप की असल औलाद निकले। इधर मझले साव अपनी आन पर अडिग कि बेटे को खुद तो नहीं बुलाएँगे, उधर बेटा उनकी बात रखने पर अडिग कि बिन बुलाए नहीं जाऊँगा।

वाह रे अट्टू साव! वाह रे मझले साव!

मगर आज घूमा को अट्टू साव की बेइंतहा याद आ रही है। वह बताना चाहता है कि इन कुछ वर्षों में क्या-क्या गुजरी उस पर!

तहसील से कुछ ही दिनों बाद फरमान आया घूमा और उसकी बिरादरी के तमाम लोगों को कचहरी में हाजिर होने का। फिर तो आए-दिन यह फरमान आता रहा।

हर बार पूरी बिरादरी सारा काम-धंधा छोड़कर मोटर में बैठ मुँगावली भागती। वहाँ पहुँचकर कभी पता लगता कि आज वकील नहीं है, तो कभी जज नहीं मिलता, तो कभी सबके बयान नहीं हो पाते, तो कभी कोई और कमीबेशी रह जाती।

यह सब करते-करते साल बीतने को आया। बेचारे सभी लोग तंग आने लगे। हर बार मोटर में जाना तो संभव था नहीं, सो एक दिन पहले गाँव से चलते। तीस कोस चलकर जब वहाँ पहुँचते तो फिर कोई नया बखेड़ा।

साल बीतते-न-बीतते सबके बयान हो पाए। कुछ दिनों तक तो मोती साव बराबर साथ देने का ढोंग करते रहे, फिर धीरे-धीरे केवल आश्वासनों पर उतर आए। फिर स्थिति यह आई कि इधर कोई गाँव का आदमी निगाह में पड़ता, उधर मोती साव अंतर्ध्यान हो जाते।

फिर बारी आई गवाहों की। असल वारदात में कोई गवाह तो था ही नहीं। घूमा की समझ में नहीं आया कि फिर माते, मझले साव, बामन महाराज, यहाँ तक कि दो बरस पहले आँधरा हो गया खलका भी आँखनछिताँ देखे गवाह के रूप में कैसे दर्ज था!

जब थानेदार ने बताया कि यह सब घूमा के बताने पर ही दर्ज हुआ है, उसका अँगूठा निशानी है उनके पास, तब तो उसके पाँवों के नीचे से जमीन ही खिसक गई।

बेचारे मोती साव, गाँव आए हों पिछले कई बरस में तो पता होता कि खलका तो कब का आँधरा हो चुका है।

गाँव में जब सब लोगों के नाम समन पहुँचे तो सभी बौखलाए। अब तक जो दबी-ढकी सहानुभूति थी घूमा के प्रति, वह कपूर की तरह उड़ गई। किसी की समझ में नहीं आ रहा था कि वे क्या करें? अगर सच कहते हैं तो वह सच, सच ही माना जाएगा, इसका क्या भरोसा? कहीं तब मोती साव ने किसी और झंझट में फँसा दिया तो? और झूठ बोलते हैं तो उसके लिए आत्मा गवाही नहीं देती।

अगर आत्मा को भुलाकर एक बार को कह भी देते हैं कि हाँ, हमने देखा है, तो क्या ठाकुर को फाँसी हो जाएगी? अगर नहीं हुई तो? कल को ठाकुर...।

दूसरे दिन जब तक सारे गवाह मुँगावली पहुँचे तब तक तो सारा खेल ही खत्म हो चुका था।

अपने भाइयों के आश्वासन पर खुद को पुलिस के हवाले करनेवाले ठाकुर देवीसिंह का धीरज पिछली रात जवाब दे गया था।

इससे पहले कि अगले दिन गवाहों के बयान हों, गाँव के तमाम इज्जतदार लोग उन्हें हथकड़ी पहने देखें... गई रात एक सिपाही की बंदूक झपटकर ठाकुर देवीसिंह ने आत्महत्या कर ली थी।

पूरा कारवाँ गाँव वापस आ गया। सभी अपने-अपने आराध्य का लाख-लाख शुक्रिया अदा कर रहे थे कि उसने उन्हें धर्मसंकट से बचा लिया।

चार दिन पीछे तहसील से यह खबर आई कि ठाकुर देवीसिंह के खिलाफ कोई ठोस सबूत न मिलने की वजह से उन्हें बेगुनाह घोषित किया जाता है।

खबर सुनने के अगले पल घूमा के मस्तिष्क ने दो विरोधी नाम घोकने शुरू किए—अट्टू साव और मास्साब। दोनों हरकत में आए थे इस वारदात के दौरान। एक ने वारदात को एक रूप दिया और दूसरे ने दूसरा।

मास्साब ने जो रूप दिया वह घूमा ही क्या, पूरे गाँव की समझ में आता है

कि उन्होंने अपने भाई को बचाने की खातिर किया वह सब। किसी का अहित करने की नीयत से नहीं किया।

मगर अट्टू साव ने! क्या उनकी मंशा भी कुछ ऐसी ही थी?

गाँव तो गाँव, क्या उनके सगे दद्दा तक कह पाएँगे कि—थी?

फिर घूमा की बिरादरी किसके सिरझाए ऐसा कहे?

उस दिन जो घूमा बौराया सो आज तक ठीक नहीं हुआ।

लोगों का मानना है कि और लोग तो मौत के बाद भूत बनते हैं, घूमा जीते-जी भूत बन गया है…ठाकुर की आत्मा प्रवेश कर गई है घूमा में।

इंतजार है उसे अट्टू साव का…

टेंटुआ दबाना है उसे अट्टू साव का…।

सात

बामन महाराज नियम-धरम के पाबंद हैं। वे ही अगर नियम-धरम पर नहीं चलेंगे तो और कोई तो फिर चल लिया, यह भली-भाँति जानते हैं महाराज। यह भान उन्हें हमेशा किसी भी ऊँच-नीच से बचाता रहा है।

बामन महाराज जानते हैं कि गाँव के ये उजड्ड लोग तभी तक 'सीताराम महाराज' 'पाँय लागी महाराज' कहेंगे जब तक उनका चरित्र निष्कलंक, उनका आचरण एक-समान बना रहेगा। ऐसा न करने से पहले उन्हें कोई और धंधा तजवीजना होगा। बामनई नहीं चलेगी फिर।

इसीलिए सब-कुछ देखकर भी अनदेखा किए रहते हैं बामन महाराज। सब-कुछ जानकर भी केवल संस्कृत के श्लोक, केवल आशीर्वाद बखानते हैं बामन महाराज।

मगर आज बामन महाराज का ध्यान पूजा-पाठ में नहीं लग रहा है। आज न तो मुँह से श्लोक फूट रहे हैं, न भक्तजनों के प्रणाम के उत्तर में आशीर्वचन।

बड़े बेमन से उठे थे सुबह-सवेरे महाराज। बेमन से पूजा-आरती की थी और बेमन से भोग चढ़ाने आए भक्तों को निबटाया था। फिर मंदिर में ताला डालकर सीधे गाँव के बाहर बने हनुमान जी के देहरे पर आ बैठे थे।

रास्ते-भर सोचते रहे, आशंकित रहे कि कहीं कोई टोक न दे पीछे से। यह खयाल ही नहीं आया कि ऐसा कोई क्यों करने लगा। कोई पहली बार तो बामन महाराज को देहरे की ओर जाते देख नहीं रहे थे लोग। रोज ही तो ठीक इसी समय जाते हैं वे।

जब गाँव के सावों के लड़के, ठाकुर के लड़के गाँव से बाहर पढ़ने गए थे तो औरों की तरह बामन महाराज के दद्दू महाराज ने क्या, स्वयं बामन महाराज ने नाक-भौं सिकोड़ी थी। मगर जैसे-जैसे वे लड़के तरक्की करते गए, बामन महाराज को अफसोस हुआ कि काश, वे भी गए होते पढ़ने!

फिर दद्दू जब नहीं रहे, तब पुजारी बने बामन महाराज स्वयं।

जब भी किसी का भी कोई लड़का अपनी कक्षा की परीक्षा में पास होकर गाँव लौटता, महाराज को एक धोती-जोड़ा, मंदिर को एक नारियल, भक्तों को बताशे और ठाकुरजी (भगवानजी) को एक घाघरा-फरिया का चढ़ावा मिलता था। तब बामन महाराज के मुँह से ढेरों आशीर्वचन निकलते थे।

शहर से लौटे लड़कों से बामन महाराज ढेर-ढेर बातें किया करते थे। उनकी योग्यता पर मन-ही-मन प्रसन्न होते। उनकी बुद्धि का लोहा मानते।

जाने कब इसी बीच उनके मन ने यह निश्चय कर लिया कि वे भी अपने एक बच्चे को शहर में पढ़ने जरूर भेजेंगे।

सो ज्यों ही उनका इकलौता बेटा कैलाश दर्जा पाँच पास हुआ, महाराज ने उसे चँदेई के मदरसा में दाखिल करवा दिया।

कैलाश शुरू-शुरू में तो पढ़ने-लिखने में होशियार ही रहा, मगर धीरे-धीरे उसके लच्छन बिगड़ते दीखने लगे बामन महाराज को।

इससे पहले कि महाराज उसे यह बताकर चौंकाएँ कि वे आँधरे नहीं हैं, कैलाश ने उन्हें चौंका दिया।

जैसे बानियों के कई लड़के दर्जा सात, आठ, नौ तो कोई-कोई साढ़े नौ पास करके वापस घर आ बैठे थे, कैलाश भी दर्जा नौ में फेल होने के बाद चँदेई नहीं गए, सो नहीं ही गए।

घर में बैठकर भी उसने न तो महाराज का काम सँभाला, न खेती-बाड़ी में मन लगाया और न ही किसी और भले काम में मगज खपाया। बस, हरदम अधपढ़े बानिया सपूतों के साथ उठना-बैठना, उन्हीं की संगत में रहना।

आज डाँग में शिकार खेलने को जा रहे हैं, तो कल शहर में सनीमा देखने। परसों किसी बारात में, तो अतरसों किसी नौटंकी में।

महाराज कभी उन्हें डपटते, कभी समझाते और कभी-कभी यह सोचकर बर्दाश्त कर जाते थे कि जब सिर पर जिम्मेदारी आएगी तो खुद रास्ते पर आ जाएँगे कैलाश।

रोज ही तरह-तरह की शिकायतें लेकर आते गाँववाले – कि कैलाश महाराज ने आज उनके भुट्टे तोड़ लिए, तो कल डंगरा उखाड़ लिए, तो परसों खड़ी फसल में ढोर पेंड़ दिए, अतरसों पच्छी कक्का की भींठ पर जाने किस लड़की के साथ किसके नाजायज ताल्लुकात होने की खबर उल्छार दी।

बामन महाराज तभी से रातो-दिन उस शिक्षा को कोसते हैं जिसे पढ़कर आया है कैलाश शहर से! उस अशुभ घड़ी को याद करते हैं जब यह शौक उन्हें चर्राया था। पर पूरे मन से उसे कोस भी तो नहीं पाते महाराज।

वे कैसे भूल जाएँ कि उसी शिक्षा की बत्तल जनकसिंह मास्साब हो गए। उनके दोनों भैया पुलिस के अफसर हो गए। बड़े साव के बड़े लड़का विद्वान हो गए। मझले साव के बड़े लड़का अट्टू साव डॉक्टर बननेवाले हैं। तुलसी कक्का के नाती इंजीनियर बनेंगे बड़े भारी, रतन साव का लड़का ओवरसियर। फिर वे दोनों मिलकर राजघाट पर बननेवाला बाँध बनवाएँगे।

तब तो जरूर यह शिक्षा का नहीं, अधूरी शिक्षा का दोष है। ठीक बात है।

सही समझा है हमने। वे कहावतें नहीं हैं क्या कि— अधजल गगरी छलकत जाय; थोथा चना बाजे घना।

हाँ, सचमुच अधूरी शिक्षा का कुफल है ये। अब ये अधपढ़े वही तो करेंगे जो सीख पाए हैं। बंदर के हाथ उस्तरा आएगा तो वह अपना गाल ही तो काटेगा न। अच्छे भाग्य होते तो शिक्षा का माहात्म्य समझते।

अब जितनी समझ है, जैसी है, उजागर हो तो रही है रोज-रोज। दिन-रात मटरगश्ती, किसी की भी पगड़ी उछालने की चतुराई, किसी को भी किसी से लड़ाने के डौल। यह अधपढ़ी टोली जो न करा दे वही गनीमत है।

पूरे गाँव में ऐसी कोई भींठ नहीं छोड़ी इन एबियन ने जिस पर क्योला से लिख-लिखकर हर शरीफ आदमी को लोफर-शोहदा और हर इज्जत-आबरूवाली गृहलक्ष्मी को छिनाल न साबित कर रखा हो।

जिन भींठों पर कभी ब्याह-शादी के गीत लिखे रहते थे, जिन पर बनी चित्रकारी कभी मन मोह लेती थी, आज इन लड़कों की वजह से उन भींठों की तरफ देखते डर लगता है।

जो थोड़ा-बहुत पढ़ना जानता हो, उसकी तो और भी मुसीबत। उसका तो आँखें मूँदकर चलने में ही भला। कहीं उसी को लेकर कोई दावा न किया हुआ हो भींठ पर!

ले-देकर एक ही उपाय है कैलाश को राह पर लाने का। कैलाश का ब्याह कर दिया जाए!

मगर यह उपाय उन्हें इतनी देरह से क्यों सूझा? अब तो इसे भी नहीं आजमा पाएँगे बामन-महाराज।

बामन महाराज चिंता में मगन हैं। देहरे बब्बा उनकी बाट जोह रहे हैं। एकटक देख रहे हैं कि अब नहलाएँगे बामन महाराज।

अब!

अब!

अब!

पर बामन महाराज का ध्यान उनकी तरफ जा ही नहीं रहा है।

ब्याह!

किससे?

क्या चंद्रभान की लड़की से?

नहीं-नहीं। वह अहीर, हम बामन। यह कैसे हो सकता है?

किसी बामन की लड़की से?

पर अब कौन-सा बामन देगा कैलाश के लिए अपनी लड़की?

एक ही रात में कितना-कुछ बदल गया। गई रात तक सब ठीक-ठाक था, मगर गई रात तो गई, बामन महाराज को मुसीबत में डाल गई।

गई रात जब ठाकुर जी को भोग लगाने के बाद, आरती के बाद सब भक्तजन परसाद पाकर चले गए तब बामन महाराज ने भी झटपट अपना काम समेटा और मंदिर के पट बंद करने को आगे बढ़े कि देखते क्या हैं—चंद्रभान बैठा है घुटनों में सिर दिए।

"सो गया क्या?" महाराज ने सिर पर हाथ फेरकर पूछा, "भोग तो चढ़ा दिया है न चंद्रभान?"

"हओ।" चंद्रभान ने उत्तर तो दिया, पर चेता नहीं जरा भी।

"तो फिर घर जाओ। यहाँ काहे को बैठे हो?"

"अभी जाते हैं।"

"कोई से झगड़ा-टंटा हो गया क्या?"

"आँहाँ!"

"फिर, हमसे कोई काम है क्या?"

"हओ।"

"क्या?"

"बताते लाज लग रही है।"

"ऐसी क्या बात है?"

"ऐसी ही बात है!"

"तो फिर मत बताओ।"

"बिना बताए रहा न जाएगा हमसे।"

"तो फिर बता दो। हमसे क्या लाज?"

"तुम सुन नहीं पाओगे महाराज!"

"तुम कहो तो! क्या कैलाश ने कुछ किया है?"

"हओ।"

"क्या?"

"कैलाश महाराज का बच्चा पल रहा है हमरी बिटिया की कुँवारी कोख में।"

"क्या?" जैसे आसमान से गिरे महाराज।

क्या कहता है यह मूरख! और कह कैसे पाया!

अब?

"यह कैसे हो सकता है? कब की बात है? किसने बताया तुझे?"

"हमरी बिटिया ने खुद अपने मुँह से बताया है हमें। एक दिन जब आप नहीं थे, तब की बात है। घर के सब जन खेत में गए थे। भरी दुपहरिया में वो भोग चढ़ाने आई। मंदिर में अकेले कैलाश महाराज थे। उन्होंने जबरन…।"

इससे आगे नहीं कह पाया चंद्रभान। कैसे कहे? बाप जो ठहरा! और महाराज को भी इससे आगे सुनना गवारा नहीं, जरूरत भी नहीं।

"अब तुम क्या चाहते हो?"

"हम क्या चाहेंगे महाराज! हम तो न्याय चाहते हैं, इनसाफ चाहते हैं, अपनी बिटिया की जिंदगानी चाहते हैं महाराज! अगर समय रहते हमरे साथ इनसाफ नहीं हुआ तो हम कह नहीं सकते कि ब्रह्महत्या का पाप अपने सिर लेने से डरेंगे।"

और तमतमाया चेहरा लिए अंधेरे में बिला गया चंद्रभान।

ब्रह्महत्या! यानी किसी ब्राह्मण की हत्या?

इनसाफ! यानी माते की बिरादरी-पंचायत में जाएगा मामला? और वहाँ जो फैसला होगा, क्या उसे कुबूल पाएँगे बामन महाराज?

बामन महाराज को भरी गर्मी में कंपकंपी छूट गई। माते का इनसाफ क्या उनसे छिपा है? दूध-का-दूध और पानी-का-पानी करने का माते का तरीका तो अजब है, गजब है, अनूठा है, निराला है, यह स्वयं बामन महाराज भी मानते हैं।

पर क्या महाराज ठीक यही विशेषण इस बार दे पाएँगे उस इनसाफ को?...

सावितरी और सलैया के लड़केवाले मामले में माते ने जो इनसाफ किया था उसी को देखकर तो महाराज ने माते के इनसाफ को ये सारे विशेषण दिए थे।

बामन महाराज की आँखों में वह दृश्य ऐसे तिर आया गोया स्मृति की कोठरी में से नहीं, पंचभूतों से निर्मित इस काया के माथे पर दोनों ओर बने कटोरों में मौजूद आँखों से वह दृश्य साक्षात् देख रहे हों।

लड़ैई में किसी के खेत में किसी के ढोर घुस गए हों तो, किसी का ब्याह टूट रहा हो तो, किसी ने किसी का कर्जा लौटाने में आनाकानी की हो तो, किसी के घर में जमीन का बँटवारा, जायदाद का बँटवारा होना हो तो, हर उस मामले का इनसाफ माते की बिरादरी-पंचायत करती है, जो कानून की हद में तो आते हैं, मगर कानून का दरवाजा खटखटाए बिना भी जिनका सही-सही फैसला लिया जा सकता है।

और इस फैसले को मानना लाजिमी समझा जाता है।

रमते सलैया के लड़के दीपू का दिल आ गया था कन्नू अहीर की लड़की सावितरी पर। अब से नहीं, कई बरस पहले से।

इस बात को कुछ दिन पहले तक या तो दीपू जानता था या फिर सावितरी। मगर अब पूरा गाँव जानता है।

हुआ भाग्य का लेखा यह कि सावितरी का ब्याह हो गया सिरसौदिया के एक अहीर के लड़के से। यह कोई अनहोनी बात तो थी नहीं। जब लड़की ब्याह योग्य हो गई थी तब ब्याह तो होना ही था।

सावितरी ससुराल चली गई और कुछ दिन बाद लौट भी आई।

मगर जब गौना हुआ सावितरी का, तब हुई अनहोनी।

सावितरी अपनी ससुराल से आए लिवौअन के साथ जा रही थी। जैसे ही सलैया के घर को पार करने को हुई कि दीपू ने सावितरी का हाथ पकड़ा और बिठा लिया अपनी बाखर में। फिर खुद लाठी लेकर दरवाजे पर आन डटा।

सबरे लिवौआ हैरान! यह क्या हो रहा है? कि ऐन तभी दीपू ने ऐलान कर दिया कि सावितरी को इस देहरी के बाहर निकालने की हिम्मत दिखानेवाले को पहले उसकी लाश पर होकर गुजरना होगा।

आनन-फानन में यह खबर पूरे गाँव में फैल गई। जिसने सुना वही दाँतों-तले अँगुली दबाए पहुँचा सलैया की बाखर के आगे।

सावितरी के दोनों भाई बादल और पर्वत, बिरादरी के कई भाई-बंद अपनी-अपनी लाठी लिए आ डटे वहाँ। सलैया के भाई-बंद इनके पहुँचने से पहले ही मोर्चाबंदी कर चुके थे।

फिर तो खूब सिर-फुटव्वल हुई दोनों खेमों में। कई जवान खेत रहे। कई बूढ़े गला फाड़-फाड़कर चुपा गए।

और नतीजा?

खुद सावितरी ने ऐलान कर दिया कि अब इस देहरी से उसकी लाश ही बाहर निकाली जा सकती है!

तब सारा मामला पहुँचा माते की पंचायत में। इनसाफ चाहा तीनों पक्षों ने।

माते ने सबसे पहला काम तो यह किया कि दीपू और सावितरी को अपनी बाखर में ले गए। फिर काफी सोचा-विचारा। कई दिन मौन रहे माते।

पाँचवें दिन पंचायत जुटी।

पूरा गाँव क्या बारी, टोड़े, सिरसौदिया तक के ढेरों आदमी मौजूद थे मंदिरवाले चौक में। सभी देखना चाहते थे कि इस अनोखे मामले को कैसे सुलटाते हैं माते।

माते और उनकी पंचायत की अग्नि-परीक्षा थी उस रोज।

चार-छह लठैतों की निगरानी में सावितरी और दीपू को लाया गया। दोनों को मदरसा के एक कोठा में बंद कर दिया गया। गाँव के तमाम लोगों को पहले ही हिदायत दे दी गई थी कि हथियार-औजार लेकर न आएँ।

ठट्ठ के ठट्ठ लोगों की तरफ एक बार देखा माते ने। चारों तरफ शांति छा गई तुरंत।

तब माते ने कार्यवाही शुरू की।

सबसे पहले कन्नू अहीर को पुकारा गया।

"कन्नू भाई, जो कुछ हो चुका है वह तो तुम जानते ही हो। अब तुम बताओ कि तुम्हारा क्या इरादा है?"

कन्नू अहीर का सिर शर्म से जमीन में गड़ा जा रहा था। इतनी-इतनी निगाहों में गड़ने से पहले मर क्यों नहीं गए हम?—कन्नू सोच रहे थे मन-ही-मन। पर केवल मन में गुँताड़े बिठाने से तो काम चलना नहीं था कन्नू का। माते ने कुछ पूछा है तो जवाब तो देना ही होगा।

अब जवाब किस मुँह से दें कन्नू? इसी काले मुँह से?

"बड़े माते, इस लड़की ने तो पूरी बिरादरी में नाक कटा दी हमरी। हम तो किसी को मुँह दिखाने लायक भी नहीं रहे।" इतना कहकर फफक पड़े कन्नू अहीर।

"वह तो हम भी समझ रहे हैं। पर कन्नू भाई, पंचायत इतनी-सी बात जानना चाहती है कि क्या तुम अपनी लड़की को अपने घर रखने को राजी हो?"

"आहाँ माते!" चीखे कन्नू, "हमरे लिए तो यह लड़की उसी बखत मर गई थी जब इसने दीपू को अपनी कलाई थामने दी।"

"और बादल, पर्वत, तुम? तुमरी बहन है न सावितरी?"

"हम?" दोनों भाई एक-साथ हुमसे।

"हाँ, हाँ, तुम।"

"हमरे लिए अभी नहीं मरी वो। उसे तो हम अपने हाथों से मारेंगे और उसी के साथ मारेंगे इस सलैयापूत दीपू को। तभी मरी मानेंगे हम।"

"तुम अपने होश में नहीं हो बादल!" माते ने डपटा, "इतने लोगों के सामने तुम जो बात कह रहे हो उसका परिणाम नहीं जानते शायद। फाँसी से छोटा झूला नहीं मिलेगा तब झूलने को।"

"तो कौन बड़ी बात हो जाएगी। नाक कटाकर जीने से तो अच्छा है कुल की मर्यादा भंग करनेवाले को मारकर मर जाना!" इस बार पर्वत तैश में आकर बोला।

"तुम दोनों भाइयों के लच्छन ठीक नहीं दीख रहे हमें। एक बात कान खोलकर सुन लो। इन बच्चों को हमने अपनी शरण में लिया है। अगर इनकी तरफ किसी ने उँगुली भी उठाई तो हमसे बुरा कोई नहीं होगा, हाँ!" माते ने आवेश में आते हुए फटकारा उन्हें।

दोनों भाइयों ने माते की तरफ देखा और तुरंत गर्दन झुका ली।

काफी देर तक सन्नाटा छाया रहा वहाँ।

फिर माते ने सावितरी के ससुर से पूछा, "और आप समधी जू? आप अपनी बहू को ले जाने का विचार रखते हैं या...?"

"आहाँ।" दो टूक उत्तर दिया उन्होंने।

"तो क्या अपने लड़के को अनब्याहा बिठाए रखेंगे?"

"काहे को बिठाएँगे? हमरे बच्चा में कोई खोट है क्या? हम तो कल ही दूसरा मड़वा गढ़वा सकते हैं।"

"कलदार खर्च नहीं होंगे क्या?"

"वो तो जरूर होंगे। कौन-सा ये ब्याह भी सेंतमेंत में हो गया था। पूरे बीस बीसी कलदार खर्च किए थे हमने। इतनेई फिर सही। समझ लेंगे कि एक खेत बेतवा मैया लील गईं। अकेलें यह छिनाल बहू तो अपने साथ नहीं ले जाएंगे।"

"अगर आपका बच्चा ले जाना चाहे तो?"

"कैसे ले जाएगा? सारे को मार के नहीं फेंक देंगे!"

उन्हें आवेश में आता देख माते ने बैठ जाने को कहा। फिर दीपू के बाप से पूछा, "और तुमरी क्या राय है रमते? तुमरा बच्चा सावितरी को अपने घर में रखना चाहता है यह तो तुम्हें मालूम ही है। तुम्हें कोई ऐतराज?"

रमते धीरे से उठा। अपनी भावनाओं पर संयम रखते हुए संयत स्वर में बोला, "माते, जो कुछ हुआ है वह है तो अनीति। उसके लिए अपने बच्चा की तरफ से हम पूरे गाँव से क्षिमा माँगते हैं। पर जब हमरे बच्चा ने सावितरी बिटिया को हमरी देहरी के भीतर बिठाया है तो अब वह हमरे घर की इज्जत बन गई है। उसका सम्मान करने में ही हमरा सम्मान है।...

अगर हम भी बाकी सब की तरह अड़ियल बनेंगे तो हमरे बच्चे का भले ही कुछ न बिगड़े, पर बच्ची का जीवन बर्बाद हो जाएगा। सो हम तो यही विनती करेंगे कि आप सब लोग इन बच्चों की नादानी को क्षिमा करें। इन्हें आशीष दें।...

हाँ, हम इतना जरूर कर सकते हैं कि इन्हें कहीं दूसरे गाँव में बसा सकते हैं। बाकी आप लोगों की मर्जी, पर इतनी किरपा जरूर करना, इनसाफ ऐसा हो जिसमें इन बच्चों की जिनगानी न बिगड़े।"

रमते सलैया अपना पक्ष प्रस्तुत करके बैठ गए।

अब बारी थी पंचों की।

पंचों ने माते के फैसले को सबका फैसला मानने का फैसला लिया और अपने हाथ झाड़ एक तरफ हो गए।

तब सारा दारोमदार आया माते पर।

अब बारी थी माते की—पंचों में पंच पंच-परमेश्वर की।

माते ने एक बार फिर सबकी तरफ स्नेह-भाव से देखा।

"भाई लोगो, यह तो आप और हम सभी जानते हैं कि इस गाँव में अनहोनी हो गई है। एक नहीं, कई अनहोनी हो रही हैं यहाँ। बड़े ठाकुर का मामला अभी सुलटा भी नहीं था, वह तो खैर बड़ी अदालत, सरकारी पंचायत के हाथ में है, वही उसका फैसला करेगी। पर यह मामला तो हमरी अपनी अदालत में है।...

अब जो हो गया उसे मेटा तो नहीं जा सकता। अनीति हुई है, इससे किसे इनकार होगा भला? पर अब विचारना यह है कि इसका हल क्या निकालें? हल भी ऐसा कि अब जान-माल का नुकसान न हो। अनीति करनेवाले को सबक तो मिले, पर उस सबक को याद रखने के लिए वह मौजूद भी रहे।

ऐसा एक हल हमरे दिमाग में आया है। हो सकता है वह गलत हो, उससे कोई नई कुरीति चल निकले, पर हाल-फिलहाल उससे अच्छा कोई हल हमें नहीं सूझ रहा।

अब यह तो जग-जाहिर बात है कि दीपू ने सावितरी बिटिया को अपने घर में बिठा लिया। इसमें सावितरी बिटिया का तो कोई दोष है नहीं, दोष तो दीपू का है। अगर इन दोनों बच्चों को हमने अपनी बाखर में नहीं रख लिया होता तो आज ये दोनों जीवित नहीं बचते।....

अब कोई पूछे कन्नू से, बादल से, पर्वत से, और इनके हिमायतियों से कि जब सावितरी कसूरवार है ही नहीं तो ये उसकी जान के प्यासे क्यों हैं? और मान लो हमरी बात सुनने के बाद वे सावितरी को माफ भी कर दें, पर दीपू की जान लेने पर उतारू हो जाएँ, तो भी सावितरी का जीना हराम हो जाएगा कि नहीं?.....

और अगर इन लोगों ने दीपू का बाल भी बाँका किया होता या करेंगे तो क्या दीपू के भाई-बंद इन्हें जिंदा छोड़ देंगे?.....

तब क्या होगा?.....

कहाँ जाकर यह मारामारी रुकेगी, कोई नहीं बता सकता। पर इतना जरूर होकर रहेगा कि बादल और पर्वत के न रहने पर कन्नू का बुढ़ापा रो-रोकर कटेगा और दीपू के न रहने पर रमते सलैया का।.....

और ये जो बिरादरीवाले अभी कंधे से कंधा भिड़ाकर खड़े हैं, ये उन्हें गलते-सड़ते, मरते-खपते देखेंगे।.....

सो हमरी मंशा तो यह है कि तीन घर बर्बाद होने से बच जाएँ, खून-खराबा, कोर्ट-कचहरी की नौबत न आए, ऐसा कोई उपाय करना चाहिए।.....

इस मामले में सबसे पहले तो हम सिरसौदियावाले समधी जी से पूरे गाँव की तरफ से क्षमा माँगते हैं, क्योंकि हमरे गाँव के दो बच्चों की नादानी के चलते उनकी पगड़ी खामखाह उछल गई।.....

कन्नू को चाहिए कि वह अपनी बेटी को, और बादल, पर्वत अपनी बहन को क्षमा करें। हालाँकि इस पूरे मामले में हम अभी भी उसे दोषी नहीं ठहरा सकते।....

दीपू को चाहिए कि वह पूरी बिरादरी के पाँव छूकर अपने किए के लिए माफी माँगे। रमते सलैया को चाहिए कि वह भी अपने बेटे की करनी के लिए क्षमा माँगे।

भले ही दोषी वह नहीं है, पर अगर अपने बेटे के जश में भागीदारी है तो अपजश का भी भागीदार होना हुआ।

रमते को यह भी चाहिए कि वह सिरसौदियावाले समधी जी को बीस बीसी कलदार की भरपाई करे। इतनी रकम उन्होंने इस ब्याह पर खर्च की थी। अब उन्हें फिर से अपने बेटे का ब्याह रचाना होगा और यह नौबत आई रमते के बेटे की करतूत के चलते।.....

उसके बाद रमते को चाहिए कि कन्नू की बिटिया उसके सुपुर्द करे और उससे यह प्रार्थना करे कि वे अपनी बिटिया का ब्याह उसके बेटे से कर दें। यदि यह संबंध बन जाता है तो यह पंचायत दोनों पक्षों को अपना आशीर्वाद देने को वचनबद्ध है।.....

यह संबंध कायम हो या न हो, दोनों सूरतों में, दीपू पर यह जिम्मेदारी रहेगी कि वह खुद कमाई करके सौ कलदार पंचायत में दंड भरे, ग्यारह कलदार मंदिर जी में चढ़ाए और सावितरी बिटिया का ब्याह चाहे उससे हो, चाहे कहीं अंत, जो भी खर्चा होगा, वह खुद कमाकर कलदार कन्नू को पहुँचाए। बस!.....

एक बात और। आगे क्या करना है, क्या नहीं, यह तो दोनों पक्ष खुद सोचें-विचारें, पर सावितरी या दीपू के खरोंच भी पहुँचाई किसी ने, तो हमसे बुरा कोई नहीं होगा, यह हम फिर बताए दे रहे हैं! अब ये हमरी शरण में हैं। हम आप लोगों को इनका भविष्य सँवारने का मौका तो दे सकते हैं, चौपट करने का नहीं। यह सदा-सदा के लिए ध्यान में रखना।.....

हमरी निगाह में इनसे भूल तो हुई है लेकिन वह भूल क्षमा-योग्य है।.....

क्यों?......

इसलिए कि यह भावनाओं में बहकर हुआ है। भावनाओं पर आदमी का वश नहीं चलता कई बार। चलना चाहिए, यह सभी चाहते हैं। और फिर दीपू ने बुरी भावना मन में रखकर नहीं किया ऐसा। अगर उसके मन में पाप होता तो वह...

नहीं-नहीं, ऐसा सोचना भी महापाप है। उसने वैसी कोई बात की होती, तो सबसे पहले तो हम उसकी गर्दन उतार लेते।"

अपनी बात पूरी करके माते ने एक बार फिर सबकी ओर निहारा। कहीं कोई विरोध, रंज, आक्रोश, अनमनापन नहीं बचा था। सब प्रसन्न थे। सभी संतुष्ट।

कन्नू, बादल, पर्वत और रमते, माते से संकेत पाकर उठे और बोले, "जब सब पंचों की यही मर्जी है तो हमें भी मंजूर है।"

और इस तरह "बोलो पंच-परमेश्वर की जय!" जयकारे के साथ वह अद्वितीय, चमत्कारी, रोमांचक पंचायत अपने-आप में एक मिसाल बनकर समाप्त हुई थी।

बामन महाराज को भी उस दिन सब कुछ भला-भला हुआ जान पड़ा था।

उन्होंने भी माते की बुद्धि का लोहा मान लिया था उस रोज।

आज वही लोहा उनकी खोपड़ी पर टन्-टन्-टन्-टन् बज रहा है।

तो क्या वैसी ही पंचायत फिर जुटेगी इस गाँव में?

वैसी क्यों, उससे भी ज्यादा कुतूहलपूर्ण! उससे भी ज्यादा शर्मनाक!

तो क्या उन्हें भी रमते की तरह भरी पंचायत में हाजिर होना पड़ेगा? एक पंच की हैसियत से नहीं, एक अपराधी के बाप के रूप में? इसके बाद क्या वे रह पाएँगे इस गाँव में? क्या रहने की जो एकमात्र सूरत है उसे स्वीकार पाएँगे वे?

नहीं-नहीं! यह कैसे हो सकता है? चाहे अपने जवान बेटे कैलाश की हत्या करनी पड़े, मगर.....

पर कैलाश की हत्या से भी क्या होगा? चंद्रभान तो तब भी इनसाफ की गुहार लगाएगा। फिर उसके पास चश्मदीद गवाह भी तो है—गोराबाई। वह तो मौजूद रहेगी ही कैलाश की करतूत बखानने को। बदनामी तो तब भी होगी। भले ही वे कह दें कि गोराबाई का क्या ऐतबार! यह तो कुलच्छनी है! मगर बदनामी?

जब बदनाम होना ही है, इज्जत से हाथ धोना ही है, तब बेटे से हाथ क्यों धोएँ? उसके जीते जी भी तो गोराबाई को झूठा कहा जा सकता है!

.....पर कहीं कैलाश ने भरी पंचायत में कुबूल लिया तो?

नहीं-नहीं! कैलाश को कल ही यहाँ से भेजना होगा। और कोई रास्ता नहीं है।

नहीं है?

है तो!

यकायक बामन महाराज उछल पड़े। देहरे बब्बा की तरफ ध्यान से देखा। उन्हें लगा बब्बा मुस्करा रहे हैं।

तुरंत घुटनों के बल झुककर क्षमा माँगी बामन महाराज ने।

"क्षमा करना देहरे बब्बा! अपनी उलझन में खयाल ही नहीं आया कि आप बासे के बासे बैठे हैं।"

महाराज ने झटपट देहरे बब्बा को नहलाया, वस्त्र बदले, धूप जलाई, पूजा की, परिक्रमा दी, भोग लगाया और एक बार फिर उपाय सुझाने के लिए दंडवत् होकर देहरे बब्बा का आभार स्वीकारते देहरे से बाहर आ गए।

पिछले दिनों सिरसौदिया गाँव में एक हवन करने गए थे बामन महाराज। वहीं मिल गए थे मोती साव। वे अपनी साहूकारी के सिलसिले में आए थे वहाँ। मोती साव ने बताया था कि अब वे इस इलाके से विधायक का चुनाव लड़ेंगे।

चलते-चलते उन्होंने बामन महाराज को सलाह दी थी कि उन्हें भी कांग्रेस

पार्टी का कार्यकर्ता बन जाना चाहिए और हो सके तो पंचायत का चुनाव भी लड़ना चाहिए। ऊपर से वे मदद करेंगे, गाँववालों को महाराज खुद सँभालें।

बामन महाराज ने उनकी बात को हँसी में उड़ा दिया था। भला लड़ैई गाँव में माते के रहते चुनाव जीतने का सपना देखना भी कोई सपना हुआ। नाहक अपनी थू-थू कराने से लाभ क्या?

मगर आज इस बड़ी थू-थू का खयाल आते ही उन्हें वह थू-थू भली लग रही है। थू-थू तो होगी, पर कितना फर्क आ जाएगा तब, यह भी तो सोचो! जब बेइज्जती होनी ही है तो यों हो। कोई तो आड़ बची रहे निकलने को।

बामन महाराज ने फैसला कर लिया कि वे जरूर चुनाव लड़ेंगे। इसके बाद जब पंचायत जुटेगी तो कम-से-कम भरी पंचायत में यह कहकर कलंक से बचने का अवसर तो मिलेगा कि कैलाश का नाम जानबूझकर घसीटा जा रहा है, ताकि बामन महाराज को बदनाम किया जा सके।

यह तो सीधा-सादा राजनीति का दाँव है, इससे हमरे बच्चा का कोई लेना-देना नहीं है।

बामन महाराज ज्यों-ज्यों इस पहलू से सोच रहे थे, उन्हें अपने-आपको, अपने बेटे को, अपने पक्ष को सबल, निर्दोष मान लेने का बल मिल रहा था। यही एक रास्ता है बेखौफ, निष्कंटक। इसी रास्ते पर चलने में सुभीता है।

अब? अब तो कल ही कैलाश को उसकी ननिहाल भेजना होगा, और कल ही मुँगावली जाकर मोती साव से मिलकर बात पक्की करनी होगी।

कल ही!

हाँ, कल ही!

काल करै सो आज कर, आज करै सो अब!
पल में पर-लय होत है, बहुरि करैगो कब?

आठ

उपरली दाढ़ के पासवाले दो दाँतों के बीच आज फिर एक सुपारी अटक गई। माते पिछले दो घंटे से उसे चुबलाने के सभी प्रयास कर चुके थे, मगर वह निकलने का नाम ही नहीं ले रही थी।

माते इधर सुपारी से परहेज रखने लगे थे। मगर आज चूक हो गई सो पड़ गए परेशानी में।

आज सुबह सिरसौदिया से एक नातेदार आए थे। माते ने उनके सत्कार में सरौंता से काटकर सुपारी हाजिर की। मेहमान ने सुपारी लेने के साथ ही व्यौहारी ढँग से माते से आग्रह किया कि आप भी लो।

बेध्यानी में, हाथ में बची तमाम सुपारी माते ने गप्प से मुँह में दे ली। फिर बातों का सिलसिला चल पड़ा।

माते उस समय एक बड़े टुकड़े को तोड़ने की कोशिश कर रहे थे और नातेदार उन्हें बता रहा था कि अब पंचायत के चुनाव जरूर होंगे। पंचायत भी पाँच गाँवों पर नहीं, अठारह गाँवों पर एक बनेगी। सिरसौदिया और लड़ैई की एक ही पंचायत होगी।

माते सुन भी रहे थे और सुपारी की भी खबर ले रहे थे–कि तभी नातेदार ने उन्हें एक नई सूचना दी– कि विधायकी के लिए मोती साव कांगरेस के टिकट पर खड़े हो रहे हैं और सरपंची के लिए आपके गाँव के बामन महाराज।

यह सुनते ही माते ने आश्चर्य प्रकट करने के लिए 'अच्छा!' कहना चाहा और इसी गफलत में सुपारी का एक दाना उपरली दाढ़ के पासवाले दो दाँतों में फँस गया।

उसका वहाँ फँसना था कि माते ध्यानस्थ हो गए। ढेरों चिंताओं ने आ घेरा सो अलग। मेहमान लगातार बोलता रहा, मगर माते का ध्यान फिर उसकी बातों में नहीं लगा।

माते का ध्यान जब टूटा तो देखा, मेहमान अभी भी कुछ बता रहा है। वे उठना चाहते थे, मगर लोक-व्यवहार का तकाजा, सो बैठे रहे। और जब तक मेहमान उठकर नहीं गया, दाँतों की थाह लेते रहे।

इधर मेहमान ने विदा माँगी, उधर माते ने अपनी कट्टी उठाकर कंधे पर डाली और घटिया उतरकर चल पड़े सीधे मंदिर की दिशा में।

माते जब मंदिर में पहुँचे, वहाँ दर्शनार्थी आ-जा रहे थे। ठाकुरजू को प्रणाम करके माते एक किनारे पर बैठ गए। बामन महाराज ने उन्हें बैठते देख लिया, सो समझ गए कि माते कोई बातचीत करना चाहते हैं। उन्होंने झटपट भक्तों को निबटाया, मंदिर का दरवाजा भीतर से बंद किया और आ बैठे माते के करीब।

"सीताराम महाराज!" माते ने अभिवादन किया।

"जय सियाराम!" बामन महाराज ने भी उसी सहजता से अभिवादन स्वीकारा।

"कोई खास काम आन पड़ा क्या माते?"

"हाँ, महाराज!"

"क्या?"

"हम तय नहीं कर पा रहे हैं महाराज कि जो हम कहने आए हैं वह कहें या नहीं।"

"ऐसी क्या बात है माते?"

"बात ऐसी ही है। आपको सुन के बुरा भी लग सकता है। पर अगर सुन लेंगे, उसे गुन लेंगे, तो अनर्थ होने से बच जाएगा।"

"जब ऐसी बात है माते, तो तुम हमें बुरी-भली लगने की बाबत तो सोचो ही नहीं। तुम हमरे बाप बराबर उमर के ठहरे। तुमरी कही का क्या बुरा मानना! तुम तो कहकर अपना मन हलका कर लो।"

"बात यह है महाराज! आप तो गुनी आदमी हैं, विद्वान हैं। हम ठहरे मूरख। पर आज जाने कैसे हमरे मगज में यह बात आई है कि ये ससुर चुनाव-उनाव हमरे काम की चीज हैं ही नहीं।.....

अब आप ही हिसाब लगा के देखो, इससे हमें मिला क्या? बल्कि हमने तो इसके फेर में खोया ही खोया है। हाँ, राज-काज की भाषा में तो कुछ नहीं खोया। उसके हिसाब से तो पहले चुनाव के बखत इस लड़ैई गाँव में सात सौ तीन वोटर थे, सो इस चुनाव में भी इतने ही होंगे।.....

इस बीच कुछ मरे-खपे, गाँव छोड़कर गए, सो उतने ही नए वोट देने की उम्र पा गए। सो उसकी किताब में तो न कुछ घटेगा न बढ़ेगा। पर हमरे गाँव में इसके फेर में जो भाईचारा घटा है, जो बैर-भाव बढ़ा है, वह न तो आपसे छिपा है और न हमसे।.....

इसी से हम यह सोच रहे हैं कि यह राज-काज की उठापटक अपने काम की नहीं है। और ना ही हमें इसकी दरकार है।"

बामन महाराज चुपचाप बैठे माते को बोलता हुआ देखते रहे। उनके चेहरे पर एक भाव आ रहा था और एक जा रहा था।

ज्यों ही माते चुप हुए, महाराज सँभलकर बोले, "यह तो आपने सच कहा माते! पर ये सब बातें आज···हमसे···?"

"हमने सुनी है कि इस बार आप सरपंची के लिए खड़े हो रहे हैं?"

ओह, तो यह बात है!

"हाँ, सुना तो तुमने ठीक है। मोती साव चाहते हैं कि···अब हम अपने मुँह से क्या कहें माते!"

"इसीलिए हम यह विनती करने आए हैं महाराज··· कि तुम यह चुनाव मत लड़ो।"

"क्यों?" सशंक हो आए बामन महाराज। यह बुड्ढा सठिया तो नहीं गया है? इतनी अहितकर बात! और कह ऐसे रहा है जैसे इससे बड़ा हितू न हो कोई हमरा।

"हम अपने स्वारथ से यह विनती नहीं कर रहे हैं महाराज! हम दुनियावालों को यह बताना चाहते हैं कि इस गाँव में सात सौ तीन वोटर नहीं, हाड़-मांसवाले, दया-धर्म, कर्तव्य-अकर्तव्य को जानने-समझनेवाले, दिल-दिमाग रखनेवाले इनसान रहते हैं।"

बामन महाराज अब भी पसोपेश से उबरे नहीं थे। उन्होंने तो सुना ही नहीं माते का भाषण। उन्हें तो ऐसा लग रहा था गोया माते पंचायत जुटने से पहले ही उन्हें नंगा करने का इरादा बनाकर आए हैं।

तो क्या इस बुड्ढे से पार पाना सचमुच कठिन है?

अरे भाई, डरता क्यों है? इतना आदर्शवादी क्यों बनता है? जीतना तो तुझे है ही, फिर इतना अफसोस क्यों हो रहा है? बस, जरा मेरा काम सध जाने दे।

मगर नहीं, इसे सब्र कहाँ! ठाकुर ने लाठी के दम विरोधी को भगाया, यह प्रवचन के रास्ते मुझे मैदान से खदेड़ रहा है। और कल को यही माते···

नहीं-नहीं, बकने दो इसे।

"असल में साँची बताएँ महाराज! आप चुनाव लड़ रहे हैं यह सुनने के बाद ही हमें यह इलहाम हुआ कि अब इस गाँव में चुनाव-उनाव की कोई जरूरत नहीं है। काहे कि···तुम तो चुनाव में खड़े होने की बात सोच ही इसलिए रहे हो ताकि यहाँ फिर से सिर-फुटौवल हो, सब-के-सब पाप राजनीति के सिर मढ़ के अपन पाक-साफ बने रहें।"

"क्या···क्या कह रहे हो माते! हम समझे नहीं···"

"आप इतना तो मानते हो न महाराज, कि हमरे मुकाबले तुमरे जीतने के दूर-दूर तक कोई आसार नहीं?"

"हो सकता है। पर मोती साव बता रहे थे कि और गाँवों में···"

"मोती साव-ओती साव कुछ नहीं कह रहे थे महाराज! आप सीधे-सीधे क्यों नहीं कहते कि आप इसलिए चुनाव में खड़े हो रहे हैं ताकि कैलाश महाराजवाले कलंक से यह कहकर बरी हो सकें कि यह आपको बदनाम करने के लिए रचा गया है।"

अररे! क्या कह रहा है यह बुढ़ऊ? बामन महाराज को ढूँढ़े भी छिपने की कोई जगह नहीं दिखाई दे रही थी।

यह तो सचमुच अंतर्यामी है!

"एक बात हम बता दें पहले ही महाराज! आपकी यह मंशा पूरी नहीं हो पाएगी तब भी। काहे कि हम खुद ही चुनाव-उनाव लड़नेवाले नहीं हैं। फिर आप यह क्यों नहीं सोचते कि आपके चुनाव में खड़े होने से, हमरे सिर बदनामी का दोष मढ़ने से क्या चंद्रभान चुप हो जाएगा? क्या तब वो अपनी कुँवारी बिटिया का मताई बन जाना यों ही कुबूल लेगा? क्या उसका गुस्सा यह सोचकर ठंडा पड़ जाएगा कि अब तो उसकी बिटिया की कोख में सरपंच महाराज का पोता है⋯

आप कितना भी हमरे सिर दोष मढ़ो, लोग-बाग, आपकी अपनी बिरादरीवाले, क्या आपकी बात को मन से सच मान पाएँगे?"

"यह सब तो तब भी होगा, जब हम चुनाव में खड़े नहीं होगे।" बामन महाराज ने हथियार डालते हुए अपनी विवशता बयान की।

"तब यह सब होने की नौबत नहीं आएगी, ऐसा हम वचन देते हैं।" माते ने कहा।

महाराज को आशा की एक हल्की-सी किरण दीखती महसूस हुई।

"क्या? क्या कर लोगे तब तुम? जरा हम भी तो जानें!"

"अगर आप हमरी बात मंजूर कर रहे हैं तो हम चंद्रभान की बिटिया को कुछ समय के लिए गाँव से बाहर भेज देंगे। फिर वह इस गाँव में तभी आएगी जब कलंकमुक्त हो चुकेगी।"

"तो⋯तो क्या तुम नवजात शिशु को⋯?" महाराज का वात्सल्य जागा।

"कर तो हम वह भी सकते हैं महाराज, पर इस मामले में हम ऐसा नहीं कर सकते। काहे कि हम जानते हैं यह कैलाश महाराज का बच्चा होगा। ब्राह्मण की हत्या करके हम ब्रह्महत्या का पाप अपने सिर नहीं ले सकते महाराज!"

"फिर?"

महाराज को अपने-आप पर क्रोध आया कि क्यों असमय यह वात्सल्य, यह दया-धर्म जेहन में घुस गया! माते को विचलित करना तो धर्म नहीं होना चाहिए उनका। आखिर आपद्-धर्म भी तो कोई चीज होती है कि नहीं!

"हमने गोराबाई से बात की है। आप तो जानते ही हो कि उसके कोई बाल-बच्चा नहीं है। हो भी नहीं सकता। लुहार का लड़का तो जनम से ही जनखा जो ठहरा। और लोग हैं कि यह जानते हुए भी उसे कुलच्छनी, बाँझ और जाने क्या-क्या तो नहीं कहते। उसे पता भी है कि चंद्रभान की बिटिया को कैलाश महाराज से गर्भ ठहर गया है। वह उस बच्चे को पालने को राजी है।⋯

कहती थी 'हम तो माते, पहले से बदनाम हैं। एक बदनामी और सही कि

हम अपने मायके से बच्चा ले आए। पर इससे कम-से-कम एक नादान, भरमाई गई लड़की की जिनगानी तो बच जाएगी। हमें बच्चा मिल जाएगा सो सेंतमेंत में। फिर हम तो जानते होंगे, आप जानोगे, बामन महाराज जानेंगे, चंद्रभान दाऊजू जानेंगे, हमरा भगवान जानेगा कि हमने वह बच्चा पाप से पाया है कि पुण्य से।'....

गोराबाई से बात करने के बाद ही हम यह उपाय करने की सोच रहे थे। हम तो मौके की तलाश में थे कि कब अवसर मिले और हम आपसे बात करें। पर तब हमें कहाँ पता था कि यह नेक इरादा भी हमें इस तरह बखानना पड़ेगा आपके सामने। अब आप विद्वान आदमी हैं। अपना, हम सबका भला-बुरा ज्यादा सोच सकते हैं। अब जो आपकी मंशा हो सो बताओ।"

अपनी बात पूरी करके माते ने बामन महाराज की तरफ देखा। उन्हें कहीं और अंतर्ध्यान हुआ देखकर वे स्वयं भी अपने दाँतों में फँसी सुपारी को खींच निकालने में व्यस्त हो गए।

अचानक माते के मुँह से खून की धारा फूट पड़ी। सुपारी ही नहीं, एक दाँत भी जमीन पर आ गिरा।

माते ने खून का बहना रोका नहीं। उनके चेहरे पर कुछ ऐसा भाव था जैसे इस अशक्त अवस्था में, सामर्थ्य न होते हुए भी, सुपारी चुबलाने की जो धृष्टता उनसे हुई है, उसका कुपरिणाम भोगने को कृतसंकल्प हों वे।

"हमें मंजूर है माते!" बामन महाराज बोले।

महाराज की स्वीकारोक्ति सुनते ही माते का चेहरा खिल उठा। तभी महाराज की निगाह माते की दुर्दशा की ओर गई। उन्होंने माते को सँभालना चाहा, मगर माते ने हटक दिया।

अपनी कट्टी कंधे पर डालकर, खून-सना मुँह लिए मंदिर की सीढ़ियाँ उतर गए माते।

माते तो उठकर चले गए, मगर बामन महाराज की चिंताओं का कोई पार नहीं।

यह सच है कि अगले ही दिन माते ने अपने वचन का पालन किया। चंद्रभान की बिटिया और गोराबाई को आन-गाँव भेज दिया। मगर इससे यह तो साबित नहीं होता कि माते सठिया नहीं गए हैं! पगला नहीं गए हैं!

यह पागलपन नहीं तो और क्या था? अपने विरोधी को निष्कंटक करना! ऐसे आदमी के भरोसे न्याय-व्यवस्था, समाज-व्यवस्था भला कैसे छोड़ी जा सकती है?

आखिर इतनी जद्दोजहद के बाद, इतनी कुर्बानियों के बाद देश को जो आजादी मिली है, जो शासन-व्यवस्था कायम हुई है, उसे यों ही तिलांजलि दे दी जाए क्या?

माते तो सरासर लोकतंत्र के खिलाफ जा रहे हैं। लोकतंत्र में आस्था ही नहीं

माते की। लोभतंत्र लाना चाहते हैं! महाराज को लोकतंत्र से लोभतंत्र में घसीटना, समेटना चाहते हैं!

यह तो सचमुच चिंता का विषय है। समय रहते इसका विरोध होना ही चाहिए।

आजादी दिलानेवाली पार्टी का उम्मीदवार होकर भी बामन महाराज की आँखों के आगे ऐसा हो जाए और वे चुप रह जाएँ!

नहीं-नहीं, देश के प्रति उनका भी कोई कर्त्तव्य है कि नहीं? शासक दल के भावी कर्ताधर्ता वे भी होंगे कि नहीं? फिर देश को रसातल की ओर कैसे जाने दें? फिर कैसे मुँह दिखाएँगे हम दुनियावालों को?

दुनिया नहीं कहेगी कि देखो, यह लोकतंत्र की रक्षा नहीं कर सका!

नहीं-नहीं! ऐसा नहीं होने देंगे वे।

और देखो इस माते को। इस तरह खून बहा रहा है मुँह से, गोया यह जतलाना चाहता हो कि अपने सिद्धांत की खातिर वह अपना बलिदान तक देने में नहीं हिचकिचाएगा।

खून!

बलिदान!

सुना है गाँधी बाबा ने भी कुछ ऐसी ही जिद ठानी थी। दिल्लीवाले राजघाट पर…यमुना नदी के किनारे पर जिसकी समाधि है, उसी गाँधी बाबा ने।

तो क्या माते अपने को गाँधी बाबा सिद्ध करना चाहता है?

यहाँ भी तो है एक राजघाट, वह भी बेतवा नदी के किनारे पर!

कोई यह न सोचे कि बामन महाराज ने माते को दिया वचन नहीं निभाया या उनकी इच्छा पूरी नहीं होने दी। वचन निभाया था उन्होंने।

इस बार गाँव में किसी ने वोट ही नहीं डाला। माते की इच्छा जो नहीं थी। महाराज ने भी नहीं डाला।

मगर फिर भी बामन महाराज ने लोकतंत्र की रक्षा कर ली।

किस तरह की…यह बयान नहीं करना चाहते वे। कर सकते भी नहीं। मन नहीं करता अपने मुँह मियाँ मिट्ठू बनने का।

वे लड़ैई और बाकी सत्रह गाँवों के सरपंच हैं अब। निर्विरोध चुने गए वे।

यह कैसे हुआ…वे बयान नहीं करना चाहते। पूछो, जिद करो, तो रो पड़ते हैं। उस मनहूस घड़ी को कोसते हैं जब उन्होंने एक रोज दिल के कमजोर माते को मंदिर में यह बताया था कि वे सरपंची के चुनाव में खड़े हो रहे हैं।

जब उन्होंने माते को यह बताया, माते महाराज से मिला ठाकुरजी के भोग में से दिया गया परसाद खा रहे थे। महाराज की बात सुनते ही माते ने पूरा मुँह

फाड़कर कहा था, "क्या?"

और जाने इस बीच क्या तो अटक गया उनके कंठ में कि फिर उसके बाद से उनके मुँह से कोई बोल ही नहीं फूटा।

आग लगे ऐसी सरपंची को—बामन महाराज और जोर से रोते हुए कहते हैं।

अगर हमें मालूम होता कि माते की जान पर आ बनेगी, तो हम उन्हें बताते ही नहीं। और बताना क्या, अगर हमें जरा भी भनक लग गई होती कि माते खुद सरपंच बनना चाहते हैं या किसी और को बनाना चाहते हैं तो हम तो ससुरे चुनाव का कागज ही नहीं भरते। फिर मोती साव तो क्या, उनके स्वर्गवासी दद्दा भी डराते, धमकाते, फुसलाते, तो भी नहीं।

माते से ज्यादा प्यारा तो हमें कुछ भी नहीं। भले ही हम सरपंची का चुनाव लड़ रहे थे, मगर किसके भरोसे? माते के ही तो न? आज भी हालाँकि सरपंच हम हैं, मगर सच पूछो तो सरपंच माते ही हैं। हम तो उनकी तरफ से गाँववालों के सेवक नियुक्त हैं, बस्स! अब यह हमरे अशुभ कर्म का उदय ही समझो कि माते की वाणी सुनने को तरस रहे हैं।

अब तो हमरा किसी काम में मन ही नहीं लगता—थोड़ा और मायूस होकर कहते हैं बामन महाराज।

अब तो हम यह सोच रहे हैं कि अगली बार चुनाव नहीं लड़ेंगे। अगर गाँव वालों ने जिद की तो कह देंगे कि हमरी जगह कैलाश को चुन लो। तब तक वह भी वोट देने की क्या, चुनाव में खड़े होने की उम्र को पा चुकेगा।

सच्ची कहते थे माते, जा राजनीति बड़ी बुरी चीज है। इतने लोग मर-खप गए, मगर इसकी किताब में घटे तो नहीं, बढ़े ही बढ़े हैं। अब कल को हम नहीं रहेंगे, तब भी यही होगा। हमरी जगह जाने कितने नाम होंगे।

और फिर अभी तो हम मर भी नहीं रहे। जब तक हम मरेंगे तब तक तो वह बच्चा बड़ा हो जाएगा जो अभी गोराबाई के आँचल में बेखबर सो रहा है।

अब इस गोराबाई को ही देख लो! बेचारी मारी-मारी फिर रही थी। कुलच्छनी कहलाती थी। कैलाश ने हमें खबर दी। हमने इसे मंदिर में शरण दे दी।

अब सारा गाँव जानता है कि गोराबाई की मझले साव के बड़े लड़के, हाँ, अट्टू साव से आशनाई थी। जब भी गाँव आते थे वे, लुहार की बाखर में ही डटे रहते थे।

आल्हा बाँचने के बहाने, तो कभी किसी बहाने।

पूरे गाँव ने गोराबाई से आँखें लड़ाते हजार बार देखा है उन्हें। पर उसे सब देवर-भौजाई की प्रीति समझते रहे। तब किसी को क्या पता था कि अट्टू साव के मन में इतना पाप है! देखने में, बातचीत में, शिक्षा में तो भले-भले ही लगते थे सबको।

अब वे तो कुकर्म करके ऐसे गए कि गाँव की तरफ मुँह करके सोते भी नहीं

होगे वहाँ शहर में। और इधर इस गोराबाई को किसी करवट चैन नहीं। भोगना जो पड़ रहा है इसे।

अब भाई, हम ठहरे गाँव के सेवक। अगर हम औरों की तरह सब बातें विचारते तो गोराबाई का क्या अंजाम होता! सो हमने सोचा कि नहीं, लोक-लाज, मान-मर्यादा बाद में, समाज की सेवा, बेसहारे को आसरा देना समाज-सेवक का पहला कर्तव्य है।

अब हम यह सब नहीं करेंगे तो फिर कौन करेगा? लोकतंत्र की रक्षा हमें करनी है कि किसी और को? इसे अगली पीढ़ी को हम सौंपेंगे कि कोई और? ऊपरवाली बड़ी सरकार, हमारी पार्टी जब हमारी सांसद से पूछेगी कि तुम्हारे यहाँ लोकतंत्र का क्या हाल है, तो वे क्या यहाँ आएँगी देखने?

वे सीधे हमारे विधायक साह मोतीलाल से पूछेंगी। और वे भी यहाँ क्यों आएँ इस काम के लिए? वे सीधे हमीं से तो पुछवाएँगे न! किसी ऐरे-गैरे राह-चलते से तो पूछने से रहे!

अब कल को जब उनका संदेशा आएगा तो हम पूरे दावे के साथ यह तो लिख सकेंगे कि—अत्र कुशलम् तत्रास्तु।

तब वे यही सांसद जी को लिख भेजेंगे, सांसद जी यही बड़ी सरकार को लिख भेजेंगी और बड़ी सरकार और भी बड़ी-बड़ी सरकारों को...।

दूसरी डुबकी

नौ

मास्साब आज दुविधा में हैं! मास्साब तय नहीं कर पा रहे हैं आज कि उन्हें प्रसन्न होना चाहिए या मातम मनाना चाहिए।

विद्वान आदमी हैं मास्साब, फिर भी दुविधा में हैं!

परसों मास्साब जिला शहर गए थे। तब प्रसन्न थे। पर आज जब से लौटे हैं, उद्विग्न हैं। उन्हें क्या चिंता है, कैसी दुविधा है, पूछे कौन? मास्साब से ज्यादा गुनी यहाँ है कौन जो उनकी उलझन सुलझाए? वह उलझन तो जरूर न सुलझनेवाली ही होगी, तभी मास्साब जैसा गुणवान पसोपेश में है!

फिर भी, जानना तो चाहिए ही। न सही हल किसी के पास, मगर मालूमात करने का अधिकार तो सबका है।

और अधिकार क्या, कर्त्तव्य है यह तो हर ग्रामवासी का।

पर··· समस्या गाँव के सामने भी कम भारी नहीं है आज।

कभी हुआ है भला ऐसा कि इस गाँव में मास्साब से यह पूछना पड़ा हो—

"क्या बात है मास्साब?"

ये तो स्वयं मास्साब की जुबान से निकलनेवाले शब्द हैं।

काश, आज माते के मुँह से बोल फूटता होता!

काश, उनकी जुबान से भाखा फूटती होती!

न सही माते के मुँह में बोल, फिर भी माते को खबर तो देनी ही होगी। गाँव में अनहोनी हो और माते को खबर न हो, हुआ है कभी? हो सकता है ऐसा?

खबर मिलते ही माते आए। मास्साब को प्रणाम किया और बैठ गए बाहर चबूतरे पर। तब तक लगभग पूरा गाँव वहाँ जमा हो गया था। जेठ का महीना। लोगबाग यों भी घरों में खाली बैठे ही थे। फिर बतानेवाले ने इत्तिला इस तरह दी गोया मास्साब पर कोई जबर मुसीबत आन पड़ी हो।

मास्साब के चबूतरे के आसपास सब-के-सब अपनी-अपनी समाजी प्रतिष्ठा के अनुसार बैठ गए। बामन, बानिया और हलकाईं ठाकुर ऊपर चबूतरे पर। अहीर, सलैया, लुहार कुछ नीचे चबूतरे पर।

उनसे कमतर लोग जमीन पर, और उनसे भी कमतर आँके जानेवाले, अनथक मेहनतकश मगर समाजी विभाजन के अनुसार नीचकर्म के कर्ताधर्ता जमीन पर

फैला-बिखरा कूड़ा-करकट एक जगह समेटकर उसी पर बैठ गए।

अवसर चाहे खुशी का हो या गमी का, अपनी श्रेणी को याद न रखना गुनाह जो है।

मास्साब की ज्यों ही सब पर निगाह गई उनका दुख दोगुना हो आया। ऐसा लगा कि वे अब, नहीं तो अब, नहीं तो किसी भी पल जार-जार रो देंगे।

मास्साब की मायूसी का कारण किसी की समझ में नहीं आया। उनके लेखे अभी तुरंत तो कोई अनहोनी हुई नहीं थी, फिर मास्साब यकायक और भी रुआँसे क्यों हो आए?

कहीं मास्साब का कोई सगा-संबंधी तो नहीं चल बसा?

—कि उसको याद कर-करके हुलस उठ रहे हों मास्साब!

न, यह बात नहीं है। ऐसा कुछ होता तो बाखर के भीतर से भी सोग-स्वर बाहर आने लगे होते अब तक। भीतर भी कोई कम भीड़ तो नहीं है। ठकुरानी मास्टरनी भी तो घिरी बैठी हैं गाँव की बैयरबानियों से। पर यह भी तो हो सकता है कि मास्साब ने अभी बाखर में इत्तिला ही न दी हो।

और साँची बात तो यह कि वे देते भी कब, कैसे? ज्यों ही मास्साब मोटर से उतरे थे, उनकी सूरत देख सभी चिंतित हो उठे थे। बस, तब से जो भीड़ ने उनका पीछा किया सो अकेला छोड़ा ही कहाँ! वह देखो सामानवाला, सरकारी कागजों का झोला तक तो चौंतरा पर रखा है।

ना रे ना। मास्साब के घर में कोई अनहोनी नहीं हुई। न बताया हो किसी ने, पर हमरा मन कहता है कि बात कुछ और ही है।

पर वह बात क्या है, यह किससे पूछें?

अरे भाई, पूछने का अवसर ही कहाँ है? देखते नहीं, यहाँ कोई किसी से कुछ नहीं बोल-बतिया रहा है।

फिर?

फिर क्या! अगर मास्साब का कोई घरू दुख होता, परिवारी आपद-विपद होती, तो वे इतना अधैर्य आने देते भला!

एक भी आदमी को अपने पीछे आता हुआ देखते ही झट से हटक देते कि भाई रे जाओ, यह तो भगवान की लीला है। वह जनम देता है, पालन करता है, तो समय पूरा होने पर उठा भी लेता है। इसमें हमारा-तुम्हारा क्या दखल?

मतलब यह कि इसमें भगवान का किया-धरा कुछ नहीं है। यह तो जरूर असमय के फेर में हुआ अनहोना है।

ऐ भाई, अपने गुणंत लगाना छोड़ो। देखते नहीं मास्साब तुम्हीं को निहार रहे हैं।

मास्साब की तरफ सवालिया निगाह से देखा है माते ने। अपने से कहीं ज्यादा

चिंतित दीखे माते मास्साब को। मास्साब को बर्दाश्त नहीं हो रही माते की अकुलाहट, चिंता। वे बताना चाहते हैं असल कारण। पर···पर माते की सूरत देखकर तो उनका हौसला फिर-फिर पस्त हुआ जा रहा है।

मास्साब एक नई उलझन में आन फँसे, कि जब बिना कुछ जाने-बूझे माते की यह दशा है तो जानकर तो जाने किस दुर्दशा को प्राप्त हों।

नही-नहीं! अभी कुछ नहीं कहना है। नाहक ही गाँव-भर को मातम में डुबोने का लाभ क्या?

डुबोना! डूबना! डूब!

मास्साब का चेहरा यकायक झक सफेद क्यों हो आया?

मास्साब की यह दुर्गति देख न केवल माते, बल्कि वहाँ मौजूद तमाम बुजुर्गों के चेहरों का कालापन, तमाम युवकों के चेहरे की ललनाई छिन-भर में जाने कहाँ बिला गई?

मास्साब क्या करें अब? यह दशा तो और भी अशुभ! तो क्या बता दें वही बात जिसने उनका 'सुभाव' हर लिया है? जिसने उन्हें शोक-संतप्त कर दिया है?

मगर उसे बताने से क्या मास्साब को उनका 'स्वभाव' वापस मिल जाएगा? क्या यहाँ बैठे तमाम लोगों के चेहरों पर आ विराजी चंदा-सी सफेदी भाग खड़ी होगी?

नहीं न! फिर नाहक ही क्यों मुँह जुठारें। कल को जब पंचायत के नाम कागज आएगा तब सबको मालूम हो ही जाएगा। फिर क्यों एक रोज पहले ही सबको दुखी करें। क्यों लें सबकी आह?

मास्साब ने मन में दृढ़ निश्चय कर लिया कि वे कुछ नहीं बताएँगे। मगर उनके निश्चय को जाने बिना या मूल कारण जाने बिना यहाँ से उठना कौन चाहता है? मास्साब की ओर ही तो हेरे जा रहे हैं माते एकटक! मास्साब के चेहरे का एक- एक हाव-भाव जैसे अपनी स्मृति में दर्ज कर लेना चाहते हों।

सर्वज्ञ हैं माते। अब तक तो सब-कुछ समझ गए होंगे। वे तो औरों को भी बता देते अब तक कि बात दरअसल है यह।

लाचार हैं माते। बोल जो नहीं सकते। चाहते हैं कि बोल पाएँ, मगर मुँह से गों-गों का ही स्वर निकलता है, और उसमें भी इतनी तकलीफ होती है जैसे कोई हाथ डालकर गले में से प्राण खींच निकालना चाहता हो!

नहीं-नहीं! माते को वह प्राणघाती तकलीफ नहीं झेलने देंगे मास्साब।

कुछ बातें होती हैं ऐसी, जो किसी को कोई नहीं बताता, मगर सबको स्वतः मालूम हो ही जाती हैं।

जैसे वही चंद्रभान की बिटिया अक्कल के कुँवारे में माँ बन जाने की बात।

कितना तूफान मचा था तब! गाँव-बिरादरी में चंद्रभान की थू-थू हुई थी। ग्राम-पंचायत बैठी थी। कोई सबूत नहीं था सो जुदा बात, मगर शक तो था। सो उसी संदेह की बिनाह पर बामन महाराज ने सरपंच की हैसियत से चंद्रभान को गाँव छोड़ने पर विवश कर दिया था।

बेचारा चंद्रभान जाता कहाँ? कोई भी गाँव उसे आसरा देने को तैयार नहीं। तब हार-थककर पथरा बब्बा के पार जंगल में, डाँग में टपरा डालकर रहने लगा।

उन दिनों माते रातो-दिन गों-गों करते रहते थे। हाथों से, गर्दन से ना-ना का संकेत करते रहे, मगर कहाँ समझी किसी ने उनकी मंशा!

जब चंद्रभान डाँग में जा बसा, तब इधर पूरे गाँव ने चैन की साँस ली, उधर माते को साँस लेना भी दूभर हो गया। शरीर में सामर्थ्य न रहते भी इतने दिनों तक जो गों-गों करने में शक्ति खर्च करते रहे, उसका असर अब पूरे गले पर आन पड़ा था। गर्दन सूजकर हाथी का पाँव हो गई थी। साँस लेते थे तो गुर्राहट-सी सुनाई देती थी। लगता था वे अभी भी पूरे गाँव को ललकार रहे हैं। और जरा-सी हालत सँभलते ही अपने पोते अनेका से अक्कल की भाँवरें पड़वाकर चैन पाया था माते ने।

जिसने सुना उसी ने थूका था माते पर। अनेका का घर से निकलना दूभर। बिरादरी तो बिरादरी, ब्योहारी तक नहीं आए थे पंगत जीमने।

मास्साब जिला शहर गए थे उन दिनों। गाँव पहुँचते ही जो यह खबर मिली तो सीधे जा पहुँचे थे माते की बाखर में। मास्साब ने देखा था अपनी आँखों, कि माते के चेहरे पर शिकन तक नहीं है। प्रसन्न-मन-मगन पौर में बैठे थे माते। भीतर बाखर में बैठी गोराबाई बन्ने गा रही थी अकेली।

मास्साब ने आगे झुककर पाँव छुए, तब चौंके माते। हाथ के इशारे से मास्साब से अनुनय की कि हमें पाप का भागी क्यों बनाते हो मास्साब? भगवान क्या कहेगा कि तूने एक ठाकुर को, एक विद्वान को, एक गुरु को अपने पाँवों में झुकाया?

मास्साब ने माते के मन की बात ज्यों-की-त्यों समझ ली। सो तुरंत प्रतिवाद किया, "नहीं माते, मैं ऐसा नहीं करता तो भगवान मुझसे जरूर पूछता कि रे मूरख, तेरा ज्ञान, तेरी शिक्षा किस काम आई, जबकि तू गुणी, बुजुर्ग और नेक इनसान का सम्मान नहीं कर पाया! क्या तू मुझे तभी पहचान पाता है जब मैं किसी अहीर के घर में मोरपंखी लगाकर धमाचौकड़ी मचाता दिखाई दूँ?"

माते को यह समझाने के बाद कि जो उन्होंने किया वही श्रेष्ठ था, और जो स्वयं मैंने किया वही उपयुक्त, मास्साब को अनेका से मिलना लाजिमी जान पड़ा।

"कहाँ हो दूल्हे राजा?" मास्साब ने बाखर की भीतरी देहरी पर खड़े होकर ज्यों ही आवाज दी, गोराबाई बन्ना गाना छोड़कर दौड़ी आई। मास्साब के पाँव छुए और हो गई अंतर्ध्यान बाखर के भीतर।

अगले ही पल अनेकसिंह मास्साब के सामने हाजिर था।

अपने पैरों में झुक आए अनेकसिंह को आशीर्वाद देते हुए मास्साब ने उसे कंधों से उठाकर गले से लगाया और बोले, "बेटा, आज तूने मेरी गुरु-दक्षिणा दे दी! मुझे नाज है तुझ पर। अट्टू के बाद तू ही मेरा सच्चा शिष्य निकला। पर बेटा, अट्टू की तरह गाँव से डरकर भागना नहीं। यहीं रहकर सब संकटों का, लाँछनों का मुकाबला करना। बेटा, तू खुशकिस्मत है जो एक अवतारी पुरुष के घर जन्मा। और मैं भी कम किस्मत का धनी नहीं, तभी तो तुझ जैसा शिष्य मुझे मिला।"

इससे आगे कुछ नहीं कह पाए मास्साब। उनकी आँखों में खुशी के आँसू तिर आए। आवाज हर्षातिरेक में भरभरा आई। एक बार फिर अनेका को अपने अंक से सटाया, फिर उसे वापस बाखर में जाने का संकेत देकर स्वयं माते की बगल में पस्त-से बैठ गए।

खुशी का इतना धनी क्षण भी आएगा जीवन में कभी, सोचा कहाँ था मास्साब ने! पूरा शरीर, सभी इंद्रियाँ, मन, आत्मा, खून की बूँद-बूँद खुशी से पगला गई थी। चाहकर भी ठीक उसी पल दो कदम चल पाना तक सहज नहीं रह गया था मास्साब के पाँवों के लिए।

माते, मास्साब का प्रफुल्ल सर्वांग देखते रहे एकटक। दोनों का ध्यान तब टूटा जब भीतर से गोराबाई के साथ-साथ और दो-तीन नारी-कंठों से भर्राई आवाज में बन्ना गाता स्वर पौर में बैठे माते और मास्साब के कानों तक पहुँचा।

मास्साब को ऐसा महसूस हुआ जैसे उनसे न सँभल पा रहा उल्लास कुछ और शरीरों ने अपने अंतस में सँभाल लिया हो, यह जतलाने को कि अगर वे चाहें तो अब स्वयं को सामान्य महसूस सकते हैं।

बाद में तो मास्साब का वही उल्लास हजार-हजार कंठों ने सँभाल लिया था। इतना ही नहीं, बामन महाराज ने भी उस पर धर्म की मुहर लगाते हुए कहा था, "महाजनो येन गताः सा पंथा।"

इस तरह माते की वह जिद सुकृत्य बन गई थी।

तब फिर आज कैसे संभव है कि वे ही हजार कंठ, वे ही हजार कान, वे ही हजार हृदय मास्साब की पेशानी पर आए बल का कारण न जानना चाहें!

मास्साब के सारे निश्चय, सभी प्रतिज्ञाएँ क्षण-भर में ढेर हो चलीं।

"माते, एक बुरी खबर है।"

मास्साब के मुँह से बोल फूटा कि सबके कान खड़े हो गए।

"अब हम तुम्हारे पड़पोते को, अपने सच्चे शिष्य अनेकसिंह के बच्चे को तालीम नहीं दे पाएँगे!"

"काहे?" एक-साथ अनेक कंठों ने जानना चाहा।

"सरकार यहाँ से मदरसा उठा रही है।"

"काहे? क्या मौढ़ी-मौढ़ा कम हैं मदरसा में?"

"हाँ, हमने सुना है कि बच्चे कम हों तो सरकार मदरसा बंद कर देती है।"

"यह कैसे हो सकता है? अब तो बारी, टोढ़े, पंचमनगर, सिरसौदिया तक के लरका-बारे आते हैं मदरसा में।" किसी तीसरे ने, किसी दूसरे की प्रतिशंका और किसी पहले की मूल शंका का निवारण किया तुरंत, बिना चूके।

अब इस जगत उजागर प्रमाण के लिए भी मास्साब की वाणी को कष्ट उठाना पड़ता तो लानत न पहुँची होती सब आँखों वारों को। आँख वारों को ही क्यों, आँधेरे कक्का को भी! न हों आँखें, कान तो काम करते हैं न उनके!

"यह बात नहीं है। अगर विद्यार्थी कम होते तब सरकार मदरसा बंद नहीं करती बल्कि जिस गाँव में ज्यादा विद्यार्थी होते, वहाँ खोलने को कह देती, बस। जैसे अभी आसपास के तमाम गाँवों में से सबसे ज्यादा बच्चे अपने गाँव में हैं इसलिए मदरसा यहाँ है।"

"तो क्या अब किसी और गाँव में मुतकेरे हो गए हैं?"

"यह कैसे हुआ होगा? हम नहीं मान सकते। ऐ भैया, तुम तो गाँव से बाहर जाते-आते नहीं हो। यह तो हमसे पूछो। हम ठहरे नाऊ खवास। न्यौता देने गाँव-गाँव जाना पड़ता है हमें तो। पर इतने लरका-बच्चा तो हमें किसी और गाँव में दीखे नहीं।"

"फिर! वही बात तो हम कह रहे हैं। जो हमें-तुम्हें दीख रहा है, वह सरकार को क्यों नहीं दीखता? आँधरी है क्या यह सरकार?"

"तुम लोग काहे को अपना जबड़ा दुखा रहे हो?" मास्साब ने डपट दिया बहसियों को, "तुले हैं सरकार को आँधरी साबित करने पर। यह भी नहीं देखते कि हम एक सरकारी मुलाजिम की हैसियत से बैठे हैं तुम्हारे बीच में। इसीलिए तो हम कहते हैं कि शिक्षा जरूरी है हर एक के लिए। अशिक्षित मनुष्य का विकास अधूरा रह जाता है।"

कहते-कहते यकायक चुपा गए मास्साब। ऐसे चौंके जैसे ज्ञान की नहीं, चोरी की महिमा बखान रहे हों।

चौंके क्यों मास्साब?

क्यों भला? अब कोई बूझे तो बूझे कैसे? ऐसी कोई नई, अनहोनी, अशोभन बात तो कह नहीं रहे थे मास्साब कि अपनी मर्यादा भंग होने के भय से भयभीत हुए हों। यह बात तो मास्साब सैकड़ों दफा कह चुके हैं।

अब कौन समझाए इन श्रोताओं को, इन जिज्ञासुओं को कि चौंकना तो था ही मास्साब को। असमय में शिक्षा का माहात्म जो बखाने जा रहे थे। शिक्षा इतनी ही

जरूरी है अगर, तब फिर सरकार मदरसा क्यों हटा रही है? कोई पूछ ले अभी, तो निरुत्तर नहीं रह जाएगा प्रश्न?

अपने को संयत करके मास्साब ने बताना शुरू किया, "बात यह है माते, कि हम परसों जिला शहर गए थे। मदरसा के तमाम रजिस्टर, परीक्षा-फल, यहाँ तक कि अपने मदरसा से निकले बच्चे बाद में जहाँ-जहाँ पढ़ने गए उनका पूरा ब्यौरा, अट्टू की डॉक्टरी की पढ़ाई की पक्की रपट, इंजीनियर, ओवरसियर बनने को एकदम तैयार अपने गाँव के बच्चों का पता-ठिकाना, सब साथ लेकर गए थे।....

हम यहीं से तय करके चले थे कि जाकर जिला-शिक्षाधिकारी से मिलेंगे। उन्हें जो प्रार्थना हम कई बार अपनी रिपोर्ट में, चिट्ठियों में, अर्जियों में लिख चुके थे, उसे स्वयं कहेंगे और गुजारिश करेंगे कि वे ये तमाम चीजें अपनी आँखों से देखने के बाद अपने से बड़े अधिकरियों तक यह सिफारिश अवश्य करें कि अब हमारे गाँव के मदरसा को मिडिल स्कूल में तब्दील कर दिया जाए।....

हमारी तमाम दलीलें सुनने के, हमारे तमाम प्रमाण देखने के बाद जिला शिक्षा-अधिकारी बहुत प्रसन्न हुए। उन्होंने खूब तो हमारी तारीफ की, फिर सबसे ज्यादा तारीफ की आप सबकी जो शिक्षा के महत्व को समझते हैं, अपने बच्चों की शिक्षा-दीक्षा में इतनी रुचि लेते हैं।....

हमने उनकी राय जान लेने पर मन-ही-मन सोचा कि तब तो जरूर हमारा उद्देश्य पूरा होगा। शिक्षा-अधिकारी ने हमसे कहा, 'मास्साब, हम शिक्षा-मंत्री को आपके काम की तारीफ लिखकर भेजेंगे और उनसे सिफारिश करेंगे कि वे आपके मामले में खास दिलचस्पी लेकर आपको शिक्षक-दिवस पर इनाम दिलवाएँ और आपको किसी मिडिल स्कूल या हाईस्कूल का हेडमास्टर बनाने की आज्ञा हमें अवश्य दें।'....

हमने कहा, 'यह तो आपका बड़प्पन है श्रीमान। मगर हमारी प्रार्थना यह है कि आप हमारे मदरसा को ही मिडिल या हाईस्कूल में तब्दील कर दें। फिर चाहे हेडमास्टर वहाँ किसी को भी बना दें। हमारे लिए तो यही सबसे बड़ा इनाम होगा।'....

अधिकारी बोले, 'हमें आपकी इच्छा पूरी करके बहुत प्रसन्नता होती जगतसिंहजी। हम आपकी भावनाओं की कद्र करते हैं मास्टरजी, मगर क्या है कि हम ऐसा कर नहीं पाएँगे, इसका हमें बेहद अफसोस हैं।'....

'क्यों?' हमने जानना चाहा।....

वे बोले, 'हम आपको एक और सूचना दे दें ठाकुर साहब, कि आपका गाँव राजघाट बाँध परियोजना के डूब क्षेत्र में आ रहा है। इसलिए हमें ऊपर से आदेश आया है कि वहाँ से मदरसा हटा लिया जाए और वहाँ नियुक्त अध्यापक का तबादला कहीं और कर दिया जाए।'....

माते, हम कौल खाकर कहते हैं कि अधिकारी के मुँह से इतना सुनना था कि हमें तो काठ ही मार गया। फिर तो न जाने कितनी देर तक अधिकारी क्या-क्या कहते-समझाते रहे, मगर मजाल है जो हमारे कानों को एक भी लफ्ज सुनाई दिया हो। अधिकारी को शायद हमारी हालत का भान हुआ। उसने हमें चेताया। भला आदमी है बेचारा। हमसे बोला कि 'आप फिक्र न करें मास्टरजी! मुझे आपके साथ पूरी सहानुभूति है। आपका रिकार्ड बहुत अच्छा है। मैं आपको कहीं भी सामान्य अध्यापक की हैसियत से स्थानांतरित नहीं करूँगा। भले ही देर हो जाए, पर आपको बनवाऊँगा कहीं हेडमास्टर।'....

बस, इसके बाद अधिकारी ने कोई बातचीत करना जरूरी नहीं समझा। उनकी मंशा समझकर हम भी उनके दफ्तर से बाहर चले आए। दफ्तर के एक बाबू ने हमें समझाया कि वैसे तो यह सब बहुत जल्दी हो जाएगा, फिर भी आप घबराएँ नहीं।....

उसने हमें हिदायत दी है कि मदरसे में जो सरकारी सामान है उसे हम चंदेरी में खंड-अधिकारी के पास जमा करवाकर उनसे पावती की रसीद ले लें और जब तक तबादले का आदेश न मिले तब तक हर महीने की पहली तारीख को चंदेरी जाकर पहले की तरह अपना वेतन लेते रहें।....

माते, हम तुम्हें क्या कहकर विश्वास दिलाएँ कि यह सब सुनकर हमारे दिल पर क्या गुजरी! वे ससुरजू तो समझते हैं कि हम केवल वेतन पाने को मास्टर कहलाना चाहते हैं। कंपनी सरकार ने गोया इस गाँव में सिर्फ इसलिए मदरसा कायम किया था कि वह यहाँ के इकलौते मिडिल पास नौजवान को कुछ रुपया, आना, पाई वजीफे में देना चाहती थी!"

अपने मन का गुबार निकालकर, अपनी तकलीफ में औरों की हिस्सेदारी कायम कर मास्साब मौन हो गए।

बहुत देर तक कहीं से कोई और कंठ न खखारने को चेता, न जिज्ञासुभाव से मुखरित हुआ। पेड़ों पर बैठे पंछी-पखेरुओं की चहचहाहट और मास्साब के अंतस में उमड़-घुमड़ रही 'आहें' ही लड़ैई के आसमान से लेकर दिग्दिगंत तक विस्तार पाती रहीं देर तक।

अब क्या किया जाए? क्या तो किया जा सकेगा अब! क्या कहकर ढाढ़स बँधाया जाए मास्साब को! सबकी चिंता यही। मास्साब का दुख, सब का दुख। मास्साब की चिंता, साझी चिंता। जब सभी दुखियारे, फिर कौन किसे सांत्वना दे!

यह सच है कि जान लिया मास्साब की चिंता का कारण। पर नहीं है किसी के पास उसका निवारण। अकाट्य है वह दुख, वह चिंता। तब क्या इतने-भर से उठकर चले जाएँ?

मगर जाएँगे कहाँ? कैसे?

ठीक बात है कि पाँच दर्जा, चार दर्जा पढ़कर किसी के बेटे कलेक्टर नहीं बन रहे थे, मगर कलेक्टर बन पानेवाले को भी चार दर्जा, पाँच दर्जा की पढ़ाई लाजिमी है कि नहीं? न हो वह हमरा, हमरे वंश का, हमरी बिरादरी का। हमरे गाँव का ही तो होता न! जो बनता कलेक्टर! जो बना है डाग्दर! जो बन रहा है इंजीनर! जो बनेगा ओवसियर! जिन मास्साब ने उन्हें इस लायक बनाया, उन मास्साब पर इस उमर में गाज गिराना शोभा देता है क्या सरकार को?

तो क्या इस गाँव के बच्चे अब इसी गाँव को लीलने आ रहे हैं?

तो क्या अब हम यहाँ नहीं रह पाएँगे?

कहाँ जाएँगे फिर हम?

मास्साब तो कहते थे कि बाँध बन जाने से अपने गाँव में खुशहाली आएगी!

तो क्या उस खुशहाली में हमरी कोई भागीदारी नहीं होगी?

कैसा फरेब है ये?

कितना बड़ा झूठ है ये?

कैसी खुशहाली है ये? कैसा बाँध है ये?

नरबलि लेगा ये? पशुबलि लेगा? धरती माता की बलि लेगा?

धोखा है ये! जो हमें लीलेगा वह औरों को भी लीलेगा। वह फिर किसी को खुशहाल नहीं करेगा।

बाघ को आदमी का मांस चखा दो तो वह आदमखोर हो जाता है। नरभक्षी हो जाता है वह।

और बाँध को...?

ताज्जुब की बात तो यह कि ये सब तय हुआ कब! हमसे बिना पूछे हमरी तबाही का फैसला ले लिया! ऐसा तो डाकू भी नहीं करते। वे धन जरूर लूटते हैं, पर घर से बेघर नहीं करते। वे तो अमीरों को सताते हैं। हाँ, उन्हें सताते हैं जो दीनों को सताते हैं दिन-रात।

और यह सरकार! यह गरीबों को सताएगी! उन्हें सताएगी जिन्हें भाग्य, भगवान, धनवान सभी पहले ही सताने पर आमादा हैं?

ऐसा तो सौ साल पहले हुआ था। हमें घर से बेघर होना पड़ा था...पर तब तो, माते बताते थे—गोरों की सरकार थी, राजा की मिलीभगत थी। राज हड़पने की साजिश थी। राजा-राजा की लड़ाई थी, जिसमें हम खानाबदोश हुए थे। फिर उन्हीं गोरों ने यहाँ कायम किया था मदरसा।

और अब? अब तो अपना राज है। अपनी सरकार है। न कोई राजा है, न कोई प्रजा। तो क्या प्रजा ही प्रजा पर जुल्म ढा रही है? पर हमरी तो किसी प्रजा से

कोई दुश्मनी नहीं है! न हम किसी के लेने में, न किसी के देने में! हमरी तो जो भी बैर- प्रीत है वो यहीं के लोगों से है। मगर ये सब तो हमरे अपने हैं!

तो क्या यह सब बामन महाराज का किया-धरा है? कहीं इन्होंने तो आगे रपट नहीं पहुँचा दी कि यहाँ इस बार कोई किसी को वोट नहीं देगा। कहीं इसी वजह से तो सरकार का कोप···कि लो फिर सबक!

नहीं-नहीं। यह सब ऊलजलूल सोचना छोड़ो और मास्साब की तरफ देखो। वे कुछ और भी बताना चाहते हैं अभी।

"जिला शहर में हमें बताया गया कि इस बाँध का पानी यहीं इकट्ठा किया जाएगा। राजघाट के इस तरफ जहाँ अपना गाँव है, जहाँ बारी, टोढ़े, शंकरपुर, पंचमनगर, सिरसौदिया, सिद्धपुर, केशोपुर हैं। मतलब ये कि बारी से प्रानपुरा तक के सब गाँव खाली करवाए जाएँगे। पानी छेंका जाएगा यहाँ। अपने ये पहाड़, ये पठारियाँ दीवार का काम करेंगी। यहाँ के लोगों को कहीं अंत बसाया जाएगा।···

और उधर नदी पार के भी सैकड़ों गाँव उजाड़े जाएँगे। वहाँ बाँध पर काम करने वाले इंजीनियर, ओवरसियर, बाबू, मजदूर बसेंगे।···

कई बरस तक चलेगा काम। तब बन पाएगा बाँध। चार बीसी—पूरे अस्सी करोड़ कलदार खरच होंगे। तब कहीं मध्यप्रदेश और उत्तरप्रदेश को मिल पाएगी उतनी बिजली, जितनी उन्हें जरूरत है।"

वे क्या करेंगे इतनी बिजली का? क्या होती है बिजली?

अब कैसे समझाएँ हम? देखते रहो। वक्त आने पर सब जान जाओगे।

हमें कहाँ बसाएगी सरकार? बिजलीवाले गाँव में कि आँधरे गाँव में?

का पतो?

ठीक कहते थे वामन महाराज। इस कलजुग में आदमी ही नहीं उसके काम भी ओछे होंगे। दूसरे का घर छीनकर अपना घर बढ़ाएँगे। दूसरे का गोधन, जरधन हड़पकर अपना घर भरेंगे। ऐसा तो भंड़या करते रहे हैं अब तक, डाकू करते रहे हैं, आततायी करते रहे हैं, साहूकार करते रहे हैं।

अब तो अपनी सरकार है।

इतनी निर्दयी है अपनी सरकार?

ठीक कहा था माते ने मौनी होने से पहले, कि किसी को वोट मत देना।

'करम गति टारे नहीं टरी' में सामूहिक विश्वास के साथ सब उठ खड़े हुए।

उस रात फिर लड़ैई के किसी घर में ब्यारू नहीं पकी।

उस शाम किसी बानिया के घर में अंथऊ नहीं परोसी जा सकी।

उस शाम बानियों के मंदिर में आरती और वचनिका नहीं वाँची गई।

उस रात देहरे में, मंदिर में, ठाकुरद्वारे में भोग नहीं चढ़ा। संझा मैया की घंटी की आवाज नहीं सुनी किसी ने।

अगली सुबह मास्साब मोटर में सब सामान लदवाकर चंदेरी पहुँचा आए। फिर कई महीनों तक हर पहली तारीख को अपना वेतन लेने जाते रहे।

जब कुछ समय बाद मोटर का आना बंद हो गया, तब मास्साब ने भी तबादले की बावत या वेतन तक लेने चंदेरी जाना छोड़ दिया। अब न उनके मन में नौकरी का उत्साह रह गया था, न मुफ्त का वेतन लेते रहने की लालसा। बल्कि वैसा वेतन लेते समय पाप-बोध-सा ही होता था मास्साब के मन में।

जब तक मोटर चल रही थी तब तक कोई वजह समझ में नहीं आई थी चंदेरी न जाने की, मगर मोटर के बंद होते ही तो जैसे उन्हें अकाट्य कारण मिल गया था चंदेरी न जाने का।

राह-चलते जब-तब कोई जिज्ञासु पूछ लेता था, "मास्साब, क्या हुआ आपके तबादले का?"

मास्साब टका-सा जवाब दे देते थे, "क्या पता!"

तब पूछनेवाला स्वतः ही निर्णय ले लेता था, "बाँध बनवानेवाली बात की तरह आपके तबादले की बात भी बिसूर दी है सरकार ने!"

मगर नहीं, यह बात नहीं थी। लोगों की आशाओं, अपेक्षाओं, कल्पनाओं के ठीक विपरीत न चले तो वह सरकार क्या! उसने नहीं बिसूरा था मास्साब को।

चुनाव के ठीक पहले एक सरकारी कागज लिए दौड़ा आया था चंदेरी से डाकघर का डाकिया। मास्साब तक वह कागज पहुँचाना लाजिमी था। तभी न बारह कोस की गदबद लगाई उसने।

अभी डाकिया वापस जा भी न पाया था कि पूरा गाँव मास्साब के दरवाजे पर!

मास्साब ने सबके सामने कागज खोलकर पढ़ा। एक कागज में लिखा था कि वे चंदेरी आकर चुनाव का सामान ले जाएँ और वोट डलवाने का इंतजाम करें। और दूसरे में लिखा था कि चुनाव के फौरन बाद मास्साब गंजबासौदा जाकर मिडिल स्कूल में हेडमास्टर का कार्यभार सँभालें।

इसका मतलब बाँध भी बनेगा ही बनेगा।

हाँ, इसका मतलब अपना गाँव डूबेगा ही डूबेगा।

कब?

वोट डालते ही!

हाँ, वोट लेने के बाद।

दूसरे दिन मास्साब चुनाव का सामान लेने जा पहुँचे थे चंदेरी। वहाँ सामान

तो नहीं मिला, तारीख मिली कि फलाँ दिन आना। तारीख भी डेढ़ महीना बाद की, यानी बसकारे में। उसके बाद जाना कैसे हो पाएगा गाँव से? तो क्या व्यर्थ ही आए थे यहाँ तक?

नहीं-नहीं, व्यर्थ नहीं आए। मास्साब को उसी रोज सब दिन का वेतन मिल गया था। साथ ही यह हिदायत भी कि गाँव तक मोटर नहीं जाती, इसलिए यहाँ से कोई नहीं जाएगा। वे स्वयं सरपंच की मदद से वोट डलवाने की निष्पक्ष व्यवस्था करें।

यदि इसमें कोताही हुई तो मास्साब के खिलाफ राजद्रोह का मामला दर्ज हो सकता है!

मास्साब गाँव लौटे, तब अनंत दुविधा में थे।

बामन महाराज से बातचीत की।

सरपंच वे और उन्हें खबर तक न हुई!

बामन महाराज की दुविधा यही, शल्य यही, आपत्ति यही।

तो क्या इस बार सरपंच का चुनाव नहीं होगा?

होगा, आगे-पीछे होगा—समझाया मास्साब ने। पहले भी कौन-से साथ-साथ होते रहे हैं।

हाँ, साँची कही मास्साब ने। और ना ही हो तो अच्छा—सोचा बामन महाराज ने। हम ही भले। फिर ससुरी इस सरपंची से लाभ भी क्या जो कोई और बनना चाहेगा! न कोई नफा, न कोई काम। न सरकार पूछे न गाँव के लोग। बस इतना जरूर है कि समाज में सरपंच कहलाते हैं। इससे ज्यादा कुछ नहीं।

"सुना है, अपने विधायक मोती साव फिर से चुनाव में खड़े हुए हैं। उन्होंने सलाह दी है सरकार को कि लड़ैई तक किसी को दौड़ाने की जरूरत नहीं है। वहाँ अपने बामन महाराज सरपंच हैं और एक मास्टर खाली बैठे हैं, सो वे ही सब इंतजाम कर लेंगे।"

"हाँ, वे तो ऐसा कहेंगे ही।" बामन महाराज कुढ़े, "उन्हें खुद जो आना पड़ता। और मास्साब, बुरा न मानो तो साँची बात कहें। वे आते किस मुँह से यहाँ? घूमा के मामले में...."

"महाराज, हम तो किसी बात का बुरा मानते नहीं अब। यह तो अपनी-अपनी बेशर्मी की हद है कि कोई पाप करने के बाद मुँह तो छिपाता है कम-से-कम, और कोई-कोई तो इसकी भी दरकार नहीं समझता।"

मास्साब की दलील सुनकर चौंके बामन महाराज।

"आप तो बुरा मान गए मास्साब! हमरा कहने का मतलब यह था कि...."

"अब छोड़ो भी महाराज।" मास्साब ने उपेक्षा दिखाई, "अब तो यह सोचो कि

जब गाँव में कोई वोट डालने को तैयार ही नहीं, तब फिर वह पेटी जो हम लानेवाले हैं, वह भरेगी कैसे? भरे बसकारे में उसे लेकर दूसरे गाँवों में हम जाएँगे कैसे? या दूसरे गाँवों के लोगों को हम कैसे मनाएँगे? क्या यह कहकर मनाएँगे कि चलो भइया, हमारे गाँव में आकर वोट डाल आओ, फिर सरकार तुम्हारा गाँव डुबा देगी। फिर जाने मौका मिले न मिले सरकार चुनने का।"

"एक उपाय तो हम बता सकते हैं पेटी भरने का।" चेहरे पर कुटिल मुस्कान न तिर आए, इसका भरसक प्रयास करते हुए बोले सरपंच महाराज।

"क्या?" जानना चाहा मास्साब ने।

"अगर आप हमारी तजबीज को मानो तो कहें।"

"कहो तो आप। तभी तो हम फैसला कर पाएँगे।"

"आँहाँ। मानने का वचन दो तो कहें। वरना काहे को अपना मुँह जुठारें।" सरपंच महाराज मास्साब की दुविधा का पूरा लाभ उठाने के फेर में बोले।

"फिर मत कहो। आपके कहने के ढंग से लग रहा है कि वह तजबीज नाजायज ही होगी।" मास्साब ने सरपंच को निरुत्साहित करना चाहा यह कहकर।

"सो बात नहीं है मास्साब!"

"खैर, तुम कहो तो! अगर नाजायज न हुई तो हम भला क्यों न मानेंगे?"

"तो सुनो! आप यह तो जानते ही हैं कि अपना पूरा गाँव महारानी का पक्षधर है!"

"हाँ, सो तो है।"

"तो क्यों न सबके वोट महारानी के पक्ष में हम खुद ही डाल दें!"

"क्या?" मास्साब उछल पड़े। उन्हें लगा जैसे उनके पैरों के नीचे से जमीन धसक गई हो।

"हम पहले ही जानते थे कि आप हमरी तजबीज को मानेंगे नहीं। हालाँकि इसमें कुछ भी नाजायज नहीं।"

"क्या कहते हो सरपंच जी? बामन होकर ऐसी अनीति की बात! इतने लोगों का मताधिकार छीनने, उसका दुरुपयोग करने की बात, एक तरह से उनके सुरक्षित धन पर डाका डालने की बात आपको जरा भी नाजायज नहीं लगती? कुछ तो भगवान से डरो महाराज! तुम तो मंदिर में रहते हो। तुम्हारे तो सब लच्छन देखता ही देखता होगा अंतर्यामी।...

तुम्हें एक बात और बता दें महाराज! इस बार तुम्हारी महारानी कांगरेस की तरफ से चुनाव नहीं लड़ रही हैं। जनसंघ पार्टी की उम्मीदवार हैं वे। वैसे वे चाहे किसी की उम्मीदवार हों, पर...नहीं-नहीं...हम ऐसा कतई नहीं कर सकते। सपने में भी नहीं कर सकते। और ना ही किसी को ऐसा करने दे सकते हैं।"

"तो क्या पेटियाँ खाली पहुँचाओगे चंदेरी?"

"खाली रही आईं तो खाली ही पहुँचाएँगे।"

"फिर वह राजद्रोह..."

"फिर राजद्रोह...अरे फिर चाहे हमें फाँसी ही क्यों न हो जाए। तब भी!" कहते हुए मंदिर की सीढ़ियाँ उतरकर ऐसे भागे मास्साब जैसे पीछे तूफान ही चला आ रहा हो समूचा लीलने।

मास्साब अपने घर की ओर दौड़े और बामन महाराज दौड़े मुँगावली की ओर। फिर दोनों का सामना हुआ तीन रोज बाद, जब सरपंच ने मास्साब के हाथ में नया सरकारी आदेश थमाया कि उनको तुरंत गंजबासौदा पहुँचकर अपना कार्य-भार सँभाल लेना होगा और इधर चुनाव का काम देखेंगे कैलाश महाराज!

उसी दिन से मास्साब जाने की तैयारी में जुट गए। वे सपरिवार गाँव से जानेवाले थे। उन्होंने तय किया था कि पूरे परिवार को मझले भाई के पास विदिशा छोड़कर पहले स्कूल में हाजिर होंगे, फिर घर-मकान ठीक-ठाक करके बच्चों को बुला लेंगे। वे बच्चों को साथ लेकर इसीलिए जाना चाहते थे कि उन्हें नया सत्र शुरू होते ही स्कूल में भर्ती करवा सकें। यहाँ छोड़ने पर पूरे बसकारे ले जाना संभव नहीं होगा, सो नाहक ही उनका एक वर्ष और बरबाद होगा।

दो बैलगाड़ियों में मास्साब का सारा सामान लद गया। जब मास्साब चलने को हुए तो पूरा गाँव उन्हें विदा करने आया। चारों तरफ सन्नाटा था। सभी कार्य-व्यापार ठप्प थे। जो थोड़ी-बहुत आवाजें आ रही थीं वे थीं मास्साब के सामान की उठा-धरी से फूटते स्वर जिन्हें बैलगाड़ियों में रखने का उपक्रम चल रहा था। इसके अलावा न तो कोई किसी से बोल रहा था, न सामान रखने, देनेवाले ही एक-दूसरे को कोई हिदायत ले-दे रहे थे। वे भी नहीं चाहते थे कि कुछ बोलना या सुनना पड़े।

मास्साब ज्यादा दुखी थे या गाँव के लोग, बताना, तय करना आसान नहीं है।

बैलगाड़ियों के साथ-साथ एक मौन जुलूस गाँव की सीमा की ओर बढ़ा। पंचमनगर के नाले तक तो गाँव के अंडी-बच्चे भी साथ आए, मगर नाला पास आते ही कुछ माँ-बाप चिंतित हुए, कुछ मास्साब हरकत में आए। मास्साब ने हाथ जोड़कर बुजुर्गों से, आशीष-भरा हाथ सिर पर रखकर बच्चों से और कंधे थपथपाकर अपने हमउम्रों से आग्रह किया कि वे अब लौट लें।

मन किसी का नहीं हो रहा था लौटने का, मगर मास्साब का आग्रह, फिर लाचारी भी कि यदि इस तरह रफ्ता-रफ्ता चले तो पूरी दोपहर बीत जाएगी राजघाट तक पहुँचने में। मास्साब का पूरा परिवार नाहक ही घाम में तपेगा पूरी दोपहर। और फिर मोटर निकल गई तो पूरी रात राजघाट पर तपस्या।

सबके चले जाने के बाद मास्साब के साथ रह गए केवल दो जन। एक तो

अनेकसिंह जो मास्साब के सिर पर छाता ताने चल रहा था, और दूसरी गोराबाई जो पानी की गागर सिर पर रखे संग-साथ चली आ रही थी कि जाने कहाँ किसे प्यास लग आए!

मास्साब आज बेहद उदास थे। बिना शक उदास थे। न मेटे जा सकनेवाले गम में गमगीन थे मास्साब। जीवन में पहली बार अपना गाँव छूट रहा था उनका। आज जीवन में पहली बार घर से बेघर होने जा रहे थे मास्साब।

मास्साब के मन में एक ही आशंका थी कि जाने फिर घर-गाँव देखना नसीब भी होगा कि नहीं! कहीं ऐसा न हो जब तक वे वहाँ शहर में घर-गृहस्थी जमाकर, इधर आने की सोचें, तब तक गाँव ही उजड़ जाए!

वैसा अवसर आने पर कोई कठिनाई, कोई अड़चन न आन पड़े, इसीलिए मास्साब अपनी और अपने भाइयों की ओर से जमीन-जायदाद के तमाम मालिकाना हक हलकाईं के नाम लिखकर जा रहे थे।

क्या भरोसा इस सरकार का! सोएगी तो ऐसे सोएगी कि कुंभकर्ण के कान काट ले, और चेतेगी तो इस गति से कि तूफान को, जनाउर को भी पछाड़ दे। न किसी को सँभलने का अवसर देगी, न सँभालने का।

अभी दो कोस का रास्ता तय किया है मास्साब ने। दस कोस और जाना है। इस बेतवा नदी की काया मास्साब की समझ में नहीं आई कभी। जाने क्या तो भूगोल है इसका। साँप-सी लोटी है बेतवा। भोपाल के बैंत-ताल से जब शुरू होती है तो सीधी। फिर जो बल खाती है तो पार नहीं कि कितनी सलवटें लीं इसने।

अब देखो, अपने गाँव से डेढ़-दो कोस दूर है, मगर फिर जो तिरछी हुई सो इतनी कि राजघाट तक आते-आते बारह कोस का बल खा गई। अब बताओ—बाँध बनेगा बारह कोस दूर। सोचो तो विश्वास न हो कि फिर हमारा गाँव क्यों डूबने लगा? इतना पानी थोड़े ही इकट्ठा होगा!

मगर है यह सच। पानी तो यहीं इकट्ठा होगा। वहाँ तो होगा बाँध। और यहाँ दो कोस दूर के किनारे से गाँव-गाँव में भर दिया जाएगा पानी। बाँध होगा वहाँ और पाट चौड़ा होगा यहाँ का। तब कभी आएँ यहाँ तो गाँव का पता तो खैर क्या चलेगा! पर नाव से आ तो सकेंगे न!

नाव से क्यों, गुना कार्यालय में बताते नहीं थे लोग कि मोटरें चलेंगी, पानी की मोटरें!

हुँह! चलेंगी, तब चलेंगी मोटरें। अभी तो पूरे बारह कोस पैदल चलना है मास्साब को। कई बार अनुरोध कर चुका है अनेका, हलकाईं ने भी विनती की है कि दाऊजू बैलगाड़ी में आ बैठो।

नहीं, यह कैसे हो सकता है! जब अनेका बैलगाड़ी में बैठने को राजी नहीं, जब गोराबाई का पाँव-पाँव चलना लाजिमी है क्योंकि बैलगाड़ी के हिचकोलों से गागर का तमाम पानी छलक जो जाएगा। फूट भी तो सकती है गागर।

फिर इतने लोग बैलगाड़ियों में बैठ गए तो बैलों की क्या दशा होगी? तब...

तब मास्साब कैसे बैठ जाएँ बैलगाड़ी में?

सो, पूरे बारह कोस पाँव-पाँव निगत-निगत जाना है मास्साब को!

बारह कोस! और यकायक एक समसंख्या का खयाल आ गया मास्साब को। बारह कोस की पदयात्रा में गाँव के बाहरमासा की याद आई मास्साब को।

बारहों मास झिलमिला गए मास्साब के मस्तिष्क में।

मास्साब इस संजीदगी से घोकने लगे बारहों महीनों में आनेवाले तीज-त्योहार, कार्य-व्यापार को मन-ही-मन, जैसे नए मदरसा में पहुँचने के साथ पहले ही रोज विद्यार्थियों से यही पूछकर उनके सामान्य ज्ञान का इम्तिहान लेना हो।

बहुत देर तक घोकते रहे मन-ही-मन कि यकायक चौंके!

यह क्या? चिंतित हो गए मास्साब।

अभी तो गाँव की सरहद भी ढंग से पार नहीं की और भूलने लगा हूँ मैं गाँव को। यहाँ के तीज-त्योहार, यहाँ के रीति-रिवाज, तरतीब से याद क्यों नहीं आ रहे? अभी से क्यों अटकने लगा हूँ मैं?

तो क्या इसीलिए शहर गए हमारे बच्चे, हमारे बुजुर्ग, गाँव में ढूँकने तक नहीं आते! क्या वे भी इसी तरह भुला चुके होते हैं गाँव को? उनकी स्मृति से मिट जाता है, पुँछ जाता है क्या गाँव?

भुला पाना इतना सहज, सरल है क्या? जो रच-बस गया है, जो जीवन रहा है, जो साँस लेने की दशा और दिशा को निर्देशित करता रहा है हमारी, उसे, इस गाँव को भुलाया जा सकता है क्या?

तो क्या ये तमाम लोग, जो आज छूट गए हैं गाँव में, कल को जब यह गाँव नहीं रहेगा, तब इसे यूँ ही भूल जाएँगे? भूलना इतनी त्वरित प्रक्रिया है क्या?

नहीं है! हाँ, कतई नहीं है। भूलना इतना सरल होता, इतना त्वरित होता तो सौ बरस पहले हमारे पूर्वजों ने जो झाँसी छोड़ी थी, जहाँ हम रहे नहीं कभी, जिसे देखा नहीं कभी, वह हमारी स्मृति में इस कदर क्यों दर्ज है गोया हमारा बचपन वहीं की धूल में खेलकर कैशौर्य को प्राप्त हुआ हो!

और हमारे ही क्यों, आसपास के गाँव-खेरे तक के लोगों में वह इस गहराई से क्यों बैठा हुआ है कि वे हमें देखकर आज भी श्रद्धा से सिर नवाते हैं। हमें अतिरिक्त सम्मान देने को उतावले रहते हैं! डाकू तक हमारे गाँव के लोगों को सताना पाप समझते हैं!

इसीलिए न कि हमारे पूर्वजों ने जो देश के लिए सब-कुछ न्यौछावर करके उन पर एक ऋण चढ़ाया है, हमें सम्मान देकर उससे वे उऋण होना चाहते हैं!

तो क्या हम अब जो कुर्बानी देने जा रहे हैं उसे भी लोग याद रखेंगे? शायद नहीं। अब भी हमारा घर-बार भले ही देश की खातिर छूटेगा, देश का विकास आवश्यक है इसीलिए न हमें अपनी जमीन से उखड़ना होगा, मगर हमारा मन कहता है कि इसे कुर्बानी कोई नहीं मानेगा। जब सरकार तक मानने को तैयार नहीं!

वही कहती है कि हम तो खरीद-फरोख्त कर रहे हैं। पैसा लो और जाओ! जब ऋण ही नहीं तो उऋण होने का प्रश्न ही कहाँ?

नहीं-नहीं। पैसे से हर वस्तु का मोल नहीं लगाया जा सकता। अगर पैसे से सब संभव है तो दे दें यही पैसा उन शहरातियों को, उन कल-कारखानेवालों को, जिन्हें बिजली की जरूरत है! कह दें उनसे कि लो भाई, इतनी रकम खर्च करने पर बाँध बनता, उससे बिजली बनती। अब यह पैसा तुम रखो और समझ लो कि यह बिजली है।

तो क्या वे समझ लेंगे उसे बिजली?

नहीं न!

फिर!

इसका मतलब कि मुआवजा लेकर भी अपनी जमीन से उखड़ने की हमारी लाचारी तो कुर्बानी ही कहलाएगी।

हाँ, जरूर! शेष देशवासी ऐसा ही लेखेंगे इसे। वे नहीं भुलाएँगे हमारे त्याग को, हमारे बलिदान को, हमारे गाँव को।

फिर…फिर मैं क्यों भूला जा रहा हूँ यह सब, जो अभी तो अतीत भी नहीं हुआ मेरा?

नहीं-नहीं, ये तो शुभ लक्षण नहीं हैं। इसे तो हरदम याद रखना होगा। याद रहना चाहिए हमेशा मुझे। यही तो अब मेरी अचल संपत्ति है—यादें, स्मृतियाँ…बाकी तो सब छूट ही रहा है।

"बेटा अनेकसिंह!"

मास्साब ने अपने-आप से न बतियाने का निश्चय किया और साथ चल रहे अनेका की ओर ध्यान बँटाया।

"जी मास्साब!" मास्साब के मुँह से अपना नाम सुन अनेका का चेहरा खिल उठा। वह खुद भी तो बतियाने को बेताब था। वह चाहता था कि मास्साब का ध्यान बँटे, उसका अपना भी। वरना, वरना यह सफर दूभर हुआ जा रहा है। वरना बारह कोस की यह दूरी बारहों कोस की दूरी हुई जा रही है।

यह तो लाचारी थी उसकी कि अपने ही मन-मगन मास्साब को वह टोकता किस तरह? क्या कहकर?

"बेटे, अपने गाँव में किस महीने में क्या होता है, बताओ तो!"

'मास्साब भी! गैल में हों या गढ़मात में, बाखर में हों या बारात में, पंगत में हों चाहे संगत में, अपना शिष्य दिखा नहीं कि मास्टरी बघारी नहीं।'

सोचा मन-ही-मन अनेका ने।

चेहरे पर हल्की-सी मुस्कान इस सोच के साथ ही तिर आई।

मगर कितनी-सी देर को?

—छिन-भर को।

अगले ही पल कर्तव्य-बोध हुआ अनेका को कि न हो वह कक्षा में, न हो लड़ैई में, हो कहीं, हाट में कि घाट में, नाव में कि गाँव में, हार (जंगल) में कि पार (पहाड़) में, बखर में कि सफर में, जब मास्साब ने प्रश्न पूछा है तो उत्तर दिए बिना मुक्ति कहाँ!

"आषाढ़ में..."

"आषाढ़ से क्यों? हमारा नया साल क्या आषाढ़ से शुरू होता है?"

"नहीं तो! पर मास्साब हमें यहीं से सुभीता..."

"खैर चलो! आषाढ़ से ही बताओ।" कहकर अनुमति दी मास्साब ने।

मदरसा में, कक्षा में अनेका से यह चूक हुई होती तो न मिलती अनुमति। तब तो हो सकता था कि अभी जो अनेका बताने को उतावला हुआ जा रहा है, वह आदमी से मुर्गे में तब्दील होकर घोक रहा होता मन-ही-मन—चैत्र, बैशाख, जेठ...पर यह तो गैल है, मदरसा नहीं। और वह मास्साब को पठाने आया है, पढ़ने नहीं।

"आषाढ़ में किसान खेत में बखर, खाद और पाटा का काम निबटाते हैं। पानी बरसने पर मक्का, उड़द, रमतिली, फिकार, कोदों, मूँग, धान, ज्वार की बुवाई, निराई, गुढ़ाई और बिराउनी करते हैं।"

बताते-बताते क्षण-भर को रुका अनेका। चेहरे पर मुस्कान ला देखा मास्साब की तरफ। मास्साब सिर झुकाकर चल रहे थे, सो वे नहीं देख पाए कि परीक्षार्थी प्रश्न का उत्तर बीच में ही छोड़कर मसखरी पर उतर आया है।

अनेका ने निमिष-मात्र में किया यह सब। फिर पहले की तरह संजीदा हो बताना शुरू किया, "इसी महीने की भड़रिया नवीं को शादियों का लगन समाप्त होता है।"

"हाँ, मेहनत-मशक्कत के दिन जो आ जाते हैं अब। चारों तरफ पानी-ही-पानी जमा हो जाता है। ऐसे में गाँव से बाहर जाने की फुर्सत किसे? जाना संभव हो कैसे?" मास्साब ने मूल कारण बताया या टिप्पणी की, नहीं जानता अनेकसिंह।

"श्रावण में श्रावणी तीज, नागपंचमी, रक्षाबंधन और हल छठी। इस दिन औरतें हल का जुता अन्न नहीं खातीं। पसाई के चावल खाती हैं या फलफलारी। फिर आती

है भुजरिया नवीं—इस दिन पूजा के लिए बोया गेहूँ एक-दूसरे को देते-लेते हैं। अच्छी फसल की कामना करते हैं।"

"हाँ। जानते हो अनेकसिंह, इस दिन के लिए गेहूँ ही क्यों बोते हैं?"

"नहीं मास्साब!"

"इसीलिए कि···यह तो तुम जानते ही हो कि श्रावण में गेहूँ नहीं बोए जाते। गेहूँ के दिन तो हैं कार्तिक से चैत्र के बीच के।"

"हाँ मास्साब!"

"इसीलिए···इसीलिए बेमौसम, बेफसल का अन्न 'गेहूँ' बोते हैं कि मनुष्य में अपार शक्ति है। वह चाहे तो क्या नहीं कर सकता! प्रकृति से भी लोहा ले सकता है किसान! अपनी शक्ति की पहचान का, याद दिलाने का दिन होता है वह!"

"भादों में जन्माष्टमी। दूसरी फसल की तैयारी। जो खेत अब तक खाली पड़े रह जाते हैं उनमें असिंचित फसल बोई जाती है। उनकी जुताई शुरू होती है। इसी महीने में बानियों के दस दिन के व्रत होते हैं जिनमें वे हरी चीजें नहीं खाते। कहते हैं कि इन दिनों साग-तरकारी में जीव निवास करते हैं। फिर डोल ग्यारस, हरियाली तीज जिस दिन औरतें उपवास करती हैं। झूले डल जाते हैं डाल-डाल पर।"

"गोराबाई बहू, तुम बताओ, क्यों करती हैं औरतें उपवास?"

"पार्वती ने शंकर भगवान को पाने के लिए तपस्या की थी न, सो तभी से कुँवारी कन्याएँ उम्दा वर पाने को उपवास रखती आई हैं।"

"लगता है तूने नहीं किया होगा भौजी!" कहकर अनेका ने ठठाकर हँसना चाहा कि यकायक ख्याल आया—मास्साब···और इस गफलत में जो फिर से चेता तो इस कदर कि आश्विन (क्वांर) को फलांगता जा पहुँचा कार्तिक का लेखा-जोखा बखानने।

"कार्तिक में पहली फसल कटती है। ज्वार और तिली दीवाली के बाद, बाकी सब दीवाली से पहले। इस महीने दशहरा, दीवाली, देवठानी ग्यारस आती हैं। देवठानी ग्यारस के दिन से शादियों का लगन शुरू होता है जो आगे अषाढ़ तक चलता है।"

"और भैयादूज?" अनेका को चुप लगाते पाया कि बोली गोराबाई।

"हाँ, वह भी।" अनेका ने अचकचाकर हामी भरी, "अगहन में दूसरी फसल की बुवाई करते हैं। गेहूँ, चना, मसूर, दलहन, जौ, मटर, धना, जीरा की पौद को पानी देते हैं।···

पूस में भी यही सब जारी रहता है। इसी महीने में मकर संक्रांति आती है, जिस दिन तिली से स्नान करते हैं।"

"हाँ, क्योंकि अब आ गए हैं ठंडे दिन।" मास्साब ने जोड़ा।

"फिर आता है माघ। कभी-कभी मकर संक्रांति इस महीने में आती है। वसंत पंचमी, शिवरात्रि भी इसी महीने में आती है।"

फिर फागुन···फाग···" कहने के साथ ही गोराबाई को निहारा अनेका ने।

गोराबाई को उससे यही उम्मीद थी। दोनों की आँखें चार हुईं कि जाने किस उन्माद में सराबोर हो गए पल-भर को।

पहले अनेका चेता, "इस महीने से दूसरी फसल कटनी शुरू हो जाती है। चना वगैरह इसी महीने कटते हैं। होली इसी महीने आती है। टेसू के फूल बरबस सबका मन मोह लेते हैं। रंगपंचमी तक यानी पाँच दिन तक फाग-ही-फाग का उत्सव मनाया जाता है और इसी महीने आती है फाग की भैयादूज।"

अपनी स्मृति पर खुद ही मोहित अनेका ने गर्व के साथ देखा गोराबाई की ओर। वह हल्के से मुस्काई।

"फिर आता है चैत। इस महीने गेहूँ कटता है। गुड़-चना बाँटा जाता है। नवदुर्गा, रामनवमी, पूर्णिमा को हनुमान जयंती, तेरस (त्रयोदशी) को महावीर जयंती इसी महीने में आती है।···

फिर बैसाख में अक्ती····"

"हाँ, अक्ती यानी अक्षय तृतीया यानी भगवान परशुराम की जयंती। अभी पिछले महीने ही तो मनाई थी न हमने!" मास्साब बोले।

"हाँ मास्साब! अक्ती के दिन सोन-पलाश के पत्ते सुखाकर बाँटते हैं। एक-दूसरे से अपनी गलतियों की क्षमा माँगते हैं।"

"हाँ, कि भाई, खुशी की बात है कि हमारी भी अच्छी फसल रही और तुम्हारी भी। कि भाई, काम-धाम के चलते तुमसे जो मिलना-बैठना नहीं हो पाया, तुमरे सुख-दुख में तन-मन-धन से हिस्सेदारी नहीं कर पाए, उसे हमरी मजबूरी समझकर माफ कर देना। और यह विश्वास जरूर बनाए रखना कि हम हैं तुमरे ही। कि अब कोई काम आन पड़े तो हमें आवाज दे देना। अब हम घर में ही मिलेंगे। खेत- खलिहान में, मचान पर सोने के दिन गए अब।"

"इसी महीने····" मास्साब को मौन होते देख अनेका ने आगे बताना शुरू किया, "डँगरा बोए जाते हैं। बेर, कैंत तोड़कर सुखाए जाते हैं। अचार, तेंदू, खिन्नी, आम, महुआ इसी महीने बौराते हैं।

और तब आता है जेठ। अपना यही महीना। इसमें अषाढ़ की तैयारी, चैत की फसल की धुनाई-सफाई, कार्तिक में अधूरी छूटी मकानों की मरम्मत। पँगतें जीमना, पइपाउनी निबटाना। ये ही काम रह जाते हैं जेठ के। सच पूछो तो यही बैसाख-जेठ हमरे आराम के दिन हैं मास्साब!"

"हाँ, हैं तो बेटा! पर अब···अब ये दिन भी हवा होने को हैं बेटा!" कहते न कहते मास्साब के चेहरे पर गम के बादल छा गए। उदासी ने फिर उनका दामन आ पकड़ा। बारह-मासी सुनते समय जो उल्लास पूरे सर्वांग में व्याप गया था, वह इस

जेठ की नीचट दुपहरिया में अषाढ़ की बदली-सा जाने कहाँ बिला गया।

मोटर के अड्डे तक फिर कोई किसी से कुछ नहीं बोला-बतिआया। बैलगाड़ियाँ जाने कब की जा लगी थीं वहाँ। इन तीनों के पहुँचते-न-पहुँचते मोटर आ गई।

मास्साब छिन-भर को हँस-बोल भी नहीं पाए किसी से। आशीर्वाद नहीं दे पाए अनेका को, गोराबाई को, गाड़ीवान रूपा को। बतिया नहीं पाए, हिदायतें याद नहीं दिला पाए छोटे भाई हलकाई को।

ऐसी अफरा-तफरी मची कि गोराबाई की मुढ़ी से गागर गिर-गिर पड़ने को हुई। मगर नहीं। गागर को सँभालना गोराबाई का पहला धरम। कहीं गागर फूट गई, कहीं मोटर में बैठते-बैठते ठकुराइन मास्टरनी की निगाह रीती गागर पर पड़ी तो अशगुन न हो जाएगा!

न छू पाई हो गोराबाई उनके पाँव, न ले पाई हो आशीर्वाद, पापन जो ठहरी, कुभाग लेकर जो जनमी, मगर अपने कुभाग की छाया उन पर नहीं पड़ने देगी गोराबाई!

जब तक मोटर यहाँ से हँक नहीं जाती, जब तक आँखों से ओझल नहीं हो जाती मोटर, तब तक सिर पर भरी की भरी गागर को सँभाले रखना ही धरम है गोराबाई का। क्या इतना भी नहीं जानती गोराबाई?

चूक और गोराबाई से! असंभव बात।

मोटर के जाते ही ये चारों जन गाँव की ओर लौटे। एक बैलगाड़ी रूपा ने सँभाली और दूसरी अनेका ने। हलकाई ठाकुर से विनती की गई कि वे आराम से रूपा की गाड़ी में बैठ जाएँ। गोराबाई अनेका की बैलगाड़ी में पहले ही आ विराजी।

देखते-देखते रूपा की बैलगाड़ी ने चीलगाड़ी की गति पकड़ ली। अनेका भी अच्छी गाड़ी हाँकता है, मगर आज उसकी गाड़ी लगातार पिछड़ती जा रही है। बैल जबर हैं। मोटर के अड्डे पर डटकर चारा भी सूँता है। नदी से भरपेट पानी भी पिया है। मगर तब भी धीमे-धीमे चल रहे हैं बैल। अनेका ने भी जोत ढीली छोड़ी हुई है।

क्यों? नहीं जानती गोराबाई। वह खुद भी तो खयालों में है।

"लाला, तुम बहुतेरी बातें बताना भूल गए।"

"क्या भूले हम भौजी?" अनेका ने जानना चाहा।

"अब यही कि नौरता, कुम्हार बब्बा के भैरों देवता भरनेवाली बात, बैलों को रोग-रुगेलू से बचाने का नून चटानेवाला दिन, यशोदा मैया का घाट पूजनेवाला दिन। लाला, तुम्हें कुँवारी कन्याओं के त्योहार तो याद रहे, पर ब्याहता बैयरबानी के तीज-त्योहार याद नहीं आए। पेंड़ भरनेवाली बात—

जब बच्चे को छोटी माता निकलती है तो उनकी मतारी कैसे जमीन पर लोटती-लोटती घर से मंदिर तक जाती है, ढोल-बाजे के साथ।"

"हाँ, साँचऊँ। ये-सब तो हम भूल ही गए थे भौजी।" अनेका ने स्वीकारा।

"तुम मदरसा में होते तो फेल कर देते मास्साब तुम्हें।"

"सो तो है भौजी!" अनेका झेंपता हुआ बोला।

"एक बात पूछें लाला?" अनेका की पीठ पर धौल जमाते हुए कहा गोराबाई ने। ठीक तभी बैलगाड़ी को धचका लगा सो अनेका तय नहीं कर पाया कि भौजी ने जानते-बूझते उल्लास में भरकर उसकी पीठ पर टहोका मारा है या धचका लगने से, संतुलन बिगड़ने से, असावधानी में भौजी का हाथ आ लगा है उसकी पीठ पर।

बिना भौजी की ओर मुड़े बोला वह, "पूछो।"

गोराबाई ने एक बार दूर तक देखा। जहाँ तक नजर की पहुँच थी वहाँ तक हलकाईं ठाकुर की बैलगाड़ी का कोई नामोनिशान नहीं था। यह जानते ही गोराबाई कुछ निश्चिंत हो आई। फिर अपनी जगह से हिली और जा बैठी अनेका के एकदम करीब।

उसके हाथ से बैलों की जोत अपने हाथ में ली और तब पूछा गोराबाई ने, "लाला, मान लो तुम अपनी अक्कल के संग सो रहे होओ मढ़ा में, ठीक तभी मास्साब आकर पूछें कि किसान के पास कौन-कौन-से महीने होते हैं अपनी बैयर के संग-साथ सोने के? तब?"

कहने के साथ ही ठठाकर हँसी गोराबाई। अनेका का चेहरा शर्म से लाल हो आया। देर तक गोराबाई के गले से घंटियों की-सी आवाज आती रही। अनेका चेहरा लटकाए चुप, सन्न बैठा रहा!

गोराबाई ने फिर टहोका भौंदामसान अनेका को, "तो लाला, तुम तुरतईं उठकर बाहर आकर बताओगे मास्साब को कि बैसाख और जेठ, या भीतर से ही कहोगे कि मास्साब एक तो यही है जिसे तुम खोटा करने चले आए हो सेंतमेंत में!"

इतनी-सी बात कहते न कहते फिर ठठाकर हँसी गोराबाई। और दूसरे ही छिन उसने बैलों की जोत इतनी जोर से कसकर ढीली की कि गाड़ी बन गई चीलगाड़ी। वहाँ रह गई केवल उल्लास में डूबती-उतराती गोराबाई के गले से निकलनेवाली घंटियों की-सी आवाज।

देखते-ही-देखते आसपास के पेड़ों पर बैठे चिरैया-परेवा तक शामिल हो गए उसकी हँसी में। बैलों की घंटियाँ, पहियों का स्वर, सभी कुछ इस सामूहिक उल्लास में शामिल हो-हो गया।

अनेका ने बमुश्किल तमाम कुतूहल से, अविश्वास से एक बार, केवल छिन-भर को देखना चाहा गोराबाई को। वह देखना चाहता था, वह जानना चाहता था कि कैसी है यह भौजी! किस धातु की बनी है यह भौजी!

जो इतने दुख में भी हँस सकती है!

मातम में भी खुशी मना सकती है!

जो इतनी आसानी से अपनी पीड़ा को हर्ष के पीछे धकेल लेती है!

नहीं-नहीं, भौजी में कोई खास बात नहीं है।

कुछ नहीं सूझ रहा इसका चेहरा देखने से तो!

तब तो वही सच लगता है मुझे। वही, जो गाँव की तमाम औरतें, बूढ़े, बच्चे कहते हैं, मानते हैं—कि गोराबाई भौजी तो सिर्रन है, बौरानी है!

हाँ, हाँ, यह भौजी तो है अधपगली, दीवानी!

दस

हाँ, सचमुच सिर्रन ही है गोराबाई। सिर्रन भी और अभागी भी।

भाग्य रूसे हैं जनम से गोराबाई से। तभी तो जब देखो तब गाज गिरती है गोराबाई के सिर।

आठ बरस की थी जब मढ़वा गड़ा, डोली बैठी, ब्याह हुआ।

कितने चाव से बैठी थी डोली में! सब दिन का देखा तमाशा, उस दिन उसकी खातिर जुटा था।

फिर बारह की भी पूरी न हुई कि गौना हो गया।

तब से जो इस गाँव आई तो मायका विदेश हो गया। शुरू में तीज-त्योहार पर भाई-भावज बुला भी लेते थे, पर धीरे-धीरे वह सब भी छूट गया।

यश के खाते तो कुछ कमाया नहीं गोराबाई ने, अपयश का खाता ऐसा लबालब कि सगे भी किनारा कर गए!

जब तक होश नहीं सँभाला था तब तक खबर ही न हुई गोराबाई को कि कब चमेलीबाई से गोराबाई हो गई वह। गोरा गाँव की चमेली का गाँव गोरा क्या छूटा कि सदा-सदा को 'गोराबाई' हो गई गोरा गाँव की चमेली बाई।

गोराबाई को तब होश ही कहाँ था कि क्या-क्या बदल रहा है, कहाँ-कहाँ, यहाँ-वहाँ!

तब कहाँ थी खबर कि जिसके पहलू में मुँह ढाँपकर सोती है निश्चिंत, वह है क्या?

ससुराल में रिश्ते की ननदें, रिश्ते की जिठानियाँ जब भी मौका देखतीं, एक ही रट लगातीं—कब गवबा रही हो गोरी सोहर?

हम-उम्रों की टोकाटाकी, बुजुर्गों की छींटाकशी से उबरने की खातिर कोई सुभीते की तजबीज कर पाती कि इससे पहले ही एक अनर्थ हो गया!

सबके लेखे अनर्थ ही तो!

मरद हमरा मरद है ही नहीं, यह भान होने पर, इससे पहले कि वह किसी और से हमल से रह पाती, अपने मरद के सगे गुइयाँ अट्टू साव को मन में ला बसाया गोराबाई ने।

बस, यह अनहोनी क्या घटी, भूल गई गोराबाई कि लोग उसे बाँझ कहते हैं कि राधा, छिनाल कहते हैं कि साउन।

जब गाँव में नहीं होते अट्टू साव तब उनकी आश में, और जब होते हैं तब उन्हें हरदम अपनी आँखों के सामने रखने की जुगत में रहती रही गोराबाई।

अट्टू साव तो गाँव से गए सो ऐसे गए कि भूल ही गए उनकी नाल गड़ी है इस गाँव में! और इधर गोराबाई पर जो गाज पर गाज गिरी उसका कोई लेखा-जोखा नहीं।

रामदुलारे न होता तो गोराबाई अब तक या तो किसी कुँआ-बावड़ी में कूदकर मर-खप गई होती या हत्यारिन बन, फाँसी चढ़ गई होती।

माते का उपकार कैसे भूले गोराबाई? उन्होंने तो उसके दोनों भव सँवार दिए उसके लेखे!

उस दिन उस निपूती को अपनी बाखर में बुलाकर माते ने कहा था, "बहू, अगर हम एक औलाद दें तुझे तो पाल-पोस पाएगी उसे?"

तब कहाँ पता था गोराबाई को कि माते दाऊजू काँटों-भरा जीवन दे रहे हैं उसकी झोली में। मतारी कहलाने के सम्मान की इतनी कीमत चुकानी होगी कि जीवन ही शेष हो जाएगा! तब तो खुशी-खुशी कुबूल लिया था वह।

जिस रोज रामदुलारे को अपने अंक से सटाए गोराबाई ने गाँव में कदम रखा, उसी दिन उसका नया जन्म हुआ था। गाँव में उसने कदम बाद में रखा होगा, ससुराल के पट सदा-सदा को पहले बंद हो गए।

तब माते ने जो तजबीज की उसी का तो प्रताप है कि रामदुलारे जी गया। भरी पंचायत में चंद्रभान दाऊजू पर गोराबाई के भरण-पोषण का भार सौंपा था माते ने।

जानते जो थे माते कि गोराबाई माँ भले ही कहलाने लगी है, मगर गोद में बच्चा आ जाने से क्या आँचल में दूध उतर आएगा!

रामदुलारे जी गया और अपने जीवन के साथ-साथ भगवान से झपट लाया अपनी मतारी के लिए जीवट।

गोराबाई के जीवन में तो कष्ट-ही-कष्ट। सुख नसीब कहाँ से होता भला! तभी तो इधर माते के मुँह से बोल छूटे, उधर चंद्रभान दाऊजू से छूटा गाँव।

फिर बामन महाराज की गिरगिटी चाल का दूसरा रंग रँग लाया। गोराबाई का नाम अट्टू साव के साथ खूब उछाला। इतना उछाला कि आसमान तक जा फैली बदनामी। और कहीं इस बदनामी के भय से गोराबाई मय पोते के आसमान ही में न बिला जाए, सो धर्म की, इंसानियत की दुहाई देकर बिठा लिया उसे मंदिर में।

बामन महाराज के नित-नए बदलते गिरगिटिया रंगों ने बदरंग कर दिया गोराबाई का जीवन।

पूरे गाँव ने तो जैसे रंडी ही समझ लिया गोराबाई को। निरी पतुरिया। जो देखो वही ललचाई नजर से देख रहा है। जो देखो वही इस ताक में कि सो भर जाए पहलू में एक बार।

और गोराबाई! सब देखती थी, सब समझती थी, सब तरफ से सतर्क रहती अपनी एक ही धुन में मगन कि पल-पुस भर जाए बिटुआ रामदुलारे।

आखिर वह दोष दे तो किसे दे? संकटों को तो खुद ही न्यौता था उसने।

मगर जिन संकटों को उसने नहीं न्यौता, उनके लिए तो कोई और दोषी होगा कि नहीं? पर क्या वह कभी उन्हें उनके किए का दंड दिला पाएगी? कह पाएगी उन्हें दोषी?

गोराबाई का भविष्य है अब रामदुलारे। चंद्रभान दाऊजू की कुँवारी बिटिया अक्कल और बामन महाराज के कपूत कैलाश महाराज का नाजायज बच्चा रामदुलारे। और गाँववालों के लेखे, बामन महाराज के सिरझाए, अट्टू साव और गोराबाई की प्रीति का कुफल। गोराबाई क्या कभी इसका विरोध कर पाएगी? सचाई उजागर कर पाएगी?

न, कभी नहीं। इसी बहाने अट्टू साव की याद दिलाते हैं गाँववाले, यह क्या कम उपकार है सबका! यही सोचकर खुश हो लेती है वह। और लोग हैं कि उसके चेहरे पर आ जुटे नूर को उसका कुबूलना मान बैठते हैं।

नहीं, कभी नहीं कुबूलेगी सचाई गोराबाई। वचनबद्ध है वह माते से। कौल धरा था माते ने उसे सपूती बनाने से पहले कि जिंदगी-भर कभी किसी को नहीं बताना रामदुलारे के बाप का नाम! न लाड़ में न लड़ाई में, न अपनों में न सपनों में।

माते के प्राण बच गए, इसीलिए आज भी अपने पैरों चल रहे हैं बामन महाराज। कौल बाप का नाम न बताने का खाया था उसने, इसीलिए उनके इस छल-बल के बाद भी नहीं बताया, पर दुष्ट को उसकी दुष्टता पर सबक सिखाने की मंशा तो कम नहीं थी गोराबाई में।

तब होता क्या? इस गाँव से भागना ही तो होता न! इतनी बड़ी दुनिया है। मगर नहीं हुआ वह। गोराबाई आज भी यहीं है। यहीं रहकर पढ़ाएगी अपने रामदुलारे को। इन्हीं मास्साब की छत्रछाया में, जिन्होंने अशीषा था लाला अनेका को, जिन्होंने अशीषा था अक्कल को, जिन्होंने अशीषा था रामदुलारे को।

हैं यहाँ बामन महाराज तो होते रहें। अट्टू साव भी तो यहीं हुए। माते भी तो यहीं हुए। मास्साब भी तो यहीं हुए।

एक बानिया, एक अहीर, एक ठाकुर। और तीनों के तीनों अपनी-अपनी बिरादरी के ऐबों से, कुटेबों से, अकड़ से, अहंकार से, चलन से, सोच से बिल्कुल जुदा-जुदा!

ऐसा ही बनाऊँगी मैं अपने बिटुआ को।

कई बार तय किया था गोराबाई ने।

मगर ऐन मौके पर इस सरकार ने गाज गिरा दी उसके अरमानों पर। इधर रामदुलारे मदरसा जाने की उम्र को पहुँचा, उधर मदरसा ही उठा लिया सरकार ने।

उसकी पहुँच से दूर कर दिया मदरसा। नन्हे-नन्हे पाँवों का धनी रामदुलारे इस दूरी को नापेगा कैसे?

बामन महाराज की सरकार से और क्या उम्मीद करे गोराबाई! औलाद होते ही जो कोख उजाड़ दे! अन्याय को न्याय कह दे! कुँवारी, हाँ, हाँ, कुँवारी, विवाहिता होकर भी कुँवारी को छिनाल कह दे! जहर को परसाद कह दे! उससे और क्या उम्मीद की जा सकती है!

पर कान खोलकर सुन लो बामन महाराज, गोराबाई हारनेवाली बैयर का नाम है ही नहीं!

बच्चे का मोह कुछ दिनों तक जरूर ऊहापोह में डाले रहा उसे। फिर तो एक रोज वह जा पहुँची मास्साब के पास। बहुतेरी अनुनय-विनय की। उसकी लालसा देख पसीज गए मास्साब। दोनों बखत घर बुलाकर रामदुलारे को करवाया अक्षर-ज्ञान, और तब गोराबाई की जिद के चलते उसके साथ-साथ जा पहुँचे चँदेई।

रघु साव गाँव से डेरा उठाने के बाद कुछ समय अपनी ससुराल में रहे, मगर विधुर दामाद की फिक्र करे तो कौन करे? बच्चों को भी ननिहाल तभी तक मोहती थी जब तक मतारी जिंदा थी। सो वहाँ से उठकर आए मुँगावली में, और जब वहाँ भी काम-धंधा नहीं जमा तब अंततः सदा-सदा के लिए आ जमे थे चंदेरी में।

एक बेटा सागर की बीड़ी कंपनी में मुलाजिम हो गया था। दूसरा यहीं चंदेरी में अलग दुकान करता है। दोनों का फिर से विवाह कर दिया था।

चंदेरी फल गई रघु साव को।

इन्हीं रघु साव के दरवाजे जा बैठी गोराबाई।

मास्साब ने बताया रघु साव को कि यह अपने बेटे को पढ़ाना-लिखाना चाहती है। खर्च-पानी सब पहुँचाएगी। आप तो बस रहने-पढ़ने का डौल बिठा दो। आपके घर रहेगा तो घर के कामों में हाथ भी बँटाएगा रामदुलारे।

रघु साव को भला क्या ऐतराज होता! यह तो पुण्य का, यश का काम हुआ। सुना तो उन्होंने भी था कानोंकान कि लुहार-बहू गोराबाई मझले साव का नाजायज नाती पाल रही है। बानिया का बेटा। वर्णसंकर है तो क्या!

रामदुलारे को चँदेई भेज तो आई गोराबाई, मगर अब संकट यह कि उसका खर्चा-पानी जुटाए कहाँ से? खुद तो मंदिर में पड़ी रहती है। प्रसाद पर आश्रित।

अब?

ब्राह्मणी बने रहने से काम नहीं चलेगा चमेली! मजूरी करनी होगी। बेटा को लायक बनाना है तो हाड़ तोड़ने होंगे, हाड़!

उस दिन से गोराबाई की जो दिनचर्या बदली सो नित नया बदलाव आता रहा।

खेत-खलिहान तक जाना शुरू-शुरू में दूभर जरूर रहा। जो देखो वही राह

रोके खड़ा है। मगर जब दो-चार बार उसने हँसियावाला हाथ फटकारा कि सब-कुछ मन-माफिक हो गया!

हरदम चौकस रहती है गोराबाई।

साव लोगों के खेतों में गुड़ाई, बुवाई करना। चारा कटवाना। गेहूँ पीसना। जो काम मिले उसे हँसकर करना, और तब भी रामदुलारे के खर्च जितने कलदार न जुटें तो डपटकर बामन महाराज से झपटना आदत हो गई उसकी।

गोराबाई का रौद्र रूप, चंडी-रूप बामन महाराज के हिस्से आया या फिर आया कैलाश महाराज के। पुजारियों को ही असली रूप में दर्शन देती है गोरा देवी। बाकी सबने यह कभी नहीं देखा।

देखा है जिन्होंने, वे कुबूलते नहीं। हँसियावाले हाथ को खयाल में लाने का लाभ क्या! सो वे भी यही कहते हैं कि हमने तो गोराबाई का नित-नित खिलता चेहरा, मुस्काती आँखें, सुडौल काया, बड़े-छोटों से उनके योग्य आदर और लाड़ से बोलना-बतियाना ही देखा है।

गोराबाई को गाँव में सब-के-सब चाहते हैं—बुरी नीयतवाले बुरी मंशा से और भली नीयतवाले उसकी भलमनसाहत की बत्तल।

गाँव में किसी का ब्याह हो, किसी के घर बच्चा जन्मे, सबसे ऊँचा स्वर होता है गानेवालियों में गोराबाई का।

ब्याह-शादी के मौके पर किसी भी घर में सबसे पहले से सबसे बाद तक चक्की पर कनक पीसती है गोराबाई। बाजुओं में दमखम है उसकी, यह कौन नहीं जानता! फिर भी घरधनी चाहते हैं कि वह इतना काम न करे। उसे और भी ढेरों काम करने हैं अपना पेट पालने की खातिर, अपने बचुआ की पढ़ाई की बत्तल।

मगर नहीं, इस सपनों के हिंडोले पर झूलती प्रफुल्लवदन गोरी को कोई चेताए तो चेताए कैसे?

गोराबाई के बाजुओं में मर्दों-सा बल है यह अगर नहीं मानता तो केवल कैलाश महाराज। चंडी को पूजा से नहीं, फरेब से बस में करना चाहता है वह।

चँदेई से लौट रही थी गोराबाई कि कैलाश ने दो शोहदे लगा दिए उसके पीछे। मन में यह कि पहले ये जंगल में घेरघारकर भोग लें, फिर आँखों-देखा साक्षी होने की बत्तल जब चाहूँगा तब पाऊँगा, गोराबाई की गोरी काया। बड़ी सती-सावितरी बनती है न! हरदम एक ही रट कि हाथ न लगाना महाराज! मैं चंद्रभान दाऊजू नहीं हूँ कि ब्रह्महत्या के भय से भयभीत हो जाऊँ।

आज देखता हूँ कौन करता है हत्या। ब्रह्महत्या होती है कि शील-हत्या। अरी, ब्राह्मण का शाप, ब्राह्मण का जाप, ब्राह्मण का ताप, ब्राह्मण का जंतर, ब्राह्मण का

मंतर...तू तो कुछ भी नहीं जानती। एक ही जंतर से तुझे वश में न किया तो मेरा नाम कैलाश नहीं, घूरा रख दीजो।

गोराबाई अपनी ही धुन में मगन चली आ रही थी घटिया नीचे को। मन में रह-रहकर रामदुलारे की कही बालसुलभ बातें, जिज्ञासाएँ उमड़-घुमड़ रही थीं।

प्रानपुरा तक तो उसने ध्यान ही नहीं दिया कि पीछे भी कोई आ रहा है। गैल है, वह भी चँदेई की इकलौती गैल, सो मानुसजात तो चलेगी ही आगे-पीछे, ऊपर-नीचे। हर दिन, हर-छिन। घटिया पर ढोर-बछेरू चढ़ता-उतरता दीखता तो हैरानी से हेरती भी।

जब प्रानपुरा से डाँग की गढ़मात पर कदम रखा, तब जरूर मुड़कर देखा कि पीछे आनेवाला कहीं अपने ही गाँव का तो नहीं? हो तो कितना अच्छा हो! संग-साथ में, बात-बात में राह कट जाएगी।

नहीं, एक नहीं दो जन हैं। और दोनों जान-चिनार के नहीं दीखते। शक्ल-सूरत से भी भलेमानस नहीं दीखते कि पूछ ही ले—कौन गाँव के हो?

तब? क्या करना चाहिए?

इन्हें आगे निकल जाने दूँ?

यही ठीक रहेगा।

अगले ही पल वह बैठ गई एक घने पेड़ के नीचे। वे दोनों जन क्षण-भर को ठिठके, फिर आपस में बतियाते उसे पार करते हुए निकल गए आगे ही आगे।

गोराबाई ने उठकर चलना चाहा कि तभी दूर से एक और आदमी आता दीखा। जाने अनायास या सायास, वह आदमी वहीं-का-वहीं थिर हो गया।

गोराबाई ने कुछ देर उसकी राह देखी। उसे भी चीह्नना-परखना चाहा उसने। मगर वह तो टस-से-मस होता नहीं दीखा। वहीं-का-वहीं थिर।

तो फिर होगा इसी गाँव का। सोचा और कहा अपने-आपसे कि अब चलो, उठो!

गोराबाई के कदम फिर उठ चले गाँव की ओर।

अकेली थी गोराबाई।

नहीं-नहीं, अकेली नहीं थी गोराबाई। रामदुलारे तो स्मृति में इस कदर समाया था जैसे कंधों पर बैठा बतियाता आ रहा हो मतारी से।

"रुको गोराजान!"

किसी ने पुकारा कि दुत्कारा! थम जाना पड़ा गोराबाई को।

नजर उठाकर देखा तो सामने वे ही दो जन थे। राह रोके खड़े थे। देखा उसने और समझ भी लिया कि नीयत ठीक नहीं इनकी। चित्त भी ठिकाने पर नहीं। इन्हें मेरा नाम भी मालूम है! मगर कैसे? क्योंकर जान पाए होंगे ये मेरा नाम?

अब क्या करोगी गोराबाई? क्या चिर-कुँवारापन आज मटियामेट होकर रहेगा? क्या ऐसी ही सुहाग-सेज लिखी थी विधाता ने तेरे विधान में?

लिखी हो तो लिखी हो विधाता ने, मगर उसे तो कल्पना में भी मंजूर नहीं ऐसी सैया। उसकी तो मंशा ही कुछ और है—कि जीवन में वैसा अवसर आया कभी तो मेरे पहलू में होगा मेरा गुइयाँ लाला, न कि ये शहराती शोहदे-लोफर।

पर तेरे सोचने से क्या! तेरा चाहा हुआ है कभी पूरा? कमजोर के साथ, अबला के साथ तो वही होता है जो बलवान चाहे, जो सबल चाहे।

सामने जो ये दो-दो राक्षस खड़े हैं, दोनों की मंशा एक। दोनों को मादागंध पगला बना रही है। बौराए हुए मादाखोर हैं ये गोराबाई!

ये दो, तू अकेली! इनके हाथ में छुरी, तू निहत्थी गोराबाई!

"जीवट है तो ही जीवन है, बहू!"

एक बार इसी चदैई की राह से लौटते हुए कहा था मास्साब ने गोराबाई से।

मास्साब का पढ़ाया पाठ आज ऐन परीक्षा ही घड़ी याद रखना है तुझे! तभी अव्वल दर्जा पाएगी तू। वरना फेल!

नहीं-नहीं। फेल नहीं होऊँगी मैं।

"बोलो, क्या चाहते हो?"

दोनों प्रसन्न। मन-मगन।

हुकुम हुआ—धुतिया उतार दे!

एड़ी से ऊपर का पाँव नहीं देखा था जिसका किसी ने आज तक, उसे संपूरन नंगा करके ऐसे निहार रहे थे दोनों शोहदे कि गोराबाई अपनी ही नजर में गिरने-गिरने को विवश। धरती में समा देने की प्रार्थना करने लगी भगवान से।

गोराबाई की उतारी धोती जमीन पर बिछाकर, उसी पर पसर गए दोनों शोहदे। ललचाई आँखें उसकी सुडौल जाँघों के इर्द-गिर्द टिकाए। अपनी-अपनी छुरी अपने सामने धुतिया ऊपर से ही जमीन में गड़ाकर अधलेटे हो आए शोहदे।

तब अगला आदेश दिया—पोलका भी उतार दे!

गोराबाई सन्न! ये राक्षस नोंचेंगे-खसोटेंगे मेरी देह को, और तब बारी आएगी चील-कौओं की! गिद्ध-सियार की!

लुहार की बेटी है गोराबाई। जानती है, लोहे को भी पिघलाना हो तो आँच तो दिखानी ही होती है, ताप तो देना ही होता है।

अपनी जगह से हिली गोराबाई। दोनों के बीचोंबीच घुटनों के बल बैठकर दोनों हाथों से पोलका के बटन खोले, मुस्काई और यकायक पोलका उतारकर दूर फेंक दिया।

दोनों शोहदे इस बार उसके उरोजों में हुए कंपन-प्रकंपन में उलझ गए।

गोराबाई ने एक बार जान-बूझकर अपना अधोभाग हल्के से हिलाया। दोनों

शोहदे चौंधियाए-से उसके सर्वांग की थिरकन के थमने की राह तकने में मगन हुए— कि पासा पलट गया।

लुहार की बहू है गोराबाई। कैसे न याद रखती कि लोहे को मनमाफिक ढालना हो तो ताप रहते, लाल रहते ही वार करना होता है लोहे पर।

वे अभी उलझे थे उसके कसावों के बलों में कि पलक झपकने जितनी देर में गोराबाई ने आसन बदल दोनों को अपने पाँवों के नीचे चाँपा और दोनों हाथों में छुरियाँ थामकर खचाक्-खचाक् कर ही तो दिया!

बेईमान में जान कितनी?

एक-एक वार में दोनों का काम तमाम! दूसरी बार तो नाहक श्रम किया उसने। अपनी धुतिया पर खून की कुछ अतिरिक्त धार ही हासिल कर पाई वह दूसरे वार में।

गोराबाई ने पूरे इत्मीनान से अपना पोलका उठाकर पहना। फिर एक-एक कर दोनों लाशों को दूर नाले में बजरी हटाकर उसके नीचे दबाया और चल दी उसी नाले में अपनी धुतिया धोने।

अभी पानी के पास पहुँची ही थी गोराबाई कि किसी के पाँवों की आहट सुनकर चौंकी। कोई आ रहा था दूर से। उसने अपनी धोती समेटी और चढ़ गई एक घने पेड़ पर।

ठीक तभी वहाँ पहुँचे कैलाश महाराज। यहाँ-वहाँ पूरी सतर्कता से कुछ सूँघते-ढूँढ़ते से। क्षण-भर को ठिठके, फिर उसी मुद्रा में आगे निकल गए।

इधर गोराबाई साँझ तक उसी पेड़ पर बैठी अँधेरे की राह जोहती रही।

बदन पर खून-सनी धोती धारे जब आधी रात को मंदिर के पिछवाड़ेवाले रास्ते से उसने मंदिर में कदम रखा तो कैलाश महाराज को अपना इंतजार करते पाया।

इससे पहले कि कैलाश कुछ बके, हल्ला मचाए, लाँछन लगाए कि डराकर अपने मनसूबे जाहिर करे, उसने गुस्से से कैलाश की तरफ देखा और स्वर में घृणा का, अफसोस का, तिरस्कार का भाव लाकर बोली, "आज मैं बच ही गई ब्रह्महत्या करने से! तुम्हारी आयु अभी शेष है महाराज! पर यह खयाल रहे, कभी फिर ऐसी चाल चली तो दो नहीं, दर्जन-भर शोहदे मार गिरा सकती हूँ मैं। और उस दफे एक सिर बामन का भी होगा उनमें!"

अगली सुबह गोराबाई ने मंदिर को अंतिम नमस्कार किया और आ रही चौराहे पर। कसम खा ली कि बामन महाराज की एक फूटी कौड़ी भी नहीं लेगी अब। ऐसे पापी से दूर रहना ही भला!

कभी हाथ उठ गया कैलाश महाराज पर तो अपने ही बचुआ के बाप की

हत्या का पाप चढ़ेगा सिर पर। फिर बिटुआ हमें माफ करेगा भला! हमरी चिता को अग्नि देगा भला!

नहीं-नहीं। बचुआ के बाप को जीवनदान देना ही मेरा धरम हो। न हो साक्षात्, जग उजागर, विधि के विधान में तो यही बाप लिखा था बिटुआ को।

मंदिर से उठकर गोराबाई जा बैठी आँधरे कक्का की बाखर में।

अजूबे करना गोराबाई को सोहता है।

आँखवालों की आँखों में बैठा शैतान जाने कब धर दबोचे! आँधरे कक्का की न तो उम्र वह, न खुराफात की जड़ वे आँखें, जो लिहाज न जानें, शर्म न मानें, धर्म न पहचानें।

अपनी बाखर में निपट अकेले रहते हैं आँधरे कक्का।

बहुत बरस पहले एक रोज आँखों में पीर उठी थी। इतनी पीर कि सही न जाए। पीर से निजात पाने को बेताब कक्का को जिसने जो टोटका बताया, वही आजमाया। जिसने जो बूटी दी, वही घिसकर लगाई। जिसने जो भस्म दी, वही छुआई आँखों से। मगर पीर थी कि जाने का नाम ही न ले।

इन्हीं पीड़ादायी दिनों में, किसी ने, जाने किसने, अब कोई स्वीकारने को तैयार नहीं, कोई शाबाशी का दावेदार नहीं, सो कह नहीं सकते कि किसने, लोग तो कहते हैं कि कक्का को खुद ही सूझा था वह उपचार; जो भी रही हो सचाई, पर हुआ यह कि एक रोज कक्का ने अकउआ के पत्तों का दूध निचोड़ लिया दोनों आँखों में।

बस, दूध का आँखों की पुतली तक पहुँचना था कि आँखों की पीर सदा को चलती बनी। जिसने भी बताया हो, पर कहा सच था कि इससे पीर चली जाएगी। चली गई वह। मगर था कोई अधसाँचा हकीम वह, इसीलिए तो आधी सचाई बताई उसने। नफा-नफा बता दिया, नुकसान छिपा लिया।

उसने तो छिपा लिया, पर कक्का कैसे छिपाते उसे? पल-भर में तो नफा और नुकसान सब सामने हाजिर हो गया। पीर तो गई सदा को, मगर साथ में पीर का निवास वे आँखें भी चली गईं सदा को।

उस अधसच्चे का बाकी आधा सच ही उजागर नहीं हुआ, आँधरे कक्का के सामने तो जग के रिश्ते भी उजागर हो गए। आँखें जाते ही देखा आँधरे कक्का ने कि कैसे उनकी घरवाली, यहाँ तक कि उनके शरीर के अंश बच्चे भी उन्हें अकेला छोड़कर जा बैठे अपनी ननिहाल में। यहाँ आँधरे कक्का रह गए अकेले।

तब से चक्की पीसकर गुजर-बसर करते हैं आँधरे कक्का। बानियों, बामनों, ठाकुरों के घर में जब, जिन दिनों उनकी बैयरबानी ऋतुगामी होती हैं, चूल्हा-चक्की नहीं छूतीं। तब आँधरे कक्का के घर आता है उनका अन्न। कक्का चून पीसकर

देते हैं। बदले में पाते हैं उन दिनों का भोजन।

कभी-कभार यों ही आ जाती है रोटी-भाजी। जब कभी घर में ज्यादा रोटी-भाजी बच गई साँझ को, तो भेज दी कक्का के घर। यों भी कक्का को रोज-रोज रोटी-भाजी खाने की आदत रही ही कहाँ जनम-जिनगी से!

आँधरे कक्का ने बेटी-बहू मान अपनी बाखर में शरण दे दी गोराबाई को। रोटी-भाजी की किल्लत से मुक्ति मिली। पर इतने-भर से तो गोराबाई की परेशानियों का अंत होने से रहा। उसे तो दरकार है अपने लिए छत और रामदुलारे की खातिर कलदार की। अन्न तो वह हाड़ तोड़कर जुटा ही लेती।

अगले ही रोज गोराबाई जा पहुँची मझले साव के द्वार पर। साव उसकी सब दशा जानकर भी नहीं पसीजे। पसीजते भी कैसे! उनका तो बेटा बदनाम हुआ उसकी संगत में। लाख सहानुभूति हो उससे, मगर उसकी मदद करने का तो मतलब हुआ गाँववालों की सोच पर सच की मुहर लगाना!

खाली हाथ ही लौटती गोराबाई अगर ऐन उसी वक्त साउन में ममता हिलोरें न लेती तो।

साउन ने हटका साव को, "क्या गजब करते हो अट्टू के दादा! एक माँ को द्वार से खाली झोली लौटाते हो? इतने कब से डरने लगे गाँववालों से? इसका मतलब तो यह हुआ कि अपने बेटे पर संदेह है तुम्हें?....

न, दुलहनिया न, तू इस द्वार से खाली हाथ नहीं जाएगी। तू तो खूब मन लगाकर काम कर हमरे खेतों में। मैं दिलाऊँगी तुझे मजूरी में नगद कलदार। तू निश्फिकर रह दुलहनिया! खूब जश कमा। अपने बिटुआ को खूब पढ़ा-लिखा।"

गोराबाई को तो जैस खजाना ही मिल गया। अब चाहे न मिलें कलदार, भरोसा क्या कम बड़ी संपत्ति है! और जब साउन ने कह दिया है तो साव किस मुँह से टालेंगे भला!

गोराबाई भगवान को लाख-लाख धन्यवाद देते नहीं थकती। साउन की बात का भरोसा उसे था जरूर, मगर साव भी कम अड़ियल नहीं। गुइयाँ लाला के बाप ठहरे। कहीं अपनी कही पर अड़ जाते तो!

इसीलिए शायद भगवान ने भेजा है एक सचमुच का सहारा देनेवाला हाथ। तीनों की पत रख ली भगवान ने—मोरी, साव की और साउन की।

एक रोज एक परेदशी आया था गाँव में। मझले साव की बाखर में ठहरा। एक दिन, दो दिन, तीन दिन—पूरे तीन दिन साव को लिए-लिए फिरता रहा डाँग-डाँग। सब सोचते रहे या तो कोई लकड़ियों का करोबारी है या जंगलात महकमे का बाबू या फिर बाँध का अफसर।

चौथे दिन भीमा बसोर ढपला पीट-पीटकर एलान करता फिरा, "सब जन संझा-बिरियाँ मदरसा के कोठा आगे आवें। शहराती परदेशी बाबू तुमरे फायदे की बात बताना चाहते हैं तुम सबन को।"

औरों के साथ-साथ गोराबाई भी पहुँची वहाँ।

परदेशी ने बताया कि—आपके गाँव का एक लड़का हमारी बीड़ी कंपनी में काम करता है। हमारी बीड़ी कंपनी सागर में है। हम वहीं से आए हैं। उस लड़के ने हमें बताया था कि उसके गाँव में तेंदू पत्ता होता है। हम वही देखने आए थे यहाँ। हमने देखा है कि यहाँ तो बहुत तेंदू पत्ता है। इस पत्ते से बीड़ी बनती है।...

यह तो आप जानते ही हैं कि यह पत्ता बैसाख-जेठ में ज्यादा होता है। और इन्हीं दिनों में आपके पास फुरसत भी होती है। इसलिए हम चाहते हैं कि इन दिनों में आप लोग ये पत्ते तोड़कर हमें लाकर दो। हम इसके बदले आपको नगद कलदार देंगे। आपको पत्ता देने कहीं जाना नहीं होगा। हमारा एक आदमी यहीं गाँव में आएगा आपसे पत्ते लेने। अगर आप लोग राजी हों तो हम अपना एक आदमी यहाँ भेज दँगे, वह आपको बताएगा कि पत्ते कैसे तोड़ने हैं, कैसे ढेरी बनानी है।...

आप लोग हमारी बात पर ध्यान दीजिए। सोचिए और हमें बताइए। वैसे आपके मझले साव का कहना है कि आप लोग यह काम जरूर करना चाहेंगे, क्योंकि इसमें आपका कोई हर्जा नहीं होनेवाला। बल्कि इससे आपको और हमें दोनों को नफा-ही-नफा होगा।

'जरूर करेंगे, जरूर करेंगे। हमें मंजूर है, मंजूर है' का सामूहिक उद्घोष सुन परदेशी ने कहा, "तो ठीक है। दो-तीन रोज में हमारा आदमी आकर आपको सब समझा देगा।"

तीसरे रोज गाँव में आ पहुँचे पवन साव, रघु साव के छोटे मौड़ा। कई बरस बाद गाँव के दर्शन हुए साव को। सागर की बीड़ी कंपनी में नौकर हैं पवन साव।

बानिया सपूत बीड़ी कारखाना में? हे राम! हे राम!

अरे काहे के हे राम! जो पवन साव बताते हैं वह भी तो सुनो—कि कारखाना भी एक बानिया का है।

हे शिव! हे शिव! इनसे तो अपने गाँव के साव भले। धर्मात्मा!

अब धर्म-अधर्म का बखान छोड़ो, मिलान छोड़ो। तुम तो यह पूछो पवन साव से कि कुछ काम की बात भी बताएगा या अपनी ही रामकहानी कहे जाएगा।

कह लेने दो भाई, कह लेने दो। इतने बरस पीछे गाँव देखना नसीब हुआ है साव को। बालक-से थे जब गए यहाँ से। अब तो अधबूढ़े हो चले। इनके नसीब में गाँव आना बदा था। संग-संग हमरा नसीब भी खोलना बदा था।

जा बात साँची कही तुमने। पर वह भी तो पूछो कि····

अरे ठहरो भी! लगन निकला जा रहा है क्या? बताएगा। वह भी बताएगा। पवन साव बताएगा! कि पत्ता कैसे लाना है, गड्डी कैसे बनानी है, कलदार कितने मिलेंगे। उसी काम की खातिर तो आया है पवन साव। दो-चार दिन रहेगा यहीं। हमें सब सिखा-समझाकर जाएगा। फिर असली खरीदारी को तो कोई और ही आएगा।

शुरू-शुरू में गोराबाई के अलावा केवल छोटी जातियों के लोगों ने इस काम में रुचि ली थी। मगर धीरे-धीरे इनकी तादाद बढ़ती गई। छोटे किसान, काछी, ढीमर, सलैया, यहाँ तक कि कुछ अहीर भी इस काम में जुट गए।

भोर होते-न-होते गाँव की औरतें, मर्द, बच्चे काँख में एक बड़ा-सा कपड़ा चाँपे, तो कोई-कोई गाँजिया (टोकरी) चाँपे निकल पड़ते हैं डाँग की ओर। गर्मियों के दिन, सो प्यास तो लगनी ही हुई। इसलिए सब तो नहीं मगर दो-दो, चार-चार लोगों के बीच एक जन होता था सिर पर पानी से भरा घैला लिए।

डाँग-डाँग का चक्कर लगाकर तेंदू के पेड़ों से पत्ते तोड़े जाने लगे। घर आकर, खा-पकाकर पत्तों की छँटाई होती।

पाँच दर्जन, बारह गढ़ा, तीन बीसी, जिसका जैसा, जितना गणित-ज्ञान, वह उसी तरह गिनती करता—मगर प्रयोजन एक, परिणाम एक कि हर गड्डी में होने चाहिए साठ साफ-सुथरे पत्ते। गड्डी को छुलिया की जड़ से, लट से बाँधो। साँझ को चँदेई से आए ठेले की आवाज सुनते ही जा पहुँचो रामसागर बावड़ीवाले मैदान में।

ठेले से उतरते हैं एक मुनीम और डिलेवर। एक-एक जन अपनी-अपनी बारी आने पर डिलेवर को पत्तों की गड्डियाँ गिनवाओ, जाँच-परख करवाओ और ले लो नगद कलदार। मगर ध्यान रहे! मुनीम जी की आँख बहुत तेज है। कल का टूटा पत्ता आज की गड्डी में न डाल देना! अधसूखा पत्ता तुरंत पहचान लेंगे मुनीम जी। फिर पूरी गड्डी रद्द। एक के फेर में उनसठ पत्ते नष्ट!

इसी मैदान में दूर तक फैली रहती हैं गड्डियाँ। भीमा बसोर का काम है कि वह इनकी रखवाली करे। इन्हें उलटता-पलटता रहे ताकि ये सूखकर कड़क हो जाएँ। हर दिन नीचट सूखी गड्डियों का ढेर का ढेर ठेले में भरकर ले जाते हैं मुनीम जी कारखाने को।

नहीं-नहीं, कारखाने को नहीं। कारखाना तो दूर है। वे इन्हें ले जाते हैं प्रानपुरा। वहाँ घर-घर होता है बीड़ी बनाने का काम। जाने कहाँ-कहाँ से आते हैं वहाँ पत्ते। कारखाने की ओर से बीड़ी बनानेवालों को मिलता है इन पत्तों में भरने को तंबाखू और डोरी। भरो, मोढ़ो और बाँधो।

पत्ते तोड़ने से भी ज्यादा कठिन काम है वह तो। बता रहे थे न एक दिन मुनीम जी कि जिनगी-भर पालथी मारकर बैठे-बैठे बीड़ी बनानेवाले कारीगर को दूर से पहचाना जा सकता है। उसके पाँव छोटे और धड़ बड़ा हो जाता है रातोदिन पालथी मारकर बैठे रहने से।

बीड़ीखोरों की लत ने पत रख ली गोराबाई की। किसी का नशा, किसी का नफा। यही कहते हैं ये गाँववाले। यह रोजगार गाँव के लिए वरदान सिद्ध हुआ जा रहा है। लड़ैई क्या, आसपास के डाँग से सटे सातों गाँव के लोग करने लगे हैं अब तो यह काम।

गर्मियों में रामदुलारे आ जाता है गाँव। गोराबाई के साथ पत्तों की गड्डियाँ बनवाने, गिनवाने और नगद कलदार का हिसाब रखने में मदद करता है।

डाँग में नहीं ले जाती गोराबाई उसे, जैसे और कई जन ले जाते हैं बाल-गोपालों को। इसीलिए तो रोज ही हर घर में पाँच आने, छह आने, दस आने, तो किसी-किसी घर में पूरा एक कलदार आने लगा है खरखरा।

बरसात की पहली बूँद के साथ ही यह रोजगार ठप्प। मगर इस बीच जो पैसे इकट्ठे होते हैं उनसे बहुतेरे काम सध जाते हैं।

नगद बीज खरीदना चाहो तो खरीद लो। हल-हँसिया न बनवाना हो लुहार से या करता हो वह आना-कानी तो जाकर खरीद लाओ चँदेई की हाट में से।

ब्याह-शादी के मौके पर दरवाजे पर आए दूल्हे राजा का टीका-पटा करना हो या बामन महाराज को चढ़ावा देना हो तो काहे को अनाज के बदले कलदार माँगो साव से। काढ़ो अंटी में से और धर दो सामने थरा (थाल-थाली) में।

गोराबाई को तो रामदुलारे की चिंता से मुक्ति दिलाई इस कारोबार ने, और जाने कितनों को मुक्ति दिलाई बेगार से। घर में पड़े रहने पर साव, ठाकुर, बामन, बड़ा किसान कोई भी बेगार के लिए टेर लगा देता था कि नहीं। अब न घर में रहेंगे न मुफ्त में खटेंगे। अब करवाना हो काम तो कलदार देना कुबूल करो, हामी भरो, तब ही रुकें, वरना जाएँ पत्ते तोड़ने। संझा को कुरकुरा एक रुपैया तो होगा हाथ पर।

बौरा गई, सिर्ररन हो गई है गोराबाई। जागते में सपने देखती है कि उसका रामदुलारे बड़ा हो गया है। लाट साहब हो गया है। देखती कि अट्टू साव की गैल-गैल चला आ रहा है उनसे बतियाता। बिरोबर बतियाता।

देखती कि गाँव-भर में ढिंढोरा पिट रहा है…भीमा बसोर ढपला पर ता-तिड़, ता-तिड़ डंडियाँ बजाकर कह रहा है—"सुनो, सुनो, सबरे मानस सुनो…रामदुलारे सरकार गाँव आ रहे हैं।"

देखती कि पूरा गाँव डूब रहा है और रामदुलारे ने सबको अपने हाथों पर उठाकर बड़े पार (पहाड़) पर बिठा दिया है!

गोराबाई के सिर्रीपने में और बढ़ोतरी हो गई है। बीड़ी-ठेला के मुनीम जी ने बताया है कि चदेई में रामदुलारे मिला था उन्हें। उसने बताया है कि वह दर्जा पाँच में अव्वल आया है। बताया कि अभी गाँव नहीं आ पाएगा। सब जिलों के अव्वलों का एक इम्तिहान होगा भोपाल में। वहीं जा रहा है वह। वहाँ जो अव्वल आएगा उसे आगे की पढ़ाई के लिए वजीफा देगी सरकार।

सरकार! बामन महाराज की सरकार! फिर तो न मिल पाएगा बिटुआ को वजीफा। चिंतित हो आई गोराबाई। न मिले। यहाँ किसे दरकार है? उनके आसरे यहाँ है कौन?

तो भोपाल गया है बिटुआ। अरे! यह तो गजब हो गया। वहीं तो हैं मोरे गुइयाँ लाला। वे तो खैर काहे को मिलेंगे उसे वहाँ। वे तो जानते भी नहीं।

मोरा बिटुआ न्यौतने गया है तुम्हें।

अब तो आ जाओ गुइयाँ!

"कल नहीं, परसों आएगा रामदुलारे गाँव। इसी ठेले पर आएगा। हम खुद लाएँगे उसे बहू।" रोज-रोज की पूछताछ के बाद उस रोज कहा मुनीम जी ने।

पवन साव के दादा से जब से इसका अतीत जाना है, मुनीम जी की निगाह में गोराबाई की काया समाती ही नहीं। वे तो अपनी तरफ से उसके साथ पक्षपात भी करना चाहते हैं, मगर गोराबाई को वह मंजूर कहाँ!

और अगर यह न समझे कि कुछ अनहोना हुआ है तो सिर पर खड़ा रामदुलारे न होने दे। तीन बरस से यही तो देख रहे हैं मुनीम जी। रामदुलारे तो उनका चहेता ठहरा। क्यों न लाएँगे उसे!

गोराबाई तो सचमुच बौरा गई यह सुनकर। मोरे बिटुआ ने इनका भी मन मोह लिया। पत रख ली मोरे हाड़न की।

पत्तों की टोकरी वहीं पटककर दौड़ पड़ी गाँव की ओर। जो मिला उसी को सुनाई खबर।

रामदुलारे अव्वल रहा चदेई में, गुना में और फिर भोपाल में।

बाखर-बाखर, टपरा-टपरा यही संदेश पहुँचाती जा पहुँची मझले साव की बाखर में।

मगर वहाँ से निकली गोराबाई आधी सिर्रन नहीं, समूची सिर्रन दीखी हर किसी को। फिर नहीं रही उसे कोई भी सुधबुध।

जो नहीं सुन पाए थे उसके मुँह से, वे टोक रहे थे—क्या हुआ गोराबाई को? बतानेवालों ने बता तो दी थी संपूरन बात, मगर साथ में यह भी तो कहा था कि गोराबाई की जुबान से सुनकर ही पाओगे सच्चा आनंद।

लेकिन यह तो सुनती ही नहीं! जवाब ही नहीं देती! तो क्या बतानेवाले ने मसखरी की थी?

न, कतई मसखरी नहीं की थी। सच कहा था उसने।

फिर? फिर बोलती क्यों नहीं गोराबाई?

अब नहीं बोलेगी वह। बोल सकती ही नहीं यह।

मझली साउन ने बताया है उसे कि परसों अट्टू साव आ रहे हैं गाँव।

तो क्या आज भी···?

तो क्या सचमुच दोनों में···?

तो क्या बाप-बेटा दोनों संग-संग आएँगे गाँव में?

कौन बोला? कौन बोला यह कुबोल? किसकी जुबान में पड़े हैं कीड़े? मुँह बंद किया है गोराबाई ने! जुबान पर लगाम कसी है, कलाई नहीं बाँधी है। हाथ नहीं बाँधे हैं। चीरकर रख देगी जो राई-रत्ती कान में पड़ गई इस कुबोल की भनक भी।

तो क्या यह प्रीत है?

हाँ, भई, हाँ!

अरे वाह, न वो किशन न ये राधा, फिर···?

तो क्या हुआ!

न वो गाँवड़िया न ये मेम, फिर···?

तो क्या हुआ!

चुप करो! गोराबाई अब कुछ सुनना नहीं चाहती। कानों को अपवित्र मत करो उसके। भगवान ने सुन ली है उसकी। बिटुआ का न्यौता कुबूल लिया है गुइयाँ ने।

सुनते हैं, मझले साव ने कहा था कि अब सूरत मत दिखाना अपनी। फिर अब क्यों आ रहे हैं अट्टू साव? क्या बाप का कौल भूल गए इतने बरस में?

नहीं, नहीं भूले वे। मझले साव ने चिट्ठी भेजकर बुलाया है अट्टू को। मझले साव अब गाँव में नहीं रहना चाहते। अट्टू साव हो गए हैं बहुत बड़े डाग्दर। दोनों छोटे भैया भी पढ़-लिखकर गुनी-विद्वान हो गए हैं। तीनों-के-तीनों बस गए हैं भोपाल में। वहीं ले जाएँगे साव-साउन को।

फिर यह जमीन, यह बाखर?

अरे भाई, अब इसका क्या भरोसा! एक दिन तो सब डूबना-ही-डूबना है। फिर साव देश छोड़कर थोड़ेई जा रहे हैं। दोनों छोटे मौढ़ा हो गए हैं न अफसर। गाँव डूबेगा तो वहीं घर में मँगवा लेंगे सब हर्जा-खर्चा, कीमत-मुआवजा।

सो तो है।

गोराबाई आज पत्ते तोड़ने नहीं गई। उसका बिटुआ जो आ रहा है···

और वे··· धत्!

सोचती है, शर्माती है। शर्माती है, सोचती है गोराबाई। जाने कैसी तो गुदगुदी, झुनझुनी-सी चढ़-उतर रही है अंग-अंग में। सुबह से जो पानी की नाद भरकर बैठी आँगन में सो अब तक बैठी है। सूरज देवता आधे से ज्यादा रास्ता पार कर चुके, मगर उसे यकीन ही नहीं आता कि उसके अंग-अंग से सटा मैल छूट गया है!

आएँगे न अट्टू साव खैर-खबर लेने!

आँहाँ!

कौन बोला? भय, शंका कि विश्वास ने मसखरी की है!

आएँगे, जरूर आएँगे गुइयाँ लाला।

आएँ, वे जरूर आएँ। बस, इतनी-सी तो चाहना है गोराबाई की। कौन-सा सेज पर सुलाना चाहती है उनको! उन्हें याद है आज भी वह, इसका सुबूत-भर चाहती है, यही कामना है उसकी।

"अब दो-चार रोज घर में पकाने-थोपने की जरूरत नहीं है बहू! तुमरी रोटी यहीं पकेगी। आँधरे कक्का की भी, हाँ।" उसी रोज कह दिया था साउन ने।

रामदुलारे की खबर ने उन पर जादू किया होगा।

"और हाँ, मोरे बिटुआ से दूर ही रहना दुलहनिया, उस पर जादू…" संपूरन कहने से पहले ही कहकहा लगाने लगी थीं साउन।

नहीं-नहीं, गोराबाई को मायूसी होगी।

होती मायूसी, जरूर होती, मगर उसने सुनी कहाँ थी साउन की अंतिम बात!

अभी दिन ढला भी नहीं था कि पूरे गाँव में खलबली मच गई। दूर से एक आवाज सुनाई दी थी। बास भी आ रही है। गंध तो ठेला जैसी नहीं है। बारीक-सी सीटी बजी तो थी मगर दीख कुछ नहीं रहा। ठेला तो उड़ती धूल में भी दीख पड़ता है। फिर ठेला का समय ही कहाँ हुआ है अभी! अभी तो पत्तों की गड्डियाँ भी नहीं बाँधीं। तो क्या आज सकारऊँ आन पहुँचा ठेला?

यह तो हम भी जानते हैं कि आज रामदुलारे भी आएगा ठेला से, मगर उसकी बत्तल कोई ठेला बखत से पहले थोड़ेई आन पहुँचेगा।

नहीं, ठेला नहीं है। यह तो कुछ और है।

जीप है, जीप!

क्या होती है जीप?

ठेला की मौढ़ी।

यह कैसा रिश्ता हुआ?

ऐसा कि उससे आधी होती है ये। चँदैई में, राजघाट पर मुतकेरी दौड़ती देखी हैं हमने।

होगी मौढ़ी कि बहन, हमें क्या! पर यह रामसागर के पास क्यों नहीं रुकी! यह तो सीधी गाँव में चली आ रही है!

अरे! यह लो, वह तो जा लगी मझले साव के दरवज्जे पर!

देखते-देखते पूरा गाँव साव की बाखर के सामने जमा हो गया। नहीं आई तो केवल गोराबाई। वह तो भरी दुपहरिया से बैठी है पंचमनगर के नरवा के पास, ठेला के इंतजार में!

रामदुलारे के संग-साथ जब तक गोराबाई गाँव में पहुँची, वह घट गया जिसकी संभावनाओं को लेकर डूब-अतरा रही थी वह पिछले दो रोज से। और वह घट गया कि गोराबाई फिर मगन-मन।

बतानेवालियों ने बताया उसे कि जिस जीप की ओर नरवा पर ठेले की राह देखते तूने कोई ध्यान नहीं दिया था, उसमें थे अट्टू साव! आते ही माते की बाखर में गए थे उनके हाल पूछने। और वहाँ से लौटे सो घटिया उतरकर अपनी बाखर में न घुसकर सीधे जा पहुँचे ठाकुरपुरा में, और वहाँ से चले सो सीधे थमे जाकर लुहार की बाखर में।

क्या कहा? गए थे वे लुहार की बाखर में?

हाँ। हमने अपनी आँखों से देखा।

क्या देखा, बता न री!

देखा कि जब वे बाहर निकले तो उदास थे।

सच?

तोरी सों!

तोरे मुँह में घी-शक्कर!

सुनी है कि कल ही लौट जाएँगे अट्टू साव! साव-साउन को भी ले जाएँगे साथ। और हाँ, अपने साथ ले जाएँगे माते दाऊजू को भी। अट्टू साव कहते हैं कि माते दाऊजू की आवाज फिर लौट सकती है। कैसे लौट सकती है भला?

जरूर लौट सकती है। जरूर। जब मोरा गुइयाँ कहता है तो जरूर।

अब?

अब क्या करे गोराबाई? किस बहाने से जाए अट्टू साव को देखने? कैसे जाए? कौन-सा मुँह लेकर जाए? जब सामने से गुजरे तब तो आँखें बिटुआ की राह देखती रहीं। मोरे देखते-देखते आँखों से ओझल हो गए। वे तो आए थे दर्शन देने। एकांत में। बीच राह में। और मैं ही अभागिन आँखें मूँदे रही।

उन्होंने भी नहीं पहचाना! कैसे पहचानते भला! उन्हें क्या सुपना आया था कि भरी दोपहरिया में बैठी हूँ मैं राह में?

अब भी पहचानेंगे कि नहीं! अब भी जान पाएँगे क्या कि सामने जो आन पहुँची है वह गुइयाँ है? अगर नहीं पहचाना तो? पहचानते तो नरवा पर नहीं रुकते! पहचानेंगे कि नहीं, वह तो बाद की बात। मगर जाना कैसे हो? किस तजबीज से?

अरे! कैसे क्या! तजबीज की कौन दरकार! न्यौता है वहाँ तो तेरा। रामदुलारे आया है कि नहीं? जीमने जाना है कि नहीं? रामदुलारे को साव से, साउन से आशीर्वाद पाना है कि नहीं?

हाँ, यह तो भूल ही रही थी मैं!

"चल बेटा, झटपट नहा-धो तो ले।"

"कहाँ जाना है मइया?"

"कहाँ नहीं जाना है बिटुआ! माते के पास, साव के पास। मास्साब तो अब हैं नहीं, नहीं तो उनके पास भी ले जाती तुझे। सुनी है कि अट्टू साव भी आए हैं गाँव में!"

"कौन अट्टू साव, मइया?"

"तू उन्हें नहीं जानता बेटा! वे तेरे जनम के बाद पहली दफा आए हैं न गाँव। मझले साव के मौढ़ा हैं। बहुत बड़े डाग्दर हैं। तेरे धन भाग कि वे भी आज पधारे हैं। चल, तू चल मोरे संग। उनसे कहियो कि कक्का, मुझे भी आशीर्वाद दो, मैं भी बनूँ तुमरे जैसा।"

मोरा भोला बिटुआ! मतारी के मीत को भी नहीं जानता! और गाँववाले कहते हैं उनका बेटा है रामदुलारे!

हुँह! छोड़ो! आज यह कुविचार मन में लाकर मन मैला क्यों करूँ? हाँ नहीं तो। हिया में पीर उठती है बिन बातों को सोचकर। भले ही न दीखती हो किसी को, न गिरता हो लहू जमीन में, मगर पिरान तो पिराते हैं मोरे!

रात घिरने को आई। चलने को हुई तब याद आया कि मिठाई का झोला तो लिया ही नहीं मुनीम जी से! कह तो दिया था परसों के रोज, कलदार भी दे दिए थे। लगता है भूल गए मुनीम जी।

"नहीं, वे नहीं भूले मतारी! मोरे झोले में देख तो एक डिब्बा रखा है कि नहीं। और रखे हैं तोरे कलदार भी। मुनीम बब्बा ने अपनी तरफ से दी है मिठाई। बोले थे कि आज बेहद खुश हैं वे। आज ही क्या, सब दिन से खुश ही खुश हैं वे तो।"

"बिनकी मिठाई है तो धरी रहने दे बेटा! कल को बटारूँगी। जब मुनीम जी भी होंगे गाँव में, तब।"

रामदुलारे के पहुँचने से पहले ही समाचार पहुँच गया था माते तक। देखते ही गले से लगा लिया माते ने। खूब लाड़ किया। निहारते रहे उसे। आँखें भर आईं गोराबाई की। लौटते में जाने कहाँ से आ टपके बामन महाराज। राह रोककर खड़े हो गए। गोराबाई की इच्छा तो हुई कि किनारे से निकल ही ले। मगर मन ने समझाया उसे, अपने रंज के चलते बिटुआ का भाग्य खोटा क्यों करती है री! पोते को दादा का आशीर्वाद पाने का जो अवसर मिला है, उसे यों ही क्यों गँवाती है!

अगले ही पल वह खड़ी हो गई बानियों के मंदिर की दीवार की ओट में और रामदुलारे को बढ़ने दिया बामन महाराज की ओर।

रामदुलारे ने कुछ पूछा मतारी से, मगर जवाब न पाकर चौंका!

"माई!" आवाज दी बिटुआ ने।

इससे पहले कि गोराबाई गदबद दे उसकी ओर, बामन महाराज ऐन रामदुलारे की छाती पर आन पहुँचे। रामदुलारे ने देखा उनकी ओर। फिर झट्ट से उनके पाँव छू लिए। महाराज ने अशीषा रामदुलारे को। पीठ थपथपाई और हड़बड़ाकर आगे निकल गए।

तब पहुँची वहाँ गोराबाई।

"क्या कह रहा था बेटा?"

"माई, तूने बामन महाराज का आशीर्वाद लेने को क्यों नहीं कहा था?"

क्या? तो···नहीं-नहीं, लोक-व्यवहार के नाते कह रहा है बिटुआ।

"मैं भूल गई थी बिटुआ!"

"अच्छा, अब कहाँ जाना है माई?"

"भूल गया? बताया था न, मझले साव के घर। वहीं ब्यारू करेंगे अपन। साउन ने न्यौता है तुझे।"

"तो जल्दी चल न माई। बहुत भूख लगी है।"

"हाँ बेटा, भूख तो मोय भी लगी है।"

साव की बाखर में पौर पार करके अभी आँगन में पाँव रखा ही था माँ-बेटे ने कि साउन ने उलाहना दिया, "अब फुरसत मिली है महारानी को! इधर हमारा मौढ़ा राह जोहते-जोहते सोया है। जाने क्या जादू किया है तूने दुलहनिया। दस बरस पीछे लौटा, मगर आते ही गया था तोरी खैर-खबर लेने।"

गोराबाई का आधा उत्साह तिरोहित हो गया! सामने आँगन में बिछी खाट पर बेखबर सोया है गुइयाँ। तेल की बिलिया सामने रखे अट्टू साव के गोढ़े मल रहा है जनकू खवास। और वहीं चबूतरे पर बैठी पंखा झल रही हैं साउन।

गोराबाई अबोला-सा ठाने जा पहुँची साउन के पास। हाथ से पंखा लिया और

बैठ गई पंखा झलने। फिर कुछ याद आया हो जैसे। रामदुलारे को अपने पास बुलाकर हिदायत दी, "जा बेटा, साउन बउआ के पाँव पड़ ले।"

ढेरों-ढेर आशीषें दीं साउन ने। रामदुलारे को अपने अंक से सटा लिया हुलसकर। डिब्बे में से ढेर सारे बतासे निकाले और मुँह भर दिया उसका। जेब भर दी ठसाठस।

"अब निहारना छोड़ो और पहले कुछ खा-पी लो। मौढ़ा भूखा होगा।" साउन ने चेताया गोराबाई को।

"काकी, मोय तो भूख है नइयाँ। बिटुआ को परोस दो। खा लेगा और कक्का के लाजें ले जाएगा।"

"माई, अभी तो तू कहती थी कि बहुत भूख लगी है!"

"अरे बेटा, वो भूख तो मिट गई तोरी मतारी की। चल, तू माई की फिक्र छोड़ और खा आराम से।"

दुलार-मनुहार-प्यार के साथ साउन ने रामदुलारे को खाना खिलाया।

खा-पी चुका तब एक जोड़ी कपड़ा, आँधरे कक्का के लिए एक जाकेट-धोती और माई के लिए धोती-पोलका दिया। एक पत्तल में आँधरे कक्का के लिए खाना लगाकर दिया। फिर ढेरों आशीषें देकर विदा कर दिया।

रामदुलारे जाने को हुआ तो गोराबाई ने जनकू खवास से कहा, "लाला, अपनी बिलिया यहीं छोड़ो और मोरे बिटुआ को बाखर तक पहुँचा आओ।"

जनकू उठा कि तभी गोराबाई ने अगला आदेश दिया, "लाला, बिटुआ को पहुँचाकर, तुम भी अपने घर चले जाना।"

"हम कैसे जाएँगे भौजी! अभी तो..."

"मैं जो आ गई हूँ लाला," जनकू की दुविधा को समझकर जोड़ा उसने, "तुम बेफिकर होकर जाओ।"

जनकू ने साउन काकी की ओर देखा। उन्होंने भी जाने का इशारा दिया, तब रुकना संभव नहीं रहा जनकू का।

"हाँ, हाँ, जाओ। सबेरे आकर अपना इनाम ले जाना।"

जनकू के चेहरे पर हल्की-सी मुस्कान आई कि वह लपका बाहर को।

जनकू के जाने के बाद कुछ देर वहाँ मौन पसरा रहा।

साउन एकटक देखती रहीं गोराबाई को।

गोराबाई एकटक देखती रही अट्टू साव को।

बीजना (हथपंखी) की घर्र-घर्र ऐसी जैसे कराह रहा हो कोई।

"एक बात पूछें साउन काकी?"

बहुत देर से कोई बात गोराबाई को कचोटे जा रही थी। सोचा कई बार उसने

कि पूछे या नहीं, नहीं या हाँ। एक मन कहता है पूछ ले, कि तुरंत दूसरा कह देता है, मत पूछ। फिर कहता है कि पूछ ही ले कि साउन ने वह क्यों कहा था! वही जादू डालनेवाली बात!

"हाँ, दुलहनिया, पूछ न, क्या पूछती है?" साउन ने चेताया।

"तुम भी यही मानती हो काकी, कि हमने अट्टू लाला को...."

"नहीं री, नहीं री दुलहनिया! हम तो मसखरी में कह रहे थे तोरे से। तू तो आज भी अक्षत है दुलहनिया! यह बात मैं तो क्या, कोई आँधरी भी तोरे पाँव की धमक सुनकर कह सकती है। मैं तो हँसी करती थी दुलहनिया। आज इतने बरस बाद आया है न बेटा, सो खुशी समाए नहीं समा रही।"

"मो को माफ करना काकी, जो छोटे मुँह बड़ी बात कह गई मैं।" कहते-न-कहते रुआँसी हो आई गोराबाई। नाहक ही साउन पर संदेह किया।

"न रो दुलहनिया। न रो। हमें तनिक भी बुरा नहीं लगा। बल्कि अच्छा ही हुआ जो यह बात चल निकली। फिर जाने मिलना हो, न हो! इसी से आज वह कहूँगी मैं जो जिनगी-भर न कह पाई।....

सुन ले दुलहनिया! हमें तो, मुझे भी और तोरे साव कक्का को भी, दोनों को अपने बेटा से कहीं ज्यादा भरोसा है तोरे पर। तू यह शंका मन से निकाल दे बिल्कुल। मैं क्या जानती नहीं, मोरा बेटा तोरी पीर है जरूर, पर तोरी पीर की, तोरे सब दुखों की दवा भी तो है न! ऐसी प्रीत जमाने में कर पाता है कोई? जहाँ न स्वारथ, न साथ, न कोई मंशा।....

न दुलहनिया, न! मैं तुझसे तोरी ताकत नहीं छीनती। मैं नहीं कहती कि तू मोरे बेटा को मन में क्यों बसाए है, उसे मुक्त क्यों नहीं करती! न, मैं कौन होती हूँ तुझसे तोरे प्रान छीननेवाली?"

साउन काकी का गला भर आया। जाने कब से दिल की अतल गहराइयों में दबा-ढका सच आज कंठ के तमाम बंधन तोड़ जुबान की उँगली थाम बाहर आ गया।

न हो इससे गोराबाई का हित। न मिटे माथे पर लिखा कलंक। मगर हिम्मत तो जुटेगी हिया में! जीने का हौसला तो बढ़ेगा! केवल लाँछन ही नहीं हैं उसकी कमाई, यह तो जान सकी गोराबाई।

"हमने सुनी है काकी, कि फिर इस गाँव में आना नहीं होगा?"

"क्या जानें दुलहनिया! जाने कब टूट जाए यह गाँव! किस्मत में होगा तो एक-दो बार चक्कर लगा जाऊँगी। मोरी तो दिली तमन्ना थी कि इसी द्वार पर चार कहारों के कंधों पर डोली में बैठकर आई थी सो इसी द्वार से चार कंधों पर श्मशान जाती।"

"और ये सब चीज-बसत...."

"अभी तो जरूरी सामान ले जाएँगे। माते दाऊजू जा रहे हैं न हमरे साथ। जब वे ठीक हो जाएँगे तब अट्टू आएगा उन्हें छोड़ने। तभी फैसला करेगा कि इस सामान, घर-द्वार का क्या करना है, क्या नहीं।"

"काकी, माते दाऊजू की वानी फिर खिरेगी न?"

"अट्टू तो कहता है उनकी आवाज लौट आएगी।"

"तब तो जरूर लौट आएगी काकी! मोरा मन भी यही कहता है।"

कहा गोराबाई ने कि चौंकी। यह क्या कह गई मैं? साउन काकी निहारती बैठी हैं। नजर मिली कि खिलखिलाई गोराबाई।

"दुलहनिया, मातम में से खुशी कैसे जुटा लेती है री तू?"

"काकी, तुमरे जैसे बड़ों का आशीर्वाद है न मोरे संग।"

"मैं नहीं मानती दुलहनिया! जो हमरे पास है ही नहीं, वो तुझे दिया कहाँ से होगा हमने! इसमें हम सबका किया-धरा कुछ नहीं है दुलहनिया!"

आधी रात हो आई मगर न तो साउन काकी से बतियाते-बतियाते गोराबाई की जुबान दुखी और न अट्टू साव के पाँव दबाते-दबाते हाथ ही। मझले साव न डपटते तो रात इसी तरह बिता देती गोराबाई।

अगली सुबह वह फिर हाजिर थी मझले साव की बाखर में। खवासन के हाथ में से माहुर की बिलिया लेकर साउन काकी के पाँवों में माहुर रचाई अपने हाथों। सामान जीप में रखवाया। साउन के, साव के पाँव छूकर आशीष ली।

जैसे ही साउन दरवज्जे पर ताला लगाकर जीप में बैठीं, वह पानी से भरी गागर सिर पर धरे आ खड़ी हुई जीप के पास।

ड्राइवर वाली सीट पर बैठते-न-बैठते अट्टू साव ने कहा मतारी से, "बाई, अपने गाँव की हवा सचमुच करामाती है। मैं कितना तो थका-हारा था, पर यहाँ लेटते ही ऐसी नींद आई कि तमाम थकान हो गई छू-मंतर!"

"इसमें गाँव की हवा की कोई करामात नहीं रही बेटा! उसका कोई परताप नहीं इसमें। जश ही मानना है तो मान इस दुलहनिया का। इसने रात-भर सूँते हैं तोरे पाँव। इसी ने की है तोरी थकान छू-मंतर!"

और हठात् अट्टू साव ने गोराबाई को देख ही तो लिया जी भरकर।

"अरे, भौजी गुइयाँ, तुम?"

देखो-देखो, गागर न फूट जाए कहीं! पानी न बिखर जाए!

अशगुन न हो जाए इस शगुनिया बेला में!

न, गोराबाई, न! सँभल गोराबाई, सँभाल गागर को, मन में हिलोरें मचाते सागर को!

जीप तो फिर दौड़ गई दूसरे ही पल। मदरसा के पास माते और साव इंतजार में ठाँड़े हैं न।

जीप के चलते ही बाल-गोपालों ने जो शोर-मचाया तो पूरा आसमान गुँजा डाला। मगर गोराबाई के कानों तक नहीं पहुँचा वह शोर। वह गूँज। न उसकी अनुगूँज।

उसके कानों तक तो बार-बार, हजार बार– पहाड़ों से, पेड़ों से, दीवारों से टकराकर, लौट-लौटकर एक ही अनुगूँज आ रही है.... पेड़ों का पत्ता-पत्ता, हवा के हर झोंके के साथ, एक ही बात दोहरा, तिहरा, चौहरा रहा है–

अरे, भौजी गुइयाँ, तुम!

अरे, भौजी गुइयाँ, तुम!!

अरे, भौजी गुइयाँ, तुम!!!

ग्यारह

बहुत गुस्सैल हैं अट्टू साव। घुन्ना हैं अट्टू साव। पूरा गाँव मानता है। नहीं मानती अकेली गोराबाई। उसका मन कहता है, यह झूठी तोहमत है साव पर। ज्यादती है यह गाँव के लोगन की। अब जब वे आए तो मानना पड़ा न कि गलत सोचते थे ये सब-के-सब।

हाँ, अड़ियल हैं अट्टू साव।

न माने गोराबाई, मगर है यह पत्थर पर खिंची लकीर-सी बात कि गुस्सैल हैं अट्टू साव। मरखन्ना बैल की नाईं गुस्सैल, रिसियाने।

अट्टू साव को उन दिनों बहुत गुस्सा आता था। रिसियाए घूमते थे।

अट्टू साव गुस्साते थे कि ये गाँव के लोग अपने दुश्मन को पहचानना चाहते क्यों नहीं?

आज से नहीं, दस बरस की उमर थी तभी से गुस्साने लगे थे अट्टू साव।

अट्टू साव गुस्साते थे कि ये गाँव के लोग जागते क्यों नहीं?

अट्टू साव गुस्साते थे कि जो आततायी हैं, वे ही रक्षक क्यों समझे जाते हैं?

अट्टू साव गुस्साते थे कि जो निर्दयी हैं, वे ही दयावान क्यों बजते हैं?

ऐसी-ऐसी बेसिर-पैर की, सपनों की-सी, रामराज की-सी बातें सोच-सोचकर गुस्साते थे अट्टू साव, जिनकी कल्पना तक दूभर, जिनका साकार होना सपना। जिनका वास्ता उनसे था ही नहीं।

कहते थे कि गाँव के लोगों से तो है उनका वास्ता।

नहीं तो! हमें तो नहीं जँचती यह दलील।

अगर ये गुस्साने की बातें थीं, साकार हो सकनेवाले सपने थे, तो शहरों से लौटे और-और साव बालक क्यों नहीं कहते वैसी बातें? वे क्यों नहीं गुस्साते? क्यों नहीं दिखाई देते वे भी ललाट पर त्रिवलि बनाए, तीन बल खींचे?

वे क्यों कहते हैं कि जो है वही सही है, वही गनीमत है, वही शुभ है?

जब-जब गाँव आते थे, गुस्साते थे अट्टू साव।

जब-जब गुस्साते थे, अपने मन को शांत करने जा बैठते थे लुहार की बाखर में। वहाँ बैठकर आल्हा बाँचते थे। लुहार का मौढ़ा गुइयाँ था अट्टू साव का। सगा गुइयाँ। पक्का गुइयाँ।

और लुहार-बहू गोराबाई थी सगी भौजी। गुइयाँ भौजी। भला लगता था साव को उसके करीब बैठना। अच्छा लगता था उससे बतियाना।

अपने मरद के गुइयाँ को वह भी गुइयाँ लाला कहती थी। गुइयाँ मानती थी। अपना हितू जानती थी।

जब तक वे आते रहे, कभी किसी ने अँगुली तक न उठाई उनके रिश्ते की ओर। कोई बात नहीं गढ़ी।

साव कक्का जरूर हटकते थे, बरजते थे कि आल्हा न बाँचा करो, लुहार की बाखर में बैठकी न किया करो। बसोरपुरा में न जाया करो। चमरौटे में न फिरा करो।

पर मानते कब थे अट्टू साव! इन्हीं सब की संगत के चलते तो छूटा उनसे गाँव।

इतने बरस दादा की अनिच्छा के चलते गाँव भले ही नहीं आ सके अट्टू साव, मगर गाँव हरदम जिंदा रहा उनके भीतर। पूरे गुस्से के साथ।

शहर में जब कभी कोई प्रगति की बात सुनते—नए सिरे से गुस्साते थे गाँव पर।

जब सुना कि भाखड़ा बाँध तैयार है, तब गुस्साए कि यहाँ राजघाट बाँध का कुछ अता-पता नहीं।

जब सुना कि हम दूसरे देश में बैठे आदमी से टेलीफोन पर बात कर सकते हैं, तब गुस्साए कि यहाँ आज भी गाँव की खबर गाँव से शहर आया आदमी दे दे तो दे दे, वरना कोई उपाय नहीं।

शहर में रहते, गाँव न आ पाने की लाचारी के चलते, बार-बार याद आता था गाँव। आना संभव होता तो शायद इतनी शिद्दत से याद न आता गाँव।

मगर आते कैसे! दादा ने जो कहा था—अगर मेरा ही बेटा है तो फिर अपनी सूरत न दिखाना।

घुन्ना है अट्टू साव। नहीं भूला कभी साव की बात।

सब याद रहा अट्टू साव को। दादा की बात। गाँव की बात।

और सबसे बढ़कर याद रही गोराबाई।

गाँव की याद के साथ हरदम याद आती रही गोराबाई।

शुरू-शुरू में तो यूँ ही, मगर जब गाँव से दोनों भाई भी रहने को आ गए, उन्होंने तीन-तेरह बातें बताईं। हर बरस-दो बरस पीछे, गाँव से लौटने पर अट्टू की जानकारियों में नई-नई बातों का, गोराबाई के नए-नए करतबों का इजाफा किया, तब तो रातोदिन की सहचरी हो गई गोराबाई।

याद आता रहा अट्टू साव को कि जब वे गाँव में जाते थे तब किस कदर हरदम अपनी आँखों के सामने रखने की जुगत में रहती थी भौजी। वे क्या खाते हैं, कैसे रहते हैं, गुइयाँ कौन-कौन हैं, पहनते क्या हैं, सभी तो जानना चाहती थी भौजी।

हाँ, पहरावे ने तो उस बार बखेड़ा ही खड़ा कर दिया था। सन्न रह गए थे

क्षण-भर को अट्टू साव। पर वह हादसा भी अंततः खीझ ही दे पाया था अट्टू साव को।

उस दिन अट्टू साव कुँए से पानी खींच रहे थे। कुँए की जगत पर ज्योरा-बाल्टी थी। बगल के घाट से घिर्री लगाने के लिए आगे निकले पत्थर पर एक पाँव रखे गोराबाई पानी खींच रही थी। निगाह टिकी थी अट्टू साव पर।

अट्टू साव की बाल्टी ऊपर आई। उसे हाथ में पकड़कर उन्होंने पानी गुंड में डाला। असावधानी में थोड़ा-सा पानी कुँए की जगत पर गिरा। पानी का झपाक् से गिरना था कि वहाँ जमा कीच का एक टुकड़ा आ लगा अट्टू की बाँह पर।

जैसे ही अगली बाल्टी कुँए में डालने पर घिर्री घूमी कि रस्से पर जमी तमाम कीच भी छिटक-छिटक कर आ जमी बाँह पर।

यह दृश्य देखा कि गोराबाई का चेहरा हुआ उदास। अट्टू ने भौजी के चेहरे पर आए भाव ताड़ते ही जानना चाहा कि क्या हुआ?

गोराबाई मौन। तब अट्टू ने भौजी की निगाह का पीछा किया।

ओह, यह बात है!

बाल्टी ऊपर आते ही अट्टू ने हाथ में पानी लिया और बाँह पर डाल दिया। बाँह साफ। बिना साबुन, बिना सोड़ा के कीच साफ!

गोराबाई की आँखों के सामने अजूबा हो गया।

अब गोराबाई निगाह हटाए तो हटाए कैसे! इसी बीच तीसरी बाल्टी भी कुँए से बाहर। अट्टू ने भरी गुंड उठाई और चल दिए बाखर की ओर।

बाखर में घिनौची पर रखी गागर में भरी गुंड उलटकर जब फिर कुँए पर पहुँचे तो देखा कि भौजी तो वैसी-की-वैसी घैला कुँए के अधबीच लटकाए भौचक खड़ी है।

मन-ही-मन मुस्काए अट्टू साव। हाथ हिलाकर भौजी को चेताया।

चेती तो गोराबाई, मगर छिन-भर पीछे दोगुने वेग से अचेत होने को बेसब्र। लाला की कमीज की बाँह तो सूख भी गई! इतनी जल्दी! बिना हवा के, बिना घाम के! छिन-भर में! कपड़ा नहीं है यह! यह तो कुछ और ही है! शर्त बदकर कह सकती है वह कि उन्ना तो नहीं है यह!

न-न, कपड़ा होता तो इतनी जल्दी सूखता भला! अगर उन्ना है तो सूखा नहीं होगा अभी। और अगर सूख गया है तो उन्ना नहीं है यह।

न, सोचने से तसल्ली नहीं। अटकलें लगाने का लाभ भी क्या जबकि हाथ-भर की दूरी पर ठाँड़े हैं लाला। छूकर देखना होगा।

छू कर!

तो क्या हुआ? गुइयाँ ही तो है।

कोई देख लेगा तो? गाँव की बहू ठहरी मैं। बेटी तो हूँ नहीं।

सो तो है। पर सब्र कहाँ से लाऊँ मैं? अब जो हो सो हो।

गोराबाई ने सतर्क निगाह से देखा चारों ओर। किसी का ध्यान तो नहीं हमरी ओर! नहीं, सब अपने-अपने काम-काज में उलझे हैं।

गोराबाई ने एक कदम तो पहले ही टंडा पर रखा हुआ था; अट्टू की बाँह तक पहुँचने के लिए दूसरा पाँव उठाकर घिर्री के लिए लगे दूसरे टंडा पर रखना चाहा कि संतुलन बिगड़ा और अगले पल वह नजर आई साठ फुट गहरे सँकरे कुंए में।

बमुश्किल तमाम उसे कुँए से बाहर निकाला गया। चारों तरफ से रस्सों की सीढ़ी बनाकर कुँए में पहुँचाई गई। कुँए में सीढ़ियाँ होतीं तो स्वतः बाहर जा जाती गोराबाई। मगर सीढ़ियाँ थीं नहीं।

होतीं क्योंकर! दस्तूर है यह तो कि जिन कुँओं का पानी पीने के काम आता है उनमें सीढ़ियाँ नहीं रखी जातीं। नाहक ही बच्चे उतर-उतर कर पानी गँदलाएँगे।

वे कुँए सामान्य से कम घेर के बनाने का, सँकरे रखने का भी चलन है ताकि कोई दुस्साहसी सीढ़ियाँ न रहते भी, अब नहीं, बसकारे में सही, जब कुँआ ऊपर तक लबालब भरा रहता है, तब, कूदने की जुर्रत करे तो तुरंत सबक मिले उसे।

इधर कूदे उधर सामने की भींठ से नाक जा मिले। चाहो तो कूदकर देख लो कभी भी।

गोराबाई का भाग्य कि घैला के साथ-साथ, हाथ में ज्योरा थामे-थामे उसी के दिशा-निर्देशन में सीधी पानी की सतह तक गई। न किसी दीवार से टकराई न तरी (तल) से, और न तब कुँए में अधबीच किसी और की बाल्टी या घैला ही था, सो अंग-अंग सलामत बच गया—पाँव भी, सिर भी, पीठ भी और नाक भी।

नहीं, नाक कहाँ बची? वह तो कट गई।

कट गई कि बढ़ गई? गोराबाई तो कहती है...

छोड़ो गोराबाई की बात। उसके मन के लेखे की कौन खबर रखे!

अट्टू साव की सोचो कि उन पर क्या गुजरी।

अट्टू साव नहीं जान पाए कि यह हुआ कैसे! भौजी को कुँआ नाकने की, घेर नापने की जरूरत क्या थी!

गोराबाई के हाथ, पाँव, पीठ सब सूज गए। छपाक् से पानी पर गिरी थी पीठ के बल। गरम तेल से मालिश की गई बहुत देर...तब कहीं होश आया।

पूरा गाँव उसे देखने को उमड़ पड़ा। और उन्हीं दिखउओं में जा मिले अट्टू साव।

अट्टू साव का पहुँचना था कि गोराबाई भूल गई पीर। चेहरा खिलने को हो आया। वहाँ जमा लोगों ने पीछे मुड़कर देखा।

देखते ही वे भी मंद-मंद मुस्काए और राह बना दी साव के लिए।

उसके ऐन करीब पहुँचकर पूछा साव ने, "भौजी, चोट ज्यादा तो नहीं आई?"

गोराबाई ने कोई जवाब नहीं दिया। हाथ बड़ाकर लाला की कमीज को छुआ और पूछ बैठी, "साव लाला, जे उन्ना है कि कछू और?"

ओह, तो यह बात थी!

"टेरालीन है यह, टेरालीन!" बताया अट्टू साव ने और उसी क्षण गुस्सा गए अट्टू साव। भाग जाना चाहा वहाँ से। मगर यह संभव कैसे हो? मुड़ना तक तो दूभर हो गया फिर।

गोराबाई को देखने आए तमाम जन उसे भूल, साव की कमीज को छू-छूकर देखने में जुट गए।

गुस्साए, रिसियाए अट्टू साव लौटे और बाखर में दुबक गए।

उधर गोराबाई मन-मगन। आज गुइयाँ को सबके छिताँ छू लिया!

मगर रिसिया क्यों गए गुइयाँ? क्या हमने बुरा किया कुछ?

अब नहीं करेंगे ऐसी भूल। तोरी सों गुइयाँ। न रूसो गुइयाँ...!

उस बरस यह तमाशा हुआ और अगले बरस हुआ घूमा कांड।

फिर मिलना हो कहाँ पाया भौजी गुइयाँ से!

फिर कह कहाँ पाए अट्टू साव कि हम नहीं रूसे गुइयाँ!

और इधर गोराबाई है कि मन में पक्का विश्वास जमा बैठी है कि गुइयाँ रूसे मोरे जभी तो जमाना रूस गया मोरे से।

आज महीना पीछे फिर गाँव आ पहुँचे हैं अट्टू साव।

आज का दिन बड़ा विचित्र है। शुभ भी है, अशुभ भी।

शोक में डूबा है पूरा गाँव। इतना शोकमगन है कि माते की आवाज लौट आने की खुशी भी नहीं मना पाएगा।

आज से आठ रोज पहले बामन महाराज ने आत्महत्या कर ली है। क्यों किया उन्होंने ऐसा, किसी के पास इसका कोई जवाब नहीं। न कोई रोग था, न शोक था, न शल्य थी, न चिंता थी, न कोई आपद थी, न कोई विपद थी!

फिर भी क्यों किया उन्होंने ऐसा? ज्ञानी आदमी थे, गुनी थे, पुजारी थे, फिर भी भूत-योनि में जाना क्यों चुना?

जरूर बुरे दिन आन पड़े हैं गाँव पर। यही एक कारण जान पड़ता है पूरे गाँव को। मगर इस कारण पर और कोई करे तो करे, अट्टू साव यकीन करने से रहे।

गाँव पहुँचते ही बाखर में पीछे गए, पहले जाना हुआ कैलाश महाराज के द्वार पर। माते और साव संग-साथ गए। 'सीताराम महाराज' भी न कह पाए कि कैलाश महाराज बोले, "सेठ जी, आप अब तेरहवीं के बाद ही गाँव से प्रस्थान कीजिएगा।"

क्या कहें अट्टू साव! मन का कुतूहल शांत करना चाहते थे, मगर उसका

शमन कैलाश महाराज के पास भी कहाँ है? उन्हें खुद खोजे से भी कोई कारण नहीं मिल रहा कि पिताजी ने ऐसा क्यों किया। पिताजी एक बार बता-भर तो देते अपना कष्ट। हम तो आकाश-पाताल एक करके भी उसे मेट देते। हमें तो सपूत कहलाने के लायक भी न छोड़ा।

यहाँ से उठना भला। अट्टू साव ताड़ गए। ज्यादा देर रुके तो कैलाश महाराज खुद को कोस-कोसकर दुःख पाएँगे। एक ही दुःख क्या कम वजनी है उनके कंधों पर!

छह दिन रुकना होगा अब यहाँ। रुकना तो होगा ही। जब तक तेरहवीं नहीं हो जाती तब तक। समय तो खैर पंख लगाकर यों उड़ जाएगा कि खबर भी न होगी। गाँववालों से बहुत-सी बातें जो करनी हैं साव को। बहुत-कुछ जानना है। बहुत-कुछ बताना है। संभव है, समय की कमी ही महसूस हो उन्हें।

अट्टू साव ने सोचा कि कल चँदेई जाकर दादा-बाई को तार किए देते हैं, वरना वे नाहक चिंता करेंगे। दो-तीन दिन की बात कहकर चले थे भोपाल से। मगर इस हिसाब से तो आठवें रोज पहुँच पाएँगे वहाँ।

पूरा दिन गाँव में इधर-उधर डोलते बीता। शाम को माते की बाखर में पहुँचे कि माते ने हिदायत दी, "साव, अब जाकर आराम करो। दिन-भर के थके हो। कल बैठेंगे। वहाँ बाखर में सब इंतजाम हो गया होगा।"

अपना-सा मुँह लिए साव आ गए अपनी बाखर में।

ढेरों सवाल कुलबुला रहे हैं साव के दिमाग में।

कोई नहीं दे पाया उन सवालों का जवाब।

क्यों, क्यों, क्यों?

अजीब-अजीब-सा लग रहा है अट्टू साव को। न मन शांत है, न शरीर विश्रांत। थकान तो है ही, मन तो भारी है ही, एक नई अनुभूति भी आ जुटी है।

इस बाखर में कभी अकेले नहीं रहे अट्टू साव। आँगन में लेटे-लेटे ऐसा लग रहा है जैसे बाखर की चारों ओर खड़ी दीवारें, छत की मुँडेर से आँगन की ओर झुके तमाम खपरा, हर दरवाजे पर लटका ताला, बंद किवाड़, सब-के-सब बतियाना चाहते हैं उनसे।

—कि तुम तो चलते बने अट्टू, परदेशी हो गए। अब हम क्या करें? किसे घाम से बचाएँ? किसकी गुप्त मंत्रणाएँ अपने तक सीमित रखें? किसे आश्रय दें? किसकी बाट जोहें?

होते हैं भीठों के भी कान! जरूर होते हैं।

तभी न सुन ली अट्टू साव के मन की भी बात।

और तुरंत जवाब में बोलीं भी दीवारें...कि जिनका इंतजार था तुम्हें अट्टू, वे

आ रही हैं!

"कौन?" पौर का द्वार खुलते ही आँगन में लेटे-लेटे पूछा अट्टू ने।

कोई प्रत्युत्तर नहीं।

दरवाजा भीतर की ओर से बंद करने की आवाज आई और क्षण-भर पीछे आँगन और पौर को अलग-अलग करनेवाले दरवाजे पर एक छाया-सी आ खड़ी हुई।

"भौजी गुइयाँ हो क्या?"

कोई उत्तर नहीं दिया आगंतुका ने। वह तो निश्चिंतता के साथ बढ़ती रही अट्टू साव की ओर।

"भौजी गुइयाँ!" फिर बोले अट्टू साव।

आगंतुका अट्टू के एकदम करीब पहुँची और चारपाई के पास पैताने की ओर बढ़ चली। दोनों हाथों से साव के पाँव छुए, फिर पाँवों पर सिर रखकर सुबकने लगी।

यकायक चौंके अट्टू साव।

"क्या गजब करती हो गुइयाँ! क्यों पाप का भागी बनाती हो?"

"काहे? काहे का पाप? अपने गुइयाँ लाला की चरण-रज लेना भी नहीं बदा क्या हमरे भाग में?" रिसियाई गोराबाई।

"वह बात नहीं है भौजी! तुम तो हमारी गुइयाँ हो। तुम तो हृदय में हो हमारे। तुम क्यों चरणों तक जाती हो? तुम तो...."

बस, बस, बस करो अट्टू साव! गोराबाई के कान अब काम नहीं करना चाहते कुछ छिन को।

"हम याद रहे तुम्हें लाला? साँची-साँची कहना!"

"तुम्हें कैसे भूलते भौजी! और क्यों भूलते भला!"

"लाओ, तुमरे गोढ़े दबा दूँ।"

"नहीं भौजी, नहीं।"

"काहे नहीं?"

"यह अन्याय होगा तुम्हारे साथ। हमने कहा न, तुम तो...."

"यह भी खूब कही तुमने लाला! जिससे गोढ़ दबवाने का लाँछन हमें पूरा का पूरा गाँव देता है, वही कहता है कि उसके गोढ़े दबाने से अनर्थ हो जाएगा। क्यों हमरा सुभाग मेटते हो लाला? लाओ दो तो!"

"वह बात नहीं है भौजी! गोढ़े तो तुमने दबाए थे कि नहीं, जब हम महीना पहले आए थे।"

लाजवाब हो गई गोराबाई।

न, नहीं हुई। होश में कब थे तब अट्टू लाला! वे तो सो रहे थे। सपनों में खोए थे तब तो वे। होश में होते, जागते होते, तब न लाजवाब मानती खुद को गोराबाई।

कैसा भाग्य पाया है तूने! गुइयाँ से जो किया, गुइयाँ के लिए जो किया, गुइयाँ के संग जो हुआ, प्रीत लड़ी, सेवा करी, नजदीकी पाई, सब बेहोशी में, सब सोते में, सब सपनों में!

"हमरा आना अच्छा नहीं लगा क्या लाला?"

"ऐसा क्यों कहती हो भौजी! हम तो सोच रहे थे कि तुम आई क्यों नहीं अब तक? माते तो बताते थे कि तुमने बाखर में सब ठीक-ठाक कर दिया है। इसी से हमने सोचा था कि तुम बाखर में ही मिलोगी। जब नहीं दीखी तो सोचा कि आती होओगी।"

"तब फिर हमरे आने के बाद से उदास क्यों हो गए?"

"हम तो बामन महाराज के बारे में सोच..."

"छोड़ो भी लाला! किस पापी का जिक्र ले बैठे।"

"पापी...क्या कहती हो भौजी?"

"और नहीं तो क्या! अच्छा लाला, यह बताओ कि माते दाऊजू की वानी को क्या हो गया था? उनकी आवाज वापस कैसे आ गई?"

"कुछ खास नहीं। उनकी तालू में काँच के टुकड़े धँस गए थे। वे निकले कि आवाज वापस आ गई।"

"काँच कैसे धँस गया था, कुछ बताया था दाऊजू थे?"

"हाँ, बताया कि वे परसाद खा रहे थे। कुछ किरकिरा-सा लगा तो था उसमें, पर परसाद था सो थूक नहीं सके। फिर बैठे भी तो मंदिर में थे। इसलिए तालू के नीचे चाँप लिया। रस-रस निचोड़कर चूस गए, कनक गुटक गए और इस बीच किरकिरी चीज तालू में धँस गई। बस, फिर बोल पाए होते तो बताते कि क्या हुआ है। किसी डॉक्टर को दिखा पाते तो उपचार होता। दो अक्षर लिखना जानते होते तो लिखकर ही बता देते कि क्या हुआ था।"

"लो बताओ, उस पापी ने पूरे आठ बरस, दस बरस तड़पाया दाऊजू को। और अपन एक छिन भी तड़फे बिना फुर्रर से चलता बना।"

"कौन फुर्रर से चलता बना? किस पापी की बात कर रही हो भौजी?"

"और किसकी करूँगी लाला! एक तो वह था ठाकुर जो कई बरस पहले ऐसे उड़ गया था कि इस जनम के पाप का बदला इसी जनम में भोगने से साफ बच गया...और दूजे हुए अपने ये बामन महाराज। जानते जो थे कि माते दाऊजू जब साव के संग शहर गए हैं, इतने दिन हो गए फिर भी नहीं लौटे, तो जरूर ठीक होकर ही लौटेंगे। तब कहीं माते ने सच-सच उजागर कर दिया, कहीं बता दिया लोगों को कि महाराज ने जानते-बूझते हमें परसाद में काँच पीसकर खिलाया था तो...तो गाँव

वाले, बिरादरीवाले फिर ब्रह्महत्या के भय को कुतका दिखाकर उनका बेड़ा पार करने से नहीं बरकनेवाले।"

"क्या बक रही हो भौजी? माते तो हमें कुछ और ही...."

"मैं बक नहीं रही हूँ लाला, साँची-साँची कह रही हूँ, खरी सचाई बता रही हूँ तुम्हें। माते दाऊजू तो अवतारी पुरुष हैं। वे भला क्यों कहने लगे ऐसी बात जिसमें दूसरे के अहित की गुंजाइश हो! चाहे फिर वह बैरी ही क्यों न हो। खुद के प्रान छीननेवाला ही क्यों न हो।....

वे ऐसे न होते तो क्या बामन महाराज के लक्षन देखते ही न बता देते गाँव-भर को कि चंद्रभान दाऊजू को गाँव से बाहर जाने का फैसला सुनानेवाले इन्हीं बामन महाराज के मौढ़ा ने, कैलाश महाराज ने मुँह काला किया है चंद्रभान की बिटिया अक्कल से। धरम के आसन पर विराजे इन्हीं बामन महाराज के अधर्मी बेटा के कुकर्म का फल है ये रामदुलारे।....

जब चंद्रभान दाऊजू ने उनसे न्याय चाहा तो नट गए। माते ने हमें भरोसे में लेकर अक्कल की जिनगी सँवारी। अपने बच्चा से उसका ब्याह रचाया। तिस पर भी बामन महाराज नहीं सँभले। अपने को निष्कंटक पाया, दूसरो को अपने सिर उनका कलंक ढोते पाया कि आ गए अपनी-सी पर। माते के प्रान लेने की सोची। अक्कल को बदनाम किया। चंद्रभान दाऊजू से गाँव छुड़वा दिया। वे बेचारे वहाँ डाँग में डरे हैं पथरा बब्बा के ऊ तरफ।....

इस पर भी उनकी दुरात्मा को तसल्ली नहीं हुई। मरते-मरते भी दूसरे का अहित करने से नहीं चूके। हम कहीं उनका पोता न हड़प लें, सो जिसे जीते जी जीने तक नहीं देना चाहा कभी, जिसे अपना नाम देने की हिम्मत न कर पाए कभी, मरते-मरते उसी रामदुलारे के नाम अपनी जमीन-जायदाद लिख गए, ताकि लोग जान लें और फिर से रामदुलारे पर थूक पाएँ।....

जीते जी तो रामदुलारे को तुमसे हमरी औलाद कहते रहे और जब देखा कि कैलाश महाराज तो अब बाल-बच्चा कर नहीं सकते, सो बढ़ा दिया अपना राक्षसी पंजा रामदुलारे पर!....

अकेले, हम नहीं देंगे उन्हें अपना रामदुलारे। उस सत्यानाशी का, पापी का बेटा कहलाने से तो हमरा बेटा बिना बाप का ही भला। आग लगे उनके पूरे वंश को! चूल्हे में जाए उनकी जमीन-जायदाद! हमरे बिटुआ को नहीं चाहिए वह पाप से, छल-बल से हासिल धन-दौलत।....

लाला, तुम हमरा एक काम साध दो हम जिनगी-भर तुमरे जश गाएँगे लाला! तुम तो हमरे बिटुआ को पढ़ा-लिखाकर आदमी बना दो। हम पाँव पड़ते हैं तुमरे...."

"यह क्या करती हो भौजी? तुम्हें इसकी क्या दरकार! हम तो खुद तुमसे कहना चाह रहे थे कि अपना रामदुलारे हमें दे दो!"

"साँची कह रहे हो न लाला, कि हमरा मन रखने को?"

"हम सच कह रहे हैं गुइयाँ! तुमको विश्वास नहीं हो रहा क्या?"

"वह बात नहीं गुइयाँ! तुमरे पर विश्वास न रहेगा जिस दिन, उस दिन जीएँगे काहे को फिर? यह तो तुमरे मुँह से एक दफे और सुनने को जोड़ा था हमने।"

"अच्छा भौजी, तुम क्या कह रही थीं कि कैलाश महाराज···?"

"हाँ लाला, हम बिल्कुल ठीक कह रहे हैं। पक्की बात है जे।"

"फिर ये रामदुलारे···?"

"यह उन्हीं का पूत है, जे भी हकीकत है लाला! रामदुलारे के जनम के कई बरस बाद, बल्कि अभी चार-तीन बरस पहले की बात है जे। कैलाश महाराज ने एक रोज मीरा को छेंकने की सोची मंदिर में। मीरा उनके मनसूबे ताड़ गई, सो किसी तरह वहाँ से भाग निकली। उसने अपने घर आकर अपने दोनों भइयों के आगे अपना दुःख रोया।···

बस, फिर क्या था! उसके भइयन ने पहला काम तो यह किया कि गाँव से डेरा उठाकर पथरा बब्बा के ऊ तरफ चंद्रभान दाऊजू के टपरा के करीब एक टपरा डाला। उसके बाद घात लगाकर एक रोज घेर लिया कैलाश महाराज को नदी किनारे।···

दूसरे रोज कैलाश महाराज की घरवाली बताती फिरी पूरे गाँव को कि तीन बेटियों के बाप कैलाश महाराज अब न बेटा जनने के लायक रहे न बेटी···वे मरद ही नहीं रहे अब।"

"और मीरा?"

"उसका क्या होना-हवाना था! उसकी बाबत तो किसी को कानों-कान खबर भी न हुई। वह तो चंद रोज बाद गौना होने पर चली गई अपनी ससुराल। अब तो लरकौरी भी हो गई है वो। एक रोज तेंदू पत्ता तोड़ते बखत हमें थकान-सी लगी, सो हम जा बैठे थे उसके भइयों के टपरा में। तभी मिली थी हमें मीरा।···

उसी ने बताई हमें यह रामकहानी और बोली थी कि भौजी, तुमरे हिस्से का सबक भी सिखा दिया मोरे भइयन ने उस राक्षस महाराज को।"

"भौजी, ये चंद्रभान दाऊजू गाँव वापस आ जाएँगे न अब?"

"आँहाँ। वे नहीं आने वाले। माते दाऊजू कहेंगे तब भी नहीं।"

"क्यों?"

"काहे कि अब ये गाँव तो उनकी बिटिया की ससुराल है। यहाँ का तो पानी पीना भी मंजूर नहीं करेंगे वे। तुम्हें खबर नहीं क्या, सावितरी जब इसी गाँव में बैठ गई थी तब उसके मताई-दद्दा, भैया-भौजाई ने सिद्धपुरा में डेरा डाल लिया था!"

"भौजी!"

"का है लाला?"

"यह तो बताओ, हमारा गुइयाँ कहाँ है? उसकी कुछ खैर-खबर है?"

"वे इस गाँव में टिककर थोड़ेई रहते हैं लाला! जनखे हैं, जनखे। बेड़नी बनकर नाचते-फिरते हैं ब्याह-बारात में। हरदम औरत का रूप धरे डोलते हैं गाँव-गाँव, घाट-घाट!"

"तुम्हें दुःख है न इसका भौजी···तुम्हारे साथ जो अन्याय हुआ····"

"दुःख! दुःख से क्या होना-हवाना है लाला! रंज भी नहीं है हमें तो। और अन्याय कैसे कहूँ इसे लाला! अगर जानते-बूझते किसी ने कुँआ में धकेला होता, नदी में पटका होता तो दुःख भी होता, उस छलावा करनेवाले पर रंज भी आता। अब उस बाली उमर में कोई कैसे कह सकता था कि बड़ा होकर यह मौढ़ा मरद बनेगा कि बेड़नी।····

अब उन बातों को सोचने से लाभ क्या! अब तो उमर गुजर गई।"

गोराबाई कुछ पल के लिए जाने कहाँ अंतर्ध्यान हो गई।

अट्टू साव अपलक निहारते एक करबट लेटे रहे वैसे-के-वैसे।

"अब छोड़ो भी लाला! तुम भी क्या पीर की बातें लेकर बैठे गए। तुम तो गुइयाँ कुछ अपनी कहो, कुछ हमरी सुनो। अच्छा, यह बताओ कि यह बाँध बनेगा कि नहीं? इसमें अपना गाँव डूबेगा कि नहीं?"

"जरूर बनेगा और अपना गाँव भी लाजिमी डूबेगा।"

"तुम्हें पक्का यकीन है लाला?"

"हाँ। क्यों? तुम्हें भरोसा नहीं हमारी बात का?"

"यह बात नहीं लाला, पर वे महारानी तो कुछ और कहती थीं।"

"कौन महारानी? क्या कहती थीं वे?"

"वे ही लश्कर की रानी, जो हर पाँच बरस पीछे वोट माँगने आती हैं, वे कहती थीं। पिछली दफे जब आईं तब कहती थीं कि अपने देश पर इधर कई आफतें आईं। दो बड़ी लड़ाइयाँ लड़नी पड़ीं। दो-दो प्रधानमंत्री मर गए इस बीच। जा कांगरेस आलसी है, झूठी है। अपने कहे पर टिकी नहीं रहती। इसका यही फरेबपन देखकर हमने उससे नाता तोड़ लिया है। अब हम जनसंघ में आ गए हैं। अब ये बाँध जरूर बनेगा और तुम्हारा गाँव भी नहीं डूबेगा। सो तुम हमें वोट जरूर ही देना।"

"झूठ कह गई थीं वे।" आवेश में आकर बताया अट्टू ने।

"झूठ काहे को कहा होगा उन्होंने लाला?"

"इसलिए, ताकि उन्हें वोट दो तुम लोग।"

"वोट तो उन्हें हम देते ही देते। माते ने कह जो दिया था पहली दफे कि जब तक तुम या तुमरे लरका-बच्चन को वोट की दरकार होगी, हमरे गाँव के अंडी-बच्चन

के वोट उन्हें जरूर मिलेंगे।"

"तुम्हें कैसे समझाऊँ भौजी! तुम समझोगी नहीं वह सब।"

"जा बात भी छोड़ो लाला! तुम तो अपने गोढ़े दो हमें।"

बातचीत बंद करके इस बार गुइयाँ के गोढ़े पकड़ ही लिए भौजी गुइयाँ ने।

"अरे! यह क्या! तुम्हें पसीना क्यों आ रहा है गुइयाँ? ठीक तो हो?"

"मैं ठीक हूँ भौजी! तुम अपने हाथ हटा लो बस!"

"काहे?" कहते-न-कहते गोराबाई ने अट्टू साव के पाँव पर रखा अपना एक हाथ उठाया और जा रखा सीने पर।

"तुम्हारा हिया तो चीलगाड़ी की नाईं चल रहा है लाला!"

अगले ही पल चिंतित भाव से अट्टू साव का माथा छुआ गोराबाई ने। वह भी पसीने से भीगा था। अब तो भौजी की चिंताओं का अंत नहीं।

"क्या बात है लाला? हमें भी नहीं बताओगे?"

"तुम अपने हाथ तो हटाओ भौजी! हमें कुछ नहीं हुआ है।"

झूठ, बिल्कुल झूठ! फिर इतनी घबराहट काहे की? मोरे तो प्रान अटके हैं कंठ में और गुइयाँ कहते हैं कि कोई बात ही नहीं!

अपने आँचल से लाला के बदन का पसीना पोंछते समय यकायक मसखरी सूझी भौजी को।

"इतने शरमाते काहे हो लाला? शहर में कभी किसी मौढ़ी ने बदन पर हाथ भी नहीं धरा क्या? सुनते हैं, शहराती मौढ़ियाँ तो···"

"और गाँवड़िया मौढ़ियाँ भी तो कम नहीं होतीं। तुम पर धरा कभी किसी ने हाथ भौजी?"

"हाथ नहीं काट देंगे हम उसके!" रौद्र रूप धारण कर बोली गोराबाई।

खचाक्! खचाक्! खचाक्! याद हो आई वह घटना, वह दिन!

"बहुत रात हो गई है। अब तुम जाओ भौजी!"

"आँहाँ, तुम्हें इस हाल में छोड़कर हम कैसे जाएँ भला! तुम तो डर गए हो। डर गए हो कि नहीं?"

"नहीं, तुम जाओ। हम बिल्कुल नहीं डरे हैं।"

"हमरी आँखों छिताँ थर-थर काँप रहे हो और कहते हो कि नहीं डरे! चलो, उधर को खिसको। हम सुला दें तुमको।"

अपना इरादा जाहिर करने के साथ ही भौजी उठी और अनमने लाला को खाट के एक किनारे पर खिसकाकर लेट गई उनकी बगल में।

अट्टू साव दोनों हाथों में सिर चाँपकर लेटे रहे मोंगे-मोंगे। गुइयाँ लाला की

इस दशा पर भौजी की निगाह पड़ी कि वह मुस्काई मंद-मंद। अपनी धोती का पल्ला जमीन पर पटककर पोलका के बटन खोले और अगली हिदायत दी लाला को, "चलो, मुँह फेरो हमरी ओर!"

अट्टू लाला ने हाथों की ओट किए-किए ही देखा भौजी को, और अगले ही पल दुबक गए उसके आँचल में। गोराबाई ने पूरी ताकत से अट्टू को अपने सीने से सटा लिया।

"सो जा मोरे गुइयाँ, सो जा मोरे बीरन।" पीठ पर थपकी दे-देकर लोरी-सी गाती रही गुइयाँ।

अट्टू साव नवजात शिशु की तरह चिपके रहे भौजी के हिया से। वहाँ अपूर्व शांति जो थी। परम सुख जो था। निर्भय था वह स्थल।

जाने कितनी देर तक लेटे रहे अट्टू साव उसके पहलू में। ऊपर आसमान में दमकता चाँद और साथ में लेटी गुइयाँ शीतल करती रही उनका तन-मन।

तारे ईर्ष्या से एकटक देखते रहे।

"भौजी!"

"हूँ?"

"तुम भी चलो न हमारे शहर।"

"काहे? हमें घर में बिठाओगे क्या?"

"नहीं भौजी, तुम हमारे घर में रहना जरूर, मगर ऐसे-वैसे रिश्ते से नहीं। वहाँ शहर में मेहनत-मजूरी करना। अपना पेट पालना और रामदुलारे को भी पढ़ा-लिखा लेना अपनी आँखों के सामने।"

"नहीं लाला! हम न चल सकेंगे। यहाँ गाँव में, जहाँ की हम बहू-बेटी हैं, जब यहाँ यह हाल है हमरा कि जरा घुटने से ऊपर धुतिया सरकी नहीं कि बूढ़े-जवान सभी लार टपकाने लगते हैं, तब वहाँ शहर में, परदेश में तो चीरकर खा ही जाएँगे हमें लोग। हम तो यहीं भले लाला! जो तुम हमरे रामदुलारे को ले गए सो समझना कि हमीं गए हैं तुमरे साथ।"

"तुम्हें कैसे मनाऊँ भौजी! तुम तो छिन-भर में भक्तन बन जाती हो।"

"तुम्हें मनावे की का दरकार लाला! हम तो पहले ही मने बैठे हैं तुमरे से। तुम अपने चरणों में जगह दो और हमको इनकार करना पड़े, इससे बड़ा दुर्भाग्य और क्या होगा हमरा लाला!...

अब तो हमरी भगवान से एक ही प्रार्थना है लाला, कि वो तुम्हें सुबुद्धि दें और तुम एक अच्छी-सी साउन ले आओ। यही एक आश बाकी है अब हमरी तो।"

दो-क्षण को गोराबाई खयालों में खोई रही।

मन की आँखों से डोली आती देख रही थी साव के द्वार।

उसमें कौन बैठा था, बता न गोराबाई?

बता न गोराबाई, डोली में किसे देखा?

धत्।

"लाला!"

"हाँ, भौजी?"

"तुमने अब तक ब्याह क्यों नहीं रचाया?"

"किसी लड़की ने हमें पसंद ही नहीं किया भौजी!"

"ये क्या कहते हो लाला! तुम्हें और नापसंद कर दे! कहकर तो देखते लाला! बिछ-बिछ जाती सुभागवती।"

"सच कहती हो भौजी?"

"बिल्कुल सच!"

"तो कहकर देखूँ?" लेटे से यकायक उठकर बैठ गए अट्टू साव।

अट्टू साव के आसन में आए इस परिवर्तन को महसूस ही न कर पाई भौजी।

वह थी ही कहाँ वहाँ! काया जरूर पसरी पड़ी थी खाट पर आँखें बंद किए, मगर बतिया तो वह किसी दूसरे ही लोक से रही थी अपने मीत से!

"देखना!" वहीं विचरती हुई बोली गुइयाँ।

"हमसे ब्याह करोगी, गुइयाँ?"

"तुम तो मसखरी करने लगे लाला। हमसे नहीं, किसी मौढ़ी से कहना, मौढ़ी से। हम ठहरी बैयरवानी।"

"तुम कैसे हो गईं बैयरवानी? हमसे तुम उमर में तीन बरस छोटी हो।"

"सो तो हैं।"

"हमारा ब्याह होगा जिससे वह भी तुम्हारी उमर की होगी। कोई सोलह बरस की कन्या तो होगी नहीं।"

"सो तो है। पर वह होगी कुँवारी कन्या। हम ठहरी ब्याहता बैयर।"

"तुम भी तो कुँवारी हो गुइयाँ!"

"किसने कहा तुमसे लाला? किसने?" यकायक समूची गोराबाई आ विराजी खाट पर। अपने तन और मन दोनों को एकजुट करके।

"पिछली दफे जब हम गाँव आए थे तब तुम आई थीं न हमसे मिलने। हम खाट पर यहीं, इसी जगह लेटे थे। तुम हमारे पाँव दबाती रहीं और बाई से बतियाती रही थीं। तब किसी बात पर हमारी बाई ने कहा था न कि हमरी दुलहनिया तो अक्षत है, अक्षत!"

यह क्या से क्या हो गया!

दौड़ो रे लोगो दौड़ो!

धुतिया, पोलका में रहते भी गुइयाँ ने हमरे को अलफ नंगा देख लिया!

हे किशन, हे किशन! तुम कहाँ हो?

हे धरती माई, तुम फटी क्यों नहीं अब तक?

हे साउन काकी, हे मझले साव! तुम यहाँ से क्यों गए? क्यों भेजा अकेला मोरे गुइयाँ को आदमखोर बाघिन की माँद में!

हे राम, यह जनम क्या कलेजे पर नित नए कष्ट पाने को ही दिया है?

मोरा गुइयाँ यह क्या अनर्थ करना चाहता है?

कोई तो आकर समझाओ इसे!

पूरा गाँव जानता है, अड़ियल है अट्टू साव! घुन्ना है अट्टू साव!

"इसका मतलब तुम जाग रहे थे उस दिन!"

सहमे-सहमे उलाहना दिया भौजी ने।

"हाँ भौजी, तुम्हें देखे बिना आँखों में नींद कहाँ से आती!"

"तभी मैं कहूँ कि विदा के बखत तुमने हारे-थके होने की बात, हवा की बात क्यों छेड़ी थी। तुम कोई पहली दफा तो आए नहीं थे गाँव में!"

"तो क्या बाई के सामने कहता कि भौजी, तुम्हारे हाथों की छुअन अब तक समायी है हमारे तन-मन में!"

"अब बस भी करो गुइयाँ लाला!" कहकर शरमा गई गुइयाँ भौजी।

शरमाई कि तुरंत अट्टू के पहलू में जा समाई।

चाँद से शरमाई कि तारों से!

अट्टू से शरमाई तो फिर उसके और करीब क्यों चली आई?

"बोलो न भौजी, हमसे ब्याह करोगी?"

"न लाला, न! ऐसी अनहोनी, अशुभ बात मुँह पर न लाओ। मर जाऊँगी मैं! खुशियों से नातेदारी नहीं रही मोरी लाला! क्यों बेमौत मारते हो गुइयाँ? तुमरे पैरों पड़ती हूँ। अब कभी न कहना यह।"

"क्यों न कहूँ?"

"इस जनम में यह नहीं हो सकता लाला!"

"तब ठीक है। यही सही। अगले जनम में ही सही। यहाँ हमें भी ऐसी कौन जल्दी है?"

सुनो, अट्टू साव, सुनो तो! अब चुप भी हो जाओ!

किसे सुना रहे हो ये बातें? कौन सुन रहा है तुम्हें?

ये चंदा, ये तारे, ये दीवारें, ये खपरैल, ये गागर, ये कसैंढ़िया, ये गुंड, ये घैला, ये घिनौची, ये ज्योरा, ये बाल्टी, ये गढ़ई, ये गिलास, ये बिलिया, ये ताले, ये दरवाजे, ये खाट—कि ये बिछौना?

ये सब-की-सब बेजान चीजें हैं। ये सुन सकती हैं भला? इतना भी ज्ञान नहीं क्या तुम्हें, और बने फिरते हो डॉक्टर?

और मान लो, ये सुन भी लें तो लाभ क्या?

सुन तो सकती थी यहाँ केवल गोराबाई। मगर उसके कान अब बंद हैं। अब नहीं सुन पाएगी वह तूफान की भी आवाज। बादलों की भी आवाज। जनाउर की भी आवाज। चाहे वह गूँजे, चाहे वह गड़गड़ाए, चाहे वह गुर्राए।

उसे कहाँ है अब भय किसी भी कंपन से! उसे कहाँ है सरोकार अब किसी भी नए शब्द से!

उसके कानों में अब ध्वनियों की आवाजाही बंद है।

अब बंद भी करो अट्टू साव अपनी काबिलियत का बखान!

किसे सुना रहे हो ये तरक्की की बातें? ये भविष्य के सपने? ये भूत का पश्चात्ताप? ये वर्तमान की आग दिखा किसे रहे हो अट्टू साव? किसे जलाने का इरादा है तुम्हारा?

जिसे जलना था वह तो कब की जल गई। जल गई, मगर जलकर भस्म नहीं हुई, वह तो तपकर कुंदन हो गई!

अब तो मुँह ढाँपकर चुपचाप सो रहो अट्टू साव। सो रहो, गोराबाई के पहलू में सिमटकर मीठे सपनों में खो रहो!

वह देखो, कितनी देर से आँचल बिछाए बेताब है तुम्हें सपनों की दुनिया में ले जाने को!

छः दिन रहना है अट्टू साव को गाँव में।

छः दिन के लिए साउन बन गई गोराबाई। सुबह-सवेरे से आधी-आधी रात तक साव की बाखर में ही रहती है वह। अट्टू साव के तमाम काम जैसे उसी को करने हैं। अट्टू साव को ऐसा कहने का अवसर नहीं देना चाहती कि गाँव में मतारी नहीं थी सो तकलीफ रही, कि कमी महसूस हुई बाई की।

सौ काम हैं अट्टू साव की जान को। नौ गाँव हैं अट्टू साव के अकेले प्रान को। अभी यहाँ, अभी वहाँ। आज इस गाँव, तो कल उस गाँव।

इसकी पीठ में दरद है, उसके जबड़े में।

इसकी आँखों को कुछ सूझता नहीं, उसके मगज में कुछ बूझता नहीं।

इसके कान में कुछ भी खनकता नहीं, उसका हाथ कुछ भी लपकता नहीं।

गाँव-गाँव, पुरा-पुरा, बाखर-बाखर, टपरा-टपरा गदबद देनी है अट्टू साव को।

गाँव में हों या आन गाँव में—दवा-दारू, खाना-खुराक, पथ्य-अपथ्य के साथ-साथ और भी बहुत-कुछ जानना है लोगों को।

रोग कब तक ठीक होगा? बाँध बनना कब शुरू होगा?

दवा लेना कब बंद करें? डेरा उठाना कब शुरू करें?

फिर से तो नहीं उभड़ेगा रोग? फिर कहाँ पहुँचाएगा संजोग?

जब तक शरीर रुगेला है तब तक क्या-क्या नहीं खाना होगा?

जब यहाँ से जाएँगे तब क्या-क्या ले जाना होगा?

डाग्दर साव, इसका मर्ज क्या है, यह भी तो बताते जाओ!

अट्टू साव, यह बाँध न बने तो हर्ज क्या है, यह भी समझाते जाओ!

माते के मुँह में जुबान न आ गई होती तो अट्टू साव के मुँह तक कौर पहुँचना मुहाल हो गया होता। सबको अपनी चिंता। यह इल्म किसी को नहीं कि घाम मुढ़ी पर आ गया है। सूरज देवता ने आधी यात्रा तय कर ली है तो साव को भी भूख लग आई होगी।

माते न हटकें तो कोई हिले तक नहीं चौपाल से। वे ही डपटते हैं, "चलो, भागो। साव को भोजन-पानी करने दोगे कि नहीं?"

फिर सबको अपनी आँखों छिताँ विदा करके खुद भी विदा लेते हैं, "अब हम भी पूजा-पाठ करेंगे साव! हमरे ठाकुरजू बिना भोग के हमरी राह जोहते होंगे। उनका मुँह जुठार के हम भी दो निवाले पाएँ चलकर। आप भी अब बाखर में पहुँचो। बहू बाट जोहती होगी।"

गोराबाई रहती जरूर है बाखर में; मगर कानों के, तो कभी आँखों के, तो कभी कल्पना के रास्ते मँडराती है हरदम अट्टू साव के आसपास।

रामदुलारे को खिला-पिलाकर, आँधरे कक्का के लिए बना-पकाकर, आ बैठती है साव की बाखर में। राह जोहती है कि अब आया मोरा गुइयाँ।

सुबर-सवेरे नहा-धोकर, गीली धुतिया बदन से लपेटकर, कोरे घैला में कुँआ से पानी भरकर लाती है। फिर जब तक धर्म पाठशाला वाली बाई साहिबा साव का खाना पकाती हैं, अपनी बाखर में जाकर अपनी गृहस्थी के काम झटपट निबटा लेती है। और इससे पहले कि साव बाखर में पहुँचें, बाई साहिबा को विदा करके बैठ जाती है इंतजार में। यह भी दिनचर्या का ही एक हिस्सा है।

जब तक अट्टू साव खाना खाते हैं, सामने बैठकर उनका मुँह जोहती है। मुँह के चलन-चालन से अंदाजती है कि खाना कैसा लगा होगा। साव तो ठहरे महालबरा। झूठी तारीफ करना तो कोई इनसे सीखे!

साव तो फिर अंतर्ध्यान हो गए। अब तो रात ही को दीदार होंगे।

रात को गोढ़े दबाकर, थपकी देकर, मीठी-मीठी बातें सुनाकर, अपने सामने सुलाकर बाखर के बाहर कदम रखती है गुइयाँ।

बिटुआ न सोए जब तक, तब तक गतारी को नींद आए तो आए कैसे?

एक ही दिन में, एक ही समय, जाने क्या-क्या तो स्वाँग भरती है गोराबाई।

बहुरूपिया है। हाँ, बहुरूपिया है गोराबाई।

कल अट्टू साव चले जाएँगे भोपाल। कल रामदुलारे चला जाएगा भोपाल। कल बिटुआ जाएगा और कल ही जाएगा गुइयाँ।

फिर किसके सहारे जिएगी गोराबाई?

यादों के?

हाँ, यादों के।

वादों के?

हाँ, वादों के।

आश के?

हाँ, आश के भी।

विश्वास के?

हाँ, विश्वास के भी।

शाम का खाना भी हो गया। साउन से मुक्ति मिली।

अब नहीं बनना साउन गोराबाई को।

न-न, मझली साउन नहीं बनना अब!

"लाला, तनिक जगह तो दो। मैं भी सोऊँगी तुमरे साथ!" साधिकार कहा भौजी ने।

आज उदास है गोराबाई का गुइयाँ। वह भी तो है!

नहीं-नहीं, आज की उदासी की भनक भी नहीं लगनी चाहिए गुइयाँ को। आज तो ऐसी दीखूँ जैसे जीवन में आज समान खुशी का दिन आया ही न हो।

इसमें झूठ क्या! आया है भला? फिर क्यों न खुशी छलके मोरे तन-मन से?

आज खुश कर दूँगी मैं गुइयाँ को!

लक्षण शुभ-शुभ नहीं जान पड़ते आज उसके।

उधर अट्टू साव को अपने संयम पर ऐतबार नहीं हो रहा आज।

"भौजी, अब तुम घर जाओ।"

"काहे गुइयाँ? तुम क्या चाहते हो, मैं अक्षत की अक्षत मरूँ?"

"हम तो ऐसा नहीं चाहते भौजी!"

"फिर? फिर क्यों गुरेज है तुम्हें?"

"यह पाप है भौजी!"

"नहीं लाला, छल-बल से पाया संग-साथ पाप होता है। मन से अपनाया संग-साथ ही तो सच्चा आनंद है गुइयाँ!"

"तुम्हें कैसे समझाऊँ भौजी! जरा यह भी तो सोचो कि लोग क्या कहेंगे?"

"कुछ नहीं कहेंगे लोग गुइयाँ! अब माते-दाऊजू के मुँह में बानी आ बिराजी है न, अब उनके बोल फूट पड़े हैं। अब कोई नहीं बोलेगा कुबोल। और बोलेगा तो सुन लूँगी। जब बिन किए सुनती रही तो करके सुनने में क्या गुरेज! आखिर सुनाने वाले सुख-भरे इन पलों की ही तो याद दिलाएँगे न!"

"देखो भौजी, हम औरत के साथ तो सो सकते हैं, पर देवी के साथ...."

"हम अगर देवी हैं तो ये भी तो बताओ कि देवता किसके साथ सोते हैं गुनवान जी?"

निरुत्तर कर दिया गोराबाई ने!

निरुत्तर करने के साथ ही अट्टू का हाथ पकड़कर अपने सीने पर रख लिया।

यकायक चौंके अट्टू साव! अपना हाथ हटाया वहाँ से। फिर उठकर बैठते हुए बोले, "अब तुम जाओ गुइयाँ! हमें अपनी ही निगाह में क्यों गिराती हो? हाँ, तुम हमारी बात मानो तो हमें कोई ऐतराज नहीं होगा।"

"नहीं, नहीं गुइयाँ! वह नहीं हो सकता। हम जाते हैं। तुम बेखटके सोओ।"

चली गई चिरकुँवारी गोराबाई। नहीं बिगड़ने दिया उसने अट्टू साव का ईमान। नहीं गिरने दिया उन्हें अपनी ही निगाह से।

लुहार-घर जनमी है न चमेली। जान गई, याद आ गया—

कि आग के पास ज्यादा ठहरना ठीक नहीं। आँच लगी, पिघली, कि फिर सेर-भर वजनी घन भी पसेरी-भर वजनी लोहे की शिला को जो चाहे रूप दे लेगा।

चाहे आड़ा करे चाहे तिरछा, चाहे सीधा करे चाहे उलटा। चाहे सपाट करे चाहे चपटा। चाहे नमा दे चाहे खम दे दे।

फिर तो सब कुछ निर्भर होता है तपानेवाले की मंशा पर, नीयत पर, जरूरत पर, ताकत पर। तपी-तपाई शिला का फिर कोई जोर नहीं चलता।

फिर तो देह में बूँद रिसने पर ही सिराती है, मुक्ति पाती है, ताप की मारी शिला की देह।

अड़ियल हैं अट्टू साव। घुन्ना हैं अट्टू साव। गुस्सैल हैं अट्टू साव। सच ही कहते थे लोग। कल तक नहीं मानती थी इसे सच गोराबाई। मगर आज....

आज इसे सच मान लेने में कोई दुविधा, कोई बाधा नहीं, बल्कि मन को समझाने के लिए अकाट्य कारण मिल गया गुइयाँ भौजी को।

बारह

रामदुलारे जा रहा है गाँव छोड़कर। मतारी को छोड़कर। आँधरे कक्का को छोड़कर। अट्टू साव के साथ जा रहा है रामदुलारे।

भोपाल में पढ़ेगा कि दिल्ली में—अभी तय नहीं है। भोपाल पहुँचकर तय करेंगे अट्टू साव।

भोपाल पहुँचकर क्यों? यहीं क्यों नहीं? नहीं जानता रामदुलारे।

रामदुलारे तो बहुत-कुछ नहीं जानता। जब से समझने लगा है, कई सवाल हैं रामदुलारे के मन में, जिनका हल ढूँढ़े से भी नहीं मिल पाया है। मतारी के पास उन सवालों का हल हो तो हो, और तो किसी के पास नहीं है।

पर मतारी से पूछे कैसे रामदुलारे? वे कोई मदरसा की किताब के सवाल तो हैं नहीं कि कह दे मनुहार से, लाड़ से, नासमझ बनकर—कि बता दे मतारी, बता दे इनके जवाब मोरी मतारी। वरना···वरना, विद्या की सों, तोरा बचुआ फेल हो जाएगा परीक्षा में।

और इसी आशंका में, घबराहट में, बेध्यानी में, बिटुआ के हित में झटपट दे जाए उनके जवाब मतारी।

लोग कहते थे कि रामदुलारे अट्टू साव का मौढ़ा है।

कौन अट्टू साव? जब तक देखे नहीं थे तब तक की तो नहीं कहता रामदुलारे कि वह क्या महसूसता था, मगर जब से देखा है उन्हें, यकीन नहीं आता रामदुलारे को।

गाँव तो गाँव, चदैई में रघु साव भी कहते थे अपने लड़के की बहू से जब-तब, “रहने दे बेचारे को! अपना क्या लेता है? अपनी ही बिरादरी का है। कोई नीच थोड़ेई है!”

क्या होता है नीच?

लोग तो कहते हैं कि यह मतारी ही नहीं है उसकी।

तब···तब मोरी मतारी कौन है? ये मोरी मतारी नहीं, साव मोरे बाप नहीं!

फिर मोरे मतारी-बाप हैं कौन?

नहीं-नहीं। मैं नहीं मानता यह बात। यह कैसे हो सकता है कि यह मोरी मतारी न हो! अगर मतारी नहीं है मोरी तो मुझे इतना लाड़ क्यों करती है? मोरी चिंता में अधमरी क्यों हुई जाती है? मुझे पढ़ा-लिखाकर बड़ा आदमी क्यों बनाना चाहती है?

मुझे सूखे में सुलाकर खुद हमरे गीले किए बिछौना पर क्यों सो जाती है?

लोग कहते हैं कि मैं पाप की औलाद हूँ।

क्या होता है पाप? क्या पाप से होते हैं बच्चे? अगर पाप से होते हैं तब तो सभी पाप से हुए न!

जो पाप से नहीं होते, वे बच्चे कैसे होते हैं? मुझसे जुदा होते हैं क्या वे? पर यहाँ तो सभी हमरे जैसे हैं!

फिर पुण्य से हुए बच्चे कहाँ रहते हैं?

पर बच्चे तो पेट से पैदा होते हैं!

तो क्या पेट में ही वास है पाप और पुण्य का?

अगर मैं पाप की औलाद हूँ तो ये इतने भले लोग मुझे इतना प्यार क्यों करते हैं? जैसे कि सभी मोरे सगे हों! बामन महाराज, अक्कल फुआ, माते दाऊजू, मझली साउन, मतारी, यहाँ तक कि कैलाश महाराज भी! और जब से गाँव में आए हैं, अट्टू साव भी करने लगे हैं मुझे प्यार।

लोग तो जाने क्या-क्या कहते हैं!

अभी चंद रोज पहले तक कहते थे कि मैं अट्टू साव का मौढ़ा हूँ। बामन महाराज हमरे नाम अपनी जायदाद लिखकर मरे सो कहने लगे कि मैं उनका मौढ़ा हूँ। इतने बूढ़े बामन महाराज! मैं उनका मौढ़ा हो सकता हूँ भला?

पर वे हमरे नाम अपनी जायदाद क्यों लिख गए, यह मैं क्या जानूँ! हो सकता है मरते-मरते उन्हें मोरी मतारी पर दया आ गई हो। धर्म का काम करने का विचार आया हो। सोचा हो कि कैलाश महाराज ठहरे उजड्ड। सब उड़ा-खा जाएँगे। सो ऐसे को दे चलो जिसका भला हो सके इससे। सोचा हो कि रामदुलारे बिन बाप का बेटा है। पढ़-लिख रहा है। शहर में रहता है। पैसा तो चाहिए होगा न उसे! कहाँ से लाएगी आखिर इसकी मतारी!

मोरी मतारी! उसे तो सुनना भी गवारा नहीं यह बात। गुस्से में भरकर काँपती है यह सुनते ही। कहती है, "हमें नहीं चाहिए उनकी जायदाद।"

क्यों कहती है ऐसा मतारी? क्या बिगाड़ा था बामन महाराज ने इसका?

लुहार-दाऊजू के घर क्यों नहीं रहती मतारी? आँधरे कक्का के घर क्यों रहती है? मंदिर में रहना क्यों छोड़ा मतारी ने?

सवालों का अंत नहीं है रामदुलारे के मस्तिष्क में। सच पूछो तो सबसे अबूझ पहेली कोई है अगर उसकी निगाह में, तो वह है उसकी अपनी मतारी, जिसके अजूबों का कोई आर-पार नहीं।

लोग बताते हैं कि लुहार के लड़का से ब्याही गई थी मतारी। फिर उसी के संग क्यों नहीं रहती मतारी? वो तो अभी जिंदा है।

फिर वही क्यों नहीं कहलाता हमरा बाप, जैसे सबके कहलाते हैं। जिसकी मतारी जिससे ब्याही गई, वही उसकी औलादों का बाप।

सोचते-सोचते यकायक रामदुलारे के चेहरे पर हँसी छलक आई।

बेड़नी बना मटकता-लटकता मगन आ गया स्मृतिपटल पर।

हरदम औरत का स्वाँग धरे घूमता मगन लुहार। राह चलते ऐसे कमर लचकाता है कि दुधमुँहा रोता हुआ बच्चा भी ठठाकर हँस दे।

किसी घर ब्याह हो या किसी घर मौढ़ा जनमे, नकली छाती, नकली चोटी बाँधे, घाघरा-फरिया बदन पर डाले हाजिर है मगनबाई।

ही-ही-ही-ही, मगनसिंह नहीं, मगनबाई।

सारा गाँव ही तो थू-थू, था-था, हू-हू, हा-हा करता है मगना को देखकर।

मगर वह सबकी मसखरी का सामान मगनबाई भी जब कभी अकेले में पा जाता है मो को, तो मतारी की बाबत तीन-तेरह कहने से नहीं चूकता।

कहता है, तोरी धाय माँ का खसम हूँ रे मैं! तोरा धरम बाप!

कहता है कि नीच है तोरी मतारी! छिनाल है! अट्टू साव की सखी है तोरी मतारी!

बस यही बात साँची कहती है मगनाबाई। बाकी सब झूठ। जैसा वह झूठी लुगाई, वैसी झूठी उसकी बातें।

हाँ, अट्टू साव की सखी है मोरी मतारी। यह बात तो मानी। न कहे मगनाबाई, तो भी मानी। देख जो रहा हूँ कि जब से गाँव आए अट्टू साव, रातोदिन उन्हीं की बाखर में डटी रहती है।

अब जा रहे हैं तो पूरा घर, ढोर-बछेरू सब मतारी को सौंपकर।

चलो, यह तो अच्छा हुआ। मतारी के कष्ट कटे।

पर यह कैसी सखी है साव की? क्या होती है सखी?

मतारी तो अट्टू साव को भी वैसेई निहारती है जैसे मुझे।

तो क्या मोरी भी सखी है मतारी?

तब ठीक है, उनकी भी रहे।

पर नीच! नीच कैसे हो सकती है मोरी मतारी? नीच होती तो इतने दिन मंदिर में रह पाती? साव की बाखर के भीतर आ-जा पाती?

झूठ कहता है मगन।

नीच होती तो ये जो अभी शान से बैठी है जीप में अट्टू साव से सटकर, बैठी हिचकोले खा रही है, ये होते इसके नसीब में!

नहीं-नहीं, नीच नहीं है मोरी मतारी। ये तो दुनिया में सबसे ऊँची है। साव से, माते से, बामन महाराज से क्या, साक्षात् भगवान से भी ऊँची!

हाँ, सखी है अट्टू साव की, यह बात हजार बार मानी। सखी माने गुइयाँ।

हाँ, सखी माने गुइयाँ।

जभी तो पंचमनगर के नरवा के पास जब जीप से उतरी मतारी, तब कहा न अट्टू साव ने, "तो अब हम चलें गुइयाँ! अपना खयाल रखना!"

साव ने इतनी अच्छी बात कही, मगर जवाब में कुछ बोली क्यों नहीं मतारी? मुझे ढंग से लाड़ भी नहीं किया। झट्ट से अंक से सटाया और फट्ट से परे कर दिया। और बिना हमरी ओर निहारे मुड़ गई गाँव की ओर।

इधर साव को भी सब्र नहीं। हाँक दी तुरतईं जीप। मैं हेरे जा रहा हूँ, मगर मतारी एक बार भी चेहरा नहीं घुमा रही हमरी ओर। केवल पीठ नहीं, मैं तेरा मुखड़ा भी देखना चाहता हूँ मतारी।

मगर नहीं, मोरे मन की बात पहुँच ही नहीं रही उसके पास।

अरे, यह क्या हुआ! मतारी बार-बार अपना पल्लू क्यों ले जा रही है आँखों तक?

तो क्या रो रही है मतारी?

साव से कहूँ कि जीप रोकें! मैं एक बार, केवल एक बार मतारी से गले से लगकर उसे समझा दूँ कि न रो मोरी मतारी! मैं जल्दी ही आऊँगा तोरे पास।

कहूँ साव से?

कहना ही होगा, वरना जाने कब तक रोती रहेगी मतारी!

अरे! यह क्या देख रहा हूँ मैं!

साव भी रो रहे हैं! साव भी रोते हैं?

हाँ, समझा। पक्के गुइयाँ हैं न दोनों। सखी-सखा। बिछुड़ेंगे तो रोएँगे नहीं भला! मैं भी तो कम नहीं रो रहा हूँ!

पर मैं तो मजबूर हूँ। छोटा हूँ।

और तुम साव! तुम तो समर्थ हो! तुम तो बड़े हो! जब गुइयाँ से बिछुड़ने का इतना गम है तो साथ ही क्यों नहीं ले चलते मोरी मतारी को? अपनी सखी को?

अब क्या रखा है उसका इस गाँव में? नाहक ही मुझे याद कर-करके रोएगी रात-दिन।

क्यों रुलाते हो मोरी मतारी को? क्या इसीलिए बनाया था उसे सगी गुइयाँ?

सच-सच बताना साव, वो तुम्हारी गुइयाँ है कि बैरी?

तुम तो कह चले साव कि अपना खयाल रखना गुइयाँ, पर यह भी तो सोचो कि उसका खयाल रखेगा कौन?

कोई बात नहीं अट्टू साव! तुम मुझे पढ़ा-लिखाकर लायक-भर बना दो।

तुम्हारा एहसान तो मानूँगा मैं साव, पर तब तुम्हारा लिहाज कर पाऊँगा कि नहीं, यह नहीं जानता।

तब मैं लाऊँगा मतारी को शहर! अपने साथ रखूँगा उसे। तब देखूँगा कि तुम कैसे रोक पाते हो उसे शहर आने से!

अभी तो तुम सबल हो सो उतार दिया गाँव की सरहद पर जीप से!

होगी तुम्हारी कोई मजबूरी। डरते होओगे तुम गाँववालों से। मैं नहीं डरता। मैं नहीं डरूँगा कभी। मैं तो पला ही हूँ लाँछनों के बीच।

गाँववाले तो क्या-क्या नहीं कहते! सुनोगे तो जाने मुँह छिपाने को जगह भी पाओगे कहीं कि नहीं। मगर मैं, देखो, कैसे सीना ताने खड़ा रहा! कैसा तनकर बैठा हूँ तुमरे पीछे!

तुम तो मुझे मतारी के पेट में डालकर गाँव से ऐसे भागे जैसे गधे के सिर से सींग। मतारी ने क्या-क्या जतन करके मुझे पाला-पोसा, बड़ा किया····

और अब आ गए अपना हक जताने! हितू बनकर छीन लिया मुझे मतारी से!

पर मैं! मैं तुम्हारे बहकावे में आनेवाला नहीं हूँ साव, यह बात कान खोलकर सुन लो। न तुम्हारे, न बामन महाराज के।

मैंने कितना तो समझाया मतारी को सारी रात। मगर वह सिर्ररन कहाँ माननेवाली थी! उलटे मुझी को चुप कर दिया यह कहकर कि "तू अगर यह समझता है तो यही सच होगा। पर यह भी तो सोच कि अभी अपनी गरज है। तुझे पढ़ना है अभी। आदमी बनना है।"

हाँ, खूब पढ़ना है मुझे। इतना कि किसी का मुँह न जोहना पड़े।

मगर कहाँ रहकर पढ़ना होगा मुझे? भोपाल या दिल्ली?

दिल्ली ही भली। वहाँ रोज-रोज साव को देखकर गुस्साऊँगा तो नहीं!

पर मतारी तो कहती थी, भोपाल ही रहियो। बाप जैसा सम्मान देना साव को। खूब सेवा करना उनकी। बड़े दयालु हैं ये। बड़े भोले। बड़े हितू। और साव बब्बा, साउन बउआ का कहना मानना। वे तुझे बहुत लाड़ करेंगी। मुझसे भी ज्यादा लाड़।

सच कहती थी मतारी। साउन बउआ नाती-पोते-सा लाड़ करती हैं। वैसा ही लेखती हैं। हरदम मोरी चिंता से चिंतित, मोरी फिकर में फिकरमंद।

कहती हैं, "अट्टू ने बखत पर ब्याह रचा लिया होता तो आज इतना बड़ा पोता घर में कूद-फाँद मचाए होता।"

साउन बउआ को आज भी उम्मीद है कि एक दिन ब्याह होगा अट्टू साव का। दोनों छोटे भाई अभी तक इसीलिए कुँवारे बैठे हैं कि पहले बड़े भैया राजी हो लें, वरना बाद में उन्हें बहाना मिल जाएगा।

मगर ब्याह क्यों नहीं करते अट्टू साव?

कभी-कभी हँसी में इस सवाल के जवाब में कहती हैं साउन बउआ, "अपनी

मतारी से पूछियो। वही बता सकती है। उसके सिवा कोई नहीं जानता इसका रहस्य। कोई नहीं!"

पर मतारी भी कहाँ बताती है! पूछा तो था उससे।

"मैं अभागी कष्ट ही दे पाई उन्हें।" कहा था और सुबकने लगी थी मतारी।

भोपाल पहुँचकर जो बताया साउन बउआ को तो वे भी सुबकने लगीं।

"ना रे बेटा, ना, अब कभी न पूछिओ यह बात।"

क्यों-क्यों?

कोई जवाब नहीं दिया साउन बउआ ने।

साउन बउआ तो मतारी से भी चार कदम आगे हैं। मुझ बारह बरस के रामदुलारे को नादान बालक से ऊपर लेखती ही नहीं।

कितना तूफान मचाया था जब भोपाल आने के तीन बरस बाद पहली-पहली बार रामदुलारे ने गर्मियों की छुट्टियाँ गाँव में जाकर बिताने की बात की थी।

"नहीं-नहीं। रामदुलारे कहीं नहीं जाएगा। उसे मतारी देखने की इतनी ही ललक है तो कोई और जाकर ले आओ गोराबाई को।"

कैसी असंभव बात!

अट्टू साव ने समझाया था बउआ को, "बाई, यह नहीं हो सकता। भौजी को यहाँ आना मंजूर होता तो तभी न आ गई होती रामदुलारे के साथ-साथ। कितना तो समझाया था मैंने। पर उसकी एक ही जिद कि तुमरे घर में न रह सकूँगी मैं।"

सच? सचमुच मनाया था तुमने साव? और मैं नासमझ सोचता रहा कि तुम्हीं नहीं चाहते कि यहाँ आकर रहे मोरी मतारी।

मुझे क्षमा कर देना साव! असल में डरपोक तुम नहीं, मोरी निडर मतारी के मन में बैठा है कोई डर।

"तो तुममें से कोई एक जाए इसके साथ। रामदुलारे गोराबाई की अमानत है हमारे पास। मैं इसे अकेला नहीं भेजने दूँगी डाँग-डाँग भटकने को।"

कैसी असंभव बात! कौन जाएगा भला रामदुलारे के साथ?

साव बब्बा! अट्टू साव! कि मझले, हलके साव कक्का!

"अट्टू भी तो कम जिद्दी नहीं। जब गोराबाई नहीं आ सकती यहाँ, तो समझो कि अब अट्टू भी कभी नहीं जानेवाला गाँव। ये कैसी प्रीत है तुम्हारी बेटा? दोनों तड़पें, दोनों रूसे।" फफड़ पड़ी थीं साउन बउआ।

कितना श्रम करना पड़ा था तब रामदुलारे को! कितना मनाया था बउआ को—कि बउआ, अब मैं इतना छोटा बच्चा थोड़े ही हूँ। यहाँ से रेलगाड़ी में बैठे और उतर गए ललितपुर। वहाँ से मोटर में बैठे सो जा पहुँचे चंदेरी। और वहाँ से तेंदूपत्तावाले ट्रक पर बैठे तो साँझ तक जा पहुँचे लड़ैई।

बमुश्किल तमाम राजी हुई थीं साउन बउआ। चलते-चलते हिदायत दी थी कि चंदेरी पहुँचते ही तार करना। हर जेब में घर का पता-ठिकाना लिखकर रख छोड़ा था।

चंदेरी तक तो सचमुच आसानी से आ पहुँचा था रामदुलारे। तार भी कर दिया था। उसके बाद पड़ गया गफलत में।

यहाँ आकर मालूम हुआ कि राजघाट बाँध का काम शुरू हो गया है अब। पूरी गैल में से बाँधवालों को जहाँ से भी सुविधा दीखी, बाँध का टीला बनाने को वहीं से मिट्टी खोद-खोदकर निकाल ले गए हैं। अब रास्ते में जहाँ-तहाँ दस-दस फुट गहरे गड्ढे हो गए हैं, सो अब तेंदूपत्ता के लिए ट्रक नहीं जाता लड़ैई।

अब क्या हो!

लौट जाए रामदुलारे भोपाल!

फिर मतारी को कैसे देखेगा!

तो फिर चलो पैदल!

पहले साल तो सचमुच संकट में फँस गया था रामदुलारे। अंदाज से चल निकला था लड़ैई को। प्रानपुरा तक तो घटिया ही उतरनी थी। उसके बाद जो सीधी गढ़मात (पगडंडी) दीखी उसी को पकड़ लिया। जा पहुँचा घनी डाँग में!

जब डाँग से बाहर पहुँचा तो देखा कि लड़ैई की चौहद्दी में नहीं, केशोपुर के मुहाने पर खड़ा है।

वहाँ के पहले टपरा के पास पहुँचने पर मालूम हुआ कि लड़ैई से ठीक विपरीत दिशा में आ गया है वह।

"कौन जात हो?" जानना चाहा उस टपरावासी ने।

"जी, हिंदू!"

"हिंदू में कौन?"

क्या बताए रामदुलारे? उसे कहाँ पता है कि वह है कौन जात! अहीर है कि लुहार है, बामन है कि बानिया।

"कहाँ से आए हो?"

"जी, भोपाल से।"

"तो लड़ैईवाले मझले साव के नाती हो?"

"जी...."

"उनका अब यहाँ कौन है भला! क्या हलके साव से मिलने आए हो!"

"नहीं, बड़े माते से...."

"यह बात है। तीन पीढ़ी से माते से प्रीत चली आ रही है साव की। अब तुम निभाओगे उसे। अच्छा है। बहुत अच्छा है।"

"अब बतियाते ही रहोगे कि साव से पानी-कलेवा की भी पूछोगे! देखते नहीं हो, संझा होने को है! दिन डूबा नहीं कि साव फिर अन्न का दाना भी न डालेंगे मुँह में।" टपरा के भीतर से आई आवाज ने चेताया प्रश्नकर्ता को।

"हमरे घर का अन्न तो ये दिन रहते भी न जुठारेंगे री। ला, तू एक कोरा घैला तो दे मो को। साव को कुल्ला तो करा लाऊँ।"

उन्होंने पत्नी को अपनी लाचारी, दुविधा बताई और साथ ही समाधान भी सुझाया।

"चलो हमरे संग।" घैला हाथ में लेते ही बोले वह।

रामदुलारे अजूबे की तरह उनके पीछे-पीछे चलने लगा।

एक कुँआ के पास पहुँचकर घैला रामदुलारे के हाथ में थमाकर बोले मेजबान, "साव, अपना सामान यहीं रख दो। तुम कुँआ से पानी खींचकर कुल्ला करो, तब तक हम कुछ फल-तरकारी तोड़कर लाते हैं तुमरे वास्ते।"

कुछ देर बाद वे दोनों कुँए से टपरा की ओर लौटे। इस थोड़ी-सी देर में अतिथि भोजन और पानी मिल जाने के योग से तृप्त हो आया था, और आतिथेय सत्कार का सुयोग पा जाने की भावना से तृप्त हो आया था।

"चलो साव, तुम्हें लड़ैई की गढ़मात तक पहुँचा दें।" कहा और चल दिया मेजबान।

मेहमान भी बिना विलंब किए उसके पीछे-पीछे हो लिया।

इस तरह घिरते अँधियारे की बेला गोराबाई के द्वार पर आन लगा उसके घर का चिराग।

रामदुलारे ने कभी नहीं बताई साउन बउआ को यह रामकहानी। फिर वे आने देतीं भला कभी गाँव!

मगर रामदुलारे को गाँव आए बिना चैन कहाँ। मतारी से ज्यादा अब माते का, गाँव का आकर्षण खींच लाता है रामदुलारे को यहाँ।

माते की निगाह में महाविद्वान है रामदुलारे। जितने दिन गाँव में रहता है, उससे ढेरों-ढेर सवाल-जवाब करते हैं माते। राज-काज के सवाल, तरक्की-गिरावट के सवाल, धरम-करम के सवाल, दीन-दुनिया के सवाल।

ढेरों में से ढेरों के गलत और ढेरों के सही जवाब दे पाता है रामदुलारे।

अब तो हर-दिल-अजीज हो गया है रामदुलारे। अब कोई उसकी मतारी की बाबत कुबोल नहीं बोलता। अब कोई नहीं लगाता उसके जनम को लेकर अटकलें।

अब तो एकमत से सबको उसमें अट्टू साव नजर आने लगे हैं।

प्रत्यक्ष को प्रमाण की दरकार क्या!

रामदुलारे भी तो अब इतना नासमझ नहीं रह गया है।

शहर में रहता है रामदुलारे, मगर जीवन गाँव में जीता है वह। जानता है रामदुलारे

सब। बहुत-कुछ जानता है। जानता है ऊँच क्या है और नीच क्या।

शहर हो या गाँव, जो मेहनत-मजदूरी करता है वह है नीच, और जो पलँग तोड़ता है, खून पीकर जीता है, वृत्ति से राक्षस है जो—वह है ऊँच।

यही सब को बताता है रामदुलारे। जताता है रामदुलारे।

यह विभाजन आखिर किया किसने?

ऊँचों ही ने न!

फिर काहे को तरजीह देते हो इसे! इन ऊँचों से आखिर और उम्मीद ही क्या की जा सकती है! जो जिस रंग का चश्मा चढ़ाएगा आँखों पर, उसे वैसी ही तो दीखेगी न दुनिया।

हाँ, कोई मेहनतकश कहता है कभी तुम्हें नीच! शर्म तब करना, सोचना तब, तरजीह तब देना, जब ऐसा तुम्हारी बराबरीवाला कहे। तब परखना अपने आपको। विचारना कि तुममें ऐसा क्या खोट आ गया है!

खोटे लोगों के दर्शाए खोट को खोट समझना तो है खोटी बात। अपने कहें, वे उँगली रखकर दिखाएँ, तब समझना साँची बात। तब मेटना अपना खोट।

यही सब तो कहता घूमता है रामदुलारे। इसीलिए बानियों को फूटी आँख नहीं सुहाता रामदुलारे।

रामदुलारे को ही कौन-से सुहाते हैं बानिया! उनके खोटेपन पर तो हरदम नजर रखता है रामदुलारे। तभी तो गुलझारी साव के बेटे के खोट को जग-जाहिर कर पाया था रामदुलारे। पूरी कथा लिख मारी थी उसके खोटेपन की।

कि लो, तुम तो मुँह से कहते हो, लाठी से शरीर पर उकेरते हो हमारे, मगर हम कलम से लिख छोड़ेंगे तुम्हारा खोट। दर्ज किए दे रहे हैं तुम्हारी करतूत। न केवल लिखी थी बल्कि छपवा भी दी थी किताब की किताब। फिर छपी किताब लाकर बाँट दी थी गाँव में।

जिसने पढ़ी, जिसने सुनी, उसी ने थू-थू की गुलझारी साव के खानदान पर।

छपा आखर तो हुआ अटल सत्य! लिखे को कौन मेटे!

नहीं! यह नहीं होने दिया जाएगा इस गाँव में। रामदुलारे को सबक सिखाना होगा। न केवल रामदुलारे को बल्कि उसकी बातों से भरमाए इन नीचों को भी।

सुरेश साव ने उठाया बीड़ा इस नेक काम का।

उस रोज रामदुलारे तुलसी खवास की बाखर में बैठा बतिया रहा था। बता रहा था कि शहर में क्या-क्या है—कि गाँव का जीवन अच्छा है या शहर का—कि वहाँ मारा-मारी है, यहाँ शांति। वहाँ आपा-धापी है, यहाँ संतोष। वहाँ....

कि तभी आ पहुँचा सुरेश साव रामदुलारे को झुठलाने।

आव देखा न ताव और जड़ दिए दो-चार झापड़ तुलसी के गालों पर।

रामदुलारे ने जा पकड़ा सुरेश का हाथ!

"क्या करते हो साव! बेकसूर पर हाथ उठाते हो? यह गुलाम है क्या तुम्हारा?"

सुरेश साव ने हिकारत से देखा रामदुलारे की ओर। फिर ताव में आकर बोले, "गुलाम नहीं तो क्या हुआ! खवास तो है कि नहीं? फिर हमारी दाढ़ी मूँढ़ने क्यों नहीं आया अब तक?"

"इसे क्या सपना आया था कि तुम्हें दाढ़ी मुँढ़वानी है आज?"

"सपने और इसे! सोया है कभी पलका पर! धरती पर सोने से नहीं आते सपने रामदुलारे! अट्टू की मति मारी गई सो तुझे भले ही आते हों।"

"हमारी बात छोड़ो तुम साव! अट्टू साव का नाम लेने की भी जरूरत नहीं तुम्हें। तुम तो हमारी बात का जवाब दो सीधे से!"

"क्या बोला? जवाब दूँ तेरी बात का? अगर न दिया तो बता तो सही क्या कर लेगा तू मेरा?"

"हम क्या कर लेंगे, क्या नहीं, यह भी जाने दो। तुम तो जवाब दो बस।"

"तो सुन। चार बार खबर भिजवा चुका हूँ मैं सुबह से।"

तुलसी अवाक्—कब टिरबाओ साव ने?

"कब आया इसे बुलाने कोई? मैं भी तो बैठा हूँ सुबह से यहीं।"

"तो हम झूठ बोल रहे हैं क्या?"

"हम कब कहते हैं कि तुम झूठ बोल रहे हो? मगर इस पर हाथ उठाने से पहले पूछ तो लेते कि कोई आया भी था यहाँ? जिसे भेजते रहे इतनी बार, उसी से घर से पूछकर चलते कि वह यहाँ तक आया भी था?"

"अच्छा! तो अब हमें पूछताछ करके चलना होगा घर से! कल को तू कहेगा कि इस पर हाथ उठाने से पहले भी इससे पूछना होगा।"

"मैं कभी नहीं कहूँगा तुमसे ऐसा। मुझे पता है कि तुम मानोगे नहीं मेरी सलाह। मैं तो इसी से कहूँगा कि बुरी नीयत से उठे किसी हाथ को आज के बाद अपने गाल तक न पहुँचने दे। चाहे वह हाथ किसी लाट का ही क्यों न हो!"

"तुझे भी देख लूँगा मैं!" कहते हुए वापस गदबद दे ली सुरेश साव ने।

तो यह बात है! मुझे उकसाने की नीयत से आए थे तुम साव? तब यही सही!

छोटी जाति के लोगों से तमाम बानिया तभी से खार खाए बैठे थे जब इस गाँव में तेंदूपत्ता का ठेला आना शुरू हुआ था। उसके आने के बाद गाँव में घरू कामों के लिए बेगार मिलनी कठिन हो गई थी। काम के बदले कलदार माँगने लगे थे कमीन-कुर्मी।

कलदार देते हो तो रुकें, नहीं तो जाएँ पत्ता तोड़ने। साँझ को चार-छह आने तो आएँगे हथेली पर। यहाँ रुकने पर तो हथेली सेंतमेंत में सूजकर हाथी का पाँव होगी—यह कहते थे। कहते न हों सोचते तो थे, क्या इतना भी नहीं जानते साव? उड़ती चिरैया के पर चीह्नने में कुशल बानिया लोग।

उन दिनों बानिया विवश थे। मान जाते थे शर्त। मगर जब से ठेला आना बंद हुआ, वह धंधा चौपट हुआ इनका, ये फिर हो गए कमाऊ से गुलाम। बानिया फिर हो गए अपने मन के राजा। बेगार भी करवाते हैं और गए दिनों के अपमान का बदला भी लेते हैं, गिन-गिनकर।

अब यह रामदुलारे आ पहुँचता है इन कमीन-कुर्मियों को उकसाने को। कल को ये फिर सिर उठाने लगेंगे, तब? तब फिर कहीं के न रहेंगे ये परजीवी बानिया।

एक तीर से दो शिकार! फिर ऐसा तीर क्यों न छोड़ते भला बानिया!

मगर हुआ क्या! उलटा जाकर घुप गया न तीर बानियों की छाती में!

मान गए, रामदुलारे की अकल का लोहा मान गए लड़ैई के बानिया।

तुलसी तो तुलसी, किसी भी खवास ने दाढ़ी नहीं छोली सुरेश साव की। न सुरेश साव की, न किसी और साव की। ब्याह हुए, बारातें आईं, बारातें गईं। राक्षस-सी मूँछें, मुल्ला-सी दाढ़ी बढ़ाए यहाँ-वहाँ, लुका-छिपी-सी करते फिरे बानिया।

गैया मरी गुलझारी साव की, मगर चमार ढोने से नट गया।

न्यौता बोलना हुआ साव का, मगर जनकू खवास कहने नहीं गया।

विमानजी निकले भगवान के, मगर भीमा बसोर ढपला बजाने नहीं पहुँचा।

एक आफत आई हो तो बखानें। गिनना मुश्किल! जीना मुहाल!

झक मारकर, उपतकर सुलह की बानियों ने। सुरेश साव ने तुलसी से हाथ जोड़कर माफी माँगी। नगद अठन्नी धरी सामने, तब कहीं उस्तरा को हाथ में थामा तुलसी खवास ने।

माते के लेखे महात्मा हो गया रामदुलारे। इस गाँव के, गोराबाई के पुण्य का प्रताप हो गया रामदुलारे। गरीबों की, मजलूमों की सेवा का, प्रार्थना का फल हो गया रामदुलारे।

उस बरस गाँव से जाते समय माते से रामदुलारे ने कहा था, "माते दाऊजू, तुम्हारे जीवन पर भी लिखूँगा मैं एक कहानी।"

"हमरे जीवन में ऐसा कुछ नहीं रहा बेटा, कि जिसे जानकर कोई सबक ले, कि नसीहत पाए। लिखना संभव हो तो इस गाँव की कथा लिखना। इस क्षेत्र की व्यथा लिखना। इस ऊँच-नीच से भरे समाज की अनीति उजागर करना, ताकि लोगों की आँखें खुलें। वे देखें खुली आँखों, और जानें, समझें, गुनें कि उनसे चूक कहाँ होती रहती है—कि वे जिसे बड़प्पन कहते हैं, वह उनका छोटापन है कि बड़प्पन।"

“वह सब भी लिखूँगा माते दाऊजू। मगर माई कहती है कि दाऊजू अवतारी पुरुष हैं। उनके गुण का बखान जरूर दर्ज करना बेटा।”

“सिर्रन है तोरी मतारी। अवतारी तो वो है। मैं तो उसका पासंग भी नहीं हूँ बेटा, पासंग भी नहीं...... ।”

सच कहते थे तुम माते दाऊजू। सिर्रन थी मोरी मतारी। तुम क्या, कोई नहीं है इस दुनिया में उसके पासंग बराबर भी।

जब भोपाल से चला था तब कहाँ जानता था रामदुलारे कि आखिरी बार जा रहा है वह गाँव। एक खुशखबरी और एक गमजदा रहस्य से लबरेज था भोपाल से चलते समय रामदुलारे।

मगर जब गाँव से लौटा तब केवल गमजदा सूचनाओं की दोहरी गठरी रही उसके कंधों पर। खुशियाँ जाने कहाँ बिला गईं इस सूने गाँव में!

जीवन की सबसे अमूल्य वस्तु पर डाका डाल गया भगवान। पहले भोपाल पहुँचकर डाला और फिर भी तसल्ली न हुई तो चला आया रामदुलारे के पीछे-पीछे गाँव तक। जैसे डाकू आते हैं लुकते-छिपते।

घरधनी से ताकत में कम हुए, दुर्बल हुए तो सेंध मारकर, घरधनी की नींद का लाभ उठाकर, सब कुछ लूट ले जाते हैं, और सबल हुए तो घरधनी को चेताकर, उसकी छाती पर दुनाली रखकर उसी के हाथों बँधवाते हैं उसके कमाए धन की, प्राणों से प्यारे धन की गठरी।

अलबत्ता रामदुलारे की समझ में यह नहीं आया कि उसकी संपत्ति पर डाका डालने आया भगवान दुर्बल था कि सबल!

अगर सबल था तो फिर भोपाल में लुकता-छिपता क्यों आया था? पीठ में छुरा क्यों घोंपा था? सेंध क्यों लगाई थी? और अगर दुर्बल था तो यहाँ गाँव में धड़धड़ाता कैसे चला आया?

रामदुलारे पूरे मध्यप्रदेश में इंटर के इम्तहान में अव्वल आया है। यही बताने आया था वह गाँव। और बरस की अपेक्षा महीना-भर बाद। मतारी राह देखती होगी, यह जानता था रामदुलारे। उसका बस चलता तो महीना-भर पहले ही आ गया होता। मगर इस बार बोर्ड की परीक्षा थी; परीक्षा भले ही जल्दी हो गई थी, मगर परीक्षा-परिणाम बहुत देर से घोषित हुआ था।

इसके अलावा एक और कारण था देर से आ पाने का। रामदुलारे ने पक्का इरादा कर लिया था कि दूसरी खबर गाँव से वापस आने के दिन ही देगा मतारी को, माते को, पूरे गाँव को।

मगर हो नहीं पाया ऐसा। रामदुलारे का पक्का इरादा एकदम उलट-पलट

गया। जो खबर गाँव से लौटते दिन देने की ठानी थी, वही खबर गाँव पहुँचने के साथ देनी पड़ी।

यहाँ पहुँचते ही मतारी से निगाह मिली कि रामदुलारे जान गया—गुइयाँ की खबर-दबर पहले जानना चाहती है मतारी। फिर चाहे 'सारे संसार का राज-पाट पा गया है उसका बिटुआ' यही क्यों न बताने को उतावला हो बिटुआ।

रामदुलारे के गाँव में पहुँचते-न-पहुँचते माते को खबर मिल गई थी उसके आने की। वे पहले से मौजूद थे बाखर में।

रामदुलारे ने दोनों से अपना अंतर्द्वंद्व छिपाने की भरसक कोशिश की, मगर दो-दो अंतर्यामियों को बहलाना रामदुलारे जैसे नादान बालक के वश से बाहर की बात।

"माई, अट्टू साव नहीं रहे।" धीमे से कहा रामदुलारे ने। इतने धीमे कि खुद भी नहीं सुन पाया। फिर थोड़ी-सी निगाह उठाकर देखा मतारी की ओर।

अरे! कुछ भी तो नहीं हुआ माई को! कोई गाज नहीं गिरी! क्या सुना नहीं मतारी ने? फिर से बताना होगा क्या! वही मनहूस बात फिर जुबान पर लानी होगी? काश, मतारी सुन लेती पहली ही बार में!

"माई, साव बब्बा, साउन बउआ, बहुत दुखी हैं।.....

माई, मैंने इंटर की परीक्षा अव्वल दर्जे में पास की है।

माई, साव बब्बा ने कहा है कि तू बेफिक्र रहना बेटा! अट्टू नहीं है तो क्या हुआ, उसके सपने हम पूरे करेंगे। वह तुझे बड़ा इंजीनियर बनाना चाहता था न, दिल्ली भेजना चाहता था न पढ़ने। हम भेजेंगे तुझे दिल्ली, अमरीका। तू माई से कहियो कि वह बिल्कुल चिंता न करे तेरी। गाँव के लोग तो झूठ-मूठ तुझे हमारा नाती बताते थे, हम तुझे सचमुच अपना नाती कुबूल रहे हैं। हमारे लिए तो अब तू ही अट्टू है और तू ही अट्टू का मौढ़ा।.....

और जानती हो माई, साउन बउआ क्या कह रही थीं? उन्होंने कहलाया है कि अपनी मतारी से कहियो, अब तो आ रहे वह यहाँ। अब तो उसका गुइयाँ भी नहीं रहा यहाँ। वह उसे मन का कच्चा समझती थी न। उससे धर्म बिगड़ने का डर था न! अब तो वह डरानेवाला ही जाता रहा। कहियो मतारी से कि मन का कच्चा नहीं था; हाँ, तन का कच्चा जरूर साबित हुआ मेरा बेटा।.....

माई, अब तू सचमुच चली चल शहर। न रहना चाहे तो न रहियो साव के घर। मैं रखूँगा तुझे अपने साथ। नहीं पढ़ना अब मुझे। तेरी सेवा करूँगा अब तो मैं। क्या करूँगा मैं और पढ़कर। तेरे कष्ट नहीं देखे जाते अब मुझसे।"

"बस कर.....बेटा.....चुप कर बेटा, बस भी कर अब! किसे सुना रहा है ये बातें? तोरी

मतारी अब यहाँ है ही कहाँ! वह तो पहली खबर सुनते ही बिला गई....."

"क्या कहते हो दाऊजू! क्यों दुखाते हो मेरा दिल।"

"हम सच कहते हैं बेटा! तोरी सों बेटा, बिल्कुल साँची कहते हैं हम...."

"माई...माई....माई! ओह, तो तू भी मेरी खबर सुने बिना चली गई? इतनी जल्दी थी अपने गुइयाँ से मिलने की तुझे? यह भी न जानना चाहा कि आखिर यह अनहोनी हुई कैसे? कब?"

हाँ, रामदुलारे, जल्दी में थी तोरी मतारी। जानती जो थी कि पहुँचने में देरी हो गई तो इस बार भी या तो अट्टू साव अपना जोड़ा न बनाने की बात मनवा लेंगे चित्रगुप्त महाराज से, नहीं तो किसी और का नाम लिख दिया जाएगा उनके कागद में।

कहीं यह न सोचें वे कि झूठ कहती थी गोराबाई, झूठी थी गुइयाँ। अपने को साँची सिद्ध करने का एक यही तो अवसर आया था तोरी मतारी के हाथ में।

जा बेटा, जा! लौट जा भोपाल। अब क्या धरा है इस गाँव में तोरे लिए! जाकर मोरे और मोरे गुइयाँ के अरमान पूरे करने के काबिल बना अपने आपको। तभी आना इस गाँव में। तब जरूर आना बिटुआ! हम राह देखेंगे तोरी। हमें निराश न करना बेटा। इस गाँव का कर्जा चुकाने जरूर आना बेटा!

कौन बोला? कौन बोला यह?

मतारी! तू बोली क्या?

कहाँ है?....है कहाँ तू मतारी?

तीसरी डुबकी

तेरह

मन के हारे हार है, मन के जीते जीत।

माते आसमान की ओर देखते हुए कह रहे हैं बार-बार।

क्यों? नहीं जानता कोई। जानना चाहता भी नहीं कोई। जानना संभव भी नहीं किसी के लिए। सुन कौन पाएगा कि माते ने बोला क्या अभी-अभी। वे तो जैसे मन-ही-मन घोक रहे हैं शब्दों को।

मन-ही-मन घोकते हैं अब माते। किसी की मौजूदगी में बोलते ही नहीं।

सुबह-सवेरे रोजीना के बखत पर ही उठे थे माते। दैनिक कर्मों से निवृत्त हो, कुँए तक आए थे। ठाकुरजू के स्नान के लिए पानी खींचा था। फिर लौट पड़े थे अपनी बाखर की ओर।

रोजीना की तरह ठाकुरजू में ध्यान लगाना चाहा। मगर ध्यान था कि बँट-बँट जाता था। शोर था कि बढ़-बढ़ जाता था। मन था कि उड़-उड़ जाता था।

आज अर्चना-आराधना न हो सकेगी हमरे से—मन-ही-मन सोचा माते ने। मन के कहीं और रहते ठाकुरजू में मन रमाने का ढोंग छलावा है अपने-आप से, भगवान से।

सो झटपट ठाकुरजू को भोग लगाकर, प्रणाम कर देहरी से बाहर आए और आकर बैठ गए बाखर के बाहर नीम के नीचे। यहाँ से घटिया-नीचे का पूरा गाँव दीखता है न! अब यहीं से बैठे-बैठे देखते हैं माते गाँव को।

आसमान में एक के बाद एक चीलगाड़ी आ रही है सरसराती। सुबह से ताँता लगा है इनका। घररर, घररर, घररर, घररर, घररर। कभी केवल गूँज सुनाई देती है, कभी दूर आसमान में, बहुत ऊँचे चिरैया-सी फर्रर से उड़ती दीखती है, और कभी दूर राजघाट की ओर नीचे उतरती चीलगाड़ी का पंखा चारों ओर चक्कर काटता दीखता है। सुदर्शन चक्र-सा पंखा। चारों ओर के भूत-व्यंतरों से चीलगाड़ी में बैठे सवार की रक्षा करता हो जैसे।

कहाँ से आ रही हैं ये मुतकेरी चीलगाड़ियाँ? कहाँ जा रही हैं ये गल्लन चीलगाड़ियाँ? क्या प्रयोजन है इनका? हमरे कान फोड़ना चाहती हैं क्या? घरर, घररर, फरर, फररर से आसमान गुँजा दिया है। चिरैया-परेबा तक चैन से नहीं बैठ पा रहे अपने कोटर में। डर के मारे जिसके जहाँ पंख समाए वहीं दुबका बैठा है।

अब तो अक्सर आती हैं ये चीलगाड़ियाँ। राजघाट पर माथा टेकने आते हों जैसे अफसर। बेतवा स्नान को आते हों जैसे नेतागण।

जब-जब आते हैं ये, उस दिन न तो ढोर-बछेरू चैन से चारा चर पाते हैं और न दाना-पानी जुटा पाते हैं चिरैया-परेबा। पक्षी, जानवर सब भूखे रहते हैं उस दिन। वे बेजुबान, जो न किसी के लेने में, न देने में। भगवान का दिया पेट, भगवान का दिया चारा-पानी। तब भी भूखे रहने को विवश ये मूक प्रानी!

हम तो चलो माना कि तुम्हारी प्रजा हैं, न हो राजा इस देश में कोई, पर छिन-भर को हमने माना, जनम-भर को माना कि तुम शहराती राजा और हम गाँवड़िए तुमरी प्रजा। सो राजा के सुख की खातिर हमें अपना, अपने घर-द्वार का बलिदान देना चाहिए।

पर यह तो सोचो कि ये मूक प्रानी तो भगवान की प्रजा हैं, न कि तुम्हारी। फिर इन्हें क्यों सताते हो? तुम्हें भगवान का भी डर नहीं रह गया है क्या? उसके यहाँ तो नहीं है कोई भेद-भाव। वह तो नहीं करता ऐसा कि मानुस को मुँह दे और बकरा को दे केवल गोश्त। तुम क्यों नहीं चाहते कि ये अपनी आयु जितने ही जिएँ?

आदमी है न तुम्हारी प्रजा। हम हैं न तुम्हारे सुंदर शरीर के कोढ़। तो हमीं तक रखो न अपना कोप। हम तो उफ भी न करेंगे। सब कुछ सहेंगे।

सहते आए हैं...जब तक हैं सहते रहेंगे।

अभी चंद रोज पहले कई बरस बाद कुछ शहराती आए थे इस गाँव में। रानी साहिबा के राजकुँवर ने पठाया था उन्हें। रानी साहिबा नहीं हैं न अब यहाँ की नेता। अब यह काम अपने राजकुँवर के जिम्मे छोड़ दिया है न उन्होंने।

उनका हुकुम था...हाँ-हाँ, हुकुम ही था, अब हम इतना भी नहीं समझेंगे क्या? हुकुम ही तो था। विनती होती तो उस तरह बयान करते भला वे शहराती? कहते भले ही थे कि राजकुँवर जू ने विनती की है कि राजघाट पर फलाँ दिन आप पूरे गाँव को लेकर जरूर पहुँचें। इंदिरा जी आ रही हैं न वहाँ, बाँध की पहली ईंट रखने को। उनका स्वागत-सत्कार करना होगा कि नहीं।

बाँध कब तक बनेगा, आपको गाँव-घर-खेत छोड़ने के एवज में कितना मुआवजा मिलेगा, आपको कहाँ बसाया जाएगा, यह सब भी बताएँगी इंदिरा जी।

अगर वे विनती करने आए होते तो बाद वाली बात क्यों कहते? वे ठहरे शहराती। सीधी-सच्ची, खरी-खरी कैसे कह देते! घुमा-फिराकर कहना चलन उनका। हुकुम राजकुँवर का। समझ सको तो समझ लो—कि अगर नहीं पहुँचे तो न मुआवजा मिलेगा, न दूसरा ठौर!

अब इतना भी न समझते क्या माते? समझ गए थे और समझा दिया था पूरे गाँव को। माते ने समझाया सो सब समझ गए और निकल पड़े सवेरे-सवेरे। भूखे-प्यासे। सबको एक ही आश—आज फैसला हो जाएगा हमारे भाग्य का। बरसों से अधर में

अटका सवाल हल होगा आज।

न खाया हो अन्न का दाना, न पाया हो कलेवा....सब दिन से गले में अटका यह डूब का कौर तो पहुँचेगा आज ठीक-ठिकाने पर।

जाना है लोगो! चलो भइया! चलो बहना! चल रे बालक! न, बैलगाड़ी काम नहीं आने की इस राह पर। पाँव-पाँव जाना होगा। बाँध के लिए मिट्टी की दरकार थी न! सो सबरी राह खोद ली गई है। बैलगाड़ी ले जाने की राह है कहाँ! होती तो रामदुलारे गाँव से अपने पाँव जाता रहा होता भला! माते भोपाल न दौड़ गए होते अट्टू साव के मरने पर उनके फेरे में!

राजघाट पर भीड़ देखकर चकरा गए गाँव के लोग। कितने लोग, कितनी लुगाइयाँ। कितनी मोटरें, कितने भोंपू। बारह कोस की निगाई सकारथ हुई समझो। इंदिरा जी देख लीं सो सेंतमेंत में।

सेंतमेंत में क्यों? पूरे दिन भूखे-प्यासे रहे सो उसका कोई मोल नहीं क्या? पानी तक को तो पूछा नहीं इंदिरा जी ने। नदी को जाने कैसे तो घेरघार कर बाँध दिया कि दूर तक बेतवा मैया के दर्शन दुर्लभ।

पहली ईंट रखने आई हैं इंदिरा जी। और ईंट रखे से पहले ही हमरी गैल मिटा दी! वाह री बैयर! क्या जबर बैयर है रे! का गूँजती आवाज पाई है! कैसे दहाड़ती है! लगता है यह भोंपू ससुरा तो कान का पर्दा ही फाड़ डालेगा।

कितनी बड़ी-बड़ी बातें! कि अब ये बाँध जरूर बनेगा। अब तक नहीं बन पाया क्योंकि हमें इस बीच नाहक की चार-चार बार बड़ी लड़ाइयाँ लड़नी पड़ीं। पहले चीन से, फिर पाकिस्तान से। फिर पाकिस्तान से और फिर बाँग्लादेश की खातिर पाकिस्तान से। इसी से इसका काम जोर-शोर से शुरू नहीं हो पाया। इसी से हम अब तक पंडितजी का सपना पूरा नहीं कर पाए।

अब हमने पूरे मन से इस काम को पूरा करने का बीड़ा उठाया है। आप लोग इस काम में हमारी मदद करो! देश के विकास में हाथ बँटाओ!

लो, सुन लो भैया! जैसे हमने हाथ रोका हो इनका। हमसे वोट के सिवा तुमने कुछ चाहा है भला? हमरी जो दशा बनाई है तुमने, उसमें और देने को है ही क्या हमरे पास? तुम्हारी दी चीज तो तुम हर पाँच बरस पीछे माँग ही लेते हो, कभी मुँह से तो कभी भँड़याई से। हमें खबर भी नहीं देते कि तुमने हमरी चीज बर्ती भी है। इसके सिवा तुमने दिया क्या है हमें!

हमसे तो तुमने छीना ही छीना है। मदरसा छीना, मोटर छीनी, सड़क छीनी, तेंदू पत्ते का रोजगार छीना, मास्साब छीने, रघु साव छीने, मुसलमान भाई छीने, अट्टू साव छीने, शांति छीनी, मेलजोल छीना।

अरे अब क्या-क्या गिनाएँ हम तुम्हें! अपनी दी हुई चीज तो चलो एक बार

को मान लिया कि तुमने हमसे बिना पूछे भी बरत ली कई बार। हालाँकि वह भी गुनाह है। उस पर हमरा हक था। फिर भी चलो जाने दो। पर जो तुमने नहीं दिया, वह भी हमसे बिना पूछे छीन लिया! जैसे भँड़या छीनते हैं।

अरे पूछ तो लेते! कह तो देते! चलो यही कह देते कि तुम्हें इस चीज की कोई जरूरत नहीं है सो हम ले जा रहे हैं।

लो, यह भी खूब रही! हम यहाँ अपने में मगन, वे उधर जाने क्या-क्या कह गईं इस बीच।

माते ने हटका अपने-आपको। चित्त को बरजा कि ऊल-जलूल सोचना छोड़ो और जब आए हो बारह कोस इस बूढ़ी काया को कष्ट देकर, तो जरा कान लगाकर सुन भी लो कि क्या कहती हैं प्रधानमंत्राणी जी!

फिर वही लड़ाई की बात! अरे मैया जी, बता तो चुकी हो। तो क्या तुम भी वहीं अटकी हो अब तक? तुम्हें कैसे इलहाम हुआ हमरे मन की दशा का? कि माते मन-मगन हैं अभी, सो नया कुछ भी नहीं कहना है। इतनी ही अंतर्यामी हो तो क्यों नहीं समझतीं हम सबरे गाँववालों के मन की बात!

मगर नहीं, तुम हमरे मन की बात क्यों जानने लगीं? तुम तो जान सकती हो परदेशियों के मन की बात!

अरे भाई, किसने कहा था कि लड़ो सेंतमेंत में? ऐसी कौन-सी आफत आन पड़ी थी? जब सामर्थ्य नहीं तब छाती फुलाने से ठसका ही तो लगेगा न गले में! यहाँ अपने घर का यह हाल है और वहाँ घुस गए पाकिस्तान के घरू मामले में!

अरे भैया-भैया की लड़ाई में तुम ससुरजू कौन? पंच बनाया था किसी ने तुम्हें?

बताया तो था रामदुलारे ने कि खामखाह दूसरे के फटे में टाँग अड़ाई। धजी का साँप बनाकर रख दिया। हमरा रामदुलारे हमें सब-कुछ बता चुका है मैया जी। यह तो गनीमत समझो तुम कि वह अब गाँव आता-जाता नहीं है। अब बेचारा आए भी किसके लिए? है ही कौन यहाँ उसका? अब उसे क्या खबर कि हम अभी यहीं सड़ते-मरते हैं!

वह आया होता न मैया, कि आ गया कभी, तो समझ लेना, बस उसी दिन तुम्हारी कलई खुल जाएगी गाँववालों के सामने। हाँ, इन्हीं के सामने। ये जो सुन रहे हैं कान लगाकर। इन्हीं को भरमा सकती हो तुम। हम नहीं आनेवाले तुम्हारी बातों में। हमें तो सब पोल-पट्टी मालूम हो गई है तुम्हारी। तुम तो सीधे-सीधे यह बताओ कि मंशा क्या है तुम्हारी?

बाँध बनाएँगे! अरे कर्जा तो पाट लो पहले। तुम्हें नींद कैसे आती है इतने कर्ज के रहते? तुम तो हमसे भी गए-गुजरे निकले! हम किसान तो ठहरे हजार-पाँच सौ के कर्जदार, वह भी अपने गाँव के ही बानिया के।

पर तुमने तो देश-का-देश कर्जे के बदले गिरवी रख छोड़ा है परदेशियों के पास! फिर भी फिक्रमंद नहीं! उसे पाटने की तजबीज करो कोई। और न तजबीज सको तो किसी भले मानुस को सौंप दो गद्दी।

भीड़ देखकर खुशी मना रही होओगी तुम। मन में लड़ुवा फूट रहे होंगे!

अरे भीड़ जुटा ली तो क्या लंका जीत ली? भीड़ तो नटनी के तमाशे में भी जुट जाती है। बेड़नी के नाच में भी जुट जाती है। नौटंकी की बाईजी के खेल में भी जुट जाती है।

उसके करतब, उसका नाच, उसके बोल-कुबोल, ऐसे ही कान लगाकर, आँख गढ़ाकर, मुँह सीकर देखते हैं ये लोग। फिर तुमरे सामने मुँहबाए बैठे हैं तो कौन नई बात हो गई!

हुँह! पंडित जी का सपना!

एक सपना हमरे पंडित जी ने भी तो देखा था। देखा था बामन महाराज ने कि इस लड़ैई गाँव को रसातल में ले जाने में कामयाब हो गए हैं वे।

लेकिन हो पाया क्या वैसा?

गाँव गया कि वे गए, उनका वंश गया!

उनको तो लोभ ने सताया था, बेटा ने डसा था, साव ने भरमाया था।

पर सरकारजू, तुम भी तो बताओ तुम्हारी क्या मंशा है? कौन-से लोभ ने सताया है तुम्हें? किसका पाप ढँकना चाहती हो तुम? किसने भरमाया है तुम्हें?

राजघाट से लौटते माते को पूरा विश्वास हो चला कि यह सरकार झूठ बोलती है, गुमराह करती है। होना-हवाना कुछ नहीं है। बस, कुछ बरस पीछे कोई और आएगा और दूसरी ईंट रखकर कहेगा कि बस, इंतजार खत्म! अब हुआ पंडित जी का सपना पूरा।

माते के लेखे राजघाट तक जाने का एक ही लाभ हुआ। मझले साव से भेंट हो गई माते की।

साव ने माते की सलाह में हामी भर दी है। कह दिया है कि उनके सब ढोर-बछेरू हलके साव से लेकर बरेदी को दे दिए जाएँ और बाखर दे दी जाए आँधरे कक्का को।

आँधरे कक्का की बाखर तो समझो आज ढही कि कल ढही। अगर किसी रात में वह छिन आन पहुँचा तो निकलकर भाग भी न पाएगा खलका। उसे भला क्या खबर होगी कि कहाँ भींठ गिरी और कहाँ फूटी है नई राह!

वैसे अब बाखर ससुरी है किसकी सही-सलामत? जिस बाखर की ओर टकटकी लगाकर देखो वही ढह पड़ने को तैयार! अब किसे बचा है चाव मरम्मत का, रखरखाव का! जाने कब तो खाली कर जाना होगा गाँव।

कहीं भींठ उठाते, खपरैल की छाबनी करते छिन ही आ गया सरकार का फरमान तो!

कोई बताता क्यों नहीं हमें कि कब खाली करना होगा गाँव? इतनी बड़ी-बड़ी बातें कर गईं सरकारजू! तनिक यह भी बता देतीं कि हमें ले कहाँ जाओगी यहाँ से उखाड़कर?

हम ये कर रहे हैं, हम वो कर रहे हैं! सब झूठ! सरासर लाबरी बातें!

अब हम देखने तो जा नहीं सकते, सो कह गईं जो मन में आया।

हमें इतना भी बुद्धू न समझो सरकारजू! गाँव में रहते हैं तो क्या हुआ; हम भी वही चून खाते हैं जो तुम खाती हो। तरकारी भले न खा पातें हों पर भात हम भी वही पकाते हैं जो तुम पकाती हो। इतना भी नहीं जानेंगे क्या हम...! हंड़िया का एक चावल बता देता है कि भात की दशा क्या है अभी।

और तुमरी हंडिया का यह एक चावल, यही राजघाट बाँध, युगों से धरा है कच्चा का कच्चा!

हमें तो लगता है कि तुम जैसे यहाँ झूठी-साँची हाँक गईं वैसी ही कहीं अंत हाँकती होओगी। कहती होओगी कि हमने बना दिया राजघाट पर बाँध। बसा दिया वहाँ के मूरख लोगों को भली जगह पर, जहाँ अब वे धीरे-धीरे आदमी में तब्दील हो रहे हैं। कहती हो न यही?

जैसी ये सरकारजू, वैसेई इसके कारिंदा। राज-भर के झूठे इकट्ठे हुए राजघाट पर। एक भी तो भला आदमी नहीं दीखा जिससे पूछते कि कहाँ जाकर बसेंगे हम? क्या-क्या ले जाएँगे? कैसे ले जाएँगे?

जब नहीं था इसका जवाब, तो दौड़ाया क्यों हमें?

राजघाट से लौटते हुए माते फिर भी प्रसन्न हैं। कुछ तो हासिल हुआ न!

न! सरकार से नहीं, मझले साव से। एक तो खबर मिली कि रामदुलारे दिल्ली में पढ़-लिख रहा है। वहीं, जहाँ से आई थीं सरकारजू। दूसरे, एक ऐसा वचन मिला जिससे बरेदी के परिवार का उद्धार भले न हो, सहारा हो जाएगा।

एक चिंता मिटी कि दूसरी चेंट गई।

बरेदी की चिंता दूर हुई कि रामदुलारे की चिंता ने आन घेरा। कहीं सरकारजू जैसा लाबरा होकर तो नहीं लौटेगा रामदुलारे?

नहीं-नहीं, उस पर विचारने से लाभ क्या! उस पर संदेह करने से लाभ क्या इमरतसिंह! तुम तो अभी बरेदी की चिंता करो। हलके साव की नीयत पर संदेह करना हो तो करो।

माते ने डपट लिया अपने-आपको।

मन के हारे हार है, मन के जीते जीत!

फिर गुनगुनाने लगे माते। सफर तय करने का मंत्र हो जैसे यह।

अभी महीना भी नहीं हुआ जब पंचायत जुटी थी गाँव में।

बरेदी के मौढ़ा ने ढोर चराने को ले जाने से इनकार कर दिया था। सबने समझाया, मनाया, धमकाया, मगर वह किसी सूरत में फिर से राजी होने में न आया। तब पंचायत का भय दिखाकर डाल दिया सबने माते को धर्मसंकट में।

भरी पंचायत में उसने अपना पक्ष पेश किया, "सरपंच दाऊजू, अब आप ही न्याय कीजिए। गाँव का गाँव हमें लतियाने पर तुला है। हमरी तो कोई सुनता ही नहीं। बाँधवालों ने बजराई के उस तरफ, पथरा बब्बा के पार से लेकर जाने कहाँ तक तो गैल की गैल खोद ली है। मिट्टी निकालकर ले गए हैं वे। हर दस कदम पर दस-दस, बीस-बीस हाथ गहरे गड्ढे कर दिए हैं। अब किस गड्ढे में जनाउर दुके है और किसमें ढोर-बछेरू गिर गया है, हम कैसे जानें! ऐसी सूरत में हम यह दावा कैसे करें कि दिन डूबें उतने ही ढोर वापस ला पाएँगे, जितने भिनसारें ले गए थे, अगर हम बजराई के इस तरफ ढोर चराते हैं तो वे कभी इसके खेत में घुस जाते हैं कभी उसके।....

अभी उस रोज सलैया के खेत में हलके साव की भैंस घुस गई थी, सो वे उसे पंचमनगर तक हाँक ले गए थे। ले जा कर काजीहौद में पेंड़ आए। साव गए सो छुड़ा लाए। दंड भर आए। अब कहते हैं कि मोरे हिस्से के नाज में से काटेंगे सबरा दंड।....

ऐसा तो अब रोज-रोज होगा। ऐसे में फिर हमें ढोर चराने के बदले नाज मिलने की नौबत ही कहाँ आएगी! फिर हमरे बूढ़े डुकरा-डुकइया क्या खाएँगे?....

हम तो एक ही सूरत में यह काम कर सकेंगे माते, कि आप सब लोग वे गड्ढा पूर दो, बस। पर हमरी विनती मानने को यहाँ कोई राजी नहीं। कहते हैं सरकार के काम में दखलंदाजी नहीं करेंगे। जेल हो जाएगी।....

अब आप ही बताओ माते, ये तो जेल के डर से इतना भी करने को राजी नहीं; और उधर किसी गड्ढे में गिरने से हमरे प्रान भी जा सकते हैं किसी रोज, इसकी चिंता किसी को नहीं! इसी से हमने सोची है कि हम तो शहर जाकर कोई काम ढूँढ़ेंगे। फिर अपने मताई-दद्दा को भी ले जाएँगे।"

"देखो भाई, यह पंचायत बुलाने का कोई लाभ नहीं होगा।" बरेदी के मौढ़ा की दलील सुनने के बाद पंचों से बोले माते। सच बात तो यह थी कि माते इस पंचायत में आना ही नहीं चाहते थे। वह तो लोग जबरन खींच लाए उन्हें।

अब क्या हो? आप ही सुनाओ फैसला माते! जो आपका फैसला होगा वह हमें मंजूर होगा।—कहा और अपने हाथ झाड़ लिए पंचों ने।

"इसमें न्याय करने की कोई बात ही कहाँ है?" सबको सुनाते हुए बोले माते, "यह बच्चा कोई असंगत बात तो कह नहीं रहा है। हम तो इसे आशीर्वाद ही दे सकते हैं कि यह कहीं अंत जाकर फले-फूले।"

"क्या? क्या कह रहे हो माते? फिर हम लोगों के ढोर-बछेरू कौन चराएगा? क्या मंदिर की पूजा-अर्चना छोड़कर हम, या खेती-किसानी छोड़कर ये किसान फिरेंगे डाँग-डाँग?" बिफरे कैलाश महाराज।

"यह एक अलहदा संकट है। इससे बरेदी के बच्चा को कोई सरोकार नहीं। इसे आज नहीं तो कल गाँव से तो जाना ही जाना है।"

"जाना तो हमें भी है माते!" कई लोग बोले एक स्वर में।

"हाँ, जाना तो सबको है। मगर तुम सब जाओगे जमीन-पेड़-बाखर के बदले नगद कलदार लेकर। मुआवजा देकर सरकार बसाएगी तुम्हें कहीं अंत। इसकी कौन यहाँ जमीन-जायदाद है। इसे तो खाली हाथ ही जाना होगा। वह भी अपने दम पर। भगवान भरोसे। सरकार की जिम्मेदारी में नहीं आता यह। फिर यह क्यों चिपका रहे यहाँ से?...

और अगर गाँव का मोह इसे यहाँ रोके भी तो खाएगा क्या? तुम सबने जो राह तजबीज की है, उसके चलते तो इसे दाना तक नसीब न होगा। इसने जो अब तक तुम्हें मदद पहुँचाई, उसे इसका एहसान मानकर इसे खुशी-खुशी विदा हो लेने दो। इसी में हमारा-तुम्हारा बड़प्पन है।"

अपना फैसला, अपनी मंशा जाहिर की और उठ लिए माते।

बुरा किया माते ने!

हाँ, बुरा किया।

नहीं तो! माते तो ऐसा नहीं मानते!

सारा गाँव तो मानता है।

माते को मालूम है, यही कह रहे हैं वहाँ मैदान में बैठे लोग। माते जानते थे कि यही कहेंगे पंचायत के बाद वे सब। मगर माते को परवाह नहीं उनकी। उन्हें बरेदी के मौढ़ा के सिवाय किसी की परवाह नहीं।

कहाँ जाएगा वह? कैसे जाएगा? उसे क्या पता शहर होता कैसा है, वहाँ जाते कैसे हैं। अब चँदेई में बीसन बरस पहले पढ़े किसी अधबूढ़े से पूछेगा कि रेलगाड़ी कैसी होती है, तो वह भला क्या बताएगा? और बताना भी चाहेगा तो बताएगा कैसे? चँदेई में रेलगाड़ी चली ही कब?

वह तो सुनी-सुनाई ही कहेगा न कि...हा, हा, हा, हा।

माते के पोपले मुँह में हँसी का गोला इस-उस तरफ लुढ़कता रहा देर तक। हाथ की लाठी काँपती रही देर तक।

अब चलना कठिन है। हँसी थमे तो पाँव बढ़ें। माते बैठ गए कुँए की जगत पर। पहले हँसी थमे, तब घटिया चढ़ना शुरू करें।

माते ने हटका अपने-आपको। क्या गजब करते हो इमरतसिंह! हँसते हो इनकी नामसझी पर!

माना कि तुम भोपाल तक हो आए अट्टू साव के साथ। जिला शहर हो आए हो बीसन बरस पहले बड़े साव के बड़े लरका के साथ। सो जान गए कि रेलगाड़ी किस चिरैया का नाम है। पर ये तो नहीं गए, फिर कैसे जानें? इसमें इनका क्या कुसूर? अब अकेली रेलगाड़ी देखने तो जाने से रहे पचीस कोस दूर लतपुर तक।

अब ये तो यही न बताएँगे कि आगे से काली-काली होती है, पीछे से होती है लाल! मुढ़ी में से धुँआ छोड़ती है और लोहे की पटरी पर जब दौड़ती है तो आने वाले मुकामों को खबर देने को चीखती-चिल्लाती जाती है—छकपक, छकपक, छकपक, छकपक, सूँऊ सूँऊ सूँऊ सूँऊ ऊँ ऊँ!

उस दिन पंचायत के बाद माते साँझ को गए बरेदी की बाखर में। उसके लड़के को समझाया-बताया कि यहाँ से जइयो राजघाट। वहाँ से मोटर लेकर जइयो लतपुर। वहाँ से रेलगाड़ी में बैठकर सीधा पहुँच जाएगा भोपाल।

वहाँ मिलेंगे मझले साव। वे तेरी मदद जरूर करेंगे। वहाँ मिलेगा तुझे रामदुलारे। उससे कहियो कि माते याद करते हैं।

अच्छी तरह समझा-बुझाकर, हाथ पर चार टका रखकर लौटे थे माते।

मगर गाँववालों ने उसे जाने कहाँ दिया! गाँव तो क्या, घर से निकलना मुहाल कर दिया। दस दिन तक अपने-अपने ढोर-बछेरू बंद रखे अपनी बाखर में और ग्यारहवें रोज उसे समझाने-बुझाने जा पहुँचे।

—कि पथरा बब्बा के पार, बाईं ओर, जहाँ सिद्धपुरा है, जहाँ चंद्रभान ने, रूपा ने टपरा डाला था, जहाँ बड़े पार (पहाड़) के ऊपर बानियों का मंदिर है बहुत पुराना, सिद्ध बब्बा का थान है, उस राह को नहीं खोदा है किसी ने, वहाँ तक ठेला नहीं जा सकता न, सो तू कल से उसी ओर ले जाया कर हमरे ढोरों को।

माते उस रोज खून के आँसू रोए थे। उसी रोज से फिकरमंद थे उसके लिए। उनका वश चलता तो उसी रोज दो खेत कर देते उसके नाम। मगर करें कहाँ से? खेत-खलिहानों पर तो बालकों का कब्जा है। वे तो कहते हैं कि मोंगे-मोंगे खाओ और पड़े रहो।

आज राजघाट पर साव के मिलते ही बरेदी का खयाल इसीलिए तो आया माते को। न सही खेत-खलिहान, चार ढोर रहेंगे तो दूध-घी तो नसीब होगा। कल को जब गाँव से जाएगा तब यही देह तो होगी उसकी पूँजी।

राजघाट से लौटते माते पूरी गैल में खुदे गड्ढे देखकर सोचते रहे कि ये खुदवाए कब? किनसे? हमरे गाँव से मील-भर दूर खुदाई हुई दोनों ओर, और हमें खबर तक नहीं दी!

खबर दे देते तो क्या बिगड़ जाता! क्या हम तुमरे हाथ रोक लेते? अरे, ज्यादा से ज्यादा यही न कहते कि यह काम होना ही है तो इसे हमरे बाल-बच्चों से करवा लो। दो टका देने ही हैं तो इन्हें दो। मगर नहीं, जाने कहाँ से लाए होंगे मजूर। आँधरो बाँटे रेबड़ी, मुड़-मुड़ अपनन को देय! तुम तो दोगे उन्हीं शहरातियों को।

हमसे तो बस लेने ही लेने का रिश्ता है न तुम्हारा।

हमें तो यहीं छेंककर मारना है न तुम्हें! यहीं डुबोना है न!

और एक हम अभागे कि दुनिया देखी ही नहीं, फिर जाएँ तो जाएँ कहाँ?

खाली हाथ, सपाट दिमाग लेकर जा भी कहाँ सकते हैं हम!

बरेदी-प्रसंग में जुटी पंचायत में माते की भूमिका सभी को नागवार गुजरी थी। सबों को यानी माते की दोनों पत्नियों के बच्चों और उनके बच्चों को भी। सो उसी साँझ पूरे परिवार ने माते से कह दिया था कि तुम्हें अब किसी मामले में पाँव फँसाने की जरूरत नहीं है। भगवत् भजन करो और दाना-पानी पाओ।

तभी से चुप, बिल्कुल चुप रहने लगे थे माते।

बाखर से उठे सो कुँए तक गए। कुँए से लौटे सो ठाकुरजू के देहरे पर। वहाँ से उठे सो भोजन किया और आकर बैठ गए बाखर के बाहर नीम के पेड़ के नीचे।

वहाँ से घटिया-नीचे का पूरा गाँव दीखता है।

वहीं से देखते और देखकर अंदाजते हैं माते सब दिन।

फिर मंडरा रही है चीलगाड़ी आसमान में। फरर-फरर, घरर-घरर!

फिर होगा कोई अनर्थ गाँव में!

चौदह

तुकबंदियाँ सूझती हैं हीरा साव को। सब दिन सूझती हैं। सब दिन से सूझती हैं तुकबंदियाँ हीरा साव को। जमाना बदला, जहान बदला, अगर नहीं बदला कुछ तो वह है हीरा साव का सुभाव।

कटनी महाविद्यालय के अंतिम पढ़ैया हैं हीरा साव। बहुत चाव था उन्हें पढ़ने का। उनके नन्ना की भी तमन्ना थी कि बेटा पढ़-लिख जाए खूब। मगर तब भी नन्ना ने हीरा साव को यकायक विद्यालय से उठा लिया था। तब दर्जा आठ में पढ़ रहे थे हीरा साव।

उन दिनों नन्ना का मन हरदम बेचैन रहता था। हीरा साव की अम्मा स्वर्गवासी हो चुकी थीं। बड़ा बेटा वर्षों पहले गाँव से डेरा-डंगर उठाकर ललितपुर में जा बसा था। उधर बड़े साव के बड़े लड़के ने पढ़-लिखकर जो गुल खिलाया, उसने भी कुछ कम दुविधा में नहीं डाला था हीरा साव के नन्ना को। कहीं हमारा हलकाईं भी····

नहीं-नहीं, हमको नहीं रखना उसे अपनी आँखों से दूर। पढ़-लिखकर, विद्वान बनकर भी क्या लाभ जब दिमाग ही रौशन न हो सके! कौन चाकरी करनी है हमारे हलकाईं को! बिरादरी की नाक कटवाने को एक ही बहुतेरा!

नन्ना ने विद्यालय से वापस तो बुला लिया हीरा साव को, मगर घर-परिवार की कोई जिम्मेदारी नहीं सौंपी। मृत्यु के दिन तक साहूकारी का काम वे स्वयं ही करते रहे। इसीलिए हीरा साव की आधी जिंदगी चैन से कटी।

खेती-किसानी, व्यापार-व्यवसाय नन्ना देखते रहे और हीरा साव के जिम्मे आईं तुकबंदियाँ, नाते-रिश्तेदारी के ब्याह-कारज में जाना-आना और इसके बाद बचे समय को पच्छी कक्का की बाखर में बैठकर अपने जैसे निठल्ले बानिया सपूतों के साथ चौपड़ खेलकर बिताना।

नन्ना कुछ समय तक और जीते रहे होते तो हीरा साव कहीं के न रहते। उन्हें खबर ही न हुई होती दीन-दुनिया की। अब्बल नंबरी चौपड़बाज हीरा साव चारों खाने चित्त हो गए होते।

सदा अपने पाशे से, अपनी चाल से, अपने दाँव से चौपड़ की बाजी जीतनेवाले हीरा साव ने जीवन की असल बाजी जीती नन्ना के प्राणों के पाशे से, उनकी इहलीला के दाँव में लगने पर।

नन्ना की आँखें मुँदने के दिन से हीरा साव को रह-रहकर यही खयाल आता है। इसे सच मानने का मन होता है, मगर यह सच है या नहीं, किसी से पूछ नहीं सकते हीरा साव। कह नहीं सकते हीरा साव। यह बात, अपने मन की यह दशा बयान कर नहीं सकते।

इस बात के सिवा, बाकी जो बाते हैं उनकी जानकारी में, जो सपने हैं उनके दिल में, जो योजनाएँ हैं उनके दिमाग में, उन्हें कहना नहीं चाहते हीरा साव। इसीलिए किसी से कुछ कहते नहीं, केवल कर गुजरते हैं हीरा साव।

किसी को कानोंकान खबर भी न हुई और ललितपुर में हवेली खड़ी कर ली हीरा साव ने। किसी को भनक भी न हुई और अपना परिवार बसा दिया वहाँ।

नन्ना के रहते जो गाँव के किसी लेखे में नहीं थे, वे ही हीरा साव यकायक पूरी बानिया बिरादरी के सिरमौर हो गए। जितने बानिया गाँव से गए, सब-के-सब गाँव से जाने से पहले एक पाँव पर ठाँड़े रहे दिन-दिन-भर हीरा साव की बाखर में। पटवारी आए कि कोई और सरकारी मुलाजिम, साव की बाखर में ही बैठती रही उसकी बैठकी। जाने तो किस-किस गाँव के किसान, अहीर, लोदी, तेली, सलैया, काछी, कुम्हार, लुहार आ-आकर धोक देते हैं हीरा साव की बाखर में।

अलबत्ता अपने गाँव और आसपास के चार-छह गाँवों के किसी आदमी से कोई सरोकार नहीं रखते हीरा साव। वे अपनी फौरी जरूरत, कि लाजिमी जरूरत, जरूरत जैसी भी हो, उसके लिए हीरा साव की नहीं, हलके साव, कि गुलझारी साव, कि चंदेरी या ललितपुर में जा बसे अपने पुराने साव के दरवाजे पर धोक दें। हीरा साव को उनकी दरकार से कोई सरोकार नहीं रहा कभी।

राजघाट के बीसियों नहीं सैकड़ों चक्कर लगा चुके हैं हीरा साव।

हीरा साव की ससुराल है राजघाट के उस पार कैलवारा गाँव में।

राजघाट का काम शुरू होने का पहला हल्ला मचा था कि राजघाट की उत्तरप्रदेश वाली सीमा के कैलवारा, बकलवारा, दैलवारा और उनसे लगे दर्जनों गाँवों में सरकारी कागज आन पहुँचा था कि सरकार को आपकी जमीनों की दरकार है, सो कलट्टर की इजलास में हाजिर होकर अपना-अपना मुआवजा का दावा पेश करो!

तब ललितपुर जिला शहर नहीं बना था। तब जिला शहर था झाँसी। सब-के-सब दौड़े गए थे झाँसी। महीनों की भागा-दौड़ी के बाद कहीं जाकर मालूम हुआ था कि सरकार को अभी खेतों वाली जमीन की दरकार है। सो आनन-फानन में सबको जमीनों का मुआवजा दे दिया गया था।

घर, बाखर, खेतों में मौजूद कुँओं और पेड़ों की तब कोई कीमत नहीं आँकी गई थी। कह दिया गया था कि अभी सरकार के खजाने में रकम नहीं है। और यों

भी सरकार अभी आपको गाँव से जाने को कह नहीं रही है। जाओगे तो तभी न जब सरकार कहीं और जमीन देगी रहने को। बस, तभी दे देगी बाकी मुआवजा भी। तब तक इंतजार करो। जैसे-जैसे सरकार को बाड़ू जमीन की जरूरत होती जाएगी, तुम्हें मुआवजा मिलता जाएगा।

सच कहा था सरकार ने। इसमें भला झूठ क्या था! गाँव तो बसे हैं भीतर ही भीतर को। खेतिहर जमीन है राजघाट से ललितपुर को जानेवाली सड़क की ओर, या फिर है राजघाट के किनारे-किनारे। सो सरकार को अभी इसी की दरकार है।

जमीनों का रुपया किसानों के हाथ में आया कि बानियों की चाँदी हो आई। किसानों ने हाथ में आए कलदार अपनी कट्टी के खलीते में बाद में रखे होंगे कि पहले बानियों ने अपना अगला-पिछला हिसाब चुकता कर लिया।

इस वसूली के बाद बानिया लोग तो जा बसे ललितपुर, कि झाँसी, कि बीना, कि भोपाल। और किसान रहा आया बाखर, कुँआ, पेड़ का मुआवजा मिलने के इंतजार में।

देनदारी चुकाने के बाद थोड़ी-बहुत जो रकम हाथ में बची रह भी गई थी, उससे किसी ने अपने आजे की पंगत निबटाई, किसी ने पराजे का श्राद्ध, किसी ने गए बरस गोलोकवासी हुई मतारी की तेरहवीं इस बरस दे दी तो किसी ने वैकुंठ जाने को तत्पर दद्दा के कारज की खातिर ललितपुर में साव के पास कलदार रख छोड़े।

फिर खाली हाथ होकर बैठ गए अनंत इंतजार में।

हीरा साव के बाकी ससुराली तो जा बसे ललितपुर में, मगर उनके बड़े साले किरोड़ीमल ने वहीं राजघाट पर एक परचून की दुकान और ढाबा डाल लिया, यह सोचकर कि काम होगा यहाँ तो मजूर, बाबू भी आएँगे कि नहीं। तब वे सब-के-सब सौदा-सुलुफ को, कि रोटी खाने को ललितपुर तो जाने से रहे रोज के रोज!

नन्ना के मौजूद रहते दिन तक दिन-दिन-भर, चार-चार दिन तक बेवजह बैठे रहते थे हीरा साव इसी दुकान या ढाबे पर। यहीं से मिलती थीं हीरा साव को नई-नई खबरें।

यहीं बैठे-बैठे मालूम हुआ था हीरा साव को कि बाँध के काम में यहाँ के आस-पास के किसी गाँव के किसी आदमी को मजदूर नहीं रखने का फैसला किया है सरकारों ने, कि ठेकेदारों ने।

क्यों भला? क्योंकि काम तेजी से करना है। यहाँ के स्थानीय आदमी मन लगाकर पूरे समय काम नहीं करेंगे। क्योंकि वे अपने तीज-त्योहार मनाना नहीं छोड़ेंगे काम की खातिर। घर-परिवार के शादी-ब्याह में शामिल होना भी न त्यागेंगे। कोई बीमार-दुखी हुआ तो उसकी तीमारदारी में जुटना भी नहीं छोड़ेंगे। सरकारी बाबू से, कि ठेकेदार के मुँह से कोई ऊँच-नीच बात निकल गई तो उससे झगड़ने से बाज भी न आएँगे।

इन सबके चलते नाहक ही काम का हर्जा होगा! इसीलिए यहाँ काम करने के लिए कहीं अंत से मजूर लाए जाएँगे। इतनी दूर से कि वे सरलता से अपने घर न लौट

सकें। मनीआर्डर से रकम भेजें अपने घर, और दिन-रात बाँध के काम में जुटे रहें।

इसी ढाबे पर बैठे-बैठे देखते थे साव उन काले-कलूटे लोगों को जो बाँध पर काम करने के लिए लाई थी सरकार मदरास से, कि पुरी से, कि उड़ीसा से, कि केरल से। सीधे-सादे, मेहनती और कम-बोलू लोगों की भीड़।

कम-बोलू, तिस पर सोने में सुहागा यह कि न सरकारी बाबू उनकी भाषा समझें, न वे बाबू की। सो जो काम होना होता, जो काम होता, सब इशारों में। लड़ाई, कि प्रीत की नौबत ही नहीं। बोल, कि कुबोल की गुंजाइश ही नहीं।

साव देखते रहे कि कैसे दिन-रात जुटी रहती है वह गूँगों की भीड़ काम में।

नन्ना के गुजर जाने के बाद भी हीरा साव ने इस ढाबे पर आना नहीं छोड़ा। हाँ, कुछ कम जरूर हो गया था उनका आना। यहीं आने पर उन्हें मालूम हुआ था बहुत-कुछ। यह जानकारी का केंद्र था साव का—जानकारी का भी और भावी योजनाएँ बनाने का भी।

यहीं आते रहने की वजह से साव को, पूरी लड़ैई में केवल हीरा साव को, यह जानकारी थी कि पूरी गैल में से मिट्टी खोद-खोदकर राजघाट के दोनों ओर मिट्टी के जो टीले बनाए गए थे, वे बनाना लाजिमी था। उन्हें पानी में बहाना जरूरत थी बाँधवालों की। इन्हीं की बदौलत लड़ैई में बाढ़ आई थी।

मिट्टी के टीले फिर खड़े किए जाएँगे। उन्हें फिर से पानी में बहाया जाएगा, यानी कि लड़ैई में बाढ़ फिर आएगी। ये टीले खड़े करना बाँधवालों की जरूरत है, इन्हें पानी में बहाना बाँध की जरूरत है। बाँध का पहला काम है यह। सबसे कठिन लक्ष्य।

कुछ दूर तक नदी का तल ऊँचा करना जरूरी है। बाँध पर जो पानी इकट्ठा किया जाएगा वह ऊँचाई पर किया जाएगा। वहाँ से फिर पूरी गति से वह नीचे को बहाया जाएगा। फिर बहुत नीचे गिराया जाएगा, जैसे कि झरनों से गिरता है। तभी तो चक्का घूमेगा! तभी तो बिजली बनेगी!

इस फेर में, जब तक तल ऊँचा होता रहेगा, तब तक पंचमनगर, बारी, टोढ़े, सिरसौदिया, लड़ैई में बाढ़ आएगी ही आएगी।

सो इस बाढ़ से जो लड़ सके, जो मुकाबला कर सके या कि जो इंतजार कर सके इस आफत के टलने का, वह रुका रहे अपने गाँव में, वरना अपना खेत-खलिहान, घर-द्वार बेच-बूचकर जा रहे कहीं शहर में। उसकी जमीन-जायदाद खरीदने को ही तो बैठे हैं हीरा साव लड़ैई में।

हीरा साव को कोई जल्दी नहीं, कोई भय नहीं। जो कीमत सरकार दे रही है उत्तरप्रदेश में, राजघाट के उस तरफ, उससे आधी कीमत पर खरीदने को तैयार हैं हीरा साव, कि चंदेरी, ललितपुर में बैठे तमाम साव।

ज्यों-ज्यों बाढ़ की गति बढ़ती जा रही है, हीरा साव की बाखर में आनेवालों की तादाद भी बढ़ रही है। हीरा साव जरूरतमंद को, विक्रेता को पाई-पाई का हिसाब देते हैं। अलबत्ता इस खरीद-फरोख्त के समय बेचनेवाले से, अपनी बिरादरी के यदि किसी भी साव का वह देनदार हुआ, तो वह रकम भी काटना नहीं भूलते। इसीलिए तो गाँव से भागे तमाम साव जाने से पहले धोक देकर गए थे हीरा साव की बाखर में।

"इतने कलदार कहाँ से पाते हो भउआ?" एक रोज पूछा था हीरा साव से उनके साले किरोड़ीमल ने।

हीरा साव केवल मुस्करा-भर दिए थे।

"बताओ न भउआ!" किरोड़ी ने मनुहार की थी।

"क्यों? तुझे भी दरकार है क्या?"

"है तो भउआ!"

"क्या करेगा इतनी रकम का?"

"सुना है, सरकार बाँध का काम और तेजी से करना चाहती है। इसके लिए चाहिए चौड़ी सड़क। सो ललितपुर से प्राणपुरा तक की सड़क चौड़ी होगी। इस सड़क को बनाने का काम देगी यहीं के ठेकेदारों को। सो हम सोचते हैं कि सड़क के काम का ठेका ले लें। उसके लिए हमें मोटी रकम चाहिए और अपने घरू मजदूर भी!"

हीरा साव ध्यान से सुन रहे थे अपने साले की बात।

किरोड़ीमल एक क्षण को मौन हुआ। भउआ की ओर देखा। उन्हें कहीं खोया हुआ जानकर उसने अपनी योजना बखानना बंद कर दिया।

भउआ का ध्यान फिर से अपनी ओर केंद्रित करने के लिए उसने एक नया रहस्य बखानना शुरू किया, "तुम्हें मालूम है भउआ, राजघाट से जो नहर पानीपुरा तक गई है न, उसे सरकार उसके मुहाने से बंद करने जा रही है।"

चौंके साव! तुरंत चौंके, "क्यों भला?"

यही तो चाहता था किरोड़ी। मुस्कराया वह।

"कब?"

"बहुत जल्दी।"

"तो क्या सरकार गाँव उजाड़ेगी?"

"सरकार क्यों उजाड़ेगी भला!"

"पर भैए, फिर वे रहेंगे कैसे पानीपुरा में? सरकार को चाहिए कि वह पहले उन्हें कहीं और बसाए, तब नहर का मुँह बंद करे!"

"चाहिए तो सरकार को बहुत-कुछ, मगर हमारी-तुम्हारी मुसीबत से सरकार को क्या सरोकार? हालाँकि सुनने में तो आया है कि अब पूरी मुस्तैदी से होगा बाँध का काम। मध्यप्रदेश वाले क्षेत्र में जो गाँव डूब रहे हैं, उन्हें भी जल्दी ही खाली करवाया

जाएगा। केंद्र सरकार ने दोनों प्रदेशों की सरकारों को कहा है कि काम को तेजी से निबटाओ। यहाँ हमारी तरफ के गाँवों के लोगों को बसाने के लिए सरकार जगह तलाश रही है।....

मगर आफत यह है कि सरकारों को जमीनें मिल ही नहीं रहीं। इधर ललितपुर में जमीन के दाम आसमान छू रहे हैं, उधर सुना है चंदेरी का भी वही हाल है। सुना है, बड़े-बड़े सेठ-साहूकारों ने पहले ही तमाम खाली जमीनें खरीद ली हैं। वे जानते जो हैं कि जब बाँध बन जाएगा तब उद्योग-धंधे भी लगेंगे। अब उद्योगपति या सरकार, जिसे दरकार हो, वह खरीद ले जमीन उनसे उनके मुँहमाँगे दामों पर!"

"तुम क्या कह रहे थे किरोड़ी?" हीरा साव पीछे लौटे। मगर कहाँ, किरोड़ी की समझ में नहीं आया।

"हम क्या कह रहे थे का क्या मतलब भउआ! जो कुछ कह रहे हैं अभी, हम ही तो कह रहे हैं!"

"हमारा मतलब, तुम अपने धंधे की, ठेके की जो बात कह रहे थे।"

"अरे वह! मगर उसमें तो कलदार...." किरोड़ी मौन हो गया, कि सपनों में खो गया।

"तुम ठेका पाने की कोशिश करो किरोड़ी!"

"मगर मजदूर, रुपया...."

"वह सब हम पर छोड़ दो।"

"सच कहते हो भउआ?"

"हाँ, हाँ! पर पहले इसमें अपनी हिस्सेदारी कैसी-कितनी होगी, यह भी सोच लेना।"

"इसमें सोचना क्या भउआ! जो तुम कहोगे वही...."

"न, न, धँधे में यह सब नहीं चलता। धंधे में नफा-नुकसान की गुंजाइश हरदम बनी रहती है, यह तुम भी जानते हो। इसमें सगा सौतेला हो जाता है, सौतेला सगा। इसलिए हमने कहा कि पहले से सब सोच लेना, ताकि कल को रिश्तेदारी में फर्क न आए। तुम्हें जितनी रकम चाहिए होगी, कि जितने मजदूर, वह हमें बता देना, हम इंतजाम कर देंगे।"

"मगर यह सब होगा कहाँ से भउआ?"

"यह विचारना तुम्हारा काम नहीं। तुम तो ठेका पाने की कोशिश करो। अच्छा, तो अब हम चलते हैं।"

हीरा साव लौट चले लड़ैई की ओर। अपने साले को जोश दिलाकर, अपने साझीदार को सावधान करके, अपने किरोड़ी के होश उड़ाकर!

राह-भर हीरा साव को एक पुरानी तुकबंदी याद आती रही। एक ऐसी तुकबंदी जिसे उन्होंने नहीं घढ़ा था। जो जाने कब से चली आ रही थी। जाने कब तक यूँ ही अपने अर्थ को चरितार्थ करती रहनेवाली थी—

झाँसी गले की फाँसी, दतिया गले का हार।
ललितपुर तब तक न छोड़ियो, जब तक मिले उधार॥

इस तुकबंदी का माहात्म्य भला हीरा साव न जानते हों, यह कैसे हो सकता था! इस तुकबंदी ने ही तो बनाया हीरा साव को सेठ हीरा लाल।

बचपन से सुनते आ रहे थे हीरा साव यह कहावत। उनसे पहले अपने बचपन से सुनते आ रहे थे उनके नन्ना। और उनसे पहले उनके भी नन्ना।

राजघाट के साथ-साथ ललितपुर भी जाना होता रहता था हीरा साव का। वहीं बनाई उन्होंने हवेली। वहीं के दम पर बनाई साव ने हवेली। उसी ललितपुर के भरोसे हैं हीरा साव, और उसी के भरोसे पर छोड़ा हुआ है अपना परिवार।

ललितपुर पर साव को पूरा यकीन है। ललितपुर पर सबको यकीन है।

ललितपुर के बारे में क्यों बनी यह कहावत, खूब जानते हैं हीरा साव। कहावत को सच में बदलता है आज भी ललितपुर। कहावत में बखाने माहात्म्य को आज भी सच कर दिखाता है ललितपुर।

झाँसी रही एक रियासत और लश्कर रही एक और रियासत। दोनों में मौके-बेमौके होते रहे युद्ध। हारती रही, कि समर्पण करती रही—कभी झाँसी; कभी लश्कर। और हर ऐसे मौके पर दोनों के बीच में मौजूद दतिया आता रहा संधिस्थल के काम। सो झाँसी हुई गले की फाँसी और दतिया हुआ गले का हार।

झाँसी, कि चंदेरी, कि लश्कर, इन तीनों रियासतों के सबसे करीब रही ललितपुर गढ़ी। यहाँ रही सदा से साहूकारों की गद्दियाँ। ये देते रहे सदा ही राजा को, कि मंत्री को, कि ताल्लुकेदार को सूद पर रकम। युद्ध को चाहिए हो, कि शांति को। इन गद्दियों से रकम पाकर बचाते रहे राजे-रजवाड़े प्रजा के आगे अपनी नाक, दूसरे राजा के आगे अपनी साख।

जमाने ने पलटा खाया। चारों तरफ गरीबी का साम्राज्य फैला। ललितपुर के साहूकारों से उन्नीस मगर जनता से बीस, साहूकार पैदा हो चले गाँव-गाँव, कस्बे-कस्बे।

जमाना और पलटा। सरकार ने ढेरों योजनाएँ हाथ में लीं। चारों ओर विकास ही विकास का शोर।

सरकार को बबीना में मिलिटरी कैंट कायम करना हुआ, कि सागर के मिलिटरी कैंट को विस्तार देना हुआ, कि राजघाट बाँध, जामिनी घाट बाँध, कि माताटीला बाँध, कि तालबेहट बाँध, कि फलाँ योजना, कि ढिंका योजना बनानी लाजिमी हुई, कि सड़कें चौड़ी करनी हुईं, कि रेल-पटरी बिछानी हुई⋯इन सबके लिए जमीन की

दरकार। जमीन लेनी हुई किसानों से, गाँववालों से।

अब सरकार के काम एक-दो रोज में तो पूरे होने न थे। योजना बनाई और फिर वर्षों को हो गई मौन।

अब इधर जिनकी खेती वाली जमीन चली गई योजना में, वे जाएँ कहाँ? जिनकी जमीन जानी है योजना में, वे जाएँ कहाँ?

दोनों के लिए ललितपुर के साहूकार हाजिर। रुपया सूद पर लो! जब आ जाए तब चुका देना! न सूद पर लेना हो तो बेच दो जमीन। साव सब वसूल लेंगे सरकार से।

योजनाएँ बनती रहीं, योजनाएँ टलती रहीं, जरूरतमंद आते रहे, सावों की साहूकारी फलती गई। ललितपुर के साहूकारों में सब्र इतना कि थाह न पा सके कोई।

हीरा साव को शुरू-शुरू में बड़ी हैरानी होती थी यह देखकर कि जिस ललितपुर में कोई उद्योग नहीं, व्यापार नहीं, कल-कारखाना नहीं, मंडी नहीं, सरकारी दफ्तर-बाबू का तामझाम नहीं, वहाँ के लोग इतने समृद्ध हैं तो किस बिनाह पर?

हीरा साव की समझ में जैसे-जैसे ललितपुर का रहस्य, ललितपुर का माहात्म्य आता गया, हीरा साव अपने क्षेत्र में रहस्यमय और महत्त्वपूर्ण होते गए।

इसी ललितपुर से सूद पर रुपया उठाकर हीरा साव ने गाँव छोड़कर भागनेवालों की जमीनें खरीदी हैं। सूद बढ़ रहा है तो क्या हुआ! कोई साहूकार नहीं कहता कि रकम चुकाओ।

सब्र है ललितपुर के साहूकारों में। जितने घर, उतने साहूकार, यानी ललितपुर। ललितपुर यानी कि जैसी बैठक वैसा ब्याज।

ललितपुर के साहूकारों के पास रुपए की कमी नहीं। आसपास की तमाम फसल पहुँचती है अब ललितपुर। गल्ले की मंडी हो गया है ललितपुर। सूद के बदले आया गल्ला रोज ही साहूकार के गल्ले की पेटी में रुपयों की शक्ल में बदल जाता है कि नहीं।

इसी ललितपुर से सीखा है साव ने कि व्यापार में कोई किसी का सगा नहीं होता। यहीं का चलन देखकर सावधान किया था उन्होंने अपने अजीज साले किरोड़ी को। साव ने देखा है कि ललितपुर में साहूकार बाप अपने ही साहूकार बेटे को उधारी पर रकम नहीं देता। यह बात व्यापार के नियम-विरुद्ध जाती है न!

बेटे को चाहिए कि अगर उसके पास सूद पर देने को रकम नहीं है तो बजाय बाप से माँगने के, किसी दलाल को खोजे। वह अपनी दलाली लेकर फिर चाहे उसी के बाप से, कि बेटे से लाकर दे रकम।

वह बताएगा नहीं किसी को कि रकम लाया कहाँ से है। आखिर बताएगा भी कैसे? नियम-विरुद्ध है यह। फिर उससे पूछेगा भी तो नहीं मँगानेवाला।

जमाना बदल गया है। कलयुग आ गया है—कलयुग।

इस जमाने की रीति उलटी। इस युग की नीति उलटी।

पहले राजा को पानी की दरकार थी सो गाँव बसाया था।

अब राज्य को पानी की दरकार है सो गाँव उजाड़ रही है।

पानीपुरा का बच्चा-बच्चा यही कहता हुआ गया गाँव से। न कहे जुबान से, मगर दिल में, मन में, सपनों में, सोच में, यही घोकता गया वह दिन-रात।

चंदेरी के राजा को पानी की किल्लत सदा रही। चंदेरी काफी ऊँचाई पर बसी है न, और नदी है वहाँ से बहुत नीचे और बहुत दूर भी।

चंदेरी के पिछवाड़े से पत्थरोंवाला रास्ता उतरने पर आता है प्राणपुर। जब कभी किसी राजा पर, किसी भी युग में, चाहे वह शिशुपाल का जमाना रहा हो या चंदेलों का, शत्रु ने आक्रमण किया, जब जान बचाना ही अंतिम उपाय बचा, तब प्रजा-सहित पूरा राज-परिवार किले के पीछे से पहाड़ उतरकर आ दुबका प्राणपुरा में।

प्राणपुर से सीधा रास्ता गया है राजघाट को। राजपरिवार हवाखोरी, नौका-विहार या पूजा-अर्चना को आते रहे बेतवा के इस घाट पर। इसीलिए कहलाया यह राजघाट।

यहीं तक, घाट के इस तरफ चंदेरी राज्य की सीमा रही, और दूसरी तरफ ललितपुर की।

यहीं से बँटे हैं आज भी मध्यप्रदेश और उत्तरप्रदेश।

नदी के बीचोंबीच, नदी की अधिकतम ऊँचाई से तकरीबन बीस फुट नीचे जो पुल बना हुआ है, पहली बरसात के बाद ही जिस पर से अब आदमी नहीं, केवल पानी आता-जाता है, उसी पुल के बीचोंबीच गढ़ा हुआ है एक खंभा। इसी खंभे के एक ओर यानी चंदेरी की दिशा में लिखा है मध्यप्रदेश-सीमा समाप्त, और दूसरी ओर यानी ललितपुर वाली दिशा में लिखा है उत्तरप्रदेश-सीमा समाप्त।

इस घाट के दोनों छोरों पर दोनों प्रदेश सरकारों का अपना-अपना चुंगी नाका है—इधर मध्यप्रदेश शासन का और उधर उत्तरप्रदेश का। इनमें चौबीसों घंटे सिपाही तैनात रहते हैं। सरकारी मुलाजिमों और खजाने की रक्षा के लिए, न कि आम गाँवड़ियों की रक्षा को।

ये सिपाही अपने कर्त्तव्य को भली-भाँति पहचानते हैं। तभी तो न, जब एक बार नदी में बहते आ रहे एक गाँव के किसान ने दोनों प्रदेशों की सीमा के सूचक उस खंभे को पकड़कर बाढ़ में बहने से बचना चाहा, तब उसके लाख चिल्लाने पर भी एक भी सैनिक नहीं पहुँचा मदद को। उनका काम जो नहीं था वह।

दोनों शासनों की चुंगियों में बैठे सिपाही और मुलाजिम उसका चिल्लाना देखते रहे। न इधर से गया कोई नाव लेकर, न उधर से आया। वे मानते रहे कि वह मध्यप्रदेश की सीमा में है और ये मानते रहे कि वह उत्तरप्रदेश की सीमा में है।

जब तक वह खंभा पानी में नहीं डूबा तब तक वह पुकारता रहा, मगर कोई नहीं आया।

तब उसकी पुकार सुनकर आया वह जल जो जीवन देता है तो इन छोटे-मोटे अन्यायों से विचलित हो जानेवाले डरपोक जीवों को कष्ट से छुटकारा दिलाने के लिए लील भी जाता है। वही अपने साथ बहा ले गया उसे उस अज्ञात राज्य, कि शासक की सीमा में, जहाँ से कोई लौटकर नहीं आता। जहाँ सशरीर जाना मना है।

प्राणपुरा से राजघाट तक गई राह के दोनों ओर बसे हैं सैकड़ों गाँव। इन्हीं में से एक है पानीपुरा। प्राणपुरा की बाईं ओर बसा सबसे नजदीकी गाँव। इस पूरे क्षेत्र में यह अकेला गाँव है जिसमें कोई कुँआ या बावड़ी नहीं है। उनके नाम पर है केवल एक तीस फुट गहरी कुँइया।

चंदेरी राज की आधी से ज्यादा सेना का डेरा हुआ करता था सिरसौदिया गाँव। इस गाँव तक आती थी राजघाट से निकली एक नहर। गाँव क्या, यह भी छावनी ही थी पहले तो। इसी के लिए राजघाट से कोस-भर पहले से नदी में से निकालकर लाई गई थी एक नहर, ताकि सैनिक परिवारों को पानी की किल्लत न रहे और राजपरिवार को भी पानी की सुविधा हो जाए।

इसी नहर से पानी ढो-ढोकर चंदेरी पहुँचाते थे ढीमर।

जाने किस राजा के काल में विधि का लेखा हुआ यह कि एक पंचम नाम की राजकुमारी अपना दिल हार बैठी सिरसौदिया के किसी सैनिक की देह में!

राजा ने, रानी ने, मंत्री ने, संत्री ने, सखियों ने, सहेलियों ने, बामन ने, पुरोहित ने, ज्योतिषी ने, ओझा ने, वैद्य ने, दैव ने—सबने समझाया, मगर राजकुमारी पंचम की एक ही रट रही।

डोली में बैठाकर विदा करने का मन हो तो चंदेरी से सिरसौदिया तक की राह में फूल बिछा दिए जाएँ, और यह मंशा न हो तो दो हाथ जमीन की कमी न होगी पूरे राज में कि जहाँ हमरी चिता न सजाई जा सके!

राजा परेशान। रानी हैरान। न वह किसी की सुनती है, न किसी का कहा गुनती है। उसकी तो बस एक ही विनती है!

आखिर राजा ने मंत्रियों से सलाह की। दूसरी दिशा में सोच-विचार किया। तब कहीं खोज पाए एक आसान-सा हल।

अगले ही रोज उस सैनिक का ओहदा बढ़ा दिया गया। सिरसौदिया तक आई नहर के दूसरी तरफ, राजघाट की ओर बसाया गया एक गाँव। नाम दिया उसे पंचमनगर।

वहाँ एक बड़ा-सा महल बनवाया। उस सैनिक को उस महल में स्थापित किया। कई गाँव उसे दहेज में दिए और तब ब्याह दी उससे राजकुमारी पंचम।

इस तरह पंचम के मन की साध तो पूरी हो गई, मगर राजा आन फँसे एक नए धर्मसंकट में!

पंचमनगर तक आई इसी नहर का पानी ढीमरों के कंधों पर लदकर पहुँचता था चंदेरी के महल में।

अब जबकि पंचमनगर हो गई बिटिया की ससुराल, तब राजा वहाँ का अन्न, कि जल, ग्रहण कैसे करें? और न करें तो राजपरिवार क्या प्यासा रहे? या वही पानी पिए जो आम प्रजा पीती है—खारा! बेस्वाद!

नहीं-नहीं! उस थोड़े-से पानी में राजा भी हिस्सेदारी करें, यह राजा को मंजूर नहीं! क्या कहेगी प्रजा? हम प्रजा के पालक हैं या भक्षक?

चुनाँचे दो काम एक-साथ शुरू हुए। पहला तो यह कि राजमहल के दाईं ओर जो सबसे नीची पहाड़ी थी, उस पर ऐसी बावड़ी की खुदाई शुरू हुई जो आधी पहाड़ी जितनी नीचाई तक तो बावड़ी की सूरत में रहनी थी; फिर उसके तल में से शुरू होना था एक कुँआ, जो प्राणपुरा की समतल जमीन से भी तीस हाथ नीचे तक जाना था। वहाँ तक, जहाँ पानी की धार हो!

यह काम भी पूरा हुआ, मगर इससे राजमहल की जरूरत पूरी नहीं हो सकी। इतनी गहराई के बावजूद इस कुँआ-बावड़ी में साल में चार-छः महीने ही पानी रह पाता था। बाकी दिनों वह रहता सूखा का सूखा।

सो, सब दिन के लिए की गई एक अन्य व्यवस्था। पंचमनगर तक आई नहर को दो फाँकों में बाँटा गया। एक फाँक तो पहुँचा दी गई पंचमनगर के महल में बने तालाब में, और दूसरी फाँक यानी मूल नहर को प्राणपुरा की दिशा में विस्तार देकर जिस जगह लाकर रोका गया वहाँ बस गया पानीपुरा। बस गया नहीं, बल्कि बसाई गई ढीमरों की बस्ती—पानीपुरा।

राजा गए, मगर वह बस्ती बसी रह गई, सो आज तक बसी रही।

पानीपुरा में पानी का साधन थी केवल नहर। बारहों महीने उसमें पानी रहता था, सो गाँव को कुँए की कभी जरूरत ही महसूस नहीं हुई थी। पूरी बस्ती में कुँए के नाम पर थी केवल एक कुँइया। वह भी इसलिए कि पीने को साफ-सुथरा पानी मिलता रहे और तीज-त्योहारों पर कुँआ-पूजन के नेग के काम आ सके।

सो इधर ज्यों ही नहर का मुँह बंद हुआ, उधर पानीपुरा में पानी की पहुँच बंद हो गई। सरकार गाँव उजाड़ने नहीं आई, मगर गाँव स्वतः उजड़ गया।

गाँव के तमाम लोगों ने कई दिनों तक खूब सोचा-विचारा।

किसी ने नया कुँआ खोदने की सलाह दी, तो किसी ने सरकार से गुहार लगाने की। मगर दोनों ही बातें पूरी होती न दीखीं। सरकार के कान में जूँ तक न रेंगी

और नया कुँआ खोदना इसलिए व्यर्थ जान पड़ा कि जाने किस दिन गाँव खाली करके जाना पड़े।

सो पानीपुरा के तमाम वाशिंदे आ पहुँचे हीरा साव की शरण में।

हीरा साव को इसी दिन का इंतजार था। इसी दिन के भरोसे पर तो कह आए थे वे अपने साले से कि वह तो ठेके की जुगत में रहे, बस्स!

हीरा साव ने उदार मन से स्वागत किया शरणार्थियों का। अपने गाँव में, अपने खेतों में उनके टपरा डलवाए। अलग बस्ती बसा दी उनकी। नाम दिया उसको हीरापुर।

फिर हीरापुरवासियों को समझाया—देखो भाई, इस सरकार का तो भरोसा नहीं कि वह कब उजाड़ेगी ये गाँव। सो हमारी सलाह तो यह है कि तुम अपने खेत-खलिहान हमें बेच दो। बदले में चाहो तो नगद कलदार ले लो और चाहो तो यहाँ हमारे गाँव की जमीन।

हाँ, हम तुम्हारे टपरा की कोई कीमत न दे पाएँगे। जमीन पर अब फसल तो नहीं हो सकती, तब भी चारा तो हो सकता है। वही काटकर बेच लेंगे हम। मगर तुम्हारे टपरा का हम क्या करेंगे भला! वह हमारे किसी काम का नहीं।......

तुम यहाँ हमारे गाँव में रहकर अपनी गुजर करो और इंतजार करो। जब सरकार मुआवजा देगी तब अपने टपरा का मुआवजा और हमारी जो जमीन तुम खरीदोगे, उसका मुआवजा लेकर वहीं जा रहना, जहाँ सरकार बसाएगी। हमारे लिए तो जैसी यहाँ की जमीन, वैसी वहाँ की। और जो जमीन के बदले में जमीन न लेना चाहे, उसे हम काम दिलवाने का भी इंतजाम करवा सकते हैं। अब तुम सब अच्छी तरह सोच-विचार लो।

पानीपुरा के वासी उसी दिन से सुबह-शाम अपने मुँह तक अन्न का दाना बाद में ले जाने लगे, 'हीरा साव के कोठार भरे रहें,' यह कामना पहले करने के आदी हो गए।

भला हुआ है कोई साव ऐसा, कोई साहूकार ऐसा, जो बेउपजाऊ जमीन के बदले में अन्न-उपजाऊ जमीन दे दे! जिस पर सिवाय चारे के और कुछ हो ही नहीं सकता, उस जमीन के बदले ऐसी जमीन दे दे जिस पर मक्का, दाल, जीरा, गेहूँ जो चाहे उगा लो।

अब उतनी जमीन के बदले उतनी ही जमीन नहीं दी साव ने तो इसमें भी उन्हें कैसे दोष दें! असिंचित धरती और उपजाऊ जमीन की कीमत में फर्क तो होगा कि नहीं?

इसलिए ऐसे साव की खातिर तो जान निछावर कर देंगे हीरापुर के वासी!

हीरापुरवासियों का यह सामूहिक संकल्प हीरा साव का विज्ञापन बन गया!

जाने किस-किस गाँव के तेली, खवास, सलैया, राउत, लोदी आने लगे उनके द्वार पर।

···ललितपुर तब तक न छोड़ियो जब तक मिले उधार··· ।

हरदम यह कहावत याद आती रही साव को। हरदम इसकी सचाई को आजमाते रहे हीरा साव।

किरोड़ी ने बताया था न कि अब बहुत जल्दी इस तरफ भी मुआवजा बँटेगा! यहाँ भी काम शुरू होगा। सड़क चौड़ी होगी। किरोड़ी को ठेका मिलेगा।

जब-जब ललितपुर जाते हैं, तब-तब राजघाट के समाचार भी लाते हैं हीरा साव। शुरू-शुरू में जिस गति से काम होता दीखता था, अब उसका नाम-मात्र भी नहीं दीखता। किरोड़ी के कहे का उलट क्यों हो रहा है, समझ ही न पाए हीरा साव।

साव के मन में कुविचार आते, कि साव हटकते अपने-आपको—साहूकार नहीं, किरोड़ी हमारा साला है। लाबरी खबर नहीं दी होगी उसने हमें।

हाँ, गलत खबर नहीं दी थी किरोड़ी ने भउआ को।

सुना है, मध्यप्रदेश और उत्तरप्रदेश सरकार में झगड़ा हो गया था। वे कहते थे कि मुख्य काम में इंजीनियर, कारीगर, अफसर हमारे रहेंगे, ये कहते थे हमारे। वे कह रहे थे कि मजदूर, ठेला, कुली तुम्हारे, ये कहते थे इसका ठीक उलट। बहुत दिन चला यह झंझट। फिर केंद्र सरकार की दखलंदाजी के बाद सुलह हो गई दोनों में।

आखिर एक रोज सड़क का ठेका पा गया किरोड़ीमल।

होटल, दुकान को दफ्तर में तब्दील करके ठेकेदार हो गया किरोड़ी।

साव ने अपने गाँव में आकर हीरापुरवालों को समझाया, "देखो भाई, इतनी-सी जमीन में तुम सब-के-सब तो काम आने से रहे। सो अगर तुममें से कोई चाहे तो उसे राजघाट पर हम अपने साले के पास मजूर रखवा सकते हैं।"

अँधा क्या चाहे, दो आँखें। न मिलें दो तो एक ही सही।

सो देखते-ही-देखते न केवल पानीपुरावाले, बल्कि और भी ढेरों बटाईदार खेतों की मजदूरी तजकर चल दिए हीरा साव के पीछे।

सरकार ने आपसी विवाद में जो समय गँवाया, वह हीरा साव को समय देने के लिए ही गँवाया हो जैसे। जिस विलंब को साव कोसते रहे इतने दिन, जिसने उन्हें दुविधा में डाला था कुछ रोज को, वही उनकी सुविधा का सामान हो गया।

पानीपुरा की जमीनें खरीदने के बाद हीरा साव एक और मुहिम में जुट गए थे। मझले साव की ससुराल हुआ करती थी प्राणपुर। अब वहाँ कोई नहीं रहता। उनके साले साहिब जा बसे हैं इंदौर। वर्षों पहले जा बसे थे वे। उनकी बहुत बड़ी हवेली खाली खड़ी थी वर्षों से। हीरा साव ने इस बीच उनसे संबंध कायम किया और कुची ले ली हवेली की।

साव के ध्यान में थी यह बात कि जब सड़क का काम शुरू होगा, कि कोई और काम का ठेका मिलेगा, तब मजूर रोज-रोज, गाँव से काम पर कैसे आएँगे? और आ भी गए किसी तरह गिरते-पड़ते, तो भी आने-जाने में जो समय गँवाएँगे उतने समय का हर्जा तो हमारे खाते में जाएगा न! इसीलिए हीरा साव ने मन-ही-मन तय कर लिया था कि तब मजूरों को हम प्राणपुर में बसाएँगे और किरोड़ी से कहेंगे कि एक ठेला में बिठाकर सुबह इन्हें कामवाली जगह ले जाया करे और साँझ को वापस इनके डेरे पर छोड़ जाया करे।

सरकार ने यह चतुराई सेंतमेंत में सिखा दी थी हीरा साव को।

आज उसी चतुराई का फल भोग रहे हैं हीरा साव।

आज तो हीरा साव केवल चतुराई का ही फल भोग रहे हैं—पानीपुरवालों से की गई चतुराई का और लड़ैईवालों से की गई चतुराई का। और पूरे क्षेत्र के तमाम लोगों से की गई चतुराई का भी!

पानीपुरा खरीदने के बाद, किरोड़ीमल को ठेका मिल जाने के बाद, हीरा साव अब तक खरीदी तमाम जमीनों को विधिवत् अपने नाम करवाने की मुहिम पर जुट गए। इस निमित्त से साव ने तहसील के कई फेरे लगाए। मगर न पटवारी, न तहसीलदार, कोई हाथ ही न धरने दे। दोनों के दोनों कल-कल पर टालते रहे।

एक रोज तहसीलदार ने खुद ही साव को बुलाकर, घर ले जाकर समझाया, “देखिए हीरा सेठ, आजकल देश में आपातकाल चल रहा है। ऐसे में हम घूस लेकर कुछ करने से रहे। किसी ने हमारी शिकायत कर दी तो बिना सुनवाई पत्ता साफ। और यहाँ के मुलाजिम बिना घूस लिए कुछ कर जाएँ, यह सोचना भी ख्वाब।”

साव की समझ में नहीं आया कि जब तहसीलदार को उनका काम करना नहीं था तो उपतकर बुलवाया क्यों?—कि जब ये उसके दफ्तर में पहुँचे तो बाबू ने सदा की भाँति टरकाया क्यों नहीं?—कि ये हमें घर क्यों ले आए?

साव अपनी उलझन में उलझे थे कि तहसीलदार ने बखान आगे बढ़ाया, “सेठ, हमें तुमसे एक जरूरी काम है।”

इतना कहा और मौन हो गए वे।

हीरा साव की वही दशा।

“काम यह है सेठ, कि हमें एक सरकारी आदेश हुआ है। सरकार जो है वह बढ़ती हुई जनसंख्या से परेशान है। वह नसबंदी करना चाहती है मर्दों की, औरतों की, ताकि बच्चों की पैदाइश थम सके। हमें भी दो हजार लोगों की नसबंदी करवाने का आदेश हुआ है।....

अगर आप हमें अपने क्षेत्र से पाँच सौ मर्द दे सको तो बदले में हम आपका काम कर देंगे।....

इसमें आपको करना इतना-भर होगा कि लोगों को समझा-बुझाकर चंदेरी ले आइएगा। यहाँ डॉक्टर लोग मौजूद रहेंगे। वे एक ही दिन में इस काम को अंजाम देकर उन्हें फारिग कर देंगे।.....

बोलो, क्या कहते हो?"

हीरा साव के मगज को बूझ गई संपूरन पहेली।

"हमें मंजूर है तहसीलदार साहिब! मगर एक प्रार्थना हमारी भी है। हम जिन लोगों को लाएँगे उन्हें पहले से कुछ न बताया जाए।"

तहसीलदार ने साव को निहारा और समझ गए साव का षड्यंत्र!

"ठीक है, जैसी आपकी मर्जी। आप कहते हैं तो नहीं बताएँगे। बस, आप तो किसी तरह बहलाकर उन्हें यहाँ तक ले-भर आइए, फिर हमने जानी।"

पन्द्रह

फिर मँडरा रहे हैं कुविचार माते के मगज में!

उस बार चीलगाड़ियाँ आईं। इंदिरा जी आईं। राजघाट जाना हुआ। भीड़ देखी, मोटरें देखीं, छोटी मोटर कारें देखीं, फटफटिया देखीं, इंदिरा जी देखीं, राजघाट के ऊ तरफ शीशा-सी झक्क सड़क देखी, भोंपू देखे, राजघाट के पहलेवाले पुल के ऊपर एक और पुल देखा, दो तल्ला पुल!

वह सब तो ठीक, मगर इन सबसे अजूबा वह जो एक किनारे पर बड़ा भारी टीला देखा। वह क्या था? कहाँ से आया वह? वहाँ तो सपाट मैदान हुआ करता था!

अकेले माते ही नहीं, पूरे गाँव के लिए अजूबा था वह। हजार हाथ से नीचा तो खैर क्या होगा वह टीला। बड़े पार से थोड़ोई कम ऊँचो।

और उस पर देखा था एक कोठा। और उस कोठे के ऊपर गढ़ा था एक डंडा। और उस डंडे पर लगा था एक लट्टू!

तो वह ससुर था जो भरमाए रहा हमें इतने रोज से। रात को वही जलता होगा। और इधर हम गाँव में बैठे सोचते थे कि आसमान से कोई तारा टूटकर, छिटककर रोज रात को आ अटकता है अधर में!

हम तो खैर, शहर गए हैं कई बार। भोपाल तक में रह आए। हमें तो बिजली-बत्ती की राई-रत्ती खबर है। हमें तो राजपाल जी से मिलवाया था अट्टू साव ने। जाने अब भी हैं वे गवरनर कि नहीं।

पर जिन लोगन ने, बाल-बच्चन ने, डुकरा-डुकइन ने शहर नहीं देखा कभी, बिजली नहीं देखी, उनको तो एक नया काम मिल गया है जैसे उसी रोज से।

कि जो चँदेई गए भी तो दिन के दिन लौट भी आए। लौटना ही हुआ न। साँझ तक रुकते तो डाँग में राह कैसे सूझती भला! और सूझ भी गई तो जनाउर नहीं टोर खाएगा इसका क्या भरोसा!

ऐसे और वैसे, सब-के-सब अनजान अब साँझ होते न होते बैठ जाते हैं मदरसा की बंडी पर, मंदिर की बंडी पर। वहीं से ताकते रहते हैं राजघाट की ओर।

बस, फिर तो जब तक आँख न झपकने लगे, एकटक निहारते हैं उस लट्टू को। बरते लट्टू को। बल्ब को। उजरे लट्टू को। जलते बल्ब को।

अब इन्हें कौन समझाए कि इसी लट्टू को रौशन रखने को तो सरकार बना रही है राजघाट पर बाँध। कि इससे तुमरा कोई सरोकार नहीं। यह दूर से देखने की चीज है बस।

यह वहाँ से इधर को नहीं आने का।

"माते दाऊजू, इसमें ताप भी होती है क्या?"

एक रोज पूछा था एक बच्चे ने माते से।

"होती है बेटा, होती है। इतनी ताप होती है इसमें कि हम-तुम तो सह ही न सकें। इसकी ताप ही तो भस्म करेगी एक रोज हम सब को।"

"साँचऊँ दाऊजू?" डरकर पूछा बच्चे ने।

"हाँ साँचऊँ!" उसकी दशा से अनभिज्ञ बोले माते।

"कब?" बच्चा और भी सहमकर बोला। बोला, और भाग गया।

डर गया वह बालक कि हो न हो, गर दाऊजू ने कहा 'अभी' तो बचूँगा कैसे?

माते के शब्द, माते की भविष्यवाणी तब से माते के कंठ में अटकी हुई है। अब कोई नहीं जानना चाहता—कि माते, कब?

अब सबको मालूम हो गया है वह दिन। सब देख रहे हैं अपनी आँखों से। गिन रहे हैं, घटा रहे हैं शेष दिन! आँधरे कक्का तक को दीख रहा है वह दिन।

इंदिरा जी पहली ईंट रखकर गईं यह तो सबने देखा था, मगर वह ईंट कब भींठ में बदल गई यह किसी को नहीं पता। दीखती जो नहीं वह दीवार। दीखे तो जाकर गिरा भी दें। मगर न दीखकर भी वह दीवार अपना परताप दिखा रही है।

साल-दर-साल बढ़ रहा है उसका परताप। उसकी पहुँच। उसकी ताकत!

बाँध नहीं बना तब यह हाल है। गर बन गया तब जाने क्या होगा!

माते की चिंता यही है अब दिन-रात की।

सरकार की मंशा क्या है? वह लेखती क्या है? हमरा गाँव डूब-क्षेत्र में है कि हम भी! रानी साहिबा तो कहती थीं, नहीं है यह डूब-क्षेत्र। इंदिरा जी कहती हैं—है।

इंदिरा जी की ही बात सच हो। यही चाहते हैं माते!

कैसे अशुभ दिन आ गए हैं! माते को किसी करवट चैन नहीं। गाँव का अशुभ सोचना ही शुभ हुआ जा रहा है।

ना रे ना, किसी से कह मत दीजो मन की बात इमरतसिंह।

कहा था न एक बार। कहा क्या था, मुँह से निकल गया था।

कितना कोसा था गाँववालों ने! कैसा-कैसा कुबोल बोला था मुँह पर!

"इससे तो अच्छा होता, तुमरे मुँह में बानी का फिर से वास ही न होता!"

इतनी बड़ी बद्दुआ! इतनी ओछी कामना! ऐसा शत्तुर-सा अफसोस!

इंदिरा जी एक ईंट रख गई थीं, कि फेंक गई थीं, राम जाने, मगर उस एक ईंट

से बेतवा में जो उफान आया वह जाने कितने गाँव के गाँव लील गया!

लड़ैई में पहली बार, हाँ, पहली बार बाढ़ आई थी उस बरस!

सपने की-सी बात। बाढ़ से वास्ता कहाँ रहा लड़ैई का! सूखे से तो हर साल-दो-साल पीछे नाता जुड़ता रहता है। मगर बाढ़...दो कोस दूर नदी का किनारा। तलैया-सी नदी और उसमें बाढ़...!

पूरा का पूरा गाँव अपना-अपना घर-द्वार छोड़कर भागा था तब माते की बाखर की ओर। घटिया ऊपर। तब यहीं, माते की बाखर में, रघु साव और मुसलमानों की उजाड़ पड़ी बाखरों में शरण पाई थी सबने।

माते को जब-तब आश्चर्य होता है कि उनकी जिस बाखर में घर के पूरे प्राणी नहीं समाते, उसी में इतने आदमी, ढोर-बछेरू कैसे रह जाते हैं इत्ते दिन!

यह सिलसिला तो अब हर बसकारे के साथ जुड़ गया है। बसकारे का मतलब ही है अब यह कि दो महीना बाढ़ के और बाकी दो महीना फसल के।

पहले-पहले बरस तो इसे देवी मैया का कोप ही समझा था सबने! मगर दूसरे बरस बाढ़ उतरने के बाद मालूम हुआ कि क्यों आती है बाढ़। क्यों आती रहेगी बाढ़!

राजघाट पर जो टीले बने थे मिट्टी के, वे सब नदी में बह गए। नदी का तल ऊँचा हो गया। टीले फिर बने, फिर नदी में समा गए, सो और ऊँचा हो गया। अब फिर बनेंगे और फिर बहकर नदी में पहुँचेंगे सो तल और ऊँचा होगा। जब तक टीले बनते रहेंगे—तल ऊपर, और ऊपर आता रहेगा।

बाँध बनानेवालों को जरूरत है तल ऊँचा करने की या टीला बनाने की!

नहीं मालूम!

उनको जरूरत हो या न हो, मगर लड़ैई को दरकार नहीं है बाढ़ की।

इतनी-सी बात, सीधी-सी बात, प्रजा की गुहार, सुनती कहाँ है यह सरकार!

अब तो हर बरस चरण पखारने आती रहेंगी बेतवा मैया लड़ैई में!

इसीलिए तो कहते हैं माते कि यह डूबक्षेत्र ही हो!

इस सरकार की मंशा क्या है?

हमें अंत बसाने की या यहीं डुबोने की?

किससे पूछें माते? कौन देगा उनकी शंका का जवाब?

बानिया लोग जाते रहते हैं चँदैई, लतपुर, मुँगावली। मगर वे किसी को कुछ नहीं बताते!

पूछो तो एक ही जवाब देते हैं, "कोई चर्चा नहीं है वहाँ!"

जब चर्चा नहीं है कहीं कोई, तो फिर ये चीलगाड़ियाँ क्यों आ रही हैं इतनी?

फरर, फरर, घरर, घरर!

क्या लेने-देने आती हैं ये? कहाँ से आती हैं?

देश में जितनी चीलगाड़ियाँ हैं सब यहीं क्यों चली आती हैं?

इतनी चीलगाड़ियों की जरूरत क्या है?

हमें डराने को खरीदी होंगी ये!

बताया तो था रामदुलारे ने कि चीलगाड़ी हम बनाते थोड़ेई हैं।

ये तो रूस से, फ्रांस से, अमरीका से, विलायत से खरीदते हैं।

विलायत से! भला पूछे कोई इनसे कि ऐसा क्यों करते हो तुम?

तुम्हें अपनी इज्जत की जरा भी परवाह नहीं?

उधारी के माल पर इतना इतराते हो? और उधारी भी किससे?

विलायत से! उससे भी बोलचाल हो गई तुम्हारी!

क्या फिर से देश बेचने का इरादा है?

कल का बैरी गुइयाँ हो गया, अपना हो गया तुम्हारा!

और हम?

हम हो गए पराए!

इसी से हमरे कान फाड़ने को आते हो?

आखिर तुम क्यों नहीं चाहते कि हम कुछ सुन भी सकें?

तुम खुद तो गूँगे हो, बहरे हो, आँधरे हो, इसी से हमरी बदहाली की खबर नहीं तुम्हें। पर हमें बहरा क्यों करते हो?

तुम्हें पता नहीं क्या कि इन कानों को एक ही बात सुनने की चाह है। वह बता दो फिर चाहे जो करना।

गूँगे, आँधरे तो हम भी हैं, इसी से तो कह नहीं पाते कि हो क्या रहा है इस आजाद देश में!

तुम्हें यह भी गवारा नहीं कि हम सुन भी सकें कि तुम हमें एक बोरी सीमेंट भी न दोगे मकान की मरम्मत को; क्योंकि हमारा गाँव डूब-क्षेत्र में है।

कि हमें शक्कर का एक दाना भी नहीं मिलेगा; क्योंकि प्रदेश सरकार ने हमारा कोटा तय नहीं किया है।

उसके खाते में तो इस क्षेत्र के नाम एक ही कोटा दर्ज है। एक ही लक्ष्य है उसके लेखे तो, कि इसे उजाड़ना है। पानी में डुबाना है इस क्षेत्र को।

नहीं देना चाहते तो मत दो। यहाँ कौन माँगने आ रहा है तुम्हारे दरबार में? हमें क्या करना है शक्कर का! तेल का! कोटा के कपड़े का!

यहाँ किसे पंगत देनी है, कि जशन मनाना है, कि ब्याह करना है किसी का!

मातम में, गमीं में, तेरहवीं में नहीं होगा शक्कर का पकवान तो क्या हुआ! गुड़ से काम चला लेंगे। जब तक गुरसौदा गाँव नहीं उजड़ता, गुड़ तो नसीब होता ही रहेगा न!

यहाँ कौन रात-रात-भर जागकर धान कूटना है कि तेल की दरकार हो!

जितनी रोशनी जीवन जीने को जरूरी है, उतनी देता तो है सूरज देवता। उस पर तो तुम्हारा वश नहीं न?

इससे ज्यादा की दरकार होगी, तो भी तुमसे माँगने नहीं आएँगे हम सरकार जू! इस बावत तुम निशाखातिर रहो। आपने वो जो लट्टू जलाया हुआ है न राजघाट पर, उसी को देख लेंगे।

लो, वो जल गया लट्टू। अरे भाई, अगर बिजली की इतनी ही कमी है तो कम खर्च करो न! ये खामखा राजघाट पर क्यों बर्बाद करते हो सारी-सारी रात?

हँसी आ गई माते को। रहस्यमयी हँसी। जैसे भेद पा गए हों किसी अबूझ पहेली का। सरकार की बुद्धि पर हँसे माते।

हम तो गुस्से में कह गए थे, मसखरी में कह रहे थे कि ज्यादा रोशनी की दरकार हुई तो लट्टू को हेर लेंगे। मगर यह सरकार तो सचमुच यह समझती है कि इस लट्टू से हमें रोशनी जरूर मिलती होगी।

वाह री सरकार! क्या कहने हैं तेरे! अरी, कभी पुछवा तो लिया होता कि हम तक पहुँचती भी है इसकी रोशनी या नहीं? हमने तो सुना था कि पढ़े-लिखे लोग, खूब पढ़े-लिखे लोग ही चलाते हैं सरकार!

इतने पढ़े-लिखों में क्या किसी ने भी यह नहीं पढ़ा कि कई राजा-महाराजा। अपनी प्रजा की खैर-खबर मंत्री, संत्री से तो लेते ही थे, गुप्तचर भी रखते थे ताकि सही-सही बात, हाल मालूम हो सके।

इन गुप्तचरों को सख्त हिदायत होती थी कि वे राजा को सच-सच, जस का तस ही बताएँ। भरमाएँ नहीं। अँधेरे में न रखें। उन्हें अभयदान मिला होता था राजा की ओर से। तभी तो वे खरी-खरी कहते थे। बिना लाग-लपेट के बताते थे सारे राज का हाल।

और कोई-कोई राजा को तो इतने से भी तसल्ली नहीं होती थी। वे तो खुद ही रूप बदलकर निकल जाते थे दूर गाँव-देहात तक। राज्य की सीमा तक।

और एक है ये अपनी सरकार! खबर लेना तो दूर, खुद हमरे दरवज्जे आना तो सपने की बात, संकट पर संकट भेजे जा रही है निर्दोष जनता पर।

फिर मँडरा रही हैं चीलगाड़ियाँ आसमान में।

फिर मँडरा रहे हैं कुविचार माते के मगज में।

कुछ-न-कुछ होवेगा तो अवश्य ही। ऐसेई नहीं मँडरा रही ये चीलें! लूट मची है लूट! सचमुच का कलजुग आया है। साँचऊँ का कलजुग।

कैलाश जैसे पुजारी, राजकुँवर जैसे प्रजा के सेवक, कल के बैरी विलायती सगे

गुइयाँ और जमीन फोड़कर अपना पेट भरनेवाले किसानों के पाँवों के नीचे से जमीन खिसकाने को उतावली सरकार।

मेहनतकश तो हुए जा रहे हैं लाचार, विवश, और ये परजीवी शहराती दिन-दिन हो रहे हैं सुखी, प्रसन्न, आकाश तक को हथियाने में समर्थ!

और किसे कहते हैं कलजुग? बोलो भला!

कौने बोले? कौन समर्थन करे? कौन है यहाँ फुर्सत में?

वह पटवारी तक तो अब कुछ नहीं बताता। पहले कैसा 'जय श्रीराम' करने आता था। कोटा, परमिट, सीमेंट की तमाम बातें वही तो बता गया था हमें।

अब हम पूछते हैं तो कहता है, "तुम तो भगवद् भजन में मन लगाओ माते! तुम्हें इस सबसे क्या लेना-देना! क्या करोगे जानकर? उस लोक में...."

हाँ, हाँ, नहीं कही उसने पूरी बात तो क्या हम समझेंगे नहीं कि क्या कहना चाहता है वह? सरकारी आदमी ठहरा। हमरी मौत के सिवा और क्या चाहता होगा भला! इसी की बाट तो जोह रहे हैं ये।

चलो, हमें नहीं बताते तो न बताओ। मगर इन मौढ़ी-मौढ़न को तो बताओ कि हो क्या रहा है, होना क्या है! उन्हें भी तो नहीं बताता ससुर।

गाँव में आया कि साइकिल सूँतता सीधा रुकेगा किसी-न-किसी साव की बाखर के आगे। फिर साइकिल बाहर और पटवारी भीतर। इसके बाद जाने क्या तो खुखुर-पुसुर करते हैं दोनों।

जिस घर से जिस साँझ को पटवारी निकलता दीखे, अगली सुबह उस साव को देख लो चँदेई की ओर गदबद देते। काँख में बही-खातों की पोटली दबाए। दबे पाँव—कि कोई हेर न ले। टोक न दे।

अजब जमाना आया है! शाह चोरों की तरह पेश आने लगे हैं!

कुछ है जरूर भेद भरा। कुछ पक रहा है अवश्य। कुछ बदल रहा है लाजिमी।

हो रही है अनहोनी। तब जरूर होकर रहेगा कुछ अनहोना।

शर्त बदने को तैयार हैं माते। उन्हें लक्षण ठीक-ठाक नहीं दीख रहे। साव लोग आजकल किसानों से मीठे बोल बोलने लगे हैं। क्या सिर्फ इसलिए कि अब बिछुड़ने का बखत आ गया है?

आँहाँ! नस-नस जानते हैं माते सब की।

सौ में पाँच ही बरस की कमी है। पाँच बरस और जी गए तो हम बामन के, संत के, ऋषि के आशीर्वाद की हद से बाहर हो जाएँगे, हाँ!

संतों के लेखे असंभव उम्र को छूने जा रहे माते भला यह ताड़ने से कैसे चूकते कि बानियों की दाढ़ी में तिनका है जरूर।

मगर चेताएँ कैसे इन मूर्खों को?

न, न! मुँह से कभी कुछ नहीं कहना है। एहसान तो क्या मानेंगे ये, सोचेंगे-विचारेंगे भी नहीं। बस जीभ उठाकर तलुवा से दे मारेंगे।

और इस कसरत के चलते माते को सुनना पड़ेगा कि इससे तो अच्छा होता तुमरे मुँह में···कि तुम्हें गाँव में प्रेम-प्रीत का बढ़ावा सुहा नहीं रहा।

बस! इसी संकोच में माते किसी से कुछ कह नहीं पाए। मालूम नहीं कर पाए।

मगर रहस्य बहुत दिनों तक छिपा नहीं रह पाया। आखिर मालूम हो ही गई माते को बानियों की मंशा। किसानों की झूठी खुशी का भेद।

असमंजस में हैं माते। उद्विग्न हैं माते।

यह क्या होता जा रहा है हमें? हम क्यों हर बात, हर हरकत को इस कदर कुरेदने लगे हैं। जानते नहीं इमरतसिंह कि कुरेदने से जखम बढ़ता ही है, सूखता नहीं है।

यह कैसी लाचारी है! ज्यों-ज्यों देह सूख रही है, मगज हरा हो रहा है।

ज्यों-ज्यों ज्योति मंद हो रही है, आँखें खुलती जा रही हैं।

जैसे-जैसे हाथ निर्बल हो रहे हैं, उनकी शक्ति कुंद हो रही है, सारे जहान के दुख उठाने की इच्छा प्रबल हो रही है, रात-दिन फड़फड़ाने लगे हैं हाथ।

आयु के दिन जितने घट रहे हैं, जीने की लालसा उतनी ही बढ़ रही है।

काश, अट्टू आता रहा होता गाँव! काश, खुल गया होता मदरसा तब, जब हम बालक थे! काश, रामदुलारे कुछ बरस पहले चला गया होता शहर।

घोक रहे हैं माते। अपने भीतर साहस बटोर रहे हैं माते।

चिंतित हैं माते। माते की चिंता का कोई आर-पार नहीं है आज।

अभी परसों हीरा साव लौटे थे चँदेई से। लौटे थे और बताया था पूरे गाँव को मंदिर के बाहर इकट्ठा करके कि पिछले डेढ़ बरस से इस अपने भारतवर्ष में आपातकाल है···संकट का काल, पुलिस का शासन है। इंदिरा जी का, अकेली इंदिरा जी का शासन है देश में। कि इस शासन में सब-कुछ पूरी मुस्तैदी से हो रहा है। तेजी से हो रहा है। न्यायसंगत ढंग से हो रहा है। सब छूटे पड़े काम फटाफट निबट रहे हैं। बाँध का काम भी जोरों पर है।

चँदेई में एक कलट्टर बैठा दिया है सरकार ने। वह वहाँ बैठकर सबका मुआवजा तय कर रहा है। कि जो जिस खेत को जोतता-बोता है वही उसका मालिक है उसकी निगाह में।

उसने कहा है हमसे कि आप अपने गाँव से सोलह बरस से पचास बरस के बीच के जो-जो आदमी-बच्चे खेत में काम करते हैं, उन सबको लेकर चँदेई आना। हम उनके नाम जमीन का पट्टा लिखेंगे। उन्हें मालिकाना हक देंगे। उस जमीन की

कीमत का कागज देंगे। उस कागज के मुताबिक सरकार के खजाने से मुआवजा मिलेगा। कहीं अंत रहने को जगह मिलेगी।

कल सुबह-सवेरे पूरा गाँव चला गया था चँदेई। गाँव में बचे थे केवल नौनिहाल और बूढ़े।

वाह री सरकार! देर से ही सही, सुध तो ली! फिर तो सब दिन को लगा दे आपातकाल।

कल के गए लोग आज तक नहीं लौटे। माते इसी से चिंतित हैं। क्या वहीं बस गए सब-के-सब!—कि सरकार का खजाना रिता के आएँगे? या कि·····

फिर मँडरा रहे हैं कुविचार माते के मगज में!

बौराए-से गए लोगों का पूरा हुजूम मुँह लटकाए आता दीखा तीसरी सुबह।

क्या हुआ? कोई धोखा हुआ क्या?

माते का मगज फिर हरा होने को हुआ। माते ने डपटा खुद को।

खबरदार इमरतसिंह! कहीं तुतला न देना! बर्र की तरह चिपट जाएँगे ये भूखे-नंगे। उम्र का भी लिहाज नहीं करेंगे।

तुम तो आँखें खुली और कान चौकन्ने रखो, बस। आ तो रहे हैं करीब। तब अंदाजना।

"क्या हुआ?"

कोई उत्तर नहीं मिला माते को।

"अरे कोई मर-खप गया क्या?"

अब भी कोई उत्तर नहीं।

माते ने सबको निहारा। सभी तो हैं। सिवाय हीरा साव के।

"अरे, मरद होकर मायूस होते हो? किसान होकर? हीरा साव कहाँ हैं?"

"वे नहीं लौटे माते, और अब इस गाँव में केवल साव लोग मरद बचे हैं बस!"

कौन बोला यह पीछे से? मुँह क्यों नहीं दिखाता हमें अपना?

"क्यों, क्या गैल में पथरा बब्बा ने शाप दे दिया सबको?"

"नहीं, चँदेई में घेरघारकर हमरी मर्दानगी छुड़ा ली सरकार ने।"

"कैसे, क्यों?"

"देश की आबादी से परेशान है सरकार! इसलिए जबरन जनन-नस काट दी हमरी।"

"क्या कहते हो? बेशरमी की हद हो गई यह तो! अब सरकार जिसे चाहेगी वही जनम लेगा क्या? भगवान जिसे भेजना चाहेगा मनुष्य-योनि में, वह नहीं आ पाएगा अब? भूतों की तादाद बढ़ाने में यकीन है क्या इस सरकार का? हाँ, वही

चाहती होगी यह। वे सीमेंट, शक्कर, किरासीन जो नहीं माँगते। उन्हें पालना-पोसना जो नहीं पड़ता। वे चीलगाड़ी में जगह नहीं माँगेंगे न। वे तो चीलगाड़ी के ऊपर चलते हैं न! वे ही तो रक्षक हैं इनके। उन्हीं के दम पर तो चलाते हैं ये राज! वे ही तो डालते हैं वोट।

लो, बोलो भला! अपना राज सँभल नहीं रहा जिनसे, वे चले हैं उसके इंतजाम में दखल देने। तुम यहाँ क्यों नहीं पकड़ लाए सरकार को? तुमने कहा नहीं कि यहाँ एक बूढ़ा रहता है पाँच बरस कम सौ का? वह भी आबादी की बढ़त में है। वह भी बढ़ा सकता है अभी आबादी।.....

तुमने पूछा नहीं सरकार से कि जब वो हमें पालती-पोसती नहीं, हमरी परवरिश में उसका हाथ ही नहीं, हमरी बदहाली से उसे कोई दुख-तकलीफ ही नहीं, तो हमरी आबादी बढ़े या घटे, उसके प्रान क्यों सूखते हैं?.....

हमें तो पहले ही शक था कि सरकार की नीयत में खोट है, मगर हम इस करके नहीं बोले कि तुम लोग मानते थोड़ेई। अगर हम कहते कि इन बाल-बच्चन को मत ले जाओ, ये नाबालिग हैं अभी, इनके नाम कोई जमीन नहीं हो सकती कानूनन, तो तुम यही कहते न कि माते सठिया गए हैं। इनकी अकल पर पथरा पड़ गया है।.....

हम जानते जो हैं कि तुम लोग हरदम यही सोचते हो अब। अरे, हम पूछते हैं, हम आज हुए हैं क्या साठ बरस के? हैं कितने इस गाँव में जो ठीक-ठीक बता पाएँ कि माते, जब तुम साठ बरस के थे, तब ऐसे दीखते थे और जब पचपन-पचास के थे तब वैसे!.....

अब क्यों आए हो अपनी मनहूस सूरत दिखाने?.....

जाओ, अपने-अपने घर जाओ। जाकर बताओ अपनी-अपनी बैयरबानी को कि सरकार ने तुमरे नाम जमीन का पट्टा लिखा है या तुमरे घरू हल की मूठ मरोड़ दी है।

जाओ, जाओ यहाँ से! हमरे कान तो बहुत पक्के हैं। ये नहीं फटेंगे तुमरी बैयरों की चीख-पुकार सुनकर। उनका विलाप सुनकर, कि उनका उलाहना सुनकर। जाओ, जाओ यहाँ से!

हमें तो अब जब तक जीना है तब तक जननी माताओं के कंठ से यही सुनना बदा है कि सरकार ने उनकी उपजाऊ जमीन ऊसर कर दी है!"

वे ठगे गए, भरमाए गए लोग जैसे मुँह लटकाए आए थे, वैसे ही, बल्कि उससे कहीं बदतर गत बनवाकर चले गए अपने-अपने घर। जानते जो हैं, मानते भी हैं कि माते भली कह रहे हैं, खरी कह रहे हैं, सोलह आने सही कह रहे हैं। मगर अब इन बातों का लाभ क्या! जो हो गया, उसे तो नहीं मेटा जा सकता न!

हाँ, जो हो गया उसे तो नहीं मेटा जा सकता। जानते हैं माते। मगर इसमें कितनी चतुराई सरकार की थी और कितनी हीरा साव की, यह नहीं जान पाए माते।

इतने दिन हो गए, मगर तब के गए साव लौटे ही नहीं। लौटें तो बताएँ माते कि साव, देख लो अपनी चतुराई का परिणाम! अरे, जनखा बनवाने ले गए थे तो वही करवाते न केवल। बधिया मानुष भी होता तो मानुष ही है न। वही नस कटवाते फिर।

पर तुमने तो लगता है इनकी जीवन-नस ही कटवा दी है। हमरे बचुआ अनेका को मिलाकर पूरे सात बधिया भगवान को प्यारे हो चुके हैं अब तक। अक्कल-समेत सात राँड़ें रात-दिन तुमरा नाम जप रही हैं हीरा साव।

करम गति टारे नहीं टरी।

किसके करम और किसकी गति?

माते के लेखे भगवान का हिसाब भी गड़बड़ा गया है।

करम सरकार के, साव के, और दुर्गति इन बेजुबानों की।

नहीं-नहीं! इनके करम भी निमित्त हैं इसमें।

जरूर हैं। नहीं तो इसी युग में क्यों जनमते ये? वह भी गरीब के घर! गाँव-देहात में! देहात में भी लड़ैई जैसे देहात में। देश की खातिर घर से बेघर होने को, अपने वंश का, अपने यश का नाश अपनी ही आँखों देखने को शापित हम लड़ैई वालों के बीच में!

फिर मँडरा रही है चीलगाड़ी आसमान में!

फिर कोई अनर्थ होगा क्या? जरूर होगा!

अशगुन का संकेत है ये चीलगाड़ी तो!

कहाँ जाएँ! कहाँ दुबकें कि इसकी छाया न पड़े!

अरे! अरे! यह तो हमरे ही गाँव में उतर रही है!

तब तो जरूर इसमें बैठा होगा कोई वोटन का भिखारी!

बिना बताए, बिना देखे, बिना मिले जान गए यह तो हम!

खबरदार इमरतसिंह, खबरदार! इस बार उपतकर न जाना उनके पास!

हाँ, हाँ, नहीं जाएँगे। बिल्कुल नहीं जाएँगे।

अगर वह उपतकर आए तुमरे द्वार, तब?

तब!.....

क्षण-भर को असमंजस में पड़ गए माते।

तू भीतर बैठा उग्र माते आजकल मुझ बूढ़े माते ही हरदम कठिन परीक्षा लेने पर उतारू क्यों रहता है?—माते ने पूछा अपने-आप से।

वह सब बाद में पूछना। अभी तो मेरी शंका का समाधान बखानो।

तो सुनो! अगर वह आया, आएगा ही, तब भी 'वचन' नहीं देंगे, हाँ!

सच कहते हो? पसीजोगे तो नहीं न राजकुँवर को देखकर?

नहीं! कतई नहीं पसीजेंगे। सच कहते हैं हम।

आज तो हम राजकुँवर से साफ-साफ कह देंगे कि भइए, अपना करिया मुँह लेकर हर पाँच बरस पीछे क्यों चले आते हो यहाँ? अपने मुँह पर चस्पाँ कालिख पोंछने का डौल तो तुमसे करते बनता नहीं, हमरी अँगुरिया और करिया कर जाते हो सेंतमेंत में!

अब नहीं लगवानेवाले हम अपनी छिंगरी में कि तर्जनी में कारो दाग! हाँ!

जाओ, जाओ, अपना रास्ता नापो!

सोलह

हलके साव ने पौर का दरवाजा भीतर से बंद कर लिया। बैंड़ा लगाकर एक बार उसे हिलाया। ठीक से आ गया न छेद में! हाँ, ठीक है। पूरी सावधानी से इस काम को अंजाम देकर साव मुड़े। मुड़े, मगर मन नहीं माना। फिर पलटकर देखा।

हाँ, ठीक ही है। साव ढोरों से बचते-बचाते पौर पार करके आँगन में बिछी चारपाई पर लेट गए।

साउन नहीं हैं इन दिनों गाँव में। अक्सर नहीं होतीं। जिस रोज मझले भैया ने गाँव को अंतिम नमस्कार किया था, उससे अगले रोज ही हलके साव भी अपना पूरा परिवार ललितपुर छोड़ आए थे।

ललितपुर में है साव की ससुराल। चार महीने वहाँ रहकर अपना घरू मकान बनवाया था, बच्चों को मदरसों में भर्ती करवाया था, तब कहीं लौटे थे गाँव। तब से परिवार वहीं है। साउन चार-छः महीने में एकाध महीने को आती हैं गाँव। मगर यहाँ मन नहीं लगता। आती बाद में हैं, जाने की रट पहले लगाने लगती हैं।

पहले तो हफ्ते-हफ्ते बिरादरी के एक-एक घर में भोजन पाते रहे साव, मगर जब से कुल तीन घर बचे हैं, तब से गुलझारी साव के घर भोजन बनता है साव का। कभी मन हुआ तो खुद ही पका-खा लेते हैं।

दूसरे गाँव में होते हैं तब तो बनाना ही पड़ता है, वही अपने गाँव में हों तब भी कर गुजरते हैं यदा-कदा। खासकर तब, जब गुलझारी घर में न हों। तब संकोच होता है साव को उनके घर जाते।

आज भी यही कारण था। इसीलिए वैसा किया था साव ने। अंथऊ तैयार की। खाई। मंदिर में जाकर आरती की और बाखर में लौटकर दरवाजा बंद करके लेट गए।

इतने तक ही जोर चलता है साव का। इससे आगे का दायित्व उनका नहीं, अंतर्यामी का है। वह चाहे तो निंदिया रानी को भेज दे और चाहे तो भँड़या पठै दे।

उसकी मंशा का कोई आर-पार नहीं। पचास बरस तक जो नींद को भेजता रहा, वही अंतर्यामी अब उसकी जगह संकट भेजने पर क्यों तुला हुआ है, नहीं जानते हलके साव।

हलके साव को इन दिनों किसी करवट चैन नहीं। पौर के दरवाजे को निहारते रहना चाहते हैं, मगर अँधेरे में वह भी संभव नहीं। कान खुले रखने पर खटका सुनाई

दे जाता है, आँखें खुली रखने का कोई लाभ नहीं, यह साव भी जानते हैं। मगर क्या करें! लाचार हैं। आँखें बंद होना ही नहीं चाहतीं।

आँखों की मंशा जानकर उसे पूरा करने के लिए यदा-कदा साव टार्च जलाते हैं, मगर टार्च की रोशनी में तसल्ली से, इत्मीनान से निहारने का अवसर कहाँ मिलता है! आँखों पर टार्च की चकाचौंधनी पड़ते ही ढोर बिदक जाते हैं।

ढोरों को ढोरोंवाली बाखर में नहीं बाँधते अब हलके साव। पौर में बाँधते हैं। हलके साव को अंदेशा है कि ढोरोंवाली बाखर से कोई रात-बिरात को ढोर हाँक ले जाएगा।

जाने क्या होता जा रहा है हलके साव को! उन्हें इन दिनों किसी पर भरोसा नहीं रहा। पौर में ढोर बाँधते हैं ताकि ढोरों की निगरानी हो सके, और ढोरों की निगरानी में सुरक्षित रह सकें स्वयं हलके साव।

ढोरों को पौर में बाँधने के कई लाभ। कभी भँड़या आ भी गए भँड़यायी करने, तो पहले तो दरवाजा ही न खुलेगा। अगर दरवाजा पीटा, तोड़ा तो ढोर चीख-पुकार मचाएँगे। तब हो सकता है गाँव के लोग दौड़ आएँ।

मान लो न आया कोई, दरवाजा भी टूट गया तो भँड़या उलझ जाएँगे ढोरों के साथ। उनके रस्से में कि खूँटे में बीदकर भँड़या गिरेंगे मुँह के बल। ढोर के नीचे, कि गोबर में।

इस सबके बाद भी अगर पहुँच गए आँगन में तो···तब तक तो हलके साव सब-कुछ समेटकर जा कूदेंगे पिछवाड़े माते की बाखर में।

इतने अभेद्य चक्रव्यूह की संरचना के बाद भी हलके साव के मन को मुक्ति कहाँ! तब भी निंदिया रानी पहलू में आने को तैयार नहीं।

कैसे दिन आए हैं। साव के पास सब-कुछ है, मगर तब भी निंदिया रानी रीझने को तैयार नहीं; और जिनके पास कुछ भी नहीं, जिनको यह तक खबर नहीं कि वे कल क्या खाकर जिएँगे, कि जिनके पास एक टूँका तक नहीं लत्ते के नाम पर···जिसे खुद ओढ़ सकें या कि निंदिया रानी को उढ़ा सकें, उनके पहलू में ऐसे आ समाती है जैसे फूलों की सैया पर विराजमान किया हुआ हो उस कंगालराज ने!

निंदिया रानी को नींद में खलल मंजूर नहीं है शायद। हाँ, यही बात है। तभी तो नहीं आती वह हलके साव के पास।

निंदिया रानी ने हजार बार आजमाया है कि जब भूले-भटके वह आ गई हलके साव के करीब, तब साव ने उसे चैन से पूरी रात सोने नहीं दिया।

आधी-पौनी रात को बेवजह चिल्लाने लगते हैं—"आ गए, आ गए! ले गए! मार डाला ससुरों ने! बचाओ! बचाओ!"

हलके साव की रिरियाहट सुनकर कई लोग दौड़े आते हैं। दरवाजा पीटते हैं।

दरवाजा नहीं खुलता, तब भी बाहर से पूछते हैं—"क्या हुआ साव? कौन आ गए?"

हलके साव हड़बड़ा कर उठते हैं। चौंककर देखते हैं आसमान की ओर। दरवाजे की ओर से आते स्वर साफ-साफ सुनाई देते हैं, मगर जवाब में कुछ नहीं कहते हलके साव।

नहीं बताते साव किसी को कि सचमुच नहीं आए भँड़या। कि वह तो सपना देखा था उन्होंने। नहीं बताना चाहते साव।

कहीं ऐसा न हो कि कल को ये लोग बेफिक्र हो जाएँ और चिल्लाने पर आएँ ही नहीं! सोचें कि साव ने सपना देखा होगा।

सपने को सच में बदलने में कितनी देर लगती है अब यहाँ?

हाँ, सपनों का सच में बदलना छिन-भर का काम!

दो-तीन बरस पहले जब राजघाट पर जलनेवाला वह लट्टू जलना बंद हुआ, तब इस बात को लेकर शुरू-शुरू में सभी काफी चिंतित हुए थे। दिनों तक चर्चा रही थी इस बात की कि क्या बात है, लट्टू क्यों नहीं बर रहा है? क्या सरकार ने बाँध बनाने का इरादा त्याग दिया है? क्या सरकार को अब बिजली की दरकार नहीं रही? क्या कहीं और से पा गई सरकार बिजली?

जितने मुँह उतनी बातें!

किसी को यह लगता था कि सरकार कहीं और से पा गई बिजली।

किसी को यह कि उसे दरकार न थी, न है, न होगी।

तो किसी को यह कि होगी का तो पता नहीं, पर न थी, न है।

क्योंकि गर हुई होती या होती दरकार तो तुरंत बाँध न बना लेती! इतने दिन लटकाए क्यों रखती भला?

चलो, हो, न हो, हमें क्या! हमें तो इतनी राहत बहुत है कि इस तमाशे के चलते, इस बाढ़ और बाँध के फेर में जो कई साव गाँव से चले गए वह क्या कम अच्छा हुआ? सब जन अपने लिए खेत-खलिहान पा गए, वह क्या बुरा हुआ?

वाह री सरकार, तूने हमें जनम-जिंदगी में कुछ दिया भी तो छलावे से दिया! तुझसे इतना भी न हुआ कि साव लोगों की छाती पर न्याय का पंजा गड़ाकर कहती कि बहुत कर लिया गरीबों के साथ अन्याय, अब इनका हक इन्हें वापस सौंप दो।

तुझसे तो भँड़या भले, डाकू भले, जो इनकी छाती पर आ धमकते तो हैं!

तेरी लीला न्यारी! उन्हें तो तूने पैंढ़ दिया मुँगावली की जेल में और खुद छलावे से वही कर बैठी।

वाह री सरकार, वाह!

गाँव के तमाम लोग यही कहते रहे दिनों तक। यही कहते रहे हलके साव भी।

हलके साव क्यों कहते रहे? क्या वे भी अपनी बिरादरी के लोगों के जाने से खुश थे?

न, वजह वह नहीं थी, मगर खुश जरूर थे हलके साव।

लड़ैई और राजघाट के डूब-क्षेत्र में आनेवाले इन तमाम गाँवों से, जहाँ साहूकारी फैली थी हलके साव की, साम्राज्य था हलके साव का, उस क्षेत्र से ललितपुर तक जाने का राजघाट के अलावा भी एक रास्ता और था। आज से नहीं, शुरू से ही। मगर उस रास्ते को बानिया बरतते नहीं थे कभी। बरतने के योग्य जो नहीं था।

लड़ैई से टोढ़े, टोढ़े से बारी, बारी से जमूसर और जमूसर के बाद घनी डाँग में से गुजरकर आता था बेतवा का ऐसा किनारा जहाँ नदी का पाट बहुत कम गहरा था। इस कम चौड़े और कम गहरे पाट में बसकारे में दूर-दूर तक पानी भर जाता था। इसीलिए यहाँ दूर-दूर तक कोई बस्ती नहीं बसी।

इस पूरी डाँग में कदम-कदम पर डाकुओं का, भँड़यों का डेरा था। देवगढ़, जाखलौन, ललितपुर और न जाने कहाँ तक राहजनी करके, डाका डालकर, यहीं, इसी वीरान इलाके में शरण पाते थे डाकू।

इसीलिए इस रास्ते का इस्तेमाल बानिया भूलकर भी नहीं करते थे। बल्कि मन में भी यह ख्याल नहीं लाते थे कि यहाँ से राह जाती है ललितपुर को। और बाकी लोगों को डर काहे का? किसका? सो उनके लिए जैसी राजघाट की राह, वैसी यह।

मगर जब हलके साव ने सुना कि बाबू जयप्रकाश नारायण नाम के किसी नेता ने डाकुओं का आत्मसमर्पण करवा दिया है, जब साव खुद मुँगावली की खुली जेल में एक-से-एक खूँखार डाकू को अपनी आँखों बंद देख आए, तभी से उनके मन का भय जाता रहा। सपनों की-सी बात सच हो गई?

अगर यह सब कुछ बरस पहले हो जाता तब?

सोचते हैं हलके साव। फिर स्वतः कहते हैं—न, न, तब नहीं होना चाहिए था!

तब हो जाता तो आज संभव है कई बानिया होते गाँव में।

साम्राज्य के हिस्सेदार! गरीबों का बँटवारा करना पड़ता तब!

बदन के एक चीथड़े को जब दो-दो, चार-चार लोग खींचते तब क्या हाल होता उस चीथड़े का! उस अधनंगे का? और अब हाल यह है कि बदन से चीथड़ा तो गया, अधनंगे से अलफ नंगा भी हुआ, मगर छीना-झपटी न होने से उस गरीब के बदन पर खरोंच तो नहीं आई न!

उस राह का निष्कंटक होना था कि हलके साव गाँवों-गाँवों से अनाज इकट्ठा करके बैलगाड़ियों पर लदवाए, हर पंद्रह दिन, महीना पीछे ललितपुर को जाते दीखने लगे। और वहाँ से लाने लगे नून, तेल, तंबाखू, कपड़ा, हल की मूठ, पहिए का लोहा, हलदी, चूना, बीड़ी, सोंठ, चायपत्ती और कैवेंडर।

साव की बाखर से हर चीज खरीदी जा सकती थी अनाज के बदले में—ग्योरी मिट्टी से ग्यावन गैया तक। सब-कुछ अनाज के बदले में। मगर अनाज मोटा-झोटा नहीं चलता साव की पीढ़ी पर। साव को चाहिए गेहूँ, चना, दाल या जीरा।

चाहे किसी बिटिया की विदाई के छिन चटख धुतिया चाहिए हो, चाहे किसी बूढ़ी के कफन के लिए सफेद लट्ठा।

चाहे किसी को गीत गाने वालियों में बाँटने को मीठे बतासे चाहिए हों या किसी की सूजन की मालिश करने को कड़वा तेल।

किसी लतखोर को पीने के लिए बीड़ी चाहिए हो या किसी मेहमान की खातिर को चाहिए हो कैवेंडर।

सब मिलेगा साव की पीढ़ी पर। मगर मिलेगा अनाज के बदले।

तराजू के एक पलड़े में तंबाखू, दूसरे में उतना ही गेहूँ। एक पलड़े में जितना जीरा, दूसरे में उतने ही बतासे। एक पलड़े में जितना घर का बना देशी घी, दूसरे पलड़े में उतना ही कड़वा तेल।

सामान के मामले में खरीदार की पसंद का सवाल ही नहीं। जो साव खरीद लाए वही सर्वश्रेष्ठ है। भला साव से ज्यादा परख है किसे?

भाव! जो साव के मुँह से निकल जाए! साव की जुबान का झूठ से क्या सरोकार! लेना हो लो, न लेना हो अपना रास्ता नापो। सिर पर अनाज की पोटली रखकर हो आओ ललितपुर कि चंदेरी। शऊर हो तो, खरीद सको तो खरीद लाओ।

साव को बहुतेरे काम। साव के बहुतेरे खरीदार देंगे यही दाम।

हलके साव का व्यवसाय खूब चला। निष्कंटक चला इतने रोज। हीरा साव जब तक रहे उनका ध्यान रहा केवल जमीनों पर। वक्त-जरूरत किसी को कर्जा देते थे तो बदले में जमीन गिरवी रख लेते थे। अनाज के बदले सामान देने की पंसारीगिरी उन्होंने कभी नहीं की। सूद का काम पुसाता था हीरा साव को। और गुलझारी से तो एक तरह का अलिखित समझौता रहा हलके साव का।

गुलझारी की ससुराल है चंदेरी। गुलझारी की पत्नी सिलाई-कड़ाई का काम जानती हैं। बीस-पचास गाँवों में दो ही सिलाई-मशीनें हैं और दोनों हैं पिछले बीस बरस से केवल गुलझारी के पास।

इससे पहले दोनों अलग-अलग लोगों के पास थीं। एक थी पच्छी कक्का के पास। वे बाँध के पहले हल्ले में ही गाँव छोड़कर ललितपुर के एक मंदिर में पुजारी जा बने। वह मशीन भी गुलझारी ने ले ली थी। तब से ये दोनों मियाँ-बीवी कपड़े सिलने का काम करते आ रहे हैं।

कपड़ा खरीदो हलके साव से और सिलवा लो गुलझारी से। गुलझारी सिलाई के बदले में लेते रहे अनाज, चिरोंजी, गाद। चिरोंजी-गाद बेच आते हैं चंदेरी में और

अनाज बेच देते हैं हलके साव को।

सिलाई कर-करके गुलझारी ने अपने बच्चे बड़े कर लिए। बड़ा बेटा पछार में सिलाई की दुकान करता है। गुना शहर के करीब ही बसा है पछार। उसी के पास रहते हैं सब भाई-बहन। वह तो गुलझारी साव को भी वहीं आ रहने को कहता है, मगर गुलझारी साव का मन गाँव छोड़ने को राजी नहीं होता।

हलके साव को अपना बुढ़ापा और अपने बच्चों का भविष्य उज्ज्वल नजर आने लगा था। दीख रहा था साफ-साफ कि उनके बच्चे और बच्चों के बच्चे पलका पर बैठे खा-पी रहे हैं! बाँध पर बिजली बने न बने, उनके बच्चों के जीवन में प्रकाश ही प्रकाश होगा।

—कि ठीक उन्हीं दिनों राजघाट का लट्टू फिर जलने लगा! उस लट्टू ने अँधेरे में फँसे किसी भटके हुए राही को राह दिखाई या नहीं दिखाई, किसी के जीवन में प्रकाश लाया या नहीं, यह नहीं मालूम साव को। उन्हें तो इतना-भर मालूम है कि उस लट्टू के जलते ही वे दिनों-दिन अँधेरों में खोते गए। उनकी चीह्नी-चिह्नायी राह खो गई कहीं।

सच कह गए थे हीरा साव कि अब बाँध का काम फिर शुरू होगा।

आनन-फानन में राजघाट के उस तरफ के तमाम गाँवों में घर, बाखर, टपरा, कुँआ, पेड़, सबका मुआवजा बाँट दिया सरकार ने। गाँव पूरे खाली करवा लिए। वहाँ के तमाम गाँववाले रुपया हाथ में आते ही जा बसे कहीं अंत।

जगह के बदले जगह नहीं दे सकी उन्हें सरकार। सरकार ने कह दिया कि फिर से बसने के लिए दो हजार रुपया हमसे लो और जहाँ जगह मिले जा बसो। हमारे पास जगह नहीं है तुम्हें बसाने को। हाँ, चाहो तो दो हजार के बदले ललितपुर में रेलवे पटरी के इस तरफ बीस गज जमीन हम दे सकते हैं।

जिनका कहीं और ठिकाना नहीं बैठा, वे सब जा बसे ललितपुर में। जितनी जगह में कभी भैंस तक न बाँधी थी, उतनी जगह में मय भैंस के रहते हैं अब वे।

अभी हाथ में रुपया है सो रोजगार की फिक्र नहीं उन्हें। कल को जब रुपया छ्योंट जाएगा, तब सोचेंगे कि क्या करना है। अभी तो जीवन में पहली बार हथेली पर आए कलदार को खर्चने का चाव है मन में।

राजघाट के उस तरफ मुआवजा बँटा कि इस तरफ भी लड़ैई और सिद्धपुरा को छोड़कर शेष सभी गाँवों में आ गया सरकारी कागज—कि सरकार को बाँध के लिए आपकी जमीन की दरकार है। आपकी सहूलियत के लिए सरकार ने चंदेरी में किले के पास ही एक भू-अर्जन अधिकारी का दफ्तर खोल दिया है। सो आप लोग वहाँ जाकर अपने-अपने जमीन के पट्टे दिखाइए और मुआवजा तय करवा लीजिए।

खबर मिली, मगर महीनों तक एक भी आदमी नहीं पहुँचा चंदेरी।

किसी को यकीन ही न होकर दे कि यह सच है।

अटकलों का बाजार गर्म हो गया।

इसमें जरूर साव लोगों की चाल है कोई। जभी तो उनके गाँव को नहीं मिला कागज।

हाँ, जरूर कोई चाल है।

मान लो, नहीं है चाल, तब फिर लड़ैई और सिद्धपुरा को कागज क्यों नहीं आया?

क्यों नहीं आया?

राम जाने!

राम के सिवा क्या कोई नहीं जानता होगा?

अब सोचने को तो यह भी सोचा जा सकता है कि इन तमाम गाँवों में लड़ैई है सबसे बड़ा और सिद्धपुरा है सबसे छोटा। इसी से इन्हें छोड़ दिया होगा अभी।

यह तो कोई कारण न हुआ।

न हुआ तो जाकर पूछो चँदेई में।

किससे भला? कौन सीधे मुँह बतियाएगा हमसे वहाँ?

तो जाकर पूछो हलके साव से।

हाँ, जाना ही होगा। अब वे तो सुना है कि लड़ैई से बाहर आते-जाते नहीं।

हलके साव सचमुच नहीं जाते अब कहीं। बाँध का काम आगे बढ़ा कि साव पिछड़ गए। साव इन दिनों दुविधा में हैं।

राजघाट पर जो पुल पर पुल बना था, अब उसी पर एक और पुल बन रहा है बहुत ऊँचाई पर। उतना ही ऊँचा किया जाएगा नदी का पाट। नदी के दोनों छोरों पर इन दिनों मिट्टी के बड़े-बड़े, ऊँचे-ऊँचे टीले बनाए जा रहे हैं। राजघाट से जमूसर तक इस तरफ और राजघाट से बड़ेरा तक उस तरफ। नदी को दोनों ओर से छेंका जाएगा। इस मिट्टी पर पत्थर रखकर इन टीलों को पक्का किया जाएगा।

इस सूरत में साव अब बैलगाड़ी या घोड़ा लेकर लड़ैई से ललितपुर नहीं जा सकते। जमूसर की डाँग से भी नहीं और इधर पुल पर पुल बनने की वजह से राजघाट से भी नहीं।

साव को अब घोड़े पर सब सामान लाना होता है चंदेरी से कि प्राणपुर से। यह भी सरल काम नहीं रहा है अब। नहर के साथ-साथ उन तमाम नालों का भी मुँह बंद हो गया है जो पहाड़ों का बरसाती पानी बहाकर ले जाते थे नदी में। अब तो हालत यह है कि पानी उन्हीं नालों में पड़ा सड़ता रहता है। उसके जमा रहने से तमाम नालों में दलदल इकट्ठी हो गई है। कहाँ पानी है, कहाँ दलदल, अंदाज नहीं पाता कोई भी राहगीर।

राजघाट के उस तरफ मुआवजा बटने पर जब इतने नए भँड़या जनम ले बैठे, तब इस तरफ बँटने पर तो इनकी तादाद जाने कितनी हो जाएगी!

भँड़या बढ़ रहे हैं, इसीलिए तो गाँव छोड़कर भागना चाहते हैं हलके साव, गुलझारी साव।

हलके साव का मन तो गाँव से उसी दिन उचट गया था, जिस दिन पूरे गाँव के साथ विश्वासघात किया था हीरा साव ने।

हाँ, उसी दिन।

खाट पर लेटे-लेटे अपने-आपको विश्वास दिला रहे हैं हलके साव।

वह तो इस गाँव के प्रति मोह था जो हम अब तक यहाँ टिके रहे! वरना हम भी चले गए होते तभी ललितपुर! साव ने खुद को बताया।

गाँव के मोह ने? सच कहते हो साव?

कौन? कौन बोला यह? खाट से उठ खड़े हुए हलके साव।

इसीलिए, इसी वजह से तो हलके साव ने तय किया है कि अब नहीं रहेंगे वे इस गाँव में। अब यहाँ रहना हो नहीं पाएगा। औरों की बात तो छोड़ ही दो, स्वयं उनका अपना दिल तक संदेह करने लगा है उनकी नीयत पर। हरदम कुरेदता है हलके साव को।

सब समझते हैं हलके साव। सब! इसकी भी मंशा नहीं रही अब यहाँ रहने की। शहर में घूमना चाहता है। मटरगश्ती, मौजमस्ती करना चाहता है शहर में रहकर। हलके साव ने जो इतना कमाया है छल-बल से, उसे फूँकना चाहता है।

सब समझते हैं हलके साव। दिल की मंशा भी और दिल की आशंका भी। डरता है उनका दिल कि कहीं ऐसा न हो कि उसके सपने बिन पूरे हुए ही रह जाएँ और कोई भँड़या आकर लूट ले जाए साव की दौलत।

सपनों को सच में बदलते देर कितनी लगती है भला लड़ैई में!

बानिया का दिल ठहरा साव का दिल। डरने के मामले में चूहे का नाती। दूसरे को लूटती बेला पथरा-सा और अपने लुटने की कल्पना तक की बेला चूहे-सा।

कूद-फाँद करते समय, दाने पर झपटते समय, किसी के भी खलीते में छेद करते समय चूहे का शेर की मानिंद बरताव सब दिन से देखते आ रहे हैं साव! और जरा बिल्ली की पदचाप सुनी नहीं कि तुरंत बिल में दुबक जाएगा। जरा घरधनी ने झाड़ू हाथ में उठाई नहीं कि चारों खाने चित!

फिर नहीं रहती इतनी भी हिम्मत उसमें कि भूखे रहकर, अनथक भागदौड़ करके, घरधनी की आँखों में धूल झोंककर या कि उसकी असावधानी, अज्ञानता का लाभ उठाकर, बिल में जो दाना-पानी इकट्ठा किया है, उसका उपभोग करने के लिए मुकाबला कर सके।

अपने दिल को उसकी मंशा पूरी करवाने का वचन दिया हलके साव ने। वचन दिया और फिर लेट गए खाट पर। मगर सोना तब भी संभव नहीं हुआ। दिल उनके आश्वासन को मानने को तैयार नहीं।

उसका कहना है कि साव, तुम्हारा वचन कोई कुम्हार बब्बा की मंत्र पढ़ी राख थोड़ेई है कि माथे पर लगाते ही रोगी के रोग-शोक दूर हो जाएँ!

भाग जाते होंगे गाँववालों के कष्ट-रोग उस राख से, मगर हलके साव, तुम्हारा अनिद्रा-रोग उस राख से भी दूर होने से रहा।

गाँववालों के रोग-शोक दूर करने के लिए कुम्हार बब्बा पर जो देवता सवारी गाँठते हैं, वे होते हैं विश्वास के देवता, जबकि तुम्हारे सिर पर सवार हैं भय के देवता। ये तो वश में न करनेवाले व्यंतर देव हुए!

अब, जब तुमने उन्हें आह्वान कर ही लिया है तो उनकी सेवा-सुश्रूषा से परहेज कैसा?

चौंककर फिर उठ बैठे हलके साव।

क्या कहता है यह दिल? हमने भूत-व्यंतरों को कब न्यौता?

अब जाने किसका भूत है यह! पता लगे तो उसको शांत करने का उपाय करें। जाने किसका है यह भूत!

आँधरे कक्का का हो सकता है! न हिलाई होती हमने मझले भैया की बाखर की ईंटें, तो क्या बाखर उस तरह भरभराकर गिरी होती आँधरे कक्का पर?

नहीं-नहीं, उसका भूत नहीं है ये। उसे भला क्या मालूम कि हमने किया था वैसा! उसे कहाँ पता था कि हमारे बेटे को राजघाट पर दुकान की जगह मिल गई है। वहीं दुकान के साथ हम जैन मंदिर भी बनाना चाहते हैं। उसी मंदिर की खातिर चाहिए थे हमें दरवाजे!

पर वह सब तो उनके मरने के बाद ले गए हम! फिर उन्हें कैसे खबर!

नहीं, यह तो जरूर माते के मौढ़ा अनेकसिंह का भूत होगा! हाँ, वही, जो मरा था नसबंदी से। हमने समय रहते घोड़ा दे दिया होता तो वह चंदेई, कि ललितपुर पहुँच जाता समय रहते। तब बच भी सकता था।

नहीं-नहीं, उसका भी नहीं होगा। उसे क्या पता कि हम घोड़ा नहीं देना चाहते थे। हम तो भनक लगते ही चले गए थे यहाँ से। ऐसा नहीं है कि हमें उससे मोह नहीं था.....पर सोचो कि अगर वह हमारे घोड़े पर बैठे-बैठे मर गया होता, तब हम उस घोड़े पर कैसे बैठते?

यह भूत तो जरूर उन जवान-जहान बालकों का होगा जो नसबंदी के तुरंत बाद तड़प-तड़पकर मर गए थे! अगर हमने पहले ही बता दी होती सबको हीरा साव की मंशा तो काहे को हो पाते सब के सब बधिया!

जाने तो डाक्टरों ने उनकी जनन-नस बाँधी थी कि जीवन-नस। महीना पीछे पूरे क्षेत्र में से पचासों जवान भगवान को प्यारे हो गए।

पर उस कांड में असली दोषी तो हीरा साव थे। उन्हीं ने किया था असल विश्वासघात तो! फिर उसका फल हम क्यों भोग रहे हैं?

सोचते हैं हलके साव! मगर केवल सोचते हैं। पूछते किसी से नहीं। कहीं भनक भी लग गई गाँववालों को कि हमें पहले से पता था, तो हमें वैसे ही तोड़ खाएँगे जैसे जनाउर खा जाता है दुधारू गैया को!

जब कह नहीं सकते तब भूत की चिनार कहाँ से पाएँ हलके साव! जीवितों से कहने में असमर्थ साव भूतों से बतियाते हैं रात-रात-भर यह रहस्य। उन्हीं से पूछते हैं हलके साव कि तुम सब-के-सब हमारी नींद क्यों हर रहे हो? हमें क्यों डरा रहे हो? हम कहाँ हैं दोषी?

तुम्हें डराना ही है तो जाकर हीरा साव को डराओ-धमकाओ! यह कहाँ की शराफत है कि जिन्होंने तुम्हें भूत-योनी में पहुँचाया, वह तो रातोदिन धन बटोरकर कुबेर बनता रहे और हम ससुरजू सेंतमेंत में मानुस होकर भी साँप की नाईं रखवाली करते फिरें अपने तनक-मनक से धन की?

हम सब जानते हैं! सब! भूतों को निरुत्तर पाकर थोड़े साहसी होते हुए सोचते हैं हलके साव।

हीरा साव अब कहाँ आनेवाले हैं तुम्हारी पकड़ में! तुम्हारी पहुँच तो इन गाँव-देहात के हम-जैसे लाचारों-बेबसों तक ही है न! वे तो जा विराजे हैं तुम्हारी सरहद के पार। वहाँ तुम-जैसे भूतों को फटकने कौन देगा भला!

हाँ, तुम जीवित होते, मांसहीन हाड़वाला चोला धारण किए हुए होते, तो तुम भी जा पहुँचते उनकी हवेली में। जैसे आज भी जा पहुँचते हैं तुम्हारे ये जीवित बचे भाई-बंद!

सुनते हैं हम कि मुआवजे की रकम क्या आई हाथ में, राजघाट के उस पार का हर आदमी धन्ना सेठ हो गया है। जिसे देखो वही साइकिल टनटनाता, रेडियो बजाता जा रहा है झाँसी, जा रहा है लतपुर।

खूब चलाओ साइकिल, खूब पहनो टेरालीन, खूब बजाओ रेडियो, खूब दो पंगतें, खूब नचाओ बेड़नी, यही तो कर सकते हो तुम!

अरे रुपया आया है तो उसे चाँप के रखो। यह क्यों नहीं देखते कि तुम्हारे रेडियो की आवाज सुनकर, तुम्हारी साइकिल की घंटी से संकेत पाकर, तुम्हारी पंगत में परोसे गए पकवानों की गंध सूँघकर भँड़या भी चले आ रहे हैं! चूहे को हल्दी की गाँठ क्या मिली, पंसारी समझ बैठा अपने-आपको।

अरे, हमारे पास तो सदा से रहे कलदार! पर क्या कभी हमें देखा है तुमने उसको जग उजागर करते?

प्रदर्शन का ख्याल आते ही हलके साव के चेहरे पर मुस्कराहट छा गई। रहस्यमयी मुस्कराहट। छिन-भर को भूल गए साव भय को। एक कहावत याद आ गई साव को। पूरी बानिया बिरादरी सबक के रूप में लेखती है उस कहावत को।

कहते हैं, एक बार एक गाँद में बारात आई। बारात की खातिरदारी में घरातियों ने कोई कोर-कसर न उठा रखी थी। सबको भय था कि किसी बात को लेकर बाराती नाराज न हो जाएँ! बारात न लौट जाए कहीं! बिटिया बिन-ब्याही न रह जाए कहीं!

सब-कुछ शांति से निबट गया। कुँवर-कलेवा का समय आया। बारात की अंतिम जीमनी का बखत। घरातियों की ओर से उस जीमनी में जिन लोगों को परोसने का काम सौंपा गया उनमें लड़कीवाले का एक कम औकातवाला, नया-नया रईस बना नातेदार भी था। उसके जिम्मे था लुचई परोसने का काम।

उसके हाथ में थी एक सोने की अँगूठी। वह जिस भी बाराती के पास पहुँचता रहा उसी से बार-बार आग्रह करता कि लुचई ले लो। जीमनेवाला मना करता तो मुट्ठी में लुचई को चाँपकर, अँगूठीवाली अँगुली को मुट्ठी से बाहर निकालकर अनुनय करता, "अजी एक तो लीजिए! बहुत नरम है।"

जीमनेवाला तब भी मना करता तो फिर आग्रह करता। कई-कई बार करता। अनुनय-विनय में वह ऐसा मशगूल होता रहा कि जीमनेवाले के संकेत को देखता ही न था कि कब उसने लुचई दे दो का संकेत दे दिया। लुचई तो उसके हाथ से छूटकर किसी पत्तल में गिरी ही नहीं।

सारे बाराती उसके व्यवहार से हैरान। बारातियों में एक ऐसा भी था जिसकी निगाह लगातार उसी पर थी। करते-कराते वह घराती उसके पास भी पहुँचा। वही अनुनय-विनय की। वही अँगूठीवाली अँगुली आगे कर-कर के।

बाराती ने कई बार मना किया। मगर यह तब भी एक ही रट लगाए रहा। बड़ी नरम है, एक तो ले लो! अजी लुचई क्या, एकदम शहराती पूड़ी है यह तो!

बाराती ने एक बार घराती की ओर निहारा। फिर निहारा उसकी अँगूठीवाली अँगुली की ओर। फिर अपना कुर्ता सीने तक ऊपर उठाकर बनियान के खलीते में हाथ डाला। थोड़ी देर बाद खलीते से हाथ बाहर निकालकर अपनी पत्तल पर एक पचास तोले की सोने की करधनी रखते हुए घराती से कहा कि आप नहीं मानते तो एक लुचई दे ही दो।

घराती की हालत खराब! चेहरा फक्क! लुचई तो जाने कब की गिर चुकी थी पत्तल में। घराती वहाँ से चलने को हुआ कि बाराती ने उसे रोककर पूछा, "अँगूठी तो नई-सी दीखती है। क्या सोने की है?"

अब जाकर पूरी बारात को माजरा समझ में आया। बारातियों को क्या, घरातियों को भी। वे भी यह देखकर परेशान थे काफी देर से कि एक भी बाराती लुचई ले

नहीं रहा है और हाथ धोकर पत्तल से उठ भी नहीं रहा। वे न केवल परेशान थे बल्कि चिंतित भी थे—कि कहीं लुचई में वास तो नहीं आ रही! कहीं बारातियों की कोई माँग तो बाकी नहीं रह गई पूरी होने से!

माजरा समझ में आते ही लड़कीवाले ने तुरंत उस रिश्तेदार को परोसने के काम से हटाया। तब कहीं बारात को भरपेट भोजन नसीब हुआ।

तभी से बानियों में यह कहा जाने लगा कि कभी भी कमतर नातेदार से पंगत की परसई नहीं करवानी चाहिए। काहे कि उसके हाथ से दूसरे की पत्तल में छप्पन भोग छूटेंगे ही नहीं।

कभी नए-नए धनी को सामाजिक कामों में अगुआ नहीं बनाना चाहिए, क्योंकि ऐसा अवसर देकर तो आप उसके मन की मुराद ही पूरी करेंगे। ठीक उन्हीं दिनों तो वह अपनी समृद्धि के प्रदर्शन को लालायित होता है। वह ऐसे अवसर का पूरा लाभ निजी प्रदर्शन में खर्च करेगा, न कि समाज की प्रतिष्ठा या जरूरत के लिए।

इसलिए पंगत को खाना परोसने का काम अपने से अधिक खाते-पीते के हाथों में सौंपो और समाज की जिम्मेदारी पहले से प्रतिष्ठित के हाथों में।

और इस डूब-क्षेत्र में सीख से, कहावत से, चलन से उलट हो रहा है इन दिनों। मुआवजे की रकम क्या हाथ आई कि जो देखो वही अँगूठीवाली अँगुली आगे करके चल रहा है! और उसे लपकने को आ रहे हैं नित नए डाकू-भँड़या-गिरोह।

और समाज में प्रतिष्ठा पा रहा है निर्मल। वह निर्मल जो बानिया कहलाने के योग्य तक नहीं। वही रह जाएगा अब बानिया के नाम पर यहाँ। वही सँभालेगा अब यह जैन मंदिर। जाने रोज के रोज भगवान का पृछाल भी करेगा कि भगवान बासे-तिबासे बिना स्नान किए उसकी राह तका करेंगे!

निर्मल नहीं जाएगा अभी यहाँ से। उसके पास ऐसा है ही क्या जो भँड़यन से डरे! और जाएगा क्यों? उसका तो एकछत्र राज होगा न अब यहाँ। जब तक लड़ैई को मुआवजा नहीं मिलता, यहीं रहेगा।

निर्मल साव की नीयत का कोई भरोसा नहीं हलके साव को। उसे तो महाझूठा, महापापी, महाघुन्ना मानते हैं हलके साव। उसे तो बानियों में ही नहीं लेखते हलके साव। मुआवजा दिलवाने और मुआवजा न मिल पाने के दिन तक खूब कमाई करने के सपनों में खोया है निर्मल।

लड़ैई के नाम अब जाकर जो कोटा तय हुआ है मिट्टी के तेल का, शक्कर का, वह भी निर्मल हड़प गया चुपचाप। वहीं चंदेरी में पूरा माल बेच देता है।

मजाल है जो एक बूँद यहाँ तक लाता हो तेल की, या एक दाना भी देखने देता हो शक्कर का!

ऐसा करके भी पाप का बोध छू तक नहीं गया उसे! कहता है लड़ैई में कलदार हैं किसके पास खरीदने को, जिसके लिए यहाँ तक ढोकर लाऊँ तेल, कि शक्कर!

इस सरकार की महिमा न्यारी! इसे कभी नहीं समझ सके हलके साव।

न, कभी नहीं।

अब बताओ भला, जब तक गाँव में खरीदने की कूबत रखनेवाले रहे, तब तक तो कोटा जारी नहीं किया, और जब सब चल दिए तब...

अब चलो मान लिया कि सरकार को इसकी खबर नहीं। हमने इत्तिला नहीं पहुँचाई। मगर यह तो खबर होनी चाहिए उसे कि अब सिवाय अपनी मुट्ठी के और किसी भी सवारी पर रखकर कोई चीज नहीं ले जाई जा सकती चँदेई से लड़ैई तक।

वह यह तो विचार सकती थी कि जब राह ही नहीं है जाने की, तब यह निर्मल किस विधि से ले जाता होगा हर पंद्रहवें दिन तीन बोरा शक्कर के और एक ड्रम तेल का?

खरीदने की कूबत की बाबत तो चलो मान लिया कि सरकार ने सोचा होगा कि गाँववालों की बाखरों में धन गढ़ा है। तभी वर्षों से ये गाँववाले ऐश से रह रहे हैं वहाँ।

हलके साव को एतबार नहीं निर्मल साव पर। यदि निर्मल साव एक लाठी में तेल पोतकर उसे तिली के बोरे में डाले, उस पर जितने तिल चिपट जाएँ उन्हें लाठी पर से छुड़ाकर उन तिल के दानों को एक-एक कर गिने, और वे गिनती में जितने हों, उतने को हजार से गुणा करने के बाद जो संख्या आए, उतनी बार कसम खाकर भी विश्वास दिलाए कि वह मंदिर की, मूर्तियों की हिफाजत करेगा, तब भी हलके साव एतबार न करेंगे निर्मल पर।

निर्मल की नीयत पर, उसके आचरण पर हलके साव ही नहीं, लड़ैई के किसी साव को भरोसा न रहा, न है, न होगा। इसीलिए तो सबने सुझाया था हलके साव को कि वे राजघाट पर एक जैन मंदिर बनवाएँ।

जब वहाँ हिंदू मंदिर बन सकता है, मस्जिद बन सकती है, गुरुद्वारा बन सकता है, तो जैन मंदिर क्यों नहीं बन सकता? आखिर वहाँ हलके साव के बच्चे की दुकान है, हीरा साव के साले का दफ्तर है, ढेरों कर्मचारी जैन हैं वहाँ आज भी।

हलके साव ने बिरादरी की यह सलाह तुरतईं मान ली थी। चंदा इकट्ठा करके मंदिर बनवाना शुरू कर दिया था। आखिर निर्मल के भरोसे ये शुद्ध सोने से ढली भगवान की मूर्तियाँ कैसे छोड़ी जा सकती हैं! मंदिर की सुरई पर लगे सोने के कलश, मूर्तियों के सोने के सिंहासन, छत्र, चमर, भामंडल कैसे छोड़े जा सकते हैं!

कभी जनम-जिंदगी में जो मंदिर न गया, वही निर्मल कैसा धर्मात्मा बना फिरता है इन दिनों!

नहीं-नहीं, उसके बहकावे में नहीं आना है। वह धर्म-अधर्म क्या जाने! पाप का

भय नहीं जिसे, उसके भरोसे कैसे छोड़ी जा सकती है समाज की संपत्ति!

वह भी साक्षात् भगवान!

हो सकता है कल को खुद ही तमाम चीजें हड़प जाए और कह दे कि वे तो भँड़या उठा ले गए।

अब भगवान तो भँड़यन का मुकाबला करने से रहे। शोर मचाने से रहे।

नहीं-नहीं, वैसी नौबत आने पर भगवान का जो अनादर होगा, उसका पाप तो हमीं पर आएगा न!

जिस दिन राजघाट का मंदिर बनकर तैयार हो जाएगा, उसमें वेदी प्रतिष्ठा हो जाएगी, उसी दिन लड़ैई को अंतिम नमस्कार करके चले जाएँगे हलके साव और गुलझारी साव।

उससे पिछले दिन तक तो पौर में ढोर बाँधकर, बैंड़ा लगाकर, आँगन में लेटे-लेटे नींद को अपने से दूर खड़ी देखना है साव को।

टार्च की रोशनी में देखना है बार-बार पौर की ओर—कि जिस भगवान के सहारे दिन काट रहे हैं यहाँ, जिस भगवान की खातिर रातों को जाग रहे हैं यहाँ, कहीं उसी परम दयालु, अपने भक्तों के हितू भगवान ने, उस अंतर्यामी ने, माया-मोह से विरत, भव-बंधन से मुक्त उस मोक्षवासी ने भँड़या तो नहीं पठै दिए अपने परम भक्त के दरवज्जे पर!

सत्रह

निर्मल साव अब से पहले किसी लेखे में नहीं थे। अपने बाप की इकलौती संतान हुए घूरेलाल निर्मल साव।

निर्मल साव के बापू की एक ही परेशानी थी सब दिन की। कोई भी औलाद जीवित नहीं बचती थी। औलाद बची रहे, वंश चलता रहे, इसके लिए हजार तरह के उपाय किए थे निर्मल के बापू साव ने। जिसने जो टोटका बताया वही आजमाया। मगर नतीजा वही ढाक के तीन पात!

तब किसी ने एक ऐसा उपाय बताया जिस पर साव को एतवार तो खैर क्या होता, मगर वही बात कि जरूरत पर गधे को बाप कहने में ही लाभ। सो जैसे ही निर्मल साव जनमे, साव ने तरीका बतानेवाले की हिदायत याद करके नवजात शिशु को गोद में उठाया और जाकर रख दिया घूरे पर।

दो पल के लिए वहाँ रखकर, हाथ जोड़कर बोले, "हे घूरा देवता, हम अपनी औलाद तुम्हें दान करते हैं। आप इसे स्वीकार करो और इसके पालन-पोषण की इजाजत हमें दे दो!"

इतना कहने के बाद दो टोकरी मैला घूरे पर पटका और निर्मल साव को वापस उनकी मैया के पास लाकर लिटा दिया।

फिर घोषणा की—"अगर यह जी गया तो यह घूरा देवता की कृपा होगी। यह उनकी अमानत है हमारे लिए। सो आज से इसका नाम बजेगा—घूरेलाल!"

और घूरे के भाग्य से बच गए घूरेलाल। घूरेलाल जी गए कि दिन फिर गए उस घूरे के। साव ने उस घूरे को पक्का करवाकर उस पर अच्छी-सी बैठक बनवाई। बीचोंबीच एक नीम का पेड़ लगाया और चारों तरफ पत्थर की सिलें लगवा दीं।

बाद को पूरे गाँव में न केवल वह चबूतरा नीमवाला चबूतरा नाम से विख्यात हुआ, खुद साव की बाखर नीमवाले साव की बाखर के नाम से बजने लगी। सो आज तक यही कहलाती है।

कुछ बड़े हो जाने पर जब साव ने देखा कि घूरेलाल का रंग तो करिया का करिया रह गया; लाख उबटन और साबुन के बावजूद कोयले-सी रंगत में अंतर नहीं आया; तब मन को तसल्ली देने को उन्होंने बेटे के नाम में एक नुक्ता और जोड़ दिया। अब नाम हो गया घूरेलाल निर्मल।

इधर साव ने यह नाम धरा उधर बड़ी माता चेचक ने घूरे पर सवारी गाँठने की ठानी। जब वे अपने दिन पूरे करके गईं तब निर्मल के चेहरे पर अपने ढेरों निशान छोड़कर गईं। उन्होंने उतने दिन तक निर्मल साव से ऐसा लाड़ लड़ाया कि आज भी निर्मल साव के चेहरे पर उनकी चूमा-चाटी के निशान बरकरार हैं।

निर्मल साव बालक से जवान हुए और जवानी से बुढ़ौती की ओर कदम भी बढ़ा चले, मगर कभी भूले से भी किसी कन्या का पिता उनकी कुंडली का मिलान करने को न आया।

इधर साव को तो अपना वंश चलाना था। न चलाना होता तो लाख बानिया रहे हों, घूरे पर पड़ी चीज उठाते भला! और घर के किसी कोने-अंतरे में नहीं, अपने हृदय से चिपटाए रखते उस चीज को!

साव को अपना वंश चलाना था, आगे बढ़ाना था, सो एक रोज अपने अनमोल रतन को लेकर जाने तो किस मेले-ठेले में गए, और जब लौटे तो घूरेलाल के साथ-साथ आई एक गोरी-नारी चंदा-सी बहू।

साव की पुत्रवधू ने उनके जीते जी उनकी मंशा पूरी तो की, मगर पोते का मुँह देखने के दस रोज पीछे साव-साउन की जीने की तमन्ना, कि जीने का मकसद पूरा हो गया।

घूरेलाल के घर जन्मे डल्लू साव। निर्मल साव तो सूरत के ही गए-गुजरे थे, डल्लू तो उनसे भी दो कदम आगे। सूरत पाई बंदर और आदमी के बीच की, और सीरत पाई घूमा बसोर के अंतिम दिनों की-सी।

किसी अनाथ आश्रम में पली-पुसी गऊ-सी गोरी-नारी दुल्हन पाकर निर्मल साव बेहद प्रसन्न हुए थे; उससे वंश चलानेवाला डल्लू पाकर और भी। मगर इसके बाद का हाल-हवाल यह कि उस अनाथ बच्ची ने निर्मल साव को ही अनाथ-सा कर छोड़ा। बेटा जनमने के बाद से अपने आसपास तक नहीं फटकने देती निर्मल साउन निर्मल साव को। घर में टिकना दूभर कर देती हैं उनका।

निर्मल साव की महादुर्गति। पहले तो अपने हीनभाव के चलते बिरादरी में उठना-बैठना नहीं करते रहे। गाँव में साहूकारी नहीं करते रहे। बाद में इस भाव में चार चाँद लगा दिए डल्लू ने। और इधर तीसरा संकट यह कि दद्दा रहे नहीं, पत्नी टिकने नहीं देती बाखर में!

सो निर्मल साव ने अपना कारोबार फैलाया राउतों के, भीलों के बीच। पठार पार के बीसियों गाँवों में निर्मल साव वैसे ही सोहते हैं जैसे बावले गाँव में ऊँट। वैसे ही सम्मान पाते हैं जैसे अंधों में काना राजा।

अपना यह अजूबा 'निर्मल परिवार' लेकर साव जाएँ तो आखिर कहाँ जाएँ?

जो निर्मल साव अपने भाग्य में लिखे कष्टों और कलहों के चलते किसी लेखे में नहीं आते थे, वही निर्मल साव अपने कर्मों, कपटों, करतूतों के चलते यकायक महत्त्वपूर्ण हो आए हैं आज।

तहसीलदार ने सरकार की माँग को पूरा करने के लिए इस डूब-क्षेत्र से जिन दो लोगों को इस मुहिम पर लगाने का फैसला किया था, उनमें एक थे साव हीरालाल और दूसरे थे साव घूरेलाल निर्मल। हीरा साव तो अपनी मंशा पूरी करके गाँव से चलते बने और इधर निर्मल साव ने पक्की तौर पर गाँव में बसे रहने का मन बना लिया।

तहसीलदार के आग्रह पर निर्मल साव ने सबसे पहले अपनी नसबंदी करवाई और बाद में करवाई सैकड़ों राउतों की। बदले में जिस तरह हीरा साव अपने नाम पानीपुरा की तमाम जमीनें करवाने में कामयाब हुए, उसी तरह निर्मल साव ने बदले में तहसीलदार से बतौर इनाम पाया लड़ैई, बारी, टोड़े, सिद्धपुरा, सिरसौदिया, जमूसर और शंकरपुर के नाम जारी मिट्टी के तेल और शक्कर का कोटा।

इस तरह छत्तीससाला घूरेलाल निर्मल साव के दिन फिर गए। इसके बाद तो साव ने पीछे मुड़कर देखा ही नहीं। कोटे के सामान को चंदेरी के चंदेरी में ही ठिकाने लगाकर, वहीं तहसीलदार समेत तमाम सरकारी महकमे का हिस्सा दे-बाँटकर हर पंद्रह दिन पीछे खुश-खुश गाँव आते रहे निर्मल साव।

तहसीलदार से, सरकारी मुलाजिमों से निर्मल साव की यह जान-पहचान उनके लिए वरदान साबित हुई।

दो बरस पीछे एक रोज, वहीं, साव को मालूम हुआ कि सरकार अब राजघाट के इस तरफ भी मुआवजा बाँटने जा रही है। इसके लिए चंदेरी में एक नया दफ्तर खोला जाएगा। वहाँ भू-अर्जन अधिकारी और उनके साथ पूरा महकमा रहेगा। वह रात-दिन मुआवजे का काम देखेगा। मुआवजा तय करेगा। मुआवजा बाँटेगा।

देखते-देखते किले के बाईं ओर एक लंबा-चौड़ा दफ्तर तैयार भी हो गया। उसमें भू-अर्जन अधिकारी (एल.ओ.ओ.) आ विराजे। वे आ विराजे ही थे कि निर्मल साव तहसीलदार साहिब की सोहबत में जा पहुँचे एल.ओ.ओ. को सलाम बजाने।

फिर निर्मल साव ने अपने हाथों से गाँव-गाँव, घर-घर पहुँचाई यह सूचना कि भाइयो और बहनो, चंदेरी में किला के पास उलटे हाथ की तरफ एक नया दफ्तर खुला है सरकार की ओर से। वहाँ भू-अर्जन अधिकारी जी बैठते हैं, सो जाओ उनके पास और अपना-अपना मुआवजा बनवा लो!

यह सूचना पहुँचाने के बाद हर दिन, हरदम चंदेरी में दीखने लगे निर्मल साव। भू-अर्जन अधिकारी के चिट्ठीरसाँ हो गए निर्मल।

पूरा महीना गुजर गया, पर चिड़िया का एक बच्चा तक न पहुँचा भू-अर्जन अधिकारी के हुजूर में।

तब निर्मल साव ने समझाया भू-अधिकारी को। बोले, "हम तो पहले ही जानते थे कि कोई न आएगा। मुआवजे के नाम पर पहले बहुत बड़ा धोखा खा चुके हैं न वे लोग। सो इस खबर को भी वे एक छलावा ही समझ रहे होंगे। अब वे वहीं रहेंगे, चाहे फिर सचमुच डूब का पानी ही क्यों न आ जाए सिर पर!"

भू-अर्जन अधिकारी के पास निर्मल साव की बात पर आँख मूँदकर विश्वास करने के सिवा चारा ही क्या था! भू-अर्जन अधिकारी को किंकर्त्तव्यविमूढ़ हुआ जानकर निर्मल साव ने सुझाया एक सरल, उपयोगी, लाभकारी मध्यम मार्ग।

निर्मल साव ने फिर गाँव-गाँव जाकर समझाया लोगों को कि हे मूर्खो, हम पर विश्वास करो, हम सच कह रहे हैं। सरकार सचमुच अब तुम्हारे गाँव उजाड़ेगी। तुम्हें मुआवजा देना चाहती है सरकार। जाओ, चंदेरी जाओ। वहाँ एल.ओ.ओ. साहिब तुम्हारी राह जोह रहे हैं।

यह देखो, यह रहा तुम्हारी जमीन का हिसाब-किताब। हम एल.ओ.ओ. साहिब से गुजारिश करके तुम्हारा मोटा-मोटा हिसाब लिख लाए हैं। अब हम एक-एक करके सबकी जमीन-जायदाद का हिसाब बोलेंगे, सो ध्यान से सुनो! और अगर कुछ समझ में न आए तो चंदेरी जाकर दरयाफ्त करो, दुरुस्त करवाओ और फिर मुआवजा पाओ।

इसके बाद निर्मल साव जो हिसाब-किताब बताते रहे, उसे सुनकर तो जैसे सुननेवाले के पाँवों के नीचे से जमीन ही खिसकती रही!

ऐसा क्यों है? निर्मल साव नहीं जानते। यह जानना है तो पहुँचो चंदेरी। किला की भींठ के पास से जो उलटे हाथ की ओर सड़क गई है न, उसी सड़क पर बना है भू-अर्जन अधिकारी का दफ्तर, जहाँ हुआ है यह उलटफेर!

निर्मल साव की तरकीब काम कर गई। भयभीत, आशंकित लोगों का हुजूम पहुँचने लगा चंदेरी। वहाँ से लाने लगा अपना-अपना कागज। और गाँवों में बीस बरस पहले दर्जा चार कि पाँच तक पढ़े-गुने प्रौढ़ों से पढ़वाने की कोशिश करने लगा। जिसे कोई और न मिलता, वह दौड़ा आता लड़ैई में कैलाश महाराज के पास। जिसे पढ़ैया के बाँचे पर यकीन न होता, वह भी दौड़ा आता कैलाश महाराज के पास।

कैलाश महाराज एक-एक को बताते रहे—

इसमें लिखा है कि इस जमीन पर कोई टपरा या बाखर नहीं है!

इसमें लिखा है कि यह जमीन खेतिहर नहीं, रिहायशी है!

इसमें लिखा है कि इस जमीन पर सिंचाई का साधन नहीं है!

इसमें लिखा है कि यह भूमि असिंचित है!

इसमें लिखा है कि अब यहाँ जमीन नहीं, नदी है!

इसमें लिखा है कि यहाँ कोई कुँआ नहीं है!

इसमें लिखा है कि यहाँ केवल चारा होता है!

इसमें लिखा है कि यह भूमि इकफसली है!

कैलाश महाराज के बाँच देने के बाद अविश्वास की बात ही कहाँ रह जाती है! मगर लोग हैरान के हैरान। यह हुआ कैसे? हो कैसे सकता है?

अगर हमरी जमीन पर टपरा नहीं है तो हम क्या चौपाल में रहते हैं?

अगर हम इतनी जमीन में रहते हैं तो खाते क्या ईंटें हैं?

जब हमरी जमीन की सिंचाई नहीं होती तो अन्न कैसे उपजता है?

अगर हमरी जमीन में सिंचाई का साधन नहीं है तो फिर वह कुँआ क्या हमने मछलियाँ पालने के लिए खोदा हुआ है?

अगर वहाँ अब जमीन नहीं, नदी है, तो क्या हमरा दोष है? बाढ़ लाया कौन? हमरी जमीन को बेतवा मैया लील गईं किसकी करतूत के चलते?

अगर हमरी जमीन पर कुँआ नहीं है तो क्या हम मटकों से पानी देते रहे खेतों में?

अगर हमरी तमाम जमीन पर चारा होता है तो हम खाते कहाँ से रहे अन्न अब तक? हमरा पूरा खानदान ढोरों का है कि आदमियों का? नहीं चाहिए हमें मुआवजा! बना लो कहीं और जाकर बाँध! हम आगे भी चारा खा लेंगे!

यह क्या माजरा है? यह कैसी ठगी है? सरकार होकर ठगती है?

न, न, न। ना भाई ना! सरकार को ठग मत कहो! सरकार को ठग कहने से पहले कीड़े नहीं पड़े तुम्हारी जीभ में?

डपटते हैं निर्मल साव नादान गाँवड़ियों को। बुरा मत सोचो, बुरा मत देखो, बुरा मत कहो—गाँधी बाबा का उपदेश है यह। और तुम गाँधी बाबा के देश के सपूत होकर भी ऐसा कुविचार लाते हो मन में!

तुमरे कहने से सरकार ले जाएगी क्या सारा तामझाम कहीं और? देखो तो जाकर राजघाट का नजारा! आँखें फटी की फटी रह जाएँगी। ऐसा लगेगा जैसे अलकापुरी में जा पहुँचे होओ जीते-जी! शहर बस गया है वहाँ, शहर! पुराने पुल के ऊपर तीस हाथ ऊँचा कितना तो चौड़ा-सा पुल बन गया है!

आती हुई लक्ष्मी को ठुकराते हो! जरा सोचो, रूस गईं लक्ष्मी मैया तो फिर मुढ़ी पटकते रह जाओगे, मगर सपने में भी दर्शन न देंगी! इसलिए हम कहते हैं कि ऐसा कुविचार मन में कभी न लाना।

अरे भाई, अब यह ऋषियों-मुनियों का देश थोड़ेई रह गया है कि मंत्र फूँकने से, शाप देने से वह हो जाएगा जो तुम चाहोगे! अब तो यह नई क्रांति का देश है। शांति के भी, भ्रांति के भी, नए उपाय ईजाद कर लिए गए हैं अब!

हर विपदा का इलाज है अब! इस विपदा का भी है। जैसा चढ़े जहर वैसा पढ़ो मंत्र। जैसा पड़े कहर वैसा आजमाओ तंत्र!

रूसने से पहले कम-से-कम हमसे तो पूछ लेते कि साव, इस अन्याय को मेटने का कोई उपाय भी है क्या? हम न बताते तब रूसते!

देखो भाई, सरकार ने सिंचित, असिंचित के रूप में यहाँ की तमाम जमीनें दो हिस्सों में बाँट दी हैं। असिंचित भूमि का मुआवजा तय किया है प्रति बीघा छः सौ रुपया और सिंचित का सोलह सौ! अब जैसा कि तुमने देख ही लिया है, अपने यहाँ की ज्यादातर जमीनें दिखाई हैं असिंचित। यह बिल्कुल गलत बात है। मगर सवाल यह है कि सरकार से झगड़े कौन? उसे हकीकत बतलाएँ किस विधि से?

हमने, हीरा साव, हलके साव, रघु साव, रतन साव और तमाम सावों ने इस बारे में एल.ओ.ओ. साहिब से बात की थी। उन्हें बहुतेरा समझाया। वे बहुत सज्जन आदमी हैं। उन्होंने हमारी बात ध्यान से सुनी और फिर एक उपाय सुझाया।

उन्होंने कहा, आप सब हमें दरख्वास्त लिखकर दो तो हम उस पर विचार करेंगे। हम सबने वैसा ही किया।

एल.ओ.ओ. साहिब ने उस पर विचार करने के बाद यह फैसला किया कि हमारी तमाम जमीनों को सिंचित भूमि माना जाएगा और उस पर उसी दर से मुआवजा दिया जाएगा।

एल.ओ.ओ. साहिब तो भाइयो, हैं सज्जन आदमी। मगर उनका पूरा महकमा तो सज्जनों का कुनबा नहीं है न! सो उनके कई अफसरों ने बीच में दुनिया-भर की अड़चनें डाल दीं।

बोले कि साहिब, यहाँ कई बरस तक जो बाढ़ आती रही उसमें सैकड़ों खेत स्वाहा हो गए। अब उन खेतों का मुआवजा बाढ़-विभाग दे तो दे, हम किस सूरत में दे सकते हैं? कि साहिब, जब पानीपुरा में पानी आता ही नहीं तब वहाँ की जमीनें सिंचित कैसे मान लें! कि साहिब, जब कई लोग वर्षों पहले गाँव छोड़-छाड़कर भाग गए तब उनकी जमीनों को खेतिहर कैसे मान लें?

ऐसी तमाम दलीलें उन्होंने हाजिर कीं जिनकी काट न एल.ओ.ओ. के पास थी, न हमारे पास।

तब भाइयो, एल.ओ.ओ. साहिब ने हमको सुझाया कि देखिए सेठ लोगो, ये सरकारी मुलाजिम कानूनी अड़चनें डाल रहे हैं। हमें तो खैर कोई उज्र नहीं है; हाँ, आप किसी तरह इन्हें मना लीजिए, राजी कर लीजिए। पर एक बात का खयाल रखिएगा। हमारा नाम बीच में न आए।

सो हम लोग महीनों उन बाबुओं के आगे-पीछे घूमे। ढेरों उपाय किए, सैकड़ों दलीलें दीं, तब अंत में यह तय हुआ कि चाहे वह सिंचित भूमि दर्शाई गई हो कागज में या असिंचित, खेतिहर जमीन हो या बंजर, या हो रिहायशी, खेत बचा हो या नदी में समा गया हो, उस पर चारा उगता हो या टपरा खड़ा हो, सब तरह की जमीनों का

मुआवजा सोलह सौ रुपए प्रति बीघा की दर से मिलेगा। हाँ, बदले में उन बाबुओं को प्रति बीघा छः सौ रुपया हम अपनी गाँठ से देंगे!

यह सुलहनामा हो जाने के बाद सब साव अपनी-अपनी जमीनों का, और जो जमीनें तुमसे उन्होंने खरीदी थीं, उनका भी मुआवजा पा भी चुके हैं। अब तुम भी अगर वाजिब मुआवजा पाना चाहते हो तो यही करो।

तुम्हें करना केवल यह है कि हमसे एक दरख्वास्त लिखवाकर एल.ओ.ओ. के दफ्तर में दे दो और साथ में प्रति बीघा छः सौ रुपया भी हमारे पास रखवा दो। इसके बाद तुम्हें मुआवजा, वाजिब मुआवजा दिलवाने की जिम्मेदारी हमारी।

हाँ, हम पर यकीन न हो तो जाकर पूछ लो अपने-अपने साव से। वैसे भी मुआवजा बाबू को रकम देने के लिए कलदार लेने तो तुम्हें साव के पास जाना ही होगा न!

और हाँ, जो करना है तुरत-फुरत करना। ऐसा न हो कि तुम सोचते ही रह जाओ और उधर सरकार के खजाने में कलदार छूयौंट जाएँ!

यह हिदायत देकर निर्मल साव जा बैठे अपनी बाखर में!

उनका काम कुछ रोज के लिए खत्म हुआ!

ठीक कहते हैं निर्मल साव! इसमें बुरा क्या है!

मगर कलदार लाएँ कहाँ से? दौड़ें चँदेई, दौड़ें लतपुर!

भूस्वामी अभी किसी नतीजे पर पहुँच भी न पाए थे कि चँदेई, मुँगावली, लतपुर से अपनी-अपनी गद्दी छोड़कर खुद साव लोग आ पहुँचे गाँवों में।

उन्होंने ढाढ़स बँधाया—कि नहीं है रकम हाथ में तो क्या हुआ! हम क्या मर गए हैं अभी? जितनी चाहिए हमसे लो! गहना-गुरिया, बाखर-टपरा, कुँआ-पेड़ गिरवी रखो और लो। इनका मुआवजा थोड़ेई मिलना है अभी।

जब जमीन का मुआवजा पा जाओ तब हमारी पिछली उधारी का हिसाब कर देना। गिरवी रखी चीजें भी छुड़ा लेना और जो रकम बचे उसे मनचाहे काम में बर्तना।

और हाँ, जो करना हो, खूब सोच-समझकर करना। जब मन पक्का कर लोगे तब चले आना हमारी गद्दी पर। अब हम नहीं आने के गाँव में। भँड़या बहुत बढ़ गए हैं अब यहाँ।

सुना है मुँगावली की जेल खाली हो गई है। रकम बँट रही है पूरे इलाके में, सो फिर बन गए हैं गिरोह। ऐसा न हो कि हम परमारथ करने को निकलें और राह में कोई डाकू धर दबोचे, सो हमरी अपनी गाँठ का अरथ भी जाता रहे।

साव लोगों के जाने के बाद कई लोगों ने कोशिश की बिना घूस दिए, कि बिना साव की बही में नया अँगूठा निशानी उलछरवाए पा जाएँ मुआवजा। मगर ऐसी

अनहोनी सचमुच संभव नहीं थी।

अव्वल तो एल.ओ.ओ. के दफ्तर में बाबू तो बाबू, चपरासी तक ऐसे पेश आता था जैसे उसके सामने कोई शाह नहीं—चोर जा खड़ा हुआ हो!

जैसे देश के विकास के लिए अपना सब-कुछ देनेवाला देशप्रेमी नहीं—कोई देशद्रोही आन पहुँचा हो!

जैसे अपनी जमीन की सही कीमत लगाने का अनुरोध करने या जो सरकार ने तय कर दी है, मन मारकर वही कीमत पाने की तमन्ना लेकर आनेवाला कोई लाचार, बेबस, ठगा गया भोलाभाला किसान नहीं—भिखारी आ खड़ा हुआ हो!

चपरासी को डपटकर या चिरौरी करके कोई खुशकिस्मत या बहादुर किसान किसी तरह भीतर दफ्तर में पहुँच भी जाए तो वहाँ बैठे बाबू उसे घंटों जमीन पर बिठाए रखने पर आमादा। उनकी निगाह हरदम यही तलाशती रहती कि यह मूरख खाली हाथ ही आया है या कुछ लाया भी है!

अरे और कुछ नहीं था तेरे पास तो कम-से-कम बेर, डँगरा, खिन्नी, तेंदू, अचार, आम या कैंत ही ले आया होता। बहुत दिन हो गए बच्चों को फल खाए।

अगर मेरे बच्चों के लिए ये मामूली चीजें भी ले आया होता तो मैं मुफ्त में थोड़ेई ले लेता ये सब। बदले में इस जाहिल, गँवार से दो बातें करके उसकी कीमत चुका देता।

मगर नहीं, यह तो मुँह लटकाए चला आया। दिन-भर से यूँ ही बैठा है। न कुछ खाता है, न पीता है कि उसी में हिस्सेदारी कर लूँ। एकटक मुझे घूरे जा रहा है। नादान या चतुर, समझ रहा है कि मैं अब पसीजा, कि अब!

अब तो लगता है इसे मुफ्त में ही बतानी होगी असलियत। एल.ओ. साहिब का भय न होता तो यह दस बार आता, तब भी न बताता मैं इसे।

जाओ भाई, जाओ। यहाँ धूनी रमाकर काहे बैठ गए? किसी पढ़े-लिखे समझदार आदमी को भेजो अपनी पैरवी को। हमें मालूम है कि तुम्हें फलाना साव की रकम देनी निकलती है। निकलती है न?

फिर?

फिर बिना उस साव को लिए कैसे चले आए तुम यहाँ! तुमने सोचा होगा कि साव को पता भी नहीं लगेगा और तुम रकम पा जाओगे! फिर मुआवजा लेकर भाग जाओगे देहात छोड़कर और साव रह जाएँगे तुमरी बाट जोहते, कि हाथ मलते!

अरे हमने तो सुना था कि गाँव के लोग बहुत भोले, एहसानमंद होते हैं। मगर तुम तो गाँव के नाम पर बट्टा लगाने की मंशा बना बैठे! जरा सोचो, जो कई पीढ़ियों से तुम्हारा पालन-पोषण कर रहे हैं, तुम्हें सुख-दुःख में मदद पहुँचाते रहे हैं, आज

उऋण होने का मौका आया तो तुम उन्हीं को धता बता देना चाहते हो!

हमारे रहते तुम्हारी यह मंशा पूरी नहीं होने की, यह कान खोलकर सुन लो। साव ने हमें पहले ही लिखकर दे दिया है कि उनकी गैर-मौजूदगी में तुम्हें मुआवजा न दिया जाए।

अब जाओ भी! हमारा मुँह क्या ताकते हो? अगर अभी एल.ओ. साहिब आ गए तो अपनी शराफत के चलते, तुम्हारी वजह से हमारी दुर्गति हो जाएगी।

जाओ, और अगली बार साव को साथ लेकर ही यहाँ कदम रखना। समझे!

अंततः लाचार भूस्वामी जा पहुँचे अपने-अपने साव की शरण में।

फिर जैसे-जैसे, जो-जो पहुँचता रहा साव के साथ, वह-वह पाता रहा सरकार से वाजिब मुआवजा!

मुआवजे की रकम सीधे किसान के हाथ में नहीं आती। नगद कलदार नहीं मिलते मुआवजे में। मुआवजे में मिलता है एक कागज। चेक कि ड्राफ्ट।

इसका क्या हो अब? चिंता की कोई बात नहीं। बैंक का मुलाजिम पहले ही प्रार्थना करने को तैयार है कि इसे हमारे बैंक में जमा करवा दो। एक-एक भूस्वामी से चार-चार बैंक बाबू एक ही अनुरोध कर रहे हैं। भूस्वामी हैरान! मगर उसे परेशान होने की जरूरत नहीं। साव हैं न साथ में।

साव ले जाएँगे उसे अपने साथ अपने घर। वहाँ फैलाएँगे उसका तमाम हिसाब। इतना घूस में दिया, इतना पिछला निकलता था तुझ पर, इतना ब्याज पिछली रकम पर, इतना घूसवाली रकम पर, इतने के तेरे गहने जो तूने हमें बेचे थे, हम वापस कर रहे हैं ताकि तेरे बहू-बिटिया के काम आएँ या कल को जब यह रकम खरच हो जाएगी तब हमारे पास फिर से गिरवी रखने या बेचने के काम आएँ। रकम का क्या है, आज आई, कल खरच हो लेगी। है कि नहीं।

तो यह सब मिलाकर हुई इतनी। तुझे मुआवजे में मिली है रकम इतनी। मुआवजे की रकम में से हमारी उधारी चुकाने के बाद बची इतनी।

अब ऐसा करते हैं कि कल को बैंक में चलेंगे। वहाँ हम तेरे नाम यह शेष रकम जमा करवा देंगे ताकि कल को तुझे जरूरत हो तो तू खुद ही बैंक से निकाल सके।

हमारा क्या भरोसा! हम बखत पर मिले मिले, न मिले न मिले। पर तेरे कारज का हरज तो नहीं होगा न तब।

हाँ, यह जो मुआवजे का कागज मिला है न तुझे, इसे अपन जमा करवाएँगे तेरे और हमारे साझे नाम से खाता खोलकर। पर असल में तब यह रकम तो हमारी होगी न, सो हमें जब दरकार होगी हम खुद ही निकाल लेंगे।

इस तरह बात की बात, हाथ के हाथ कर्ज और भू-धन से मुक्त होते रहे डूब क्षेत्र के वासी।

वे तब भी खुश थे कि चलो हमरी पीढ़ी तक आते-आते बानिया की बही से कागद तो फटा हमरे वंश का।

अब—जब घर, बाखर, टपरा, पेड़, कुँआ वगैरह की रकम मिलेगी तब जहाँ सरकार बसाएगी, जा बसेंगे ठाट से!

मगर अभी भी कुछ सिरफिरे ऐसे बचे हैं, सैकड़ों की तादाद में शेष हैं वे, जो किसी साव की शरण में नहीं जाना चाहते। वे निर्मल साव से जानना चाहते हैं कि क्या कोई और भी विधि है मुआवजा पाने की?

मगर निर्मल साव के पास उनकी बात सुनने का समय नहीं है। निर्मल साव व्यस्त हैं आजकल मुआवजा पा चुके लोगों को शहर ले जाकर साइकिल, रेडियो, पतलून, घड़ी खरिदवाने में। पंगतें उड़ाने में। बेड़नी नचाने में। सरकारी मुलाजिमों की आवभगत करने में।

साव की ओर से मायूस हो वे जा पहुँचते हैं बार-बार मुआवजा-कार्यालय।

वहाँ शुरू-शुरू में तो बाबू लोग बड़े प्यार से पेश आते हैं, मगर जैसे ही यह भनक लगती है कि आनेवाला बिना किसी साव की चिट्ठी लिए चला आया है, तब हजार कारण बताते हैं मुआवजा न दे पाने के। भूस्वामी की हर दलील की काट है उनके पास।

तुम वही आदमी हो जो बता रहे हो स्वयं हो, हम कैसे मान लें? कल को कोई और आकर कहने लगे कि मैं हूँ फलाना सिंह, तब? तब हम कहाँ से लाकर देंगे उसे उसका हक? कहाँ से खोजेंगे तुम्हें?

तुम अपने गाँव के सरपंच को लेकर आओ।

जी, सरपंच है ही नहीं, पंचायत ही नहीं हमरे गाँव में।

तो हम क्या करें? पंचायत बनाओ! सरपंच चुनो!

किसे? कब? उसमें तो बहुत दिन लग जाएँगे।

तो हम क्या करें? जो कानून है वह बता दिया। जाओ!

अरे तुम फिर आ गए? तुमसे कहा था न सरपंच को लाना।

जी, हम वो नहीं हैं। हमसे तो नहीं कहा कभी।

नहीं कहा तो अब कह रहे हैं—सरपंच को लाना!

सरकार! हमरे सरपंच हैं लड़ैई के माते दाऊजू। वे पाँच बीसी ऊपर दो बरस के हो चले। वे कैसे आएँगे भला?

इसमें हम क्या कर सकते हैं? हमने कहा था क्या उन्हें सरपंच बनाने को? तुम निर्मल साव को अपना सरपंच क्यों नहीं बनाते?

सरकार, अब की चुनाव में बना लेंगे।

तो ठीक है, चुनाव के बाद आना। जाओ!

अरे तुम फिर आ गए?

सरकार, हम तो पहली दफा आए हैं।

अच्छा! क्या नाम है?

सरकार, सरकार सिंह।

क्या? बड़ा अजीब नाम है!

सरकार, दद्दा ने रखा था हमरे।

अच्छा, कहाँ हैं तुम्हारे दद्दा?

सरकार, वे तो खाट से लगे धरे।

उन्हीं को भेजो। वही मालिक हैं जमीन के। जाओ!

अरे, तुम फिर आ गए?

नहीं सरकार, हम तो पहली दफा आए हैं।

ओहो, तुम सब-के-सब एक-से क्यों दीखते हो?

सरकार, हम सब एक ही तो हैं।

ठीक है, ठीक है। क्या नाम है?

सरकार, भूपति सिंह।

अच्छा! कौन गाँव?

सरकार, सिरसौदिया।

अच्छा! तुम्हारे दो भाई हैं न?

हाँ, सरकार!

वे कहाँ हैं?

वे गाँव में नहीं रहते सरकार!

क्यों?

सरकार, इतनी उपज तो होती नहीं कि एक परिवार का पेट भर सके, फिर तीन परिवार किस आसरे रहते? सो चले गए शहर को।

कहाँ?

क्या खबर सरकार!

उनको खोजो।

कैसे खोजें सरकार?

अब यह भी हम बताएँ क्या? पर उनके बिना तुम्हें मुआवजा नहीं मिलेगा। इस जमीन के तीन मालिक हैं। तीनों आएँगे तब मिलेगा।

पर सरकार, वे तो कभी न आ पाएँगे।

तब ऐसा करो, तुम निर्मल साव से मिलो।

सरकार, उनसे मिलने से क्या लाभ! वे जो तरकीब बताते हैं उसको अमल में लाने के बाद हमरे हाथ में कुछ रहेगा ही नहीं।

क्या करोगे तुम रकम का? शहर जाओगे क्या तुम भी?

नहीं सरकार! एक बैल मर गया है सो दूसरा खरीदेंगे।

कितने का आएगा बैल?

यही कोई दो हजार का सरकार!

गाँव में दो हजार में बैल मिलता है?

सरकार, हमरे गाँव में तो किसी के पास बाड़ू बैल है ही नहीं। हम लतपुर से लाएँगे बैल। हमरी तो कुल एक बीघा जमीन है। उसकी रकम ही कितनी बनेगी सरकार कि उसमें से हम निर्मल साव को भी दे पाएँ। हमें तो सरकार, पूरी रकम मिल जाती तो हम बैल खरीद लेते। बैल न होने से इस साल बटाई पर खेत नहीं ले पाए हम। अपना खुद का खेत भी बैल उधार माँग-मूँगकर बोया-जोता था।

अगर मान लो, हम तुम्हें पूरी रकम दे भी दें, तो भी तो बैल खरीदने लायक रकम कहाँ होगी वह। सोलह सौ रुपए ही तो पाओगे न एक बीघा के। फिर चार सौ रुपए कहाँ से लाओगे?

तब एक गैया भी बेच देंगे हम सरकार!

कितने में!

पाँच सौ तो मिल ही जाएँगे सरकार!

कितनी गाय हैं तुम्हारे पास?

दो हैं सरकार!

दोनों बेच दो न!

नहीं सरकार! फिर बच्चे दूध-छाछ को तरसेंगे। एक गौमाता रहेंगी तो कल को बैल भी दे सकती हैं। आज जैसी नौबत आने पर तब हमें दर-दर तो नहीं भटकना होगा न सरकार!

और मान लो मुआवजा न मिल रहा होता तब?

तब तो दोनों गौ माता को हृदय पर पथरा रखकर बेचना ही होता।

दो गाय के बदले बैल मिल जाता?

हाँ, सरकार।

तुम अभी तो कहते थे कि दो हजार का आता है एक बैल।

वह तो अब महँगा हो गया है न सरकार! मुआवजा मिलने लगा है न जब से, तब से सब चीजें महँगी हो गई हैं। लुहाँगी, हल, बैल, बैलगाड़ी का पहिया, बीज, हँसिया, कपड़ा-लत्ता, नारियल, बतासे, सब। इससे पहले तो दो गैया के बदले एक बैल क्या, कहीं-कहीं तो एक गैया के बदले एक बैल मिल जाता था सरकार!

गौ माता का घर में होना जस की, पुण्य की, बरकत की निशानी है न सरकार! सो जिस घर में अंतिम गौ माता सिधार जाती हैं न कुभाग से, वह घरधनी तो बछिया के बदले जबर बैल, कुल साल भर जुता बैल तक उपतकर घर आकर दे जाया करता था सरकार!

तुम्हारी ये बेसिरपैर की बातें हमारी समझ में नहीं आतीं। तुम जाओ यहाँ से। कहीं ऐसा न हो कि तुम्हारी झूठी-सच्ची बातों से पसीजकर हम कायदा-कानून के खिलाफ कोई काम कर गुजरें। जाओ, निर्मल साव के पास जाओ।

और मुआवजा-कार्यालय से दुत्कारे जाने पर वे सिरफिरे फिर आ पहुँचते हैं निर्मल साव के पास।

मगर निर्मल साव को उनसे बात करने की फुर्सत नहीं है।

देखते नहीं दारोगा जी आ पहुँचे हैं फलानासिंह की खड़ी फसल पर!

तहसीलदार आ रहे हैं फलाने के खेत में!

बाबू, संत्री, सिपाही, सरकारी चपरासी आ पहुँचा है फला गाँव में!

हम उन्हें देखें कि तुम्हें? उनका मामला सुलटाएँ कि तुमरा?

इधर फसल कटकर तैयार हुई नहीं कि उधर जाने कौन-कौन-से महकमे के सरकारी बाबू आ खड़े हुए हैं फसल के मालिक की छाती पर।

खेत का धनी तो उनके आने का कारण समझने से रहा। वह तो उजबक की तरह देखेगा। हो सकता है झगड़ ही पड़े। ऊँच-नीच कर बैठे कुछ।

निर्मल साव को समझाना है उसे कि देखो भाई, तुम इस खेत का मुआवजा पा चुके हो न! सो अब यह खेत हुआ सरकार की मिल्कियत। और ये साहिब हैं सरकार के मुलाजिम। उसकी संपत्ति के रखवारे। यानी कि खेत हुआ इनका। अब तुमने इनके खेत में फसल उगाई है, सो ये मालिक की हैसियत से अपना हिस्सा ही तो माँगने आए हैं, अन्याय करने तो नहीं आए!

हिस्सा? कैसा हिस्सा?

कैसा क्या?

वैसा, जैसा साव को देते थे। देते थे कि नहीं, जब उनसे खेत बटाई पर लेते थे! समझो कि अब साव से नहीं, सरकार से बटाई पर लिया तुमने खेत। समझे कि नहीं? तब उसके मूल मालिक को हिस्सा दोगे कि नहीं? अब तो समझ गए न?

हाँ, अब आई न बात समझ में।

देखो भाई, तुम हमारे सगे हो, अपने हो, इन साहिब से हमारी जैरामजी की बनी हुई है, ये हमारा लिहाज करते हैं, इसी से हम बीच में आए हैं। वरना ये सरकार हैं, सरकार! कोई साव नहीं हैं कि खाते में रकम दर्ज कर लेंगे, बस्स! ये तो अभी

हवालात में बंद करवा देंगे। सरकार की संपत्ति हड़पने, कि बरतने के जुर्म में!

अब चलो नपवा तो दो इन्हें इनका हिस्सा।

निर्मल साव को फुरसत कहाँ!

सरकारी बाबू को खुशी-खुशी विदा करना है अभी। खेत से बाबू के डेरे तक अनाज पहुँचवाना है अभी। जिसने सरकार की जमीन को दखल करने का जुर्म किया, अब वही भोगे इसकी सजा। अब मुढ़ी पर गठरी रख-रखकर काटे कई दिनों तक चँदेई के चक्कर।

इस बीच साव गाँव-गाँव घूमकर सरकारी बाबुओं के नाम पर जहर उगलेंगे। कोसेंगे उन्हें। खूब कोसेंगे। साँप बताएँगे इन्हें। राक्षस। मगर साथ ही साथ उनकी ताकत की थाह भी देंगे लोगों को। उनके हाथों की लंबाई भी बखानेंगे। उनकी नीचता की सीमा भी समझाएँगे। आग उगलेंगे साव! तूफान बरपाएँगे साव!

अपने हुनर की एक बानगी दिखाकर साव लौटेंगे लड़ैई। अपनी घरू बाखर में। यहाँ आकर साउन की खरी-खोटी सुनेंगे। सुनते रहेंगे और सिर नीचा किए भोजन करते रहेंगे।

जब तृप्त हो लेंगे, अफर जाएँगे, तब नए सिरे से इस बात पर यकीन करेंगे कि हमारी बाखर के बाहरवाले नीम की तमाम कड़वाहट हमारी घरवाली के सिर चढ़ चुकी है। इस स्वयंभूत सत्य पर नए सिरे से यकीन करते ही उनका मन कसैला हो आएगा।

मन कसैला हो आएगा कि एक नई भूख जागृत हो उठेगी।

इस नई भूख को शांत करने के लिए, मिजाज में रच-बस गए इस कसैलेपन को मिठास में बदलने की खातिर, निर्मल साव लड़ैई छोड़कर चले जाएँगे रात-भर को किसी और गाँव में।

वहाँ साव मुआवजा पाने की बाट जोहते किसी के भी घर में जा पहुँचेगा। उस घरधनी को ढेरों दिलासाएँ देगा। भरोसा दिलाएगा।

उम्मीद की डोर से बँधा वह घरधनी जब सपनों की दुनिया में खो जाएगा, तब घूरेलाल साव चुपके से उठेगा और वहीं कहीं बेखबर सोई किसी गदराई छतनार लता-सी काया के पहलू से जा लिपटने की जुगत भिड़ाएगा। ताकि महुआ फूले सारी रात—निर्मल साव के संग-साथ।

अठारह

जब माता मारे बच्चे को तो वह किससे फरियाद करे?
जब राजा ही अन्याय करे तब प्रजा किसको याद करे?

महीनों से, बरसों से, देर तक, दिनों तक यह कवित्त अकेले में, दुकेले में, भीड़ में, सत्संग में, राह में कि घाट में, हर कहीं गुनगुनाने के आदी हो गए हैं माते।

माते अब बहुत कम जाते हैं कहीं। ज्यादा से ज्यादा जाते हैं पंचमनगर तक। क्यों? कोई नहीं जानता। जानना चाहता भी नहीं कोई!

यों भी लोगों के बीच उठते-बैठते नहीं माते। क्या होगा बैठने पर! वही दुख-भरी, टीसभरी बातें।

कब डूबेगा गाँव?

कहाँ जाएँगे हम?

कब मिलेगा मुआवजा?

जिसमें सामर्थ्य थी कहीं जाने की, या जो मुआवजे की बाट नहीं जोह सके, शक्ति नहीं रही, कि आश टूट गई, आखिर वे तो जा ही रहे हैं गाँव, घर-द्वार, जन्मभूमि छोड़कर।

कौन किसे रोक पाया है?

कौन किसे रोकना चाहता है?

कौन रुक रहा है किसी के चाहने पर?

माते ने जब सुना था कि हलके साव, गुलझारी साव भी जा रहे हैं गाँव छोड़कर, तब कई दिनों तक सन्न रहे आए थे माते। मन तो हुआ था कि जाकर साव को हटकना चाहिए।

वह दिन याद आ गया था माते को जब तीस बरस पहले इस गाँव से पहले साव, हाँ रघु साव, डेरा उठाकर जानेवाले थे। तब किस तरह दौड़कर पहुँचे थे माते!

वह घटना, वह दिन, वह समय याद आया कि माते का हौसला पस्त पड़ गया। जब उतने अच्छे दिनों में रघु साव को नहीं रोक पाए थे तो इन बुरे दिनों में किस भरोसे पर रोक पाएँगे इन्हें!

नहीं-नहीं। हमरे कहने पर भी नहीं रुकेंगे साव। अब गाँठ के धनी को इस गाँव में काम ही क्या रह गया है! पर यह हो अनर्थ रहा है। अशुभ के लक्षन हैं ये।

बिना साव के गाँव में शोभा, गाँव में बरकत कहाँ! यह समझो कि इस गाँव की 'श्री' ही चली जा रही है हलके साव के संग-साथ।

इस पूरे क्षेत्र में लड़ैई का नाम दो ही कारणों से तो बजता था। एक तो इसलिए कि झाँसी के लड़ाकुओं ने इसे अपने रहने योग्य पाया, इसी से तो इसका नाम गुरीला से बदलकर बजने लगा लड़ैई।

दूसरे इस कारण कि राजघाट के इस तरफ देवगढ़ से चंदेरी के बीच केवल यह एक गाँव है जहाँ कई साव बसते रहे। पूरी बीस बाखर रहीं इस गाँव में बानियों की। राजा-रजवाड़ों का धन गिरवी रहा आया हमरे साव लोगन के पास।

हम भी जानते हैं यह तो कि यहाँ से उठकर कहीं बहुत दूर नहीं गए साव। एक-दो को छोड़कर सब-के-सब या तो चँदेई में जा बसे हैं या फिर ललतपुर में।

वहाँ भी उनका धंधा यही है। असामी हम ही सब हैं। साहूकारी यहीं से कायम है। सभी जरूरतमंद खुद-ब-खुद पहुँच ही जाते हैं उन तक। वे कोई और हों या हमरे अपने बेटे।

फिर भी एक कलंक तो आया न हमरे माथे कि हम लोगों के बीच में साव का रहना दूभर हो गया था। पहले जो साव गए उनकी बत्तल तो नहीं, मगर हलके साव, गुलझारी साव के जाने का कारण तो यही है न कि हम उनकी रक्षा का भरोसा नहीं दिला सके। इसी से उन्हें लुटने-पिटने के भय ने आ घेरा।

हम नासमझों का साव लोगन ने खून चूसा इतने बरस, हमें ठगा, इस हकीकत से हम इनकार नहीं करते। मगर पिछले कई बरस से ये हमें जिंदा रखे हुए हैं, इससे भी तो इनकार नहीं कर सकते हम!

आजादी के बाद जिस सरकार ने अपने ऊपर यह जिम्मेदारी ली थी, वह तो अपने पंडित जी के भोर में देखे सपने को हकीकत में बदलने में मशगूल हो गई। उस सपने की खातिर हमें केवल सपने में याद रखने की आदी हो गई।

हर पाँच बरस पीछे जब नींद टूटने के ठीक पहले सपने में देखती है कि वह चुनाव में खड़ी है, तब सगे और अपने नहीं, हम बेगाने दीखते हैं चहुँओर।

चुनाव जीता नहीं, सपना पूरा हुआ नहीं, नींद खुली नहीं, असल रूप में सज-धजकर बाहर आई नहीं, कि हम सपने में दीखे लोग, मीठे सपने को सच में बदलने में काम आए लोगों को यों बिसूर देती है जैसे लोग बिसूद देते हैं सपनों को।

सरकार के लेखे तो हम एक मीठे सपने के दीखने और हकीकत में बदलने के काम आनेवाले बेजान-बेजुबान गुड्डे-गुड़िया हैं, बस्स!

इस सरकार से क्या बानियों ने कहा था कि तुम ऐसे काम में उलझो जो कभी पूरा होकर ही न दे?

बानियों ने खबर पहुँचाई थी क्या सरकार के पास कि आप तो जो हैं सो पंडित जी के सपने को पूरा करने में जुटी रहो, शहरातियों की अज्ञात जरूरत को पूरा करने की खातिर हवा में लाठी भाँजो, पानी में मूसर चलाओ, और हम इन गाँवड़ियों की साक्षात् जरूरतों को पूरा करेंगे इनके खून की कीमत पर।

जब सरकार को हमरी सुध ही नहीं, तब हम साव के पास न जाएँ तो कहाँ जाएँ? कल भी जाते थे, आज भी जाते हैं, और कल को भी जब किसी के ब्याह-कारज को कपड़ा-लत्ता की दरकार होगी, नया लोहा, कि बासन, कि धोती, कि बीज, कि हँसिया की दरकार होगी, तब उपतकर जाएँगे साव के दरवज्जे। भले ही न चाहते रहें हम मन से, तब भी जाना तो साव के पास ही पड़ेगा।

यह हमरी लाचारी है कि नियति, इसे जानने को बैठा कौन है यहाँ? और जानकर भी क्या करेगा? जिस रोग का निदान ही न हो कोई, उसके उभरने के लक्षन या उससे पहुँचनेवाली टीस को केवल पहले से जान लेने-भर से उस रोग से, उस कष्ट से मुक्ति मिल जाती है क्या?

हमें इस अपनी सरकार ने इस लायक बनने का अवसर ही कहाँ दिया कि हम खुद चंदेरी की हाट में जाकर सौदा-पटा कर सकें! खरीदने के लिए न हमरी अंटी में कलदार छोड़े और न हमरी बुद्धि तक आने दिया ज्ञान।

ऐसे में हम बानिया के दरवाजे पर न जाते तो कहाँ जाते!

जीवन तो आखिर हमें भी जीना था कि नहीं?

किसलिए?

सिंहावलोकन करते-करते एक सवाल ने आ घेरा माते को।

क्योंकि आत्महत्या महापाप है!

इस उम्मीद पर जाते रहे हम बानियों के पास कि एक दिन जब यह सरकार मुआवजा देगी तब सब दलिद्दर दूर हो जाएँगे।

और यह सरकार!

मन कसैला हो आया माते का।

साव तो चलो हमरा पालन-पोषण करते थे, हमें हर संकट की घड़ी में मदद पहुँचाते थे, कष्ट का निवारण करते थे, दुविधा से उबारते थे, सो दो के पाँच वसूलते रहे। मगर यह सरकार तो बानियों से ज्यादा बेरहम निकली। इसका क्या हक बनता था हमसे कुछ लेने का? यह तो उलटे हमीं से कुछ खरीद रही थी। फिर हमरी कीमत में इसकी हिस्सेदारी काहे की?

यह कहाँ का न्याय है! यह कैसी उलटी रीति चलाई है सरकार ने!

औने-पौन दाम लगाकर, कानून का भय दिखाकर हमसे हमरी जमीन हड़पी, हमें बिना बताए, बिना हमसे सलाह किए, बिना हमरी मंशा जाने, बिना हमसे हाँ

करवाए, हमरे मुँह में अपने बोल डाल दिए! कह दिया दुनिया से कि हम अपनी जमीन बेचने को तैयार हैं।

और जो दाम दिए उसमें से भी आधे झपट लिए! दाता की हथेली नीचे रखवाई और मँगते ने रखी ऊपर। यह उलटा चलन चलाया, इसीलिए तो न देनेवाले के हाथ में कुछ रह पाया न पानेवाले तक कुछ पहुँचा। सब-का-सब जा गिरा धरती पर। उस गिरे को चाट गए, हजम कर गए घात में बैठे चटोर कुत्ते और सूअर।

सरकार की रकम गई, भूस्वामी की जमीन। न यह उस तक पहुँची न वह इस तक। सरकार ने जो दिया बेचनेवाले को, उसमें से कुछ तो सरकारी भँड़या लूट ले गए और कुछ लूट ले गए साव। बाकी का लूटे ले जा रहे हैं अब बजे भँड़या।

सरकार को बेचने के बाद उस जमीन में जो पैदा किया उसके पुराने भूस्वामी ने, उसमें से भी आधे से ज्यादा लूट ले जाते हैं ये सरकारी भँड़या।

इस पूरे तमाशे में दोनों हाथों में अगर लड़ुवा हैं किसी के, तो वे हैं सरकारी मुलाजिम के, कि फिर साव के।

साव लोगों के पास जितना पहुँचा वही सकारथ गया समझना चाहिए। आखिर इसी दिन के लिए तो साव देते रहे मदद। ठीक किया साव लोगों ने जो इनके हाथ में ज्यादा नगद-नारायण नहीं बचने दिए।

अब कल को सरकार फिर बिसूर दे अगर यह बात कि अभी उसे हमरी बाखर, पेड़, टपरा, कुँआ का मुआवजा देना है, तब बाखर के कागज, कि गहना-गुरिया गिरवी रखकर साव से मदद तो पा जाएँगे ये लोग।

अगर साव इन्हें रखे रहते अभी भी और दे देते इनके हाथ में कलदार, तो इन्होंने तो दे ली होती और भी कई पंगतें। रचा दिए होते खूब ठाट-बाट से नाती-पोतों के ब्याह। खरीद लाए होते उस निर्मल के साथ शहर जाकर रेडुआ, कि पतलून, कि साइकिल, कि घड़ी। या फिर लूट ले जाते भँड़या। जैसे लूट ले जा रहे हैं गहने-गुरिया।

अब कोई बाहर से तो आते नहीं भँड़या। जिन्हें मुआवजा मिल गया, जो चट कर गए मुआवजा, कि जिन्हें नहीं मिला मुआवजा, उन्हीं में से कोई-कोई हो गया है भँड़या। उनका खयाल है कि घर-घर गहना-गुरिया, कि नगद कलदार लुटने को बाट जोह रहे हैं उनकी।

कितनी लज्जा की बात है यह! बेतवा मैया को कष्ट पहुँचाने की नहीं, चुल्लू-भर पानी में डूबकर मर जाने की बात है यह!

जिस सिरसौदिया में कभी चंदेरी राज के सिपाही रहते थे, जिस पंचमनगर में तमाम बड़े-बड़े ओहदेदार अहीर, ठाकुर रहते थे, आज वहीं के, उन्हीं के वंशज डाका डालकर अपने पुरखों का खूब नाम रौशन कर रहे हैं।

जो तलवारें कभी अपनी मातृभूमि को हड़पने की बुरी नीयत से बढ़े चले आ

रहे दुश्मन पर आजमाई जाती थीं, अपने से कहीं अधिक शक्तिशाली दुश्मन को खदेड़ने के काम आती थीं, वही तलवारें आज निहत्थे, निरीह, बेखबर गरीब को डराने, भयभीत करने, सिर कलम करने के काम आ रही हैं।

जो राजा के सिर पर सजे मुकुट की रक्षा करती थीं कभी, आज वही दुनालियाँ अपने जैसी निरीह प्रजा की उँगली में दीखती इकलौती मुंदरी को झपटने जैसे नीच काम में मददगार बन रही हैं!

लूट मची है लूट!

अब उस फकीरे की बात ही ले लो। उस पर सोचो तो सिवाय रंज के, अफसोस के, शर्म के, क्या हासिल होता है! उसके पास तो गहना-गुरिया भी नहीं था!

लड़ैई में किसी के घर गहने-गुरिया का क्या काम! यहाँ तो धोती के दो टुकड़े भी नहीं हैं किसी के पास कि एक को पहनकर दूसरे को सुखा भी सके।

वह बेचारा तो मुढ़ी पर गेहूँ की पोटली रखे चंदेरी जा रहा था। बाप कब्र में पाँव दिए बैठा है न! कल को मर-खप गया तो मृत देह ढाँपने को कफन तो चाहिए कि नहीं! जीते जी दो साबुत उन्ना नहीं पहन पाया तो क्या! मरने पर उसकी देह को सफेद कोरा लट्ठा तो चाहिए ही होगा। उसी के लिए तो गेहूँ लेकर जा रहा था फकीरा।

अब बैलगाड़ी से ले जाना तो संभव है नहीं। इसीलिए हर रोज जितना मुढ़ी पर ढो सकता है उतना ढोकर ले जाता था चंदेरी। वहाँ किसी साव के यहाँ पोटली खाली करके लौटता था गाँव।

सात चक्कर लगा चुका था। आठवाँ और आखिरी चक्कर था उसका वह। वह पोटली भी पहुँच जाती तो इतना गेहूँ हो चुका होता जितने में दो हाथ लंबा एक लट्ठा आ ही जाता।

मगर कहाँ ला पाया लट्ठा! कई-कई दिन से उसे चँदैई आता-जाता देखकर भँड़या जा बैठे थे घात लगाकर बीच डाँग में। बेचारे को मार-मारकर अधमरा कर दिया। गेहूँ बिखेर दिया सो अलग।

साँझ को बेचारा किसी तरह गिरता-पड़ता-घिसटता घर पहुँचा कि बाप ने प्रान छोड़ दिए। आश जो टूट गई नया लट्ठा पाने की।

उन भँड़यों को भी क्या मिला? राह चलते गरीब को घेर लिया था जिन्होंने, वे निर्मल साव को कभी नहीं घेरते। यह जानते-बूझते भी नहीं घेरते कि निर्मल रोज ही गहने-गुरिया लेकर जाता है चँदैई।

कहाँ से लाता है गहने-गुरिया रोज-रोज? सुना है वह इन्हीं भँड़यों का माल होता है। उन्हें शहर में बेचने-भर का काम निर्मल साव का है।

हो भी सकता है!

निर्मल साव!

फिर मन कसैला हो आया माते का। निर्मल को साव मानने को कतई तैयार नहीं माते। निर्मल, साव नहीं, कसाई है, कसाई! घूरा है घूरेलाल! तमाम तरह के ऐब, तमाम तरह का कूड़ाकरकट भरा है उसके मगज में तो। और देखो लड़ैई का दुर्भाग्य कि अब साव के नाम पर यही बचा है यहाँ!

माते अपनी विवशता पर बेहद मायूस हो आए। अब कौन मानता है माते की बात! कौन सुनता है अपने हित की बात! इसीलिए तो अपने-आप से बोलते-बतियाते रहने को लाचार हैं माते। माते की सुने कोई, माने कोई, एक भी दिन की मोहलत दे कोई, कहे कि आज हम आपका कहा मानेंगे माते, तो माते सबसे पहले यही कहना चाहते हैं कि इस घूरेलाल साव को कहीं दूर ले जाकर किसी घूरे में दबोच दो।

फिर मँडरा रही है एक चीलगाड़ी आसमान में।

चीलगाड़ी की आवाज सुनकर सब पंछी-पखेरू जा दुके अपने-अपने कोटर में। दाना चुगने का होश नहीं रहा उन्हें। ऐसे में उन बेजुबानों को भूख से चिचियाते अपने चूजों की चिचियाहट भी नहीं सुनाई देगी, यह जानते हैं, तभी तो उनके चूजे भी दुबककर बैठ गए हैं मतारी के पंख-तरें।

माते ने हथेली की छतरी आँखों पर सजाकर देखा आसमान की ओर। कौन जाति की चीलगाड़ी है यह?

सुदर्शन चक्र की नाईं चारों ओर घूम-घूमकर अपने-अपने आकाश में विचरते चिरैया-परेवा को काटती-पीटती उड़नेवाली चीलगाड़ी है कि उस जाति की है जो आती हैं राजघाट के पास लतपुर के हवाई अड्डे पर, जो देखने में ठीक वैसी ही दीखती हैं जैसी दीखती हैं वे चीलें जो ढोर के मरते ही माँस खुरचने को आ जुटती हैं आकाश में, और फिर झपटती हैं एक-साथ उसकी देह पर।

तभी न झपटती है यह सरकार इस जाति की चीलगाड़ी के आते ही हमरी देह पर, खेत पर, हमरे समूल वंश पर।

कैसी अँधेरनगरी और कैसा चौपट राज आया है यह! जिन सरकारी मुलाजिमों का काम सरकार की हिफाजत करना, जनता की सेवा करना होना चाहिए, वही सरकार के पाँव कुतर रहे हैं। उसके खजाने में बरकत करने की बजाय उसके खजाने पर डाका डाल रहे हैं। उसकी जनता का खून चूस रहे हैं। कानून का भय दिखाकर गैरकानूनी काम कर रहे हैं।

जिनका फर्ज है सरकार को जनता की भलाई के उपाय सुझाना, वे ऐसे काम सुझा रहे हैं जो सदियों में भी पूरे न हों।

जब बाड़ ही खेत को लीलने लगे तब और हो भी क्या सकता है!

जब रक्षक ही भक्षक बन जाए तब और उम्मीद ही क्या बच रहती है!

इसीलिए तो जो हो रहा है इस राजघाट की इस तरफ, वही सब हो रहा है उस राजघाट की उस तरफ!

हाँ, वही सब तो घट रहा है वहाँ भी। अनहोना, अविश्वसनीय!

माते ने जिस दिन से रेडियो पर यह खबर सुनी है कि देश की प्रधानमंत्री की उन्हीं के अंगरक्षकों ने हत्या कर दी है, उसी दिन से यह विचार बार-बार माते के मन में उमड़-घुमड़ रहा है।

इधर ले-देकर एक ही जगह तो जाते हैं माते। जाते हैं पंचमनगर। वहाँ लंबरदार के बेटा ने रेडियो खरीदा है न। उसी पर खबरें सुनने जाते हैं माते। जाते तो हैं बाँध की, लड़ैई की खबर सुनने, मगर उस बारे में तो मौन साधा हुआ है रेडियो ने। जब देता है बुरी खबर ही देता है, या देता है ऐसी खबर कि दिल की लौ बुझने को लपलपाने लगे।

इंदिरा जी की बाबत यह खबर सुनकर माते धक्क-से रह गए थे। उसके बाद कई दिनों तक घर से निकले ही नहीं। वे ही तो रख गई थीं पहली ईंट राजघाट बाँध की। जब उनके जीते-जी बाँध नहीं बना तो अब जाने बनेगा भी कि नहीं।

कहीं ऐसा न हो, नई सरकारजू कोई और सपना देख लें किसी रात और फिर जुट जाएँ उस पर। इनके सपनों के फेर में हमरी हकीकत जिंदगानी स्वाहा हुई जा रही है—यह देखने की फुरसत कब पाएँगे ये सपनों के शौकीन!

माते घर से नहीं निकले, मगर उनके पास तक खबरें आती रहीं—कि इंदिरा जी के मरते ही दंगे हो गए पूरे देश में। कई सिख मार डाले गए। क्यों? क्योंकि इंदिरा जी को जिसने मारा वह सिख था।

यह कहाँ का न्याय है? माते चौंके थे सुनकर। हम तो आज तक उन मुसलमानी पथरा को हेर नहीं पाते। तुम कैसे हेरोगे अब उन मरनेवालों के भाई-बंदों की ओर?

अरे हमसे तो वह भूल नादानी में, नासमझी में हुई थी, मगर तुम शहराती तो पढ़े-लिखे हो! तुम तो विद्वान हो, विवेकवान हो! यही है तुम्हारा विवेक? यही है ज्ञान? तो क्या तुम आज भी उस अवस्था में हो जिसमें हम चालीस बरस पहले थे?

और तुम इन्हीं निर्बुद्धियों के भरोसे बैठे हो इमरतसिंह?

माते ने पूछा अपने-आप से।

जिसे तुम चालीस बरस पहले अन्याय की राह मान चुके थे, उसे ये आज भी न्याय का रास्ता मानकर उस पर चले जा रहे हैं बेखौफ! और तब भी तुम उन्हीं से न्याय की उम्मीद लगाए बैठे हो?

फिर जब माते ने सुना कि इंदिरा जी के बेटे को दे दी गई है गद्दी, तब

उनका पहला दुःख कुछ कम हुआ। मगर जब एक रोज रेडियो पर अपने कानों से इस इंदिरा सपूत को बोलते सुना—कहते सुना—कि जब कोई बड़ा पेड़ गिरता है तो जमीन हिलती ही है, कि मैं अपनी मतारी के अधूरे काम पूरे करूँगा! तब नए सिरे से चिंतित हो आए माते।

माते का मन हुआ कि किसी तरकीब से इस नादान को समझा पाते तो कितनों का भला होता! यह नादान यह नहीं जानता कि जो जमीन बड़े पेड़ के गिरने से हिल जाती है उसे फिर समतल करना बड़े धैर्य का, मेहनत का, बुद्धिमानी का काम होता है। ऐसा नहीं करने पर क्या हश्र होता है, यह खबर भी न होगी उसे।

ऐसा न होने पर उस जमीन में रोपा हर पौधा मय जड़ के और हर हवेली मय नींव के धराशायी होती रहती है, मगर कारण पकड़ में नहीं आता। कारण पकड़ में नहीं आता सो अनजान, कि जिद्दी भूस्वामी फिर-फिर कोशिश करता है, फिर-फिर असफल होता है!

माते इंदिरा सपूत तक पहुँचाना चाहते हैं यह रहस्य। मगर पहुँचाएँ कौन विधि से? माते तो यह भी कहना चाहते हैं कि बेटा, अपनी मतारी के अधूरे काम में हाथ तो बाद में डालियो, पहले अपने नाना के अधूरे काम निबटवा दीजो।

हालाँकि उसके पूरा होने में हमरा तो अहित ही निहित है, फिर भी हम तुझे आशीर्वाद देते हैं और गुहार है तेरे दरबार में कि तुझे जो करना है झटपट करके अपने नाना की आत्मा को शांति पहुँचा दे। बहुत बरस हो गए उनकी आत्मा को अशांत अवस्था में राजघाट पर भटकते।

एक विनती है हमरी तुमसे बिटुआ! अपनी मतारी के अधूरे काम को पूरा करने की जिद मत ठानना! उस पालनहारे के इंतजाम में दखल देने की भूल न करना! तुमरी मतारी ने जब वह कोशिश की थी तब जानते हो उसका क्या परिणाम रहा?

नहीं जानते होओगे, इसी से तो हम बता रहे हैं तुम्हें!

सुनो! तुमरी मतारी ने यहाँ के मेहनतकशों की जनन-नस बँधवा दी थी। मगर क्या हुआ? जनम रुका क्या? हाँ, उसकी पीर के चलते सैकड़ों तड़प-तड़पकर मर गए सो जरूर। हमरा अपना नेक बच्चा अनेका चल बसा।

बस, उतने ही कम हुए। बाकी की तो जाने कब खुल गई वह नस! जितनों की बाँधी थी न, आकर देखो कि सबके दरवज्जे पर आज कितने छोटे-छोटे मौढ़ी-मौढ़ा उछल-कूद मचाए हुए हैं धूल में।

इसी से हम कहते हैं कि वह काम हाथ में न लेना। तुम तो बाँध बना लो, नदी को थाम लो, सो ही हम तुम्हें मान लेंगे महापरतापी!

उस काम को हरगिज हाथ में न लेना। उसके चलते हमरा जो अहित हो सकता था वह हो चुका।

उन नासमझ, नए-नए जनमे बाल-बच्चों को क्या खबर कि उन्हें कौन किस आँख से हेरता है! कौन उन्हें जायज औलाद लेखता है और कौन नाजायज। शुरू-शुरू में तो जिस किसी ऐसी बैयरबानी के बालक हुआ जिसके मुंसेलू की नसबंदी हो चुकी थी, उसी को छिनाल समझते रहे सब-के-सब। उसी पर बुरी नजर। उसी पर लार टपकाते फिरने लगे शोहदे। उसी की झोली में आन गिरे ढेरों लाँछन।

वह तो गनीमत हुई कि साल-दो-साल पीछे घर-घर में किलकारियाँ गूँज उठीं नवजातों की। कहीं यह परिणाम दो-चार घरों तक सिमटकर रह जाता तो उन घरों के अंडी-बच्चे तक को दफन कर दिया होता यहाँ के धर्मभीरू बिरादरीवालों ने।

हुआ होगा, जरूर हुआ होगा उस उपाय के चलते तुमरे शहरातियों का भला। उन्हीं पर होते होंगे बच्चे बोझ। यहाँ तो हर काया दो मेहनतकश हाथ होती है। खुद फोड़ती है अपने हाथों जमीन को, तब पाती है पेट की खातिर अन्न का दाना।

तुमरी मतारी के उस फरमान के चलते यहाँ हर मुंसेलू अपनी बैयर को और हर बैयर अपने मुंसेलू को शक की निगाह से देखने की आदी हो गई है बिटुआ!

उस फरमान का जो अंजाम हुआ है न, उसने उठा दिया है यहाँ से विश्वास।

वह बीज क्या बोया तुमरी मतारी ने कि हमरे देहातों से विश्वास की फसल नष्ट हो गई। शक के बीज पर विश्वास की फसल हो तो हो कैसे? अब जब तक इस भूमि में रोपे तुमरे इस विषबीज का असर खत्म नहीं होता, तब तक इंतजार तो करना ही होगा न।

बेटा, हम इसीलिए प्रार्थना कर रहे हैं तुमसे कि फिर न बोना वह बीज। उसकी संगत में ऐसा न हो कि हमरा खेत विश्वास की फसल देना ही भूल जाए। अब हमरे यहाँ तक बेतवा माई नहीं आतीं कि उनके स्पर्श से धुल पाते हमरे खेत के पाप। बेतवा मैया को तो तुमने राजघाट के उस तरफ छेंक लिया है न।

बेतवा माई में पानी क्या रीता कि हमरी लड़ैई में भी रीत गया हया का, शर्म का, ईमान का, धर्म का, दया का पानी। अब तो यहाँ रह गया है केवल आँखों में पानी। और वह भी इतना कम कि हर दुखभरे छिन में आँखों से बाहर आता ही नहीं। तभी आता है जब कोई बहुत जबर दुःख आन घेरे।

हमरी बात तुम तक पहुँच रही है न! हमरी बात गाँठ बाँध लेना बिटुआ! मतारी का नहीं उनके दद्दा का, अपने नाना का, हाँ, हाँ, पंडित जी का सपना भी अगर पूरा न कर पाओ तो भी रिसियाना नहीं। रिसियाकर कुछ उलटा-सीधा मत कर बैठना! यह मानकर मन को संतोष दे लेना कि सभी सपने कभी पूरे नहीं होते किसी के। कभी नहीं होते।

हम सच कहते हैं बिटुआ, जैसे हमरे पंडित जी का सपना नहीं हुआ पूरा।

"हाँ, हाँ, हमरे बामन महाराज का। कैलाश महाराज के दद्दा का!"

सोचते-सोचते, मन से बतियाते-बतियाते जाने क्यों ऐसा लगा माते को कि इंदिरा जी का बेटा समझ नहीं पाया है कि वे किन पंडित जी की बात कर रहे हैं। सो माते ने स्पष्ट किया। सोच में नहीं—शब्दों में, बोली में। मस्तिष्क के सिर पर बुद्धि को सवार करके नहीं, जिह्वा की नाव पर कंठ को, शब्दों की सवारी गाँठकर कहा माते ने।

"हमरे दद्दा को काहे याद कर रहे हो माते?"

अपने एकदम करीब किसी और की आवाज सुनकर चौंके माते। घंटों से जिस आसन में लेटे थे खाट पर, उसे तजकर उठ बैठे। आँखों के ऊपर हाथ की छतरी बनाकर सामने की ओर निहारा।

अपने ठीक सामने कैलाश महाराज को खड़े हुए पाया तो सन्न रह गए माते। जाने कब से खड़े होंगे! कहीं कुछ उलटा-सीधा तो नहीं बक रहे थे हम! जाने कैसी कुटेब लग गई है हमें!

महाराज के साथ में तो कोई शहराती बाबू भी दीखता है। और ये भीड़! ऐसा लग रहा है जैसे पूरा का पूरा गाँव ही चला आया हो हमरे दरवज्जे पर!

कब आए सब-के-सब! कब! और हम इतने मन-मगन रहे आए कि हमें किसी के आने की आहट तक नहीं सुनाई दी!

कौन है शहराती बाबू? डूब की खबर लाया है क्या?

माते खाट के पैताने की ओर खिसक आए। कैलाश महाराज को हाथ से खाट पर बैठने का संकेत देते हुए माते ने कहा, "सीताराम महाराज! विराजिए!"

"जय सियाराम!" महाराज ने अभिवादन स्वीकारा।

फिर हाथ के इशारे से मना करते हुए बोले, "आप तो आराम से विराजे रहिए माते! हम यहाँ चौंतरा पर बैठ जाते हैं।"

कहने के साथ ही वे उस शहराती बाबू को अपने संग-साथ लिए-लिए चबूतरे पर बैठ गए।

महाराज ने, मेहमान ने आसन ग्रहण किया कि तमाम गाँव भी अपनी-अपनी समाजी प्रतिष्ठा के मुताबिक वहीं जमीन पर विराजमान हो गया।

"काहे पधारना हुआ महाराज?" माते ने जानना चाहा।

"इन बाबू की खातिर आना हुआ माते! आप हैं श्री पांडे जी, और पांडे जी, ये हैं हमारे एक सौ पाँच बरस के माते। हमारे क्षेत्र के सबसे बुजुर्ग और सम्मानित व्यक्ति। और माते, पांडे जी चंदेरी से आए हैं। वहाँ भूमि विकास बैंक में अफसर हैं बड़े भारी। आपसे मिलना चाहते थे। कल हम चंदेरी गए थे तब हमसे मुलाकात हुई इनकी। इन्होंने आपसे मिलने की इच्छा जाहिर की, सो हम आती बेला इन्हें अपने साथ ले आए। इन्हें आपसे क्या काम है यह तो ये स्वयं बताएँगे; अब हम चलेंगे। हमें

मंदिर पहुँचना है। जब आपकी बातें पूरी हो जाएँ तब इन्हें मंदिर तक पहुँचवा देना।"

दोनों को एक-दूसरे का परिचय देकर, शहराती बाबू के आने का मकसद बयान करके, अपने कर्त्तव्य की इतिश्री जानकर कैलाश महाराज चले गए मंदिर की ओर।

कैलाश महाराज के जाते ही माते ने शहराती बाबू को निहारा। शहराती बाबू भी इतनी देर से माते को ही निरख रहे थे। वे तुरंत हरकत में आ गए। अपनी जगह से उठकर माते के एकदम करीब आए और हाथ जोड़कर बोले, "मैं अरविंद पांडे आपको प्रणाम करता हूँ माते दाऊजू।"

शहराती बाबू की शराफत ने, उसके मुँह से फूटे पहले ही मीठे बोल ने पूरे गाँव का मन मोह लिया। माते का तन-मन भी अशीषों से लबलबा उठा। नम्रता की मूर्ति बने खड़े उस पचीस-तीस वर्षीय सुदर्शन युवक को देखकर आँखें जुड़ा गईं माते की।

"यह क्या करते हो महाराज?" शहराती बाबू के प्रणाम की मुद्रा में जुड़े हाथों को एक-दूसरे से जुदा करते हुए बोले माते, "अभी तो बताया था कैलाश महाराज ने कि आप बामन देवता हैं। फिर क्यों हमरे सिर पर पाप का बोझ बढ़ाते हो? हमरे पास तो अब प्रायश्चित करने का भी बखत नहीं है।"

"कैसा पाप माते! हम बामन हैं तो क्या बड़ों को आदर देना तक हमारी किस्मत में नहीं बदा?"

फिर, फिर गदगद हो आए माते। फिर पूरे गाँव के टीसते मर्म को ठंडक पहुँचाई शहराती बाबू ने। अनहोनी, दुखभरी, कि खुशखबरी सुनने को आतुर पूरा गाँव मुँह जोहता रह गया शहराती बाबू का।

"हम कई रोज से आपसे मिलने को बेचैन थे माते! जब से चंदेरी में आकर बैंक का काम सँभाला तभी से। मगर मजबूरी यह थी कि हम आपके गाँव का रास्ता जानते नहीं थे और इतने दिनों तक किसी ऐसे आदमी से भेंट नहीं हो पाई जो चंदेरी से यहाँ लौटनेवाला हो। वह तो हमारा सौभाग्य ही कहिए कि कल आपके कैलाश महाराज टकरा गए हमें मुआवजा दफ्तर में......"

मुआवजा दफ्तर में...वहाँ क्या करने गए होंगे महाराज?

......तो क्या अब अपने गाँव को भी मुआवजा मिलनेवाला है......

नहीं-नहीं, महाराज की जमीनें तो बीसन गाँव में हैं न। खैर, होंगी। अभी तो शहराती बाबू को सुनो मोंगे-मोंगे।

"आपके गाँव तक अकेले पहुँचना तो सचमुच कठिन है। एक बार भी न आया हो जो, वह तो कहीं का कहीं जा भटकेगा।"

शहराती बाबू के मुँह से सच्ची बात सुनकर सबने हाँ में सिर हिलाए एक साथ। स्वीकारा, सहमति जताई कि ठीक कहते हो आप। मगर माते एकटक उसकी सूरत को निहारते रहे देर तक।

"आपके मुँह से यह बात शोभा नहीं देती महाराज! सरकार सुनेगी तो क्या सोचेगी! कहेगी कि आप सरकारी मुलाजिम होकर ऐसी बात करते हैं! सरकार तो रोज के रोज यह दावा करते नहीं थकती कि उसने हर गाँव तक सड़क, हर घर तक बिजली और हर टपरा तक शिक्षा पहुँचा दी है। और आप सरकार के आदमी होकर ऐसी बात करते हैं? उसी को झुठलाते हैं?"

अरविंद पांडे ने भौचक होकर देखा माते को।

"हम झूठ थोड़ेई बोल रहे हैं माते!"

"और सरकार जो कहती है वह?"

माते का प्रश्न सुनकर अचकचाए पांडे जी। क्षण-भर को पसोपेश में पड़े रहे।

फिर सँभलकर बोले, "यह तो डूब-क्षेत्र है न! सरकार का मतलब बाकी गाँवों से रहा होगा।"

"ठीक कहते हो महाराज! यह तो डूब-क्षेत्र है न! यह तो हमरे खोटे भाग्य का परिणाम है न, जो आज भी हमरे गाँव तक पहुँचना दूभर बना हुआ है। जबकि हमने तो सुना था कि अपने देश का आदमी बिना राह भूले, बिना किसी से राह पूछे, बिना किसी जानकार को संग-साथ लिए चंद्रमा पर भी हो आया है। उसने इंदिरा जी से बातें भी की थीं वहीं से बैठे-बैठे। इंदिरा जी की मृत्यु के कुछ समय पहले ही तो हुआ था यह करिश्मा! और एक यह हमरा गाँव है, जहाँ तक पहुँचने के लिए आज भी सरकार के मुलाजिम, कि खुद सरकार को भी किसी जानकार की दरकार पेश आती है।"

"राकेश शर्मा अकेले नहीं गए थे चंद्रमा पर।" अरविंद ने माते की जानकारी में संशोधन किया, "वे रूस की मदद से गए थे माते!"

"चलो मान लिया कि वे उसी रूस की मदद से गए थे जिसकी मदद से यह बाँध बनने जा रहा है। अकेलें महाराज, यह मान लेने पर भी हम यह सोचकर खुश तो नहीं हो सकते न कि हमरा गाँव भी चंद्रमा पर है, या कुछ वैसा ही है, क्योंकि यहाँ आने को भी संग में जानकार, राह सुझानेवाला चाहिए।"

"हमारा मतलब यह नहीं था माते! हमने तो केवल......"

"अब हमें जो खबर थी हमने वही कहा। हमें तो उतनी ही बात की खबर थी जितनी सरकार के मुँह से हम तक पहुँची। आगे-पीछे और क्या-क्या सच्चाई है, क्या, किसका, कितना सहारा है, यह हम कैसे जानें? हम तो इसी को सोलह आने सच माने हुए थे अब तक। यही कहती रही थी सरकार बार-बार, हजार बार! कई रोज तक कहती रही थी।"

"मगर माते, आप तक यह खबर पहुँची कैसे?" अरविंद पांडे से और सब्र नहीं हुआ। आखिर पूछ ही लिया उसने वह सवाल जो इस प्रसंग के शुरू होते ही उसके मस्तिष्क में कुलबुलाने लगा था।

"हम तक पहुँची कैसे? हाँ, महाराज, आपको इस बात पर हैरानी होनी ही थी। सोलह आने सही है आपकी हैरानी। तुमरी सरकार ने यहाँ से मोटर हटाई, मदरसा हटाया, सड़क खतम की। यही सब कर सकती थी सरकार। सो यही सब किया भी, ताकि शहर हम तक या हम शहर तक न पहुँचें। मगर हमरे पाँव तो तब भी नहीं काट सकी न! सो इन पाँवों के रहते हम कभी-कभी पंचमनगर तक चले जाते हैं। वहीं रेडुआ पर सुनी थी हमने यह खबर। उसी पर सुनते रहते हैं हम सपनों के, सपनों के सच होने के किस्से।....

अब तुमरी सरकार को तो यह भी बर्दाश्त नहीं होगा न! मगर यहाँ क्या वही सब हो रहा है जो सरकार को बर्दाश्त हो? सरकार की बर्दाश्त के बाहर भी तो हो रहा है न कुछ। हाँ, इतना जरूर है कि अगर तुमरी सरकार अच्छी मंशा रखती, हमें शहर तक कि शहर को हम तक आने-जाने देती, तो हम भी बहुत-कुछ जान लेते। उसने ऐसी मंशा नहीं दिखाई, तब भी तो शहर आया न हम तक। चोरी-छिपे, कि अपने स्वारथ से! चाहे जैसे भी आया, आया तो।......

हाँ, इतना जश जरूर सरकार के खाते में जाता है कि जब-जब शहर आता है हमरे पास, कि हम जाते हैं शहर के पास, अवस्था चाहे कोई भी हो, हम निहारते रह जाते हैं उजबक की नाईं शहर को। जैसे यह पूरा गाँव इस बखत निरख रहा है मूर्खों की नाईं आपकी ओर। ऐसेई निहारते हैं ये बानिया की ओर।.....

और महाराज, अब तो सुना है सरकार बैंक चलाती है। उसमें रकम जमा कराती है। उस पर सूद देती है। वह रकम औरों को, जरूरतमंदों को उधार देती है, उस पर सूद वसूलती है। यानी कि बानियों का काम करती है सरकार। क्षत्रिय से वैश्य हो गई है सरकार।....

सो ऐसी सरकार को, उसकी मंशा को हम गाँवड़िए भला क्या समझेंगे! हमरे लिए बानिया तो अबूझ ही रहा। उसकी ओर मूर्खों की नाईं निहारना हमरा भाग्य। चतुर असामी बानिया को नहीं शोहता न!"

शहराती बाबू माते की ओर टकटकी लगाए बैठे रहे। उनकी दशा इस समय ठीक वह हो आई थी जो कुछ पल पहले गाँव की बाबत बयान की थी माते ने।

माते के मौन हो जाने के बाद भी कई पल गुजर गए, मगर शहराती बाबू के मुँह से बोल नहीं फूटा।

माते ने एक बार शहराती बाबू को देखा, फिर गर्दन घुमाकर पूरे गाँव को निहारा।

अब ये सब-के-सब हमें जरूर कोस रहे होंगे। हम बखत-बेबखत सठिया जो जाते हैं। ठीक ही कोसेंगे। अब बताओ भला, यह भी कोई समय था कुबोल बोलने का! ये शहराती महाराज इतना आदर देकर, मान देकर हमसे बतियाने बैठ गए तो क्या हमें अपनी औकात भूल जानी चाहिए थी?

आखिर हमें क्या हक पहुँचता है इन्हें खरी-खोटी सुनाने का? ये कोई सरकार हैं क्या? जो बात सरकार से कहनी चाहिए वह इनसे कहकर इनका मन खट्टा क्यों करें? क्यों?

"क्षिमा करना महाराज! जाने क्यों अब हमरा वश नहीं रहता अपनी बानी पर।"

माते ने अपनी भूल स्वीकारी। महाराज के सामने विनीत भाव से दोनों हाथ जोड़ दिए।

"यह क्या करते हैं माते! यह क्या सोचने लगे आप? आप तो बोलते रहिए, बस! हमें तो आपकी बातें अच्छी लग रही हैं। सच सुनने से परहेज कर भी जाएँगे तब भी आँख से नहीं दीखेगा क्या वो? आप तो कहिए माते! अपने मन की तमाम बातें कहिए हमसे। हमें पहले से मालूम है यह तो कि आप इसी तरह की बातें कहेंगे।.....

हाँ, आप ऐसी बातें नहीं कहते तब हम जरूर सोचते कि आपने हमें अपना स्नेह नहीं दिया। हम आपके मन में जगह नहीं बना पाए। तब हमें अपना यहाँ तक आना अकारथ लगता। मगर अब तो हम दूनी खुशी के साथ जाएँगे यहाँ से। आप तो कहिए।"

क्या कह रहे हैं ये शहराती बाबू! माते दुविधा में पड़ गए। तो क्या बामन महाराज ने पहले ही हमरी बाबत इनके कान भर दिए? क्या हम चदैई तक बदनाम हो गए?

मगर यह शहराती बामन तो दोहरी बात कह रहे हैं। यह तो हमरी खरी-खरी बातों को सुनने की खातिर यहाँ तक आया बता रहे हैं।

नहीं-नहीं, जरूर इसमें कोई पेंच है! उतने सूधरे हैं नहीं ये, जितने दीख रहे हैं। आँख से दीखता ही संपूरन सच नहीं होता इमरतसिंह! मन की भी सच और झूठ पहचानने में भागीदारी होती है कि नहीं! फिर तुम अपने मन की आवाज को क्यूँ नहीं सुनते हो?

"अब तो केवल यह बताओ महाराज, कि यहाँ तक आने का कष्ट काहे को उठाया आपने? शहर में पंखा की हवा छोड़कर ये हमरे बीहड़ देहात में, खेरे में आने की कौन दरकार आन पड़ी?"

"हमने बताया न, आपके दर्शन करने आए हैं माते!"

"हम कोई संत-फकीर तो हैं नइयाँ महाराज कि....."

"आप तो संतों से बढ़कर हैं माते!" अरविंद पांडे ने माते को वाक्य पूरा नहीं करने दिया, "एक प्रार्थना है माते! अब आप हमें महाराज-बहाराज न कहिए। हम आपसे बहुत छोटे हैं। आपके बच्चों के बच्चों की उम्र के। इसलिए आप तो हमें बेटा कहिए, बेटा!"

धन्य-धन्य! शहराती बाबू धन्य-धन्य!

कैसा निरुत्तर किया माते को तुमने शहराती बाबू!

बोलो, लो, अब बोलो माते दाऊजू!

गाँव ने स्वीकारा, गाँव ने ललकारा!

"काम क्या करते हो बैंक में....?" सवाल पूरा करके भी न किया हो पूरा जैसे, कुछ-कुछ उसी मुद्रा को बनाए रखते हुए पूछा माते ने।

कुछ देर सोचते रहे कि महाराज लगाएँ अंत में कि 'बेटा!'

नहीं-नहीं। महाराज नहीं लगाने देते शहराती बाबू तो न सही, मगर हम 'बेटा' भी तो नहीं लगा पाएँगे। सज्जन हैं शहराती बाबू तो क्या हम ऊँच-नीच, विद्वान-मूरख का विचार भी न लेखें!

नहीं, वह नहीं हो सकता तो यह भी न होगा। एक पल के हजारवें हिस्से में सोचा माते ने। सोचा और तुरंत तय कर लिया। तय कर लिया कि वाक्य को पूरा करने के लिए अंतिम शब्द 'में' को थोड़ा-सा खींच दिया।

"हमारा काम? हमारा काम है कि हम ज्यादा-से-ज्यादा लोगों को अपने बैंक में रुपया जमा करवाने को प्रेरित करें।"

"यहाँ तो इस काम से आना नहीं हुआ होगा। यहाँ किसके पास धरी है फूटी कौड़ी भी कि उसी को आपके बैंक में जमा करवा सके।"

"धरी है माते! आपके दर्शन करने के साथ-साथ हमारे आने का मकसद यह भी है कि उस कौड़ी को हम अपने बैंक में जमा करवा लें। हम आपसे यही निवेदन करने तो आए हैं कि आप अपनी रकम हमारे बैंक में जमा करवाना!"

क्या कहा तुमने शहराती बाबू? क्या कह रहे थे आप महाराजजू?

हमसे सुनने में भूल तो नहीं हुई कहीं? कहीं चूक तो नहीं हो रही हमसे?

हम जो बात बरसों से सुनने को उतावले हैं, उसे कहीं बिना कहे ही तो नहीं सुन लिया है हमने? तुमने कहा कुछ और हो और हम जिस बात की उम्मीद लगाए बैठे हैं वर्षों से, जिसे सुनने को हमरे कान तरस गए हैं, हमने सुनी वही हो!

एक बार फिर से तो कहिए महाराज!

पूरे गाँव की एक ही गुहार। पूरे गाँव का एक ही हाहाकार।

—फिर से न कहना बेटा! माते की अलहदा याचना।

खुशी से लाल हो आए इनके चेहरों पर न जाना महाराज! इनकी आँखों में तिर आए सपनों को भी न निहारना। ये तो यही सोचकर खुश हो जाते हैं कि अब ये भी रेडुआ खरीद सकेंगे ताकि उस पर यह खबर बार-बार सुन सकें कि सरकार ने राजघाट बाँध पर काम करने आए सरकारी कर्मचारियों के बच्चों की पढ़ाई-लिखाई के लिए एक केंद्रीय विद्यालय खोल दिया है।

उस विद्यालय में ऐसा पाठ्यक्रम रहेगा जो पूरे देश में लागू होता है ताकि

तबादला होकर कहीं जाने पर या कहीं और से तबादला होकर यहाँ आने पर किसी सरकारी कर्मचारी के बच्चे की शिक्षा में किसी तरह की रुकावट या गिरावट न आए।

इसके साथ ही सरकार ने राजघाट बाँध पर काम करने के लिए आए सरकारी कर्मचारियों की गृहिणियों के लिए कुटीर-उद्योग और उन बच्चों के लिए जिनकी पढ़ाई में कोई रुचि नहीं है, हस्तकला, काष्ठकला, तकनीकी शिक्षा का केंद्र भी स्थापित कर दिया है ताकि ये भी अपने पाँवों पर खड़े हो सकें।

शहराती बाबू! इन खबरों को सुनकर ये बहुत खुश होंगे। कई कारणों से खुश होंगे। एक तो इसलिए कि इसमें राजघाट का जिक्र है। यानी कि राजघाट का नाम पूरे देश में फैल गया है। दूसरे इसलिए कि इसमें राजघाट की तरक्की की खबर है। तीसरे इसलिए कि यह अपने देश की तरक्की की बात है। चौथे इसलिए कि यह शिक्षा और रोजगार की खबर है।

जो अपने पास न हो, उसकी चर्चा से आधा सुख तो मिल ही जाता है न!

शहराती बाबू! ये इस खबर को सुनेंगे और खुश होंगे। खुशी में उछल-उछल पड़ेंगे। अपना काम-धाम छोड़कर एक-दूसरे को बताते-बतियाते फिरेंगे ये।

सुनने के बाद एक बार भी यह न सोचेंगे, किसी से भी यह न पूछेंगे कि भाई मेरे, जिस सरकार को अपने कर्मचारी के एक-एक पल की इतनी फिक्र है, जो उनकी शिक्षा और रोजगार की खातिर इस कदर दुबला रही है, उसे यह खयाल कभी क्यों न आया कि इस सबकी हमरे बालकों को भी दरकार है! हमें भी एक रोज यहाँ से जाना है। तब हम कहाँ जाएँगे?

ये नहीं कहेंगे कि सरकार यह सब हमरे बच्चों के लिए भी तो कर सकती थी। आखिर हमरा भी तो तबादला होना है। हमरे हाथ भी दिन-रात काम करने को उतावले रहते हैं। फिर कभी उनको काम क्यों नहीं दिया सरकार ने?

बैंक बाबू! ये मूरख तो इस सोच के चलते खुश हो रहे हैं कि ये भी अब साइकल खरीद सकेंगे! ताकि उस पर बैठकर छिन-छिन पीछे राजघाट जा सकें। वहाँ बस गया शहर देख सकें। उसे देखकर खुश हो सकें। घर लौटकर बयान कर सकें कि स्वर्ग से किस कारण अधिक सुंदर और भव्य है राजघाट पर बसा शहर।

तब भी ये इसे सच नहीं मानेंगे कि उस शहर की दीवारें मजबूत बन सकें, इसी के लिए तो इनके घर की भींठ मजबूत नहीं होने दी सरकार ने। उसकी शोभा बढ़ सके, इसीलिए तो आभाहीन किया इनका टपरा। उनके दरवाजों पर पर्दे झूल सकें, इसीलिए तो झपट लिया इनके तन का इकलौता चीथड़ा।

उलटे ये तो कहेंगे कि अच्छा हुआ जो वह सब यहाँ नहीं है। अगर होता तो अलकापुरी को इन आँखों देखने का, उसकी शान को यों बखानने का सुख कहाँ से पाते ये अभागे इस जिनगानी में!

पाँडे बाबू! ये तो इसी में इतने खुश हैं कि ये भी पंगत दे सकेंगे। उस पंगत में जीमने को बुला सकेंगे उन तमाम लोगों को, जो जा बसे हैं लतपुर की रेलपटरी के इस तरफ। जो बाखर छोड़कर दड़बे में रहते हैं अब। हल की जगह फावड़ा आ गया है जिनके हाथों में! जिनके लिए सरकार ने राजघाट पर सस्ते गल्ले की दुकान भले ही नहीं खोली हो, दारू का ठेका खोल दिया है।

बामन महाराज! ये यही सोच-सोचकर खुश हो रहे हैं! ये नहीं सोचना चाहते कि तब ये उस रेडुआ को बजाएँगे कहाँ, साइकल को चलाएँगे कहाँ, पंगत को जिमाएँगे कहाँ? इनके खयाल में तो यह भी नहीं आ रहा इस समय कि मुआवजा पाने के बाद ये जियेंगे क्योंकर, कब तक, और कैसे?

हम सच कह रहे हैं पांडे महाराज! आज हम लाबरी कतई नहीं बोलेंगे कोई बात। ये तभी तक जियेंगे जब इस गाँव को मुआवजा नहीं मिलेगा। बस, तभी तक। जिस दिन मुआवजा मिला, उसी रोज समझ लेना कि सबने आत्महत्या कर ली है एक-साथ। महापाप करेंगे उस रोज लड़ैई के वासी।

तुमरे जेहन में नहीं आएगी यह बात। तुम तो दिन-रात कलदारों के बीच विराजते हो न खजाना बाबू! जब हाथ में टका चाहिए हो तो कैसे तकना होता है साव की ओर, कैसे, और कितनी देर हेरना होता है साव की मुइयाँ को, तुम क्या जानो! सदियों से हम लोग बानियों के भरोसे रहे हैं न!

इधर पिछले कुछ वर्षों से, जब से सरकार ने यह उन्नति की योजना बनाई है, तब से तो पूरी तरह इन्हीं पर आश्रित हैं हम। पहले तो अपनी कमाई के बदले कुछ लेते-देते थे। फिर लेते रहे अपनी पूँजी के बदले। और अब लेने लगे हैं केवल एक आश के बदले।

इन्हें मुआवजा मिला नहीं कि बानियों ने सब वसूल लेना है। इनके हाथ में धेला भी न बचेगा। जमीन, घर, गहने-गुरिया, बासन-भाँडे सभी कुछ तो रेहन रखा है, या फिर बिकबिका चुका है कभी का!

इसलिए तुमसे अगर हो सके तो हमरा इतना उपकार जरूर कर देना कि उस मुआवजे के फरमान को कुछ बरस के लिए टरका देना। वह इनके हाथ में आया नहीं कि इनके प्रान उड़े नहीं।

हाँ, अगर मुआवजा दिलवाना ही था तो तब दिलवा देते जब जमाना सस्ता था। एक पढ़ी-लिखी जवान पीढ़ी थी गाँव में, जिसमें उत्साह था। कुछ कर गुजरने का माद्दा था। कहीं भी जा बसने की कूबत थी। जिसके दिमाग को मास्साब ने नए सपनों से रौशन किया था। जिसके दिल में अट्टू साव ने नया जोश भरा था। जिसकी आँखों में रामदुलारे ने एक नई दुनिया के बस सकने की उम्मीद जगाई थी।

अब तो बहुत देर हो चुकी है महाराज! बहुत देर! ये सपनों से खाली, तमन्नाओं से बेखबर, जीवन से ऊबे, कांतिहीन, मांस-मज्जाहीन हाड़ के ढाँचे कहाँ जाएँगे अब?

"हमने कहा न आपसे माते, कि हम तो बहुत दिनों से इधर आने की बाबत सोच रहे थे।"

अरविंद पांडे की आवाज ने चेताया माते को, गाँव को, कि मन की व्यथा के चुक जाने ने चेताया, कौन जाने!

"वह तो जान लिया हमने। पर यह तो बताओ कि तुमरे को यह लाबरी खबर दी किसने कि यहाँ के लोगों के पास इतना धन है जो इनकी अपनी बाखर में नहीं अट रहा है?"

"हम किसी से झूठी खबर पाकर नहीं आए माते! हम तो पक्की और सच्ची सूचना मिलने के बाद ही आए हैं।"

"कैसी पक्की और साँची? हम समझे नहीं बाबू!" आखिर माते को एक ऐसा संबोधन सूझ ही गया जिससे अरविंद पांडे को संबोधित करने पर शहराती बामन महाराज की बात भी रखी जा सके और माते के सिर कलंक भी न चढ़े।

"बात तो हमारी सीधी-सादी है कि इस गाँव में इतनी रकम आना चाहती है जिसे तुरंत खर्चने की अगर पहले से कोई योजना न बना रखी हो आपने, तो उसे हमारे बैंक में जमा करवाया जा सकता है। फिर जब कोई योजना बन जाए, तब उसमें से जब जितनी रकम की जरूरत हो, बैंक से निकलवाई जा सकती है।"

"किसके पास बाबू? तो क्या यहाँ भी मुआवजा……"

आगे के शब्द माते ने मुँह के मुँह में ही गटक लिए।

न सुन बुरा, न देख बुरा, न बोल बुरा! गाँधी बाबा की सीख ने सहारा दिया माते को।

बोलो, बोलो, बोलो माते! पूछो, पूछो, पूछो माते! गाँव हाहाकार कर उठा। तुमरे पाँव पड़ते हैं माते! तुम पूरी बात बोलो! तुम पूरी बात पूछो! तुम जब बोलते हो तो कितने भले दीखते हो! तुम जब पूछते हो तो कितने भोले दीखते हो!

और इस हाहाकार में माते सुन ही न पाए शहराती बाबू का जवाब।

"आपको कैलाश महाराज ने कुछ नहीं बताया क्या?" पूछा पांडे ने।

"किस बाबत?" जानना चाहा माते ने।

"यही कि……" कुछ कहते-कहते यकायक रुक गए अरविंद पांडे।

"फिर हम आपको पूरी बात, शुरू से अब तक का पूरा किस्सा सुनाते हैं। हमारा खयाल है कि आप तभी समझ पाएँगे और तभी फैसला कर पाएँगे।"

इतना कहकर अरविंद पांडे ने फिर क्षण-भर को मौन साधा। अपना चेहरा

गाँववालों की ओर घुमाया और धारा-प्रवाह बोलने की मुद्रा में आ गए।

"आपके गाँव के जो बामन महाराज थे न, मतलब पुजारी महाराज।..... कैलाश महाराज के पिताश्री। बामन तो खैर कई और भी हैं। सो उन पुजारी जी के नाम कई गाँवों में जमीनें थीं। वे सब जमीनें दरअसल कभी राजा-महाराजाओं ने मंदिर के पुजारी की गुजर-बसर के लिए, उनके किसी पूर्वज को दान की होंगी। सो वंश-परंपरा से वे पुजारी जी के नाम हुईं। इस कायदे से तो उनके मरने के बाद वे जमीनें कैलाश महाराज के नाम होनी चाहिए थीं, मगर हुआ यह कि मरने से पहले पुजारी जी वे जमीनें रामदुलारे के नाम करवा चुके थे।.....

जब सरकार उन जमीनों का मुआवजा रामदुलारे के नाम देने लगी तब आपके कैलाश महाराज ने उस पर रोक लगवा दी। उनका कहना था कि चूँकि वे जमीनें इनके पिता ने अपनी कमाई से नहीं खरीदी थीं, बल्कि उनके पूर्वजों द्वारा अर्जित संपत्ति है, इसलिए इनके पिताश्री को उन्हें दान करने का या कैलाश महाराज को उनके पूर्वजों की संपत्ति से बेदखल करने का कोई हक नहीं बनता था। हाँ, वे इन्हें बेच सकते थे। मगर उन्होंने रामदुलारे को वे जमीनें बेची नहीं, बल्कि दान की थीं और यह दान चूँकि नाजायज ठहरता है, लिहाजा इन जमीनों का मुआवजा रामदुलारे को न देकर इन्हें दिया जाए।......

चूँकि अपने देश का कानून भी यही कहता है, इसलिए तब कैलाश महाराज की दलील को मानने के सिवा सरकार के पास कोई चारा नहीं था। उसे इससे भी कोई सरोकार नहीं था कि पुजारी जी ने आखिर ऐसा क्यों किया। ऐसा करने के पीछे उनकी मंशा क्या रही होगी।.....

बहरहाल, यह मामला यहीं खत्म हो जाता। कैलाश महाराज को वह मुआवजा भी मिल गया होता। मगर यह न होकर हुआ कुछ और।.....

हुआ यह कि जब कैलाश महाराज ने न्यायालय का दरवाजा खटखटाया तब कानून को एक नया रहस्य मालूम हुआ। रहस्य यह कि आपके स्वर्गवासी पुजारी जी ने जिस रामदुलारे के नाम जमीनें लिखवा दी थीं, उसके नाम उन्हें वे तमाम जमीनें करने का पूरा हक था। क्योंकि वह रामदुलारे कोई और नहीं, पुजारी जी के बेटे कैलाश महाराज का ही बेटा है। पुजारी जी के वसीयतनामे में, जमीनों के कागज पर उस रामदुलारे के पिता का नाम लिखा है—कैलाश महाराज, जिनके पिता बताए गए हैं स्वयं बामन महाराज।.....

इस सूरत में कानून का कहना यह है कि भले ही किसी बाप को अपने बाप-दादाओं द्वारा कमाई संपत्ति को किसी को भी दान करने का हक न हो, मगर अपने नालायक, आवारा या गैरजिम्मेदार बेटे की करतूतों को देखने-समझने के बाद उसे उन जमीनों से, संपत्ति से बेदखल करके अपने नाती-पोतों, बहू-बेटियों को उनके

अंधकारमय भविष्य से बचाने की कोशिश करने का पूरा-पूरा हक है।....

इस हिसाब से लेखने पर कानून को यह लगा कि हो सकता है बामन महाराज ने भी अपने बेटे को सही राह पर लाने की खातिर या उसे गलत राह पर चलने का सबक सिखाने की खातिर यह व्यवस्था की हो, ताकि कम से कम बेटे के बेटे का भविष्य न बिगड़े।....

जब माजरा यह निकला तब कैलाश महाराज, जो पिछले दिन तक रामदुलारे को बाहरी दावेदार कह रहे थे, वही कैलाश महाराज कहने लगे कि हाँ, रामदुलारे हमारा बेटा है। मगर आजकल वह पता नहीं कहाँ है। कई वर्षों से हमें उसकी कोई खैर-खबर नहीं है, लिहाजा यह मुआवजा हमें दिया जाए।....

मगर कानून को कैलाश महाराज के कह देने भर से तो संतोष होना नहीं था। कानून को तो उलटे कैलाश महाराज की नीयत पर संदेह और हो आया। सरकार ने उनसे कह दिया था कि आप सब्र से घर बैठो। अब रामदुलारे को खोज निकालने का काम हमारा है। हम अखबार में, गजट में इश्तहार देंगे। सरकारी महकमों से पूछेंगे। एक खास समय जवाब के इंतजार के लिए मुकर्रर करेंगे। अगर इस बीच उसका पता चल गया तब की तो नहीं कहते, तब तो वही होगा जो रामदुलारे चाहेगा; मगर हाँ, इस सबके बाद भी यदि रामदुलारे का अता-पता नहीं मिला या हमारे मुकर्रर समय तक वह अपना दावा पेश करने को हाजिर नहीं हुआ, तब हम खुद ही यह मुआवजा तुम्हारे नाम कर देंगे।....

अभी सरकार अपनी कार्यवाही शुरू भी नहीं कर पाई थी कि रामदुलारे का एक हलफनामा आन पहुँचा, जिसमें लिखा था कि न मैं कैलाश महाराज का बेटा हूँ और न मुझे उस जमीन का मुआवजा चाहिए जो जमीन बामन महाराज मेरे नाम कर गए थे। मुझे बामन महाराज के नाम से या संपत्ति से कोई सरोकार नहीं है। मैं तो इतना-भर जानता हूँ कि मेरे बाप का नाम लड़ैई गाँव है, और मेरी मतारी का नाम था स्वर्गीय चमेलीबाई उर्फ गोराबाई!....

इसके बाद भी अगर आप मुझे मुआवजे का अधिकारी समझते हों, मेरे न चाहने पर, न स्वीकारने पर यदि यह मुआवजे की रकम सरकार के खजाने में पड़ी रह जानेवाली हो या गलत हाथों में चली जानेवाली हो, तो मैं यह गुजारिश करना चाहूँगा कि यह रकम आप मेरे गाँव में जाकर माते दाऊजू श्री अमृतसिंह जी के सुपुर्द कर दीजिएगा। वे इसे गाँव की भलाई में या किसी भी नेक काम में खर्चने को मेरी ओर से पूरी तरह स्वतंत्र रहेंगे!"

सही कहा! बिल्कुल ठीक कहा! भली सुझाई रामदुलारे ने!

गाँव के तमाम कंठ एकाकार हो गए क्षण-भर में।

वाह रे रामदुलारे! धन्य तू! धन्य तोरी मतारी! गाँव की नाक रख ली तूने!

गाँव की शान बढ़ा गया तू! माते को उनका पावना दे गया तू!

"ठीक कहा रामदुलारे ने बाबू! बिल्कुल ठीक। सोलह आने खरी बात कही उस लड़ैई के सपूत ने खजाना बाबू! हमरा रामदुलारे कैलाश महाराज का पूत नहीं है। उनका कपूत रहता तो इतना शुभ विचार पाता!....

कैलाश महाराज की जितनी हिस्सेदारी थी न उसके भीतर, उसकी असल मतारी की कुक्षी में पाप का विष-वीर्य जबरन उँडेलकर जो बीज रोपना चाहा था उन्होंने, उसे कुछ तो गोराबाई समान सती ने चूस-चूसकर उलीच दिया था और शेष बचे अंश के दंश को रामदुलारे पी गया।

अब उऋण हो गया वह तो पितृऋण से। जहर-घुले पानी से सींचा गया पौधा फलते-फूलते देखा है कभी? वह तो रोपने के चंद रोज बाद ही जमीन पर धराशायी हो जाता है। जमीन तक को जहरीला बना जाता है।....

फिर यह जिस छतनार रूख की चर्चा अभी तुमने की है शहरी बाबू, वह वही पौधा कैसे हो सकता है? अब जो छतनार रूख फलता-फूलता दीख रहा है हमें, जिसकी सुगंध हमरे-तुमरे तन-मन को मन-मगन किए दे रही है, वह तो गोराबाई के पुण्यों का फल है महाराज!

उसने अपने आँसुओं से सींचा था इसे। उसने अपनी देह से आड़ देकर आँधी-तूफान से बचाया था इसे। उसने अपने जीवन को राख करके पाला-पोसा था इसे। यह तो गोराबाई की अशीषों का कवच-कुंडलधारी कोई कर्ण है महाराज! यह दुर्योधन कैसे हो सकता है!"

और माते यकायक मौन हो गए!

आज माते का मौन होना गाँव को बहुत खल रहा है। बार-बार खल रहा है। गाँव तो गाँव, शहरी बाबू को भी खल रहा है!

सभी की एक राय। सभी की एक चाह। बोलें माते, बोलते रहें माते। कितना मीठा बोलते हैं माते! कितने ज्ञानी हैं माते! ज्ञान की खान! गूँगों का गुड़ हैं माते! कैसी चतुराई से हंस की नाईं, दूध का दूध, पानी का पानी कर दिया अपने माते ने।

"पर यह तो बताओ बाबू जी, कि जब सरकार ने खोज-खबर की ही नहीं, इश्तहार दिया ही नहीं, तब रामदुलारे ने उपतकर हलफनामा कैसे भेज दिया सरकार के पास?"

अररि हाँ! यह तो हमरे मगज में आया ही नहीं!—गाँव शर्मिंदा हुआ।

"हमने दी थी उन्हें खबर।" अरविंद पांडे ने एक नया रहस्य खोला।

"आपने? आपको पता है कि कहाँ है रामदुलारे?" माते ने उतावली दिखाई, जैसे बस अब जाना ही चाहते हों शहराती बाबू!

"हाँ, दिल्ली में हैं।"

"ठीक से तो है न वो?" माते चिंतित हो आए। उनके चेहरे पर अभी-अभी उभरी चिंता की रेखाएँ चेहरे पर मकड़जाल की तरह पहले से विराजमान तमाम झुर्रियों के बीच भी अलग झलक आईं।

"आप इतने चिंतित क्यों हो आए माते?" पांडे ने जानना चाहा।

"आपने दिल्ली का नाम लिया न इसलिए। दिल्ली ठहरी देश चलानेवालों की नगरी। अब वे जैसा चला रहे हैं देश को, वह हमसे कहाँ छिपा है! इसीलिए हमें अब रामदुलारे की फिक्र हो रही है। वह बेचारा अकेला वहाँ जाने किस हाल में होगा। कोई उसकी सुधबुध लेनेवाला भी न होगा वहाँ!"

"आप बिल्कुल बेफिक्र रहिए माते! वे वहाँ खूब मजे में हैं और अकेले नहीं हैं। वहाँ तो इतने लोग उनके अपने हैं कि कुछ न पूछिए। और वहीं क्या, सारे देश में उनके अपनों की कमी नहीं। जहाँ निकल जाइए वहीं दस-पचास मिल जाएँगे।"

"तभी हमें भुला दिया उसने। इतने बड़े देश के आगे हम गाँववाले तो क्या याद रहे होंगे....."

पांडे को समझते देर नहीं लगी कि यह माते का रंज बोल रहा है अब।

"नहीं, ऐसी बात नहीं है माते! ऐसा होता तो क्या वह हलफनामा भेजते वे। उन्हें तो आज भी आपके आशीर्वाद की जरूरत है।" पांडे ने माते के दुःख को कमतर करने की नीयत से कहा।

कितने नेकदिल हैं ये शहरी बाबू! ये भी तो बामन हैं। बामन तो सचमुच इसी रूप में शोभा देते हैं। कुल की, गाँव की, बिरादरी की, देश की मर्यादा का भार इसी आचरण के चलते तो सौंपा जाता रहा इन पर, न कि.....

अब छोड़ो भी। बामनों के मार्ग से कुमार्ग पर भटकने के मूल कारण पर फिर कभी विचारना इमरत सिंह, अभी तो रंज को तजकर, रामदुलारे की खैर-खबर सुनकर अपने मन को हरा-भरा कर लो।

हाँ, बताओ, जल्दी बताओ महाराज! कानों को सब्र नहीं अब!

"रामदुलारे करता क्या है वहाँ बाबू जी?"

"आपके रामदुलारे दिल्ली में जल विभाग में इंजीनियर हैं माते! वे इंजीनियर कैसे हैं, कितने बड़े हैं, यह तो हमें खबर नहीं है; अलबत्ता वे लेखक बहुत अच्छे हैं, यह हम जरूर दावे के साथ कह सकते हैं। कहानी-किस्से बहुत अच्छे लिखते हैं। वे कहानियाँ गजट में, किताब में छपती हैं। उन्हें लोग पढ़ते हैं, और पढ़ने के साथ ही वे भी उनके अपने हो जाते हैं। इसीलिए तो हमने कहा कि उनके पास अपने कहलानेवालों की तो कमी नहीं है।"

साँचऊँ!—हैरान हुआ गाँव।

और नहीं तो क्या! जब उतना-सा बालक था तभी गुलझारी साव के मौढ़ा पर

आल्हा जैसा किस्सा नहीं लिखा था क्या! याद नहीं?

गाँव ने याद दिलाया गाँव को।

"हम भी कई वर्षों से उनके उपन्यास-कहानियाँ पढ़ते आ रहे हैं। उन कहानियों में सैकड़ों बार आप लोगों के नाम, आपका जिक्र आया है। इसी से तो हमने आते ही कहा था न कि माते, हम आपके दर्शन करने को आए हैं। इसीलिए तो हमने कहा था कि हमें आपकी बातें बुरी नहीं, अच्छी लग रही हैं।....

रामदुलारे ने लिखा था एक कहानी में कि 'हमारे माते शलाका पुरुष हैं, अवतारी आत्मा हैं। वे सच को सच, झूठ को झूठ कहने में नहीं हिचकते। वे केवल हित की बात कहते हैं। केवल हित के लिए कहते हैं। अहित न करते हैं न विचारते हैं। वे अपने नहीं, औरों के दर्द को महसूसते हैं। उसी को मेटना चाहते हैं। उसी को बयान करते हैं। वे वैष्णव जन हैं। गाँधी के वैष्णव। मेरे गाँव के वैष्णव। मेरे युग के वैष्णव।....'

असल में हमने बताया न आपको माते, कि हमारा काम है लोगों को बैंक में रुपया जमा करने के लिए राजी करना। इसके लिए हम उन लोगों के साथ मिलते-जुलते रहते हैं जिन्हें कहीं से मोटी रकम मिलनेवाली हो।....

इसी काम की खातिर एक रोज हम मुआवजा पानेवाले लोगों की सूची देख रहे थे। देखते-देखते रामदुलारे जी का नाम हमारी निगाह में पड़ा। हम समझ गए कि ये तो हमारे प्रिय लेखक के सिवा कोई और हो ही नहीं सकते।....

हमने घर आकर उनकी एक किताब में से उनका पता उतारा और लिख दी चिट्ठी कि आप अपना मुआवजा लेने जरूर पधारें और हमारे घर पर ठहरें।....

अभी उनका कोई जवाब भी न आया था कि इस बीच यह कैलाश महाराज वाला झमेला उठ गया। हमने सोचा कि हो सकता है, उन्हें हमारी चिट्ठी मिली ही न हो। तब हमने उन्हें दूसरी चिट्ठी लिखी। उसमें यह सारा किस्सा लिख भेजा।

हमें यह भी संदेह हुआ कि कहीं ऐसा तो नहीं कि उनके हक पर कोई डाका डाले जा रहा हो! हमने सोचा कि हम अपने लेखक के लिए जो कर सकते हैं वह हमें जरूर करना चाहिए।....

हमने मन में तय कर लिया था कि यदि इस चिट्ठी का भी उत्तर न आया तो हम स्वयं दिल्ली जाकर उन्हें सब किस्सा बता आएँगे। मगर हमारे सौभाग्य से उन्हें हमारा दूसरा खत मिल गया और उन्होंने जवाब में जो लिखा वह हमने आपको अभी सुनाया ही था।....

हमने वह हलफनामा सरकार को दे दिया है। हमें उम्मीद है कि सरकार रामदुलारे जी की भावनाओं की कद्र करेगी और उनकी इच्छानुसार वह रकम आपको सौंप देगी। वैसा होने पर आप वह रकम हमारे बैंक में जमा करवाएँ, यह हमारी आपसे फिर विनती है।"

"हमरा एक काम कर दोगे महाराज?"

पूरी रामकहानी सुन लेने के बहुत देर बाद पूछा माते ने।

पूछा नहीं, अनुरोध किया। इस विश्वास के साथ किया कि महाराज 'न' नहीं करेंगे।

"आप तो आदेश दीजिए माते!"

"रामदुलारे को लिखना, हमरी ओर से लिखना कि उसके हाल-समाचार पाकर हमरी आत्मा को बहुत शांति पहुँची। अब हम चैन से मर सकेंगे। अब ऊपर जाकर उसकी मतारी को अपना यह करिया मुँह जरूर दिखा सकेंगे। अब न कह सकेगी वह हमसे कि दाऊजू, हम तो तुमरे भरोसे छोड़ आए थे अपने बिटुआ को और तुमको उसकी खबर ही नहीं!....

उसको अपने खत में लिखना कि अपने किस्सों में हमरे बारे में वह सब लिखकर उसने हमरा जो मान बखाना है, हम उसका पासंग भी नहीं। उस पर रत्ती-भर भी खरे न उतर पाए हम जीवन में।....

हाँ, यह सब सुनकर हमें खुशी बहुत मिली। हमें यह जानकर सुख पहुँचा है, हमरी हिम्मत बँधी है, हमको भरोसा होने लगा है कुछ-कुछ कि यह लड़ैई अभी उतना बेसहारा नहीं हुआ है जितना हम समझने लगे थे।....

यह चाहे तो अपनी मदद को आज भी अपने बेटों को आवाज देकर टेर लगा सकता है। वे आज भी इसे कंधा देने को आन पहुँचेंगे। उनमें आज भी लड़ैई जिंदा है।....

आज इस गाँव को सचमुच एक आला दर्जा दिमाग, दो मजबूत हाथ और एक जोड़ा खुली-चौकन्नी आँखों और कानों की दरकार है।....

सो, उसे लिखना कि लड़ैई को तुमरे कलदार की नहीं, तुमरी दरकार है। इसे कलदार नहीं, दमदार नौजवान से सरोकार है आज।....

उसे लिखना कि उसकी मतारी ने एक रोज बताया था हमें, तब बताया था हमें, जब बहुत पहले एक बार भूले से बेतवा मैया पाँव पखारने को आन पहुँची थीं लड़ैई में—कि माते दाऊजू, हमने सपने में देखा कि अपना लड़ैई पानी में डूब रहा है और हमरा रामदुलारे अपने तनक-तनक-से हाथों में ये जबर-जबर आदमी और ढोर-बछेरू को उठा-उठाकर गुरीला पर्वत पर रख रहा है।....

उसे लिख देना महाराज कि माते दाऊजू ने कहा है कि बेटा, वह दिन आन पहुँचा है। सो यहाँ आकर अपनी मतारी के सपने को हकीकत में बदल जावे। तभी दूध बख्शेगी मतारी। तभी उसकी आत्मा को शांति मिलेगी। तभी माई के ऋण से उऋण हो पाएगा। वरना चाहे लाख धनी हो जाए, माँ का कर्जा पाटने की कूबत न पा सकेगा। माँ के दूध का कर्ज न मेट पाएगा!....

उसे लिखना कि इससे पहले कि कोई और अपनी मतारी के, कि नाना के सपने पूरे करने के फेर में इस गाँव को उजाड़ने में कामयाब हो, वह अपनी मतारी के अरमान पूरे कर जावे। उसे लिखना कि मन में अधूरी इच्छा लेकर मरे की आत्मा को मुक्ति नहीं मिलती। वह भटकती रहती है। जब तक वह समर्थ नहीं था तब तक की बात और थी, मगर अब जबकि वह समर्थ है, तब भी उसकी मतारी की आत्मा भटके यह अच्छे सपूत की निशानी नहीं।....

लिखना महाराज! यह सब जरूर लिखना। आपका लिखा वबाँचकर जब वह आएगा न हमरे पास, तब यह वचन हमरी ओर से रहा कि हम मुआवजा तो क्या, और भी जो कुछ होगा उसके पास, सब तुमरे बैंक को दे देंगे।....

उसे यहाँ आने के बाद किसी धन-संपत्ति की दरकार क्या! वह हमरा बेटा है। इस गाँव का बेटा है। यह बूढ़ा बाप....गाँव लड़ैई जब तक जिंदा है, तब तक इसके सपूत रामदुलारे को अपनी परवरिश की चिंता क्यों हो भला!"

बोलो! बोलो! बोलो! माते! और बोलो।—बोला पूरा गाँव।

जब-जब तुम मीठा बोलते हो, बहुत कम क्यों बोलते हो?

बोलो! हम सबकी बत्तल बोलो। कम-से-कम वचन तो ले लो महाराज से!

"लिख दोगे न महाराज?" सबकी ओर से जानना चाहा माते ने।

"जरूर लिखेंगे माते! लिखेंगे भी और मुँहजुबानी भी कहेंगे।"

"मुँहजुबानी! तो क्या आप दिल्ली जाएँगे यह सब कहने?"

"नहीं! अभी तो आप लोगों को एक खुशखबरी और देना बाकी है। आपके रामदुलारे की एक किताब को इनाम मिला है। वही इनाम लेने आनेवाले हैं वे भोपाल। हमारा घर भी वहीं है। चंदेरी में तो हम काम करते हैं। सो उस मौके पर हम भी पहुँचेंगे वहाँ। घर भी हो आएँगे और अपने लेखक से भी भेंट हो जाएगी।"

"इनाम? इस सरकार से? नहीं-नहीं, महाराज! तुम हमरी ओर से यह भी लिख देना उसे कि हमने कहा है कि वह सरकार से कोई इनाम-विनाम न ले। इसके पीछे जरूर सरकार की कोई और मंशा होगी। इसमें जरूर से जरूर उसका कोई अहित छिपा होगा। यह सरकार किसी को फलता-फूलता नहीं देख सकती। उसे उठान की ओर जाते देखा सो झट्ट से इनाम का पथरा पीठ पर धर दिया कि जा लुढ़क नीचे को।....

न ले, बिल्कुल न ले! जो पाना हो, जो करना हो, अपने बलबूते पर करे। इस मायामृग के लालच के फेर में न फँसे।.....

उसे लिखना कि ठीक इसी तरह तीस बरस पहले सरकार ने इस क्षेत्र को भी इनाम देने का ऐलान किया था। एक बाँध बनाकर देनेवाली थी राजघाट पर। कहा था कि तुम्हारा अपना राज होगा अब। पंचायती राज। हम तो बाँध बनाकर

चले जाएँगे, उसके बाद हमरा कोई दखल न होगा। जैसे चाहो रहो, जितनी चाहो तरक्की करो।....

हम खुश। आ गए झाँसे में! नतीजा? यहाँ अँधेरे के सिवा किसी और का भी राज है, हमें कोई खबर नहीं। बाँध की राह हम आज भी देखते हैं। उस पर हमरा दखल तो न हुआ, उसके चलते अपनी जिंदगी पर से दखल और उठ गया। जाने कब जन्मभूमि से भी बेदखल होना पड़ जाए।....

तरक्की तो हमने इतनी की है कि जो खुशकिस्मत कभी बदन पर चार लत्ते पहनते थे, वे अब एक चीथड़ा आगे लटका लेते हैं शर्म-हया को ढके रहने की खातिर। कल को जब वह भी न बचेगा तब जैसे चाहेगा वैसेई रहेगा। इसीलिए हमने कहा कि जरूर लिख देना कि न ले इनाम।"

"पर माते, यह इनाम सरकार नहीं, एक सामाजिक संस्था दे रही है। वह अपने प्रदेश के होनहारों को बढ़ावा देने के लिए, समाज के लिए किए गए उनके कामों के बदले में उनका सम्मान करने के इरादे से देती है। जैसा अभी आप कह रहे थे न कि मतारी का ऋण है रामदुलारे पर, वैसे ही समाज पर ऋण है उनका।"

"तब कोई बात नहीं। फिर तो ले ले। अपनों से लेने में कैसा गुरेज! अपनों के मन में कोई बुरी मंशा होगी, तो भी डर नहीं। अपना मारेगा, तो भी छाँह में तो लिटा जाएगा। प्रीति-बैर अपनों से ही तो होता है। अपनों से बैर कितने दिन का, अपनों से प्रीति सब दिन की।....

उसे लिखना कि यह इनाम जरूर ले। हमरा भी आशीर्वाद लिखना उसे। उसे लिखना कि बेटा चाहे सारे जग में विख्यात हो, असली फतह तब जब बाप पीठ ठोके। बाप ही सबसे बाद में मानता है बेटे का लोहा। उसके लेखे नादान, वाचाल, नौसिखिया, बड़बोला, धीरज न रखनेवाला जो बना रहता है बेटा! जब बाप जश गाए, तब जश पाया जानना चाहिए सपूत को।"

"क्यों महाराज! रामदुलारे का ब्याह हो गया?"

बहुत देर से मन में कुलबुला रहा प्रश्न आखिर कर ही दिया एक ने।

तभी दूसरे ने उसे टोका, "एक ही खत में अपनी पूरी राम-कहानी लिखी होगी क्या महाराज को उसने? सिर्री सबरे राज का।"

"आपने ठीक कहा, उन्होंने लिखा तो नहीं था मगर हमें मालूम है कि उनका विवाह हो गया है।" दोनों को संतुष्ट किया अरविंद ने।

"किससे?"

"लो! इसके सवालों का जवाब होगा भला किसी के पास। यह तो महाराज की परीक्षा लेने पर तुला है।"

"आप क्यों नाराज होते हो भाई! हम इसका भी जवाब दिए देते हैं। तो सुनो—इसी गाँव की एक लड़की यशस्वनी से।"

"कौन यशस्वनी? किसकी बिटिया?"

माते-सहित पूरा गाँव यकायक स्मृतियों में डूबने-अतराने लगा।

"इस बारे में हमें ज्यादा मालूम नहीं है भाई! हमने उनकी एक आत्म-रचना में पढ़ा था कि उनकी कहानियों पर जो बहुत-सी चिट्ठियाँ आती थीं कि हमें कहानी अच्छी लगी, या पिछली कहानी से भी ज्यादा अच्छी लगी, या बहुत अच्छी लगी, उन चिट्ठियों में एक लड़की की चिट्ठी जरूर होती थी हर बार।.....

वह होती थी भोपाल से। उसमें कहानी के बारे में तो लिखा ही होता था, मगर उससे कहीं ज्यादा वे बातें लिखी होती थीं जो उस कहानी में होती ही नहीं थीं।..

मतलब ऐसी बातें जिन्हें पढ़कर रामदुलारे जी को यह विश्वास हो चला था कि हो न हो, इन चिट्ठियों को लिखनेवाली भी इस क्षेत्र के बारे में बहुत अच्छी तरह जानती है।.....

रामदुलारे जी ने उसे कई बार लिखा कि आप अपना परिचय लिखिए कि आप कौन हैं, मूलतः कहाँ की रहनेवाली हैं, इस क्षेत्र को कैसे जानती हैं? मगर उसने अपना परिचय एक बार भी नहीं लिखा।.....

तब एक रोज रामदुलारे जी जा पहुँचे भोपाल। वहाँ जाकर देखा कि उनकी कहानियों की वह पाठिका तो एक ऐसे आदमी की बेटी है जिसने उन्हें लड़ैई के अनाथ रामदुलारे से यह आज का लेखक, इंजीनियर रामदुलारे बनाया। जिसने उन्हें न केवल अक्षर-ज्ञान कराया, बल्कि पढ़ने के लिए पाठशाला में भी उन्हीं ने पहुँचाया।

यदि वे तब रामदुलारे की मतारी की भावनाओं को देखकर उतना बड़ा कदम न उठाते तो आज रामदुलारे जीवित भी होता या नहीं, कुछ नहीं कह सकते। और अगर होता भी तो गैयाँ चरा रहा होता इस लड़ैई में।.....

सो जब रामदुलारे भोपाल से दिल्ली लौटे तब उनके साथ थीं भोपाल में अवकाश प्राप्ति के बाद का जीवन बड़ी कठिनाई से बिता रहे आपके ही गाँव के निवासी हेडमास्टर जनकसिंह की सुपुत्री श्रीमती यशस्वनी रामदुलारे और मास्साब।"

"अरे! और हमें खबर तक नहीं!"

"तुम्हें कहाँ से खबर हो। मास्साब गाँव से जाने के बाद कभी आए भी हैं यहाँ।"

"हाँ, ठीक कहता है कृपाल।" तीसरे ने समर्थन किया।

"और पहली बाढ़ के तुरंत बाद हलकाईं ठाकुर भी हीरा साव को जमीनें बेचकर ऐसे गए कि फिर नहीं लौटे।" चौथे ने जोड़ा।

"पर मास्साब की दशा ऐसी कैसे हुई? उनके तो दो बेटे थे न!"

"शहर में कोई किसी का सगा नहीं रह जाता, कृपाल!" छठे ने चेताया।

"आपको खबर है क्या महाराज? इसकी शंका ठीक है क्या?" सातवें ने जानना चाहा अरविंद पांडे से।

"क्या कह सकते हैं! हो भी सकता है ऐसा, और नहीं भी।" पांडे ने दोनों की भावनाओं को बराबर महत्त्व दिया।

"कैसी भी दशा रही हो मास्साब की, मगर यह तो अधर्म ही हुआ न कि रामदुलारे के साथ एक क्षत्रिय जाति की कन्या....."

"कौन बोला?...कौन बोला यह?" आठवाँ अभी अपना वाक्य पूरा कर भी न पाया था कि माते दहाड़े। वे राय-बात बखाननेवाले की आवाज नहीं पहचान पाए, वरना शर्तिया तौर पर उसकी सात पीढ़ियों का लौट-फेर कर गुजरते अब तक।

"जात-पाँत! अरे रामदुलारे क्या जात-पाँत में समाने की चीज है रे! वह लड़ैई का बेटा है। सुना नहीं था अभी कि उसने अपने हलफनामे में क्या हलफिया बयान दिया है सरकार को?

मैं लड़ैई का बेटा हूँ। मेरे बाप का नाम है लड़ैई गाँव! अगर यह सही नहीं है तो बता शंका प्रकट करनेवाले, बता सबरी बिरादरी के, पूरे गाँव के छिताँ बता कि रामदुलारे है कौन जात का?.....

वह ब्राह्मण के वीर्य से जनमा, अहीरन ने उसको सेया, लुहारिन ने दूध पिलाया, सलैया ने अपनी बाखर में शरण दी, बानिया ने उसकी परवरिश की और अब ठकुराइन ने उसे अपना ठाकुर चुना। अब बता, वह है कौन जात का? बता कि इसमें से कौन जात के नहीं हुए तेरे-मेरे भगवान!.....

खबरदार जो कभी फिर यह कुविचार मन में भी लाया तो! वह आ रहा है तुम सबका उद्धार करने। हमरे पापों का प्रायश्चित करने। उसे अपने से परे लेखने की भूल मत करना! उसे अपने जात-पाँत के बँधन में जकड़ने की जुर्रत मत करना!...

ऐसा सपूत होना बड़ी बात। ऐसे सपूत का पूत होना बड़े भाग्य। आने दो उसको। हम प्रार्थना करेंगे उससे कि बेटा, अब यह देह हमसे ढोई नहीं जाती।...

हम से नए प्रान फूँकने का कौल कर, हमें हमरी बहू से यह वचन दिलवा कि वह हमें नई देह देगी, ताकि हम इस देह को तजकर एक नया चोला पहनकर फिर से इस गाँव में आ सकें।.....

दो जनमों जितनी आयु पाकर, दो जनमों जितना भार उठाने का मौका तो हम दे चुके इस मातृभूमि को, अब दो जनमों जितनी सेवा करनी है हमें इसकी। यही अंतिम इच्छा है अब हमरी, यही अंतिम व्रत है हमरा।"

छोड़ो महाराज! उधर मत देखो! माते सठिया गए हैं अब। अब वे बोल नहीं रहे, बर्रा

रहे हैं। सपने में खोए-खोए, सोए-सोए बतिया रहे हैं वे। तुम तो हमें यह बताओ कि कितना मुआवजा पाएगा रामदुलारे? कितना? कितना?

"महाराज, एक बात तो बताओ। ऐसा कितना मुआवजा मिलना है रामदुलारे को जो कैलाश महाराज से छोड़ते नहीं बन रहा?" पूछ ही लिया किसी ने।

"दो लाख रुपए!"

"दो…लाख…रुपए…?"

"हाँ, दो लाख रुपए!"

दो लाख रुपया…दो लाख…दो लाख रुपया!

एक ने दूसरे को, दूसरे ने तीसरे को, तीसरे ने दूसरे को, दूसरे ने पहले को बताया खुद अपनी जुबान से।

इसलिए बताया कि कहीं ऐसा न हुआ हो कि इस बेचारे को माते की डपट सुनने के बाद, कि माते का सपना सुनने के बाद शहराती बामन महाराज के मुँह से फूटे अंतिम बोल सुनने की सुध ही न रही हो! या कि हिम्मत न कर पाया हो! या कि गैरजरूरी समझा हो सुनना।

"इस गाँव में भी बँटेगा न मुआवजा?"

"क्यों नहीं बँटेगा, जरूर बँटेगा।"

"कब?"

"यह तो हमें नहीं मालूम। जहाँ तक हमारी जानकारी है अभी सरकार को पक्की तौर पर अंदाज नहीं हो पाया है कि उसे डूब-क्षेत्र के लिए कितनी जमीन की जरूरत है।…

हो सकता है, कल को जब बाँध तैयार हो जाए तब मालूम पड़े कि इतना पानी इकट्ठा होगा ही नहीं कभी कि इस गाँव में भी छेंकना पड़े उसे।

फिर दूसरी बात यह भी है कि सरकार के पास अभी इतनी रकम भी तो नहीं है कि वह सबको एक-साथ मुआवजा दे सके।…

अब राज्य सरकार ने केंद्र सरकार को लिखकर भेजा है कि इस बाँध पर डेढ़ सौ करोड़ रुपए नहीं बल्कि ढाई सौ करोड़ रुपया खर्च बैठेगा। सो सरकार को केंद्र से और रुपया मिलना चाहिए।…

अब जब केंद्र सरकार से और सहायता आएगी, तब पहले राजघाट के इस तरफ के उन गाँवों में बाकी मुआवजा बँटेगा जिनमें जमीनों का मुआवजा मिल चुका है। उसके बाद अगर रकम बच गई तब कहीं नए गाँवों की बारी आएगी।"

"लड़ेई और सिद्धपुरा के अलावा और भी गाँव बचे हैं क्या?"

"हाँ, अभी तो पचासों गाँव हैं। पठार के पीछे के तमाम गाँव।"

"यानी कि अभी सरकार को हमरी जमीनों की दरकार नहीं है। तब कब होगी?"

"अभी नहीं है। अभी तो बीसियों साल लगेंगे बाँध पूरा होने में। तब तक इंतजार कीजिए आप लोग। इस बीच कभी-न-कभी तो पता चल ही जाएगा आपको।"

बीसियों बरस? तब तक तो जाने हम ही क्या, कोई भी इस गाँव में जीवित भी रह पाएगा कि नहीं!

छोड़ो भाई, जाने दो। अब कोई सवाल न करना इन शहराती बाबू से। इनके पास तो हमरे को दुःख पहुँचानेवाली, पीर दे जानेवाली खबरें ही ज्यादा हैं।

अब उठ रही है न हिया में पीर! लग रहा है न जैसे कोई प्रान-पखेरू खींचे लिए जा रहा हो! दीख रहा है न जैसे सारे अरमान आँखों के सामने धू-धू कर जल गए हों! आसमान में राख ही राख, सपनों की, सपनों-सी राख छा गई हो जैसे!

"माते, अब हमें आज्ञा दीजिए।" चारों ओर से मातमी चेहरों से घिरे अरविंद पांडे को घबराहट होने लगी। उसे लगा कि जैसे वह जीवितों के संसार में नहीं, श्मशान भूमि में अपने-अपने कंकाल में कुछ पल को प्रवेश कर गए भूत-प्रेतों के बीच आन घिरा हो!

अरविंद पांडे डर गया! अरविंद पांडे किंकर्त्तव्यविमूढ़ हो आया। अरविंद पांडे शर्मसार हो आया! अरविंद पांडे को रोना आ गया।

"एक अंतिम बात और बताते जाओ बेटा!"

माते के मुँह से पहली बार प्रतीक्षित, इच्छित संबोधन सुनकर अरविंद पांडे का भय जाने कहाँ तिरोहित हो गया!

"पूछिए माते!" दूने उत्साह के साथ कहा अरविंद पांडे एम.कॉम. ने!

माते ने हाथ पकड़कर अरविंद को अपने करीब बिठालकर धीमे से पूछा, "जो कुछ रामदुलारे की बाबत तुमने हमें बताया है, यह सब कैलाश महाराज को मालूम है क्या? हमरे खयाल से तो नहीं मालूम होगा, वरना वे तुम्हें गाँव तक नहीं लाते। और लाते भी तो हमसे न मिलने देते। और मिलने देते तो बतियाने नहीं देते...।"

"आपका अनुमान सही है माते! उन्हें अभी कुछ मालूम नहीं है। हमने भी नहीं बताया। हालाँकि हमें चंदेरी में भले ही यह मालूम नहीं था कि हम जिनके साथ लड़ैई जा रहे हैं वही कैलाश महाराज हैं, मगर जब परिचय हो गया तब भी हमने उन्हें कुछ नहीं बताया।"

"यह बहुत अच्छा किया तुमने!" माते ने राहत की साँस लेते हुए कहा।

अरविंद ने एक पल को निहारा माते की ओर और हठात् उसे रामदुलारे की एक रचना का एक जुमला याद आ गया—'हमारे माते की छठी इंद्रिय कब, क्यों, किसकी खातिर जाग्रत होना है, यह तय करने में विलंब नहीं करती।'

"आप इतने चिंतित न हों माते! हमारा खयाल है कि कैलाश महाराज को

अभी पता नहीं लगा होगा। अभी चार रोज पहले ही तो हमने कोर्ट में वह चिट्ठी दी है और हमें यकीनी तौर पर मालूम है कि आपके महाराज इन चार दिनों में मुँगावली या लश्कर नहीं गए हैं।"

"तब ठीक है। अब तुम ऐसा करो बेटा, यहीं विराजे रहो। अब तुम्हें कैलाश महाराज के पास जाने की कोई जरूरत नहीं है। यहीं हमरी बाखर में भोजन-पानी पाओ। उसके बाद तुम्हें चंदेरी तक सकुशल पहुँचाने की जिम्मेदारी हमरी रही।"

अरविंद पांडे ने भोजन तो नहीं, अलबत्ता फलाहार करना कुबूल किया; सो थोड़े-से आम, तेंदू, अचार और एक डंगरा पांडे के लिए हाजिर किए गए।

पांडे जी के साथ उनके डेरे तक पहुँचाने के लिए कुछ फल-फलारी एक गांजिया में रख लिए गए। फिर दस नौजवानों की देख-रेख में माते ने अरविंद पांडे को विदा किया।

अपने दसों लठैतों को माते ने हिदायत दी कि महाराज को चंदेरी पहुँचाकर चाहे जब भी लौटो, सीधे हमरी बाखर में आना। हम तुमरी राह जोहते रहेंगे तुमरे न लौटने तक।

उन्नीस

माते की आशंका एकदम ठीक थी।

कैलाश महाराज तमाम कार्रवाही गुपचुप कर जाना चाहते थे।

कैलाश चाहते थे कि किसी को कानोंकान खबर भी न हो और वे पा जाएँ वह सब, जिससे उनके अपने पिता ने बेदखल कर दिया था उनको।

कैलाश महाराज चाहते थे वह हो-भर जाए, फिर तो इस गाँव को अंतिम प्रणाम करके जा बसेंगे कहीं और। यहाँ तो किसी भी बामन को पुजारी बना ही लेंगे लोगबाग।

यों भी उनकी रुचि कभी रही ही कहाँ पूजा-पाठ में! वह तो पावना पाने का लोभ करवाता रहा उनसे यह ढोंग। गाँठ में रकम होती तो कब के छू-मंतर हो चुके होते वे यहाँ से।

कैलाश महाराज को भी यह खबर मिल गई कि माते तक पहुँच गई है तमाम सूचना।

—कि माते ने भी मन बना लिया है रामदुलारे को वह तमाम धन दिलवाने का।—कि माते भी मानते हैं कि उस पर कैलाश महाराज का नहीं, रामदुलारे का हक है।

यह मालूम हुआ कि जा पहुँचे कैलाश महाराज माते के दरवज्जे। और आए भी अकेले नहीं, पूरे गाँव को संग-साथ लेकर आए—कि बताओ तो किस विधान के लेखे तुमने यह जान लिया है कि उस पर हमरा हक नहीं बनता?

माते ने बहुतेरा समझाया, टालना चाहा, कहा कि हमरे लेखने से क्या होना-हवाना है। होगा तो वही जो कानून लेखेगा। जो उसे उचित जान पड़ेगा। जो रामदुलारे के भाग्य में होगा। जो अरविंद पांडे के ध्यान में होगा। जो कानून की किताब में दर्ज होगा। जो न्याय की तराजू के मिलान में होगा।

कैलाश महाराज की तब भी एक ही रट कि रामदुलारे की मंशा हम बाद में जाने लेंगे, कानून से हम दो-दो बात कर लेंगे, और उस अरविंद पांडे का ध्यान भी हम बँटा लेंगे, मगर तुम जो न्याय के, धर्म के, बिरादरी के, गाँव के हंस बने पुजते हो, तुमरे मगज में क्योंकर यह विचार बना, यह हम भी तो जानें! यह गाँव भी तो जाने कि हम कुमार्ग पर हैं कि कानून की आँखें मुँदी हुई हैं! हम बेईमान हैं कि उस रामदुलारे की नीयत में खोट है!

कैलाश महाराज जब किसी भी विधि से संतोष करते न दीखे, तब बोले माते, "देखो महाराज! अगर हमसे हमरी ही राय जानना चाहते हो तो सुनो फिर। इस काया को जस का तस उस अंतर्यामी को सौंपने की बेला हम लाबरी न कहेंगे तनिक भी। हमें तो नहीं सूझता कि किसी भी लेखे इस तमाम जमीन-जायदाद पर तुमरा भी कोई हक बनता है।"

"काहे? यही तो हम जानना चाहते हैं!" कैलाश महाराज उतावले हो आए और भी। और भी जोर से बोले वे। सबको सुनाने की खातिर, सबको जताने की मंशा से बताया उन्होंने, "वे हमरे दद्दा ने नहीं कमाई थीं। वे पुरखों से चली आ रही थीं हमरे खानदान में।"

कैलाश महाराज का अकाट्य तर्क सुनकर सबका मन पलटने को डाँवाडोल हो-हो आया मिल्कियत में।"

"जिस बात को एक नादान बालक भी समझता है उसे तुम क्यों नहीं समझना चाहते माते?

अरे, अपनी बाखर के ठीक बाहर अगर कोई गैया या भैंस गोबर गिरा जाए तो फिर चाहे वह किसी की गैया-भैंस क्यों न रही हो, गोबर पर हक उसी का होता है जिसकी बाखर के सामने गिरा है। होता है कि नहीं?

फिर वह गोबर गैया के मालिक तक को उठाने देता है क्या बाखर का मालिक? कहता नहीं है क्या कि यह तो हमरा है! न हो हमरी गैया का, मगर जब हमरी बाखर के आगे गिराया है गैया ने, तो हमरा हुआ। इस गोबर को हमरे भाग्य में होना ही लिखा था।

फिर हमरे मामले में तो यह उलझन भी नहीं है। हमरे पूर्वज, हमरी जमीनें, हमरे कागजों में, हमरी बाखर में, हमरी मिल्कियत में।

"महाराज, कुछ हमरी भी सुनोगे या आँखों ही आँखों में सब-कुछ समझाओगे इन बाबरों को!"

गाँववालों की ओर भोली-सी सूरत बनाकर एकटक निहारते कैलाश महाराज को टोका माते ने।

टोका कि चाबुक मारा, तय नहीं कर पाए कैलाश। चाबुक मारा कि उनके इरादों पर घड़ों पानी उँडेल दिया, जान नहीं पाए कैलाश महाराज।

महाराज का चेहरा यकायक फक्क पड़ गया। चेहरे की उड़ती रंगत न देखे गाँव इस समय, यह चिंता हुई महाराज को। तुरंत अपलक निहारते बाबरों की ओर से चेहरा घुमाकर अबूझ माते को निहारा कैलाश महाराज ने।

"आप तो पढ़े-लिखे, विद्वान-ज्ञानवान हैं महाराज! दर्जा नौ तक चदैई में पढ़ाई की है

आपने तो। आप यह तो जानते होंगे कि आज के जमाने में सब देश अपने-अपने राजदूत रखते हैं दूर देशों में।.....

दूसरे देश के राजा से, मंत्री से, संत्री से, अपने देश के राजा की ओर से वे ही तमाम ऊँच-नीच की बातें बोलते-बतियाते हैं।.....

किसी अनजान राजा से कोई सलाह-मशवरा करना हो, चाहे सुलह-सफाई करनी हो, ये राजदूत ही उस काम को अंजाम देते हैं।.....

जैसे भगवान राम के जमाने में भगवान हनुमान जी ने, भगवान अंगद जी ने रावण के दरबार में जाकर रामचंद्र जी की मंशा कही थी।.....

जैसे महाभारत के जमाने में भगवान श्रीकृष्ण ने दूत बनकर कौरवों के राज में पांडवों की मंशा कही थी जाकर।.....

ठीक इसी तरह से पहले के हर गाँव का अपना एक ग्रामदूत होता था।.....

आप जानते हैं महाराज, कौन होता था ग्रामदूत?"

माते ने पूछा कैलाश महाराज से। जानना चाहा पूरे गाँव से।

सबको निरुत्तर जानकर माते ने अपनी बात आगे बढ़ाई—"हर गाँव के ग्रामदूत होते थे उस गाँव के पुजारी महाराज।.....

यह तो आप जानते ही हो कि पहले जमाने में सब पढ़े-लिखे नहीं होते थे। तिस पर किसी का सुभाव संकोची तो किसी का लट्ठमार। कोई तुनकमिजाज तो कोई मितभाषी। किसी को अपने कामधाम से ही फुर्सत न मिले तो किसी को बोलने-बतियाने का कोई शऊर ही न ज्ञात हो। ऐसी अवस्था में गाँव में कोई परदेशी आ जाए तो उससे बोले-बतियाए कौन?.....

सो पूरे गाँव की ओर से इस काम को अंजाम देते थे पुजारी महाराज। वे होते आए सदा-सदा से, सदा-सदा को, शांत, गंभीर, अथाह और विद्वान।.....

पहले के जमाने में कोई भी गाँव ऐसे नहीं बसता था जैसे अपने पथरा बब्बा के पार बस गया है वह गाँव जहाँ चार टपरा भी नहीं हैं। यह नहीं होता था कि जिसे बिरादरी ने बिरादरी-बाहर किया कि उसी ने उठाया डेरा और डाँग में कहीं भी टपरा डाल दिया। जैसे चंद्रभान ने, रूपा ने डाल लिया है वहाँ टपरा।.....

नहीं! अव्वल तो तब बिना सोचे-विचारे, बिना यह लेखे कि दोषी से जो दोष हुआ है वह क्षम्य है या अक्षम्य, वह उजागर करने योग्य है या ढाँपने योग्य, बिरादरी कोई फतवा जारी नहीं करती थी। और जब देखती थी कि अपराधी को दंड देना लाजिमी है, ताकि दूसरों को सबक मिले, तब सुनाती थी दंड। फिर दोषी को मजबूर करती थी उसे मानने को, उसका प्रायश्चित करने को। उसी गाँव में रहकर, पूरे गाँव की उपेक्षा सहकर प्रायश्चित करना होता था उसे।.....

यह नहीं कि दोषी को गाँव से भाग जाने दिया। और अगर पूरे गाँव का अपराध

हो तो गाँव का गाँव प्रायश्चित करता था। इसीलिए हमने बताया कि गाँव में रहकर करना होता था प्रायश्चित।·····

तब अकारण ही नहीं बस जाता था गाँव। गाँव बसाया जाता था पूरे विधि-विधान से।·····

तुम्हें शायद ज्ञात न हो कि अपना यह गाँव पहले पहाड़ के ऊपर था। वहाँ, जहाँ बानियों के गुरीला बाबा का मंदिर है आज भी। और सिद्धपुरा था वहाँ, जहाँ सिद्धबब्बा का थान है। हजारों बरस तक वहीं रहे ये गाँव। वहाँ से चंदेरी और देवगढ़ बिना पर्वत चढ़े-उतरे पहुँचा जा सकता था तब।·····

फिर जाने कोई भूकंप आया कि पहाड़ों ने बरसात का पानी निचान की ओर लुढ़काने की खातिर, नदियों का जल नदियों को वापस सौंपने की खातिर जो राह चुनी, उसने धीरे-धीरे वह पहाड़ ही वहाँ न रहने दिया। तब चँदेई और हमरे गाँव में दूरी कायम हो गई। अपने गुरीला में, सिद्धपुर में पानी की किल्लत हो गई, जिसके चलते बहुत-से लोग कहीं और चले गए। तब विचार किया गया तराई में उतर आने का·····

तब भी ऐसेई नहीं उतर आए हम। पहले जानकारों ने आकर यहाँ की भूमि देखी। यहाँ आकर बामन महाराज ने हवन किया। बानियों ने पूजा की। यहाँ बसे भूत-व्यंतरों से, देवी-देवताओं से प्रार्थना की कि हे देवताओ, आपसे कुछ भी छिपा नहीं है। आप जानते हो कि हमें जीवन बचाने का कोई और उपाय नहीं सूझ रहा। सो अब हमें लाचार होकर यहाँ बसना होगा। हमरी आपसे प्रार्थना है कि आप हमें यहाँ बसने की इजाजत दो। इस स्थान को हमरी खातिर खाली कर दो, ताकि हम निडर होकर यहाँ बस सकें।·····

कण-कण में बसे भगवान के वे अंश जब यह स्थान खाली कर गए तब बसा यहाँ गुरीला और वहाँ बसा सिद्धपुरा। बाद में लड़ाई के सताए इतने लोग आ गए यहाँ। उन्होंने यहाँ बसकर हमरा मान बढ़ाया, इसीलिए हमरे-तुमरे पूर्वजों ने उनकी कृपा को, उस उदारता को हमेशा याद रखने की खातिर अपने गाँव का नाम गुरीला से बदलकर रख दिया लड़ैई।·····

अपना गाँव भी पूरे विधि-विधान से बसाया गया था। गाँव की चारों सरहदों पर एक-एक बावड़ी-कुँआ बनाया गया था। पीपल का पौधा रोपा गया था उन बावड़ियों के पास। उस पीपल के बड़े हो जाने पर उसके नीचे देहरे बब्बा की स्थापना की गई थी। उनका थान कायम किया गया था। वे गाँव के रक्षक देव लेखे जाते हैं। गाँव की रक्षा का भार होता है देहरे बब्बा पर। उनकी शरण में बसा गाँव, कि यात्री निर्भय समझता रहा सदा से अपने-आपको।·····

उस पीपल के नीचे एक चबूतरा बनाया जाता था ताकि बाहर से आनेवाले गाँव

की सरहद पर थोड़ी देर को थमकर विश्राम कर सकें। यात्रा की थकान उतार सकें। और तब प्रसन्न-बदन आ सकें गाँव में बसे अपने नातेदार के द्वार पर।....

कभी-कभी ऐसा भी होता था कि कोई निकला तो हो कहीं और जाने को, मगर राह भूल जाने से पहुँच गया हो कहीं और। या किसी को जहाँ जाना हो, वहाँ तक की गैल ही मालूम न हो। ऐसा राहगीर तब गाँव की सरहद पर बने इन देहरे बब्बा की शरण में बैठ जाता था। वहीं थम जाता था।....

किसलिए? इसलिए कि उसे मालूम रहता था कि यहाँ से अगर साँझ तक कोई ऐसा राहगीर नहीं भी गुजरा जो उसकी अबूझी राह जानता हो, तब भी फिक्र की कोई बात नहीं। क्योंकि साँझ होते न होते देहरे बब्बा के इस थान पर जोत जलाने गाँव के पुजारी महाराज तो अवश्य ही आएँगे।

तब के बामन महाराज का यही नित्य नियम होता था कि वे सुबह सूरज के उगते ही और साँझ को जब सूर्य देवता अपनी यात्रा पूरी करके विश्राम को जाने लगें तब, गाँव की सरहदों पर बने देहरे बब्बा के चारों थानों पर जोत जलाने, झाड़ा-बुहारी करने अवश्य जाएँगे, ताकि उन स्थानों की देखरेख होती रहे और अगर कोई भूला-भटका वहाँ किसी जानकार की राह जोहता बैठा हो तो उसे उसकी राह सुझाई जा सके। इससे गाँव की साख बढ़ती थी, गाँव को दीन-दुनिया की खबरें मालूम होती रहती थीं।....

इस काम को अंजाम देने के बाद बामन महाराज शेष दिन गाँव के मूल देवालय में ठाकुरजू के स्नान, ध्यान, भोग, आरती के काम में जुटे रहते थे।....

इसीलिए तब के राजा-महाराज, सेठ-साहूकार, लंबरदार-जागीरदार मौके-बेमौके बामन महाराज को जमीनें दान में देते रहते थे ताकि महाराज को अपने परिवार के भरण-पोषण से मुक्ति मिली रहे। वे गाँव के सम्मान, भगवान की आराधना और इंसानियत की सेवा के काम में पूरे तन-मन से जुटे रह पाएँ।....

अब महाराज, तुम अपने बारे में सोचकर देखो खुद ही। यह तो आप भी जानते हो, हम भी, और यह पूरा गाँव भी कि आपके दद्दू इन नियमों पर कभी नहीं चले। न आप ही चले। बल्कि आप तो यह भी कह सकते हो कि हमें पता ही नहीं।....

अब देहरे बब्बा के उन स्थानों पर कोई भूला-भटका राहगीर बैठता है, कि भँड़या वहाँ बैठकर दिन ढलने की राह जोहते हैं, कौन जाने! उन कुँओं में मीठा पानी है अब, कि लूटने के बाद भँड़या राहगीर को जान से मारकर कुँए में पटकते हैं, कौन देखने गया है!....

आपके दद्दू ने अपनी सुविधा की खातिर गाँव की बसावट से बीस हाथ दूर एक नए देहरे बब्बा कायम कर लिए थे, कि कौन इतनी दूर जाए रोज-रोज! उनके इस फैसले के चलते गाँव की सरहद सिमट गई, इसका मलाल कभी नहीं हुआ

उन्हें।....

उनकी इस अनीति का परिणाम है यह कि जो लोग पहले जँगल-झाड़न को पथरा बब्बा के दाँए-बाँए बैठने जाते थे, वे अब इन नए देहरे बब्बा के आगे उस हगू इमली के तरें जंगल-झाड़न को जाने लगे। वहीं मल-मूत्र विसर्जन करने लगे।....

इसके चलते पूरा गाँव दुर्गंध से बसाता है यह तो अहितकर हुआ ही, उस राह से भले आदमियों का अपने खेतों पर जाना दूभर हो गया। वे बेचारे कोसभर का चक्कर देनेवाली राह पकड़ने को लाचार हैं, क्योंकि कौन जाने जब वे देहरे बब्बा के पास से गुजरें तब हगू इमली तरें कोई बैयरबानी निवृत्त हो रही होगी कि बच्चे-जवान, कि बूढ़े-आँधरे।....

तिस पर एक हकीकत यह और कि आपने तो कभी इन नए देहरे बब्बा को भी स्नान न करवाया होगा। वस्त्र न बदले होंगे। सो वे भी हमरी तरह जाने कितने वर्षों से एक चीथड़ा पहने अपने उद्धार की बाट जोहते विराजे हैं वहाँ।....

यही सब लेखकर, विचारकर, हमने कहा था कि हमरा मन नहीं मानता इस बात को रत्ती-भर भी कि आपका या आपके दद्दू का कोई हक बनता है उन जमीनों पर।"

माते की दलीलों को चुपचाप सुन गए कैलाश महाराज। न कोई विरोध प्रकट किया, न शंका।

कैलाश महाराज को मौन देखकर गाँव ने यही अनुमान लगाया कि महाराज को अपनी भूल मालूम हो गई है। वे शर्मिंदा हैं अपनी करनी पर। प्रायश्चित करने का मन बना रहे हैं वे अब।

चलो, अच्छा ही हुआ। सुबह का भूला साँझ को घर लौट आए तो उसे भूला हुआ नहीं लेखा जाता।

"माते, तुम कहते हो तो हम माने लेते हैं क्षण-भर को कि हमरा या हमरे दद्दू तक का कोई हक नहीं बनता अपने पुरखों की उस कमाई पर। मगर हमें यह भी तो समझाओ कि उन पर उस नाजायज रामदुलारे का हक कैसे जायज हो गया?"

रामदुलारे के प्रति उसी के बाप के कुबोल माते को मर्माहत कर गए। उन्होंने करारा-सा जवाब देना चाहा। जवाब आया भी मन में, मगर गाँव के तमाम लोगों की आँखों में उतर आए खून को भाँपते ही माते अपने जवाब को भीतर के भीतर गुटक गए।

"महाराज! आपको जिसने यह खबर पहुँचाई उसने वह नहीं बताया जो रामदुलारे ने लिखकर भिजवाया है सरकार के पास?" माते ने प्रतिप्रश्न किया।

"बताया था। हम तभी समझ गए थे सारा रहस्य। फिर भी हमारा मन यह

मानने को तैयार नहीं हुआ कि उम्र की इस चौथी कि पाँचवीं बेला में भी तुम ऐसा छल-बल-कपट कर सकते हो! इसी से तुमसे दरयाफ्त करने चले आए थे। पर हम आपको एक बात जाते-जाते अवश्य बता दें माते! हमारी बात को गाँठ बाँधकर रखना—कि हम किसी को भी अपने हक पर इतनी आसानी से डाका नहीं डालने देंगे।"

"कौन किसके हक पर डाका डालना चाहता है, कौन जायज है, कौन नाजायज, यह या तो महाराज आप जानते होंगे या जानते होंगे आपके भगवान! हमें तो कुछ खबर है नहीं। हमें तो जो भी खबर मिली वह कुल दो रोज पहले मिली। इससे पहले क्या हुआ, कैसे हुआ, क्यों आपको यह सारा प्रपंच गुप-चुप करना पड़ा, यह तो आप ही जानते होंगे। हमें न वह पता है न हम पता करना चाहते हैं। जिस राह कभी जाना ही नहीं उस राह में कुँआ है कि खाई, पक्की गढ़मात है कि पगडंडी, हमें इससे क्या सरोकार!.....

पर इतना बताने की कृपा जरूर कीजिए महाराज, कि हमने इस अंतिम बिरियाँ कैसा छल-बल किया है? वह जरूर बताते जाइए ताकि हमसे जितना बन सकेगा उतना प्रायश्चित करके अगले जनम की दुर्गति को मेटते जाएँ।"

"तुम्हें सुनकर साँप सूँघ जाएगा माते!" महाराज ने चेतावनी-सी दी।

"तुम हमरी चिंता छोड़ो। हमें साँप सूँघे कि ग्रस ले। तुम तो अपने मन का विष उलीच करके अमृत-घट बनने के सुयोग से न चूको महाराज!"

"तुम सुनना ही चाहते हो तो सुनो फिर। असल में रामदुलारे है तुमरी बहू अक्कल का पूत, सो तुमने सोचा होगा कि....."

"महाराज!"

"महाराज!"

"बामन महाराज!"

"ओ बामनिए!"

"ओ पंडत की औलाद!"

चारों ओर से गुर्राए सिंहशावक।

महाराज ने भयभीत नजरों से देखा चारों ओर! यह क्या हो रहा है? ब्रह्महत्या का पाप कोई भय ही नहीं रहा क्या?

खबरदार! खबरदार महाराज! बामन देवता अशीषते ही सोहते हैं। अब के बाद जुबान से तो क्या, मन से भी अगर किसी सती-सावितरी या किसी ग्रामपुत्र की बत्तल कुविचार घोका तो फिर भगवान का नाम उच्चारने की भी मोहलत न पाओगे हमसे!

एक नहीं अनेक दिलों से, उनके कंठों को फोड़कर पूरे गाँव की सरहदों में बिखर जाने को उतावली इस चेतावनी को महाराज कानों से न सुनकर भी अनसुना कैसे कर दें!

कैलाश महाराज अहल्या हो आए क्षणभर को। शिलावत् हो आए पल-भर को। धरती माता फट पड़ें तो ही मुक्ति है...और तो कोई खोह, कोई स्थान नहीं दीख रहा बच पाने का कैलाश को।

नहीं-नहीं, एक और भी स्थान है प्राण बचाने की खातिर जा छिपने का...और कैलाश महाराज अगले ही पल उसकी शरण में जा लोटे।

माते ने बामन महाराज को अभयदान दिया, "जाओ महाराज, जाओ। इस गाँव को कलंक से, महापाप से बचाना चाहते हो तो जाओ यहाँ से।"

कैलाश महाराज ने माते की आशंका को सच सिद्ध कर दिखाया। पूरे गाँव को कलंक के, महापाप के करीब पहुँचा दिया कैलाश महाराज ने। उस दिन गाँव से गए कैलाश महाराज फिर वापस नहीं लौट पाए यहाँ।

कैलाश महाराज के जाने के चंद रोज पीछे रघु साव के मौढ़ा पवन साव गाँव आए। उन्होंने माते को एक बुरी खबर दी कि कैलाश महाराज को कई वर्षों के लिए जेल में बंद कर दिया गया है।

उन्होंने कुछ रोज पहले चंदेरी के एक बैंक-अफसर अरविंद पांडे पर बेवजह, इरादतन कातिलाना हमला किया था। वह तो गनीमत रही कि बैंक के चौकीदार को महाराज की नीयत पर पहले से ही कुछ संदेह हो गया था, इसलिए वह बराबर उन्हें अपनी चौकन्ना निगाह के घेरे में लिए रहा।

इसीलिए ऐन मौके पर उसने कैलाश महाराज को धर दबोचा। वरना उन्होंने तो अफसर को जान से मार डालने में कोई कसर नहीं छोड़ी थी।

यह खबर सुनकर माते पर तो जैसे गाज ही गिर पड़ी थी। उसी रोज से वे अरविंद पांडे से मिलने को उतावले थे। उसकी खैर-खबर जानने को बेचैन थे। उससे बहुत-कुछ कहने, बहुत-कुछ माँगने की लालसा मन में संजोए एक बार उससे भेंट कर पाने की कामना करने लगे थे।

मगर यह संभव कैसे हो? कौन विधि हो सकता था ऐसा? किसी विधि नहीं। माते की तमाम आशाएँ, माते की तमाम आशंकाएँ, तमाम महत्त्वाकांक्षाएँ अब जस की तस उनके साथ ही चली जाएँगी क्या?

नहीं-नहीं! इतने निराश न होइए माते! जाने की बात न कीजिए। अभी तो वह देखिए कौन चला आ रहा है आपकी बाखर की ओर!

कौन? कौन? कौन है यह सिपाहियों से घिरा? कौन चला आ रहा है यह ढलती साँझ की बेला हथियारबंद चार जवानों के बीचोंबीच?

फिर कोई अनर्थ हो गया क्या इस गाँव में?

"मैं अरविंद पांडे प्रणाम करता हूँ माते!" आनेवाले ने माते के एकदम करीब पहुँचकर अपना परिचय दिया।

"अरे महाराज, आप! इस बखत?"

"हम यहाँ पंचमनगर तक आए थे माते, सो सोचा कि आपके दर्शन भी करते चलें।"

"यह तो आपने भली सोची महाराज! हम भी आपसे मिलने को बहुत बेचैन थे। हमें आपसे क्षिमा माँगनी थी न महाराज! हमरे गाँव के एक नादान के चलते आपके प्रानों पर आ बनी थी, हमने जब से यह सुना तभी से आपसे क्षिमा माँगना चाह रहे थे। हमरे गाँव को क्षिमा कर देना महाराज!"

माते ने इतना कहा और दोनों हाथ जोड़कर अरविंद पांडे के सामने नतमस्तक होकर खड़े हो गए।

अरविंद पांडे पल-भर को पसोपेश में रहा आया। फिर चेत आने पर माते के दोनों हाथ अलग-अलग करते हुए बोला, "हमें क्यों शर्मसार करते हो माते? हमसे आप उम्र में इतने बड़े और हमारे आगे सिर नवाकर खड़े हों, यह शोभा नहीं देता। फिर उस प्रसंग में आपका क्या दोष?"

"नहीं महाराज, हम बराबर के दोषी हैं। जब अपने गाँव के बेटों की तरक्की में हम बराबर का साझीदार मानते हैं अपने को, तो उनके अपराध में भी बराबर का भागीदार होना ही होगा कि नहीं?....

महाराज, नतमस्तक होना तो हमें भी नहीं सुहाता, मगर जब कोई नादान बालक किसी का सिर कलम करने की गुस्ताखी करने की जुर्रत कर बैठे तो उसके बाप को सिर नवाकर खड़ा होना ही पड़ता है। वही हम कर रहे हैं। उसी नाते कर रहे हैं। आप तो यह बताइए कि आप हमरे बच्चे के अपराध के लिए हमें क्षिमा कर रहे हैं न? तभी तसल्ली होगी हमें।"

"माते, अगर हमें खबर होती कि आप हमसे यों भेंटेंगे, ऐसा गैरों-सा सुलूक करेंगे हमारे साथ, तो हम यहाँ आते ही नहीं। जो बीत गई सो बात गई। हम क्षमा तो तब करते जब अपराधी जानते होते आपको। हम तो उलटे यही प्रार्थना कर सकते हैं कि हमारे-आपके मिलने-जुलने के समय वह प्रसंग उठना ही नहीं चाहिए कभी। तभी हम बेखटके आपकी संगत में दो-चार पल गुजारने को आने की हिम्मत जुटा पाएँगे।....

हाँ, आप हमें अपनी छत्रछाया में न रखना चाहते हों तो कहिए कि हम यहाँ न आया करें।"

आपसी मान-मनोवल, शिकवे-शिकायतों के क्षणिक सिलसिले के बाद दोनों पक्ष बीच का सब-कुछ कहा-सुना भुलाकर फिर उसी मुकाम पर जा जुड़े जहाँ से पहली मुलाकात में विलग हुए थे।

"पंचमनगर किस काम से आना हुआ था?" कुछ सहज होकर पूछा माते ने।

"हम वहाँ के लोगों को यह बताने-समझाने आए थे कि अगर वे चाहें तो हमारे बैंक के पास अपने सब गहने-गुरिया रखवा सकते हैं। हमें मालूम हुआ है कि इधर जब से मुआवजा बँटा, तब से डाके बहुत पड़ने लगे हैं। हम तो चार सिपाही भी साथ लेकर आए थे कि अगर कोई चाहेगा तो हम यहीं मौके पर उसके गहने-जेवर लेकर उसे रसीद दे देंगे। पर माते, यहाँ के लोग तो हमारी बात पर यकीन ही नहीं करते।....

आपको खबर है माते, ये लोग आज भी उन्हीं बानियों के पास गहना-गुरिया रखना पसंद करते हैं जो पचासों बरस से इनका खून चूसते रहे। हमें तो यह भी मालूम हुआ है माते, कि इन लोगों को जो मुआवजा मिला है न, उसमें से जमीन की मुआवजा-दर बढ़ाने के नाम पर, तो किसी से किसी नाम पर, इन बानियों और मुआवजा-कार्यालय के कर्मचारियों ने मिल-जुलकर अच्छी-खासी रकम ऐंठ ली, जबकि ऐसी कोई तब्दीली न तो सरकारी कागजों में हुई है, न हो सकती थी। मुआवजे की दर भू-अर्जन कार्यालय में बैठा बाबू या अफसर नहीं, सरकार तय करती है। और उसने शुरू से एक हजार छः सौ रुपया प्रति बीघा दर तय की थी।....

अब वे बानिया तो रकम लेकर शहरों में जा बसे, बाबू तबादला करवाकर चलते बने और ये गाँव के लोग मुँह ताकते रह गए। जाने तो कितनी-कितनी-सी उधारी के बदले बानियों ने इनके खेत खरीद लिए। गहने तुड़वा लिए। ढोर अपने घर में बाँध लिए।"

माते, अरविंद पांडे का आक्रोश देखते रहे। सुनते रहे उसकी बातें। न उन बातों को सुनकर उनमें कुछ टूटा, न जुड़ा। हाँ, बानियों के प्रसंग में जो कुछ कहा अरविंद ने, वह उन्हें बुरा जरूर लगा।

अरविंद पांडे माते का मुँह ताकते रहे देर तक। उन्हें लगा, आज मुहूर्त ही ठीक नहीं हुआ। बातचीत का सिलसिला शुरू बाद में होता है, समाप्ति की ओर पहले बढ़ लेता है।

प्रसंग बदलने की नीयत से पूछा अरविंद ने, "माते, आज गाँव के किसी आदमी ने हमारा पीछा नहीं किया। ऐसा क्यों? क्या सब-के-सब नाराज हैं हमसे?"

"नहीं बाबू! कोई नाराज नहीं है। पर क्या है कि तुमरे साथ ये चार-चार हथियारबंद सिपाही हैं न, इसी से किसी ने नहीं पिछयाया। सिपाही की गैल-गैल चलने का जुर्म कौन कर सकता है गाँव में! जाने किस बात पर रिसिया जाएँ और दाग दें बंदूक।....

अभी तुम गए नहीं कि सब-के-सब आ घेरेंगे हमें। खोद-खोदकर पूछेंगे एक-एक बात। यह तो बताइए महाराज, आप यहीं ठहरेंगे कि जाएँगे? मगर इस संझा बेला जाएँगे कैसे?" चिंतित भाव से पूछा माते ने।

"उसकी चिंता आप न करें। पंचमनगर के आगे तिगड्डा पर हमारी जीप खड़ी है। उसी से जाना है हमें। हम चले जाएँगे आराम से। आपके दर्शन हो गए, अब चलें।"

"तिगड्डा तक जीप आ कैसे पाई महाराज? वहाँ तो गैल नहीं है पैदल चलने की भी!" साश्चर्य जानना चाहा माते ने।

उठते-उठते अरविंद पांडे फिर बैठ गए।

आपको खबर नहीं है शायद माते! वहाँ तक पक्की सड़क बन गई है अब। कुछ दिनों में पंचमनगर तक भी बन जाएगी। ऐसा सुनने में आया है कि राजघाट के प्रधान इंजीनियर को आपके पंचमनगर का किला बहुत पसंद आया है। उन्होंने तय किया है कि वे इस महल में आकर रहेंगे। इसी महल में आफीसरों का क्लब बनेगा, यानी ऐशगाह।....

राजघाट से पहले से जो नहर बेतवा में से निकालकर पंचमनगर महल के तालाब तक लाई गई थी न, जिसे कुछ बरस पहले मुहाने से बंद कर दिया गया था, अब उसे फिर से खोला जाएगा। उस नहर को झील का रूप दिया जाएगा।....

पंचमनगर महल के तालाब को बनाया जाएगा स्वीमिंग पूल। उस तरणताल पर अफसर लोग और उनके परिवारी तैरना-डूबना सीखेंगे। पंचमनगर के किले की दीवार के साथ-साथ एक ऊँची दीवार खड़ी की जाएगी दाईं ओर बारी तक और बाईं ओर पानीपुरा तक।

अब डूब-क्षेत्र भी बदल दिया गया है। दीवार के उस तरफ पानी इकट्ठा किया जाएगा। पहाड़ तक नहीं आएगा अब पानी। बाँध को और ऊँचा किया जाएगा। नदी के आर-पार जाने-आने के लिए पहले पुल पर जो दूसरा पुल बनाया गया था, अब उसी पर बीस हाथ ऊपर तीसरा पुल बनाया जाएगा। जहाँ पानी को छेंका जाना है उस जमीन को और ऊँचा किया जाएगा। नदी के दोनों तटबंध भी और ऊँचे किए जाएँगे। इस सब पर तकरीबन चार सौ करोड़ रुपया खर्च आएगा।"

"इसका मतलब अब हमरा गाँव नहीं डूबेगा?" माते ने इन तमाम सूचनाओं में से सबसे पहले, सबसे जरूरी जानकारी को पुख्ता करना चाहा।

"हाँ, माते, अब आपका गाँव नहीं डूबेगा। मगर यह गाँव रहेगा तब भी नहीं।"

"जब इसे डूबना ही नहीं है तब कहाँ जाएगा फिर?" अरविंद की बात का सिर-पैर माते की समझ में नहीं आया।

"सुना है, बाँधवालों ने सरकार को एक सुझाव और दिया है कि पंचमनगर महल के पीछे, यानी जब वह दीवार बन जाएगी, तब, उस दीवार और दीवार के पीछे बनी झील के पीछे से आपके गाँव तक और आपके गाँव से लेकर पठार-पीछे के गाँवों तक एक अभयारण्य बना दिया जाना चाहिए ताकि वहाँ जंगली जानवर बेखटके रह सकें।"

"तो अभी जो रह रहे हैं यहाँ, उन्हें क्या आदमियों में लेखती है सरकार?" माते यकायक तैश में आकर बोले, "सरकार की निगाह में तो अभी भी यहाँ जानवर ही रह रहे हैं। जानवर भी ऐसे जिनके न दाँत हैं, न पंजा। फिर हमें कहाँ खदेड़ेगी यह सरकार? कब लगाने आ रही है हाँका, यह भी खबर है क्या बेटा?" याचक बनकर पूछा माते ने।

"सुना है कि सरकार का इरादा आपके गाँव को, सिद्धपुरा गाँव को फिर वहीं पहाड़ पर बसाने का है, जहाँ पहले कभी गुरीला और सिद्धपुर गाँव हुआ करते थे। सरकार चाहती है कि ये गाँव फिर से पहले की तरह आबाद हो जाएँ, ताकि देश-विदेश से आनेवाले पर्यटक, यात्री उन्हें देखकर यह जान सकें कि भारतवर्ष में पहले के जमाने के लोग किस तरह रहते थे।"

"वहाँ दिखऊआ कैसे आएँगे महाराज?"

"सरकार खुद ले-जाने, लाने का इंतजाम करेगी। यहाँ बाँध पर पानी की मोटरों में सैर-तफरीह को या अभयारण्य में जंगली जानवरों को, शेर-चीतों को टहलता हुआ देखने के लिए जो लोग आया करेंगे न, उन्हीं को आपके गाँव दिखाने भी ले-जाया करेगी सरकार!"

"यह हम क्या सुन रहे हैं महाराज! कोई समझाता क्यों नहीं इस सरकार को? आदमियों की कीमत पर जानवरों की रक्षा करना चाहती है यह? गरीबों के जीवन की बलि लेकर अमीरों की तफरीह का बंदोबस्त करना चाहती है यह सरकार? और कोई इसका हाथ पकड़नेवाला नहीं बचा? कोई नहीं, कोई भी नहीं?"

माते बोले और यकायक मौन भी हो गए। अरविंद पांडे के साथ आए सिपाहियों की हिंस्र आँखों से भय खा गए माते, कि निराश—नाउम्मीद हो गए, नहीं मालूम।

"माते, आप ठीक कहते हैं। मगर आप निराश न होइए। हम हैं न आपकी ओर से आवाज उठानेवाले। आप आने दीजिए रामदुलारे जी को। हम भी अपनी नौकरी छोड़कर उनके साथ आ खड़े होंगे। जरूर आ खड़े होंगे माते! आप हमें भी अपना बेटा मानेंगे न तब तो!" जो नहीं कहना चाहा था वही कह गए पांडे।

अरविंद जब से इस क्षेत्र में आया था, जब से इन डूब-क्षेत्र के लोगों के बीच गया था, तभी से मन-ही-मन उद्विग्न रहता था वह। उसे कई सवाल घेरे रहते थे।

क्यों-क्यों-क्यों? इनकी दशा, देश की दिशा, इनका ह्रास, देश का विकास।

ये ऐसे कठघरे थे जिन्हें लाँघना कठिन जान पड़ता था! एक की ओर होते ही दूसरा अहम मुद्दा सामने आ खड़ा होता था। समझ में नहीं आता था कि किसकी तरफदारी करे!

अपनी देशभक्ति पर भी आँच न आए और इनकी दुर्दशा पर रोने का भी जब-तब मन बनाया जा सके, इसके लिए खोज ली थी एक तीसरी कड़ी—वह कड़ी

थी बानिया। उन पर दोष मढ़ो, उन्हें गरियाओ, उनकी नीयत पर संदेह करो!

इसके बाद उसका न केवल मानसिक द्वंद्व समाप्त हो गया था, उसे लगने लगा था कि उसने मूल कारण को अपनी गिरफ्त में ले लिया है।

मगर आज, बानियों के प्रसंग में माते के मौन ने उसे बहुत-कुछ समझा दिया। माते ने उसे फिर दोराहे पर खड़ा कर दिया।

यदि बानिया सूदखोर थे, स्वार्थी थे, इनका खून चूसते थे तो खुद वह क्या कर रहा है! उसका महकमा भी तो इनका धन बनिए को ही दे रहा है! वह भी तो इनसे केवल लेने का नाता रखता है। उससे लाभ तो दूसरे ही कमाते हैं।

विकास के नाम पर धन आखिर जा किनकी जेबों में रहा है? इन्हें तो इन्हीं के धन का छोटा-सा हिस्सा वापस मिल पा रहा है। वह भी कब? जब वे उसे भोगने के योग्य न रहें तब!

और हठात् अरविंद को सही राह सूझ गई। हठात् अरविंद ने एक अहम फैसला कर लिया।

"सच कह रहे हो बेटा? सचमुच आ रहा है हमरा रामदुलारे? हमने तो उसकी बावत कुछ पूछा नहीं तुमसे कि इस झमेले के चलते तुम कहाँ याद रख पाए होगे रामदुलारे को खत लिखने की बात। कब आ रहा है वह?"

"बस, बहुत जल्दी। इस कैलाशजी वाले झमेले के चलते हम उनसे मिलने तो नहीं जा सके, मगर हमने अभी चंद रोज पहले उन्हें यहाँ का सब हाल-समाचार लिखा था। आपकी इच्छा भी लिख भेजी थी। कल ही हमें उनका खत मिला है—उन्होंने लिखा है कि—'मैं आ रहा हूँ दाऊजू! मैं तुरंत आ रहा हूँ। जिसकी निगाह में साठ बरस को पार कर चुका एक मास्टर भी बोझ हो जाता है, मैं ऐसे शहर को अंतिम नमस्कार करके आ रहा हूँ।

मैं तुम्हें अब उस गाँव में, उस दशा में नहीं रहने दूँगा जिसकी बाबत एक खबर सुनने के लिए तुमने दो-दो जीवन जितनी उम्र गँवा दी। डूब से उबरी तुम्हारी आत्मा को मैं अभयारण्य में जंगली जानवरों का भोजन बनने के लिए अकेला नहीं छोड़ सकता।

मैंने तुम्हारी ठकुरानी बहू से कहा है कि वह अपनी कुक्षि को इतना कठोर बनाए कि उसमें से जनाउर जन्म ले सके। यदि उसने निरीह गौ माता या कोल्हू के बैल को जनम दिया तो वह अपनी मातृभूमि की रक्षा नहीं कर पाएगा।

तब तो यही होगा कि उसकी पूँछ पकड़कर दूसरे सब तो विकास की वैतरणी पार कर जाएँगे और उसे खदेड़ दिया जाएगा अभयारण्य में, शेर का ग्रास बनने को। मैं अपनी मतारी का सपना पूरा करने आ रहा हूँ माते! अविलंब आ रहा हूँ।'

माते, जिस दिन रामदुलारे जी यहाँ आएँगे, उसी दिन मैं भी नौकरी छोड़कर आ रहूँगा आपके बीच। फिर नहीं करूँगा किसी की चाकरी। तब फिर मैं आपके किसी

काम आ सकूँ या नहीं, मगर देखने पर सामनेवाले को एक से दो का बल कुछ तो अधिक दीखेगा न!" माते को अपनी उपयोगिता बताई अरविंद ने।

"हमरे यहाँ एक और एक दो नहीं, ग्यारह लेखे जाते हैं बेटा!" माते ने अरविंद को उसकी उपयोगिता बताई दूने उत्साह से।

"तब तो हम ग्यारह नहीं, एक हजार एक सौ ग्यारह होंगे माते। आप, मैं, यशस्वनी भाभी और रामदुलारे जी।"

"हमरी गिनती न करो बेटा! हम तो सिफर हैं, सिफर।" बोले माते।

"हमारे गणित की भाषा में सिफर बहुत कीमती होता है माते! बल्कि सबसे अधिक मूल्यवान। जिसके साथ लगा वही अपने मूल मूल्य से दस गुणा अधिक हो जाता है। बस, सिफर को लगानेवाले को इसका ज्ञान होना चाहिए।"

"तब ठीक है। फिर तो बेटा, हम एक हजार एक सौ ग्यारह कि दस मिलकर अगर पंचमनगर महल के बाहर मौजूद उस बट-वृक्ष को उखाड़कर किले पर फेंकेंगे, तब तो बहुत-सी जमीन हिलेगी न!"

माते ने अपना पहला लक्ष्य स्पष्ट किया। अरविंद पांडे की समझ में यह तो नहीं आया कि माते का आशय क्या है, मगर उनके चेहरे की रंगत देखकर उसने हामी अवश्य भर दी, "जरूर माते, जरूर!"

"ठीक-ठीक तारीख भी लिखी है क्या बेटा उसने?" माते की उत्सुकता चरम पर थी, "हम इस करके जानना चाहते हैं बेटा, कि बिना राह सुझानेवाले के संग-साथ के तो वह पहुँच पाएगा नहीं। खबर मिल जाती तो हम खुद राजघाट पहुँच जाते....."

माते का उतावलापन देखकर अरविंद द्रवित हो आया। द्रवित हो आया कि विचलित हो आया। विचलित हो आया कि अशुभ समाचार बखान गया बेध्यानी में।

"माते, एक और खबर भी है जो हम पिछली दफा बताने से चूक गए थे। चूक क्या गए थे, हमने जानबूझकर नहीं बताई थी आपको कि सुनकर आपको नाहक दुःख होगा। अमरीकावालों का एक कारखाना है भोपाल में। वहाँ खाद और कीटनाशक दवाइयाँ बनती हैं खेतों में काम आनेवाली।"

"हाँ बेटा, हमने भी रेडुआ पर सुना तो है। बर्ती कभी नहीं अलबत्ता।" माते ने अपना ज्ञान बखाना।

"उस कारखाने में से एक रात गैस रिस गई थी। जहरीली गैस। पूरे शहर में फैल गई वह। हजारों लोग रातों-रात मर गए थे, हजारों अपंग हो गए थे।"

"कब...कब? हमें यह तो कभी नहीं बताया ऊ सरकारी रेडुआ ने!" चिंतित हो आए माते।

"करीब डेढ़ बरस पहले। रामदुलारे जी ने लिखा है कि उन हताहतों में एक

आपके मास्साब भी थे। वे तभी से अस्पताल में पड़े हैं। उनकी हालत सुधरने के बजाय दिन-ब-दिन बिगड़ती ही जा रही है। हमें लिखा है रामदुलारे जी ने कि यशस्वनी भाभी तब से वहीं हैं। वे भी हर महीने जाते हैं दो-चार-दस दिन को। मगर अब मास्साब के बचने के आसार नहीं दीखते।"

"क्या? क्या कहते हो बेटा?"

"हाँ माते! हम कहना तो नहीं चाहते थे पर......"

"हे भगवान, हे अंतर्यामी, ऐसा गजब न करना! हमें ग्यारह हजार एक सौ ग्यारह होने देना! इतनी कृपा जरूर राखना!" कहते-न-कहते माते मूर्च्छित हो गए!

बीस

कल की रात माते तीस बरस बाद पहली बार बेखबर सोए। कल की रात माते को कोई स्वप्न नहीं दीखा। हकीकत से दो-चार होने को तैयार माते ने मूर्च्छावस्था के चलते कल की रात सपनों से कोई, कैसा भी सरोकार नहीं रखा।

सुबह माते की नींद खुली तब सूरज देवता अपनी यात्रा आरंभ कर चुके थे। माते ने उठकर अंगोछा अपने कंधे पर टाँगा और दिशा-मैदान को निकले।

दिशा-मैदान से लौटकर ज्योरा-बाल्टी कंधे पर टाँगी और आहिस्ता-आहिस्ता कुँए तक आए।

पानी खींचा। स्नान किया। बाल्टी को माँजा। फिर से भरा।

फिर जा पहुँचे अपनी बाखर में बने ठाकुरद्वारे में। मास्साब की सलामती के लिए देर तक पूजा-अर्चना करते रहे। इस बीच मंदिर के घंटे की आवाज एक भी बार कानों तक नहीं आई।

माते को एक नई चिंता ने अपनी गिरफ्त में ले लिया। ठाकुरद्वारे से बाहर आए। तब ध्यान दिया कि केवल यही एक अनहोनी बात नहीं हुई है कि मंदिर के घंटे की आवाज सुनाई नहीं दी; अनहोनी तो कई बातें हुईं इस बीच, मगर मन में एक भारी दुश्चिंता के रहते वे अब तक उन पर ध्यान नहीं दे पाए थे।

एक तो यही कि दिशा मैदान को जाते-आते राह में कोई भी नहीं दीखा।

दूसरे यह कि कुँए की जगत पर भी किसी की सूरत नहीं दीखी।

तीसरे कि कहीं से किसी मुँसेलू की आवाज कानों तक नहीं आ रही।

माते चिंतित हो आए। कहाँ गए सब के सब मर्द? कहाँ?

तो क्या अरविंद बेटा सबको बता गया कि अब यहाँ हम नहीं, जानवर रहेंगे?

तो क्या जानवरों के भय से भाग खड़े हुए सब-के-सब?

या जा पहुँचे हैं मुआवजा लेने चंदेरी—कि अब हमसे नहीं होता इंतजार। जाने कब जनाउर आ आए और हमें टोर खाए।

तो क्या सरकार इतनी जल्दी दे देगी मुआवजा? पहले ही हल्ले में?

तो क्या सरकार को यहाँ जानवर बसाने की इतनी जल्दी है?

हो भी सकती है! आखिर जब पंचमनगर के महल में ऐशगाह बन जाएगी, तब

अफसरों को हाथ के हाथ शिकारगाह की दरकार होगी कि नहीं! तब कहाँ मारे-मारे फिरेंगे वे!

तब क्या हम पर गोली चलाएँगे? हमें मारेंगे?

नहीं-नहीं, यह तो उनकी गोली का, उनके शिकारी होने का अपमान होगा न। भला जो खुद ही मर रहा हो, उसे मारने में अपनी शक्ति क्यों गँवाने लगे वे? हम तो उनके बाल-बच्चों की गुलेल से ही खेत रहेंगे, फिर हम पर गोली जाया क्यों हो?

और हमें मारने से उन्हें लाभ क्या! हमरे तन में मांस का एक चकत्ता तक नहीं, जबकि उन्हें दरकार होगी रोज सुबह-शाम बब्बर शेर की। हमरी खाल का तो स्पर्श तक उनके धर्म में पाप गिना जाता है।

चिरैया का ग्रास चील नहीं झपटा करती इमरतसिंह!

माते ने अपनी छड़ी उठाकर जमीन पर टेकी और चल दिए पंचमनगर की ओर। चलने से पहले अपने-आपसे बोले माते—इमरतसिंह, यहीं खड़े-खड़े मन के घोड़े दौड़ाने से कोई लाभ नहीं। चलो, थोड़ा पाँवों को कष्ट दो और चलकर रेडुआ पर सुनो कि बात दरअसल है क्या!

वही बताएगा। जरूर बताएगा। सरकार की आदत तुम जानते नहीं क्या? इतने दिन तो हो गए रेडुआ सुनते-सुनते। अब तक तो तुम्हें समझ जाना चाहिए था कि सरकार कुछ करे चाहे न करे, कुछ करने का पक्का मन भी न बना पाई हो चाहे, हो चुके की तो बात ही दूर, मगर रेडुआ पर पहले से, सब दिन, सब रात यह गाती नहीं थकती कि सरकार ने यह काम पूरा कर लिया, वह काम भी पूरा कर लिया और वह जो था, वह तो कभी का पूरा कर चुकी।

सरकार जानती जो है कि उसके कहे पर मूरख जनता को अपार विश्वास है। उसके कहे से ही मान लेती है कि चलो यह काम भी निबटा। इन्हीं को बना रहने दो राजा। इन्होंने जैसे वह निबटाया वैसेई यह भी निबटाएँगे।

इधरवाले सोचते हैं कि उधर का निबटाया है अभी, कहने में थोड़ी चूक हो गई होगी; और उधरवाले सोचते हैं ठीक इसका उलटा। और सरकार सोचती है कि जब हमरे कह देने भर से दोनों ओर के लोग संतुष्ट हैं तो फिर कभी कर लेंगे। अभी तो केवल रेडुआ पर 'हो गया, हो गया' कहकर गाल बजाए जाओ।

अर्रे! यह क्या! चलते-चलते माते रुक गए बीच राह में।

एक चीलगाड़ी ठीक उनके सिर के ऊपर से निकल गई। माते ऐसे ठिठके जैसे चीलगाड़ी न गई हो किसी कौए ने नंगे सिर पर बैठकर किसी अनिष्ट की सूचना देनी चाही हो।

क्षण-भर को माते सन्न रह गए। यह क्या हुआ? कैसे हुआ? तो क्या हम

अपने-आपसे बतियाने में इतने मशगूल थे कि हमें इसकी आवाज भी सुनाई नहीं दी?

अर्रे! यह राजघाट पर किसलिए उतरी है?

चलो, अब तो जरूर चलो पंचमनगर इमरतसिंह! आज फिर आजमाओ इस रेडुआ को। वही बताएगा इस चीलगाड़ी के आने का कारण, मर्दों के गाँव छोड़ जाने का कारण।

माते के कदम कुछ तेज पड़ने लगे थे कि उधर पंचमनगर की दिशा से रमते सलैया गाँव की दिशा को आता दीखा। माते जहाँ के तहाँ थम गए।

माते के एकदम करीब आकर रमते ने बताया, "गजब हो गया माते, गजब हो गया! अनर्थ हो गया माते, अनर्थ हो गया। सत्यानाश हो......"

"अरे क्या हुआ रमते? कुछ बताएगा भी या पहेलियाँ ही खोजता रहेगा?" माते ने डपटा रमते को, "क्या कहीं गाज गिर गई?"

"नहीं माते! मगर गाज से भी बुरी विपदा आ पड़ी है।"

"हुआ क्या? क्या गजब हो गया?"

"राजघाट बाँध के जो टीले उठाए थे न बाँधवालों ने! उनमें से इस तरफ वाले टीले में रात को दरार पड़ गई। घाट पर छिका तमाम पानी टीला तोड़कर गाँवों में घुस गया है। पंचमनगर तक जल ही जल है माते! इतना जल जैसे प्रलय आ गई हो! जितना कभी किसी बाढ़ के बखत नहीं आया। जाने कितने लोग मर-खप गए! कितने ढोरू-बछेरू डूब गए! कितनी खड़ी फसल स्वाहा हो गई!"

"क्या? पर तूने यह सब कहाँ से जाना रे?"

"मैंने क्या, पूरे गाँव ने जान लिया था रात ही को। लड़ैई के सब-के-सब मर्द गाँव-गाँव में लोगों को बचाने में जुटे हैं तभी से। आपको जानबूझकर नहीं बताया गया माते! बड़े दाऊजू ने कहा था कि दद्दा बीसन बरस बाद आज चैन की नींद सोए हैं, उन्हें न जगाओ।"

माते जहाँ के तहाँ थिर हो रहे। न मुँह से कुछ कहा, न शरीर में कोई हरकत हुई। माते की दशा देखकर रमते डर गया। अपने-आपको कोसने लगा।

आग लगे मोरी जुबान को! भला क्या जरूरत थी माते को सरे-राह यह खबर सुनाने की? अब माते को कहीं कुछ हो गया तो कौन बैठा है यहाँ उनको सहारा देनेवाला?

घबराहट और भावी आशंका ने रमते को निष्क्रिय कर दिया। काफी देर तक उसे कोई तजबीज ही नहीं सूझी माते को होश में लाने की। किसी तरह अपने-आपको हिम्मत बँधाकर रमते ने माते का कंधा पकड़कर हिलाया।

"माते दाऊजू! हमरी आवाज सुनते हो माते दाऊजू?"

माते को चेत आया। आँखे खोलकर रमते की ओर देखा माते ने। रमते की

जान में जान आई। माते का हाथ थामकर रमते ने अनुरोध किया, "चलो दाऊजू, तुमको तुमरी बाखर तक पहुँचा आएँ!"

माते ने अपने दूसरे हाथ से रमते का हाथ पकड़ा और अपने हाथ को उसके हाथ की गिरफ्त से छुड़ा लिया। जमीन पर गिरी छड़ी को झुककर उठाया और पंचमनगर की ओर कदम बढ़ाते हुए बोले, "नहीं, बाखर की ओर नहीं जाएँगे हम। अभी तो हम पंचमनगर जाने को निकले थे घर से!"

"हमें तुमरा जी ठीक नहीं लग रहा दाऊजू! कुछ देर सुस्ताकर चले जाते। अभी तुमरा चित्त भी दुखी है न!" रमते ने अपना अनुरोध दोहराया, साथ के साथ आशंका भी जताई।

"नहीं रमते, हम बिल्कुल दुरुस्त हैं। तुम तो बेफिक्र रहो। हमें कुछ नहीं होना-हवाना। हमें तो अभी रामदुलारे की बाट जोहनी है। उसके आने से पहले, उसे अपने रंज सौंपने से पहले हमें कुछ भी नहीं होने का रमते! यह देह तो हम उसके बाद अपने सुभीते से धरेंगे रमते, अपने सुभीते से।"

जाने क्या-क्या बड़बड़ाते, लठिया टेकते माते चले गए पंचमनगर की ओर। और किंकर्तव्यविमूढ़ रमते सलैया एकटक देखता रहा तेज, और तेज, और-और तेज गति को पाने की चाह में उठती-जमती माते के संग-संग तीन बूढ़ी लाठियों को—दो मांसहीन और एक हाड़हीन लाठी। एक धूप में सुखाई गई और दो समय के हाथों सूखी लाठियों को!

माते जब पंचमनगर पहुँचे तब तक पानी का बढ़ना थम चुका था। लगभग पूरा गाँव किले के बाहर खड़े पुराने बट-वृक्ष के नीचे अपना-अपना सामान सँभाले पानी के उतरने की राह जोह रहा था। पंचमनगर और लड़ैई के कुछ युवक पानी में फँसे मवेशियों को, सामान को पानी में से निकाल-निकालकर किले के बाहर इकट्ठा कर रहे थे। ऊँचाई पर बने इस किले के सिवाय पूरा गाँव जलमग्न था।

माते को आया हुआ देखकर बहुत-से युवक अपना-अपना काम छोड़कर मातमी चेहरा बनाए माते के इर्द-गिर्द इकट्ठा हो गए। माते ने संकेत से सबको अपना-अपना काम करने को कहा और स्वयं पेड़ के नीचे अपने सामान के साथ बैठी लंबरदार की बहू के करीब आ पहुँचे।

"बेटी, तनिक अपना रेडुआ तो चालू करो!" माते ने आग्रह किया।

माते की फरमाइश सुनकर लंबरदारिन क्षण-भर को हतप्रभ रह गई। फिर अपने कलेजे पर पत्थर बाँधकर रेडियो की घुंडी घुमाकर चालू कर दिया।

माते रेडियो के करीब उकड़ूँ होकर बैठ गए। कान रेडियो की ओर लगाए, वैसे ही जैसे चातक पक्षी बरसात की पहली बूँद पर ध्यान लगाता है।

रेडियो में आ रहे अनाप-शनाप भजन, कीर्तन, भाषण, विज्ञापन, में-में, टें-टें, हो-हो, हा-हा, ही-ही सुनते रहे माते। उनमें माते ने रुचि भले ही न ली हो, मगर क्षण-भर को भी रेडियो से कानों का ध्यान तब भी नहीं हटाया।

माते ने एक बार आसमान की ओर देखा। सूरज देवता ठीक सिर पर आन विराजे थे। तब माते ने दूने उत्साह से रेडियो की ओर ध्यान केंद्रित किया।

अब गाना आना बंद हो गया था। एक-दो पल को रेडियो में से किसी तरह की कोई आवाज नहीं आई। फिर टें-टें-टें-टें का संकेत सुनाई दिया।

उसके तुरंत बाद कोई बोला—दिन के ठीक बारह बजना चाहते हैं। अब आप सत्यवादी से समाचार सुनिए।

क्षण-भर के लिए रेडियो ने फिर मौन साधा। इस बीच कई लोग वहाँ आ जुटे।

आज पंद्रह अगस्त है। दिल्ली के लालकिला से प्रधानमंत्री ने आज पूरे राष्ट्र को संबोधित करते हुए सब लोगों को स्वतंत्रता-दिवस की शुभकामनाएँ दीं। उन्होंने राष्ट्र को स्वतंत्रता-सेनानियों की कुर्बानी का स्मरण कराया।

लालकिले पर झंडा फहराने से पहले प्रधानमंत्री राजघाट पर गए। वहाँ महात्मा गाँधी की समाधि पर फूल चढ़ाकर उन्हें पूरे राष्ट्र की ओर से भावभीनी श्रद्धांजलि अर्पित की।

खबर मिली है कि बेतवा नदी के राजघाट पर निर्माणाधीन राजघाट बाँध के तटबंधों में से एक तटबंध में कल रात दरार पड़ जाने से तटबंध की पट्टी का एक छोटा-सा भाग टूट गया और बाँध पर रोका गया पानी बहकर आसपास के खाली पड़े इलाके में चला गया।

इस आशंका को ध्यान में रखकर ही कुछ वर्ष पूर्व सरकार ने बाँध के आसपास के तमाम गाँवों को मुआवजा देकर खाली करवा लिया था। यदि ऐसा न किया गया होता तो आज उस क्षेत्र में पानी के अचानक प्रवेश कर जाने से न जाने कितनी जानें चली गई होतीं।

हालाँकि इस तटबंध के टूट जाने से सरकार को भारी आर्थिक क्षति हुई है, बाँध के काम में भी इससे गतिरोध आएगा; फिर भी राजघाट बाँध परियोजना के अधिकारियों की दूरदर्शिता के लिए सरकार ने उनके प्रति अपना आभार प्रकट किया है।

ये खबरें आप आकाशवाणी के भोपाल केंद्र से सुन रहे हैं।

खबर मिली है कि......

माते यकायक अपनी जगह से उठे। इतनी तेजी से उठे कि वहाँ मौजूद तमाम जन भौचक्के रह गए। लंबरदारिन को यों लगा जैसे माते दाऊजू की काया में लड़ैई के कुम्हार बब्बा की काया में आनेवाले भैरों देवता प्रवेश कर गए हों!

कोई कुछ समझे कि इससे पहले ही माते ने रेडियो को उठाकर अपने हाथ में चाँप लिया। रेडियो में से आ रही आवाजें यकायक भर्रा गईं।...

"ख...है ...रा...म...को .....है.....य"

माते ने एक पल को रेडियो को उलट-पलटकर देखा और दूसरे ही पल उसे किले के बाहर मौन, शांत, अविचल, निरपेक्ष खड़े बट-वृक्ष के तने से दे मारा!

खटाक्, खट्-खट् की पहले तेज, फिर कुछ कम तेज, फिर बिल्कुल मंदी आवाज आई और अगले ही पल रेडियो के अस्थिपंजर अलग-अलग होकर पेड़ के तने से सटे-पसरे पानी में जा गिरे।

सरकार के काम को आसान बनाने की खातिर, पंचमनगर को लीलने की नीयत से आए हुए बाँध के उस निर्द्वंद्व फैले पानी में 'गप-गप-गप-गप' की आवाज के साथ कुछ बुलबुले फूटे और पल-भर बाद पानी जस का तस शांत हो गया। इस बीच रेडियो समा गया पानी के उदर में!

माते ने धीरे से अपनी छड़ी उठाई। लड़ैई की ओर वापस चलने को पहला कदम उठाया और यकायक चीखकर बोले, "लाबरी है जा सरकार! महा लाबरी! झूठी, महाझूठी!"

पूरी शक्ति के साथ चीखने के बाद भी माते का गुस्सा शांत नहीं हुआ, सो अपनी छड़ी को आसमान की ओर उठाकर पानी में दे मारा। छपाक्-छपाक् की हर आवाज के साथ माते हर बार कहते जा रहे थे एक ही बात, एक ही सत्य—

"लाबरी है जा सरकार, महा लाबरी! महा झूठी, सरासर झूठी!"

माते की छड़ी से आहत पानी की शांति भंग हुई। पानी में हरकत हुई। उसने गति पकड़ी और वह 'सच-सच-सच-सच-सच-सच-सच' कहता हुआ नीचे ढलान की ओर चल दिया।

दो जीवन जितनी उम्र स्वाहा करने पर माते को जिस सत्य की सिद्धि हुई थी, उस सत्य की सूचना पहाड़ों तक, मैदानों तक, गुफाओं तक, कंदराओं तक, गाँवों तक, कस्बों तक, नगरों तक, महानगरों तक, तालों तक, तलैयों तक, नदियों तक, संगम तक, सागर तक, महासागरों तक, गूँगों तक, बहरों तक, सोतों तक, जागतों तक, अबूझों तक, बूझों तक, मृतकों तक, जीवितों तक, बेशर्मों तक, शर्मसारों तक पहुँचाने के लिए.....।

खबर मिली है कि जल की वह सच-यात्रा यह खबर लिखे जाने के दिन तक जारी थी......

■■■